KB231309

역주 악서 **3**

譯註樂書

상서훈의(尙書訓義) · 춘추훈의(春秋訓義) · 주역훈의(周易訓義)
효경훈의(孝經訓義) · 논어훈의(論語訓義) · 맹자훈의(孟子訓義)

Treatise on Music

지은이 **진양**(陳暘)은 북송말의 복주(福州) 사람으로 자는 진지(晉之)이다. 생몰 연대는 1040(+30)~
1110(+30) 무렵이며, 휘종대(徽宗代, 1100~1125)에 태상박사 겸 비서성정자(太常博士兼秘書省正字)
와 예부시랑(禮部侍郎) 등을 지냈다.

옮긴이 **이후영**(李厚瑩)은 원광대학교 한문교육학과에서 석사 학위를 취득하였고, 곡부서당 서암(瑞巖)
김희진(金熙鎭), 덕산정사 송담(松潭) 이백순(李栢淳) 선생님께 한학을 수학하였다. 저서로『대전향제
줄풍류』,『대전향제줄풍류 II』가 있으며, 국역서로『악기(樂記)』,『효경(孝經)』,『호암(湖巖) 병서집
(屛書集)』,『율려신서(律呂新書)』등이 있다.

역주 악서譯註樂書 **3**
　　상서훈의(尚書訓義)·춘추훈의(春秋訓義)·주역훈의(周易訓義)
　　효경훈의(孝經訓義)·논어훈의(論語訓義)·맹자훈의(孟子訓義)

1판 1쇄 인쇄 2012년 11월 30일　**1판 1쇄 발행** 2012년 12월 10일

지은이 진양　**옮긴이** 이후영　**펴낸이** 박성모　**펴낸곳** 소명출판
등록 제13-522호　**주소** 137-878 서울시 서초구 서초동 1621-18 (란빌딩 1층)
대표전화 (02) 585-7840　**팩시밀리** (02) 585-7848
이메일 somyong@korea.com　**홈페이지** www.somyong.co.kr

ISBN 978-89-5626-773-9 94820　　값 23,000원　　ⓒ 2012, 한국연구재단
ISBN 978-89-5626-770-8 (세트)

이 번역도서는 2007년도 정부재원(교육인적자원부 학술연구조성사업비)으로 한국연구재단의 지원에 의하여 연구되었음.

역주 악서 3

상서훈의(尚書訓義) · 춘추훈의(春秋訓義) · 주역훈의(周易訓義)
효경훈의(孝經訓義) · 논어훈의(論語訓義) · 맹자훈의(孟子訓義)

譯註 樂書

진양 지음 | 이후영 옮김

소명출판

◆ 일러두기

1. 본서는 진양(陳暘)이 1103년에 송(宋) 휘종(徽宗)에게 헌정한 『악서(樂書)』200권을 역주(譯註)한 것이다. 대본은 국립국악원에서 광서 병자년(光緖丙子年, 1876) 판본의 『악서』를 영인(影印)하여 『韓國音樂學 資料叢書』 제8·9·10권으로 발행한 것이다.

2. 연구자들에게 도움이 될 수 있도록 필요한 경우 각 경전의 출처를 밝혀 놓았는데, 한국사사료연구소 인터넷사이트의 '國學 東洋學 硏究資料集成'의 분류번호를 따랐다.
   실례) 『論語』 述而 7-1 : 『論語』 권7 述而의 첫 번째 대문.
       『禮記』 曲禮上 1-19 : 『禮記』 권1 曲禮上의 19번째 대문.
       『春秋左氏傳』 桓公 9년(4) : 『春秋左氏傳』 桓公 9년 4번째 기사.
       『荀子』 樂論 20-5 : 『荀子』 제20편 樂論 5번째 내용.
       『史記』 樂書 24 / 1236쪽 : 24는 권수, 1236은 쪽수임.

3. 한국사사료연구회에 자료가 올려 있긴 하나, 분류번호를 매겨 놓지 않은 경우나, 한국사사료연구회에 올려 있지 않은 자료는 권수와 편명만을 명시하였다.
   실례) 『列子』 권5 湯問.

4. 편의상 『대본』에 분류번호를 매겨놓았다.
   실례) 『樂書』 3-2 : 『樂書』 권3의 2번째 대문.

5. 번역문에서 출처를 밝힐 때 범위를 알 수 있는 경우는 범위를 표시하지 않았고, 범위를 명확히 알 수 없는 경우는 범위를 표시하였다.
   실례) 상사(喪事)에 임해서 웃지 않으며, 상엿줄을 잡고 갈 때 웃지 않으며, 널을 바라볼 때 노래하지 않으며, 묘소에 갈 때 노래하지 않았거늘,[1] 하물며 기일에서랴! 「제의(祭義)」에 "기일(忌日)에 다른 일을 하지 않는 것은 기일이 상서롭지 않아서가 아니라, 기일에 어버이에 대한 생각이 간절하여 감히 개인적인 일에 마음을 쏟을 수 없음을 말한다"[2]라고 하여, 기일에 제사 외의 일을 하지 않았으니, 악을 즐기지 않았음을 미루어 알 수 있다.
       1) 상사(喪事)에 ~ 않았거늘 : 『禮記』 曲禮上 1-35.
       2) 『禮記』 祭義 24-6.

6. 대본으로 삼은 광서 병자년(光緖丙子年, 1876) 판본의 『樂書』에 궐문(闕文)이나 오자(誤字)가 있는 경우, 건륭 신축년(乾隆辛丑年, 1781) 판본의 『樂書』 및 인용된 경전을 참조하여 바로잡았다. 건륭 신축년 판본은 사고전서에 수록되어 있다.

7. 참고한 번역서는 다음과 같다.
   金碩鎭 譯, 『大産周易講解』, 大有學堂, 1993.
   成百曉 譯註, 『書經集傳』, 전통문화연구회, 1998.
   吳江原 譯註, 『儀禮』, 청계, 2000.
   安炳周·田好根 共譯, 『譯註 莊子』, 전통문화연구회, 2001~2006.
   鄭太鉉 譯, 『譯註 春秋左氏傳』, 전통문화연구회, 2001~2008.
   宋明鎬·文志允 共譯, 『禮記集說大全』, 높은 밭, 2002~2006.
   李相玉 譯著, 『新完譯 禮記』, 明文堂, 2003.
   이충구·임재완·김병헌·성당제 공역, 『이아주소』, 소명출판, 2004.
   靑儒經傳硏究會 譯, 『論語集註』, 文耕出版社, 2005.
   신동준 역주, 『국어』, 인간사랑, 2005.
   김학주 역, 『순자』, 을유문화사, 2008.
   실시학사 경학연구회 역, 『역주 시경강의』, 사암, 2008.

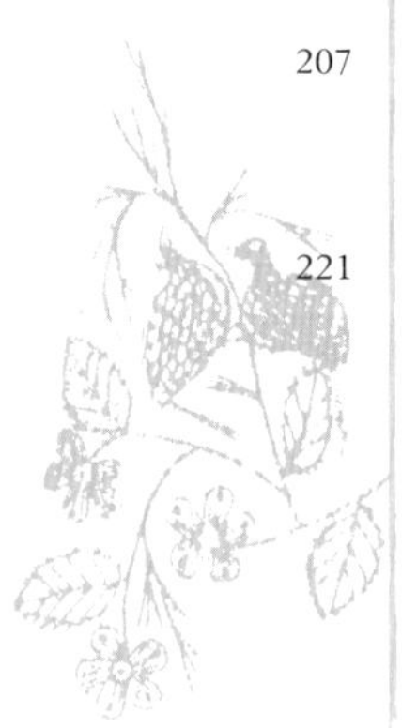

상서훈의(尙書訓義)

권75 상서훈의(尚書訓義)

우서(虞書) / 순전(舜典)

우서(虞書)

75-1. 五帝殊時, 不相沿樂, 非無禮也, 以其行天道以治人, 樂勝乎禮故也. 三王異世, 不相襲禮, 非無樂也, 以其行人道以奉天, 禮勝乎樂故也. 是以仲尼對顔淵之問, 於商周特言'輅冕', 於唐虞特言'韶舞', 豈非表裏於此歟?

周官述二帝之樂, '堯曰大章, 舜曰大韶.' 樂記釋二樂之義, '大章章之也, 韶繼也.' 蓋堯放上世之勳, 煥乎其有文章. 故後世語功德尤章者必稽焉, 舜重堯帝之華, 有以盡繼體之道. 故後世語善繼人之志者必稽焉. 揚雄曰: "襲堯之爵, 行堯之道, 法度彰禮樂著, 垂拱而視天民之阜." 然則禮樂之功 豈不至矣哉? 樂記曰: "樂[1]至則無怨 禮[2]至則不爭. 揖讓[3]而治天下[4]者 禮樂之謂也." 其舜之謂乎!

今夫聖人定書, 必斷自堯舜, 其論樂, 亦斷自二帝, 夫豈以黃帝而上, 爲不足取也? 誠以禮義哨哨而樂之情文未盡, 不足以法後世故耶!

오제(五帝)[5]는 시대가 달라 악을 답습하지 않았다. 예가 없지 않았지만 천도(天道)를 시행하여 사람들을 다스렸으니 악이 예보다 우세했기 때문이다. 삼왕(三王)[6]은 각기 왕조가 달라 예를 답습하지 않았다. 악이 없지 않았지만 인도(人道)를 시행하여 하늘을 받들었으니 예가 악보다 우세했기 때문이다. 이 때문에 중니(仲尼)가 안연(顏淵)의 질문에 대답할 때 은나라와 주나라에 대해서는 특히 '수레와 면류관'을 말하고, 요순에 대해서는 특히 '《소무(韶舞)》'[7]를 말했던 것이니,[8] 어찌 이에 대한 표리(表裏) 관계가 아니겠는가?[9]

『주례』[10]에 이제(二帝)의 악을 기술하였는데 '요임금의 악은 《대장(大

---

1   대본에는 '禮'로 되어 있으나 『禮記』에 의거하여 '樂'으로 바로잡았다.

2   대본에는 '樂'으로 되어 있으나 『禮記』에 의거하여 '禮'로 바로잡았다.

3   대본에는 '遜'으로 되어 있으나 『禮記』에 의거하여 '讓'으로 바로잡았다.

4   대본에는 '天下治'로 되어 있으나 『禮記』에 의거하여 '治天下'로 바로잡았다.

5   오제(五帝) : 황제(黃帝)·전욱(顓頊)·제곡(帝嚳)·요(堯)·순(舜)이다.〈『史記』 五帝本紀〉

6   삼왕(三王) : 하나라 우왕(禹王), 은나라 탕왕(湯王), 주나라 문왕(文王)과 무왕(武王)이다.

7   순임금의 《소악(韶樂)》이다. 고대의 악은 기악[樂]·성악[歌]·춤[舞]의 종합적인 예술이다.

8   중니(仲尼)가~것이니 : 『論語』 衛靈公 15-11. 「顏淵問爲邦 子曰 行夏之時 乘殷之輅 服周之冕 樂則韶舞 放鄭聲 遠佞人 鄭聲淫 佞人殆【안연이 나라를 다스리는 것을 여쭈었는데, 공자가 대답하였다. "하나라의 역법(曆法)을 행하며, 은나라의 수레를 타며, 주나라의 면류관을 쓰며, 악은 《소무(韶舞)》를 할 것이고, 정나라 악(樂)은 내치고 말 잘하는 사람은 멀리할 것이니, 정나라 악은 음란하고 말 잘하는 사람은 위태롭다."】 중니(仲尼)는 공자의 자(字)이고, 안연(顏淵)은 공자 제자 안회(顏回)이다.

9   어찌~아니겠는가? : 저자는 공자가 삼왕(三王)의 나라인 상나라와 주나라에 대해서 '수레와 면류관'을 말한 것은 예를 드러내기 위한 것이고, 오제(五帝) 중 요순에 대해서 '《소무(韶舞)》'를 말한 것은 악을 드러내기 위한 것으로 본 것이다.

10   주례 : 대본에는 '주관(周官)'으로 되어 있으나 왕망(王莽) 때 유흠(劉歆, ?~23)이 국사(國師)가 되어 처음 『周禮』라고 한 이후 통용되고 있는 전례에 따랐다. 『周禮』는 주나라의 관제(官制)를 기록한 일종의 행정법전(行政法典)으로 주공(周公)이 성왕(成王)의 치하(治下)에서 편찬한 것으로 전해지고 있는 책이다. 『儀禮』·『禮記』와

章)》이고 순임금의 악은 《대소(大韶)》이다'[11]라고 하고, 「악기」에 두 악의 의의(意義)를 해석하였는데 '대장은 밝혔다는 뜻이고 소(韶)는 이었다는 뜻이다'[12]라고 하였다. 요임금은 상고(上古)에 공훈을 크게 펴 빛나는 예악의 문화가 있었으므로, 후세에 공덕이 더욱 현저한 사람을 말할 때는 반드시 상고하였고, 순임금은 요임금의 덕화(德華)를 거듭하여 본체를 이어가는 도리를 다함이 있었으므로, 후세에 사람의 뜻을 잘 잇는 사람을 말할 때는 반드시 상고하였다. 양웅(揚雄)[13]은 "요임금의 지위(地位)를 계승하고 요임금의 도를 행하여 법도(法度)가 환히 드러나고 예악이 현저하게 되어 팔짱을 끼고 백성의 번성을 돌보았다"[14]라고 하였는데, 그렇다면 예악의 공이 어찌 지극하지 않았겠는가? 「악기」에 "악이 지극하면 원망이 없고 예가 지극하면 다투지 않는다. 읍양(揖讓)하여 천하를 다스렸다는 것은 예악으로 한 것을 말한 것이다"[15]라고 하였는데, 그것은 순임금에 대하여 말한 것일 것이다.

　성인이 『서경』을 정리할 때[16] 반드시 요순으로부터 하였고, 악을 논할 때도 또한 이제(二帝)로부터 하였다. 그것이 어찌 황제(黃帝) 위로는 취할

함께 통상 '삼례(三禮)'라고 한다.

11　『周禮』 春官 / 大司樂 1에는 《대장(大章)》은 없고 다음과 같은 내용이 있다. 「以樂舞敎國子 舞雲門大卷大咸大磬大夏大濩大武【악무(樂舞)로 국자(國子)들을 가르치는데 《운문대권》·《대함》·《대소》·《대하》·《대호》·《대무》의 춤이다.】」

12　『禮記』 樂記 19-9의 孔穎達 疏.

13　양웅(揚雄) : B.C. 53〜A.D. 18. 자는 자운(子雲). 30여세에 급사황문랑(給事黃門郎)이 되었으며, 왕망(王莽)이 정권을 찬탈한 뒤 그 아래에서 벼슬을 하였으므로 비난받았다. 『易經』을 모방하여 『太玄經』을 지었고, 『論語』를 모방하여 『法言』을 저술하였는데, 그의 사상은 유가와 도가를 절충한 것이 많았다.

14　『法言』 問道 4-17.

15　『禮記』 樂記 19-1. 읍양(揖讓)은 중국 고대에 군주와 빈객(賓客)의 상견례(相見禮)에 행하던 인사법으로 『周禮』 秋官 / 司儀 1에 보인다. 읍양의 예를 관장하는 사람은 사의(司儀)였다. 이곳에서 말하는 읍양(揖讓)은 현자(賢者)에게 왕위를 선양(禪讓)하는 것으로, 요임금이 순에게 천자의 지위를 양여(讓與)한 것을 뜻한다.

16　성인이〜때 : 『史記』 孔子世家 47 / 1914쪽. 「孔子不仕 退而脩詩書禮樂【공자가 벼슬하지 않고 물러나 『詩經』과 『書經』을 편찬하고 예와 악을 바로잡았다.】」

만한 것이 없다고 여긴 것이겠는가?[17] 참으로 예법(禮法)과 도의(道義)가
아직은 어수선하고[18] 악의 내용과 형식이 미진하여 후세에 본받지 못할
것으로 여겼기 때문일 것이다.

순전(舜典)

75-2. 三載, 四海遏密八音.
3년 동안 사해(四海)는 팔음의 악기소리가 그쳐 조용해졌다.[19]

先王制爲喪服之禮, '其恩厚者其服重. 故爲父斬衰三年, 以恩制者
也, 資於事父以事君而敬同. 故爲君亦斬衰三年, 以義制者也.' 彼中國
之近者, 報君之禮, 蓋亦不及如此, 若夫四海之遠者, 其報未必如是之
重, 姑遏密八音而已.

蓋樂出於虛, 寓於實, 則八音各麗於器, 器具而天地萬物之聲, 可得

---

17 어찌~것이겠는가?:『周禮』春官 / 大司樂 1에는 황제(黃帝)의 악인《운문대권(雲門
大卷)》이 나오고,『史記』五帝本紀 1 / 1쪽은 황제(黃帝)로부터 기록하고 있다. 황제
(黃帝)는 중국 고대 신화전설상의 제왕으로 성은 공손(公孫), 또는 희(姬)라고 하며,
헌원(軒轅) 지방의 언덕에서 태어났으므로 헌원씨(軒轅氏)라고 칭하기도 하고 유웅
(有熊)에 그의 나라가 있었으므로 유웅씨라고도 칭하였다. 중국 민족에게 문명을 전
해준 개조로 숭앙(崇仰)된다.

18 예법(禮法)과~어수선하고:『法言』問道 4-10.「是以 法始乎伏犧而成乎堯 匪伏匪堯
禮義哨哨 聖人不取也【이 때문에 법이 복희씨(伏犧氏)에서 비롯하여 요임금에서 이
루어졌으니 복희씨(伏犧氏)와 요임금의 것이 아닌 것은 예법(禮法)과 도의(道義)가
어수선하여 성인께서 취하지 않으셨다.】

19 『書經』虞書 / 舜典 3.「二十有八載 帝乃殂落 百姓如喪考妣三載 四海遏密八音【28년
에 요임금이 마침내 돌아가시자, 백성들은 부모가 돌아가신 듯이 3년 상을 치르고
사해(四海)는 팔음의 악기소리가 그쳐 조용해졌다.】

而考焉. 故‘物之盛於天地之間, 若堅若脆, 若勁若韌, 若實若虛, 若沉若浮, 皆得效其響焉.’ 故八物各音而同和也. 考之於經, 堯舜之時, 八音固已大備, 後世雖有作者, 皆不能易玆八物矣.

蓋主朔易者坎也, 故其音革. 爲果蓏者艮也, 故其音匏. 震爲竹, 故其音竹. 巽爲木, 故其音木. 兌爲金, 故其音金. 乾爲玉, 故其音石. 瓦土器也, 故坤音瓦. 蠶火精也, 故離音絲.

革聲隆大, 冬至之音也, 鼗鼓繫焉. 匏聲崇聚, 立春之音也, 笙竽繫焉. 竹聲淸越, 春分之音也, 管籥繫焉. 木聲無餘, 立夏之音也, 柷敔繫焉. 金聲舂容, 秋分之音也, 莫尙於鐘. 石聲溫潤, 立冬之音也, 莫尙於磬. 土聲函胡, 立秋之音也, 莫尙於壎缶. 絲聲纖微, 夏至之音也, 莫尙於琴瑟. 革失之洪, 匏失之長, 竹失之高, 木失之短, 金失之重, 石失之輕, 土失之下, 絲失之細. 要之, 八音從律而不姦, 然後爲和樂也.

禮記論八音多矣, 曰 : “施於[20]金石.” 擧其始言之, 曰 : “匏竹在下.” 要其終言之, “金石絲竹, 樂之器也.” 兼始中終言之. 幷與三者而詳言之, 周官太師之職而已.

蓋樂器重者從細, 輕者從大, 大不踰宮, 細不過[21]羽, 細大之中則角而已. 莫重於金 故尙羽. 莫輕於瓦絲 ‘故尙宮. 輕於金 重於瓦絲’[22]者石也 故尙角. 匏竹非有細大之從也 故尙議. 革木非有淸濁之變也 故一聲. 然則金石則土類, 西凝之方也 故與土同位於西, 匏竹則木類, 東生之方也 故與木同位於東, 絲成於夏 故琴瑟在南, 革成於冬 故鼗鼓在北.

太師之序八音, 以金石土爲先, 革絲次之, 木匏竹爲後者. 蓋西者秋言之時, 聲之方也, 虛者樂所自出, 聲之本也. 故音始於西, 成於東. 於西金石, 先於土者, 以陰逆推其所始故也, 於東匏竹, 後於木者, 以陽順

序其所生故也. 革絲居南北之正, 先革而後絲者, 豈亦先虛之意歟? 由
是推之, 堯舜之樂, 雖不可詳究, 其音之大致, 亦不過如此.

　선왕(先王)이 상복(喪服)의 예를 제정할 때, '은혜를 두텁게 입은 사람은
복제(服制)가 중하므로 아버지를 위하여 참최복(斬衰服)²³ 3년을 입게 하였
으니 은혜를 바탕으로 제정한 것이다. 아버지를 섬기는 도에서 취하여
임금을 섬기되 공경하는 마음은 같으므로, 임금을 위하여 또한 참최복 3
년을 입게 하였으니 의리(義理)를 바탕으로 제정한 것이다.'²⁴ 중국 근방
에 사는 사람들의 임금에게 보답하는 예가 또한 이 같음에 미치지 못하
였기 때문에, 먼 세상 사람들의 임금에 대한 보답도 반드시 이처럼 중하
게 여기지 않을 것으로 여겨, 우선 팔음(八音)의 악기만이라도 연주하지
않게 하였을 뿐이다.

　악은 허공에서 나와 실물(實物)에 의탁하니, 팔음이 각 기물과 짝지어
져 악기가 구비되어 천지만물의 소리를 고찰할 수 있게 되었다. 그러므
로 '천지간 많은 만물이 단단하거나 무른 것, 딱딱하거나 질긴 것, 실(實)
하거나 허(虛)한 것, 가라앉거나 뜨는 것 등 모두 그 소리를 울려낼 수 있
다.'²⁵ 그러므로 팔물(八物)이 각각 음(音)을 내어 조화를 이루었다. 『서
경』에서 고찰해 보면 요순시대에 팔음의 악기가 이미 갖추어졌으니,²⁶
비록 후세에 만들어진 것이 있으나 모두 이 팔물을 바꿀 수 없었다.

　삭역(朔易)²⁷을 주관하는 것은 감괘(坎卦☵)이므로²⁸ 그 팔음은 혁(革)이

23　참최복(斬衰服) : 상례(喪禮) 중 오복(五服)의 하나로 외간상(外艱喪)에 입는데, 거친
　　삼베로 짓고 아랫단을 꿰매지 않은 상복이다. 내간상(內艱喪)에는 자최복(齊衰服)을
　　입는다.

24　『孔子家語』卷6 本命解 第26.

25　『禮書』(宋 陳祥道 撰) 卷117 八音.

26　『서경』에서～갖추어졌으니 : 위 본문에 의하면, 요임금이 죽자 사해가 팔음을 연주
　　하지 않았으니, 요순시대에 이미 팔음의 악기가 갖추어졌던 것이다.

27　삭역(朔易) :『書經』虞書 / 堯典 2의 蔡沈 註.「朔方北荒之地 謂之朔者 朔之爲言 蘇
　　也 萬物至此 死而復蘇 猶月之晦而有朔也【삭방은 북쪽의 황폐한 땅인데, 삭(朔)이라
　　고 한 것은 '소생한다'는 뜻이다. 만물이 이에 이르러 죽었다가 다시 소생하니, 달이
　　그믐이 되었다가 초하루가 되는 것과 같다.】」

다. 초목의 열매를 맺게 하는 것은 간괘(艮卦☶)이므로[29] 그 팔음은 포(匏)이다. 진괘(震卦☳)는 대나무가 되므로 그 팔음은 죽(竹)이다. 손괘(巽卦☴)는 나무가 되므로 그 팔음은 목(木)이다. 태괘(兌卦☱)는 쇠가 되므로 그 팔음은 금(金)이다. 건괘(乾卦☰)는 옥(玉)이 되므로 그 팔음은 석(石)이다. 질그릇은 흙을 구워 만든 기물이므로 곤괘(坤卦☷)의 팔음은 토(土)인 와(瓦)이다.[30] 누에는 남방의 화정(火精)[31]이므로 이괘(離卦☲)의 팔음은 사(絲)이다.[32]

혁성(革聲)은 대단히 크니 동지의 음이다. 도(鼗)와 북이 속한다. 포성(匏聲)은 모아들이니 입춘의 음이다. 생(笙)과 우(竽)가 속한다. 죽성(竹聲)은 맑고 높으니 춘분의 음이다. 관(管)과 약(籥)이 속한다. 목성(木聲)은 여운이 없으니 입하의 음이다. 축(柷)과 어(敔)가 속한다. 금성(金聲)은 은은하고 낭랑하니 추분의 음이다. 종보다 나은 것이 없다. 석성(石聲)은 온화하고 윤택하니 입동의 음이다. 경(磬)보다 나은 것이 없다. 토성(土聲)은 모호한 소리를 내니 입추의 음이다. 훈(壎)과 부(缶)보다 나은 것이 없다. 사성(絲聲)은 섬세하니 하지의 음이다. 금(琴)과 슬(瑟)보다 나은 것이 없다.[33]

---

28 삭역(朔易)을~감괘(坎卦☵)이므로 : 『周易』 坎卦의 程頤 序卦傳. 「坎 水也 一始於中 有生之最先者也 故爲水【감(坎)은 물이다. 양효(陽爻) 하나가 가운데에서 시작하여 가장 먼저 생겨나는 것이므로 물이 된다.】」 이에 따라 소생(蘇生)의 뜻이 있는 삭역(朔易)을 주관하는 것은 감괘(坎卦☵)가 된다.

29 초목의~간괘(艮卦☶)이므로 : 간괘(艮卦☶)는 진괘(震卦☳)에서 초효(初爻)에 있던 양(陽)이 위의 3효까지 밀고 올라간 상(象)으로 양(陽)이 자기 능력껏 힘을 발휘한 것이니, 곧 식물로 보면 열매를 맺은 모양이다.

30 토(土)인 와(瓦)이다 : 기와는 흙을 구워 만들기 때문이다.

31 누에는~화정(火精) : 누에는 사(絲)를 자아내고, 사(絲)는 남방・하지(夏至)이면서 이괘(離卦☲)에 해당되는데, 이괘(離卦☲)는 화(火)이기 때문이다. 화정은 태양이다.

32 삭역(朔易)을~사(絲)이다 : 『禮書』(宋 陳祥道 撰) 卷117 八音. 『樂書』 104-3에도 같은 내용이 나온다.

33 삭역(朔易)을~없다 : 이 내용을 도표로 정리하면 다음과 같다.

八卦	坎☵	艮☶	震☳	巽☴	離☲	坤☷	兌☱	乾☰
節候	冬至	立春	春分	立夏	夏至	立秋	秋分	立冬
八音	革	匏	竹	木	絲	土	金	石
樂器	鼗・鼓	笙・竽	管・籥	柷・敔	琴・瑟	壎・缶	鐘	磬

혁(革)은 큰 소리에서, 포(匏)는 긴 소리에서, 죽(竹)은 높은 소리에서, 목(木)은 짧은 소리에서, 금(金)은 무거운 소리에서, 석(石)은 가벼운 소리에서, 토(土)는 낮은 소리에서, 사(絲)는 가는 소리에서 조화를 잃게 된다. 요약하면 율(律)을 팔음이 따라 간사하지 않게 된 뒤에야 조화로운 악이 된다.

『예기』에 팔음을 논한 것이 많은데, “금(金)·석(石)의 악기를 연주한다”[34]라고 한 것은 팔음의 처음을 들어 말한 것이고, “생황이 당하에 있다”[35]라고 한 것은 팔음의 끝을 요약하여 말한 것이고, “금(金)·석(石)·사(絲)·죽(竹)은 악의 그릇이다”[36]라고 한 것은 악의 처음과 중간과 끝을 겸하여 말한 것이다. 아울러 세 가지를 함께 상세히 말한 것은 『주례』에 있는 태사(太師)의 직(職)일 뿐이다.[37]

대개 ‘종처럼 무거운 악기는 가는 음색을 중시하고, 금·슬처럼 가벼운 악기는 큰 음색을 중시한다.’[38] 커도 궁(宮)보다 낮으면 안 되고 가늘어도 우(羽)보다 높으면 안 되니, 가는 것과 큰 것의 중간은 각(角)일 뿐이다. 금(金)이 가장 무거운 악기이므로 우(羽)를 받들고,[39] 토(土)와 사(絲)가

---

[34] 『禮記』 樂記 19-4.

[35] 『禮記』 郊特牲 11-5.

[36] 『禮記』 樂記 19-15.

[37] 아울러~뿐이다:『周禮』 春官 / 大師 0. 「大師掌六律六同 以合陰陽之聲 陽聲黃鍾大蔟姑洗蕤賓夷則無射 陰聲大呂應鍾南呂函鍾小呂夾鍾 皆文之以五聲宮商角徵羽 皆播之以八音金石土革絲木匏竹【태사는 육률과 육동(六同)을 관장하여 음양의 소리를 합치는데, 양성은 황종·태주·고선·유빈·이칙·무역이고, 음성은 대려·응종·남려·함종(函鍾)·소려(小呂)·협종이니, 모두 오성인 궁·상·각·치·우로 음계의 형식을 갖추고, 모두 팔음인 금·석·토·혁·사·목·포·죽의 악기로 연주한다.】」

[38] 『國語』 周語下 3-6의 韋昭 注. 「重謂金石也 從細尙細聲 謂鐘尙羽 石尙角也 輕瓦絲也 從大謂瓦絲尙宮也【무거운 것은 금(金)과 석(石)의 악기를 말한다. 가는 소리를 따른다는 것은 가는 소리를 받든다는 것이니, 종은 우(羽)를 받들고 석의 악기는 각(角)을 받드는 것이다. 가볍다는 것은 와(瓦)와 사(絲)의 악기이고, 큰 소리를 따른다는 것은 와와 사의 악기가 궁(宮)을 받드는 것이다.】」

[39] 금(金)이~받들고: 모든 재질 중에 금속이 가장 무겁고, 그 무거운 재질로 만든 악기는 음이 대체로 높다. 따라서 높아도 우(羽)를 기준으로 할 뿐이지 그보다 높은 소리가 되지 않게 한다는 뜻이다.

가장 가벼운 악기이므로 궁(宮)을 받들고,[40] 금보다는 가볍고 토와 사보다는 무거운 악기는 석(石)이므로 각(角)을 받들고,[41] 포(匏)·죽(竹)은 가는 소리와 큰 소리를 따르지 않으므로 의(議)[42]을 받들고, 혁(革)·목(木)은 청성(淸聲)과 탁성(濁聲)의 변화가 있지 않으므로[43] 한 소리이다.[44] 그런데 금(金)·석(石)은 토류(土類)이고 서방은 결실을 맺는 방위이므로 토(土)와 함께 서방에 위치한다. 포(匏)·죽(竹)은 목류(木類)이고 동방은 낳는 방위이므로 목(木)과 함께 동방에 위치한다. 사(絲)는 여름에 완성되므로 금(琴)과 슬(瑟)이 남방에 있다. 혁(革)은 겨울에 완성되므로 도(鼗)와 고(鼓)가 북방에 있다.[45]

태사(太師)가 팔음 순서를 매길 적에 금(金)·석(石)·토(土)를 앞에 두고, 혁(革)과 사(絲)를 그 다음에 두고, 목(木)·포(匏)·죽(竹)을 뒤에 두었다.[46] 그 이유는 서방은 계절로는 가을에 해당되고 오사(五事)로는 언(言)에 해당되는 때니 소리의 방위이고, 허공은 악이 나오는 근원으로 소리의 근본인데 음(音)은 서방에서 시작하여 동방에서 완성되기 때문이다. 서방에서 금(金)과 석(石)을 토(土)보다 앞에 둔 것은 서방은 음(陰)으로써 시작한

---

40 토(土)와~받들고: 토(土)와 사(絲)의 재질은 가벼워, 그 재질로 만든 악기는 음이 낮은데, 낮아도 궁(宮)을 기준으로 하여 더 낮지 않게 한다는 뜻이다.

41 금보다는~받들고: 석(石)의 악기는 중간음인 각(角)을 기준으로 한다는 뜻이다.

42 의(議): 『國語』 周語下 3-6의 韋昭 注. 「議 議從其調利【의(議)는 그 조화롭고 원활한 것을 의논하여 따르는 것이다.】」

43 혁(革)·목(木)은~않으므로: 혁(革)의 악기인 북 종류와 목(木)의 악기인 박(拍)·어(敔) 등은 일정한 음정을 낼 수 있는 유율(有律) 악기가 아니므로 높낮이 변화가 없다.

44 종처럼~소리이다: 『禮書』(宋 陳祥道 撰) 卷117 八音.

45 그런데~있다: 도표로 정리하면 다음과 같다.

方位	東南	東北	東	南	西	西北	西南	北
節候	立夏	立春	春分	夏至	秋分	立冬	立秋	冬至
八音	木	匏	竹	絲	金	石	土	革
樂記	柷·敔	笙·竽	管·簫	琴·瑟	鐘	磬	壎·缶	鼗·鼓

46 태사(太師)가~두었다: 『周禮』 春官 / 大師 0. 「皆播之以八音金石土革絲木匏竹【모두 팔음인 금·석·토·혁·사·목·포·죽의 악기로 연주한다.】」 이에 의하면 금·석·토가 앞, 혁·사가 다음, 목·포·죽이 후미로 되어 있다.

바를 거슬러가기 때문이다.[47] 동방에서 포(匏)와 죽(竹)을 목(木)보다 뒤에 둔 것은 동방은 양(陽)으로써 낳는 것을 순서대로 하기 때문이다.[48] 혁(革)과 사(絲)는 정북(正北)과 정남(正南)에 있는데 혁(革)을 앞에 두고 사(絲)를 뒤에 둔 것은 어쩌면 허공을 우선하는 뜻일 것이다.[49] 이를 근거로 미루어 생각하면, 요순의 악을 상세히 구명할 수는 없으나 그 팔음의 대략은 또한 이 같음에 불과할 것이다.

75-3. 帝曰 “夔! 命汝典樂, 敎胄子, 直而溫, 寬而栗, 剛而無虐, 簡而無傲.”

순임금이 말했다. “기(夔)야! 너를 명하여 악을 맡게 하니, 맏아들들을 가르칠 때는[50] 솔직하면서 온화하게 하며, 너그러우면서 엄숙하게 하며, 강하지만 포학(暴虐)함이 없게 하며, 소탈하지만 오만함이 없게 하라.”[51]

昔舜使重黎, 擧夔於草莽之中, 以爲樂正, 重黎又欲益求人, 舜謂之曰: “唯[52]聖人, 爲能和[53], 樂之本也[54]. 夔能和之, 以平天下, 若夔者一而足矣.” 遂命典樂, 敎胄子, 則夔之達於樂, 不亦深乎?

帝則德全而敎略. 故舜命夔, 敎胄子以四德, ‘直而溫, 寬而栗, 剛而

47 　서방은~때문이다: 금(金)·석(石)은 절기상 추분과 입동에 해당하고 토(土)는 입추에 해당한다.

48 　동방은~때문이다: 목(木)은 입하에 해당하고, 포(匏)·죽(竹)은 절기상 입춘과 춘분에 해당한다.

49 　혁(革)을~것이다:『樂書』78-4. 「今夫樂出於虛 故其作之也 虡必欲虛 桎必欲空 琴必用梧 拊必用糠 皆以虛爲本也【악은 공허한 곳에서 나온다. 그러므로 그 제작할 때 거(虡)는 반드시 공허하게 하고 강(桎)은 반드시 비우게 하며, 금(琴)은 반드시 오동나무를 쓰고 부(拊)는 반드시 왕겨를 쓰니, 모두 공허(空虛)로 근본을 삼는다.】」

50 　맏아들들을~때는: 삼대(三代)의 봉건시대에는 관작과 봉토가 모두 맏아들에게 승계가 되었으므로 맏아들 교육이 중요하였다.

51 　『書經』虞書 / 舜典 3.

52 　대본에 누락된 ‘唯’를『呂氏春秋』에 의거하여 보충하였다.

53 　대본에는 ‘知’로 되어 있으나『呂氏春秋』에 의거하여 ‘和’로 바로잡았다.

54 　대본에는 ‘而’로 되어 있으나『呂氏春秋』에 의거하여 ‘也’로 바로잡았다.

無虐, 簡而無傲’ 是也, 王則業大而敎詳. 故命大司樂, 敎國子以六德, ‘中和祗庸孝友’ 是也.

古者敎人之道, 未嘗不始終之以樂, 文王世子曰 : “三王敎世子[55], 必以禮樂.” 孔子 “成於樂.” 則敎以樂者, 固所以爲敎人始終之道歟! 學記之敎人, 先之入學, 釋菜以示禮, 繼之小雅, 肄三以示樂, 學雜服者, 達之以安禮, 學操縵者, 達之以安樂, 以至十三舞勺, 成童舞象, 二十舞大夏, 由是觀之, 敎人以樂而始終之, 豈特施於胄子哉?

敎之以‘直而溫, 寬而栗’, 則知敎之所由興, 敎之以‘剛而無虐, 簡而無傲’, 則知敎之所由廢. 旣知敎所由興, 又知敎所由廢, 夫然後可以爲人師矣. 夔敎胄子如此, 其於爲人師之道, 固裕如也. 孰謂‘夔其窮’歟?

觀周官, 大司樂之敎國子, 非特樂德也, 蓋幷與樂語樂舞而敎之, 豈舜之敎胄子, 不足於此耶? 以經求之, 其曰 : “詩言志, 歌永言.” 非無樂語也, 其曰 : “樂則韶舞.” 非無樂舞也. 特擧樂德, 以該之而已.

옛날 순임금이 중(重)·여(黎)[56]에게 기(夔)를 재야(在野)에서 천거하게 하여 악정(樂正)[57]을 삼았는데, 중(重)·여(黎)가 또 다른 사람을 구하려 하므로 순임금이 그에게 “오직 성인만이 조화롭게 할 수 있으니 그것이 악의 근본이다. 기(夔)가 조화롭게 하여 천하를 화평하게 하였으니 기(夔)같은 인물이 하나만 있으면 충분하다”[58]라고 하고, 드디어 악을 맡겨 맏아들들을 가르치게 하였으니, 기(夔)가 악에 통달한 것이 또한 깊지 않았겠는가?

오제(五帝)시대에는 덕은 완전하였지만 교육은 소략(疏略)하였다. 그러므로 순임금이 기(夔)에게 명하여 맏아들들을 네 가지 덕으로써 가르치

55　대본에는 ‘三王之敎世子也’로 되어 있으나 『禮記』에 의거하여 ‘三王敎世子’로 바로잡았다.
56　중(重)·여(黎) : 중(重)은 소호(少昊)의 후손이고 여(黎)는 고양(高陽)의 후손이니, 중은 곧 희(羲)이고 여는 곧 화(和)이다.〈『書經』周書 / 呂刑 2의 蔡沈 註.〉
57　악정(樂正) : 옛날 악관(樂官)의 우두머리이다.
58　『呂氏春秋』卷22 愼行論 第2 / 察傳.

게 하였으니, '곧지만 온화하게 하며, 너그럽지만 씩씩하게 하며, 강하지
만 포악함이 없게 하며, 소탈하지만 오만함이 없게 한 것'[59]이 그 실례이
다. 삼왕(三王)시대에는 사업이 크고 교육이 두루 갖추어졌다. 그러므로
대사악(大司樂)[60]에게 명하여 국자(國子)[61]들을 여섯 가지 덕으로써 가르치
게 하였으니, '중(中)·화(和)·지(祇)·용(庸 : 떳떳함)·효(孝)·우(友)'[62]가 그
실례이다.

　옛날 사람을 가르치는 방법은 시작하고 마치기를 악으로 하지 않음이
없었다. 「문왕세자(文王世子)」에 "삼왕(三王)시대에는 세자를 반드시 예악
으로 가르쳤다"[63]라고 하고, 공자는 "악(樂)으로 덕성(德性)을 완성한다"[64]
라고 하였으니, 곧 악으로 가르치는 것이 바로 사람을 가르치는 시종(始
終)의 도가 되었던 것이다. 「학기(學記)」에 '사람을 가르칠 때 먼저 학생이
입학하면 채소만 올리는 간단한 석전(釋奠)[65]을 지내게 하는데 예를 보이
는 것이고, 이어 소아(小雅)의 세 가지 악을 익히게 하는데 악을 보이는
것이며, 학생이 여러 가지 예복 입기를 배우는 것은 예를 두루 알아 예
에 편안하게 되고, 금(琴)과 슬(瑟)을 배워 익히는 것은 악을 두루 알아 악
에 편안하게 되어,'[66] 그로써 13세에 《작(勺)》을 추고 15세에 《상(象)》을
추고 20세에 《대하(大夏)》를 추게 하는 데까지 이르렀다.[67] 이런 관점에

59　순임금이 기(夔)에게 악을 맡기면서 맏아들들을 악으로 가르칠 것을 당부하는 말이
　　니, 오제(五帝) 때의 교육이다.

60　대사악(大司樂) : 춘관(春官)에 속한 주나라 관직의 명칭이다. 악관(樂官)의 장(長)이
　　며, 성균(成均)의 법(法)을 관장한다. 대악정(大樂正)이라고도 한다.

61　국자(國子) : 세가(世家)의 자제를 주자(胄子)라 하고, 나라의 자제를 국자(國子)라 하
　　는데, 모두 왕족의 친척 또는 공경대부(公卿大夫)의 자제를 뜻한다.〈『樂書』107-9〉

62　『周禮』春官 / 大司樂 1. 주(周)나라 대사악(大司樂)의 직책 중 국자(國子)를 가르치
　　는 내용이니 왕자(王者)시대이다.

63　『禮記』文王世子 8-8.

64　『論語』泰伯 8-8.

65　석전(釋奠) : 학교에서 올리는 선성 선사(先聖先師)에 대한 추모의식이다.

66　『禮記』學記 18-3. 소아(小雅)의 세 가지 악은 《녹명(鹿鳴)》·《사모(四牡)》·《황황
　　자화(皇皇者華)》이다.

67　13세에~이르렀다:『禮記』內則 12-52. 13세는 어리므로 부드러운 문무(文舞)인 《작

서 보면, 시종 악으로써 가르쳤던 것이니, 어찌 다만 맏아들들에게만 시행하였겠는가?

'솔직하면서 온화하게 하며 너그러우면서 엄숙하게 한 것'으로써 가르쳤으니, 곧 가르침이 이것으로부터 흥하게 되는 것을 알았던 것이고, '강하지만 포학(暴虐)함이 없게 하며 소탈하지만 오만함이 없게 한 것'으로써 가르쳤으니, 곧 가르침이 이것으로부터 폐지되는 것을 알았던 것이다. 가르침이 이것으로부터 흥하게 되는 것을 이미 알았고 또 가르침이 이것으로부터 폐지되는 것을 이미 알았으니, 그런 뒤에 남의 스승이 될 수 있었을 것이다. 기(夔)가 맏아들들을 이와 같이 가르쳤으니, 그가 남의 스승이 되는 도에 대해 참으로 충분히 알았던 것 같다. 누가 '기(夔)가 예에 궁하였다'[68]라고 말할 수 있겠는가?

『주례』를 보면 대사악(大司樂)이 국자(國子)들을 가르칠 때 악덕(樂德)만이 아니고, 아울러 악어(樂語)와 악무(樂舞)를 함께 가르쳤다.[69] 어찌 순임금이 맏아들들을 가르칠 때 이것들[70]에 대해 충분하지 못하였겠는가? 경전(經傳)에서 찾아보면 "시는 뜻을 말한 것이고 노래는 말을 길게 읊는 것이다"[71]라고 하였으니 악어(樂語)가 없었던 것이 아니고, "악은《소무(韶舞)》를 할 것이다"[72]라고 하였으니 악무(樂舞)가 없었던 것이 아니었다.

(勺)》을 추게 하고, 15세에는 성장하였으므로 힘찬 무무(武舞)인 《상(象)》을 추게 하고, 20세에는 문무가 갖추어진 《대하(大夏)》를 추게 한 것이다.

[68] 『孔子家語』卷6 論禮 第27. 「夫禮者理也 樂者節也 無理不動 無節不作 不能詩 於禮謬 不能樂 於禮素 薄於德 於禮虛 子貢作而問曰 然則夔其窮與{예는 다스린다는 뜻이고 악은 절제한다는 뜻이다. 다스리지 않으면 움직일 수 없으며 절제하지 않으면 시작하지 못한다. 시에 능하지 못하면 예에 그릇되게 되며, 악에 능하지 못하면 예에도 질박하게 되며, 덕에 박(薄)하면 예가 공허해지는 것이다." 자공(子貢)이 일어나 여쭈었다. "그렇다면 기(夔)가 예에 궁하였군요."} '기(夔)가 예에 궁하였다'는 것은 기(夔)는 악에만 통달하고 예에는 통달하지 못한 것으로 여겨 한 말이다.

[69] 『주례』를~가르쳤다: 『周禮』春官 / 大司樂 1.

[70] 이것들: 악어(樂語)와 악무(樂舞)를 가리킨다.

[71] 『書經』虞書 / 舜典 3.

[72] 『論語』衛靈公 15-11.

위에서 다만 악덕(樂德)만을 들었으나 두루 겸하였을 뿐이다.

75-4. 詩言志, 歌永言.
시는 뜻을 말한 것이고 노래는 말을 길게 읊는 것이다.[73]

在心爲志, 發言爲詩, 則詩也者, 言之合於法度, 而志至焉者也. 故詩
之所言, 在志不在言. 怒則爭鬪, 喜則詠歌, 則歌也者, 志之所甚可, 而
言形焉者也. 故歌之所永, 在言不在志.

是以卷耳作而[74]見后妃求賢之志, 泉水作而[75]見衛女思歸之志, 鴟鴞
作而周公救亂之志明, 雲漢作而宣王撥亂之志著, 此詩所以言志也.

皐陶之[76]賡歌, 所以永吾歸美之言, 禹之九歌, 所以永吾勸戒之言, 卷
阿之遂歌, 所以永吾用賢之言, 四牡之作歌, 所以永吾將母之言, 何人
斯之好歌, 所以永吾惡讒之言, 此歌所以永言也.

揚[77]子曰 : "說志者, 莫辨乎詩." 傳曰 : "詩以道志." 豈‘詩言志’之意
耶! 師乙曰 : "歌之爲言也長言之也, 說之故言之, 言之不足故長言之."
豈‘歌永言’之意耶!

蓋詩仁言[78]也, 歌仁聲[79]也, "仁言[80]不如仁聲[81]之入人深也[82]." 故詩
爲先, 歌次之. 以詩序求之 ‘在心爲志, 發言爲詩. 情動於中而形於言,’
詩言其志也. ‘言之不足故嗟歎之, 嗟歎之不足故永歌之,’ 永其言也,

73　『書經』虞書 / 舜典 3.
74　대본에 누락된 ‘而’를 『樂書』151-2에 의거하여 보충하였다.
75　대본에 누락된 ‘而’를 『樂書』151-2에 의거하여 보충하였다.
76　대본에 누락된 ‘之’를 『樂書』151-2에 의거하여 보충하였다.
77　대본에는 ‘楊’으로 되어 있으나 『法言』에 의거하여 ‘揚’으로 바로잡았다.
78　대본에는 ‘人言’으로 되어 있으나 『孟子』에 의거하여 ‘仁言’으로 바로잡았다.
79　대본에는 ‘人聲’으로 되어 있으나 『孟子』에 의거하여 ‘仁聲’으로 바로잡았다.
80　대본에는 ‘人言’으로 되어 있으나 『孟子』에 의거하여 ‘仁言’으로 바로잡았다.
81　대본에는 ‘人聲’으로 되어 있으나 『孟子』에 의거하여 ‘仁聲’으로 바로잡았다.
82　대본에는 ‘也深’으로 되어 있으나 『孟子』에 의거하여 ‘深也’로 바로잡았다.

'永歌之不足故不知手之舞之足之蹈之,' 舞動其容也.　此曰 : "詩言志, 歌永言."

終之以 '八音克諧'而不及舞者, 古者舞以八人爲佾, 所以節八音者也, 言八音則舞擧矣.

或永其言,　或咏其聲,　以言心聲故也.　書述夔之所教而曰 : "詩言志, 歌永言." 別言之以辨異也, 周官述瞽矇所掌而曰 : "掌九德六詩之歌."[83] 合言之以統同也.

記曰 : "弦歌詩頌."　瞽矇 : "弦歌諷誦詩."　皆先歌後詩,　與書異何也? 曰 書先詩後歌者, 原歌之所始者, 自乎詩也, 二禮先歌後詩者, 序樂之 所歌者, 不過詩而已.

마음에 두고 있으면 뜻이 되고 말로 표현하면 시가 되니, 시라는 것은 말로 표현하는 것이 법도에 맞아 뜻이 이르게 된 것이다. 그러므로 시에 서 말로 표현한 것은 뜻에 있지 말에 있는 것이 아니다. 성나면 싸우고 기쁘면 읊고 노래하니, 노래라는 것은 뜻이 매우 가당(可當)하여 말로 표 현된 것이다. 그러므로 노래하여 길게 읊는 것은 말에 있지 뜻에 있는 것이 아니다.

따라서 《권이(卷耳)》[84]가 지어져 후비(后妃)가 현군(賢君)을 구하는 뜻이 드러나고, 《천수(泉水)》[85]가 지어져 위(衛)나라의 여자가 친정으로 돌아가

83　대본에는 '九德言六詩之歌'로 되어 있으나 『周禮』에 의거하여 '掌九德六詩之歌'로 바 로잡았다.

84　권이(卷耳) : 『詩經』 周南 / 卷耳의 毛詩序.「卷耳 后妃之志也 又當輔佐君子 求賢審官 知臣下之勤勞 內有進賢之志而無險詖私謁之心 朝夕思念 至於憂勤也【《권이》는 후비 (后妃)의 뜻을 읊은 시이다. 또 마땅히 군자를 보좌하여 현자(賢者)를 찾고 관직을 살펴 신하들의 수고로움을 알아야 한다. 안에 현자를 추천하여 쓰려는 뜻이 있고 험 하고 편벽되며 사사로이 청탁하려는 마음이 없어, 조석으로 생각해서 걱정하고 수 고로움에 이른 것이다.】

85　천수(泉水) : 『詩經』 邶風 / 泉水의 毛詩序.「泉水 衛女思歸也 嫁於諸侯 父母終 思歸 寧而不得 故作是詩以自見也【《천수》는 위(衛)나라로 시집온 여인이 친정으로 돌아갈 것을 생각한 시이다. 제후에게 시집갔는데, 친정 부모가 죽었으므로 돌아가 안부를 묻고 싶은 마음이 있으나 할 수가 없었다. 그러므로 이 시를 지어 자신의 심정을 나

기를 바라는 뜻이 드러났으며, 《치효(鴟鴞)》[86]가 지어져 주공(周公)이 혼란을 수습한 뜻이 분명해지고, 《운한(雲漢)》[87]이 지어져 선왕(宣王)이 혼란을 다스리려는 뜻이 드러났으니, 이것은 시가 뜻을 말하는 수단이었던 것이다.

고요(皐陶)의 갱가(賡歌)[88]는 지은이가 찬양하는 말을 길게 읊은 것이고, 우(禹)의 《구가(九歌)》[89]는 지은이가 권하고 타이르는 말을 길게 읊은 것이고, 《권아(卷阿)》의 수가(遂歌)[90]는 지은이가 어진 사람을 등용하라는 말을 길게 읊은 것이고, 《사모(四牡)》의 작가(作歌)[91]는 지은이가 어머니를 봉양하고자 하는 말을 길게 읊은 것이고, 《하인사(何人斯)》의 호가(好歌)[92]는 지은이가 참언(讒言)을 미워하는 말을 길게 읊은 것이었으니, 이것은 노래가 말을 길게 읊는 수단이었던 것이다.

____

    타낸 것이다.】

[86] 치효(鴟鴞) :『詩經』 豳風 / 鴟鴞의 毛詩序.「鴟鴞 周公救亂也 成王 未知周公之志 公乃爲詩以遺王 名之曰鴟鴞焉【《치효》는 주공(周公)이 난(亂)을 구원한 시이다. 성왕이 주공의 뜻을 모르므로 주공이 마침내 시를 지어 왕에게 주고 이름을 《치효》라 하였다.】」

[87] 운한(雲漢) :『詩經』 大雅 / 雲漢의 毛詩序.「雲漢 仍叔美宣王也 宣王承厲王之烈 內有撥亂之志 遇災而懼 側身脩行 欲銷去之 天下喜於王化復行 百姓見憂 故作是詩也【《운한》은 잉숙(仍叔)이 선왕(宣王)을 찬미한 시이다. 선왕이 포학한 정사를 이어 안으로 난(亂)을 평정하려는 뜻이 있으며, 재앙을 만나 두려워하여 잠시도 몸을 편안히 하지 않고 행실을 닦아 재앙을 사라지게 하려고 하자, 천하 사람들은 왕화(王化)가 다시 행해지고 백성들이 임금이 걱정해 주는 것을 보게 된 것을 기뻐하였다. 그러므로 이 시를 지은 것이다.】」

[88] 고요(皐陶)의 갱가(賡歌) : 갱가(賡歌)는『書經』 虞書 / 益稷 3의「乃賡載歌曰」의 구절에서 취한 것이다. 고요(皐陶)는 순임금의 신하로 자(字)는 정견(庭堅)이다. 사구(司寇) 즉 옥관(獄官)의 장(長)을 지냈다. '고요(咎繇)'라고도 쓴다.

[89] 우(禹)의 구가(九歌) : 구가(九歌)는『書經』 虞書 / 大禹 1의「勸之以九歌」에서 취한 것이다.

[90] 《권아(卷阿)》의 수가(遂歌) : 수가(遂歌)는『詩經』 大雅 / 卷阿의「矢詩不多 維以遂歌」의 구절에서 취한 것이고, 수가(遂歌)는 '노래를 이어하다'의 뜻이다.

[91] 《사모(四牡)》의 작가(作歌) : 작가(作歌)는『詩經』 小雅 / 四牡의「是用作歌 將母來諗」의 구절에서 취한 것이다.

[92] 《하인사(何人斯)》의 호가(好歌) : 호가(好歌)는『詩經』 小雅 / 何人斯의「作此好歌 以極反側」의 구절에서 취한 것이다.

양자(揚子)[93]는 "뜻을 말하는 것은 시보다 분명한 것이 없다"[94]라고 하고, 전(傳)에 "시로써 뜻을 말한다"[95]라고 하였으니, 어쩌면 '시언지(詩言志)'의 의미인지도 모른다. 사을(師乙)은 "노래란 것은 길게 말한 것이니 기뻐하므로 말하고 말이 부족하므로 길게 말하는 것이다"[96]라고 하였으니, 어쩌면 '가영언(歌永言)'의 의미인지도 모른다.

시는 어진 말[仁言]이고 노래는 어진 소리[仁聲]니, "어진 말은 어진 소리가 사람 마음에 깊이 파고드는 것만 못하다"[97]라고 하였다. 그러므로 시가 먼저고 노래가 다음이다. 모시서(毛詩序)에서 찾아보면 '마음에 두고 있으면 지(志)가 되고 말로 표현하면 시가 되니, 시는 정(情)이 마음속에서 감동하여 말로 표현된 것이니 시는 그 뜻을 말한 것이다'[98]라고 하였으니, '말로 부족하므로 감탄하고 감탄만으로 부족하므로 길게 노래하고, 그 말을 길게 할 때 길게 노래만 하는 것이 부족하므로 부지불식간에 손발로 춤을 추는 것이다'[99]라고 하였으니, 춤은 그 용모를 움직이는 것이다. 이것은 "시는 뜻을 말한 것이고 노래는 말을 길게 읊는 것이다"를 말한 것이다.

'팔음의 악기가 잘 어울리는 것'으로써 마치고 춤까지 언급하지 않은 것은, 옛날 춤은 8인으로 춤추는 열[佾]을 갖추었으니, 팔음의 악기로 반주하기 때문이다. 팔음의 악기를 말하였다면 춤도 언급한 것이다.

혹 그 말을 길게 읊고 혹 그 소리를 읊는 것은 마음에서 우러나는 소리를 말하는 것이기 때문이다. 『서경』에 순임금이 기(夔)가 가르칠 바를 설명하여 "시는 뜻을 말한 것이고 노래는 말을 길게 읊는 것이다"라고

---

93   양자(揚子) : 전한(前漢)의 양웅(揚雄)이다.
94   『法言』寡見 7-5.
95   『莊子注』(晉 郭象 注) 卷10 天下 第33.
96   『禮記』樂記 19-26.
97   『孟子』盡心上 13-14.
98   『詩經』周南 / 關雎의 毛詩序. 대서(大序)라고도 한다.
99   『禮記』樂記 19-26.

하였으니, 시와 노래를 달리 말하여 상이하게 분별한 것이고, 『주례』에 고몽(瞽矇)이 관장할 바를 설명하여 “구덕(九德)과 육시(六詩)의 노래를 관장한다”[100]라고 하였으니, 시와 노래를 합쳐 말하여 동일하게 통합한 것이다.

『예기』에 “악기를 타면서 시송(詩頌)을 노래하다”[101]라고 하고, 고몽(瞽矇)에 “현악기를 타면서 노래하되 시를 외워 풍자하다”[102]라고 하였으니, 모두 노래를 우선하고 시를 뒤에 한 것인데, 『서경』과 다른 점은 무엇인가? 『서경』에서 시를 우선하고 노래를 뒤에 한 것은 노래가 시작되는 기원이 시에서 비롯하고 있기 때문이고, 『주례』와 『예기』에서 노래를 우선하고 시를 뒤에 한 것은 악이 노래로 표현되는 발단이 시에 불과할 뿐이기 때문이다.

---

100 『周禮』 春官 / 瞽矇 0.
101 『禮記』 樂記 19-22.
102 『周禮』 春官 / 瞽矇 0.

권76 상서훈의(尚書訓義)

우서(虞書) / 순전(舜典) · 대우모(大禹謨)

순전(舜典)

76-1. 聲依永, 律和聲.

성(聲)은 길게 읊는 것에 의지한 것이고 율(律)은 성(聲)을 조화시키는 것이다.[1]

人之生也, 鍾五行之秀氣, 其出爲五. 言之永, 律必和五行之聲. 蓋詠以永爲體, 永以詠爲用. 故舜之作樂, ‘琴瑟以詠’, 所以爲‘聲依永’也, ‘笙鏞以間’, 所以爲‘律和聲’也.

故歌風而聲不依永, 無以見德性之微, 歌雅而聲不依永, 無以著法度

---

1   『書經』虞書 / 舜典 3.

之正, 歌頌而聲不依永, 無以顯功德之成. 如此則聲詩不協, 失其所謂中聲所主者矣, 此聲所以不可不依永也.

宮爲君, 不以律和之, 則其聲荒, 其君驕, 商爲臣, 不以律和之, 則其聲陂, 其臣壞, 角爲民, 不以律和之, 則其聲憂, 其民怨, 徵爲事, 不以律和之, 則其聲哀, 其事勤, 羽爲物, 不以律和之, 則其聲危, 其財匱. 如此則聲律不諧, 失其所謂中聲所歸者矣, 此律所以不可不和聲也.

周官 : "大師掌六律六同, 皆文之以五聲. 敎六詩, 以六德爲之本, 以六律爲之音." 豈亦'聲依永 律和聲.'之意歟!

今夫陽六爲律, 則黃鍾太蔟姑洗蕤賓夷則無射, 皆聲之屬乎陽, 所謂律也, 陰六爲呂, 則大呂應鍾南呂函鍾中呂夾鍾, 皆聲之屬乎陰, 所謂呂也. 別[2]而言之, 律與呂異, 合而言之, 呂亦謂之律, 此禮運所以有'五聲十二律'之說也.

古之言律, 或謂之六律, 或謂之六始, 配律者, 或以呂, 或以同, 六始則六間配之, 何也?[3] 曰迹天地自然之象數謂之律, 以陽造始謂之始焉, 匹[4]於陽爲呂, 間於陽爲間, 同於陽[5]爲同. 呂命以體, 間命以位, 同命以情. 合陽六陰六言之均, 謂之六律也, 此特以律爲言, 豈非合而言之耶?

사람은 오행(五行)의 정순(精醇)한 기운이 모여 태어나니[6] 그 표출이 오성(五聲)이 된다. 말을 길게 읊을 때 12율은 반드시 오행의 소리를 조화롭게 한다. 일반적으로 읊는 것은 길게 빼는 것을 체(體)로 삼고, 길게 빼는 것은 읊는 것이 용(用)이다. 그러므로 순임금이 작곡할 때 '금(琴)과 슬(瑟)의 반주로 읊게 한 것'은 '성(聲)은 길게 읊는 것에 의지한 것'이고, '생(笙)과 용(鏞)[7]으로 간주(間奏)하게 한 것'은 '율(律)은 성(聲)을 조화시키는

2　대본에는 '刖'로 되어 있으나 문맥이 통하지 않아 '別'로 바로잡았다.
3　대본에는 '謂之七音可也' 6자가 있으나 『樂書』 82-2에 의거하여 삭제하였다.
4　대본에 누락된 '匹'을 『樂書』 82-2에 의거하여 보충하였다.
5　대본에는 '一陽'으로 되어 있으나 『樂書』 82-2에 의거하여 '陽'으로 바로잡았다.
6　사람은~태어나니: 『禮記』 禮運 9-24.
7　용(鏞): 큰 종이다.〈『爾雅』 釋樂 7-9〉

것'이다.

따라서 국풍(國風)[8]을 노래하면서 길게 빼는 성(聲)을 의지하지 않으면 은미(隱微)한 덕성(德性)을 나타낼 수 없고, 아(雅)[9]를 노래하면서 길게 빼는 성(聲)을 의지하지 않으면 바른 법도(法度)를 알릴 수 없고, 송(頌)[10]을 노래하면서 길게 빼는 성(聲)을 의지하지 않으면 성취한 공덕(功德)을 드러낼 수 없다. 이와 같으면 성(聲)과 시가 어우러지지 않아 이른바 중성(中聲)이 주장하는 것을 잃게 될 것이니, 이것이 성(聲)은 길게 읊는 것을 의지하지 않을 수 없는 이유이다.

궁(宮)은 임금이니 12율로써 조화롭게 하지 않으면 그 성(聲)이 난잡하게 되어 그 임금이 교만하게 된다. 상(商)은 신하니 12율로써 조화롭게 하지 않으면 그 성(聲)이 간사하게 되어 그 신하들 질서가 무너진다. 각(角)은 백성이니 12율로써 조화롭게 하지 않으면 그 성(聲)이 근심스럽게 되어 그 백성이 원망하게 된다. 치(徵)는 일이니 12율로써 조화롭게 하지 않으면 그 성(聲)이 슬프게 되어 그 백성들이 괴로워하게 된다. 우(羽)는 불건이니 12율로써 조화롭게 하지 않으면 그 성(聲)이 위태롭게 되어 그 재물이 다하여 없어지게 된다. 이와 같으면 오성(五聲)과 12율이 조화를 이루지 못하여 이른바 중성(中聲)이 귀결되는 바를 잃게 될 것이니, 이것이 12율이 오성과 조화를 이루지 않을 수 없는 이유이다.

『주례』에 "태사(大師)[11]는 육률과 육동(六同)[12]을 관장하는데 모두 오성

---

8   국풍(國風) : 『詩經』의 첫 번째 편명이다. 국(國)은 제후가 봉(封)해진 영토를 뜻하고, 풍(風)은 민간에서 불리는 노래라는 뜻이다.

9   아(雅) : 아(雅)는 소아(小雅)와 대아(大雅)로 나뉜다. 소아(小雅)는 본래 연향(宴饗)에 쓰이는 노래로서, 통상 풍자성이 있는 슬픔과 원망이 담겨 있다. 대아(大雅)는 회조(會朝)의 악가(樂歌)로서 슬퍼하거나 원망하는 내용은 없고 장중하면서도 공경스런 내용이 주를 이룬다.

10   송(頌) : 송(頌)은 선조의 공덕을 기리며 종묘의 제사에서 연주되던 악가(樂歌)로 춤을 동반한다. 『詩經』의 대서(大序)에서는 이것을 '성덕(盛德)의 형용을 찬미하며 그 이룬 공으로써 신명(神明)에게 고하는 것'이라고 풀이하였다.

11   태사(大師) : 『論語』 八佾 3-23에 '大師'가 있는데 언해본에 '태사'로 읽고 있다. 그에 따라 '大師'는 모두 '태사'로 읽는다.

으로 음계의 형식을 갖춘다. 육시(六詩)[13]를 가르칠 때 육덕(六德)[14]이 그
근본이고 육률이 그 음(音)이다”[15]라고 하였는데, 아마도 ‘성(聲)은 길게
읊는 것에 의지한 것이고 율(律)은 성(聲)을 조화시키는 것이다’의 뜻일
것이다.

  양(陽) 여섯을 율(律)로 삼으니 황종(黃鍾)·태주(太族)·고선(姑洗)·유빈
(蕤賓)·이칙(夷則)·무역(無射)이다. 모두 양(陽)에 속하는 성(聲)으로 이른
바 율(律)이고, 음(陰) 여섯을 여(呂)로 삼으니 대려(大呂)·응종(應鍾)·남려
(南呂)·함종(函鍾)[16]·중려(中呂)[17]·협종(夾鍾)이다. 모두 음(陰)에 속하는
성(聲)으로 이른바 여(呂)이다. 분별하여 말하면 율과 여가 다르고, 합하여
말하면 여 또한 율이라 할 수 있으니, 이것이 「예운(禮運)」에 ‘오성과 12
율’[18]의 설(說)이 있게 된 이유이다.

  옛날 율(律)을 말할 때 혹 육률이라 하고 혹은 육시(六始)[19]라 하였으며,
율에 짝짓기를 혹 여(呂)로써 하고 혹은 동(同)으로써 하였는데, 육시(六始)
를 육간(六間)[20]으로 짝지은 것은 무엇 때문인가? 천지자연의 상수(象數)를
기술한 것을 율이라 하고, 양(陽)으로써 처음 시작하는 것을 시(始)라 하
며, 양에 대한 상대가 여가 되고, 양(陽) 사이에 낀 것이 간(間)이 되고, 양
과 같게 된 것이 동(同)이 되기 때문이다. 여(呂)로 명명(命名)한 것은 체

12 　육동(六同) : 정(情)이 양(陽)과 같다는 뜻으로 육려(六呂)이다.〈『樂書』100-1〉
13 　육시(六詩) : 풍(風)·아(雅)·송(頌)·부(賦)·비(比)·흥(興)이다.
14 　육덕(六德) : 지(知)·인(仁)·성(聖)·의(義)·충(忠)·화(和).〈『周禮』地官 / 大司徒 15〉
15 　『周禮』春官 / 大師 0.
16 　함종(函鍾) : 여름이 함같이 만물을 덮는다는 뜻에서 온 것으로 임종(林鍾)이다.〈『樂
　　書』100-1〉
17 　중려(中呂) : 음(陰)이 처음으로 싹트는 것이 작다는 뜻에서 온 것으로 중려(仲呂)이
　　다.〈『樂書』100-1〉
18 　『禮記』禮運 9-25.「五聲六律十二管 還相爲宮也【오성을 따라 육률의 12율관이 돌아
　　가며 서로 궁(宮)이 된다.】」
19 　육시(六始) : 양(陽)의 자리가 음(陰)보다 먼저라는 뜻에서 온 것으로 육률(六律)이
　　다.〈『樂書』100-1〉
20 　육간(六間) : 자리가 양(陽) 사이에 끼어 있다는 뜻에서 온 것으로 육려(六呂)이다.〈『樂
　　書』100-1〉

(體)로써 한 것이고, 간(間)으로 명명(命名)한 것은 위치로써 한 것이고, 동
(同)으로써 명명(命名)한 것은 정(情)으로써 한 것이다. 양(陽) 여섯과 음(陰)
여섯[21]을 합하여 균등하게 말한 것을 육률이라 하는데, 여기에서는 다만
율(律)로써 말하였으나, 어찌 합하여 말한 것이 아니겠는가?[22]

76-2. 八音克諧, 無相奪倫, 神人以和.
팔음의 악기가 능히 어울려 서로 질서를 침범하지 않아야만 신과 사
람이 화합할 것이다.[23]

先王之作樂, 主之以六律六同, 而播之以八音, ‘金石以動之, 絲竹以
行之, 匏以宣之, 瓦以贊之, 革木以節之,’ 所道者中德, 所詠者中音. 故
‘氣無滯陰, 亦無散陽’, 細不至於抑, 大不至於陵, 一於回邪曲直, 各歸
其分而已.

此樂記所謂 : “先王合生氣之和, 道五常之行, 使之陽而不散, 陰而不
密, 剛氣不怒, 柔氣不懾, 四暢交於中而發作於外, 皆安其位而不相奪
也.” 庸非‘八音克諧, 無相奪倫’之謂耶?

蓋‘樂者天地之和’ 先王審一以定之者也. 故奏之宗廟, 則‘肅雝和鳴,
先祖是聽’, 作之天下, 則長幼和順, 兄弟和親. 以之率神從天故其神和,
以之反情和志故其人和. 神和則其鬼不神, 亦不傷人矣. 人和則‘移風易
俗, 天下皆寧矣.’

國語曰 : “德音不愆, 以合神人, 神是以寧[24], 民是以聽[25].” 豈特‘祖考
來格, 羣后德讓’而已哉?

---

21   양(陽)~여섯 : 양(陽) 여섯은 육률(六律)이고, 음(陰) 여섯은 육려(六呂)이다.
22   옛날~아니겠는가? : 같은 내용이 『樂書』 82-2에도 나온다. 정리하면 육률(六律)의 다
      른 이름은 육시(六始)이고, 육려(六呂)의 다른 이름은 육동(六同)과 육간(六間)이다.
23   『書經』 虞書 / 舜典 3.
24   대본에는 ‘和’로 되어 있으나 『國語』에 의거하여 ‘寧’으로 바로잡았다.
25   대본에는 ‘寧’으로 되어 있으나 『國語』에 의거하여 ‘聽’으로 바로잡았다.

今夫‘禮以辨異’, 則治神人而使之不亂, ‘樂以統同’, 則和神人而使之無間. 言神則知人之爲鬼, 言人則知神之爲天, 言天神人鬼, 則地示之禮可知. 周官 : “宗伯掌邦禮 治神人.” 亦足發明於此矣.

然則書美舜樂曰 : “詩言志, 歌永言, 聲依永, 律和聲, 八音克諧.” 而不及舞. 大司樂 序周樂, 則‘奏律歌呂而[26]舞六樂者’, 豈非帝者德全而樂簡, 王者業大而樂備故耶? 揚雄有之 : “周之禮樂, 庶事之備也.” 可不信乎?

선왕(先王)이 악을 작곡할 때 육률과 육동(六同)을 주로 하여 팔음의 악기로 연주하였는데, ‘금(金)·석(石)의 악기로 시작하고, 사(絲)·죽(竹)의 악기로 이어 연주하고, 포(匏)의 악기로 선양(宣揚)하고, 토(土)인 질그릇 악기로 찬조(贊助)하고, 혁(革)·목(木)의 악기로 장단을 맞추어,’[27] 말하는 것은 덕에 맞았고 읊는 것은 음(音)에 맞았다. 그러므로 ‘기운은 정체되는 음(陰)이 없었고 또한 발산하는 양(陽)이 없었으며’[28] 가는 소리는 억눌리는 데까지 이르지 않았고 큰 소리는 능멸하는 데까지 가지 않아,[29] 회사곡직(回邪曲直)[30]에 일정해서 각각 그 분수에 맞게 귀결(歸結)될 뿐이었다.

이것이 「악기」에 이른바 “선왕(先王)이 생기(生氣)의 화(和)에 맞추고 오상(五常)에서 나오는 행실을 인도하여, 양(陽)이 동(動)해도 산만(散漫)에 이르지 않게 하고 음(陰)이 고요해도 밀폐(密閉)에 이르지 않게 하며, 강기(剛氣)가 분노하지 않게 하고 유기(柔氣)가 두려워하지 않게 하여, 사창(四暢)[31]이 마음에서 서로 섞이고 발함이 밖에서 일어나, 모두 그 자리에 편

---

26   대본에는 ‘而呂’로 되어 있으나 문맥이 통하지 않아 『樂書』 19-3에 의거하여 ‘呂而’로 바로잡았다.

27   『國語』 周語下 3-6.

28   『國語』 周語下 3-6.

29   가는 소리는~않아 : 『國語』 周語下 3-6. 「細抑大陵【가는 소리는 억눌리고 큰 소리는 능멸한다.】」

30   회사곡직(回邪曲直) : 회(回)는 ‘어긴다’는 뜻이고, 사(邪)는 ‘사특하고 편벽하다’는 뜻이며, 곡직(曲直)은 ‘굽음과 곧음’이다.

안하여 서로 침탈하지 않게 된다'[32]는 것이다. 어찌 '팔음의 악기가 능히 어울려 서로 질서를 침범하지 않은 것'[33]을 이른 것이 아니겠는가?

　'악은 천지의 화기(和氣)'[34]니 선왕(先王)이 낱낱이 살펴 정한 것이다. 그러므로 종묘(宗廟)에서 연주하면 '숙옹화명(肅雝和鳴)하여 선조가 바로 들으시고,'[35] 천하에 악을 진작(振作)하면 장유(長幼)가 화순(和順)하고 형제가 화친한다. 그로써 신을 따르고 하늘을 좇으므로 신이 화합하며, 그로써 성정(性情)을 회복하고 뜻을 합하므로 사람이 화합한다. 신이 화합하면 인귀(人鬼)가 신령스럽지 못해도 또한 사람을 해치지 않고, 사람이 화합하면 '이풍역속(移風易俗)이 되어 천하가 모두 편안할 것이다.'[36]

　『국어(國語)』[37]에 "덕음(德音)이 정도에 어긋나지 않아 신과 사람을 화합시키니, 신은 이로써 편안하게 되고 백성은 이로써 순종하게 되었다'[38]라고 하였다. 어찌 다만 '조고(祖考)의 혼령이 오시며 여러 제후들이 덕으로 겸양(謙讓)'[39]만할 뿐이었겠는가?

　'예로써 상이하게 분별'[40]하면 신과 사람이 다스려져 혼란스럽지 않게

31　사창(四暢) : 천지의 음양(陰陽)과 인심(人心)의 강유(剛柔)이다.〈『禮記』樂記 19-12의 陳澔 註〉

32　『禮記』樂記 19-12.

33　『書經』虞書 / 舜典 3.

34　『禮記』樂記 19-4.

35　『詩經』周頌 / 有瞽.「肅雝和鳴 先祖是聽」은『시경』가사이다.

36　『禮記』樂記 19-13. 이풍역속에서 풍(風)은 상(上)의 교화이고 속(俗)은 풍(風)이 민간에서 습속으로 굳어진 것으로써 곧 '임금의 교화인 풍(風)을 옮겨 민속(民俗)을 개선한다'는 의미이다.

37　국어(國語) : 춘추시대 주(周)나라 좌구명(左丘明)이『좌씨전(左氏傳)』을 쓰기 위하여 8국의 역사를 모아 찬술(撰述)한 것으로, 서주(西周)의 목왕(穆王) 때부터 노(魯)의 도왕(悼王) 때 조양자(趙襄子)가 지백(智伯)을 멸망시킨 일까지 약 500년간의 역사를 기록하였다.

38　『國語』周語下 3-6. 덕음(德音)은 중덕(中德)과 중음(中音)인데, 그 주해(註解)에 '중덕(中德)은 중용(中庸)의 덕으로 추는 춤'으로, '중음(中音)은 중화(中和)의 음'으로 설명하였다.

39　『書經』虞書 / 益稷 2.

40　『禮記』樂記 19-18.

되고, ‘악으로써 동일하게 통합’하면 신과 사람이 화합하여 간극이 없게 된다. 신을 말하면 사람이 귀(鬼)가 되는 것을 알게 되고 사람을 말하면 신이 하늘이 되는 것을 알게 되니, 천신(天神)과 인귀(人鬼)를 말하면 지기(地示)[41]에 대한 예를 알 수 있다. 『주례』에 “종백(宗伯)이 나라의 예를 관장하고 천신과 인귀를 다스린다”[42]라고 하였으니, 또한 이것에서 충분히 알 수 있다.

그렇다면 『서경』에 순임금의 악을 찬미(讚美)하기를 “시는 뜻을 말한 것이고, 노래는 말을 길게 읊는 것이고, 성(聲)은 길게 읊는 것에 의지한 것이고, 율(律)은 성(聲)을 조화시키는 것이니, 팔음의 악기가 어울린다”[43]라고만 하고, 춤은 언급하지 않았는데, 「대사악(大司樂)」에 주나라 악을 서술하면서, ‘양률(陽律)로 연주하고 음려(陰呂)로 노래하며 육악(六樂)으로 춤을 춘다’[44]라고 한 것은, 어찌 제왕(帝王)은 덕이 온전하고 악이 간이(簡易)하며, 왕자(王者)는 업적이 크고 악이 완비되었기 때문이 아니겠는가? 양웅(揚雄)이 “주나라의 예악은 많은 일을 갖추고 있다”[45]라고 한 것이 있으니, 믿지 않을 수 있겠는가?

---

41 지기(地示):『周禮』春官 / 大宗伯 1의 陸德明 音義.「示音祇 本或作祇【‘示’는 음이 ‘祇’와 같으니 본래 혹 ‘기(祇)’로 썼다.】」지기(地示)는 국토의 신(神)이다.

42 『周禮』春官 / 大宗伯 1.

43 『書經』虞書 / 舜典 3.

44 『周禮』春官 / 大司樂 1.「乃奏黃鍾歌大呂 …… 乃奏大簇歌應鍾 …… 乃奏姑洗歌南呂 …… 乃奏蕤賓歌函鍾 …… 乃奏夷則歌小呂 …… 乃奏無射歌夾鍾【황종으로 연주하고 대려로 노래하며 …… 태주로 연주하고 응종으로 노래하며 …… 고선으로 연주하고 남려로 노래하며 …… 유빈으로 연주하고 함종(函鍾)으로 노래하며 …… 이칙으로 연주하고 소려(小呂)로 노래하며 …… 무역으로 연주하고 협종으로 노래한다.】」이에 의하면 황종·태주·고선의 양률(陽律)로 연주하고 대려·응종·남려의 음려(陰呂)로 노래한 것을 알 수 있다.

45 『法言』問神 5-21.

대우모(大禹謨)

76-3. "水火金木土穀惟修, 正德利用厚生惟和, 九功惟叙, 九叙惟歌, 戒之用休, 董之用威, 勸之以九歌 俾勿壞." "六府三事允治時乃功."[46]

"수(水) · 화(火) · 금(金) · 목(木) · 토(土)와 곡식의 정사가 잘 닦여지며, 정덕(正德) · 이용(利用) · 후생(厚生)이 조화롭게 되어, 아홉 가지 공이 펴져 아홉 가지 펴진 것을 노래로 읊거든 훈계하여 잘하는 자는 칭찬해주고 감독하여 잘못하는 자는 두렵게 하며,《구가(九歌)》의 노래를 부르게 권하여 무너지지 않게 하소서." "육부(六府)와 삼사(三事)가 진실로 다스려진 것은 너의 공이다."[47]

春秋傳曰 : "水火金木土穀, 謂之六府, 正德利用厚生, 謂之三事, 六府三事, 謂之九功, 九功之德皆可歌也, 謂之九歌." 蓋王者治定制禮, 功成作樂. 然則禹之'九功惟叙, 九叙惟歌', 豈非以禹功之成, 不可不作樂以形容之耶?

'戒之用休', 仁之至也, '董之用威', 義之至也, '勸之以九歌, 俾勿壞', 使之樂斯二者, 必至有成而無壞也. 始而戒之, 終而勸之, 與秦終南之詩同意.

周官大司樂言 : "奏九德之歌, 九磬之舞." "瞽矇掌九德之歌, 以役大師." 大磬舜樂也, 謂之'九磬之舞', 則大夏禹樂也 謂之'九德之歌', 得非九夏乎? 鍾師 : "以鐘鼓奏九夏, 王夏肆夏昭夏納夏章夏齊夏族夏祴夏驁夏."

---

46 대본에는 '六府三事允治時乃功'이 '惟和'의 다음에 있으나,『書經』에 의거하여 '俾勿壞' 다음에 놓아 바로잡았다.

47 『書經』虞書 大禹 1.

杜子春曰: "王出入, 奏王夏, 尸出入, '奏肆夏, 牲出入',[48] 奏昭夏, 四方賓來, 奏納夏, 臣有功, 奏章夏, 夫人祭, 奏齊夏, 族人侍, 奏族夏, 客醉而出, 奏祴夏, 公出入, 奏驁夏."

蓋王者之於天下, 出而與物相見, 則粲然有文明之華功業之大. 然多故生於豐大之時, 而無故見於隨時之義, 則其出而與民同患,[49] 又不可不思患而[50]預爲之戒也. 禹作九夏之樂, 本九功之德以爲歌, 而夏書[51]曰: "勸之以九歌, 俾勿壞." 豈非先患慮患而戒之乎? 今夫天下之民, 以王者爲之君也. 九[52]夏之樂, 以王夏爲之君. 故王出入, 奏王夏.

尸非神也, 象神而已. 惟在廟則均全與君, 是與之相敵而無不及也. 故尸出入, 奏肆夏. 牲所以食神, 實以召之也. 神藏於幽微, 而有以召之, 則'洋洋乎如在其上, 如在其左右', 不亦昭乎? 故牲出入, 奏昭夏.

外之爲出, 內之爲納. 四方之賓, 或以朝而來王, 或以祭而來享, 非可却而外之也, 容而納之, 繫而屬之, 安賓客悅遠人之道也. 故四方賓來, 奏納夏. 東南爲文, 西南爲章, 則章者文之成明之著也. 人臣有功, 不錫樂以章之, 則其功卒於黯闇不明, 非崇德報功之道也. 故臣有功 奏章夏.

古者將祭, '君致齊於外, 夫人致齊於內', 心不苟慮, 必依於道, 手足不苟動, 必依於禮, 夫然後致精明之德, 可以交神明矣. 故夫人祭, 奏齊夏. 族人之侍王, 內朝以齒, 明父子也, 外朝以官, 體異姓也, 合族之道, 不過是矣. 故族人侍, 奏族夏.

旣醉而出, 並受其福, 醉而不出, 是謂伐德. 非特於禮爲然, 樂亦如

---

48   대본에 누락된 '奏肆夏 牲出入' 6글자를 『周禮』 春官 / 大司樂 3에 의거하여 보충하였다.

49   대본에는 '以同民患是雖有文明之華功業之大而多故或生焉'으로 되어 있으나 문맥이 통하지 않아 『樂書』 166-4에 의거하여 '則粲然有文明之華功業之大 然多故生於豐大之時而無故見於隨時之義則其出而與民同患'으로 바로잡았다.

50   대본에는 '則'으로 되어 있으나 사고전서 『樂書』에 의거하여 '而'로 바로잡았다.

51   대본에 누락된 '夏書'를 『樂書』 166-4에 의거하여 보충하였다.

52   대본에 누락된 '九'를 『樂書』 50-4에 의거하여 보충하였다.

之. 是以先王之樂, 未嘗不以祴示戒焉. 故客醉而出, 奏祴夏. 大射‘公入驁’, 則‘公與王同德’, 爵位莫重焉. 然位不期驕而驕至[53], 祿不期侈而侈生[54], 則自放驕傲之患, 難乎免於身矣. 是以先王之[55]於樂, 未嘗不以驁示戒焉. 故公出入, 奏驁夏.

蓋禮勝易離, 樂勝易流. 九夏必始之王夏, 以王道自禹始也, 終之驁夏, 以反爲文故[56]也. 若然尙何壞之有哉? 詩言 : “鐘鼓旣戒” 與此同意. 九夏之樂, 有其名而無其辭, 蓋若豳雅豳頌矣.

『춘추좌씨전』[57]에 “수(水)·화(火)·금(金)·목(木)·토(土)·곡(穀)을 육부(六府)라 하고, 정덕(正德)·이용(利用)·후생(厚生)을 삼사(三事)라 하고, 육부와 삼사를 구공(九功)이라 하고, 구공의 덕을 노래할 수 있게 한 것을 《구가(九歌)》라 한다”[58]라고 하였다. 왕자(王者)는 통치가 안정되면 예를 제정하고 공(功)이 이루어지면 악을 작곡한다. 그렇다면 우임금이 ‘아홉 가지 공이 펴져 아홉 가지 펴진 것을 노래한다’라고 하였으니, 어찌 우임금의 공이 이루어진 것을 가지고 악을 작곡하여 형용하지 않을 수 있었겠는가?

‘훈계하여 잘하는 자는 칭찬한다’는 것은 인(仁)의 지극함이고, ‘감독하여 잘못하는 자는 두렵게 한다’는 것은 의(義)의 지극함이고, ‘《구가(九歌)》의 노래를 부르게 권하여 무너지지 않게 한 것’은 이 두 가지를 즐기

---

53   대본에 누락된 ‘至’를 『樂書』166-4에 의거하여 보충하였다.
54   대본에 누락된 ‘生’을 『樂書』166-4에 의거하여 보충하였다.
55   대본에 누락된 ‘之’를 『樂書』166-4에 의거하여 보충하였다.
56   대본에 누락된 ‘故’를 『樂書』166-4에 의거하여 보충하였다.
57   춘추좌씨전 : 공자(孔子)가 지은 『춘추(春秋)』를 해설한 춘추삼전(春秋三傳)의 하나로 30권이다. 본래의 명칭은 ‘좌씨춘추(左氏春秋)’이다. 저자는 전통적으로 좌구명(左丘明)으로 알려져 왔다.
58   『春秋左氏傳』 文公 7年(8). 육부(六府)와 삼사(三事)는 재화(財貨)가 형성되는 여섯 가지 요소와 덕치(德治)를 이루기 위해 요구되는 세 가지의 사업이다. 원래 『書經』 虞書 / 大禹 1에 나오는 말로 『서경』에서는 이것을 만세평치(萬世平治)와 교화적공(教化積功)을 달성하기 위한 기초로 삼고 있다. 〈『儒教大事典』(儒教事典編纂委員會, 1990) 1130쪽〉

게 하여 반드시 성취함이 있어 무너짐이 없게 하는 데까지 이르게 한 것이다. 처음에 경계하고 마칠 때 권면(勸勉)하였으니, 「진풍(秦風)」《종남(終南)》[59]의 시와 뜻이 같다.

『주례』 대사악(大司樂)에 "구덕(九德)의 노래와 《구소(九磬)》[60]의 춤을 반주한다"[61]라고 하고, "고몽(瞽矇)이 구덕(九德)의 노래를 관장하되 태사(大師)의 명을 따른다"[62]라고 하였다. 《대소(大磬)》[63]는 순임금의 악으로 '《구소(九磬)》의 춤'이라고 한 것이면, 《대하(大夏)》[64]는 우임금의 악으로 '구덕(九德)의 노래'[65]라고 한 것이니 《구하(九夏)》가 아니겠는가? 종사(鍾師)에 "종과 북으로써 구하를 연주하니, 구하는 《왕하(王夏)》·《사하(肆夏)》·《소하(昭夏)》·《납하(納夏)》·《장하(章夏)》·《제하(齊夏)》·《족하(族夏)》·《개하(祴夏)》·《오하(驁夏)》이다"[66]라고 하였다.

두자춘(杜子春)[67]은 "왕이 출입할 때는 《왕하》를 연주하고, 시동(尸童)이

---

59 종남(終南) : 『詩經』 秦風 / 終南의 毛詩序. 「終南 戒襄公也 能取周地 始爲諸侯 受顯服 大夫美之 故作是詩以戒勸之《종남》은 양공(襄公)을 경계한 시이다. 주나라 땅을 취하여 비로소 제후가 되어 훌륭한 의복을 받으니, 대부가 이를 아름답게 여겼다. 그러므로 이 시를 지어 경계하고 권면한 것이다.】

60 구소(九磬) : 순(舜)임금의 악곡 이름. 소소(簫韶)는 아홉 곡으로 이루어졌기 때문에 붙여진 이름이다. 『周禮』 春官 / 大司樂 2의 鄭玄 注. 「九磬 讀當爲大韶 字之誤也【'九磬'는 마땅히 대소(大韶)로 읽어야 하니, 글자 오류이다.】

61 『周禮』 春官 / 大司樂 2.

62 『周禮』 春官 / 瞽矇 0.

63 대소(大磬) : 순임금의 악을 『서경』과 『논어』에서는 '韶', 『주례』에서는 '磬'라고 하였는데, 저자는 '韶'는 팔음에 시행하는 것을 가지고 말한 것이고, '磬'는 오성으로 표현하는 것을 가지고 말한 것으로 보았다. 또 『맹자』에서의 '招'는 좋은 정사가 행해짐에 '태사(太師)를 불러[招] 악을 작곡하라'고 한 것에서 온 것으로, 이는 바로 순임금의 악을 본받은 것으로 보았다.

64 대하(大夏) : 주나라 육무(六舞)의 하나로 하(夏)나라 우왕(禹王)의 악이다. 하(夏)는 '크다'는 뜻인데, 치수(治水)로써 중국을 넓힌 우왕의 덕을 찬미한 것이다.

65 구덕(九德)은 우(禹)가 순임금에게 말한 것이 육부(六府)와 삼사(三事)이기 때문이다.

66 『周禮』 春官 / 鍾師 0.

67 두자춘(杜子春) : B.C. 30~A.D. 58. 후한(後漢)의 경학자. 유흠(劉歆)에게서 『주례』를 배우고 정중(鄭衆)·가규(家逵)에게 '주례학(周禮學)'을 전했다. 그가 주석(註釋)한 『주

출입할 때는 《사하》를 연주하고, 희생(犧牲)이 출입할 때는 《소하》를 연주하고, 사방의 빈객이 올 때는 《납하》를 연주하고, 신하가 공로(功勞)가 있을 때는 《장하》를 연주하고, 부인(夫人)이 제사를 지낼 때는 《제하》를 연주하고, 일가들이 모실 때는 《족하》를 연주하고, 손님이 취하여 나갈 때는 《개하》를 연주하고, 열후(列侯)들이 출입할 때는 《오하》를 연주한다."[68]라고 하였다.

왕자(王者)가 천하의 일을 할 때 밖에 나가 일을 만나면 찬란하게 빛나는 문명과 큰 공업(功業)이 있게 된다. 그러나 많은 사건은 풍성할 때 생기고, 평안은 시대의 의리를 따를 때 나타나니, 왕자가 나가 백성과 근심을 함께 하고, 또 환난을 생각하여 미리 경계하지 않을 수 없었을 것이다. 우임금이 《구하》의 악을 지은 것은 구공(九功)의 덕[69]을 바탕으로 노래를 만들었을 것인데, 「하서(夏書)」에 "《구가(九歌)》의 노래를 부르게 권하여 무너지지 않게 하소서"[70]라고 하였으니, 어찌 일찍이 먼저 근심할 것을 생각하여 경계한 것이 아니겠는가? 또 천하의 백성은 왕자(王者)의 덕이 있는 이로 임금을 삼는다. 《구하》의 악은 《왕하》로 그 임금을 삼았다. 그러므로 왕이 출입할 때는 《왕하》[71]를 연주한다.

시동(尸童)[72]은 신이 아니고 신을 상징한 것일 뿐이다. 오직 묘당(廟堂)에 있을 때만은 두루 임금과 비등해서 모든 영역에 미치지 않음이 없다. 그러므로 시동이 출입할 때는 《사하》[73]를 연주한다. 희생(犧牲)은 신에게

례」는 정현(鄭玄)에게 영향을 끼쳤으나 현재는 전하지 않는다.

68　『周禮』春官 / 鍾師 0의 鄭玄 注.

69　구공(九功)의 덕 : 위에서 나온 것과 같이 수·화·금·목·토·곡(穀)의 육부(六府)와 정덕(正德)·이용(利用)·후생(厚生)의 삼사(三事)를 구공(九功)이라 히고, 구공(九功)의 덕을 노래한 것을 《구가(九歌)》라 한다.

70　『書經』虞書 / 大禹謨 1.

71　왕하 : 왕(王)은 '우두머리'의 뜻이니, 《왕하(王夏)》는 《구하(九夏)》 중 우두머리 악이다.

72　시동(尸童) : 옛날 제사 때 신위(神位) 대신으로 쓰던 동자이다.

73　사하 : '肆'는 '펴다', '늘어놓다'의 뜻이 있으니, 《사하》를 연주하는 것은 시동(尸童)이 가묘(家廟)에서 가게에 상품이 진열된 것같이 있다는 의미이다.

올려 신을 불러내는 제물이다. 신은 그윽하고도 은밀한 곳에 감추고 있으나 부르면 '이리저리 그 위에 있는 것 같고 그 주변에 있는 것 같으니,'[74] 또한 훤히 나타나는 것이 아니겠는가? 그러므로 희생이 출입할 때는 《소하》[75]를 연주한다.

밖으로 나가는 것이 출(出)이 되고 안으로 들이는 것이 납(納)이 된다. 사방의 빈객(賓客)이 혹 조향(朝享)으로써 임금에게 올 때와 혹 제사로써 향사(享祀)에 올 때 물리쳐 외면할 수 있는 것이 아니고, 포용하여 받아들이고 매어 붙이니, 빈객을 편안하게 하고 먼 나라 사람을 기쁘게 하는 방법이다. 그러므로 사방의 빈객이 올 때는 《납하》[76]를 연주한다. 동남(東南)이 문(文)이 되고 서남(西南)이 장(章)이 되면, 장(章)은 문(文)의 완성이고 밝음이 드러난 것이다.[77] 신하가 공적(功績)이 있는데 악을 하사하여 표창(表彰)하지 않으면 그 공적(功績)이 묻혀 드러나지 않을 것이니, 덕을 높이고 공을 갚는 법이 아니다. 그러므로 신하가 공적이 있으면 《장하》[78]를 연주한다.

74 　『禮記』 中庸 31-9.

75 　소하 : '昭'는 원래 '해를 부르다'의 의미인데, '밝다'로 파생된 것이다. 《소하》를 연주하는 것은 희생(犧牲)의 출입에 신이 훤히 나타나라는 의미이다.

76 　납하 : '納'은 '받아들이다'의 의미니, 《납하》를 연주하는 것은 빈객이 올 때 반갑게 맞아들인다는 뜻이다.

77 　동남(東南)이 ~ 것이다 : 『周禮訂義』(宋 王與之 撰) 卷75 總論. 「文者言陰陽之相雜也 蓋東方之靑 少陽之色 少陽柔也 南方之赤 盛陽之色 盛陽剛也 以靑合赤 剛柔相雜 粲然可觀 玆其所以爲文歟 傳曰 東南爲文謂此也 章者言陰陽之相成也 赤者夏之色 萬物潔齊而文明 白者秋之色 萬物肅殺而刻制 以赤合白 陰陽相成 其功著見 玆其所以爲章歟 傳曰 西南爲章 謂此也【문(文)은 음양이 서로 섞인 것이다. 대개 동방의 청색은 소양(少陽)의 색인데 소양은 유약하고, 남방의 적색은 성양(盛陽)의 색인데 성양은 강하다. 청색으로 적색에 배합하여 강유가 서로 섞여 선명하게 볼 만하니, 이것이 문(文)이 된 이유일 것이다. 전(傳)에 '동남(東南)이 문(文)이 된다'는 것은 이것을 말한다. 장(章)은 음양이 서로 완성된 것이다. 적색은 여름의 색이니 만물이 정결하고 가지런해져 빛나고, 백색은 가을의 색이니 만물이 말라죽고 박정한 것이다. 적색으로 백색에 배합하여 음양이 서로 완성되어 그 공이 드러나니, 이것이 장(章)이 된 이유일 것이다. 전(傳)에서 '서남(西南)이 장(章)이 된다'는 것은 이것을 말한다.】」

78 　장하 : '章'은 '밝히다'이다. 《장하》를 연주하는 것은 공적을 널리 알리려고 밝혀 드러

옛날 제사를 지내려 할 때 '군주는 밖에서 재계를 극진하게 하고 군부인(君夫人)은 안에서 재계를 극진하게 하는데,'[79] 마음으로는 떳떳하지 못한 생각을 하지 않고 반드시 도의(道義)에 의지하며, 팔다리는 버젓하지 못한 행동을 하지 않고 반드시 예절에 의지한다. 그런 뒤에 결백한 덕을 이루어 신명(神明)과 교감(交感)할 수 있다. 그러므로 부인(夫人)이 제사를 지낼 때는 《제하》[80]를 연주한다. 일가들이 왕을 모실 때 '내조(內朝)에서 나이를 따르는 것은 부자의 도리를 밝히는 것이고, 외조(外朝)에서 벼슬을 따르는 것은 이성(異姓)의 마음을 살펴 친화하는 것이다.'[81] 친족들을 화합시키는 방법은 이것에 불과하다. 그러므로 일가들이 모실 때는 《족하》[82]를 연주한다.

술에 취해 자리를 뜨면 복을 받지만 취했는데도 돌아가지 않는 것은 덕을 손상시키는 일이다. 특히 예에만 그런 것이 아니고 악도 또한 같다. 이 때문에 선왕(先王)의 악은 '개(祴)'로써 경계를 보여주지 않음이 없었다. 그러므로 손님이 취하여 나갈 때는 《개하》[83]를 연주한다. 「대사(大射)」[84]에 '공(公)이 들어오면 《오하》를 연주한다'[85]라고 하였는데, '공(公)은 왕과 덕이 같고'[86] 작위(爵位)가 막중하다. 그러나 지위는 교만하려고

낸다는 의미이다.

79　『禮記』祭統 25-5.

80　제하 : '齊'는 '齋'와 같은데 '재계하다'의 의미이다. 《제하》를 연주하는 것은 제사를 지낼 때 며칠 전부터 심신을 깨끗하게 하여 부정한 일을 가까이 하지 않아야 한다는 것을 경계한 것이다.

81　『禮記』文王世子 11.

82　족하 : '族'은 '일가·집안'을 뜻한다. 《족하》를 연주하는 것은 집안을 화합시킨다는 의미이다.

83　개하 : '祴'는 풍류이름이다. '祴'는 '示+戒'이니, 《개하》를 연주하는 것은 취한 후 경계하는 의미이다.

84　대사(大射) : 『儀禮』의 편명이다.

85　『儀禮』大射 7-46의 鄭玄 注. 「鷲夏 亦樂章也 以鍾鼓奏之 其詩今亡【《오하(鷲夏)》는 악장이니 종고(鐘鼓)로써 연주하는데, 그 시가 오늘날에는 망실되었다.】」

86　『葉氏春秋傳』(宋 葉夢得 撰) 卷14 成公2. 「三公 論道經邦 與王同德【삼공이 도를 논하고 나라를 경영하는 것이 왕과 덕이 같다.】」

하지 않아도 교만이 이르고 봉록(俸祿)은 사치하려 하지 않아도 사치가 생기니, 멋대로 행하고 교만 방자해서 생기는 환난으로부터 면하기 어렵다. 이 때문에 선왕(先王)이 악에 대해서 일찍이 《오하》로써 경계를 보이지 않음이 없었다. 그러므로 공(公)들이 출입할 때는 《오하》[87]를 연주한다.

일반적으로 예가 지나치면 인심이 떠나기 쉽고 악이 지나치면 방종에 흐르기 쉽다.[88] 《구하》를 연주할 때 반드시 《왕하》에서 시작하는 것은 왕도(王道)가 우임금에서 시작하였기 때문이고,[89] 《오하》에서 마치는 것은 돌아보는 것으로 형식을 삼기 때문이다. 만약 그렇게 하면, 또한 어찌 무너질 일이 있겠는가? 『시경』에 "종과 북이 울린 후"[90]라고 하였으니 이 뜻과 같다. 《구하》의 악은 그 이름은 전하고 있는데 그 가사는 없어졌으니,[91] 이는 빈아(豳雅)·빈송(豳頌)[92]의 경우와 같다.

---

87 오하 : '驁'는 '방자하고 거만하다'의 뜻이다. 《오하》를 연주하는 것은 열후(列侯)들에게 방자하고 오만하지 말 것을 경계하는 의미이다.

88 일반적으로~쉽다 : 『禮記』 樂記 19-1.

89 왕도(王道)가~때문이고 : 중국 군주의 호칭은 '황(皇)→제(帝)→왕(王)'으로 변천하였는데, 황(皇)은 삼황(三皇)으로 대표되고, 제(帝)는 오제(五帝)로 대표되는데 오제의 마지막이 순임금이고, 왕은 삼왕(三王)으로 대표되는 데 순임금을 이은 우임금이 왕(王)의 칭호를 처음 사용하였다.

90 『詩經』 小雅 / 楚茨. 앞 구(句)에 「禮儀旣備【예의가 이미 구비되고】」라고 하였으니, 곧 먼저 제사 준비가 갖추어지고, 이어 악으로 제사지낼 분위기를 조성한 것이다. 《구하(九夏)》에서 마지막에 《오하(驁夏)》로 마치는 것이 경계의 의미인 것 같이 제사에서 종과 북을 울려 경계한 것이 같다는 말이다.

91 《구하》의~없어졌으니 : 『周禮』 春官 / 鍾師 0의 鄭玄 注. 「九夏皆詩篇名 頌之族類也 …… 樂崩亦從而亡【구하(九夏)》는 모두 시편(詩篇) 이름이니, 송(頌)의 종류이다. …… 악이 무너지며 또한 따라서 망실되었다.】」

92 빈아(豳雅)·빈송(豳頌) : 『詩經集傳』 豳風의 朱子 章下註. 「豳章 吹豳詩以逆暑迎寒 已見於七月之篇矣 又曰 祈年于田祖 則吹豳雅以樂田畯 祭蜡則吹豳頌以息老物 則考之於詩 未見其篇章之所在 故鄭氏 三分七月之詩以當之 其道情思者爲風 正禮節者爲雅 樂成功者爲頌 然一篇之詩 首尾相應 乃劀取其一節而偏用之 恐無此理 故王氏不取 而但謂本有是詩而亡之 其說近是【『주례』의 약장(籥章)에 "빈시(豳詩)를 관악기로 불어 더위를 맞이하고 추위를 맞이한다"라고 하였으니, 이 내용은 이미 칠월(七月)시에 보인다. 또 이르기를 "전조(田祖)에게 풍년을 기원할 때는 빈아(豳雅)를 관악기로

불어서 전준(田畯)을 즐겁게 하고, 납향제사에는 빈송(豳頌)을 관악기로 불어서 늙은 물건을 쉬게 한다"라고 하였는데, 『시경』에 상고해보면 빈풍(豳風)과 빈아(豳雅)의 편장(篇章)의 소재를 볼 수 없다. 그러므로 정씨(鄭氏)는 칠월의 시를 삼등분하여 여기에 해당시켜, 정사(情思)를 말한 것을 빈풍이라 하고, 예절을 바르게 한 것을 빈아라 하고, 성공을 즐거워한 것을 빈송이라 하였다. 그러나 한 편의 시는 머리와 꼬리가 서로 응하는 것인데, 마침내 그 일절을 잘라 하나만을 사용하는 것은 이러할 리가 없을 듯하다. 그러므로 왕씨(王氏)는 그의 말을 취하지 않고, 다만 "본래 이러한 시가 있었는데 없어졌다"라고 하였으니, 그 말이 옳은 듯하다.]」

대우모(大禹謨)

77-1. 帝乃誕敷文德, 舞干羽于兩階.

순임금이 바로 문교(文敎)의 덕치(德治)를 크게 펴서 방패와 깃으로 양 계단에서 춤을 추었다.[1]

舞有文武有小大, 文武雖殊, 其所以象德一也, 大小雖殊, 其所以爲 文武一也. 周官大司樂, 舞雲門咸池之類, 文舞之大者也, 舞大濩大武 之類, 武舞之大者也, 舞師·樂師, 羽舞之類, 文舞之小者也, 干舞之類, 武舞之小者也, 舜舞干羽, 特舞之小者而已.

---

1 『書經』虞書 / 大禹 3.

蓋羽者文德之容, 干者武德之器[2]. 武舞以扞蔽之干, 所以示威, 文舞以翼蔽之羽, 所以示懷, 兩者並用而不孤立, 雖有苗之頑, 未有不畏懷而來格矣.

昔市南宜僚弄丸而兩家之難解, 孫叔敖甘寢秉羽而郢人投兵, 然則舜舞干羽而'七旬有苗格', 豈足怪哉?

始伐以武而逆命, 猶孟子所謂 : "以善服人者[3], 未有能服人者[4]也." 終懷以文而來格, 猶孟子所謂 : "以善養人, 然後能服天下也." 舞干羽[5]於賓主兩階者, 以其班師振旅, 則無事於征誅, 有事於揖遜. 揖遜於兩階者禮, 舞干羽者樂也, 豈非'揖遜而天下治者, 禮樂之謂'歟?

樂記言 : "比音而樂之, 及干戚羽旄, 謂之樂." 郊特牲明堂位祭統皆言 : "朱干玉戚, 以舞大武, 皮弁素積, 以舞大夏." 簡兮之詩言 : "碩人俁俁, 公庭萬舞." 繼之 : "左手執籥, 右手秉翟." 皆先文後武者.

堯舜揖遜, 其舞先干者, 以苗民逆命故也, 湯武征誅, 其舞先萬者, 以武功爲大故也. 然則舜之誕敷文德而有苗格, 文王於崇, 非不修德, 卒不免用師. 故詩曰 : "執訊連連, 攸馘安安." 豈文王之德, 不及禹耶? 時異而已矣.

춤은 문무(文舞)와 무무(武舞)[6]가 있고 대무(大舞)와 소무(小舞)[7]가 있다.

2 　대본에는 '容'으로 되어 있으나 사고전서 『樂書』에 의거하여 '器'로 바로잡았다.

3 　대본에 누락된 '者'를 『孟子』에 의거하여 보충하였다.

4 　대본에 누락된 '者'를 『孟子』에 의거하여 보충하였다.

5 　대본에는 '必'로 되어 있으나 문맥이 통하지 않아 '羽'로 바로잡았다.

6 　문무(文舞)와 무무(武舞) : 육대무(六代舞)에서 보면 황제(黃帝)의 《운문(雲門)》, 요(堯)의 《함지(咸池)》 등은 읍양(揖讓)에 의한 문덕(文德)으로 계승된 것이므로 문무(文舞)이고, 탕(湯)의 《대호(大濩)》와 무왕(武王)의 《대무(大武)》는 정벌에 의한 무덕(武德)으로 계승된 것이므로 무무(武舞)이며, 소무(小舞)에서는 깃으로 추는 우무(羽舞)는 문무(文舞)이고 방패로 추는 간무(干舞)는 무무(武舞)이다.

7 　대무(大舞)와 소무(小舞) : 대무(大舞)는 육대무(六代舞)인 《운문(雲門)》·《함지(咸池)》·《대소(大韶)》·《대하(大夏)》·《대호(大濩)》·《대무(大武)》이고, 소무(小舞)는 《불무(帗舞)》·《우무(羽舞)》·《황무(皇舞)》·《모무(旄舞)》·《간무(干舞)》·《인무(人舞)》이다.〈『周禮』春官 / 大司樂 1, 『周禮』春官 / 樂師 0〉

문무와 무무가 비록 다르지만 그것이 덕을 본뜬 것은 동일하고, 대무와 소무가 비록 다르지만 그것이 문무와 무무가 된 것은 동일하다.『주례』「대사악(大司樂)」의 《운문(雲門)》과 《함지(咸池)》의 춤을 추는 것 따위는 문무(文舞) 중 대무(大舞)이고, 《대호(大濩)》와 《대무(大武)》의 춤을 추는 것 따위는 무무(武舞) 중 대무(大舞)이며, 「무사(舞師)」와 「악사(樂師)」[8]의 《우무(羽舞)》 따위는 문무(文舞) 중 소무(小舞)이고, 《간무(干舞)》 따위는 무무(武舞) 중 소무(小舞)이니, 순임금이 방패와 깃으로 춤을 춘 것은 다만 소무(小舞)일 뿐이다.

깃은 문덕(文德)의 용기(容器)이고 방패는 무덕(武德)의 기물(器物)이다. 무무(武舞)에서 막아 가리는 방패를 쓰는 것은 위엄을 보이는 것이고, 문무(文舞)에서 날개를 펴 가리는 깃을 쓰는 것은 감싸줌을 보이는 것이다. 두 가지를 같이 쓰면서 고립시키지 않으니, 비록 완악(頑惡)한 묘민(苗民)이라도 위엄을 두려워하고 은혜를 생각하여 오지 않을 수 없었을 것이다.

옛날 '시남의료(市南宜僚)는 농환(弄丸)[9] 놀이를 보여주어 백공승(白公勝)과 자서(子西) 두 집안의 재난을 해결하고, 손숙오(孫叔敖)는 마음 편히 단잠을 자거나 우선(羽扇)을 잡고 여유작작한 태도로 초(楚)나라 서울 영(郢) 땅 사람들이 무기를 던지게 하였다.'[10] 그렇다면 순임금이 방패와 깃으로 춤을 추어 '70일 만에 묘민(苗民)이 와 복종한 것'이 어찌 괴이하기만 할 것이겠는가?

---

8   「무사(舞師)」와 「악사(樂師)」:「무사」는 『周禮』 地官에 속하고, 「악사」는 『周禮』 春官에 속한다.

9   농환(弄丸): 둥근 탄환(彈丸)을 공중에 던졌다가 내려오는 것을 받는 놀이.

10 『莊子』 徐无鬼 10. 시남의료(市南宜僚)는 초나라 사람으로 성(姓)은 웅(熊)이고 이름은 의료(宜僚)인데, 저자의 남쪽에 살아 시남(市南)이 호(號)가 되었다고 한다. 일찍이 백공승(白公勝)이 모반을 일으켜 영윤(令尹) 자서(子西)를 죽일 것을 강요했을 때 겁을 먹지 않고 농환 놀이를 보여주어 그들을 깨우쳤고, 손숙오(孫叔敖)는 무위(無爲)를 실천하여 초(楚)나라 서울 영(郢) 땅 사람들이 무기를 던져버리고 평화를 즐기게 하였다한다.

처음 무력으로 정벌할 때 명을 어긴 것은 『맹자』에 이른바 “선(善)으로써 남을 복종시키려 하는 자는 남을 복종시킬 자가 있지 않다”[11]라고 한 것과 같고, 마침내 문덕(文德)으로써 감싸주니 와서 복종한 것은 『맹자』에 이른바 “선으로써 남을 길러준 뒤에 천하를 복종시킬 수 있다”라고 한 것과 같다. 방패와 깃으로 손님과 주인의 양 계단에서[12] 춤을 추었다는 것은 군사를 거느려 돌아와 정돈한 것으로써, 정벌을 일삼지 않고 읍양(揖讓)을 일삼은 것이다. 양 계단에서 읍양을 표한 것은 예이고 방패와 깃으로 춤을 춘 것은 악이니, 어찌 ‘읍양하여 천하를 다스렸다는 것은 예악을 말한 것’[13]이 아니겠는가?

「악기」에 “음(音)을 배열하여 악기로 연주하고, 간(干)·척(戚)을 잡고 무무(武舞)를 추고 우(羽)·모(旄)를 잡고 문무(文舞)를 추는 것을 악(樂)이라고 한다”[14]라고 하고, 「교특생(郊特牲)」과 「명당위(明堂位)」와 「제통(祭統)」에서 모두 “붉은 방패와 옥으로 장식한 도끼를 가지고 《대무(大武)》 춤을 추고, 피변(皮弁)을 쓰고 소적(素積)을 입고 《대하(大夏)》 춤을 춘다”[15]라고 하고, 《간혜(簡兮)》의 시에 “큰 사람이 훤칠하기도 하니, 공정(公庭)에서 《만무(萬舞)》[16] 춤을 춘다”[17]라고 하고, 이어 “왼손에는 약(籥)을 잡고 오

---

11 『孟子』 離婁下 8-16.

12 손님과~계단에서 : 『禮記』 曲禮上 1-17. 「主人就東階 客就西階【주인은 동쪽 계단에서 오르고 손님은 서쪽 계단에서 오른다.】」

13 『禮記』 樂記 19-1. 천자의 지위를 선양(禪讓)하여 천하를 다스린 것을 말한다. 요임금이 천하를 아들 단주(丹朱)에게 물려주지 않고 순(舜)에게 선양하였고, 순임금이 천하를 아들 상균(商均)에게 물려주지 않고 우(禹)에게 선양한 것과 같은 것이다.

14 『禮記』 樂記 19-1. 간척(干戚)은 왼손에 방패, 오른손에 도끼를 들고 추는 춤인데 무무(武舞)의 무구(舞具)이다. 우모(羽旄)의 우(羽)는 꿩의 깃으로 만들고, 모(旄)는 이우(犛牛)의 꼬리로 만드는데, 문무(文舞)의 무구(舞具)이다.

15 『禮記』 郊特牲 11-10, 『禮記』 明堂位 14-5, 『禮記』 祭統 25-23. 《대무(大武)》는 주 무왕(周武王)의 악으로 무무(武舞)이고, 《대하(大夏)》는 우임금의 악으로 문무(文武)가 겸비된 것이다.

16 만무(萬舞) : 상(商)나라와 주(周)나라 천자의 악으로 방패를 들고 추는 《간무(干舞)》이다. 〈『樂書』 81-4〉

17 간혜(簡兮) : 『詩經』 邶風 / 簡兮.

른손에는 적(翟)[18]을 잡고 춘다"라고 하였다. 이는 모두 문덕(文德)을 우선하고 무력(武力)을 뒤에 한 것이다.[19]

요순은 천자의 지위를 선양(禪讓)하였는데, 그 춤에 방패를 먼저 쓴 것은 묘민(苗民)들이 명(命)을 거역하였기 때문이고, 은나라 탕(湯)임금과 주나라 무왕(武王)은 정벌하여 쳤는데, 그 춤에 《만무》를 먼저 춘 것은 무공(武功)이 컸기 때문이다. 그러나 순임금은 문교(文敎)의 덕치(德治)를 크게 펴니 묘민(苗民)이 와서 복종하였고, 주 문왕(周文王)은 숭후(崇侯)에게 덕을 닦지 않음이 없었는데 마침내 군사 쓰는 것을 면하지 못하였다.[20] 그러므로 『시경』에 "신문할 자를 계속 잡으며, 귀를 베어 천천히 바치도다"[21]라고 하였지만, 어찌 문왕(文王)의 덕이 우임금에게 미치지 못한 것이겠는가?[22] 시대상황이 달랐을 뿐이다.

익직(益稷)

77-2. 予欲聞六律 · 五聲 · 八音, 在治忽, 以出納五言, 汝聽.

내가 육률과 오성과 팔음을 듣고서 다스려졌는지 소홀했는지를 살펴 오언(五言)으로 출납하려 하거든 너희들이 들어보아라.[23]

---

18 적(翟) : 일무(佾舞)에서 문무(文舞)를 출 때 오른손에 잡는 무구(舞具)로, 짤막한 자루의 끝인 용두(龍頭)의 구부(口部)에 암꿩의 꼬리 깃을 꽂아 맨 것이다.

19 이는~것이다 : 같은 내용인데 『樂書』 168-8에서는 「皆先武後文者」라고 하였다.

20 주 문왕(周文王)은~못하였다 : 『春秋左氏傳』 僖公 19年(5).

21 『詩經』 大雅 / 皇矣.

22 어찌~것이겠는가? : 《황의(皇矣)》의 시가 5장과 6장은 하늘이 주 문왕(周文王)에게 밀(密)나라를 정벌하도록 명함을 말하였고, 7장과 8장은 하늘이 주 문왕에게 숭(崇)나라를 정벌하도록 명함을 말한 것이다. 주 문왕이 밀나라와 숭나라를 정벌한 것이 덕이 우임금에게 미치지 못해서가 아니고, 시대상황이 달랐다는 것이다.

周官 : “大師掌六律六同, 以合陰陽之聲, 陽聲 黃鍾太蔟姑洗㽔賓夷
則無射, 陰聲 大呂應鍾南呂函鍾小呂夾鍾, 皆文之以五聲 宮商角徵羽,
皆播之以八音 金石土革絲木匏竹. 敎[24]六詩, 曰風曰賦曰比曰興曰雅
曰頌, 以六德爲之本, 以六律爲之音.” 蓋六律所以考五聲, 五聲所以考
八音, 八音所以察治忽, 此樂之所由以成, 五言所由以出納者也.

今夫詩言其志, 歌永其言, 則敎六詩, 以六德爲之本, 言之所以納也,
以六律爲之音, 言之所以出也. 言之變, 雖無窮而出納, 皆不過五, 則所
道者, 孰非中德, 所詠者, 孰非中聲耶? 揚雄謂 : “中和莫盛乎五.” 荀卿
謂 : “詩者中聲之所止.” 如此而已.

嘗試論之, 古樂之發, 六律固正矣, 而後世四淸興焉, 律之所以不正
也, 五聲固和矣, 而後世二變興焉, 聲之所以不和也. 然四淸之名, 起於
鐘磬二八之文, 非古制也, 豈鄭氏傅會‘漢得石磬十六’而妄爲之說耶!
二變之名, 起於六十律旋宮之言, 非古制也, 豈京房班固, 傅會左丘明
‘爲之七音以奉五聲’之說耶! 是不知左丘明所謂‘七音卽八音也.’

八音以土爲主. 是以金石絲竹匏與革木, 皆待之而後和焉. 故虞書樂
記國語之論八音, 皆虛土音以爲之主, 猶天地之數五十有五而大衍虛
其五之意也. 由是觀之, 樂音有八, 孰謂合二變而七之乎?

大司樂, 以六律六同五聲八音六舞大合樂, 則舜欲聞六律五聲八音
以作樂, 則舞可知矣.

『주례』에 “태사(大師)는 육률과 육동(六同)을 관장하여 음양의 소리를
합치는데, 양성(陽聲)은 황종·태주·고선·유빈·이칙·무역이고, 음성
(陰聲)은 대려·응종·남려·함종(函鍾)·소려(小呂)[25]·협종이다. 모두 오
음인 궁·상·각·치·우로 음계의 형식을 갖추고, 모두 팔음인 금·

23　『書經』虞書 / 益稷 1. 오언(五言)은 시가(詩歌)를 오성(五聲)에 맞춘 것이다. 〈蔡沈의 註〉
24　대본에 누락된 ‘敎’를 『周禮』에 의거하여 보충하였다.
25　함종(函鍾)·소려(小呂) : 함종(函鍾)은 임종(林鍾)이고 소려(小呂)는 중려(仲呂)이
　　다.〈『樂書』 100-1〉

석·토·혁·사·목·포·죽의 악기로 연주한다. 육시(六詩)를 가르치는
데 풍(風)·부(賦)·비(比)·흥(興)·아(雅)·송(頌)이니, 육덕(六德)[26]이 그 근
본이고 육률이 그 음이다”[27]라고 하였다. 이는 육률은 오성을 고찰하는
수단이고, 오성은 팔음을 다스리는 수단이고, 팔음은 치란(治亂)을 살피
는 수단이니, 그래서 악이 이로부터 이루어지고, 오언(五言)이 이로부터
출납(出納)되는 것이다.

시는 그 뜻을 말한 것이고 노래는 그 말을 길게 읊는 것이다. 육시(六
詩)를 가르칠 때 육덕(六德)으로 그 근본을 삼으니 말이 안으로 받아들여
지는 바탕이기 때문이고, 육률로 그 음을 삼으니 말이 나오는 수단이기
때문이다. 말의 변화는 비록 무궁하지만 나고 드는 것이 모두 오성에 불
과하다면, 말하는 것이 무엇인들 중덕(中德)이 아니겠으며, 읊는 것이 무
엇인들 중성(中聲)이 아니겠는가? 양웅(揚雄)은 “중화(中和)가 오성보다 성
한 것이 없다”[28]라고 하고, 순경(荀卿)은 “시는 중성(中聲)이 머무른 것이
다”[29]라고 하였으니, 이 같을 뿐이다.

시험적으로 논해보면, 고악(古樂)이 발할 때 육률이 본디부터 바른데,
후세에 사청성(四淸聲)[30]이 생겨 율이 바르지 않게 되었고, 오성이 본디부

---

26 육덕(六德) : 지(知)·인(仁)·성(聖)·의(義)·충(忠)·화(和)이다.〈『周禮』 地官 / 大司
徒 15〉

27 『周禮』 春官 / 大師 0.

28 『太玄經』(漢 揚雄 撰) 卷10 玄圖第14.

29 『荀子』 勸學 1-8.

30 사청성(四淸聲) : 아래 도표를 보면 이칙조는 각(角)·치(徵)·우(羽)에 자성(子聲)이
쓰이고 있는데 각의 황종을 정성을 쓰면 민(民)이 군(君)을 능만(陵慢)하게 되지만,
치의 협종은 사(事)가 되고 우(羽)의 중려는 물(物)이 되어 능만과 관계없게 되어 자
성을 쓰지 않아도 된다. 나머지 남려조·무역조·응종조도 같은 경우이다. 따라서
이칙궁조·남려궁조·무역궁조·응종궁조에는 청황종·청대려·청태주·청협종이
반드시 필요하지만, 치(徵)와 우(羽)에 있는 청고선·청중려·청유빈·청임종·청이
칙은 반드시 필요한 것은 아니다.

調	宮	商	角	徵	羽	調	宮	商	角	徵	羽
夷則宮調	夷	無	潢	浹	沖	無射宮調	無	潢	汰	沖	淋
南呂宮調	南	應	汰	沺	潹	應鍾宮調	應	汰	浹	潹	湙

터 조화로운데 후세에 이변(二變)[31]이 생겨 오성이 조화롭지 않게 되었다. 그런데 사청성의 명칭이 편종(編鐘)과 편경(編磬)의 여덟 개씩 두 줄로 한 형식에서 기인(起因)하니 옛 제도가 아니다. 아마 정현(鄭玄)[32]이 '한나라에서 석경 16매를 얻었다'는 것을 견강부회하여 망령되게 말한 것 같다.[33] 이변(二變)의 명칭이 육십률(六十律)[34]이 돌려가며 궁(宮)이 된다는 말에서 기인하니 옛 제도가 아니다. 아마 경방(京房)[35]과 반고(班固)[36]가 좌구명(左丘明)의 '칠음(七音)을 만들어 오성을 받들었다'[37]는 말을 견강부회한

---

[31] 이변(二變) : 오음은 궁·상·각·치·우이고, 궁·상·각·변치(變徵)·치·우·변궁(變宮)은 이변(二變)이 더해진 것이다.

[32] 정현(鄭玄) : 127~200. 후한(後漢)의 학자로 자(字)는 강성(康成)이다. 『모시(毛詩)』·『주례(周禮)』·『의례(儀禮)』·『예기(禮記)』에 주(注)를 냈다. 한(漢)의 정중(鄭衆)을 선정(先鄭)이라 하고, 정현을 후정(後鄭) 또는 정군(鄭君)이라 한다.

[33] 아마~같다 : 『儀禮集編』(淸 盛世佐 撰) 卷7 鄕飮酒禮 第4-2. 「典同 凡爲樂器 以十有二律爲之數度 以十有二聲爲之齊量 則編鐘編磬 不過十二耳 謂之十六可乎 嘗讀漢書成帝時 於揵水濱 得石磬十六 未必非成帝之前 工師附益四淸而爲之 非古制也 康成之說 得非因此而遂誤歟【전동(典同)에 '악기를 만들 때 12율로써 넓고 길게 만들고, 십이성(十二聲)으로써 풍부하고 깊게 만든다'라고 하였으니, 편종과 편경은 열둘에 불과한데, 열여섯이라고 한 것이 옳겠는가? 일찍이 『한서(漢書)』 성제(成帝) 때를 읽어 보니, '건수(揵水) 물가에서 석경(石磬) 열여섯을 얻었다'라고 하였으니, 반드시 성제 전의 일인데, 공사(工師)가 사청성을 덧붙여 만들어 놓고 부회(傅會)한 것이니, 옛 제도가 아니다. 강성(康成 : 鄭玄)의 설명이 이것을 따라하였으니 드디어 잘못된 것이 아니겠는가?】」

[34] 육십률(六十律) : 『律呂新書』 卷2 律呂證辨 / 和聲第5(宋 蔡元定 撰). 경방(京房)의 60 률을 도표로 정리하면 다음과 같다.

	子	丑	寅	卯	辰	巳	午	未	申	酉	戌	亥
本律	黃鐘	大呂	太簇	夾鐘	姑洗	仲呂	蕤賓	林鐘	夷則	南呂	無射	應鐘
第1子聲	執始	分否	時息	開時	變虞	南中	盛變	去滅	解形	結躬	閉掩	遲內
第2子聲	丙盛	凌陰	屈齊	族嘉	路時	內負	離宮	安度	去南	歸期	鄰齊	未育
第3子聲	分動	少出	隨時	爭南	形始	物應	制時	歸嘉	分積	未卯	期保	遲時
第4子聲	質未	未知	形晉	南授	依行	南事	謙待	否與	白呂	惟汗	分烏	包育

[35] 경방(京房) : B.C. 77~B.C. 37. 한(漢)의 돈구(頓邱) 사람. 본성은 이(李)인데 자신이 경씨로 고침. 역학에 능통하여 금문역학(今文易學)인 경씨학을 창시하였고, 자연계의 재변을 조정의 정사에 부회하여 설명하는 천인감응설(天人感應說)을 주장하였다.

[36] 반고(班固) : 32~92. 부친이 쓴 역사서를 계승하여, 20년이 걸려 『한서(漢書)』를 완성하였고. 이와 아울러 『백호통의(白虎通義)』도 저술하였다.

[37] 좌구명(左丘明)의~받들었다 : 『春秋左氏傳』 昭公 25年(3).

것 같다. 이것은 좌구명(左丘明) 이른바 ‘칠음이 바로 팔음이다’[38]를 알지
못한 것이다.

　팔음은 토(土)가 위주이다. 이 때문에 금(金)·석(石)·사(絲)·죽(竹)·포
(匏)와 혁(革)·목(木)이 모두 토(土)에게 의지한 뒤에 조화(調和)를 이룬다.
그러므로 「우서(虞書)」와 「악기」와 『국어(國語)』에 팔음을 논할 때 모두
토음(土音)을 비워놓는 것을 위주로 하였다. 이는 천지의 수가 55[39]인데
대연(大衍)의 수는 그 5를 비워 빼놓은 것과 같은 뜻이다.[40] 이런 관점에
서 보면, 악의 음(音)은 여덟 재료인데, 누가 이변(二變)을 합하여 일곱 음
이라고 하였는가?

　대사악(大司樂)이 육률과 육동(六同)과 오성과 팔음과 육무(六舞)[41]로써
대합악(大合樂)[42]하였으니, 순임금이 육률과 오성과 팔음을 들으려고 악을
작곡하였다면 춤도 추었다는 것을 알 수 있다.[43]

77-3. 工以納言, 時而颺之.
악공이 바친 말을 가지고 때로 들춰내다.[44]

38　『춘추좌씨전(春秋左氏傳)』을 쓴 좌구명(左丘明)은 칠음(七音)을 음이름인 궁·상·
　　각·치·우 오성에 변치(變徵)와 변궁(變宮)이 더해진 것이 아니고, 악기를 만드는
　　재료에 따른 분류인 금·석·사·죽·포·토·혁·목의 팔음에서 토(土)를 비워놓
　　은 칠음(七音)으로 보았다는 것이다.

39　천지의 수가 55 : 하도(河圖)의 수는 1~10까지인데, 천수(天數)는 1·3·5·7·9이고
　　그 합은 25이며, 지수(地數)는 2·4·6·8·10이고 그 합은 30으로 천지의 수는 25와
　　30의 합인 55이다.〈『周易』 繫辭上 9〉

40　천지의~뜻이다 : 대연(大衍)의 수는 하도(河圖)의 중궁(中宮)에 있는 천수(天數) 5를
　　가지고 지수(地數) 10을 곱하여 얻은 것이니, 천지의 수 55에서 그 천수 5를 뺀 것과
　　같다.〈『周易』 繫辭上 9의 本義〉

41　육무(六舞) : 황제(黃帝)의 악인《운문대권(雲門大卷)》, 요임금의 악인《대함(大咸)》,
　　순임금의 악인《대소(大韶)》, 우임금의 악인《대하(大夏)》, 탕임금의 악인《대호(大
　　濩)》, 무왕의 악인《대무(大武)》.〈『周禮』 春官 / 大司樂 1〉

42　대합악(大合樂) : 육대의 악을 두루 행하는 것이다.〈『周禮』 春官 / 大司樂 1의 鄭玄 注〉

43　대사악(大司樂)이~있다 : 『周禮』 春官 / 大司樂에 나오는 내용이 『書經』 虞書 / 益稷
　　에도 나오는데, 춤이 빠져 있다. 그러나 같은 이론으로 작곡되었다면 순임금 때의
　　춤도 미루어 알 수 있다는 것이다.

舜之於臣民, 趨操同者, 躬禮樂以帥之, 趨操異者, 推禮樂以敎之. 自 '予欲觀古人之象', 至'作服汝明'者, 躬禮以帥之也, 自'予欲聞六律五 聲八音', 至'出納五言汝聽'者, 躬樂以帥之也, 自'庶頑讒說', 至'欲並 生哉'者, 推禮樂[45]以敎之也. '工以納言, 時而颺之'[46], 言若風之揚物, 則巽以入之. 非特言之者. 無罪而聞之者, 亦足勸矣.

蓋舜之於股肱耳目之官, 欲左右有民而責之使翼, 欲宣力四方而責之 使爲, 則法度彰矣, 欲觀古象以作服而責之使明, 欲聞音律以作樂而責 之使聽, 則禮樂著矣. 如此則夫何爲哉? '垂拱而[47]視天下[48]民之阜'而已.

순임금이 신하와 백성들에 대해 행실이 자신과 같은 사람은 예악을 몸소 실천하여 통솔하였고, 행실이 자신과 다른 사람은 예악을 미루어 생각하여 가르쳤다. '내가 옛 사람의 상(象)을 관찰하여'로부터 '옷을 만 들려하거든 네가 밝혀 주라'는 것에 이르기까지는 몸소 예를 행하여 인 도한 것이고, '내가 육률·오성·팔음을 듣고서'로부터 '오언(五言)으로 출납하려하거든 너희들이 들어보아라'에 이르기까지는 몸소 악을 행하 여 인도한 것이며,[49] '모든 고약하고 헐뜯는 말을 하는 자들'로부터 '함 께 살고자 할 것'에 이르기까지는 예악을 미루어 가르친 것이다.[50] '악공 이 바친 말을 가지고 때로 들춰내다'는 것은 바람이 물건을 날리듯 공손 히 들이는 것을 말한다.[51] 이는 다만 말하는 사람만이 아니라 죄 없이 듣 는 자들에게도 또한 충분히 권면할 만한 것이다.

---

44 『書經』 虞書 / 益稷 1.

45 대본에 누락된 '樂'을 보충하였다.

46 대본에는 '工之颺'으로 되어 있으나 『書經』에 의거하여 '工以納言 時而颺之'로 바로 잡았다.

47 대본에 누락된 '而'를 『法言』에 의거하여 보충하였다.

48 대본에 누락된 '下'를 『法言』에 의거하여 보충하였다.

49 '내가~것이며 : 『書經』 虞書 / 益稷 1.

50 '모든~것이다 : 『書經』 虞書 / 益稷 1.

51 바람이~말한다 : 『周易』 說卦傳 14. 「巽爲風【손괘(巽卦☴)는 바람이 된다.】; 『周易』 說卦傳 7. 「巽入也【손(巽)은 들어감이다.】 손괘(巽卦☴)는 사물을 잘 받아들이는 덕 (德)을 나타내는 상(象)이다.

순임금이 고굉(股肱)과 이목(耳目) 노릇을 하는 관리들에 대해 백성들을
도와주고자 할 때는 관리들이 도와 줄 것을 요구하고, 사방에 힘을 펴고
자할 때는 관리들이 할 것을 요구하였으니, 법도가 환히 드러난 것이다.
옛 사람 상(象)을 관찰하여 옷을 만들고자할 때는 관리들이 밝혀줄 것을
요구하고, 음률을 듣고 악을 짓고자할 때는 관리들이 들을 것을 요구하
였으니, 예악이 현저한 것이다. 이 같으면 대체 무엇을 하였겠는가? '팔
짱을 끼고 천하백성의 번성을 돌볼 뿐이었을 것이다.'[52]

77-4. 夔曰 "戛擊."[53]
기(夔)가 말했다. "알(戛:敔)·격(擊:柷)."[54]

戛擊如以戈. 戛以止樂, 器之所以爲敔也, 擊以作樂, 器之所以爲柷
也. 此六經之道, 同歸 禮樂之用爲急. 禮勝則離而以進爲文. 故曲禮以
'毋不敬'爲先, 樂勝則流而以反爲文. 故作樂先戛而後擊, 與樂記所謂
'節奏', 先節後奏同意.

今夫 "論倫無患, 樂之情也." 樂之所終, 患以生焉. 然則作樂戛而後
擊, 是以禮節樂, 而使之無奪倫之患, 豈不爲得樂之情也歟? 爾雅曰:
"戛禮也." 禮節樂故也.

알격(戛擊)은 마치 과(戈)를 쓰는 것 같다.[55] 알(戛)로써 악을 그치니 악
기 가운데 어(敔)가 되고, 격(擊)으로써 악을 시작하니 악기 가운데 축(柷)
이 된다.[56] 이 육경(六經)의 도는 귀결점이 같으니 예악의 용(用)으로 급무

52　『法言』問道 4-17.
53　우리나라에서 일반적으로 읽는 채침(蔡沈)의 『書經集傳』에서는 아래 '鳴球'와 연결
　　하여 '戛擊'은 '考擊也'의 의미로 설명하고 있는데, 이곳에서 '戛'은 악을 마칠 때 쓰
　　는 악기인 '어(敔)'로 '擊'은 악을 시작할 때 쓰는 악기인 축(柷)으로 설명하고 있다.
54　『書經』虞書 / 益稷 2.
55　알격(戛擊)은 ~같다:『說文解字』(漢 許愼 撰) 卷12下. 「戛 戟也【알(戛)은 창이다.】」
56　알(戛)로써~된다:『後漢書』(宋 范曄 撰) 卷90上 馬融列傳第50上의 李賢 注. 「戛 敔
　　也 …… 擊 柷也【알(戛)은 어(敔)이다. …… 격(擊)은 축(柷)이다.】」

(急務)를 삼는다. 예가 지나치면 인심이 떠나므로 다가가는 것으로써 형식을 삼는다. 그러므로 「곡례(曲禮)」에 '공경하지 않음이 없다'는 것을 먼저 말하고, 악이 지나치면 방종에 흐르므로 돌아가는 것으로써 형식을 삼는다. 그러므로 악에 대해 쓸 때 알(戛)을 먼저하고 격(擊)을 뒤에 하였으니, 「악기」에 이른바 '절주(節奏)'[57]는 절(節 : 절제하다)을 먼저하고 주(奏 : 음악을 연주하다)를 뒤에 한다는 것과 같은 뜻이다.

"논할 수 있고 차서가 있어 근심이 없는 것은 악(樂)의 정(情)이다"[58]라고 하였는데, 악이 끝난 곳에서 근심이 생기기 때문이다. 그래서 악에 대해 쓸 때 알(戛 : 敔)을 먼저하고 격(擊 : 柷)을 나중에 한 것이니, 이는 예로 악을 절도에 맞게 하여 음의 질서를 침탈(侵奪)하는 근심이 없게 한 것이다. 이렇게 한다면 어찌 악의 정을 얻게 되지 않겠는가? 『이아(爾雅)』[59]에 "알(戛)은 예(禮)이다"[60]라고 하였는데, 예로 악을 절도에 맞게 하기 때문이다.

77-5. 鳴球.

명구(鳴球 : 玉磬).[61]

57 　『禮記』 樂記 19-16.

58 　『禮記』 樂記 19-4.

59 　이아(爾雅) : 십삼경(十三經)의 하나로 10권이다. 편찬 연대와 저자에 대하여 여러 가지 설이 있다. 한대(漢代)의 정현(鄭玄)은 양웅(揚雄)과 유향(劉向)의 설을 그대로 받아들여 공자의 문인이 지은 것으로 보았고, 위(魏)의 장읍(張揖)은 『대대례(大戴禮)』 「공자삼조기(孔子三朝記)」와 『춘추(春秋)』 원명포(元命包)의 기록을 들어 공자 이전이라고 보고, 『이아』 1편은 주공(周公)이 지은 것이고, 『한서(漢書)』 「예문지(藝文志)」의 『이아』 3편은 공자·자하(子夏)·숙손통(叔孫通) 등 후인들이 보익(補益)한 것으로 보았다. 이(爾)는 '가깝다[近]' 아(雅)는 '바르다[正]'는 뜻으로, 고금과 각지의 이어를 표준어로 해석한다는 뜻에서 붙여진 명칭이다.

60 　『爾雅』 釋言 2-188.

61 　위 '戛擊'에서 설명한 것과 같이 독립된 구(句)로 보았다. 『六經圖』(宋 楊甲 撰). 「孔氏云 球玉也 樂器惟磬用玉 故球爲玉磬 此特懸大磬 配鑄鐘者也【공씨(孔氏)가 말했다. "구(球)는 옥(玉)이다. 악기에서 오직 경(磬)만 옥을 쓴다. 그러므로 구(球)가 옥경(玉磬)이 된다. 이것은 특현(特懸)의 대경(大磬)이니, 박종(鑄鐘)과 짝이 되는 것이다."】」

禮記郊特牲言 : "諸侯之宮縣而擊玉磬." 明堂位言 : "四代[62]之樂器而搏拊玉磬." 春秋之時 : "齊侯以玉磬賂晉, 止兵." "臧文仲以玉磬如齊告糴." 則玉之於石, 類也, 玉磬則出乎其類者矣.

顧命言 : "天球在東序." 呂氏春秋言 : "堯命質[63], 擊石拊石, 以象上帝玉磬之音." 則天球玉之自然, 可以爲鳴球, 衆聲之所求而依之者也.

傳曰 : "金石有聲, 不考[64]不鳴." 禮記言 : "玉之聲淸越以長者, 樂也." 謂之鳴球, 雖出於所考, 要之其聲, 淸越以長, 無異於禽之鳴也.

『예기』「교특생(郊特牲)」에 "제후가 4면에 다는 궁현(宮縣)을 갖추고 옥경(玉磬)을 두드린다"[65]라고 하고, 「명당위(明堂位)」에 "사대(四代)의 악기인 옥경을 가볍게 친다"[66]라고 하며, 춘추시대에 "제나라 제후가 진(晉)나라에 옥경을 뇌물로 주어 군사를 그치게 하였다"[67]라고 하고, "장문중(臧文仲)이 옥경을 가지고 제나라에 가서 쌀을 사들이겠다고 청하였다"[68]라고 하였다. 곧 옥은 석(石)과 같은 종류니, 옥경은 석경(石磬) 가운데 빼어난 것이다.

「고명(顧命)」에 "천구(天球)가 동쪽 곁채에 있다"[69]라고 하고, 『여씨춘추(呂氏春秋)』에 "요임금이 질(質)에게 악 만들기를 명하니 석경(石磬)을 세게도 치고 가볍게도 두드려 상제에게 올리는 옥경의 음을 본받았다"[70]라고

---

62 대본에는 '民'으로 되어 있으나 『禮記』에 의거하여 '代'로 바로잡았다.

63 대본에는 '夔'로 되어 있으나 『呂氏春秋』에 의거하여 '質'로 바로잡았다. '質'은 『書經』에 나오는 '夔'이다.

64 대본에는 '可'로 되어 있으나 『莊子』에 의거하여 '考'로 바로잡았다.

65 『禮記』郊特牲 11-10. 『周禮』春官 / 小胥 0. 「正樂縣之位 王宮縣 諸侯軒縣 卿大夫判縣 士特縣【종과 경(磬)을 다는 위치를 바로잡는데, 왕은 4면에 다는 궁현(宮縣), 제후는 3면에 다는 헌현(軒縣), 경대부는 2면에 다는 판현(判縣), 사(士)는 1면에 다는 특현(特縣)을 갖춘다.】」

66 『禮記』明堂位 14-18.

67 『春秋左氏傳』成公 2年(3).

68 『國語』魯語上 4-5. 장문중(臧文仲)은 노나라의 경(卿) 장손진(臧孫辰)이다.

69 『書經』周書 / 顧命 3.

70 『呂氏春秋』仲夏紀 / 古樂.

하였다. 곧 천구(天球)는 천연적인 옥으로 명구(鳴球)[71]를 만들었던 것이니, 모든 소리가 찾아 의지하는 것이었다.

전(傳)에 "금석(金石)의 악기는 소리를 지녔지만 두드리지 않으면 소리가 나지 않는다"[72]라고 하고, 『예기』에 "옥의 소리가 맑고 높으면서 길게 이어지는 것이 악이다"[73]라고 하였으니, 명구(鳴球)라 한 것은 소리가 비록 두드리는 것에서 나오지만, 요컨대 그 소리가 맑고 높으면서 길게 이어지는 것이 날짐승의 울음소리[74]와 다르지 않았던 것이다.

77-6. 搏拊.

박부(搏拊).[75]

乘水者付之泏, 作樂者付之拊. 拊之爲器, 韋表糠裏, 狀則類鼓, 聲則和柔, 倡而不和, 非徒鏗鏹而已, 書傳謂 : "以韋爲鼓" 白虎通謂 : "拊革而糠" 是也, 其設則堂上, 此所謂 : "搏拊" 是也, 其用則先歌, 大師所謂 : "登歌則令奏擊拊" 是也.

旣曰 : "搏拊", 又曰 : "擊拊者, 拊之或搏或擊, 拊聲小大之辨也." 與所謂 以[76]擊石拊石, 爲磬聲小大之辨, 同意.

荀卿曰 : "縣一鐘而尙拊." 大戴禮[77]曰 : "縣一磬而尙拊." 蓋'一鐘一磬', 特縣之樂也. 拊設於一鐘一磬之東, 其爲衆樂之倡可知矣.

---

71 명구(鳴球) : 옥경(玉磬)의 이름이다.

72 『莊子』 天地 3.

73 『禮記』 聘義 48-11.

74 명구(鳴球)라~울음소리 : '鳴'은 '口+鳥'가 되어 원래 날짐승의 울음소리를 의미하니, 저자는 '鳴球'라는 이름이 날짐승의 울음소리에서 유래한 것으로 본 것이다.

75 우리나라에서 일반적으로 읽는 채침(蔡沈)의 『書經集傳』에서는 아래 '琴瑟'과 연결하여 '搏'은 '至'로 '拊'는 '循'의 의미로 설명하고 있는데, 이곳에서는 '拊'를 악기로 보아 '琴瑟'과는 구(句)를 달리하고 있다.

76 대본에 누락된 '以'를 『樂書』 47-2에 의거하여 보충하였다.

77 대본에 누락된 '禮'를 『대대례(大戴禮)』에 의거하여 보충하였다.

大祭祀[78], 登歌擊拊, 周小師之職也, 大師則令之使奏擊而已. 此先虆擊後搏拊, 禮記先搏拊者, 書以作樂序之, 記以樂器序之. 故其先後不得不異.

물을 타려는 사람에게는 뗏목[湘]을 주고 악을 시작하려는 사람에게는 부(拊)[79]를 준다. 부(拊)란 악기는 겉은 무두질한 가죽이고 속에 겨를 넣으니 형상은 북 같고 소리는 순하고 부드러우며, 먼저 울리고 다른 악기와 어울리지 않지만, 단지 덩! 하고 울리는 소리 일뿐만이 아니다. 『서전(書傳)』에 "무두질한 가죽으로 북을 만든다"[80]라고 하고, 『백호통의(白虎通義)』[81]에 "부(拊)는 가죽으로 만들고 속에 겨를 넣는다"라고 한 것이 그 실례이고, 그 진설은 당상이니 여기에서 이른바 "박부(搏拊)[82]"가 그 실례이고, 그 용도는 노래보다 앞서니 태사(大師)에 이른바 "당에 올라 노래할 때는 부(拊)를 쳐 연주하게 한다"[83]라고 한 것이 그 실례이다.

이미 "박부(搏拊)"라고 하고, 또 "부를 치는 사람은 혹은 두드리고 혹은 세게 쳐서 부(拊) 소리 대소(大小)를 분별한다"라고 하였으니, 이른바 '석경(石磬)'을 세게 치고 가볍게 두드리는 것으로 경(磬)소리 대소를 분별한다'는 것과 같은 뜻이다.

순경(荀卿)[84]은 "한 개의 종을 달아 놓고 부(拊)를 그 동쪽에 진설한

---

78 대본에 '祝'으로 되어 있는 것을 『周禮』春官 / 小師 0에 의거하여 '祭祀'로 바로잡았다.
79 부(拊): 속에 겨를 넣고 무두질한 가죽을 씌워 만드는데, 북 비슷한 악기(樂器)로 목에 걸고 양 손으로 친다. 소리는 순하고 부드럽다.
80 『尙書大傳』(漢 伏生 撰) 卷1 夏書.
81 백호통의(白虎通義): 후한(後漢)의 사학자(史學者) 반고(班固)가 찬집한 4권으로 이루어진 책으로, 『백호통(白虎通)』이라고도 한다. 후한의 장제(章帝)가 79년에 북궁(北宮)의 백호관(白虎觀)에서 여러 유학자를 모아 놓고 오경(五經)의 다른 점을 강론하게 해 『백호통덕론(白虎通德論)』을 만들고, 반고에게 명하여 그것을 찬집하게 한 것이다.
82 박부(搏拊): 북 비슷한 모양으로 목에 걸고 양손으로 치는 악기이다.
83 『周禮』春官 / 大師 0.
84 순경(荀卿): B.C. 298?~B.C. 238?. 이름은 황(況)이고, 순경(荀卿)은 존칭이다. 저서로 『순자』가 있다. 공자와 맹자는 모두 인의(仁義)와 도덕을 높이 평가하고, 공리(功利)와 욕망(欲望)의 추구에 대해 부정적인 태도를 취했으나, 순자는 이와 달리 이익과

다"[85]라고 하고, 『대대례(大戴禮)』[86]에 "한 개의 경(磬)을 달아 놓고 부(拊)를 그 동쪽에 진설한다"[87]라고 하였으니, '일종(一鐘)과 일경(一磬)'은 특현(特縣)[88]의 악기이다. 부는 '일종(一鐘)과 일경(一磬)'의 동쪽에 진설하니, 여러 악기 가운데 먼저 시작하는 것을 알 수 있다.[89]

대제사(大祭祀)에서 당에 올라 노래하고 부(拊)를 두드리는 것은 『주례』 소사(少師)[90]의 직분이니, 태사(大師)는 연주하고 치게 명령할 뿐이다. 『서경』은 알(戛)·격(擊)을 먼저하고 박부(搏拊)를 뒤에 하며, 『예기』는 박부(搏拊)를 먼저 한 것은 『서경』은 악을 연주하는 것으로 순서를 정하고, 『예기』는 악기로 순서를 정하였기 때문이다.[91] 그러므로 그 선후가 다르지 않을 수 없다.

편안함을 좋아하는 것을 인간의 자연 본성으로 보아 부정하지 않고, 다만 예의에 부합되게 욕망을 추구할 것을 주장했다.

85　『荀子』禮論 19-6.

86　대대례(大戴禮) : 전한(前漢)의 대덕(戴德)이 예에 관한 제설을 편집한 책이다. 『대대기(大戴記)』라고도 한다. 대덕은 생질인 대성(戴聖)과 함께 예를 당시의 예가(禮家)인 후창(后蒼)에게서 전수받았는데, 세상 사람들이 대덕을 대대(大戴), 대성을 소대(小戴)라고 불렀기 때문에 이 대덕이 편찬한 예의 기록을 『대대례(大戴禮)』라고 부르게 된 것이다. 이에 대해 대성이 편집한 것을 『소대기(小戴記)』라고 하는데, 지금의 『예기』가 이것이다.

87　『大戴禮記』(漢 戴德 撰) 禮三本 第42.

88　특현(特縣) : 사(士)의 전례에 종과 경(磬)을 1면에 다는 것이다.〈『周禮』春官 / 小胥 0〉

89　부는~있다 : 악기진설에서 악의 시작에 쓰이는 축(柷)도 푸른색을 칠하여 동쪽에 놓고, 또한 생경(笙磬)을 설명한 정현(鄭玄)의 주(注)도 '경(磬)이 동쪽에 있는 것을 생(笙)이라 하니, 생(笙)은 생(生)의 의미이다'라고 하였다. 곧 부(拊)를 동쪽에 진설하는 것은 악의 시작에 쓰이는 악기임을 미루어 알 수 있다는 것이다.

90　소사(少師) : 소사(小師)는 태사(太師)를 보좌하여 타악기 종류와 관현악기 및 노래를 가르치는 일을 관장하는 직책이다.

91　『서경』은~때문이다 : 『禮記』明堂位 14-18에 「拊搏玉磬揩擊大琴大瑟中琴小瑟 四代之樂器也【박부(搏拊)·옥경(玉磬)·갈격(揩擊)·대금(大琴)·대슬(大瑟)·중금(中琴)·소슬(小瑟)은 사대(四代)의 악기이다】」라고 하여 박부(搏拊)를 가장 앞에 놓았는데, 그것은 악기진설을 동쪽에 하였기 때문이고, 『書經』虞書 / 益稷 2에 「戛擊鳴球搏拊琴瑟【알(戛 : 敔)·격(擊 : 柷)·명구(鳴球 : 玉磬)·박부(搏拊)·금(琴)·슬(瑟)을 연주하다】」라고 하였는데, 그것은 음악을 연주하는 순서로 기록한 것이라고 저자는 본 것이다.

익직(益稷)

78-1. 琴瑟以詠[1], 祖考來格, 虞賓在位, 羣后德讓[2].

금(琴)과 슬(瑟)을 반주로 해서 읊으니 조고(祖考)의 혼령이 와서 이르시며, 우빈(虞賓)이 자리에 있으면서 여러 제후들과 덕으로 사양합니다.[3]

---

1 채침(蔡沈)의 『서경집전(書經集傳)』에는 ‘琴瑟’이 위 ‘搏拊’와 한 구(句)를 이루고 있다.
2 대본에는 ‘遜’으로 되어 있으나 『書經』에 의거하여 ‘讓’으로 바로잡았다.
3 『書經』虞書 / 益稷 2. 채침(蔡沈)의 『서경집전(書經集傳)』 주(註)에는 ‘우빈(虞賓)은 단주(丹朱)인데, 요임금의 아들이 순임금의 손님이 된 것이다. 단주가 자리에 있으면서 제사를 돕는 여러 제후들과 덕으로 서로 사양하였으니, 사람들이 화하지 않음이 없음을 알 수 있다’라고 설명하였다.

‘八音以絲爲君, 絲以琴爲君.’ 琴之爲[4]樂, 出乎器, 入乎覺, 而瑟[5]實類之, 其所異者, 特絲分而音細爾.

明堂位曰:“大琴大瑟中琴小瑟, 四代之樂器也.” 爾雅曰:“大琴謂之離, 大瑟謂之灑[6].” 蓋琴則易良, 瑟則靜好, 其聲尙宮, 其音主絲. 士君子所常御, 所以樂得其道, 堂上之樂也. 故用大琴, 必以大瑟配之, 用中琴, 必以小瑟配之. 然後大者不陵, 細者不抑, 足以禁淫邪正人心矣. 荀卿曰:“以琴瑟樂心.”[7] 豈虛言哉?

周官大司樂:“雲和之琴瑟, 以禮天神, 空桑之琴瑟, 以禮地示, 龍門之琴瑟, 以禮人鬼.” 是琴瑟之用, 各以聲類所宜. 雲和陽地也, 其[8]琴瑟宜於圜丘奏之. 空桑陰地也, 其[9]琴瑟宜於方澤奏之. 龍門人功所鑿而成也, 其[10]琴瑟宜於宗廟奏之. 此言‘琴瑟以詠’, 繼之‘祖考來格’, 則樂以迎來, 亦擧宗廟, 見圜丘方澤之意也.

儀禮鄕飮酒禮:“二人皆左何瑟, 後首挎越.” 燕禮:“小臣左何瑟, 面鼓[11]執越.” 樂記曰:“淸廟之瑟, 朱絃而疏越.” 皆不及琴者. 瑟二十五絃, 琴則五絃而已, 亦擧大見小之意也.

大司樂:“以六律六同五聲八音六舞大合樂, 以致鬼神示, 以和邦國, 以諧萬民, 以安賓客, 以說遠人, 以作動物.” 舜之作樂, ‘祖考來格’, 則致鬼神示可知, ‘虞賓在位’, 則安賓客, 說遠人可知, ‘羣后德讓[12]’, 則和邦國, 諧萬民可知, ‘鳥獸蹌蹌, 鳳凰來儀’, 則作動物可知, 虞周之樂,

---

4　대본에 누락된 ‘爲’를 『樂書』 63-1에 의거하여 보충하였다.

5　대본에는 ‘琴’으로 되어 있으나 사고전서 『樂書』에 의거하여 ‘瑟’로 바로잡았다.

6　대본에는 ‘洒’로 되어 있으나 『爾雅』에 의거하여 ‘灑’로 바로잡았다.

7　대본에는 ‘琴瑟以樂心’으로 되어 있으나 『荀子』에 의거하여 ‘以琴瑟樂心’으로 바로잡았다.

8　대본에 누락된 ‘其’를 『樂書』 42-3에 의거하여 보충하였다.

9　대본에 누락된 ‘其’를 『樂書』 42-3에 의거하여 보충하였다.

10　대본에 누락된 ‘其’를 『樂書』 42-3에 의거하여 보충하였다.

11　대본에는 ‘面’으로 되어 있으나 『儀禮』에 의거하여 ‘面鼓’로 바로잡았다.

12　대본에는 ‘遜’으로 되어 있으나 『書經』 虞書 / 益稷 2에 의거하여 ‘讓’으로 바로잡았다.

相爲表裏而已.

‘팔음의 악기에서는 사(絲)가 임금이고 사에서는 금(琴)이 임금이다.’[13] 금(琴)이란 악기 소리는 악기에서 나와 청각(聽覺)에 들어오니 슬(瑟)이 같은 종류다. 그 슬이 다른 점은 다만 실이 나누어져 음이 미세(微細)한 것뿐이다.[14]

「명당위(明堂位)」에 “대금(大琴)과 대슬(大瑟)과 중금(中琴)과 소슬(小瑟)은 사대(四代)[15]의 악기이다”[16]라고 하고, 『이아(爾雅)』에 “대금(大琴)을 이(離)라 하고 대슬(大瑟)을 쇄(灑)라 한다”[17]라고 하였다. 금(琴)은 평이하고 곧으며 슬(瑟)은 부드럽고 온순하니,[18] 그 오성은 궁성(宮聲)을 숭상하고 그 팔음은 사음(絲音)을 주장한다. 사군자(士君子)가 항상 연주하여 그 도를 얻는 것을 즐거워하는 것이니 당상의 악기이다. 그러므로 대금(大琴)을 쓸 때는 반드시 대슬(大瑟)로 짝을 짓고, 중금(中琴)을 쓸 때는 반드시 소슬(小瑟)로 짝을 짓는다. 그런 뒤에 큰 악기가 작은 악기를 능멸하지 않고 작은 악기가 큰 악기에 억눌리지 않아 음란하고 간사함을 막아 인심을 바르게 할 수 있다. 순경(荀卿)은 “금(琴)·슬(瑟)로써 마음을 즐겁게 한

---

13 『禮記集說』卷94. 「長樂陳氏曰 順天地之和 莫如樂 窮樂之趣 莫如琴 蓋八音 以絲爲君 絲 以琴爲君 所以禁淫邪正人心者也【장락 진씨가 말했다. “천지의 화기(和氣)를 따르는 것은 악(樂)만한 것이 없고, 악의 풍취를 깊이 느낄 수 있는 것은 금(琴)만한 것이 없다. 일반적으로 팔음에서는 사(絲)가 임금이고, 사(絲)에서는 금(琴)이 임금인데, 음란하고 간사한 마음을 금하고 사람 마음을 바로잡는 도구이기 때문이다.】」 여기의 장락 진씨(長樂陳氏)는 본서의 저자인 진양(陳暘)의 친형 진상도(陳祥道)이다.
14 그 슬이~것뿐이다 : 슬(瑟)은 25현이다. 현의 굵기가 미세하게 달라 가운데 조율하지 않는 윤현(閏絃)을 중심으로 아래에 12율 12현과 위에 한 응음(應音) 위 12율 12현으로 조율한다. 그에 비해 금(琴)은 5현 또는 7현뿐이다.
15 사대(四代) : 우(虞)·하(夏)·은(殷)·주(周)의 네 시대.
16 『禮記』明堂位 14-18.
17 『爾雅』釋樂 7-2. 주소(注疏)에서 설명하고 있는 ‘이(離)’와 ‘쇄(灑)’의 의미는 다음과 같다. 「孫叔然云 音多變 聲流離也【손숙연이 말했다. “음률이 변화가 많아 소리가 떼어 헤쳐진 것이다.”】」「孫叔然云 音多變 布如灑出也【손숙연이 말했다. “음률이 변화가 많아 분산하여 흩어져 나오는 것이다.”】」
18 금(琴)은~온순하니 : 『荀子』樂論 20-10에는 「瑟易良 琴婦好」로 되어 있다.

다"[19]라고 하였으니, 어찌 거짓말이겠는가?

『주례』 대사악(大司樂)에 "운화산(雲和山)[20]에서 나는 나무로 만든 금(琴)·슬(瑟)로 천신(天神)에게 예를 올리고, 공상산(空桑山)에서 나는 나무로 만든 금·슬로 지기(地祇)에게 예를 올리고, 용문산(龍門山)에서 나는 나무로 만든 금·슬로 인귀(人鬼)에게 예를 올린다"[21]라고 하였다. 이것은 금·슬의 용도가 각각 소리의 종류에 따라 알맞은 것이 있기 때문이다. 운화산은 양지(陽地)니 그 땅에서 나는 목재로 만든 금·슬로는 원구(圜丘)[22]에서 연주하는 것이 알맞고, 공상산은 음지(陰地)니 그 땅에서 나는 목재로 만든 금·슬로는 방택(方澤)[23]에서 연주하는 것이 알맞고, 용문산은 사람의 공력(功力)으로 파서 이룬 것이니 그 땅에서 나는 목재로 만든 금·슬로는 종묘에서 연주하는 것이 알맞다. 『서경』은 '금(琴)과 슬(瑟)을 반주로 읊고'를 말하고 이어 '조고(祖考)의 혼령이 왔다'라고 하였으니, 이는 오는 조고의 혼령을 악으로 맞이한 것이고, 또한 종묘를 예로 들어 원구와 방택까지 나타낸 의도이다.

『의례』「향음주례(鄉飲酒禮)」에 "두 사람이 모두 왼쪽으로 슬(瑟)을 메는데 머리를 뒤로하고 악기 구멍을 잡는다"[24]라고 하고, 「연례(燕禮)」에 "소신(小臣)이 왼쪽으로 슬(瑟)을 메는데 슬의 배가 앞쪽을 향하게 하고 악기 구멍을 잡는다"[25]라고 하고, 「악기」에 "《청묘(清廟)》의 시를 노래할 때 타는 슬은 붉은 실을 누인 현(絃)을 쓰고 소리가 악기 구멍을 통하여

19　『荀子』樂論 20-8.
20　운화산(雲和山) : 『周禮注疏』(漢 鄭氏 注, 唐 賈公彦 疏) 卷22 春官宗伯下의 漢鄭玄注.「雲和·空桑·龍門 皆山名【운화·공상·용문은 모두 산 이름이다.】」
21　『周禮』春官 / 大司樂 2.
22　원구(圜丘) : 원형의 언덕으로 천자가 동지(冬至)에 하늘에 제사 지내는 곳이다.
23　방택(方澤) : 땅을 파 네모진 연못을 만들어 물을 가두고 지기(地示)에 제사지내는 지단(地壇)이다.
24　『儀禮』鄉飲酒禮 4-11. 악기 구멍을 '활(越)'이라고 하는데, 현의 진동 소리를 받아 통속이 공명하고 그 울림이 이곳을 통하여 나온다.
25　『儀禮』燕禮 6-17.

나온다"[26]라고 하였다. 모두 금(琴)에까지 미치지 못하였는데, 슬은 25현이고 금은 5현뿐이니, 또한 큰 악기를 들어 작은 악기까지 나타낸 의도이다.

대사악(大司樂)에 "육률과 육동(六同)과 오성과 팔음과 육무(六舞)로 대합악(大合樂)하여, 인귀(人鬼)와 천신(天神)과 지기(地祇)가 이르도록 하며, 나라 안을 화합하게 하며, 만민을 화동(和同)하게 하며, 빈객(賓客)을 편안하게 하며, 먼 나라 사람들을 기쁘게 하며, 동물들을 활발하게 한다"[27]라고 하였다. 순임금이 악을 시작함에 '조고(祖考)의 혼령이 왔다'라고 하였으니 인귀와 천신과 지기가 이르러 온 것을 알 수 있고, '우빈(虞賓)이 자리에 있다'라고 하였으니 빈객(賓客)을 편안하게 하며 먼 나라 사람들을 기쁘게 한 것을 알 수 있고, '여러 제후들과 덕으로 사양한다'라고 하였으니 나라 안을 화합하게 하며 만민을 화동(和同)하게 한 것을 알 수 있고, '새와 짐승이 너울너울 춤추며 봉황이 와서 춤춘다'라고 하였으니 동물들을 활발하게 한 것을 알 수 있다. 이는 순임금과 주나라의 악이 서로 표리(表裏)가 될 뿐인 것이다.[28]

78-2. 下管.
아래에서 관(管)을 연주한다.[29]

26　『禮記』樂記 19-1. 누인 현은 잿물에 삶은 명주실이다. 명주실을 잿물에 삶지 않으면 소리가 청(淸)하고, 삶으면 소리가 탁(濁)하다. 이는 소박한 소리를 얻기 위한 방법이다.

27　『周禮』春官 / 大司樂 1.

28　순임금과~뿐인 것이다:『書經』虞書 / 益稷 2의 '조고(祖考)의 혼령이 와서 이르시며, 우빈(虞賓)이 자리에 있으면서 여러 제후들과 덕으로 사양합니다'와 '조수(鳥獸)들이 춤추며 봉황이 춤을 추며 왔습니다'는 순임금 당시의 일인데, 그 일이 위에서 설명한 주나라『周禮』春官 / 大司樂 1에 '육률과 육동(六同)과 오성과 팔음과 육무(六舞)로 크게 악을 합주하여 인귀(人鬼)와 천신(天神)과 지기(地示)를 이르도록 하며, 나라 안을 화합하게 하며, 만민을 화동(和同)하게 하며, 빈객(賓客)을 편안하게 하며, 먼 나라 사람들을 기쁘게 하며, 동물을 홍기(興起)시킨다'와 서로 표리관계가 된다는 의미이다.

禮記文王世子曰 : “登歌淸廟, 下管象武, 達有神, 興有德.” 郊特牲曰 : “歌者在上, 匏竹在下, 貴人聲也.” 仲尼燕居曰 : “升歌淸廟, 示德也, 下而管象, 示事也.” 祭統[30]曰 : “昔周公有勳勞於天下, 成王賜之重祭, 升歌淸廟, 下而管象.” 燕禮大射曰 : “升歌鹿鳴四牡皇皇者華, 下管新宮.” 蓋周之升歌不過淸廟鹿鳴四牡皇皇者華, 下管不過象武新宮, 則舜升歌下管之詩, 雖無經, 要之歌以示德, 管以示事一也.

德成而上, 歌以詠之於堂上, 事成而下, 管以吹之於堂下. 豈非以無所因者爲上, 有所待者爲下耶? 今夫堂下之樂, 以木爲末, 以竹爲本. 故爾雅 : “大管謂之簥, 中謂之篞, 小者謂之篎.” 蓋其狀如篴笛而六孔, 倂兩而吹之. 其所主治, 相爲終始, 所以道陰陽之聲, 十二月之音也. 女媧始爲都良管, 以一天下之音, 爲班管, 以合日月星辰之會, 帝嚳又吹笭展管, 則管爲樂器, 其來尙矣.

至周而大備, 敎之於小師, 播之於瞽矇, 吹之於笙師. 辨其聲用, 則孤竹以禮天神, 孫竹以禮地示, 陰竹以禮人鬼, 凡各從其聲類故也.

管或作筦, 詩曰 : “磬筦將將.” 是也, 或作琯, 傳稱 : “白玉琯” 是也. 廣雅曰 : “管象鯠[31], 長尺[32]圍寸, 六[33]孔無底.” 豈以後世之制爲言歟!

『예기』「문왕세자(文王世子)」에 “악인(樂人)들이 당상에 올라《청묘(淸廟)》[34]의 시를 노래하고, 당 아래에서는 관(管)으로《상(象)》을 연주하며《대무(大武)》의 춤을 추니, 신에 통하고 덕을 일으킨다”[35]라고 하고, 「교특생(郊特牲)」에 “노래 부르는 사람은 당상에 있고 생황(笙簧)을 연주하는 사람은 당하에 있으니, 사람 소리를 귀하게 여긴 것이다”[36]라고 하고,

---

29   채침(蔡沈)의 『서경집전(書經集傳)』에는 아래 ‘戛擊’와 연결하여 한 구(句)를 이루고 있다.

30   대본에는 ‘義’로 되어 있으나 『禮記』에 의거하여 ‘統’으로 바로잡았다.

31   대본에는 ‘簫’로 되어 있으나 『廣雅』에 의거하여 ‘鯠’로 바로잡았다.

32   대본에는 ‘八尺’으로 되어 있으나 『廣雅』에 의거하여 ‘尺’으로 바로잡았다.

33   대본에는 ‘八’로 되어 있으나 『廣雅』에 의거하여 ‘六’으로 바로잡았다.

34   청묘(淸廟) : 『詩經』周頌 / 淸廟.

35   『禮記』文王世子 8-13.

「중니연거(仲尼燕居)」에 "당에 오를 때 《청묘》의 시를 노래하는 것은 덕을 보이는 것이고, 아래에서 관(管)으로 《상(象)》을 연주하는 것은 사업을 보이는 것이다"[37]라고 하고, 「제통(祭統)」에 "옛날 주공(周公)이 천하에 공훈을 세운 노고가 있다하여 성왕(成王)이 외제(外祭)[38]와 내제(內祭)[39]의 이중(二重) 제사를 하사하여 당에 오를 때 《청묘》의 시를 노래하고 아래에서 관(管)으로 《상(象)》을 연주하였다"[40]라고 하고, 「연례(燕禮)」와 「대사(大射)」에 "당에 오를 때 노래는 《녹명(鹿鳴)》·《사모(四牡)》·《황황자화(皇皇者華)》이고, 아래에서 관(管)은 《신궁(新宮)》[41]을 연주한다"[42]라고 하였다. 종합하면 주나라에서 당에 오를 때 노래하는 것은 《청묘》·《녹명》·《사모》·《황황자화》에 불과하고, 아래에서 관(管)의 연주는 《상(象)》과 《신궁》에 불과하였다면, 순임금 당시에 당에 오를 때 노래하는 것과 아래에서 관의 연주에 쓰이는 시가 비록 경서에 없으나, 요컨대 노래로 덕을 보이고 관(管)의 연주로 사업을 보이는 것은 같았을 것이다.

덕을 이룬 이는 윗자리에 있는데 당상에서 노래하여 읊고, 사업을 이룬 이는 아래에 있는데 당하에서 관(管)으로 분다. 어찌 노래와 같이 매개체가 없는 것은 위를 삼고, 관(管)과 같이 매개체가 있는 것은 아래로 삼은 것이 아니겠는가? 당하의 악은 목(木)이 말엽(末葉)이고 죽(竹)이 근본이다.[43] 그러므로 『이아(爾雅)』에 "대관(大管)을 교(簥)라 하고, 중간을 녈

---

36 『禮記』郊特牲 11-5.

37 『禮記』仲尼燕居 28-6. 《청묘(淸廟)》는 무왕(武王)이 문왕(文王)을 제사하기 위한 시이므로 문왕의 덕을 드러내고, 《유청(維淸)》은 《상(象)》의 악가(樂歌)인데, 《상(象)》은 용병할 때 적을 찌르고 치는 것을 형상화한 춤으로 무왕의 업적(業績)을 나타내고 있다.

38 외제(外祭) : 천지에 지내는 교사(郊社).

39 내제(內祭) : 임금이 종묘(宗廟)에 신곡(新穀)을 올리는 대상체(大嘗禘).

40 『禮記』祭統 25-23.

41 신궁(新宮) : 『儀禮』燕禮 6-31의 鄭玄 注. 「新宮 小雅 逸篇也【신궁은 『시경』 소아(小雅)의 일시(逸詩)이다.】」

42 『儀禮』燕禮 6-31.

43 당하의~근본이다 : 당하의 악기 중 죽(竹)인 관(管)은 음률을 연주하니 근본적인 악

(篪)이라 하고, 작은 것을 묘(篎)라 한다"[44]라고 하였다. 관(管)은 그 형상
이 지(篪)나 적(笛)과 같고 여섯 구멍이니 둘을 나란히 붙여 분다. 그 악기
가 주로 다스리는 것이 서로 시종(始終)이 되니, 이 때문에 음양의 소리와
십이월(十二月)의 음[45]을 인도한다. '여와씨(女媧氏)가 처음 도량관(都良管)을
만들어 천하의 음을 통일하였고, 반관(班管)을 만들어 일월성신의 교차점
에 일치시켰으며, 제곡(帝嚳)이 또 영전관(笭展管)을 불었으니,' 관(管)이 악
기로 만들어지기는 그 유래가 오래 되었다.

주나라에 이르러 성대하게 갖추어져 소사(少師)[46]에게 가르치게 하였
으며, 고몽(瞽矇)[47]에게 연주하게 하였으며, 생사(笙師)[48]에게 불게 하였다.
소리의 용도를 분별하면, '고죽(孤竹)[49]의 관(管)으로 천신(天神)에게 예를
올리며, 손죽(孫竹)[50]의 관으로 지기(地示)에게 예를 올리며, 음죽(陰竹)[51]의
관으로 인귀(人鬼)에게 예를 올렸으니,'[52] 모든 것이 각각 그 소리의 종류
를 따랐기 때문이다.

관(管)은 혹 관(琯)으로도 쓰였으니 『시경』에 "경(磬)과 관(琯)이 쟁쟁히
울린다"[53]라고 한 것이 그 실례이다. 혹은 관(珀)으로도 쓰였으니 전(傳)에

기이고, 목(木)인 축(柷)과 어(敔)는 시작과 끝을 알리니 말엽적인 악기라는 것이다.

[44] 『爾雅注疏』(晉 郭璞 注) 卷5 原 / 釋樂 第7.

[45] 십이월(十二月)의 음 : 12월과 12율(十二律)의 관계는 11월 황종, 12월 대려, 1월 태주,
2월 협종, 3월 고선, 4월 중려, 5월 유빈, 6월 임종, 7월 이칙, 8월 남려, 9월 무역, 10
월 응종이다.

[46] 소사(少師) : 고(鼓)・도(鼗)・축(柷)・어(敔)・훈(塤)・소(簫)・관(管)・현(弦)과 노래
를 가르치는 일을 관장하는 직책이다.

[47] 고몽(瞽矇) : 도(鼗)・축(柷)・어(敔)・훈(塤)・소(簫)・관(管)・현(弦)과 노래를 연주
하는 일을 관장하는 직책이다.

[48] 생사(笙師) : 우(竽)・생(笙)・훈(塤)・약(籥)・소(簫)・지(篪)・적(篴)・관(管)・용독
(舂牘)・응(應)・아(雅)를 가르치는 일을 관장하고 개악(祴樂)을 가르치는 직책이다.

[49] 고죽(孤竹) : 특별히 우뚝하게 자란 대나무.

[50] 손죽(孫竹) : 가지와 뿌리가 생기지 않은 대나무.

[51] 음죽(陰竹) : 산의 북쪽에서 자란 대나무.

[52] 『周禮』 春官 / 大司樂 2.

[53] 『詩經』 周頌 / 執競.

"백옥관(白玉琯)"[54]이라고 한 것이 그 실례이다. 『광아(廣雅)』[55]에 "관(管)은 지(籈)를 본떠 만들었으니 길이가 1척에 둘레가 1촌이고 여섯 구멍에 아래가 막히지 않았다"[56]라고 하였으니, 아마 후세의 제도를 가지고 말한 것일 것이다.

78-3. 鼗鼓.
도(鼗) · 고(鼓).[57]

鼓所以作樂者也, 鼗所以兆奏鼓者也. 天道兆於北方, 其於卦爲坎, 其於音爲革, 則鼗鼓, 冬至之音, 堂下之樂也.

爾雅 : "大鼗[58]謂之麻." 以其聲大而散故也, "小者謂之料." 以其聲小而迷故也, 月令 : "修鞀鞞." 世紀 : "帝嚳命倕作鞀鞞." 大謂之鞞而與麻同, 小謂之鞀而與料同, 則鼗鞀一也. 以之作樂爲鼓, 作已而爲磬, 則鼓磬一也.

周人辨其聲, 用'雷鼓雷鼗, 以樂天神, 靈鼓靈鼗, 以樂地示, 路鼓路鼗, 以樂人鬼.' 鼓人掌教其鼓, 而不及鼗, 儀禮大射 : "鼗倚于頌磬西紘." 而不及鼓, 互備故也. 先儒以鼓爲春分之音, 鞀爲震之氣, 是不知坎音革之意也.

북은 악을 시작하는 악기이고, 도(鼗)는 북을 칠 조짐을 보여주는 악기

54　『尙書大傳』(漢 伏生 撰) 卷1 虞書. 「孔子曰 舜以天德嗣堯 西王母來獻白玉琯【공자가 말했다. "순임금이 천성의 덕으로 요임금을 이으니 서왕모가 와서 백옥관을 올렸다."】」

55　광아(廣雅) : 위(魏)나라 문자학자 장읍(張揖)이 찬(撰)한 10권의 자서(字書)이다. 고서(古書)의 자구(字句)를 해석하고 경서(經書)의 내용을 주석하였다. 『이아(爾雅)』의 편목(篇目)에 의거하여 한유(漢儒)의 전주(箋注) 및 『삼창(三蒼)』·『설문(說文)』 등의 제서를 참고하고 증보한 것이다.

56　『廣雅』(魏 張揖 撰) 卷8 釋樂. 지(籈)는 지(篪)와 같다.

57　채침(蔡沈)의 『서경집전(書經集傳)』에는 위 '下管'과 연결하여 한 구(句)를 이루고 있다.

58　대본에는 '鼓'로 되어 있으나 『爾雅』에 의거하여 '鼗'로 바로잡았다.

이다. 천도는 북방(北方)에서 조짐이 시작하니, 그것이 괘(卦)에서는 감괘(坎卦☵)가 되고 그것이 팔음에서는 혁(革)이 된다. 도(鼗)·고(鼓)는 팔음 중 동지(冬至)에 해당하니 당하에 편성되는 악기이다.[59]

『이아(爾雅)』에 "대도(大鼗)를 마(麻)라고 한다"[60]라고 하였는데 그 소리가 크고 흩어지기 때문이고, "작은 것을 료(料)라고 한다"[61]라고 하였는데 그 소리가 작고 맴돌기 때문이며, 「월령(月令)」[62]에 "도(鞀)와 비(鞞)를 수리하게 한다"[63]라고 하고, 『제왕세기(帝王世紀)』에 "제곡(帝嚳)이 수(倕)에게 명하여 도(鞀)와 비(鞞)를 만들었다"[64]라고 하였다. 도(鞀)에 비해 큰 것을 비(鞞)라고 하는데 마(麻)와 같고, 비(鞞)에 비해 작은 것을 도(鞀)라고 하는데 요(料)와 같으니, 곧 도(鼗)와 도(鞀)는 한 가지이다. 악을 시작할 때 북을 울리고[65] 시작하고 조금 있다 경(磬)을 치니, 북과 경은 한 가지이다.

주나라 사람이 그 소리를 분별하여 '뇌고(雷鼓)·뇌도(雷鼗)로 천신(天神)에게 주악(奏樂)하고, 영고(靈鼓)·영도(靈鼗)로 지기(地祇)에게 주악(奏樂)하고, 노고(路鼓)·노도(路鼗)로 인귀(人鬼)에게 주악(奏樂)하였다.'[66] 고인(鼓人)이 그 북을 가르치는 일을 관장하였지만 도(鼗)까지 미치지 않았고,[67]

---

[59] 천도(天道)는~악기이다 : 감괘(坎卦☵)는 수(水)이고 북방에 해당하며, 팔풍으로는 광막풍(廣莫風), 팔음은 혁(革)에 해당하고 절후는 동지(冬至)이다.

[60] 『爾雅』 釋樂 7-15.

[61] 『爾雅』 釋樂 7-15.

[62] 월령(月令) : 『예기』 편명의 하나로 1년 12개월의 기후(氣候)와 그에 따르는 정령(政令)을 기록하였다.

[63] 『月令解』(宋 張虙 撰) 卷5.

[64] 『呂氏春秋』 卷5 仲夏紀 第5 / 古樂.

[65] 악을~울리고 : 아악(雅樂)을 시작할 때 먼저 도(鼗)를 울리고 이어 북을 친다는 의미이다.

[66] 『周禮』 春官 / 大司樂 2.

[67] 고인(鼓人)이~않았고 : 고인(鼓人)은 『주례(周禮)』의 지관(地官)에 속하는 관원으로, 뇌고(雷鼓)·영고(靈鼓)·노고(路鼓)·분고(鼖鼓)·고고(鼛鼓)·진고(晉鼓) 등 북과 금순(金錞)·금탁(金鐲)·금뇨(金鐃)·금탁(金鐸) 등 사금을 쳤다.〈『周禮』 地官 / 鼓人 0〉

『의례』「대사(大射)」에 "도(鼗)는 송경(頌磬)[68] 서쪽 편경 끝에 기대어 놓는
다"[69]라고 하였지만 북까지 미치지 않았으니, 서로를 갖추어 갖고 있었
기 때문이다. 선유(先儒)가 북으로 춘분(春分)의 악기를 삼고[70] 도(鼗)로 진
괘(震卦☳)의 기(氣)를 삼았는데,[71] 이것은 감괘(坎卦☵)가 팔음으로는 혁(革)
이라는 뜻을 알지 못한 것이다.

78-4. 合止柷敔.
축(柷)과 어(敔)로 악을 합주하여 시작하고 끝낸다.[72]

周官 : "小師掌敎播鼗[73]柷敔." 周頌有瞽亦曰 : "鼗磬柷圉." 蓋堂下
樂器, 以竹爲本, 以木爲末, 則管者本也, 柷敔者末也.

柷之爲器, 方二尺四寸, 深一尺八寸. 陰始於二四, 終於八十. 陰數四
八而以陽一主之. 所以作樂, 則於衆樂先之而已, 非能成之也, 有兄之
道焉.

敔之爲器, 狀類伏虎者, 西方之陰物也. 背有二十七鉏[74]鋙者, 三九之
數[75]也, 櫟之長尺, 十之數也. 陽成於三, 變於九而以陰十勝之. 所以止
樂, 則樂能以反爲文, 非特不至於流而失已, 有足禁過者焉.

書曰 : "戛擊." 禮曰 : "揩[76]擊." 樂記曰 : "聖人作爲柷楬." 荀卿曰 :
"鞉柷拊椌楬, 似萬物." 蓋柷敔以椌楬爲體, 椌楬以戛揩[77]擊爲用也.

68　송경(頌磬) : 옛날 대사례(大射禮)를 행할 때 서방에 설치한 경(磬)을 지칭한다.〈『周
　　禮』春官 / 眡瞭 0의 鄭玄 注〉

69　『儀禮』大射 7-3.

70　선유(先儒)가~삼고 : 『宋史』(元 托克托 等 修) 卷129 樂志 第82 / 樂4.

71　도(鼗)로~삼았는데 : 진괘(震卦☳)는 팔음으로는 죽(竹)이고, 악기로는 관(管)·약
　　(籥)이며, 방위로는 동쪽이고, 절후로는 춘분(春分)이다.

72　『書經』虞書 / 益稷 2.

73　대본에 누락된 '敔'를 『周禮』에 의거하여 보충하였다.

74　대본에는 '銀'으로 되어 있으나 문맥이 통하지 않아 '鉏'로 바로잡았다.

75　대본에는 없으나 문맥이 통하지 않아 '數'를 보충하였다.

76　대본에는 '揩'로 되어 있으나 『禮記』에 의거하여 '揩'로 바로잡았다.

爾雅曰 : "所以鼓柷謂之止[78]." 則柷以合樂而作之必鼓之, 欲其止者,
戒之於蚤也, 敔以節樂而止之, 必鼓之, 欲其籈者, 潔之於後也.

今夫樂出於虛. 故其作之也, 虡必欲盧, 椌必欲空, 琴必用梧, 柎必用
糠, 皆以虛爲本也. 及其止則歸於實焉, 此敔所以爲伏虎之形歟!

然則樂之張陳, 憂擊必於堂上, 柷敔必於堂下, 何耶? 曰 柷敔器也,
憂擊所以作器也, 器則卑而在下, 作器者, 尊而在上, 貴賤之等也.

堂上之樂, 象廟朝之治, 堂下之樂, 象萬物之治. 荀卿 : "以堂下之鞉
柷柎鞷[79]椌楬, 爲似萬物." 則是以堂下之柎亦似之, 誤矣. 今夫柷椌一
物而異名, 荀卿離而二之, 亦誤矣.

『주례』에 "소사(小師)가 북·도(鞀)·축(柷)·어(敔)의 연주를 가르치는
것을 관장한다"[80]라고 하고, 주송(周頌)의 《유고(有瞽)》에 또 "도(鞀)·경
(磬)·축(柷)·어(圉)"[81]라고 하였다. 원래 당하의 악기는 죽(竹)이 근본이
고 목(木)이 말엽(末葉)이니,[82] 관(管)은 근본적인 것이고 축(柷)과 어(敔)는
말엽적인 것이다.

축(柷)이란 악기는 사방이 2척(尺) 4촌(寸)이고 깊이가 1척 8촌이다.[83]
음(陰)은 2와 4에서 시작하고 8과 10에서 마친다. 음수(陰數)는 4·8인데
양(陽) 1이 주관한다. 이 때문에 악을 시작할 때 다른 악기들보다 먼저
연주할 뿐이지 한 곡을 그치게 할 수 있는 것이 아니니,[84] 형의 도리가
있다.[85]

77 　대본에는 '楷'로 되어 있으나 『禮記』에 의거하여 '揩'로 바로잡았다.

78 　대본에는 '籈'으로 되어 있으나 『爾雅』에 의거하여 '止'로 바로잡았다.

79 　대본에 누락된 '柎鞷'을 『荀子』에 의거하여 보충하였다.

80 　『周禮』春官 / 小師 0.

81 　『詩經』周頌 / 有瞽. 그 朱子 註. 「圉亦作敔【어(圉)는 또한 어(敔)로도 쓴다.】」

82 　당하의~말엽이니 : 죽(竹)의 악기는 유율(有律) 악기로 연주 및 시가(詩歌)나 춤의
　　반주에 쓰이고, 목(木)의 악기는 무율(無律) 악기로 처음과 끝에 쓰일 뿐이다.

83 　축(柷)이란~8촌이다 : 『爾雅注疏』(晉 郭璞 注) 卷5 原 / 釋樂 第7.

84 　악을~아니니 : 축(柷)의 치수가 음수(陰數)로 되어 있으나, 그 수를 주장하는 것은
　　양수(陽數) 1이니, 그에 따라 시작에 쓰이고 마칠 때 쓰이지는 않는다는 의미이다.

85 　형의~있다 : 악을 연주할 때 축(柷)을 먼저 연주하는 것은, '柷'의 자형(字形)이 '木+

어(敔)란 악기는 엎드린 호랑이 형상이니 서방(西方)의 음물(陰物)이다.[86] 등에 27개의 올록볼록한 이가 있는 것은 3×9의 수이고, 역(櫟)[87]의 길이는 1척이니 수는 10이다. 양(陽)은 3에서 완성되고 9에서 변하는데 음(陰) 10으로 누른다. 악을 그치게 할 때 악은 돌이키는 것으로 형식을 삼아 다만 방종으로 흘러 자신을 잃는 데까지 이르지 않게 하는 것만 아니라, 지나침을 금지하기에 충분한 것이다.

『서경』에 "알(戛)·격(擊)"[88]이라 하고, 『예기』에 "갈(揭)·격(擊)"[89]이라 하고, 「악기」에 "성인(聖人)이 강(椌)[90]·갈(楬)[91]을 만드셨다"[92]라고 하고, 순경(荀卿)이 "도(鞉)·축(柷)·부(拊)·강(椌)·갈(楬)은 만물과 같다"라고 하였다. 종합하면 축(柷)과 어(敔)는 강(椌)·갈(楬)로 체(體)를 삼고 강(椌)· 갈(楬)은 알(戛)·갈(揭)·격(擊)으로 용(用)을 삼는다.

『이아(爾雅)』에 "축(柷)을 치는 도구를 지(止)라고 한다"[93]라고 하였다. 곧 축은 악을 합주하여 시작할 때 반드시 치니, 그 치는 도구 '지(止)'가 뜻하는 것은 일찍 서두르는 것에 대해 경계하고자 한 것이고,[94] 어(敔)는

兄'으로 되어 있어 마치 형이 앞장서는 도리가 있는 것과 같은 것으로 저자는 본 것이다.

86 어(敔)란~음물(陰物)이다 : 서방(西方)은 음(陰)의 방위(方位)이며, 영물(靈物)로는 백호(白虎)이고, 색으로는 흰색이며, 오행으로는 금(金)이고, 하도(河圖)의 수는 4·9이다.

87 역(櫟) : '櫟'은 '擽'과 같은 의미의 글자이고, 어(敔)를 문질러 연주하는 채를 말한다.

88 『後漢書』(宋 范曄 撰) 卷90上 馬融列傳第50上의 李賢 注. 「戞敔也 …… 擊柷也【알(戞) 은 어(敔)이다. …… 격(擊)은 축(柷)이다.】」

89 『禮記』明堂位 14-18. 그 陳澔 註. 「揭擊 謂柷敔 皆所以節樂者【갈격(揭擊)은 축(柷)과 어(敔)를 말하니, 모두 악의 리듬을 담당한 악기이다.】」

90 강(椌) : 축(柷)의 딴이름으로 축(柷)이 당상(堂上)에 쓰일 때 강(椌)이라 한다. 악(樂) 의 시작을 뜻하고 동쪽에 놓는다.

91 갈(楬) : 어(敔)의 딴이름으로 엎드린 호랑이 형상에 그 등줄기에 톱날 모양으로 생 긴 27개의 서어(鋙齬)가 있다. 악(樂)의 마침을 뜻하고 서쪽에 놓는다.

92 『禮記』樂記 19-22. 그 陳澔 註. 「椌楬 柷敔也【강(椌)과 갈(楬)은 축(柷)과 어(敔)이 다.】」

93 『爾雅』釋樂 7-14.

94 그 치는~것이고 : '止'는 '일정한 장소에 머물러 있게 한다'는 뜻이다. 축(柷)은 악을

악을 단락을 지어 그치게 할 때 반드시 치니, 그 치는 도구 '진(籈)'이 뜻
하는 것은 뒤를 깨끗하게 맺고자 한 것이다.[95]

악은 공허에서 나온다. 그러므로 제작할 때 거(虡)[96]는 반드시 공허하
게 하고 강(椌)[97]은 반드시 비우게 하며, 금(琴)은 반드시 오동나무를 쓰고
부(拊)는 반드시 왕겨를 쓰니,[98] 모두 공허(空虛)로 근본을 삼는다. 그칠 때
다다라서는 속을 채우는 것에 귀착을 하니, 이것이 어(敔)가 엎드린 호랑
이가 된 까닭일지도 모르겠다.

그렇다면 악기를 진설할 때 알(戞)·격(擊)은 반드시 당상에 배치하고,
축(柷)·어(敔)는 반드시 당하에 배치하는 것은 무엇 때문인가? 축·어는
악기를 뜻하고 알격은 악기를 시작하게 하는 것이다. 악기는 낮아 아래
에 배치하고 악기를 시작하게 하는 것은 높아 위에 배치하는 것은 귀천
의 등급이다.[99]

당상의 악은 종묘와 조정을 다스리는 것을 본받고, 당하의 악은 만물
을 다스리는 것을 본받았다.[100] 순경(荀卿)은 "당하의 도(鞉)·축(柷)·부

시작할 때 연주하는 악기니 서두르지 말라는 의미로 그 치는 도구를 '止'라고 했다
는 것이다.

95 그 치는~것이다:'籈'은 '竹+甄'으로 되어 있는데, '竹'부를 쓴 것은 대나무로 만드는
    것을 알 수 있고, '甄'은 '명확히 구별한다'는 의미가 있다.

96 거(虡):종경(鐘磬)을 걸어 놓는 나무로 만든 틀.

97 강(椌):강(椌)은 악을 시작할 때 치는 축(柷)의 다른 이름인데, 악은 공허에서 나오
    고 '椌'은 '木+空'으로 되어 있어 속이 비어 있는 축(柷)이 되므로 악을 시작할 때 쓰
    인다고 본 것이다.

98 거(虡)는~쓰니:순거(簨簴)는 종(鐘)이나 경(磬)을 매다는 틀인데 순(簨)은 틀의 횡
    목이고 거(簴)는 틀의 두 기둥이니 그 두 기둥사이가 비어있고, 강(椌)은 축(柷)의 다
    른 이름으로 원래 '허(虛)'의 뜻이고, 오동나무는 속이 비어 있으며, 알곡이 빠진 겨
    도 비어있다.

99 그렇다면~등급이다:진양은 알(戞)과 격(擊)을 어(敔)와 축(柷)과 같은 종류의 악기
    로 보고 있다. 문지른다는 뜻을 지닌 '알'과 친다는 뜻을 지닌 '격' 또한 악기 명칭이
    지만, 그 용어 안에 악기를 시작하게 하는 작용을 내포하고 있으므로, 단순히 악기
    명칭인 어·축보다 상위 개념으로 보고 있다.

100 당상의~본받았다:『書經』虞書 / 益稷 2의 蔡沈 註.「戞擊鳴球 搏拊琴瑟以詠 堂上之
    樂也 下管鼗鼓 合止柷敔 笙鏞以間 堂下之樂也 …… 祖考 尊神 故言於堂上之樂 鳥獸

(拊)·강(椌)·갈(楬)은 만물과 같다"[101]라고 하였는데, 이는 부(拊)를 당하
의 악기같이 취급한 것이니 잘못 되었다.[102] 축(柷)과 강(椌)은 한 물건이
면서 다른 이름인데, 순경이 나누어 두 가지로 한 것도 또한 잘못되었다.

微物   故言於堂下之樂['알(戛 : 敔)·격(擊 : 柷)·명구(鳴球 : 玉磬)·박부(搏拊)·금(
琴)·슬(瑟)을 연주하여 노래하며'는 당상의 악이고, '당하에서는 관(管)을 불고 도
(鼗)를 흔들고 북을 울리고, 악을 합주하고 그치기를 축(柷)과 어(敔)로 하며, 생(笙)
과 용(鏞)으로 간주(間奏)하니'는 당하의 악이다. …… 조고(祖考)는 높은 신이므로
당상의 악에 말했고, 조수(鳥獸)는 미물(微物)이므로 당하의 악에 말했다.】」

101 『荀子』樂論 20-10.

102 이는~되었다 : 『周禮』 春官 / 大師 0. 「登歌則令奏擊拊【당에 올라 노래할 때는 부
(拊)를 쳐 연주하게 한다.】」 곧 부(拊)는 당상의 악기라는 것이다.

권79 상서훈의(尚書訓義)

우서(虞書) / 익직(益稷)

익직(益稷)

79-1. 笙鏞以間, 鳥獸蹌蹌.

생(笙)과 용(鏞)을 번갈아 연주하니 금수(禽獸)들이 춤추었다.[1]

"大笙謂之巢." 以衆管在匏, 有巢之象也, "小者謂之和." 以大者唱, 則小者和也. "大鐘謂之鏞." 以能考大功也, "小者謂之鎛." 以其薄而小也. 蓋笙之爲器, 以匏爲之, 包竹總而植, 以象物之生, 其音則象鳥矣. 鏞之爲器, 以金爲之, 能宮能商, 始隆而終殺, 其聲則象獸矣.

儀禮大射儀 : "樂人宿縣于阼階東, 笙磬西面, 其南笙鐘[2]." 笙震音也,

---

1 『書經』虞書 / 益稷 2.
2 본문인 '笙鏞以間'을 설명하기 위한 것이므로 '鏞'을 그대로 써야하지만, 인용한 『儀

於方爲陽, 鏞兌音也, 於方爲陰. 周官 : "笙師掌共鐘笙之樂." 是鼓應笙
之鐘而笙亦應之也. 詩曰 : "笙磬同音." 周官 : "眡瞭掌擊笙磬." 則磬乾
音也, 與笙同爲陽聲, 是擊應笙之磬而笙亦應之也. 儀禮有衆笙之職,
則笙之所職, 固不一矣. 笙磬則異器而同音, 笙鏞則異音而同樂.

蓋樂之作也, 先鼓以警戒, 後鐘以應之. 故虞書論堂下之樂, 以鼗鼓
爲先, 笙鏞次之, 商詩以'置我鞉鼓'爲先, '鏞鼓'次之, 周詩以'鼛鼓'爲
先, '維鏞'次之, 則鼓大麗而象天, 鐘統實而象地, 天先而地從之, 鼓先
而鏞從之, 先王立樂之方也.

鄭氏謂 : "先擊鐘, 次擊鼓, 以奏九夏." 是徒知鐘鼓之文, 不知用鐘鼓
之意也. 仲尼曰 : "樂云樂云, 鐘鼓云乎哉?" 以爲樂在於鐘鼓, 則鐘鼓樂
之器而器非樂也, 以爲不在於鐘鼓, 則'鐘鼓不扜[3], 吾無以見聖人矣.'

以詠則升歌以貴人聲, 所謂'聲依永'也, 以間則下管以賤樂器, 所謂
'律和聲'也. 堂上之樂, 主乎'聲依永', 非不以律和之, 堂下之樂, 主乎
'律和聲', 非不以聲依之. 夫然後上下合和, 而不失乎中和之紀矣. 六始
爲律, 六間爲呂, 言間則律擧矣. 與周官言律同而以典同名官同意.

自虞至周, 鏞大而鐘小, 自周公制禮, 有鍾師鎛師, 則鐘大而鎛小矣.
故鍾師掌金奏大鐘也, 鎛師掌金奏小鐘也. 國語曰 : "細鈞有鐘無鎛, 昭
其大也, 大鈞有鎛無鐘, 鳴其細也." 此其辨歟! 鄭氏謂 : "鎛如鐘而大."
孫炎釋爾雅 : "鏞亦名鎛." 不亦失小大之實乎?

"큰 생(笙)을 소(巢)라고 한다"[4]라고 하였는데, 여러 대통을 박에 꽂아
새집의 형상이 있기 때문이고, "작은 것을 화(和)라고 한다"라고 하였는
데, 큰 것이 부르면 작은 것이 화답하기 때문이다. "큰 종(鐘)을 용(鏞)이
라고 한다"[5]라고 하였는데, 큰 공적을 상고할 수 있기 때문이고, "작은

<hr>

　　禮』大射 7-3 원문에 따라 '鐘'으로 바로 잡았다. '용(鏞)'은 큰 '종(鐘)'이다.
3　　대본에는 '扗'으로 되어 있으나 『法言』에 의거하여 '扜'으로 바로잡았다.
4　　『爾雅』釋樂 7-6. 아래 화(和)의 출전도 같다. '소(巢)'는 새의 둥지이고, '화(和)'는 화
　　답(和答)의 의미이다.
5　　『爾雅』釋樂 7-9. '鏞'은 '金+庸'이니, '金'은 '금속'으로 만들고 '庸'은 '공적이 있는 사

것을 박(鎛)이라고 한다"[6]라고 하였는데, 그것이 좁고도 작기 때문이다.[7] 생(笙)이란 악기는 박으로 만드는데 대나무를 묶어 꽂아 식물이 난 형상이니 그 음(音)은 새소리를 모방한 것이다. 용(鏞)이란 악기는 금속으로 만드는데 궁(宮)과 상(商)을 낼 수 있어[8] 처음은 큰 소리를 내다가 끝에 감쇄하니 그 소리는 짐승의 소리를 모방한 것이다.

　『의례』「대사의(大射儀)」에 "악인(樂人)이 활쏘기 전날 저녁 계단 동쪽에 악기를 걸어두는데, 생경(笙磬)은 서쪽을 향하게 놓고 그 남쪽에 생종(笙鐘)을 놓는다"[9]라고 하였는데, 생(笙)은 진괘(震卦☳)의 악기니 방위에서는 양(陽)이 되고, 용(鏞)은 태괘(兌卦☱)의 악기이니 방위에서는 음(陰)이 된다.[10] 『주례』에 "생사(笙師)가 종과 생으로 연주하는 악을 제공한다"[11]

람'을 의미한다.

6　『爾雅』에는 이 내용이 없고, 『爾雅』 釋樂 7-9에 「小者謂之棧【작은 종을 잔(棧)이라고 한다】」이 있다. 『國語』 周語下 3-7의 韋昭 注. 「鐘大鐘 鎛小鐘也【종(鐘)은 대종(大鐘)이고, 박(鎛)은 소종(小鐘)이다.】」

7　그것이~때문이다: 鎛은 '金+專'인데 '金'은 '금속'으로 만들고 '專'은 '薄'을 의미한다.

8　용(鏞)이란~있어: 『國語』 周語下 3-7. 「細鈞有鐘無鎛 昭其大也 大鈞有鎛無鐘 甚大無鎛 鳴其細也【가는 소리 조화에 큰 종을 쓰고 작은 박(鎛)을 쓰지 않는 것은 그 큰 소리를 밝게 하는 것입니다. 큰 소리 조화에 작은 박(鎛)만 쓰고 큰 종을 쓰지 않는 것과 큰 소리를 숭상하는 데 작은 박(鎛)을 쓰지 않는 것은 그 가는 소리를 울리는 것입니다.】」 그 韋昭 注. 「大謂宮商也 擧宮商而但有鎛無鐘 爲兩大 不相和 故去鐘而用鎛 以小平大【큰 소리는 궁(宮)·상(商)을 말한다. 궁·상을 행할 때 다만 박(鎛)을 쓰고 종을 쓰지 않는 것은 양쪽이 큰 소리가 되어 서로 화음이 되지 않으므로 종을 놓아두고 박을 써서 작은 박으로 큰 궁·상의 소리를 고르게 하는 것이다.】」

9　『儀禮』 大射 7-3. 『周禮』 春官 / 眂瞭 0의 鄭玄 注. 「磬在東方曰笙 笙 生也 在西方曰頌 頌或作庸 庸 功也【경(磬)이 동쪽에 있는 것을 생경(笙磬)이라고 하니, 생(笙)은 '생(生)'의 의미이다. 서쪽에 있는 것을 송경(頌磬)이라고 한다. 송(頌)은 혹 용(庸)으로 쓰니 용(庸)은 '공(功)'의 의미이다.】」

10　생(笙)은~된다: 『樂書』 112-4. 「蓋笙震音 磬乾音 其音皆陽 鏞兌音 其音則陰【생(笙)은 진괘(震卦☳)의 음이고 경(磬)은 건괘(乾卦☰)의 음이니 그 음이 모두 양(陽)이고, 용(鏞)은 태괘(兌卦☱)의 음이니 그 음은 음(陰)이다.】」 팔괘와 팔음과 팔방위의 관계는 다음과 같다.

八卦	乾☰	兌☱	離☲	震☳	巽☴	坎☵	艮☶	坤☷
八音	石	金	絲	竹	木	革	匏	土
八方位	西北	西	南	東	東南	北	東北	西南

라고 하였는데, 이것은 생에 응하는 종을 치고 생도 또한 응한 것이다.[12]
『시경』에 "생과 경(磬)이 같은 음을 낸다"[13]라고 하고,『주례』에 "시료(眡
瞭)는 생경(笙磬)을 친다"[14]라고 하였는데, 경(磬)은 건괘(乾卦☰)의 악기이
고 생(笙)과 같이 양성(陽聲)이 되니, 이것은 생에 응하는 경을 치고 생도
또한 응한 것이다.[15]『의례』에 여러 생의 직책[16]이 있으니, 생이 맡는 일
이 본디 하나가 아니었다. 생과 경은 악기는 다른데 음률은 같고, 생과
용(鏞)은 음률은 다른데 악은 같다.[17]

악을 시작할 때 먼저 북을 쳐 경계하고 나중에 종을 쳐 응한다.[18] 그
러므로 「우서(虞書)」에 당하의 악을 논할 때 '도(鼗)와 북'을 우선하고 '생
(笙)과 용(鏞)'이 다음하였으며,[19] 「상시(商詩)」에 '우리 도(鼗)와 북을 설치
한다'는 것을 우선하고 '용(鏞)과 북'이 다음하였으며,[20] 「주시(周詩)」에

위 도표에 의하면 저자는 생(笙)을 포(匏)가 아닌 죽(竹)으로 보고 있다.

11　　『周禮』春官 / 笙師 0.

12　　생에~것이다:『周禮』春官 / 笙師 0. 그 鄭玄 注.「鐘笙 與鐘聲相應之笙【종생(鍾笙)
　　　　은 종소리와 서로 응하는 생(笙)이다.】」

13　　『詩經』小雅 / 鼓鐘.

14　　『周禮』春官 / 眡瞭 0. 그 鄭玄 注.「磬 在東方曰笙 笙 生也【경(磬)이 동쪽에 있는 것
　　　　이 생경(笙磬)이니, 생(笙)은 '생(生)'의 뜻이다.】」

15　　경(磬)은~것이다:『周禮』春官 / 眡瞭 0의 賈公彦 疏에서는 '동쪽은 생장의 방위이
　　　　므로 생(笙)이라 한다'라고 하였으니, 생(笙)은 동쪽의 양(陽)이 되고, 경(磬)과 같은
　　　　석(石)은 건괘(乾卦☰)에 해당되어 경(磬)도 또한 양(陽)이 된다. 또한『書經集傳』益
　　　　稷 2의 葉夢得 註에서는 '종과 생(笙)이 서로 응하는 것을 생종(笙鐘)이라 한다'라고
　　　　하였으니, 생경(笙磬)은 경(磬)과 생(笙)이 서로 응하는 것이라고 할 수 있다.

16　　여러~직책 : 생종(笙鐘)·생경(笙磬) 등의 직책이 있었다.

17　　생과~같다 : 생(笙)과 경(磬)은 같은 양성(陽聲)이면서 같은 음률을 내는 유율(有律)
　　　　악기이며, 종(鐘)과 생(笙)이 서로 응하는 것이 생종(笙鐘)이라고 설명하고 있으니
　　　　생(笙)과 용(鏞)은 같은 악(樂)에 편성된다는 의미이다.

18　　악을~응한다:『禮記』樂記 19-13의 孔穎達 疏에 의하면 북은 방위로는 북쪽이니,
　　　　북쪽은 동지(冬至)에 해당하고, 동지에는 광막풍(廣莫風)이 불어오니, 광막(廣莫)은
　　　　'크게 넓다'는 뜻으로 양기(陽氣)가 개시(開始)된다는 의미라고 하였고, 종은 방위로
　　　　는 서쪽이니, 서쪽은 추분(秋分)에 해당하고, 추분에는 창합풍(閶闔風)이 불어오니
　　　　창합(閶闔)은 '다 거두어 간직한다'는 뜻이라고 하였다.

19　　당하의~다음하였으며:『書經』虞書 / 益稷 2에「下管鼗鼓」가 먼저 나오고 다음에
　　　　「笙鏞以間」이 나온다.

‘분고(鼖鼓)’를 우선하고 ‘유용(維鏞)’이 다음하였다.[21] 북은 소리가 ‘크고 시끄러워[大麗]’[22] 하늘을 상징하고, 종은 소리가 ‘크고 충만하여[統實]’[23] 땅을 상징하니, 하늘이 앞서고 땅이 따르며 북이 앞서고 용(鏞)이 따른 것이니,[24] 선왕(先王)이 악을 세운 방법이었다.

그런데 정현(鄭玄)은 “먼저 종을 치고 다음에 북을 쳐 《구하(九夏)》[25]를 연주한다”[26]라고 하였는데, 이는 단지 종과 북의 형식만 알 뿐이고 종과 북을 쓰는 의미를 알지 못한 것이다.[27] 중니(仲尼)가 “악이라 악이라 하지만, 그것이 종이나 북을 말하는 것이겠는가?”[28]라고 말한 것은, 악이 종과 북에 있는 것으로 생각하면 종과 북은 악의 기구이지만 기구자체는 악이 아니고, 악이 종과 북에 있지 않은 것으로 생각하면 ‘종과 북이 울

---

20 「상시(商詩)」에~다음하였으며 : 『詩經』 商頌 / 那에 「置我鞉鼓【우리 도(鞉)와 북을 설치하다】」가 먼저 나오고 「庸鼓有斁【용(鏞)과 북이 성하게 울려퍼지다】」가 나중에 나온다.

21 「주시(周詩)」에~다음하였다 : 『詩經』 大雅 / 靈臺에 「賁鼓維鏞」이 나온다.

22 『荀子』 樂論 20-10. 「聲樂之象 鼓大麗【성악(聲樂)의 형상은 북소리는 크고 시끄럽다[大麗].】」

23 『淮南鴻烈解』(漢 高誘 注) 卷16 說山訓. 「鍾音充【종소리는 크다.】」

24 북은~것이니 : 이것은 형상으로 북과 종의 선후관계를 밝히고 있는데, 북의 형상이 하늘이 땅을 덮고 있는 것같이 가죽으로 잡아매 둘러싸고 있고, 종은 충실한 금속으로 제작되어 단단한 땅과 같다. 하늘이 앞서고 땅이 따르는 원리같이 북이 앞서고 용(鏞)이 따른다는 것이다.

25 구하(九夏) : 《왕하(王夏)》·《사하(肆夏)》·《소하(昭夏)》·《납하(納夏)》·《장하(章夏)》·《제하(齊夏)》·《족하(族夏)》·《개하(祴夏)》·《오하(驁夏)》이다.

26 『周禮注疏』(漢 鄭氏 注, 唐 賈公彦 疏) 卷24.

27 정현(鄭玄)은~것이다 : 『周禮』 春官 / 鍾師 0. 「凡樂事 以鐘鼓 奏九夏【악을 연주하는 행사에서 종과 북으로써 《구하(九夏)》를 연주한다.】」그 鄭玄 注에서 「以鐘鼓者 先擊鐘 次擊鼓 以奏九夏【종고(鐘鼓)로써 했다는 것은 먼저 종을 치고 다음에 북을 쳐 《구하(九夏)》를 연주하는 것이다】」라고 하여 글자가 놓인 순서에 따른 해석을 하였다. 그러나 팔음의 악기와 팔풍의 의미를 「악기(樂記)」에서 보면, 혁(革)인 북은 감괘(坎卦☵)와 북방의 광막풍(廣莫風)에 해당하는데, 광막(廣莫)은 ‘크게 넓다’는 뜻으로 양기(陽氣)가 개시(開始)된다는 의미로 설명하였다. 따라서 악의 시작에 쓰이고, 금(金)인 종은 태괘(兌卦☱)와 서방의 창합풍에 해당하는데, 창합(閶闔)은 ‘다 거두어 간직한다’는 뜻으로 설명하였다. 따라서 북 뒤에 쓰인다는 것이다.

28 『論語』 陽貨 17-9.

리지 않게 되니 성인의 뜻을 볼 수 없기'[29] 때문이다.

읊는 것으로 보면 당(堂)에 오를 때 노래하게 하여 사람소리를 귀하게 여겼으니,[30] 이른바 '성(聲)은 길게 읊는 것에 의지한 것[聲依永]'의 의미이고, 번갈아 연주하는 것으로 보면 아래에서 관(管)을 연주하게 하여 악기를 경시하였으니, 이른바 '율(律)은 성(聲)을 조화시키는 것[律和聲]'[31]의 의미이다. 당상의 악은 '성(聲)은 길게 읊는 것에 의지한 것'을 주로 하니, 율로써 노래 소리를 조화롭게 하지 않을 수 없고, 당하의 악은 '율(律)은 성(聲)을 조화시키는 것'을 주로 하니, 소리가 음률을 의지하지 않을 수 없다.[32] 그런 다음에야 상하가 화합하여 중화(中和)의 도를 잃지 않게 된다. 육시(六始)가 율이 되고 육간(六間)이 여(呂)가 되니 간(間)을 말하면 율은 따라 드러나게 된다.[33] 이는 『주례』에 율과 동(同)을 말하면서 전동(典同)으로 관직을 명명한 것과 같은 뜻이다.[34]

순임금으로부터 주나라에 이르기까지 용(鏞)은 크고 종은 작았는데, 주공(周公)이 예를 제정한 뒤로부터 종사(鍾師)와 박사(鎛師)를 두어 종은 크고 박(鎛)은 작게 되었다. 그러므로 '종사(鍾師)는 금(金)인 대종(大鐘)을 연주하는 일을 관장하고,'[35] '박사(鎛師)는 금(金)인 소종(小鐘)을 연주하는

---

29 『法言』 先知 9-7.
30 읊는~여겼으니 : 『禮記』 郊特牲 11-5. 「歌者在上 匏竹在下 貴人聲也【노래 부르는 사람은 당상에 있고 생황을 연주하는 사람은 당하에 있는데, 사람 소리를 귀하게 여긴 것이다.】
31 음률은 악기가 내는 12율의 음이고 소리는 창사가 부르는 노래로 본 것이다.
32 당상의~없다 : 당상에서는 악장(樂章)을 노래하고 당하에서는 악기를 연주하여 그 노래를 반주한다는 의미이다.
33 육시(六始)가~된다 : 『樂書』 100-1. 「六律謂之六始 其位始乎陰也 六呂謂之六間 其位間乎陽也【육률을 육시라고도 하는 것은 그 양(陽)의 자리가 음(陰)보다 먼저이기 때문이다. 육려(六呂)를 육간이라고도 하는 것은 그 자리가 양(陽) 사이에 끼어 있기 때문이다.】
34 『주례』에~뜻이다 : 『周禮』 春官 / 典同 0. 「典同 掌六律六同之和【전동(典同)은 육률과 육동(六同)의 화음을 관장한다.】 간(間)을 말하면 율(律)이 드러난다는 것은 전동(典同)이 실은 율(律)과 동(同)을 모두 관장하지만 '전동'으로만 명명한 것과 같다는 뜻이다.

일을 관장하였다.'[36] 『국어』에 "가는 소리 조화에 큰 종을 쓰고 작은 박(鎛)을 쓰지 않은 것은 그 큰 소리를 밝게 하는 것이고, 큰 소리 조화에 작은 박(鎛)을 쓰고 큰 종을 쓰지 않는 것은 그 가는 소리를 울리는 것이다"[37]라고 하였으니, 이것은 그 구별일 것이다. 정현(鄭玄)은 "박(鎛)은 종 같은데 크다"[38]라고 하고, 손염(孫炎)이 『이아(爾雅)』를 해석하였는데 "용(鏞)은 또한 박(鎛)이라고 한다"[39]라고 하였으니, 또한 대소의 실상을 착각한 것이 아니겠는가?[40]

79-2. 簫韶九成.

소(簫)로 연주하여 《소악(韶樂)》의 구장(九章)을 연주하다.[41]

"大簫謂之言[42]." 以其管二十四, 無底而善應故也, "小者謂之筊." 以其管十六, 有底而交鳴故也. 簫陰氣之管故大者四六, 小者二八. 其器則細, 其音肅如, 亦各從其類也. 荀卿曰 : "鳳凰秋秋[43], 其翼若[44]干, 其聲若簫." 蓋簫以比竹爲之, 其狀鳳翼, 其音鳳聲. 雖有管而非管, 夏至之音也. 管則合兩以致用, 象簫而非簫, 十二月之音也.

周官之於簫管, '鼓之小師, 播之瞽矇, 吹之笙師', 則簫管異器而同

35　『周禮』春官 / 鍾師 0.

36　『周禮』春官 / 鎛師 0.

37　『國語』周語下 3-7.

38　『周禮』春官 第三 0의 鄭玄 注.

39　『爾雅』釋樂 7-9의 郭璞 注.

40　대소(大小)의~아니겠는가? : 『爾雅』釋樂 7-9에 「大鍾謂之鏞【큰 종을 용(鏞)이라고 한다】」고 하였는데 정현은 큰 종을 박(鎛)이라고 하였고, 『國語』周語下 3-7의 韋昭 注에 「鎛 小鐘也【박(鎛)은 소종(小鐘)이다】」고 하였는데 손염은 용(鏞)과 박(鎛)을 혼용하고 있어, 저자는 정현과 손염의 해석이 잘못된 것으로 보았다.

41　『書經』虞書 / 益稷 2.

42　대본에는 '筶'으로 되어 있으나 『爾雅』에 의거하여 '言'으로 바로잡았다.

43　대본에는 '于飛'로 되어 있으나 『荀子』에 의거하여 '秋秋'로 바로잡았다.

44　대본에는 '如'로 되어 있으나 『荀子』에 의거하여 '若'으로 바로잡았다.

用, 要皆堂下之樂而已. 燕禮 : "下管新宮." 記曰 : "下管象武." 以管爲堂下之樂, 則簫亦可知也, 詩曰 : "簫管備擧." 以簫爲樂之大成, 則管亦可知也.

列子曰 : "一變而爲七, 七變而爲九, 九變[45]者究也." 故王道至九變而後明, 賞罰至九變而後行, 樂至九變而後淳氣洽, 則'簫韶九成, 鳳凰來儀' 淳氣洽之所致也. 古者功成作樂, 舜命九官, 以亮天功, 率至於庶績咸熙, 則其樂九變, 亦不過形容乎此而已.

惟樂爲能著萬物之理, 而萬物亦莫不以類相動. 故'師曠奏淸徵[46]而玄鶴爲之率舞,' '瓠巴鼓瑟而流魚出聽, 伯牙鼓琴而六馬仰秣,'[47] 周作六樂而六物自致然, 則夔奏簫韶而'鳳凰來儀', 固不能無是理也. 經曰 : "以[48]禮樂合天地之化百物之産." 不過如此.

大司樂言 : "九德之歌九韶之舞." 然則'簫韶九成'而舞可類擧矣. 韶樂九成, 武樂六成, 何也? 曰 二與四爲六, 而坤用之兩地之數也, 一三五[49]爲九, 而乾用之參天之數也. 武武樂也, 而屬乎陰, 其成以兩地之數, 韶文樂也, 而屬乎陽, 其成以參天之數. 象成莫大乎形而數如之, 亦節奏自然之符也.

韶又作磬者, 經曰 : "凡六樂皆文之以五聲, 播之以八音." 而大磬居一焉. 自文之五聲言之, 則磬之上聲, 所以紹五聲也, 自播之八音言之, 則韶之左音, 所以紹八音也. 舜'欲聞五聲八音, 在治忽' 槪見於此.

"대소(大簫)를 언(言)이라고 한다"[50]라고 하였는데, 그 관이 24개로 관 아래가 막히지 않고 잘 응하기 때문이고,[51] "작은 것을 효(筊)라고 한

---

45 대본에 누락된 '變'을 『列子』에 의거하여 보충하였다.

46 대본에는 '角'으로 되어 있으나 『風俗通義』에 의거하여 '徵'로 바로잡았다.

47 대본에는 '瓠巴鼓瑟而六馬爲之仰秣 伯牙鼓琴而流魚出聽'으로 되어 있으나 『荀子』에 의거하여 '瓠巴鼓瑟而流魚出聽 伯牙鼓琴而六馬仰秣'로 바로잡았다.

48 대본에 누락된 '以'를 『周禮』에 의거하여 보충하였다.

49 대본에는 '一二立'으로 되어 있으나 문맥이 통하지 않아 '一三五'로 바로잡았다.

50 『爾雅』 釋樂 7-10.

51 그 관이~때문이고 : 저자는 '言'을 '응대(應對)'의 의미로 본 것이다.

다"[52]라고 하였는데, 그 관이 16개로 관 아래가 막히고 섞여 울리는 소리가 있기 때문이다.[53] 소(簫)는 음기(陰氣)의 관이므로 큰 것은 4×6=24개이고, 작은 것은 2×8=16개이다.[54] 그 악기는 가늘고 그 음은 맑으니 또한 각각 그 부류를 따른다. 순경(荀卿)은 "암수 봉황이 너울너울 춤추니 그 날개가 방패 같고, 그 소리가 소(簫)를 연주하는 소리 같다"[55]라고 하였다. 소(簫)는 대를 나란히 붙여 악기를 만드니, 그 형상은 봉(鳳)의 날개 같고 그 음은 봉의 울음소리 같다. 비록 대통 관(管)은 있지만 악기 관(管)은 아니니[56] 하지(夏至)의 음이다.[57] 이와 반면에 관(管)은 관대 2개를 합해 불어 소(簫)와 비슷하긴 하지만 소가 아니니, 12월의 음이다.

『주례』에 있는 소(簫)와 관(管)에 대해서 '소사(小師)가 음(音)을 내고 고몽(瞽矇)이 연주하고 생사(笙師)가 분다'[58]라고 하였다. 곧 소와 관은 악기는 다른데 같이 쓰인 것이니, 요컨대 모두 당하에 편성되는 악기일 뿐이다. 「연례(燕禮)」에 "당하에서는 관(管)으로 《신궁(新宮)》을 연주한다"[59]라고 하고, 『예기』에 "당하에서 관(管)으로 《상무(象武)》를 연주한다"[60]라고 하였으니, 관으로 당하의 악을 연주하였으면 소(簫)도 또한 알 수 있고, 『시경』에 "소와 관(管)을 구비하여 연주한다"[61]라고 하였으니, 소(簫)로

---

52 『爾雅』 釋樂 7-10.
53 그 관이~때문이다: '筊'는 '竹+交'로 된 글자인데, 저자는 '交'에 따라 '섞이다'의 의미로 본 것이다.
54 소(簫)는~2×8개이다: 2·4·6·8은 모두 우수(偶數)로 음(陰)이다.
55 『荀子』 解蔽 21-3.
56 비록~아니니: '소(簫)'는 관(管)이 23개인 '언(言)'과 16개인 '효(筊)'가 있는데, 이 '소(簫)'에 쓰인 관(管)은 '지(篪)' 같은 모양이다. 구멍이 6개이며 두 관(管)을 붙여 함께 부는 악기인 '관(管)'이 아니라는 의미이다.
57 하지(夏至)의 음이다: 소(簫)는 죽(竹)에 속하고 죽은 진괘(震卦 ☳)와 명서풍(明庶風)에 속해 춘분의 악기인데, "하지의 음이다"라고 한 근거가 무엇인지 모르겠다. 하지의 악기는 사(絲)의 악기이다.
58 『周禮』 春官 / 小師 0, 『周禮』 春官 / 瞽矇 0, 『周禮』 春官 / 笙師 0.
59 『儀禮』 燕禮 6-31. 그 鄭玄 注. 「新宮 小雅 逸篇也【《신궁》은 『시경』 소아(小雅)의 일시(逸詩)이다.】」
60 『禮記』 仲尼燕居 28-6. '상무(象武)'는 『시경』 주송(周頌)의 《무(武)》이다.

악의 큰 악장을 연주하였으면[62] 관(管)도 또한 알 수 있다.

『열자(列子)』에 "1이 변하여 7이 되고, 7이 변하여 9가 되니, 구변(九變)은 궁극에 이른 것이다"[63]라고 하였다. 그러므로 왕도(王道)는 구변에 이른 뒤에 밝아지고, 상벌(賞罰)은 구변에 이른 뒤에 행해지고, 악은 구변에 이른 뒤에 순수한 기(氣)가 두루 미칠 수 있으니, 곧 '소(簫)로 연주하여 《소악(韶樂)》의 구장(九章)을 연주하자 봉황이 와서 춤을 췄다'는 것은 순수한 기(氣)가 두루 미친 소치(所致)이다. 옛날 공업(功業)이 이루어져 악을 지었는데, 순임금이 구관(九官)[64]에게 명하여 천지자연의 조화를 도와 그에 따라 모든 공적이 다 넓혀짐에 이르렀으니, 그 악이 구변(九變)하는 것도 또한 이것을 형용한 것에 불과할 뿐이었다.

오직 악은 만물의 이치를 드러내고 만물도 또한 같은 종류끼리 서로 감동하지 않음이 없다. 그러므로 '사광(師曠)[65]이 《청치(淸徵)》[66]를 연주하니 현학(玄鶴)이 따라 춤추었으며,'[67] '호파(瓠巴)[68]가 슬(瑟)을 뜯음에 유영(遊泳)하던 물고기가 나와 들었으며, 백아(伯牙)[69]가 금(琴)을 뜯음에 육마(六馬)가 머리를 들고 꼴을 먹으며 경청(傾聽)하였으니,'[70] 주나라가 육악

---

61 『詩經』 周頌 / 有瞽.

62 소(簫)로~연주하였으면 : 『孟子』 萬章下 10-1의 朱子 註. 「成者 樂之一終 書所謂 簫韶九成 是也【성(成)은 한 악장(樂章)이 끝나는 것이니, 『서경』에 이른바 '소소(簫韶)의 악 구장(九章)을 마치다'가 그 실례이다.】」

63 『列子』 天瑞. 하도(河圖)의 1·6 수(水)→3·8 목(木)→2·7 화(火)→5·10 토(土)→4·9 금(金)으로 상생하는 원리를 설명한 것이다.

64 구관(九官) : 순임금 때 아홉 대관(大官)인 사공(司空)·후직(后稷)·사도(司徒)·사(士)·공공(共工)·우(虞)·질종(秩宗)·전악(典樂)·납언(納言)이다.

65 사광(師曠) : 춘추시대 악가(樂家)이다. 사(師)는 태사(太師), 즉 악관(樂官)의 장이란 뜻이고, 광(曠)은 이름이다. 진 평공(晉平公)의 태사였으며 청력이 비범하였다고 한다.

66 청각(淸角) : 오음 중 청각조(淸角調)로 작곡된 악을 말하는데, 청각조(淸角調)는 고선(姑洗)으로 궁(宮)을 잡는다. 『晉書』(唐 太宗文皇帝 御撰) 卷16 志 第6 / 律歷上. 「淸角之調 以姑洗爲宮【청각조는 고선으로 궁을 삼는다.】」

67 『風俗通義』(漢 應劭 撰) 卷6 瑟.

68 호파(瓠巴) : 상고(上古)의 초(楚)나라 사람으로 슬(瑟)의 명수였다.

69 백아(伯牙) : 춘추시대에 금(琴)을 잘 타던 사람이다.

(六樂)[71]을 짓고 육물(六物)[72]이 자연히 이루어졌으면, 기(夔)가 소소(簫韶)를 연주함에 '봉황(鳳凰)이 와서 춤을 췄다'는 것도 진실로 이 이치가 없지 않은 것이다. 경(經)에 "예악으로써 천지의 변화와 모든 사물의 생산을 합당하게 한다"[73]라고 하였으니, 이 같음에 불과하다.

대사악(大司樂)에 "구덕(九德)의 노래와 구소(九韶)의 춤"[74]이라 했는데, 그렇다면 '소소(簫韶)의 악 구장(九章)이 연주되어' 춤이 종류별로 거행될 수 있었다. 《소악(韶樂)》은 구성(九成)[75]하고 《무악(武樂)》은 육성(六成)[76]한 것은 어째서인가? 2와 4의 합은 6이 되니 곤(坤☷)은 땅에서 2를 취하는 수를 쓰고, 1과 3과 5의 합은 9가 되니 건(乾☰)은 하늘에서 3을 취하는 수를 쓴다.[77] 《무(武)》는 무무(武舞)의 악이니 음(陰)에 속해 땅에서 2를 취

---

70   『荀子』 勸學 1-7.

71   육악(六樂) : 황제(黃帝)의 《운문(雲門)》, 요(堯)의 《함지(咸池)》, 순(舜)의 《대소(大韶)》, 우(禹)의 《대하(大夏)》, 탕(湯)의 《대호(大濩)》, 무왕(武王)의 《대무(大武)》 등 육대(六代)의 악(樂)을 이른다. 이는 주(周) 왕조 건국 초 주공 단(周公旦)의 주도 하에 전대의 예악을 정비하는 과정에서 성립된 것이다. 육무(六舞) 혹은 육대무(六代舞)라고도 일컫는다.

72   육물(六物) : 세(歲)·월(月)·일(日)·시(時)·성(星)·신(辰).〈『春秋左氏傳』 昭公 7年(14)〉

73   『周禮』 春官 / 大宗伯 11.

74   구덕(九德)의~춤 : 『周禮』 春官 / 大司樂 2.

75   구성(九成) : 『孟子』 萬章下 10-1의 朱子 註.「成者樂之一終 書所謂 簫韶九成 是也【성(成)은 한 악장(樂章)이 끝나는 것이니, 『서경』에 이른바 '소(簫)로 연주하여 《소악(韶樂)》의 구장(九章)을 마치다'가 그 실례이다.】」

76   육성(六成) : 『禮記』 樂記 19-23.「且夫武始而北出 再成而滅商 三成而南 四成而南國 是疆 五成而分 周公左 召公右 六成 復綴 以崇天子【또 《대무(大武)》의 악무(樂舞)가 처음에는 북쪽으로 나아가고, 두 번째 마치고는 상(商)나라를 멸(滅)한 것을 상징(象徵)하고, 세 번째를 마치고 은(殷)나라를 이기고 남으로 돌아옴을 상징하고, 네 번째를 마치고 주(紂)를 토벌한 후에 남쪽나라 다스린 것을 상징(象徵)하고, 다섯 번째를 마치고는 일을 분장(分掌)하여 주공 단(周公旦)은 왼쪽에서 소공 석(召公奭)은 오른쪽에서 보좌(輔佐)한 것을 상징(象徵)하고, 여섯 번째를 마치고 춤추는 자리에 돌아온 것은 천자(天子)를 높인 것을 상징(象徵)한다.】」

77   2와~쓴다 : 오행(五行)의 생수(生數)인 1·3·5의 양수(陽數)를 합치면 9가 되는데 이를 양효(陽爻)로 삼고, 2·4의 음수(陰數)를 합치면 6이 되는데 이를 음효(陰爻)로 삼는다. 그에 따라 양효(陽爻) 이름은 아래부터 초구(初九), 구이(九二), 구삼(九三),

하는 수로써 완성하고, 《소(韶)》는 문무(文舞)의 악이니 양(陽)에 속해 하늘에서 3을 취하는 수로써 완성한다.[78] 상(象)이 이루어지는 것은 형(形)보다 더 큰 것이 없는데 수(數)가 이와 같으니 절주 또한 자연스럽게 꼭 들어맞는다.

순임금의 악인 《소(韶)》를 또 《소(聲)》로 쓰는 것은 경(經)에 "육악(六樂)은 모두 오성으로 음계의 형식을 갖추고, 팔음의 악기로 연주한다"[79]라고 하였는데, 《대소(大聲)》도 그중 하나를 차지한다. 오성(五聲)으로 음계의 형식을 갖추는 것으로 말하면 소(聲)는 '耳'를 뺀 '聲'의 요소가 '김'의 위에 있으니 오성을 이었기 때문이고, 팔음(八音)의 악기로 널리 시행하는 것으로부터 말하면 소(韶)는 '音'의 요소가 '김'의 왼쪽에 있으니 팔음을 이었기 때문이다.[80] 순임금이 '오성과 팔음을 듣고서 다스려졌는지 소홀했는지를 살피고자 했던 것'[81]을 개략적으로 이곳에서 볼 수 있다.

79-3. 鳳凰來儀.
봉황이 와서 춤을 추다.[82]

萬物, 辨於北, 交於南. 辨於北, 正固之時也, 其性智, 其情悲, 其類爲介, 有龜蛇之象也, 交於南, 嘉會之時也, 其性禮, 其情樂, 其類爲羽, 有鳳凰之象也.

구사(九四), 구오(九五), 상구(上九)가 되고 음효(陰爻)의 이름은 아래부터 초륙(初六), 육이(六二), 육삼(六三), 육사(六四), 육오(六五), 상륙(上六)이 된다.

78 　《무(武)》는~완성한다 : 《무(武)》는 음(陰)인 무무(武舞)니 우수(偶數)인 2와 4의 합인 6을 써서 육성(六成)을 썼고, 《소(韶)》는 양(陽)인 문무(文舞)니 기수(奇數)인 1과 3과 5의 합인 9를 써서 구성(九成)을 썼다는 의미이다.

79 　『周禮』春官 / 大司樂 1.

80 　오성(五聲)으로~때문이다 : 자형(字形)으로 보면 '韶'는 '音+김'가 되어 '音'의 요소가 왼쪽에 있으므로 팔음으로 시행하는 것으로 보았고, '聲'는 '聲+김'가 되어 '耳'를 뺀 '聲'의 요소가 위에 있으므로 오성으로 표현하는 것으로 본 것이다.

81 　『書經』虞書 / 益稷 1.

82 　『書經』虞書 / 益稷 2.

凡鳥以翼右掩左爲雄, 以翼左掩右爲雌. 故“桃蟲鷦而其雌鴞, 鷗鳳而其雌皇.” 蓋鳳凰之爲物, 其羽可用爲儀, 所以爲禮, 其鳴中律呂, 所以爲樂, 至於其羽若干, 其聲若簫. 韶之爲樂, 雖作於治定制禮之後, 亦所以象鳳凰聲形而已.

鳳陽物也, 動而唱始, 凰陰物也, 靜而和終. 其羽雖皆可用爲儀, 其來亦未嘗不以匹也. 故天下治, 則以匹而見, 天下亂則以匹而隱. 人君以仁治天下, 法度彰, 禮樂著, 則鳳凰爲之應, 亦各從其類也. 舜襲堯爵, 行堯道, 法度固已彰, 禮樂固已著, 則其作樂以道陰陽之和. 凡所謂陰陽之物, 未有不爲之感應, 則‘鳳凰來儀’, 固其理也. 傳不云乎? “夫樂象成者也.” 故韶之成也, 虞氏之恩, 被動植矣. 烏鵲之巢, 可俯而窺也, 鳳凰何爲而藏乎?

만물은 북쪽에서 나뉘고 남쪽에서 합한다.[83] 북쪽에서 나뉘는 것은 바르게 고정된 때이기 때문이다. 그 성(性)은 지(智)이고 그 정(情)은 비(悲)이며 그 종류는 갑각류가 되니 거북과 뱀의 형상이 있다. 남쪽에서 합하는 것은 아름답게 모이는 때이기 때문이다. 그 성(性)은 예(禮)이고 그 정(情)은 낙(樂)이며 그 종류는 조류(鳥類)가 되니 봉황의 형상이 있다.[84]

모든 새가 오른쪽 날개로 왼쪽을 가리는 것은 수컷이고, 왼쪽 날개로 오른쪽을 가리는 것은 암컷이다.[85] 그러므로 ‘뱁새는 초(鷦)인데 그 암컷

---

83 만물은~합한다:『禮記集說』卷45의 馬睎孟 註.「天地定位而其氣升降於四時 交於南而辨於北 故夏曰南交 冬爲上天 爲是故也【천지가 자리가 정해져 그 기운이 사시(四時)에 오르내리는데, 남쪽에서 합하고 북쪽에서 나누어진다. 그러므로 여름은 남교(南交)라고 하고 겨울은 상천(上天)이 되는 것은 이 때문이다.】」

84 북쪽에서~있다:『樂書』107-1~5에 의거하여 오성(五聲)과 각 질료의 관계를 정리하면 다음과 같다.

五聲	宮	商	角	徵	羽
五行	土	金	木	火	水
五常	信	義	仁	禮	智
五情	恐	怒	喜	樂	悲
五方	中央	西	東	南	北
五蟲	裸	毛	鱗	羽	介
五精	勾陳	白虎	蒼龍	朱雀	玄武

은 애(鶿)이고, 언(鷗)은 봉(鳳)인데 그 암컷은 황(皇)이다'[86]라고 하였다. 봉황이란 동물은 그 깃이 거동을 우아하게 하여 이 때문에 예(禮)가 되고, 그 울음이 율려(律呂)에 맞으니 이 때문에 악(樂)이 되어, 그 날개가 방패 같고 그 소리가 소(簫)소리 같은 것에까지 이른 것이다. 《소(韶)》악이 비록 통치가 안정되어 예를 제정한 뒤에 지었으나, 또한 봉황의 소리와 모양을 본받은 것일 뿐이다.

봉(鳳)은 양물(陽物)이니 동하여 부르기 시작하고, 황(凰)은 음물(陰物)이니 고요히 있다 화답하여 마친다. 그 깃이 비록 모두 거동을 우아하게 하지만, 올 때 또한 짝지어오지 않을 수 없다. 그러므로 천하가 다스려지면 짝지어 나타나고, 천하가 어지러우면 짝지어 숨는다. 임금이 인덕(人德)으로 천하를 다스려 법도가 밝아지고 예악이 현저하면, 봉황이 그에 응하는 것도 또한 각각 그 부류를 따른다. 순임금이 요임금의 봉작(封爵)을 물려받고 요임금의 도를 행하여 법도가 마침내 밝아지고 예악이 마침내 드러나니, 악을 지어 음양(陰陽)의 화기(和氣)를 이끌어내었다. 이른바 음양의 물건이 감응하지 않음이 없었으니, '봉황이 와서 춤을 춘 것'이 참으로 그러한 이치이다. 전(傳)에 말하지 않았는가? '악은 왕업을 이루고 본떠서 만든 것이다'[87]라고. 그러므로 《소(韶)》가 이루어진 것은 순임금의 은혜가 동식물에게까지 끼쳐졌기 때문이다. 까막까치의 둥지도 고개 숙여 엿볼 수 있는데,[88] 봉황(鳳凰)이 어찌해서 숨겠는가?

---

85 모든~암컷이다:『禮記』內則 12-44에「男左女右」라고 하였다.

86 『爾雅』釋鳥 17-26~27. '鶿'는 '鳥+艾'인데, '艾'는 '예쁜 여자 애'의 뜻이다. 곧 작고 예쁜 암컷 새의 의미이다. '鷗'은 '鳥+匽'이니, '匽'은 '엎드리다'의 뜻이다. 뭇 새가 복종하는 새의 의미이다.

87 『禮記』樂記 19-23.

88 까막까치의~있는데 : 순임금의 은혜가 오작에게까지 미쳐 오작이 무서워하여 피하지 않으므로 오작의 둥지를 볼 수 있는 것이다.

권80 상서훈의(尚書訓義)

우서(虞書) / 익직(益稷)
하서(夏書) / 오자지가(五子之歌)
상서(商書) / 중훼지고(仲虺之誥)·이훈(伊訓)
주서(周書) / 고명(顧命)

익직(益稷)

80-1. 夔曰 "於! 予擊石拊石, 百獸率舞, 庶尹允諧."

기(夔)가 말했다. "아! 내가 석경(石磬)을 세게도 치고 가볍게도 두드리자 온갖 동물들이 모두 따라 춤추며 모든 관장(官長)들이 진실로 화합하였습니다."[1]

小華之山, 其陰多磬, 鳥危之山[2], 其陽多磬. 高山深水出焉, 其中多磬. 磬石所出, 固雖不一, 要之一適陰陽之和者. 泗濱所貢, 浮磬而已. 然其制造之法, '倨句一矩有半.' 外之爲股, 內之爲鼓, 其博厚莫不有

1　『書經』虞書 / 益稷 2.
2　대본에는 '鳬'으로 되어 있으나 『山海經』에 의거하여 '鳥'로 바로잡았다.

數存於其間, 已上則摩其旁而失之太淸, 已下則摩其耑而失之太濁. 要之一適淸濁之中者, 薄以廣, 短以厚而已[3].

有虞氏命夔典樂, 擊石拊石, 至於百獸率舞, 庶尹允諧者, 繇[4]此其本也. 蓋八卦以乾爲君, 八音以磬爲主. 故磬之爲器, 其音石, 其卦乾. 乾位西北而天居[5]之, 以爲無有曲折之形焉, 所以立辨也. 故方有西有北, 時有秋有冬, 物有金有玉, 分有貴有賤, 位有上有下, 而親疎長幼之理, 皆辨於此矣. 古人之論磬嘗謂: "有貴賤焉, 有親疎焉, 有長幼焉, 三者行, 然後萬物成, 天下樂之."

故在廟朝聞之, 君臣莫不和敬, 閨門聞之, 父子莫不和親, 族黨聞之, 長幼莫不和順. 夫以一器之成, 而功化之敏, 有至於此, 則磬之所尙, 豈在夫石哉? 存乎其聲而已. 然則言球, 必以鳴先之者, 豈非以磬尙聲, 爲衆聲所依耶?

擊石拊石, 堂上之樂也, 百獸率舞, 堂下之治也. 堂上之樂, 足以兼堂下之治, 堂下之樂, 不足以兼堂上之治也.

'소화산(小華山)은 그 음지(陰地)에 경석(磬石)이 많고 조위산(鳥危山)은 그 양지(陽地)에 경석(磬石)이 많다.'[6] 높은 산과 깊은 물에서 산출되는데 그 가운데 경석(磬石)이 많다. 경석(磬石)이 산출되는 곳이 비록 일정하지는 않지만, 요컨대 한결같이 알맞게 음양이 조화를 이루고 있는 곳이다. 사수(泗水)의 물가에서 바치는 공물(貢物)은 흙 가운데 떠있는 것 같은 경석(磬石)일 뿐이었다.[7]

3　대본에는 '以'로 되어 있으나 문맥이 통하지 않아 '已'로 바로잡았다.
4　대본에는 '由'로 되어 있으나 사고전서 『樂書』에 의거하여 '繇'로 바로잡았다.
5　대본에는 '屈'로 되어 있으나 사고전서 『樂書』에 의거하여 '居'로 바로잡았다.
6　『山海經』 西山經 / 小華山, 鳥危山.
7　사수(泗水)의~뿐이다: 『書經』 夏書 / 禹貢 4의 蔡沈 註. 「濱 水旁也 浮磬 石露水濱 若浮於水然 或曰 非也 泗濱 非必水中 泗水之旁近浮者 石浮生土中 不根着者也【빈(濱)은 물가이다. 부경(浮磬)은 돌이 물가에 드러나서 마치 물 위에 떠있는 것과 같은 것이다. 혹자는 "이는 옳지 않다. 사빈(泗濱)은 반드시 수중(水中)만이 아니다. 사수(泗水)의 부근에 떠있는 것이니, 돌이 흙 가운데 떠 있어서 착근(着根)하지 않은

그런데 그 제조법(制造法)은 '거(倨)는 구(句)의 한배 반이 된다.'[8] 매다는 밖이 고(股)이고 안이 고(鼓)이다. 그 넓고 두터운 것이 그 사이에 일정한 수치가 있어 음률이 너무 높으면 그 방(旁)을 갈아내 얇게 하는데 치수를 벗어나 높아진 것에서 잘못된 것이고, 음률이 너무 낮으면 그 단(耑)을 갈아내 짧게 하는데 치수를 벗어나 낮아진 것에서 잘못된 것이다.[9] 요컨 대 한결같이 음률의 높낮이를 꼭 맞게 하려는 사람은 얇게 갈아내는 것 은 넓은 부분에 하고 짧게 갈아내는 것은 두터운 부분에 할 뿐이다.[10]

순임금이 기(夔)에게 악을 맡도록 명하여 기(夔)가 석경(石磬)을 세게도 치고 가볍게도 두드리자 온갖 짐승들이 따라 춤추며 여러 관장(官長)들이 진실로 화합하는 데까지 이르렀던 것은, 근본적으로 이것에 연유한다. 팔괘는 건괘(乾卦☰)가 임금이고 팔음은 경(磬)이 주인이다. 그러므로 경 (磬)이란 악기는 팔음 중 석(石)이고 팔괘 중 건괘(乾卦☰)이다. 건괘가 서 북(西北)에 자리하여 하늘이 그곳에 있어 곡절(曲折)의 형상이 없으니,[11] 이 때문에 분별이 확립된다.[12] 그에 따라 방위로는 서방과 북방이 있으 며, 사시(四時)로는 가을과 겨울이 있으며, 물건으로는 쇠와 옥이 있으며,

---

것이다"라고 하였다.】 사수(泗水)는 산동성(山東省) 사수현(泗水縣) 동쪽에서 발원 하여 강소성(江蘇省)을 거쳐 회수(淮水)로 들어가던 강이다.

8 『周禮』冬官 / 磬氏 0. 경쇠의 길고도 좁은 부분은 거(倨)·고(鼓) 그 끝은 단(耑)이 라고 하며, 넓고도 짧은 부분은 구(句)·고(股) 그 옆은 방(旁)이라고 한다.

9 그 넓고~것이다 : 방(旁)을 갈아내면 구(句)의 두께가 얇아져 음(音)이 낮아지고, 단 (耑)을 갈아내면 고(鼓)의 길이가 짧아져 음이 올라간다. 결국 경(磬)은 두께가 얇으 면 음이 낮고 두꺼우면 음이 높으며, 곡척 모양 전체 길이가 짧으면 음이 높고 길면 음이 낮다.

10 얇게~뿐이다 : 고(股)는 짧고 두터우며, 고(鼓)는 얇고 넓다. 얇게 하고 짧게 하여 음 의 높낮이를 조절한다는 뜻이다.

11 경(磬)이란~없으니 : 경(磬)은 팔음으로는 석(石)이고, 팔괘로는 건괘(乾卦☰)이며, 방위로는 서북이고, 절기로는 입동이다. 입동에는 부주풍(不周風)이 부는데, 부주(不 周)는 '교류(交流)하지 않는다'는 뜻으로 음기(陰氣)가 합하여 아직 변화하지 못하고 있다는 말이니, 곧 '곡절(曲折)의 형상이 없는 것이다.

12 분별이 확립된다 : 『禮記』樂記 19-22. 「石聲 磬 磬以立辨【경석(磬石)의 소리는 단단 하고 치밀하게 울리니, 단단하고 치밀하게 울림으로써 분별이 확립된다.】」

신분으로는 귀함과 천함이 있으며, 지위로는 위와 아래가 있어 친소(親
疏)와 장유(長幼)의 이치가 모두 이것에서 나뉜다. 옛사람은 경(磬)을 논할
때 "경에는 귀천(貴賤)이 있고 친소(親疏)가 있고 장유(長幼)가 있다. 이 세
가지가 행해진 다음에 만물이 완성되어 천하가 즐거워한다"[13]라고 하였다.

그러므로 조정(朝廷)에서 들으면 군신이 화합하고 공경하지 않음이 없
으며, 가정에서 들으면 부자가 화목하고 친애하지 않음이 없으며, 집안
사람들이 들으면 장유(長幼)가 온화하고 순종하지 않음이 없다. 한 악기
의 완성으로 감화의 효과가 이렇게 빠르게 나타나니, 경(磬)이 지향하는
것이 어찌 경석(磬石)에 있겠는가? 그 소리에 있을 뿐이다. 그렇다면 구
(球)를 말하면서 반드시 명(鳴)을 앞에 놓은 것이, 어찌 경(磬)이 소리를 지
향하여 모든 악기 소리가 의지하는 것이 되기 때문이 아니겠는가?[14]

석경(石磬)을 세게도 치고 가볍게도 두드리는 것은 당상의 악이고, 온
갖 동물들이 모두 따라 춤추었다는 것은 당하의 다스림이다. 당상의 악
은 당하의 다스림을 겸하기에 충분하지만, 당하의 악은 당상의 다스림을
겸하기에 충분하지 않다.

80-2. 帝庸作歌曰 : "勅[15]天之命, 惟時惟幾." 乃歌曰 : "股肱喜哉,
元首起哉, 百工熙哉." 皐陶拜手稽首, 颺言曰 : "念哉, 率作興事, 愼乃
憲, 欽哉, 屢省乃成, 欽哉." 乃賡載歌曰 : "元首明哉, 股肱良哉, 庶事
康哉." 又歌曰 : "元首叢脞哉, 股肱惰哉, 萬事墮哉." 帝拜曰 : "兪! 往
欽哉."

---

13 『白虎通義』(漢 班固 撰) 卷上 德論上 / 禮樂.

14 그렇다면~아니겠는가? : 『樂書』 77-5에 '鳴球'가 나온다. 옥경(玉磬)인 구(球)의 앞에
    명(鳴)자를 놓은 이유가 경(磬)은 소리 내어 연주하는 것을 목적으로 하는 악기이고,
    또 위에서 "팔괘(八卦)는 건괘(乾卦☰)가 임금이고 팔음은 경이 주인이다"라고 설명
    하였으니, 팔음의 악기가 모두 경소리에 의지해서 음률을 맞춰 연주하는 악기이기
    때문이라는 것이다.

15 대본에는 '勑'로 되어 있으나 『書經』에 의거하여 '勅'으로 바로잡았다.

순임금이 노래를 짓기를 "천명(天命)을 경계(警戒)하려면, 오직 때마다 경계하고 일의 기미(幾微)에 경계해야한다"라고 하고, 이어 노래하기를 "고굉(股肱)이 기뻐하면 원수(元首)가 흥기(興起)하여 온갖 일이 넓게 발전하리라"라고 하였다. 고요(皐陶)가 손을 짚고 머리를 조아려 말소리를 높이기를 "유념하셔서 신하들을 거느려 일을 일으키실 때 법을 삼가 공경하시며, 자주 이루어진 일을 살펴 공경하소서"라고 하고, 바로 이어 노래하기를 "원수(元首)가 현명하시면 고굉(股肱)이 어질어 모든 일이 편안해질 것입니다"라고 하고, 또 노래하기를 "원수(元首)가 자질구레 하시면 고굉(股肱)이 게을러져 만사가 허물어질 것입니다"라고 하였다. 순임금이 절하고 "옳다! 가서 공경하라"라고 하였다.[16]

一物不得其樂, 未足以爲樂之至, 一人不得其和, 未足以爲和之至. 舜之治功, 大成而以樂形容之, 百獸至於率舞, 則無一物之不得其樂者矣, 庶尹至於允諧, 則無一人不得其和者矣. 如此則至矣盡矣, 不可以有加矣, 上下宜相勅戒之時也, 歌如之何不作乎?

蓋君之於臣, 有下下之道. 故其歌所以先股肱後元首, 臣之於君, 有報上之道. 故其歌所以先元首後股肱. 在詩鹿鳴之下下, 天保之報上, 亦何異此?

然臣之賡歌, 始之以'元首明, 股肱良, 庶事康' 以明上好要而下交時之所以泰也, 終之以'元首叢脞, 股肱惰, 萬事墮', 以明上好詳而不交時之所以否也. 然則君臣聞之, 其不勸戒之乎? 蓋古之君臣, 不以無過爲能, 而以能戒爲善[17], 雖虞舜之時尙爾, 況其他乎?

然王人道也, 故禹至於'六府三事允治', '戒之用休, 俾勿壞'而已, 帝天道也, 故[18]舜至於'獸舞尹諧', 而戒之以'勅[19]天之命, 惟時惟幾', 豈不

16　『書經』虞書 / 益稷 3.

17　대본에는 '差'로 되어 있으나 사고전서 『樂書』에 의거하여 '善'으로 바로잡았다.

18　대본에 누락된 '故'를 문맥이 통하지 않아 보충하였다.

宜哉?

昔齊景公之時, 作君臣相悅之樂, 不過於徵招角招, 則舜作君臣相戒之歌, 庸詎知非歌招乎? 舜作韶樂而歌之可也, 齊人之樂, 亦得謂之招者, 豈非以陳公子完, 奔齊而有是樂乎? 不然, 孔子何以在齊聞韶, 有至於窮神知化而三月不知肉味爲哉?

한 동물이라도 즐거움을 얻지 못하면 지극한 즐거움이 될 수 없고, 한 사람이라도 화기(和氣)를 얻지 못하면 지극한 화기가 되지 못한다. 순임금이 다스리는 공적이 크게 이루어져 악으로 형용하니 온갖 동물들이 따라서 춤추는 것에까지 이르렀으면 한 동물도 그 즐거움을 얻지 못함이 없는 것이고, 여러 관장(官長)들이 진실로 화합하는 데까지 이르렀으면 한 사람도 그 화기를 얻지 못함이 없는 것이다. 이와 같으면 지극함을 다하여 더할 것이 없으니, 상하가 서로 사이좋게 경계할 때 어떻게 노래를 짓지 않겠는가?

임금은 신하와의 관계에서 아랫사람으로 대하는 도리가 있다. 그러므로 그 노래가 고굉(股肱)을 먼저하고 원수(元首)를 뒤에 한 것이고, 신하는 임금과의 관계에서 윗사람에게 보답하는 도리가 있다. 그러므로 그 노래가 원수를 먼저하고 고굉을 뒤에 한 것이다. 『시경』에 아랫사람을 대하는 《녹명(鹿鳴)》[20]과 윗사람에게 보답하는 《천보(天保)》[21]가 있는 것이 또한 어찌 이것과 다르겠는가?

19 　대본에는 '勑'로 되어 있으나 『書經』에 의거하여 '勅'으로 바로잡았다.

20 　녹명(鹿鳴):『詩經』小雅 / 鹿鳴의 毛詩序.「鹿鳴 燕羣臣嘉賓也 旣飮食之 又實幣帛筐筐 以將其厚意 然後忠臣嘉賓 得盡其心矣《녹명》은 여러 신하들과 아름다운 손님들을 연향(燕饗)하는 시이다. 이미 음식을 먹이고 또 폐백을 광주리에 담아서 그 후의(厚意)를 받들어야 하니, 그러한 뒤에야 충신과 아름다운 손님이 그 마음을 다할 수 있는 것이다.】

21 　천보(天保):『詩經』小雅 / 天保의 毛詩序.「天保 下報上也 君能下下 以成其政 臣能歸美 以報其上焉《천보》는 아랫사람이 윗사람에게 보답한 시이다. 군주는 아랫사람에게 몸을 낮추어 그 정사를 이루고, 신하는 아름다움을 군주에게 돌려 그 윗사람에게 보답한 것이다.】

그런데 신하의 갱가(賡歌)는 '군주(君主)가 현명하여 신하들 직분에 맞게 일을 맡기면 고굉 같은 신하들이 어질어 모든 일이 편안해질 것'[22]으로 시작하여 윗사람이 요약(要約)을 좋아하여 아랫사람과 사귈 때 시대가 태평해지는 이유를 밝혔고, '군주가 신하의 직책을 행하여 자질구레하면 신하들이 게을러져서 일을 즐거이 맡지를 않아 만사가 폐지되고 무너질 것'[23]으로 마쳐 윗사람이 세세함을 좋아하여 사귀지 못할 때 시대가 비색해지는 이유를 밝혔다. 그렇다면 임금과 신하들이 듣고 서로 권하고 타이르지 않겠는가? 옛날 임금과 신하들은 과실(過失)이 없는 것으로 유능하다고 여기지 않고 경계(警戒)를 잘하는 것으로 훌륭하다고 여겼다. 비록 순임금 때라도 오히려 그랬는데, 하물며 그 외의 때이겠는가?

그런데 왕도(王道)는 인도(人道)이다. 그러므로 우임금이 '육부(六府)와 삼사(三事)가 진실로 다스려졌다'[24]는 것에 이르러서는 '경계하고 깨우쳐서 아름답게 여겨 무너지지 않게 한 것'일 뿐이다. 제도(帝道)는 천도(天道)이다. 그러므로 순임금이 '짐승들이 춤추며 관부(官府)의 장(長)들이 화합했다'는 것에 이르러서는 '하늘의 명(命)을 삼갈진댄 때마다 삼가고 기미마다 삼가는 것'으로 경계한 것이다. 어찌 마땅하지 않겠는가?

옛날 제 경공(齊景公) 때 군신(君臣)이 서로 즐길 수 있는 악을 작곡한 것이 '《치소(徵招)》와 《각소(角招)》'[25]에 불과하였다면, 순임금이 군신이

---

22   고요(皋陶)가 순임금의 노래를 이어한 것이다.

23   고요(皋陶)가 다시 이어서 노래한 것이다.

24   『書經』虞書 / 大禹謨 1. 그 蔡沈 註. 「六府 卽水火金木土穀也 六者 財用之所自出 故曰 府 三事 正德 利用 厚生也 三者 人事之所當爲 故曰 事【육부(六府)는 곧 수·화·금·목·토·곡(穀)이니, 여섯 가지는 재용(財用)이 비롯하여 나오는 것이므로 부(府)라 하였고, 삼사(三事)는 정덕(正德)·이용(利用)·후생(厚生)이니, 세 가지는 사람의 일중에 마땅히 해야 하는 것이므로 사(事)라 하였다.】」

25   『孟子』梁惠王下 2-4. 「昔者齊景公問於晏子曰 吾欲觀於轉附朝儛 遵海而南 放于琅邪 吾何脩而可以比於先王觀也 晏子對曰 …… 先王 無流連之樂 荒亡之行 惟君所行也 景公說 大戒於國 出舍於郊 於是 始興發 補不足 召大師曰 爲我 作君臣相說之樂 蓋徵招 角招 是也【옛날 제 경공(齊景公)이 안자(晏子)에게 묻기를, "전부산(轉附山)과 조무산(朝儛山)을 관광하고 바닷길을 따라 남쪽으로 향하여 낭야읍(琅邪邑)에 이르고자

서로 경계하는 노래를 지은 것도 어찌 《소(招)》[26]를 노래한 것이 아니겠는가? 순임금이 《소악(韶樂)》을 작곡하여 노래한 것이 맞으면, 제나라[27] 사람의 악도 또한 《소(招)》라고 말할 수 있으니, 어찌 진(陳)나라 공자 완(完)이 제나라에 달아남으로써[28] 이 악이 있게 된 것이 아니겠는가?[29] 그렇지 않다면 공자가 어떻게 제나라에서 《소악(韶樂)》을 듣고 신묘함을 다하고 교화를 알았다고 여겨, 3개월을 고기 맛을 모르게 됨에 이르렀겠는가?[30]

하는데, 내가 어떻게 수행(修行)해야 선왕(先王)의 관광에 비할 만하겠습니까?" 하니, 안자가 대답하기를, …… 선왕(先王)은 유(流)·연(連)의 즐김과 황(荒)·망(亡)의 행위가 없었으니, 오직 군주의 행할 바인 것입니다"라고 하였다. 경공(景公)이 기뻐하여 국중(國中)에 크게 훈계하고 도읍 근교(近郊)에 나가 머물며, 이에 비로소 창고를 열어 부족한 식량을 보조하고 태사(太師)를 불러, "나를 위해 군신이 서로 즐길 수 있는 음악을 작곡하라"라고 하니, 《치소(徵招)》와 《각소(角招)》가 그것입니다.】

26 소(招) : 『前漢書』(漢 班固 撰) 卷22 禮樂志 第2. 「昔黃帝作咸池 …… 堯作大章 舜作招【옛날 황제가 함지를 지었고, …… 요임금이 《대장(大章)》을 지었고, 순임금이 《소(招)》를 지었다.】

27 제나라 : 춘추시대의 춘추오패이자, 전국시대의 전국칠웅 중 하나로, 근거지는 현재의 산둥 지방이다. 주 문왕(周文王)이 나라를 건국할 때 재상 태공 망(太公望)에게 봉토로 내린 땅이다. 이후 제 환공(齊桓公)시대에 관중(管仲)을 등용하여 패자(覇者)의 자리에 오르게 된다. B.C. 386년 전화(田和)가 제 강공을 폐하면서 제후의 성씨가 강(姜)성 여씨에서 규성 전(田)씨로 바뀌게 된다.

28 진(陳)나라~달아남으로써 : 『春秋左氏傳』莊公 22年(1). 「陳人殺其大子御寇 陳公子完與歂孫 奔齊【진(陳)나라 사람이 그 나라 태자 어구(御寇)를 죽이자, 진나라 공자 완(完)이 천손(歂孫)과 함께 제나라로 달아났다.】

29 이 악이~아니겠는가? : 『史略』春秋戰國. 「陳嬀姓 虞舜之後胡公滿之所封也 周武王 求而封之 後世 至春秋 有公子完者 出奔而仕於齊 陳 後爲楚惠王 所滅而完之後 遂大 於齊 爲田氏【진나라는 규성(嬀姓)이니 순임금의 후손 호공 만(胡公滿)이 봉해진 곳이다. 주 무왕(周武王)이 찾아내 봉하였는데, 후세 춘추시대에 이르러 진나라의 공자 완(完)이 달아나 제나라에 벼슬하였다. 진나라는 후에 초 혜왕(楚惠王)에게 멸망당하였고, 완(完)의 후손이 마침내 제나라에서 대성하여 전씨(田氏)가 되었다.】 이에 따르면 저자(著者)는 순임금의 후손인 완(完)이 제나라에 오게 되어 순임금의 악인 《소(韶)》가 제나라에 전해지게 되었고, 그것을 본받아 '《소(招)》'라는 이름의 악이 있게 된 것으로 본 것이다.

30 공자가~이르렀겠는가? : 『論語』述而 7-14. 「子在齊聞韶 三月 不知肉味 曰 不圖爲樂 之至於斯也【공자가 제나라에 있을 때 순임금의 《소(韶)》를 듣고 그 악에 빠져 삼 개월을 고기 맛을 모르고 지내다가 "악이 이러한 경지에 이를 수 있다는 것을 생각도

오자지가(五子之歌)

80-3. **太康失邦, 昆弟五人, 須于洛汭, 作五子之歌.**

태강(太康)이 나라를 잃으니, 형제 다섯이 낙수(洛水)의 물가에서 기다리며 오자지가(五子之歌)를 지었다.[31]

夫歌者直已而陳德, 生於嗟歎之不足者也. 故五子之怨太康, 猶小弁之怨親親. 五子之怨太康, 盡爲弟之義也, 小弁之怨親親, 盡爲子之仁也.

노래는 자신을 솔직하게 드러내 덕을 진술하는 것이니 감탄의 부족에서 생긴 것이다.[32] 그러므로 다섯 형제가 태강(太康)을 원망한 것은 《소변(小弁)》[33]에서 친친(親親)을 원망한 것과 같다. 다섯 형제가 태강(太康)을 원망한 것은 아우가 된 의(義)를 다한 것이고, 《소변(小弁)》에서 친친(親親)을 원망한 것은 자식 된 인(仁)을 다한 것이다.

80-4. **甘酒嗜音, 有一于此, 未或不亡.**

술의 단맛에 빠지거나 악을 즐기거나 이 중에 한 가지만 있으면 혹 망하지 않는 이가 없다.[34]

못하였다"라고 하였다.】

31 『書經』 夏書 / 五子之歌 0.

32 노래는~것이다:『禮記』 樂記 19-26.「歌之爲言也 長言之也 說之 故言之 言之不足 故長言之 長言之不足 故嗟歎之 嗟歎之不足 故不知手之舞之 足之蹈之也【노래란 것은 길게 말한 것이니, 기뻐하므로 말하고, 말로 부족하므로 길게 말하고, 길게 말하는 것으로 부족하므로 감탄(感歎)하며, 감탄으로도 부족하므로 부지불식간에 손발이 춤추는 것이다.】

33 소변(小弁):『詩經』 小雅 / 小弁.『孟子』 告子下 12-3에서 《소변(小弁)》의 시를 다음과 같이 설명하고 있다.「小弁之怨 親親也 親親 仁也【《소변》의 원망은 어버이를 친히 한 것이니, 어버이를 친히 한 것은 인(仁)이다.】

34 『書經』 夏書 / 五子之歌 3. 우(禹)임금의 교훈이다.

酒所以養德, 亦所以覆德, 音所以昭德, 亦所以喪德. 故酒可節而不可甘, 音可聽而不可嗜. 禹惡旨酒, 未嘗甘酒也, 好善言, 未嘗嗜音也. 故甘酒而及亂, 嗜音而溺志, 適自取亡而已.

太康失邦, 有在於是, 此五子之歌, 所以深訓之也. 孟子曰 : "先王無流連之樂, 荒亡之行." 誠哉! 是言歟! 然則'禹之聲, 尙文王之聲', 非不尙音也, 特不嗜之而已.

술은 덕을 기르기도 하지만 또한 덕을 엎어버리기도 하며, 악은 덕을 밝히기도 하지만 또한 덕을 잃게도 한다. 그러므로 술은 절제해야지 단맛에 빠져서는 안 되며, 악은 들어야지 즐기려 해서는 안 된다. 우임금은 술을 싫어하여 마시지 않았으며, 좋은 말을 좋아하고 악을 즐기지 않았다.[35] 그러므로 술을 맛있게 마시면 난잡한 데까지 미치고 악을 즐기면 빠져들어 헤어나지 못하게 되니, 스스로 멸망을 찾는 것일 뿐이다.

태강(太康)이 나라를 잃은 것이 이것에 있었으니, 이 오자지가(五子之歌)가 깊이 훈계한 이유이다. 맹자는 "선왕(先王)들은 유(流)·연(連)의 즐김과 황(荒)·망(亡)의 행위가 없었다"[36]라고 하였다. 참되다, 이 말이여! 그렇다면 '우임금의 악이 문왕(文王)의 악보다 나았다'[37]라고 한 것은 악이 낮지 않았던 것이 아니라, 다만 즐기지 않았던 것일 뿐이다.

---

35 우임금은~않았다 :『孟子』離婁下 8-20.「禹 惡旨酒而好善言【우임금은 맛 좋은 술을 싫어하셨으며, 좋은 말을 좋아하셨다.】」

36 『孟子』梁惠王下 2-4.「從流下而忘反 謂之流 從流上而忘反 謂之連 從獸無厭 謂之荒 樂酒無厭 謂之亡【물을 따라 흘러내려 돌아오기를 잊는 것을 유(流)라 하고, 물의 흐름을 거슬러 올라 돌아오기를 잊는 것을 연(連)이라 하고, 짐승을 쫓아 사냥하기를 싫어하지 않는 것을 황(荒)이라 하고, 술 마시기를 즐겨 싫어하지 않는 것을 망(亡)이라고 한다.】」이는 맹자가 제 선왕(齊宣王)에게 왕도정치를 할 것을 권유하며, 안영(晏嬰)이 제 경공(齊景公)에게 설명한 왕도정치에 대한 대화를 인용한 것이다.

37 『孟子』盡心下 14-22.「高子曰 禹之聲 尙文王之聲 孟子曰 何以言之 曰 以追蠡 曰 是奚足哉 城門之軌 兩馬之力與【고자(高子)가 말했다. "우임금의 음악이 문왕의 음악보다 나았던 것 같습니다." 맹자가 묻기를 "무엇을 가지고 말하는가?"라고 하니, 고자가 대답하기를 "종을 맨 끈이 좀 먹은 것 때문입니다"라고 하였다. 맹자가 설명하였다. "이것이 어찌 충분하다고 할 수 있겠느냐? 성문(城門)의 수레 자국이 두 말의 힘으로 생긴 것이겠느냐?"】」

중훼지고(仲虺之誥)

80-5. **惟王不邇聲色, 不殖貨利.**

왕께서는 악(樂)과 여색(女色)을 가까이 하지 마시며 재화(財貨)와 이익을 증식(增殖)하지 마소서.[38]

古之賢王, '姦聲亂色, 不留聰明.' 故成湯之在商, 宣聰明, 作元后, 樂道而已, 未嘗邇乎姦聲也, 耳其有不聰乎? 悅德而已, 未嘗邇乎亂色也, 目其有不明乎? 不邇聲色, 則不役耳目矣. 不殖貨利, 則百度惟貞[39]矣. 湯之於此, 非苟知之以淑諸身, 亦允蹈之以淑諸人矣.

故其"制官刑, 儆有位曰 : '敢有恒舞于宮, 酣歌于室, 時謂巫風'." 不邇聲色以率之也, "敢有殉于貨色, 恒于遊畋, 時謂淫風." 不殖貨利以率之也. '不邇聲色', 與中庸所謂'化民之聲色'者異矣, '不殖貨利', 與子貢而'貨殖'焉者異矣.

然則湯之不邇聲樂如此, 記言 : "殷[40]人尙聲." 何也? 曰 自三代異尙言之, 則尙聲者一時之制也, 自其檢身言之, 則不邇聲者終身之行也.

옛날 어진 임금은 '간사한 소리와 어지러운 색을 귀와 눈에 남겨두지 않았다.'[41] 그러므로 성탕(成湯)[42]이 상(商)나라에 있을 때 참으로 총명하여 제왕(帝王)이 되었는데, 도를 즐길 뿐이고 간사한 소리를 가까이 하지 않았으니 귀가 그같이 밝지 않았겠는가? 덕을 좋아할 뿐이고 일찍이 어

---

[38] 『書經』商書 / 仲虺之誥 2.

[39] 대본은 '正'으로 되어 있으나 『書經』周書 / 旅獒 3에 의거하여 '貞'으로 바로잡았다.

[40] 대본에는 '商'으로 되어 있으나 『禮記』에 의거하여 '殷'으로 바로잡았다.

[41] 『禮記』樂記 19-13.

[42] 성탕(成湯) : 상(商)나라를 개국한 임금이다. 성(姓)은 자(子)이고, 이름은 리(履)이며, 천을(天乙)이라고 칭하였다. 탕(湯)이 하나라 걸(桀)을 남소(南巢)에서 물리치고 무공(武功)이 이루어져 성탕(成湯)이라고 불렸다.

지러운 색을 가까이 하지 않았으니 눈이 그같이 밝지 않았겠는가? 간사한 소리와 어지러운 색을 가까이 하지 않았으니 귀와 눈을 수고롭게 하지 않았을 것이다. 재화(財貨)와 이익을 증식(增殖)하지 않았으니 온갖 법도(法度)가 바르게 되었을 것이다. 탕(湯)임금이 이에 대해서 알아 자신을 좋게 하였을 뿐만이 아니라, 또한 실천하여 다른 사람도 좋게 하였다.

그러므로 "관부(官府)의 형벌을 제정하셔서 지위가 있는 이들을 경계하여 '감히 궁중(宮中)에서 항상 춤을 추고 집에서 취하여 노래하는 일이 있으면 이를 무풍(巫風)이라고 한다'"[43]라고 하였으니, 악과 여색(女色)을 가까이 하지 않는 것으로 통솔한 것이다. "감히 재화(財貨)와 여색에 빠지며 유람(遊覽)과 사냥을 항상 하고 있으면 이를 음풍(淫風)이라고 한다"[44]라고 하였으니, 재화와 이익을 증식(增殖)하지 않는 것으로 통솔(統率)한 것이다. '악과 여색을 가까이 하지 않는다'는 것은 『중용』에 이른바 '백성을 교화하는 성색(聲色)'[45]과는 다르며, '재화(財貨)와 이익을 증식(增殖)하지 않는다'는 것은 자공(子貢)이 '재화를 증식한 것'[46]과는 다르다.

그렇다면 탕(湯)임금이 악을 가까이 하지 않은 것이 이와 같은데, 『예기』에 "은나라 사람들은 악을 숭상하였다"[47]라고 하였으니 무슨 말인가? 삼대(三代)가 숭상한 것이 다른 것으로부터 말하면, 악을 숭상했다는 것은 한 시대의 제도이고, 그 몸을 단속하는 것으로부터 말하면, 음란한 악을 가까이 하지 않는 것은 일생 지켜야할 행위이다.

43　『書經』商書/伊訓 3.

44　『書經』商書/伊訓 3.

45　『禮記』中庸 31-30. 「聲色之於以化民 末也【음성과 얼굴빛은 백성을 교화시킴에 있어 지엽적인 것이다.】

46　『論語』先進 11-18. 「賜不受命 而貨殖焉 憶則屢中【자공은 천명을 받아들이지 않고 재화를 늘렸으나 억측(憶測)하면 자주 맞았다.】

47　『禮記』郊特牲 11-27.

이훈(伊訓)

80-6. 制官刑, 儆于有位曰 : "敢有恒舞于宮, 酣歌于室, 時謂巫風."

관부(官府)의 형벌을 만드시어 지위에 있는 이들을 경계하사 "감히 궁중(宮中)에서 항상 춤을 추고 집에서 취하여 노래하는 일이 있으면 이것을 무풍(巫風)이라 한다"라고 하였다.[48]

孔子與人歌而善, 然後和之, 是君子未嘗不歌也, 所不貴者, 酣歌于室而已. 曾點從遊於舞雩之下, 詠而歸, 是君子未嘗不舞也, 所不貴者, 恒[49]舞于宮而已.

此所以謂之巫風, 官刑之所以儆者也. 若夫陳姬好巫而一國之民, 多棄舊業, 巫會於道路, 歌舞於市井, 不特恒[50]舞于宮, 酣歌于室而已. 此東門之枌, 所以疾亂, 而巫風又不足道也.

공자는 다른 사람과 함께 노래하고 훌륭하다고 여겨진 뒤에 화답을 하였으니,[51] 이것은 군자도 일찍이 노래하지 않음이 없었던 것이다. 다만 귀하게 여기지 않은 것은 집에서 취하여 노래하는 것일 뿐이었다. 증점(曾點)이 춤추며 우제를 지내는 제단 가에서 놀고 노래를 읊조리며 돌아오겠다고 하였으니,[52] 이것은 군자도 일찍이 춤을 추지 않음이 없었던 것이다. 다만 귀하게 여기지 않은 것은 궁중에서 항상 춤을 추는 것일 뿐이었다.

---

[48] 『書經』 商書 / 伊訓 3.

[49] 대본에는 '常'으로 되어 있으나 사고전서 『樂書』에 의거하여 '恒'으로 바로잡았다.

[50] 대본에는 '常'으로 되어 있으나 사고전서 『樂書』에 의거하여 '恒'으로 바로잡았다.

[51] 공자는~하였으니 : 『論語』 述而 7-32.

[52] 증점(曾點)이~하였으니 : 『論語』 先進 11-24. 「曾晳曰 莫春者 春服 旣成 冠者五六人 童子六七人 浴乎沂 風乎舞雩 詠而歸【증석이 대답하였다. "늦은 봄에 봄옷이 다 되면 관을 쓴 5~6인과 동자 6~7인과 함께 기수(沂水)에서 목욕하고 춤추며 우제를 지내는 제단 가에서 바람 쐬고 노래를 읊조리며 돌아오겠습니다."】

이곳에서 무풍(巫風)을 말한 까닭은 관부(官府)의 형벌로 경계하려 한 것이다. 예컨대 진희(陳姬)가 무풍(巫風)을 좋아하여 한 나라의 백성 다수가 예전부터 해오던 직업을 버려두고 길거리에 자주 모여 시정(市井)에서 노래하고 춤추었으니, 다만 궁중에서 항상 춤을 추고 집에서 취하여 노래하는 것뿐만이 아니었다. 이는 《동문지분(東門之枌)》[53]이 혼란을 미워한 까닭이니, 무풍(巫風)은 말할 것도 없다.

고명(顧命)

80-7. 天球在東序, 胤之舞衣鼖鼓在西房.

천구(天球)는 동서(東序)에 있고, 윤(胤)나라에서 만든 춤출 때 입는 옷과 분고(鼖鼓)는 서방(西房)에 있다.[54]

德成而上, 事成而下. 天球堂上之樂, 先王所以象德而樂天者也. 故在東序, 東則陽位而陽極上故也. 舞衣鼖鼓堂下之樂, 先王所以象事而樂人者也. 故在西序, 西則陰位而陰極下故也.

舞衣之制, 其詳不可得而聞, 其見於經者, 不過皮弁素積, 以舞大夏, 祭服之冕, 以舞大武而已. 胤之舞衣, 豈胤國之服, 爲不失古人之制歟! 漢放五方之色, 爲舞者之衣, 謂之五行舞, 彼蓋有所受之也.

덕이 이루어진 이는 윗자리에 있고 사업이 이루어진 이는 아랫자리에

---

53 『詩經』陳風 / 東門之枌의 毛詩序. 「東門之枌 疾亂也 幽公淫荒 風化之所行 男女棄其
    舊業 亟會於道路 歌舞於市井爾【《동문지분》은 혼란을 미워한 시이다. 유공(幽公)이
    황음(荒淫)하니, 풍화(風化)가 행하는 바에 남녀가 옛날의 일을 버리고 자주 길거리
    에 모여 시정에서 노래하고 춤추었다.】」

54 『書經』周書 / 顧命 3.

있다.[55] 천구(天球)는 당상의 악이니,[56] 선왕(先王)이 덕을 본떠 하늘의 이치를 즐긴 것이다. 그러므로 동서(東序)[57]에 두니 동쪽은 양(陽)의 자리로 양(陽)은 극히 높기 때문이다. 춤출 때 입는 옷과 분고(鼖鼓)는 당하의 악이니,[58] 선왕(先王)이 사업을 표현하여 사람 이치를 즐긴 것이다. 그러므로 서서(西序)에 두니 서쪽은 음(陰)의 자리로 음(陰)은 극히 낮기 때문이다.

상세한 무복(舞服) 제도를 들을 수 없고, 경전(經傳)에 나타나 있는 것은 피변(皮弁)을 쓰고 소적(素積)을 입고 《대하(大夏)》를 추고,[59] 면류관 쓴 제복(祭服)으로 《대무(大武)》를 춘 것에 불과할 뿐이다.[60] '윤(胤)나라에서 만든 춤출 때 입는 옷'[61]은 아마도 윤(胤)나라의 의복이 옛 사람의 제도(制

---

55 덕이~있다 : 예컨대 『禮記』 文王世子 8-13에 「登歌淸廟 下管象【악인(樂人)들이 당상에 올라 《청묘(淸廟)》의 시를 노래하며, 당하에서는 관(管) 악기로 《상(象)》을 연주하였다】」고 하였으니, 주 문왕(周文王)의 덕은 당상에서 《청묘》의 시로 노래하고, 사업을 이룬 주 무왕(周武王)의 《대무(大武)》 춤은 당하에서 춘 것 같은 것이다.

56 천구(天球)는~악이니 : 『書經』 益稷 2의 蔡沈 註. 「戛擊鳴球搏拊琴瑟以詠 堂上之樂也【알(戛 : 敔)·격(擊 : 柷)·명구(鳴球 : 玉磬)·박부(搏拊)·금(琴)·슬(瑟)을 연주하여 노래하며'는 당상의 악이다.】」;『樂書』 77-5. 「天球 玉之自然 可以爲鳴球 衆聲之所求而依之者也【천구(天球)는 천연적인 옥으로 명구(鳴球)를 만들었던 것이니, 모든 소리가 찾아 의지하는 것이었다.】」

57 동서(東序) : 옛날 궁실의 동쪽에 있는 행랑방으로 도서 등을 보관하던 곳이었다.

58 춤출~악이니 : 『樂書』 78-3에 「鼖鼓 冬至之音 堂下之樂也【도(鼖)·고(鼓)는 동지의 음이니, 당하의 악이다】」고 하였고, 『禮記』 文王世子 8-13에 「登歌淸廟 下管象【악인(樂人)들이 당상에 올라 《청묘(淸廟)》의 시를 노래하며 당하에서는 관(管)으로 《상(象)》을 연주하였다】」고 하였으니, 춤과 북은 당하의 악이다.

59 상세한~추고 : 『禮記』 明堂位 14-5. 「皮弁素積 裼而舞大夏【피변(皮弁)을 쓰고 소적(素積)을 입고 석의(裼衣)를 걸치고 《대하(大夏)》를 춘다.】」 피변(皮弁)은 사슴 가죽으로 만든 갓이다. 조정에 출사할 때 쓰며, 또 관례(冠禮) 때 먼저 치포관(緇布冠)을 쓰고 다음에 이것을 쓴다. 소적(素積)은 허리 부분에 주름이 있는 흰 치마이다. 『詩纘緖』(元 劉玉汝 撰) 卷17 周頌. 「九夏 卽二十所舞 皮弁素積裼 所舞之大夏 夏 禹之樂也【《구하(九夏)》는 곧 20명이 춤추는 것이니, 피변(皮弁)을 쓰고 소적(素積)을 입고 웃옷으로 춤추는 바 《대하(大夏)》인데, 하(夏)는 우임금의 악이다.】」

60 면류관~뿐이다 : 『禮記』 明堂位 14-5. 「朱干玉戚 冕而舞大武【붉은 방패와 옥으로 장식한 도끼를 잡고 면류관을 쓰고 《대무(大武)》를 춘다.】」;『五禮通考』(淸 秦蕙田 撰) 卷71 吉禮71 / 宗廟制度. 「舞大武 以祭服之冕 舞大夏 則朝服之皮弁而已【《대무(大武)》를 추는 것은 면류관 쓴 제복(祭服)으로 하니, 《대하(大夏)》를 추는 것은 피변(皮弁)을 쓴 조복(朝服)으로 할 뿐이다.】」《대무(大武)》는 무왕(武王)의 악이다.

度)를 잃지 않았기 때문일 것이다. 한(漢)나라에서 오방(五方)의 색을 모방하여 춤추는 사람의 옷을 만든 것을 《오행무(五行舞)》[62]라고 하였으니, 그것은 아마도 전수(傳受)된 것이 있었을 것이다.

61　『書經』周書 / 顧命 3.
62　오방(五方)의~《오행무(五行舞)》:『五禮通考』(淸 秦蕙田 撰) 卷90 吉禮90 / 宗廟時享. 「五行舞者 本周舞也【《오행무(五行舞)》는 본래 주나라 춤이다.】」;『三禮圖集注』(宋 聶崇義 撰) 卷3 方山冠. 「五行舞者 舞人冠冕衣服 法五行色也【《오행무(五行舞)》는 춤추는 사람의 관면(冠冕)과 의복이 오행의 색을 본받은 것이다.】」

춘주훈의(春秋訓義)

권81 춘추훈의(春秋訓義)

은공(隱公) · 장공(莊公) · 문공(文公) · 선공(宣公) · 소공(昭公)

은공(隱公)

81-1. 隱公五年九月, 考仲子之宮, 初獻六羽.

은공(隱公) 5년 9월에 중자(仲子)의 사당[宮]을 낙성(落成)하고 처음 육일의 우무(羽舞)를 올렸다.[1]

---

[1] 『春秋左氏傳』隱公 5年(7). 노나라 혜공(惠公)의 원비(元妃)는 맹자(孟子)이다. 맹자가 졸(卒)하자 성자(聲子)를 계실(繼室)로 삼아 은공을 낳았다. 중자는 송 무공(宋武公)의 딸인데, 태어나면서부터 손바닥에 '노 부인(魯夫人)이 된다'는 글모양이 있었으므로, 혜공에게 시집와서 환공(桓公)을 낳았다. 얼마 뒤 혜공이 죽었다. 은공은 계실의 아들이니 혜공의 뒤를 이어 임금이 되는 것은 당연하다. 그러나 혜공이 생전에 중자의 손에 쓰여 있는 글자를 상서로운 징조로 여겼으므로, 은공은 환공을 임금으로 세워 아버지의 뜻을 이루어 주고자 하였다. 그러나 환공이 아직 어리므로 그를 태자로 세우고 나라사람들을 거느리고 그를 받들었다.

春秋之法, 凡公與夫人之廟, 非志災則不書也, 非失禮則不書也. 志災而書 若'新宮火', '僖公災'之類, 是已, 失禮而書, 若'丹桓宮[2]楹', '立武宮煬宮'之類, 是已.

仲子之於惠公, 非夫人也, 特隱公妾母爾. 禮喪服小記 : "妾母不世祭." 況立宮而考之乎? "天王使宰咺來歸惠公仲子之賵." 君子猶以爲非禮, 況考其宮而獻六羽乎? 書仲子, 蓋賤之以正名分也, 書六羽, 蓋辨之以謹名數也.

然文莫重於羽舞, 武莫重於干舞, 皆所以節八音而成樂. 故舞必以八人爲佾, 自天子達於士, 降殺以兩. 故天子用八八, 諸侯用六八, 大夫四八, 士二八, 先王之制也. 明堂位言 : "魯祀周公, 用天子禮樂." 是魯於周公廟, 得用八佾之舞, 於羣公廟, 不過用六佾而已, 後世禮壞, 僭八佾於羣公之廟, 蓋有之矣.

隱公始復六羽, 公穀以爲始僭, 是不知諸侯, 以六佾爲正也, 左氏雖知諸侯六佾之正, 而謂春秋善隱公復正而書之, 是不知用於羣公廟爲正, 用於仲子宮非正也. 不然則善其復正, 自常事爾, 春秋何爲書之耶? 隱公用諸侯之舞於仲子之宮, 春秋且書而罪之, 季氏用天子之舞於家廟之庭, 孔子謂 : "是可忍也, 孰不可忍也?" 不亦宜乎?

言'考仲子之宮', 與詩斯干'宣王考室'之考同, 孰謂成之爲夫人耶? 言'初獻六羽', 與所謂'初稅畝'之初異, 孰謂猶人爲僭諸公耶? 此稱獻羽, 擧文以見武, 與'言簫入叔弓卒'[3]同意. 孰謂婦人無武事耶? 不然閟宮祀姜嫄之詩, 何以美'萬舞洋洋'乎?

杜預謂 : "天子諸侯大夫士之舞, 一列遞減二人, 至士四人而止." 殆非古樂舞之制也.

『춘추』의 법이 공(公)과 부인(夫人)의 묘호(廟號)는 재해(災害)가 기록되

어 있지 않거나 예를 잃지 않았으면 『춘추』에 쓰지 않았다. 재해가 기록되어 『춘추』에 쓴 것은 '신궁(新宮)이 불탄 것'[4]과 '희공(僖公)이 재해를 받은 것'[5]과 같은 따위가 그 실례이고, 예를 잃어 『춘추』에 쓴 것은 '환궁(桓宮)의 기둥을 붉게 칠한 것'[6]과 '무궁(武宮)을 세웠다'[7]와 '양궁(煬宮)을 세웠다'[8]는 것과 같은 따위가 그 실례이다.

중자(仲子)는 혜공(惠公)과 관계가 정부인(正夫人)이 아니었고, 다만 은공(隱公)의 서모(庶母)일 뿐이었다.[9] 『예기』 「상복소기(喪服小記)」에 "서모(庶母)는 대를 이어 제사지내지 않는다"[10]라고 하였는데, 하물며 사당[宮]을 세워 낙성하는 것이겠는가? "주(周)나라 천자(天子)가 재훤(宰咺)을 노나라에 사신으로 보내 혜공(惠公)과 중자(仲子)의 상(喪)을 돕는 봉(賵)을 드리게 하였다"[11]라고 한 것을 군자가 오히려 비례(非禮)라고 여겼는데, 하물며 그 사당[宮]을 낙성하고 육일의 우무(羽舞)를 올리는 것이겠는가? 중자(仲

---

4   『春秋左氏傳』 成公 3年.

5   『春秋左氏傳』 僖公 20年.

6   『春秋左氏傳』 莊公 23年. 장공(莊公)이 제나라에서 애강(哀姜)을 부인(夫人)으로 맞이하려고 환공(桓公)의 사당을 치장한 것인데, 예에 어긋난 일이었다.

7   『春秋左氏傳』 成公 6年. 「二月 季文子 以鞍之功 立武宮 非禮也 聽於人 以救其難 不可以立武 立武 由己 非由人也【2월에 계문자가 안(鞍) 싸움의 공으로 무궁(武宮)을 세운 것은 예가 아니다. 남을 따라 그 국난을 구했으니, 무공(武功)을 세웠다고 할 수 없다. 공을 세우는 것은 자기 힘으로 하는 것이지, 남의 힘으로 하는 것이 아니다.】」

8   『春秋左氏傳』 定公 元年. 「昭公出 故季平子 禱於煬公 九月 立煬宮【소공(昭公)이 나라를 나간 이유로, 계평자(季平子)가 양공(煬公) 신령에게 기도하고, 9월에 양궁(煬宮)을 세웠다.】 양공(煬公)은 노나라 백금(伯禽)의 아들인데, 계평자가 소공(昭公)이 나라 밖에 나가 죽은 것을 양공(煬公)이 복을 준 것으로 여겨 기도하고 양궁(煬宮)을 세운 것이다.

9   중자(仲子)는~뿐이었다: 혜공(惠公)의 원비(元妃)는 맹자(孟子)다. 맹자가 죽자 성자(聲子)가 계실(繼室)이 되어 은공(隱公)을 낳고, 다시 송 무공(宋武公)의 딸 중자(仲子)가 시집와 환공(桓公)을 낳았으므로 중자는 혜공의 정부인이 아니고 은공의 서모이다.

10   『禮記』 喪服小記 15-39.

11   『春秋左氏傳』 隱公 元年. 봉(賵)은 죽은 사람에게 거마(車馬)·속백(束帛) 등을 보내는 것이다. 산 사람에게 보내는 부(賻)라는 말과 구별된다.

子)를 『춘추』에 썼으니 천하게 여겨 명분(名分)을 바로잡은 것이고, 육일의 우무(羽舞)를 『춘추』에 썼으니 사례를 분별하여 인원수를 경계한 것이다.

그러나 문무(文舞)는 《우무(羽舞)》가 가장 소중하고 무무(武舞)는 《간무(干舞)》가 가장 소중하니, 모두 팔음으로 반주해서 악을 이룬 것이다. 그러므로 춤은 반드시 춤추는 열[佾]을 8인으로 하였는데, 천자부터 사(士)에 이르기까지 2명씩 줄인다. 따라서 천자는 8×8=64명을 쓰고, 제후는 6×8=48명을 쓰고, 대부는 4×8=32명을 쓰고, 사(士)는 2×8=16명을 쓰는 것이 선왕(先王)의 제도이다.[12] 「명당위(明堂位)」에 "노나라가 주공(周公)을 제사지낼 때 천자의 예악을 썼다"[13]라고 하였다. 이는 노나라가 주공의 묘에서는 팔일(八佾)을 쓰고, 여러 제후들 묘에서는 육일(六佾)을 쓴 것에 불과할 뿐이었는데, 후세에 예가 무너져 분수에 맞지 않게 여러 제후들 묘에서 팔일을 추는 일이 있게 된 것이다.

'은공(隱公)이 비로소 육일(六佾)의 우무(羽舞)를 회복하였는데, 공양고(公羊高)[14]와 곡량적(穀梁赤)[15]은 분수에 맞지 않는 일의 시초라고 생각하였으

---

12 천자는~제도이다 : 진양은 춤은 팔음(八音)으로 반주하므로, 열(列)은 8인이어야 한다고 생각하였다. 이는 '천자는 8×8인, 제후는 6×8인, 대부는 4×8인, 사(士)는 2×8인으로 이루어진 일무(佾舞)를 쓴다'는 후한(後漢) 복건(服虔)의 설을 따른 것이다.

13 『禮記』明堂位 14-4. 「成王 以周公 爲有勳勞於天下 是以 封周公於曲阜 …… 命魯公世世祀周公以天子之禮樂【성왕(成王)은 주공(周公)이 천하에 큰 공훈이 있다고 해서 주공을 곡부(曲阜)에 봉하였는데, …… 노공(魯公)에게 명하여 대대로 주공을 천자의 예와 악으로 제사지내게 하였다.】 공자는 제후국인 노나라에서 주공을 모시고 천자의 체(禘)제사를 지내는 것은 예가 아니라는 비판적인 시각을 갖고 있었다.

14 공양고(公羊高) : 제(齊)나라 출신으로 자하(子夏)의 제자이다. 『외전(外傳)』50편을 저술하였다. 『춘추공양전(春秋公羊傳)』은 그가 전술(傳述)한 것이 4대(代)까지 이어져 내려와 현손(玄孫)인 수(壽)와 그의 제자 호모생(胡母生) 등이 완성한 것으로, 『춘추공양전(春秋公羊傳)』은 『춘추좌씨전(春秋左氏傳)』과 『춘추곡량전(春秋穀梁傳)』과 함께 춘추삼전(春秋三傳)이라 불린다.

15 곡량적(穀梁赤) : 노(魯)나라 출신으로 희(喜)·가(嘉)·숙(俶)·치(寘) 등의 다른 이름이 있다. 자(字)는 응소(應邵) 또는 원시(元始)이다. 공양고(公羊高)와 함께 자하(子夏)에게 『춘추(春秋)』를 배우고 『춘추곡량전(春秋穀梁傳)』 및 『외전(外傳)』을 저술하였다고 하는데, 『외전(外傳)』은 전하지 않는다.

니,'[16] 이는 제후는 육일을 쓰는 것이 바르다는 것을 알지 못한 것이다. 좌씨(左氏)[17]가 비록 제후는 육일이 바르다는 것을 알아, 『춘추좌씨전』에서 은공(隱公)이 바른 수를 회복한 것을 옳게 여겨 썼으나, 이는 여러 제후들 묘에서 쓰는 것이 바르고 중자(仲子)의 사당[宮]에서 쓰는 것이 바르지 않다는 것을 알지 못한 것이다. 그렇지 않으면 바른 수를 회복한 것을 잘한 것으로 여겼거나 스스로 평상적인 일로 여긴 것이니, 공자가 『춘추』에 어째서 썼겠는가? 은공(隱公)이 제후의 일무(佾舞)를 중자(仲子)의 사당[宮]에서 쓰자 『춘추』에 써서 단죄(斷罪)하였으니, 제후의 대부인 계씨(季氏)가 천자의 일무를 가묘(家廟)의 묘정에서 쓰자 공자가 "이 짓을 차마 한다면 무엇을 차마하지 못하겠는가?"[18]라고 한 것이 또한 당연한 것이 아니겠는가?

'중자(仲子)의 사당[宮]을 지어 낙성하였다'라고 한 것이 『시경』의 사간(斯干)에서 '선왕(宣王)이 궁실을 낙성하였다'[19]는 '고(考)'와 같지만, 누가 부인(夫人)을 위해 낙성한 것으로 말할 수 있겠는가?[20] '처음 육일의 우무

---

16 『六經奧論』(宋 鄭樵 撰) 卷4 春秋經 / 穀梁傳.「如初獻六羽 左氏以爲始用 公穀以爲始僭 於斯時也 諸侯僭天子 大夫僭諸侯 六羽之舞 豈仲子婦人所當用 穀梁 安得不以爲僭歟【처음 육일의 우무(羽舞)를 올리니, 좌구명(左丘明)은 비로소 쓰게 되었다고 생각하고, 공양고(公羊高)와 곡량적(穀梁赤)은 분수에 맞지 않는 일의 시초라고 생각하였다. 이 당시에 제후가 천자에게 함부로 하고 대부가 제후에게 함부로 하였으니, 육일의 우무(羽舞)를 어찌 중자(仲子) 부인이 마땅히 쓸 수 있는 것이겠는가?, 곡량(穀梁)이 어찌 분수에 맞지 않다고 하지 않겠는가?】」

17 좌씨(左氏) : 『춘추좌씨전(春秋左氏傳)』을 지은 노나라 태사(太史)인 좌구명(左丘明)이다.

18 『論語』八佾 3-1.「孔子謂季氏 八佾 舞於庭 是可忍也 孰不可忍也【공자가 계씨(季氏)에 대하여 말했다. "묘정(廟庭)에서 팔일무(八佾舞)를 추게 하니, 이런 짓을 차마 할 수 있다면 무슨 짓을 못하겠는가?"】」

19 『詩經』小雅 / 斯干의 毛詩序.「斯干 宣王考室也【《사간》은 선왕(宣王)이 궁실(宮室)을 낙성한 것을 읊은 시이다.】」

20 누가~있겠는가? : 『춘추』에 쓴 '考仲子之宮'과 『시경』의 '宣王考室'은 같은 의미의 '考'를 썼지만, 전자는 비판하기 위해 쓴 것이고, 후자는 찬양하기 위한 것이니, 내용이 다르다. 누가 좋은 의미로 부인(夫人)을 위해 사당[宮]을 낙성[成]한 것으로 말할 수 있겠는가? '考'는 '成'의 의미이다.

(羽舞)를 올렸다'라고 한 것이 이른바 '처음으로 무(畝)에 세금을 부과하였다'[21]는 '초(初)'와 다르니, 누가 오히려 분수에 맞지 않는 제후들 때문이라고 말할 수 있겠는가?[22] 이곳에서 《우무(羽舞)》를 추어 올렸다고 일컬은 것은 문무(文舞)를 예로 들어 무무(武舞)까지 나타낸 것이니, '약(籥)을 들고 춤추는 무사(舞師)가 들어서자 숙궁(叔弓)이 죽었다'[23]라고 말한 것과 같은 뜻이다. 누가 부인은 무(武)와 관계되는 일이 없다고 말할 수 있겠는가? 그렇지 않으면 《비궁(閟宮)》에서 강원(姜嫄)을 제사하는 시에 어떻게 '《만무(萬舞)》 춤이 양양(洋洋)하다'[24]라고 탄미(歎美)할 수 있겠는가?

두예(杜預)[25]가 "천자·제후·대부·사(士)의 일무(佾舞)는 한 줄에 두 사람씩 줄여 사(士)에 와서는 네 사람에 그친다"[26]라고 하였는데, 아마 옛

21 　『春秋左氏傳』 宣公 15年. 「初稅畝 非禮也 穀出不過藉 以豐財也【처음으로 묘(畝)에 세금을 부과한 것은 예가 아니다. 세금으로 곡식을 출납하는 것은 공전(公田)에 백성의 노동을 빌리는 것에 불과한 것이니, 그것으로써 백성 재물을 풍부하게 하는 것이다.】」 정전법(井田法)은 원래 가운데 공전(公田)에 노동력을 제공하여 공전에서 산출되는 곡식만으로 세금을 납부하였는데, 뒤에 그 나머지 묘(畝)에서도 1 / 10의 세금을 부과하여 세금을 더 많이 내는 것이 상례(常例)가 되었다는 의미이니, '初稅畝'의 '初'는 '常'의 의미이다.

22 　누가~있겠는가? : 『春秋左氏傳』 隱公 5年에 쓴 '初獻六羽'와 『春秋左氏傳』 宣公 15年에 쓴 '初稅畝'는 같은 글자 '初'를 썼으나, 전자의 '初'는 올바른 법을 회복하여 다행스럽다는 뜻이 담겨 있고, 후자는 잘못된 법이 시작되었다는 뜻으로 쓰인 것이니, 내용이 다르다. 누가 두 가지 경우 모두 같은 내용으로 여겨 분수에 맞지 않는 제후들 때문에 시작된 것이라고 말할 수 있겠는가?

23 　『春秋左氏傳』 昭公 15年. 「二月癸酉 有事于武宮 籥入叔弓卒 去樂卒事【2월 계유(癸酉)일에 무공(武公)의 사당에서 제사가 있었다. 약(籥)을 들고 추는 무사(舞師)가 들어서자 숙궁(叔弓)이 죽어 악을 중지하고 제사를 마쳤다.】」 무공(武公)의 사당에서 문무(文舞)인 《약무(籥舞)》만을 예로 들었지만, 무무(武舞)도 당연히 춘 것을 미루어 알 수 있는 것같이, 위 본문에서 말한 노 혜공(魯惠公)의 부인 중자(仲子)의 사당에서도 《우무(羽舞)》를 예로 들어 문무(文舞)만 춘 것이 아니고 무무(武舞)도 춘 것을 미루어 알 수 있다는 의미로 인용한 것이다.

24 　『詩經』 魯頌 / 閟宮.

25 　두예(杜預) : 222～284. 진 무제(晉武帝) 때 탁지상서(度支尙書)에 제수되었으며, 지략이 풍부하여 두무고(杜武庫)라고 불리었다. 후에 진남대장군(鎭南大將軍)에 임명되고, 오(吳)나라를 평정한 공로로 당양현후(當陽縣侯)에 봉해졌다. 『春秋左氏經傳集解』·『春秋釋例』 등을 지었다.

악무(樂舞)의 제도가 아닌 것 같다.

장공(莊公)

81-2. 莊公三十年九月庚午, 朔, 日有食之, 鼓, 用牲于[27]社.
　장공(莊公) 30년 9월 경오(庚午)일 초하루에 일식이 있었는데, 북을 울리고 사(社)에 희생을 썼다.[28]

문공(文公)

81-3. 文公十有五年六月辛丑, 朔[29], 日有食之, 鼓, 用牲于[30]社.
　문공(文公) 15년 6월 신축(辛丑)일 초하루에 일식이 있었는데, 북을 울리고 사(社)에 희생을 썼다.[31]

26　두예는 열(列)이 방형을 이루어 일(佾)과 열(列)이 같은 것으로 보았는데, 진양은 춤은 팔음(八音)으로 반주하는 것이므로, 춤추는 열(列)은 8인이어야 한다고 생각하였다. 이는 '천자는 8×8인, 제후는 6×8인, 대부는 4×8인, 사(士)는 2×8인으로 이루어진 일무(佾舞)를 쓴다'는 후한(後漢) 복건(服虔)의 설을 따른 것이다.

27　대본에는 '於'로 되어 있으나 『春秋左氏傳』에 의거하여 '于'로 바로잡았다.

28　『春秋左氏傳』莊公 30年 9月.

29　대본에 누락된 '朔'을 『春秋左氏傳』에 의거하여 보충하였다.

30　대본에는 '於'로 되어 있으나 『春秋左氏傳』에 의거하여 '于'로 바로잡았다.

31　『春秋左氏傳』文公 15年(5).「六月辛丑朔 日有食之 鼓用牲于社 非禮也 日有食之 天子不擧 伐鼓于社 諸侯 用幣于社 伐鼓于朝 以昭事神 訓民事君 示有等威 古之道也【6월 초하루 신축(辛丑)일에 일식이 있었는데, 사(社)에서 북을 울리고 희생을 바쳐 제

‘古者天子立三公九卿, 二十七大夫, 八十一元士, 以聽天下之外治, 明章[32]天下之男教, 男教不修, 陽事不得, 適[33]見於天, 日爲之食, 則天子素服而修六官[34]之職, 以蕩天下之陽[35]事’, 小雅亦曰 : “十月之交, 朔日辛卯, 日有食之, 亦孔之醜.” 則知日者陽精也, 君之象也, 食者陰侵陽也, 臣蔽君之象也.

人君能修德政, 則變消而福至, 反是則災起而禍成. 故日食之變, 三十有六, 春秋皆書之, 非特傷周道之衰, 且以謹人君之戒也, 孰謂惟正陽之月, 君子忌之哉?

夏書曰 : “乃季秋月朔, 辰弗集于房, 瞽奏鼓, 嗇夫馳, 庶人走.” 由是觀之, 凡日食鼓於社, 助陽以責陰禮也, 用牲非禮也. 孔子書‘鼓用牲’者, 非謂九月六月不鼓也, 特譏其用牲爾. 左氏謂 : “日有食之, 天子不擧, 伐鼓於社, 諸侯用幣於社, 伐鼓於朝.” 是不知書述天子, ‘瞽奏鼓, 嗇夫馳’之意也.

‘옛날 천자는 삼공(三公)과 구경(九卿)[36]과 27명의 대부와 81명의 원사(元仕)를 세워 궁궐 밖의 일을 다스려 천하의 남교(男教)[37]를 밝혔는데, 남교(男教)가 닦이지 않아 양사(陽事)[38]를 성취하지 못하면 책망의 뜻이 하늘에 나타나 일식(日蝕)이 되니, 천자가 소복(素服)으로 육관(六官)[39]의 직분을 다

사를 지냈으니 예가 아니다. 일식이 있으면 천자는 성대하게 차린 음식을 들지 않으며 사(社)에서 북을 두드리고, 제후는 사(社)에 폐백을 바치며 조정에서 북을 두드려 신을 섬기는 마음을 밝히며, 백성에게 군주 섬기는 도리를 가르쳐 신분의 차이가 있는 것을 보이는 것이 옛날의 도이다.]」

32 대본에는 ‘章明’으로 되어 있으나 『禮記』에 의거하여 ‘明章’으로 바로잡았다.
33 대본에는 ‘讁’으로 되어 있으나 『禮記』에 의거하여 ‘適’으로 바로잡았다.
34 대본에는 ‘宮’으로 되어 있으나 『禮記』에 의거하여 ‘官’으로 바로잡았다.
35 대본에는 ‘陰’으로 되어 있으나 『禮記』에 의거하여 ‘陽’으로 바로잡았다.
36 삼공(三公)과 구경(九卿) : 주대(周代)의 삼공(三公)은 태사(太師)·태부(太傅)·태보(太保)이고, 구경(九卿)은 소사(少師)·소보(少保)·소부(少傅)·총재(冢宰)·사도(司徒)·종백(宗伯)·사마(司馬)·사구(司寇)·사공(司空)이다.
37 남교(男教) : 남자에 대한 교화.
38 양사(陽事) : 나라의 정사(政事).
39 육관(六官) : 주대(周代) 천관(天官)의 총재(冢宰), 지관(地官)의 사도(司徒), 춘관(春

스려 천하의 더러운 양사(陽事)를 깨끗이 한다'[40]라고 하고, 소아(小雅)에 또한 "시월의 일월(日月)이 만나는 초하루 신묘(辛卯)일에 일식이 있었으니 또한 매우 추악하다"[41]라고 하였다. 곧 해는 양정(陽精)이니 임금의 상(象)이고, 일식은 음(陰)이 양(陽)을 침범하는 것이니 신하가 임금을 가리는 상(象)임을 알 수 있다.

임금이 덕정(德政)을 잘 펴면 변고(變故)가 소멸되어 복이 오고, 반대로 하면 재앙(災殃)이 발생하여 화난(禍難)이 생긴다. 그러므로 일식의 변고(變故) 36번을 『춘추』에서 모두 썼으니, 다만 주나라의 도가 쇠해진 것을 상심한 것만이 아니라, 장차 임금을 삼가게 하는 경계로써 한 것이다. 누가 정월(正月)·양월(陽月)을 군자가 꺼린다고 말할 수 있겠는가?[42]

「하서(夏書)」에 "음력 9월 초하루에 해와 달이 만나는 진방(辰方)에서 방수(房宿)[43]가 화(和)하지 않았는데, 악사(樂師)가 북을 울리고 색부(嗇夫)가 달리며 서인(庶人)들이 분주하였다"[44]라고 하였다. 이런 관점에서 보면,

---

官)의 종백(宗伯), 하관(夏官)의 사마(司馬), 추관(秋官)의 사구(司寇), 동관(冬官)의 사공(司空)이다.

[40] 『禮記』 昏義 44-8, 44-9.

[41] 『詩經』 小雅 / 十月之交. 일월(日月)의 교회(交會)에 일식이 일어나는 것은 양(陽)이 쇠미(衰微)해져 음(陰)이 올라타는 것이므로 군자들이 추악하게 여긴 것이다.

[42] 누가~있겠는가?: 『詩集傳』(宋 蘇轍 撰) 卷11 祈父之什 / 十月之交 8章. 「正陽之月 古尤忌之 夏之四月 爲純陽 故謂之正月 十月 爲純陰 故謂之陽月. …… 交 日月之交會 也 交當朔則日食 然亦有交而不食者 交而食 陽微而陰乘之也 交而不食 陽盛而陰不能 掩也 故君子醜之【정월(正月)·양월(陽月)은 옛날 더욱 꺼렸다. 하력(夏曆)의 4월은 순양(純陽)이 되므로 정월(正月)이라 했고, 10월은 순음(純陰)이 되므로 양월(陽月) 이라 했다. …… 교(交)는 일월이 교회(交會)하는 것이니, 교회가 초하루를 만나면 일 식(日食)이 일어나지만, 또한 교회에도 일식이 일어나지 않는 경우가 있으니, 교회 에 일식이 일어나는 것은 양(陽)이 쇠미(衰微)해져 음(陰)이 올라타는 것이고, 교회 에 일식이 일어나지 않는 것은 양(陽)이 성해 음(陰)이 가리지 못하는 것이다. 그러 므로 군자가 추악하게 여겼다.】」

[43] 방수(房宿): 이십팔수(二十八宿) 중 동방(東方)에 속하는 별이다.

[44] 『書經』 夏書 / 胤征 2. 9월 초하루는 해와 달이 대화(大火)인 묘방(卯方)에서 만나야 하는데, 서로 화(和)하지 못하여 달이 해를 가려 일식이 일어난 것을 말한 것이다. 색부(嗇夫)와 서인(庶人)은 일식을 막는 여러 가지 일을 맡은 자들이다. 달리고 분주 했다는 것은 일식의 변고에 색부와 서인들이 일식을 막기 위해 이와 같이 급히 함

모든 일식이 일어났을 때 사(社)에서 북을 울려 양(陽)을 돕고 음(陰)을 책
망한 것은 예이고,[45] 희생(犧牲)을 쓴 것은 예가 아니다. 공자가 '북을 울
리고 희생을 썼다'[46]라고 쓴 것은 9월과 6월에 북을 울리지 않아야 하는
것을 말한 것이 아니라, 다만 그 희생을 쓴 것을 비판한 것일 뿐이다.[47]
좌구명(左丘明)[48]이 "일식이 있으면 천자는 성대하게 차린 음식을 들지 않
고 사(社)에서 북을 울리며, 제후는 사(社)에 폐백을 올리고 조정에서 북
을 울린다"[49]라고 하였다. 이것은 『서경』에 일식이 있을 때 천자에 대해
기술하고 있는 '악사(樂師)가 북을 울리고 색부(嗇夫)가 달렸다'는 뜻을 알
지 못한 것이다.

을 나타낸 것이다.

45 모든~예이고:『禮記』樂記 19-13의 孔穎達 疏에 의하면, 혁(革)인 북은 감괘(坎卦
    ☵)와 북방의 광막풍(廣莫風)에 해당하는데, 광막(廣莫)은 '크게 넓다'는 뜻으로 양기
    (陽氣)가 개시(開始)된다는 의미로 설명하고 있다. 또한 절후로는 동지에 해당하는
    데 동지는 양(陽)이 비로소 발동하는 때이다. 따라서 일식에 북을 치는 것은 양기(陽
    氣)를 북돋는 일이다.

46 위에 인용한 대문인 '장공(莊公) 30년 9월 경오(庚午)일 초하루'와 '문공(文公) 15년 6
    월 신축(辛丑)일 초하루'에 쓰인 '鼓用牲'을 말한다.

47 9월과~뿐이다: 장공(莊公) 30년 9월 경오일과 문공(文公) 15년 6월 신축일에 있은
    일식에 장공과 문공은 제후에 불과하면서, 사(社)에서 북을 울리고 희생을 사용하였
    다. 그와 같이 하는 것은 천자의 예인데, 제후가 썼기 때문에 비판한 것이다.

48 좌구명(左丘明): 공자와 같은 무렵 노나라 출신으로 태사(太史)를 지냈다. 저서에『
    춘추좌씨전(春秋左氏傳)』과『국어(國語)』가 있다.『사기(史記)』에 공자가 자신의 이
    상을『춘추』에 표현하였으나 그 뜻을 전한 제자들이 각기 자신의 견해에 빠짐으로
    써 공자의 진의(眞意)를 잃어버릴 것을 두려워하여『좌씨전(左氏傳)』을 지었다고 하
    였다.

49 『春秋左氏傳』文公 15年.

선공(宣公)

81-4. 宣公八年辛巳, 有事于太廟, 仲遂卒于垂, 壬午, 猶繹, 萬入去籥.

선공(宣公) 8년 신사(辛巳)일에 태묘(太廟)에서 제사를 지냈는데, 중수(仲遂)가 수(垂) 땅에서 죽었다. 다음날인 임오(壬午)일에 여전히 역제(繹祭)를 지내면서, 《만무(萬舞)》만 추고 《약무(籥舞)》는 추지 않고 뺐다.[50]

禮記 : "齊人將有事於泰[51]山, 晉人將有事於河[52]." 則所謂'有事于太廟'者, 常祭之禮也. 周頌 : "絲衣繹賓尸." 則所謂'猶繹'者, 明日又祭之禮也.

萬者何? 干舞也. 籥者何? 籥舞也. 干舞有形而無聲, 籥舞則聲發而形從之. 先王之樂所以備文武者, 不是過也.

春秋之時, 禮樂不出於天子而出於諸侯, 非僭行之, 則僞爲之而已. 蓋廟祭吉禮也, 臣卒凶事也, 吉凶之禮, 固不可同日. 故宣公辛巳, 有事于太廟, 仲遂卒于垂, 則壬午繹祭, 固在所可廢也. 繹祭可廢, 且萬入去籥而卒事, 則君臣之恩, 亦已薄矣. 與其萬入去籥而不爲樂, 孰若廢繹祭之爲愈哉? 此仲尼所以言非禮而稱'猶'也.

春秋書'猶', 其義有二, 有可以通之之辭, 是幸其猶如此, 若"不郊猶三望." "不告朔猶朝廟." 是也, 有可以已之之辭, 是甚其猶如此, 則"壬

---

50 『春秋左氏傳』宣公 8年 6月. 역제(繹祭)는 또 지내는 제사로, 어제 제사에 시(尸)가 되었던 사람을 접대하는 것이다. 노나라 사람이 경좌(卿佐)의 상(喪)에 악을 연주해서는 안 된다는 것만을 알고 역제(繹祭)를 폐지해야 한다는 것을 몰랐다. 그러므로 소리가 나는 것을 싫어하여 춤만 추는 《만무(萬舞)》만을 바치고, 약(籥)의 연주를 반주로 추는 《약무(籥舞)》는 하지 않은 것이다.
51 대본에는 '太'로 되어 있으나 『禮記』에 의거하여 '泰'로 바로잡았다.
52 대본에는 '頓林'으로 되어 있으나 『禮記』에 의거하여 '河'로 바로잡았다.

午猶繹.” 是也.

然則公子遂公子翬, 其事固同, 獨卒仲遂何也? 曰 翬之於隱公, 君臣之義深, 宣公之於遂, 君臣之恩薄, 聖人於經, 沒翬而著遂者, 所以示褒貶也. 蓋仲遂死於王事也. 故卒而字之, 不言公子者, 宣公失父道故也, 與‘僖十六年, 卒公子季友’, 異矣.

商周皆以萬人定天下. 故其舞謂之萬舞, 則萬舞天子之樂也. 言 : “壬午猶繹, 萬入去籥.” 非特譏繹祭, 抑又譏僭用天子之樂爾. 傳者以謂‘萬入去籥’, 以其爲之變譏之也.

‘其曰仲, 疏之也, 是不卒者也’, 其言譏之則是, 言不卒則非. 春秋所書, 爲宣公失禮, 不爲仲之不忠於子赤也. 果爲不忠於子赤, 奚待卒而後正之哉?

『예기』에 “제나라 사람이 장차 태산(泰山)에서 제사지내려 하고, 진(晉)나라 사람이 장차 황하(黃河)에서 제사지내려 한다”[53]라고 하였으니, 이른바 ‘태묘(太廟)에서 제사를 지낸다’는 것은 평소 지내는 제례이다. 「주송(周頌)」에 “《사의(絲衣)》는 시동(尸童)에게 역제(繹祭)하거나 빈시(賓尸)를 지내는 것이다”[54]라고 하였으니, 곧 이른바 ‘유역(猶繹)’은 다음날 또 제사를 지내는 예이다.

만(萬)이란 무엇인가? 《간무(干舞)》이다. 약(籥)이란 무엇인가? 《약무(籥舞)》이다.[55] 간무는 형용은 있는데 소리가 없고, 약무는 소리가 발하여

---

53 『禮記』 禮器 10-24. 「魯人 將有事於上帝 必先有事於頖宮 晉人 將有事於河 必先有事於惡池 齊人 將有事於泰山 必先有事於配林【노나라 사람이 상제에게 제사를 지내려 할 때는 반드시 먼저 반궁(頖宮)에서 제사를 지내고, 진(晉)나라 사람이 황하에서 제사를 지내려 할 때는 반드시 먼저 오지(惡池)에서 제사지내고, 제나라 사람이 태산에서 제사로 제사를 지내려 할 때는 반드시 먼저 배림(配林)에서 제사를 지냈다.】」 반궁(頖宮)은 대학(大學)이고, 오지(惡池)는 병주(並州)에 있는 작은 하천인 호타(滹沱)를 가리키고, 배림(配林)은 제나라에 있는 숲의 이름이다.

54 『詩經』 周頌 / 絲衣의 毛詩序. 역빈(繹賓)제사는 제사를 지낸 뒤에 지내는 제사로, 제왕은 역(繹)이라 하여 제사지낸 다음날에 지내고, 경대부(卿大夫)는 빈시(賓尸)라 하여 제사지낸 당일에 지낸다. 시(尸)는 고대(古代) 제사 때 신령(神靈)을 대신하여 세운 시동(尸童)이다.

형용이 따른다. 선왕(先王)의 악이 문무(文舞)와 무무(武舞)를 갖추게 된 것은 이것에 지나지 않는다.

　춘추시대에 예악이 천자에게서 나오지 않고 제후에게서 나왔으니, 분수에 맞지 않는 행위가 아니면 곧 허위의 짓일 뿐이었다. 묘제(廟祭)는 길례(吉禮)[56]이고, 신하의 죽음은 흉사(凶事)니, 길흉(吉凶)의 예는 한 날에 치를 수 없다. 그러므로 선공(宣公) 8년 신사(辛巳)일에 태묘(太廟)에서 제사가 있었는데, 중수(仲遂)[57]가 수(垂)땅에서 죽었으니, 다음날인 임오(壬午)일에 역제(繹祭)를 폐지해야 마땅했다. 역제(繹祭)를 폐지해야 마땅한 데도, 《만무(萬舞)》만을 추게 하고 《약무(籥舞)》는 빼고 제사를 지냈으니,[58] 군신간의 은정(恩情)이 너무 야박하였다. 《만무》만을 추게 하고 약무는 뺴 악이 되지 않는 것보다, 역제를 폐지하는 것이 더 나았을 것이다. 이것이 중니(仲尼)가 예가 아니라 하고 '여전히 지냈다'라고 한 이유이다.

　『춘추』에 '유(猶)'를 쓴 뜻이 두 가지가 있다. 하나는 통용(通用)해야 한다는 말이니, 이것은 여전히 이와 같이 행해지는 것이 다행스럽다는 것이다. "교사(郊祀)[59]를 지내지 않고 삼망제(三望祭)[60]는 여전히 지냈다"[61]와

55　만(萬)이란~《약무(籥舞)》이다 : 《간무(干舞)》는 방패를 들고 추는 무무(武舞)이고, 《약무(籥舞)》는 약(籥)을 들고 추는 문무(文舞)이다.

56　길례(吉禮) : 오례(五禮)인 길(吉)·흉(凶)·빈(賓)·군(軍)·가례(嘉禮) 중 하나로서, 천지(天地)·일월(日月)·산천(山川)·사직(社稷)·종묘(宗廟)·문묘(文廟) 등에서 지내는 모든 제사이다. 제사의 본뜻은 귀신에게 복을 구하는 데 있으므로 길례라고 한다. '길례(吉禮)'는 『周禮』春官 / 大宗伯 2에 나온다.

57　중수(仲遂) : 노나라 공자(公子) 수(遂)로 양중(襄仲)이다. 양중이 동문에 살아 동문양중(東門襄仲)이라고 하였다.

58　《만무(萬舞)》만을~지냈으니 : 소리가 밖으로 나가는 것을 꺼려 악기를 연주하여 반주하는 《약무(籥舞)》는 하지 않은 것이다.

59　교사(郊祀) : 농사의 풍작을 기원하기 위해 천자가 교외(郊外)에서 하늘에 지내는 제사.

60　삼망제(三望祭) : 『書經』虞書 / 舜典 2. 「望于山川【산천에 망제(望祭)를 지냈다.】」그 蔡沈 註. 「山川 名山大川五嶽四瀆之屬 望而祭之 故曰望【산천은 명산(名山)과 대천(大川)으로 오악(五嶽)과 사독(四瀆) 따위이니, 바라보고 제사하기 때문에 망(望)이라 하였다.】」삼망(三望)이라고 한 것은 노나라 경내의 대(岱)·하(河)·해(海)에서 유래한다.

“곡삭(告朔)[62]의 예는 행하지 않고 조묘(朝廟)의 예는 여전히 행했다”[63]라고 한 것이 그 실례이다. 또 하나는 그만두어야 한다는 말이니, 이것은 여전히 이와 같이 행해지는 것이 심하다는 것이다. 곧 “임오(壬午)일에 여전히 역제(繹祭)를 지냈다”[64]라고 한 것이 그 실례이다.

그렇다면 공자(公子) 수(遂)와 휘(翬)가 그 사안이 같은데, 오직 중수(仲遂)만을 죽었다고 한 것은 무엇 때문인가? 휘(翬)는 은공(隱公)과의 관계에서 군신간의 의(義)가 깊고, 선공(宣公)은 수(遂)와의 관계에서 군신간의 은혜가 엷었기 때문이다.[65] 성인이 『춘추』에서 휘(翬)를 없이하고 수(遂)를

61　『春秋左氏傳』僖公 31年(3).「夏四月 四卜郊 不從 乃免牲 非禮也 猶三望 亦非禮也 禮 不卜常祀 而卜其牲日 牛卜日曰牲 牲成而卜郊 上 怠慢也 望 郊之細也 不郊 亦無望 可也【여름인 4월에 교제(郊祭)를 지내려고 네 번이나 거북점을 쳤으나 불길하여 희생으로 쓰려던 가축을 놓아주었으니 예에 어긋난 것이고, 삼망(三望)의 제사만 그대로 지낸 것도 예에 어긋난 일이었다. 예에 해마다 지내는 제사는 점치지 않고 그 희생과 날과의 관계를 점치는 것이다. 소가 날과 점쳐 맞으면 희생이라 한다. 희생이 정해졌는데 교제를 점쳤으니, 임금이 태만한 것이다. 망제(望祭)는 교제의 세세한 한 부분이니, 교제를 지내지 않았으면 또한 망제도 지내지 않는 것이 옳다.】 저자(著者)는 임금이 태만하여 중요한 교제를 지내지 않은 것이 예에 어긋난 일이고, 그 교제의 한 부분인 망제를 지내는 것도 예에 어긋나지만, 그나마 그 예의 일부인 망제라도 남아 있어 다행이라는 의미로 본 것이다.

62　곡삭(告朔) : 고대(古代) 제후가 선조의 묘에 희생을 바치며 초하루를 고하던 예이다.

63　『春秋左氏傳』文公 6年.「閏月 不告月 猶朝于廟【윤월에 곡삭례(告朔禮)를 하지 않고 여전히 종묘에만은 참배하였다.】 저자(著者)는 문공(文公)이 윤달은 보통 달이 아니라 해서 매월 초하루에 종묘에서 역(曆)을 고하는 곡삭례를 지내지 않았지만, 초하루에 종묘를 참배하여 그 예의 일부라도 유지한 것은 그나마 다행이라고 본 것이다.

64　『禮記』檀弓下 4-39.「仲遂卒于垂 壬午猶繹 萬入去籥 仲尼曰 非禮也 卿卒不繹【중수가 수(垂)에서 죽었는데, 임오(壬午)일에 역(繹)제사를 지내면서, 《만무(萬舞)》를 추게 하고 《약무(籥舞)》를 뺐다. 중니(仲尼)는 “예가 아니다. 경(卿)이 죽으면 역제사를 지내지 않는 것이다”라고 하였다.】

65　휘(翬)는~때문이다 : 『春秋左氏傳』隱公 11年(8).「壬辰 羽父使賊弑公于寪氏 立桓公【임진(壬辰)일에 우보(羽父)가 은공을 위씨(寪氏) 집에서 시해하고 환공(桓公)을 세웠다.】 우보(羽父)는 곧 공자(公子) 휘(翬)이다. 휘(翬)는 은공(隱公)에 대하여 군신간의 의(義)가 깊었는데도 은공을 시해하였다. 따라서 휘의 죽음을 『춘추(春秋)』에 쓰지 않은 것으로 저자는 생각한 것이다. 『春秋左氏傳』文公 18年(5).「冬十月 仲殺惡及視 而立宣公【양중(襄仲)이 태자 악(惡)을 살해하고 문공(文公)의 이비(二妃) 경영(敬嬴)의 소생인 선공(宣公)을 세웠다.】 양중은 공자(公子) 수(遂)이다. 선공은 중

드러낸 것은 포폄(襃貶)을 보이는 방법이었다. 중수가 왕을 위한 일에서 죽었으므로 죽었다고 하고 자(字)를 쓴 것이고, 공자(公子)로 말하지 않은 것은 선공(宣公)이 아버지에 대한 도리(道理)를 잃었기 때문이니,[66] 희공(僖公) 16년에 '공자(公子) 계우(季友)가 졸(卒)하였다'[67]는 것과는 다르다.

상(商)나라와 주나라가 모두 만인(萬人)에 의하여 천하를 정하였다. 그러므로 그 춤을 《만무(萬舞)》라고 한 것이니, 《만무》는 천자(天子)의 악이다. "임오(壬午)일에 역제(繹祭)를 여전히 지냈는데, 《만무》만을 추고 《약무(籥舞)》는 뺐다"라고 하였으니, 다만 역제를 지낸 것에 대해서만 비난한 것이 아니라, 어쩌면 분수에 맞지 않게 천자의 악(樂)을 쓴 것을 비난한 것일 뿐이다. 전(傳)을 쓴 사람이 '《만무》만을 추고 《약무》는 뺐다'라

수에 의해 세워졌는데, 대부가 죽었을 때 중지해야할 악(樂)을 중지하지 않았으니, 은혜를 가볍게 여긴 것이다. 이것은 중수 때문이 아니라 선공이 대부의 상에 악을 중지하지 않은 것을 책망한 것이다. 『春秋穀梁傳』隱公 元年(1). 「春秋貴義而不貴惠【『춘추(春秋)』는 의(義)를 귀하게 여기고 은혜는 귀하게 여기지 않는다.】」

66　공자(公子)로~때문이니 : 양중(襄仲 : 遂)이 태자 악(惡)을 살해하고 문공(文公)의 이비(二妃) 경영(敬嬴)의 소생인 선공(宣公)을 세워, 시군(弑君)한 자에 의해 세워졌는데도, 그가 임금의 자리를 받아들이고 역적을 토벌하지 않았기 때문이다. 『春秋公羊傳』宣公 8年(4)에는 중수(仲遂)가 공자(公子)로 일컬어지지 않은 이유를 다음과 같이 설명하고 있다. 「仲遂者何 公子遂也 何以不稱公子 貶 曷爲貶 爲弑子赤貶【중수(仲遂)는 누구인가? 공자(公子) 수(遂)이다. 왜 공자로 일컬어지지 않았는가? 폄하한 것이다. 왜 폄하 하였는가? 자적(子赤)을 시해하였기 때문에 폄하한 것이다.】」 자적(子赤)은 태자 악(惡)이다.

67　『春秋左氏傳』僖公 16年. 「三月壬申 公子季友卒【3월 임신(壬申)일에 공자 계우가 세상을 떠났다.】」 계우(季友)는 노 환공(魯桓公)의 아들로 공자(公子) 우(友)이며 노나라 상경(上卿)이고 자(字)는 민원(閔元)이다. 『春秋穀梁傳』僖公 16年(3). 「大夫日卒 正也 稱公弟叔仲 賢也 大夫 不言公子公孫 疏之也【대부가 죽은 날짜를 쓴 것은 바른 것이었다. 공(公)의 아우를 숙(叔)이나 중(仲)이라고 호칭한 것은 현명하기 때문이다. 대부는 공자(公子)와 공손(公孫)이라고 말하지 않으니, 관계를 소원하게 여긴 것이다.】」 중수는 공자인데 공자로 쓰지 않은 것은 아버지에 대한 도리를 잃었기 때문이고, 계우는 노 환공(魯桓公)의 아들로 상경이니 공자(公子)로 써서는 안 되는데 쓴 것은 소원하게 여겼기 때문이니, 사안이 다르다. 『禮記』曲禮 2-25. 「天子死曰崩 諸侯曰薨 大夫曰卒 士曰不祿 庶人曰死【천자의 죽음을 붕(崩)이라 하고, 제후는 훙(薨)이라 하고, 대부는 졸(卒)이라 하고, 사는 불록(不祿)이라 하고, 서민은 사(死)라고 한다.】」

고 한 것은 그것이 변고(變故)가 되기 때문에 비난한 것이다.

'그를 중(仲)이라고 한 것은 그를 소원하게 여긴 것이니, 이는 도리에 맞게 살다 죽은 자가 아니기 때문이다'[68]라고 하였는데, 그 말이 그를 비판한 것은 옳고, '불졸(不卒)'을 말한 것은 옳지 않다. 『춘추』에 쓴 것은 선공(宣公)이 예를 잃었기 때문이고,[69] 중(仲)이 자적(子赤)에게 불충(不忠)[70]하였기 때문이 아니다. 과연 자적(子赤)에게 불충하였기 때문이면, 어떻게 죽기를 기다린 뒤에 그것을 바로잡겠는가?

소공(昭公)

81-5. 昭公十有五[71]年二月癸酉, 有事於武宮. 籥入叔弓卒, 去[72]樂

---

68 『春秋穀梁傳』宣公 8年(3). 「此公子也 其曰仲 何也 疏之也 何爲疏之也 是不卒者也 不疏 則無用見其不卒也 則其卒之 何也 以譏乎宣也 其譏乎宣 何也 聞大夫之喪 則去樂卒事【이는 공자(公子)인데, 그를 중(仲)이라고 한 것은 무엇 때문인가? 소원하게 한 것이다. 어떻게 소원하게 하였나? 대부의 죽음으로 하지 않은 것이다. 소원하게 하지 않았다면 그가 대부의 죽음으로 대우받지 못한 것을 기록하는 것도 없었을 것이다. 그런데 그가 졸(卒)하였다고 쓴 것은 무슨 뜻인가? 선공을 비판한 것이다. 무엇을 비판하려 한 것인가? 대부(大夫)의 상을 듣고 악을 빼고 제사를 마친 일을 말한다.】

69 『춘추』에~때문이고 : 『春秋左氏傳』宣公 元年(1). 「書卽位 著自立之罪【즉위를 기록한 것은 자립한 죄를 드러낸 것이다.】

70 중(仲)이~불충(不忠) : 『春秋公羊傳』文公 18年(6). 「冬 十月 子卒 子卒者孰謂 謂子赤也 何以不日 隱之也 何隱爾 弑也【겨울 10월에 복상(服喪) 중인 군주가 세상을 떠났다. 복상 중인 군주가 죽었다는 것은 누구를 이른 것인가? 자적(子赤)을 이른다. 왜 날짜를 쓰지 않았는가? 가엾게 여긴 것이다. 왜 가엾게 여긴 것인가? 시해(弑害)당한 것이다.】 이는 문공(文公)이 죽자 태자인 자적(子赤)이 복상 중에 중수(仲遂)에게 시해당한 것을 말한다.

71 대본에는 '三'으로 되어 있으나 『春秋左氏傳』에 의거하여 '五'로 바로잡았다.

72 대본에는 '未'로 되어 있으나 『春秋左氏傳』에 의거하여 '去'로 바로잡았다.

卒事.

소공(昭公) 15년 2월 계유(癸酉)일에 무궁(武宮)에서 제사가 있었다. 약(籥)을 부는 악공(樂工)들이 들어왔는데, 숙궁(叔弓)이 죽어 악을 빼고 제사를 마쳤다.[73]

籥之爲樂, 起於黃鐘之龠. 籔而爲三, 則冲氣出焉, 先王所以通中聲也. 蓋宗廟之祭事之大而重者也, 大夫卒事之小而輕者也, 先王之禮, 不以大廢小, 亦不以輕妨重. "宣公[74]八年辛巳, 有事于太廟, 仲遂卒于垂. 壬午猶繹, 萬入去籥." 是譏其以輕妨重也, "昭公[75]十五年癸酉, 有事武宮, 籥入, 叔弓卒, 去樂卒事." 是譏其以小廢大也.

言'萬入', 以舞爲主, 言'籥入', 以聲爲主. 卒仲遂于垂, 爲死王事故也, 卒叔弓不言地, 爲涖事而卒故也.

약(籥)이란 악기는 황종의 약(龠)[76]에서 시작한다. 구멍은 셋인데 천지간 조화된 기가 나오니, 선왕(先王)이 중성(中聲)에 통하는 악기였다. 종묘 제사는 사안이 중대한 것이고, 대부가 죽는 것은 그에 비해 사안이 경미한 것이지만, 선왕(先王)의 예법은 큰 일을 가지고 작은 일을 폐지하지 않았고, 또한 경미한 것으로 중대한 것이 방해받지 않았다. "선공(宣公) 8년 신사(辛巳)일에 태묘(太廟)[77]에서 제사가 있었는데, 중수(仲遂)가 수(垂) 땅에서 죽었다. 임오(壬午)일에 역제를 여전히 지냈는데, 《만무》만을 추게 하고 《약무》는 뺏다"라고 하였다. 이것은 경미한 것으로 중대한 것이 방해받은 것에 대하여 비판한 것이다. "소공(昭公) 15년 2월 계유(癸酉)일에 무궁(武宮)[78]에서 제사가 있었다. 약(籥)을 부는 악인들이 들어왔는데, 숙궁

---

73 『春秋左氏傳』昭公 15年(1).
74 대본에 누락된 '公'을 『春秋左氏傳』宣公 8年 6月에 의거하여 보충하였다.
75 대본에 누락된 '公'을 『春秋左氏傳』昭公 15年 2月에 의거하여 보충하였다.
76 황종의 약(龠) : 황종관은 1약(龠)으로 기장 1,200알을 채우는 분량이다. 〈『樂書』97-1〉
77 태묘(太廟) : 노나라에 있었던 주공(周公)의 묘(廟).
78 무궁(武宮) : 노나라 제10대 군주인 무공(武公)의 사당.

(叔弓)이 죽어 악을 빼고 제사를 마쳤다”라고 하였다. 이것은 작은 일을 가지고 큰 일을 폐지한 것에 대하여 비판한 것이다.

‘《만무(萬舞)》를 췄다’라고 말한 것은 춤을 위주로 한 것이고, ‘《약무(籥舞)》를 췄다’라고 말한 것은 소리를 위주로 한 것이다. 중수가 수(垂)땅에서 죽었다는 것은 왕사(王事)에 죽었기 때문이고, 숙궁의 죽음에 땅 이름을 말하지 않은 것은 일에 임하여 죽었기 때문이다.[79]

---

79   숙궁의~때문이다 : 일을 중요하게 생각하였기 때문에 땅 이름은 거론하지 않은 것이다.

주역훈의(周易訓義)

권82 주역훈의(周易訓義)

수(需)·사(師)·예(豫)·비(比)

수(需)

82-1. 需☰ 坎上乾下.

象曰 : "雲上於天, 需, 君子以飮食燕樂."

수괘(需卦)는 팔괘의 감괘(坎卦☵)가 위에 있고 건괘(乾卦☰)가 아래에 있다.

상전(象傳)에 말했다. "구름이 하늘로 올라가는 것이 수괘(需卦)의 형상이니, 군자가 이로써 마시고 먹으며 잔치하고 즐긴다."[1]

1 　『周易』需卦 3. 수괘(需卦)는 물을 뜻하는 감괘(坎卦☵)가 위에 있고 하늘을 뜻하는 건괘(乾卦☰)가 아래에 있다. 물이 하늘에 오르면 구름이 된다. 구름이 막 하늘로 올라가 아직 비가 되지 못했으므로 기다리는 뜻이 된다. 이것은 군자가 재덕(才德)을 쌓았으나 아직 실용에 시행하지 못함과 같으니, 편안히 때를 기다려 음식을 먹으면서 기체(氣體)를 기르고 연락(宴樂)하여 심지를 화하게 한다.

天之所需以爲雨者雲也,　君子所需以爲燕樂者飮食也.　飮以養陽天産也, 食以養陰地産也. 需非飮食也, 飮食之道而已. 此君子所以需朋友故舊, 以爲燕樂歟!

蓋以飮食燕之者禮也, 其樂之者樂也. 文王之於周, 以鹿鳴燕羣臣嘉賓, 則曰 : "以燕樂嘉賓之心." 以常棣燕兄弟, 則曰 : "和樂且湛." 以伐木燕朋友故舊, 則曰 : "坎坎鼓我, 蹲蹲舞我." 由是觀之, 酒食所以合歡, 豈虛言哉?

若夫九五體飮食之道, 以養天下, 非特施禮樂於燕樂之間而已. 故曰 : "酒食貞吉, 以中正也." 與‘困于酒食’, 異矣.

하늘이 비를 내리려고 할 때 기다리는 것은 구름이고, 군자가 잔치를 베풀어 즐기려고 할 때 기다리는 것은 음식이다. 마심으로써 양기(陽氣)를 기르니 하늘의 산물이고,[2] 먹음으로써 음기(陰氣)를 기르니 땅의 산물이다.[3] 수(需)는 음식이 아니라, 음식의 도(道)일 뿐이다.[4] 이것은 군자가 붕우(朋友)와 옛 벗을 기다려 잔치를 베풀어 즐기는 방법일 것이다.

음식을 가지고 잔치를 베푸는 것은 예이고, 즐겁게 하는 것은 악이다. 주 문왕(周文王) 때 《녹명(鹿鳴)》[5]의 시로써 여러 신하들과 귀한 손님들에

2　마심으로써~산물이고 : 하늘의 구름이 비가 되어 내리고, 비가 샘물이 되고, 그 샘물로 술이나 음식을 만들기 때문이다.

3　먹음으로써~산물이다 :『禮記』郊特牲 11-3.「飮 養陽氣也 故有樂 食 養陰氣也 故無聲【마시는 것은 양기(陽氣)를 기른다. 그러므로 악이 있고, 밥은 음기(陰氣)를 기른다. 그러므로 성악(聲樂)이 없다.】」

4　수(需)는~뿐이다 : 몽괘(蒙卦☶)는 수괘(需卦☵)로 받는다.『周易』需卦의 程頤 傳.「蒙者 蒙也 物之穉也 物穉 不可不養也 故受之以需 需者 飮食之道也 …… 夫物之幼穉 必待養而成 養物之所需者 飮食也 故曰 需者 飮食之道也【몽(蒙)은 어림이니 물건이 어린것이다. 물건이 어리면 기르지 않을 수 없다. 그러므로 수괘(需卦)로 받았으니, 수(需)는 음식의 도이다. …… 물건이 어린것은 반드시 길러주기를 기다려 이루어지니, 물건을 기를 때 필요한 것은 음식이다. 그러므로 ‘수(需)는 음식의 도’라고 한 것이다.】」

5　『詩經』小雅 / 鹿鳴의 毛詩序.「鹿鳴 燕羣臣嘉賓也 旣飮食之 又實幣帛筐篚 以將其厚意 然後忠臣嘉賓 得盡其心矣【《녹명》은 여러 신하들과 아름다운 손님을 연향하는 시이다. 이미 음식을 먹이고 또 폐백을 광주리에 담아서 그 후의(厚意)를 받들어야 하

게 잔치를 베풀었는데, "귀한 손님의 마음을 안락하게 하다"라고 하고, 《상체(常棣)》[6]의 시로써 형제에게 잔치를 베풀었는데, "화락(和樂)하고 또 길이 즐긴다"라고 하고, 《벌목(伐木)》[7]의 시로써 붕우(朋友)와 옛 벗에게 잔치를 베풀었는데, "둥둥 북을 치며 덩실덩실 춤을 춘다"라고 하였다. 이런 관점에서 보면, 술과 음식은 기쁨을 함께 하는 도구니, 어찌 허언(虛言)이겠는가?

　수괘(需卦䷄)의 구오(九五)에서 음식의 도를 체득하여 천하를 길렀으니,[8] 다만 예악을 잔치할 때 베풀 뿐만이 아니었다. 그러므로 "술과 음식을 기다리는 것이 바르고 길하다는 것은 중정(中正)하기 때문이다"[9]라고 하였으니, '주식(酒食)으로 인해 곤하게 된 것'[10]과는 다르다.

니, 그러한 뒤에야 충신과 아름다운 손님이 그 마음을 다할 수 있다.】」

6　『詩經』 小雅 / 常棣의 毛詩序. 「常棣 燕兄弟也 閔管蔡之失道 故作常棣焉【《상체》는 형제에게 잔치를 베푼 것이다. 관숙(管叔)과 채숙(蔡叔)이 도를 잃은 것을 민망스럽게 여겼으므로 《상체》의 시를 지었다.】」

7　『詩經』 小雅 / 伐木의 毛詩序. 「伐木 燕朋友故舊也 自天子 至于庶人 未有不須友以成者 親親以睦 友賢不棄 不遺故舊 則民德歸厚矣【《벌목》은 친우와 옛 벗에게 잔치를 베푼 것이다. 천자로부터 서민에 이르기까지 벗을 기대 성장하지 않을 사람이 없으니, 화목으로써 친척을 친애하고 현인을 벗삼아 배척하지 않고 옛 벗을 버리지 않으면, 백성들이 후덕한 데로 돌아올 것이다.】」

8　구오(九五)에~길렀으니 : 수괘(需卦)의 구오(九五)는 양강중정(陽剛中正)으로, 그 도를 다하기 때문에 정(貞)하고 길(吉)하다. 그러므로 그것을 체득하여 편안히 먹고 마시면서 기다리는 것이다. 위에서 '수(需)'는 음식의 도'라 하였으니, 그 도를 다하면 먹고 마셔 천하를 기를 수 있는 것이다.

9　『周易』 需卦 13. 구오(九五)는 외괘(外卦)의 중간에 있고, 양강(陽剛)으로 천위(天位)에 있으니, 중정(中正)이 된다.

10　『周易』 困卦 6.

사(師)

82-2. 師☷☵ 坤上坎下.

象曰 : “地中有水, 師.”

初六 師出以律, 否臧凶.

象曰 : “師出以律, 失律凶也.”

사괘(師卦)는 팔괘의 곤괘(坤卦☷)가 위에 있고 감괘(坎卦☵)가 아래에 있다.

상전(象傳)에 말했다. “땅 속에 물이 있는 것이 사괘(師卦)의 형상이다.”[11]

초륙(初六)[12]은 군사가 나갈 때 율(律)에 맞게 할 것이니, 그렇지 않으면 선한 일일지라도 흉을 당할 수 있다.[13]

상전(象傳)에 말했다. “군사가 나갈 때 율(律)에 맞게 한다는 것은 율(律)을 잃으면 흉함을 당할 것이기 때문이다.”[14]

古之用師, 內有必勝之道, 外有佐勝之術, ‘師出以律’, 以佐勝之術, 行必勝之道故也. 人生天地之間, 一氣之消息, 一體之盈虛, 未嘗不與陰陽流通, 與物類相爲感應. 律也者述陰陽之氣數, 通物類之終始. 故

---

11 『周易』師卦 3. 사괘(師卦)는 땅을 뜻하는 곤괘(坤卦☷)가 위에 있고 물을 뜻하는 감괘(坎卦☵)가 아래에 있다. 땅 속에 물이 있는 형상이다.

12 초륙(初六) : 사괘(師卦☷)의 내괘(內卦)인 감괘(坎卦☵)의 아래 첫 음효(陰爻)이다.

13 『周易』師卦 4. 그 程頤 傳.「初 師之始也 故言出師之義 及行師之道 在邦國興師而言 合義理則是以律法也. …… 苟動不以義 則雖善 亦凶道也 善 謂克勝 凶 謂殃民害義也【초는 사괘(師卦☷)의 시초이므로 군대가 출동하는 의(義)와 군대를 운용하는 도를 말했다. 국가가 군대를 일으키는 입장에서 말한다면 의리에 합하면 이는 율법에 맞는 것이다. …… 만일 출동하기를 의리로써 하지 않으면 비록 선하더라도 또한 흉한 도니, 선은 승리함을 이르고, 흉은 백성에게 앙화(殃禍)를 끼치고 의(義)를 해침을 이른다.】」

14 『周易』師卦 5.

凡聲音所加, 吉凶所兆, 發冥冥應昭昭者, 皆得考其祥焉.

然則以同律聽軍聲, 使吉凶不待陳而知, 勝負不待戰而決, 豈有他哉? 本諸五聲而已. 蓋角主軍擾而士心失, 商主戰勝而軍士彊, 徵主將急而軍士勞, 羽主兵弱而威明喪, 宮主軍和而士心寧. 其聞而聽之, 聽而詔之, 則吉可馴致, 凶可豫防, 而坐收百勝萬全之效焉, 此所以武王知商之不敵, 師曠知楚之不功也. 傳曰: "望敵知吉凶, 聞聲效勝負." 不過如此.

在易師之初六, 以柔下之才, 處一卦之始, 師始出之象也. 據坎之體, 於象爲耳而主聽, 以律之象也. 方是時吉凶未明, 勝負未決, '以律'則'惠迪吉', '失律'則'從逆凶.' 春秋傳曰: "執事順成爲臧, 逆爲否." '以律' '不臧', 無害爲吉, 不失勝之道故也, '失律' '而臧', 有¹⁵害爲凶, 失勝之道故也.

'昔王良從禽, 爲之範, 終朝不獲一, 君子不以爲失, 爲之詭遇, 一朝而獲十, 君子不以爲善.' 彼從禽猶若是, 況行師乎? 其否臧凶宜矣. 老子曰: "妄爲而要中, 功成不足塞責, 事敗足以滅身." 此之謂歟!

周之出師, 有大史抱天時, 太卜貞¹⁶龜兆, 大師執同律, 皆所以愼戎事重民命, 則易之興, 當周之盛德, 其'師出以律', 豈不信? 然以初六, 爲師出之始, 則上六, 師旋之時也. 出而以律, 所以存豫戒之智, 旋而左執之, 所以示愷樂之仁, 非憂樂與民同, 孰與此哉?

古之言律, 或謂六律, 或謂六始, 配律者, 或以呂, 或以同, 六始則以六間配之, 何也? 曰 述天地自然之氣謂之律, 以陽造始謂之始. 匹於陽爲呂, 間於陽爲間, 同於陽爲同, 呂命以體, 間命以位, 同命以情. 合陽六陰六言之均謂之六律也, 是卦特以律爲言, 豈非合而言之耶?

옛날 군사를 부릴 때 안으로는 필승의 방법이 있었고, 밖으로는 필승을 보필하는 전술이 있었는데, '군대가 출정할 때 율(律)로써 해야 한다'

---

¹⁵ 대본에는 '無'로 되어 있으나 문맥이 통하지 않아 '有'로 바로잡았다.

¹⁶ 대본에는 '正'으로 되어 있으나 사고전서 『樂書』에 의거하여 '貞'으로 바로잡았다.

라고 한 것은 필승을 보필하는 전술로 필승의 방법을 행하려고 하기 때문이다. 사람이 천지 사이에 태어날 때 기운의 증감(增減)과 육체의 성쇠(盛衰)가 음양과 유통하여 만물들과 서로 감응하지 않음이 없다. 율(律)이라는 것은 음양의 기운을 이어 만물의 시종을 관통한다. 그러므로 성음(聲音)이 미치는 곳에서 길흉의 조짐이 어두운 곳에서는 드러나고 밝은 곳에서는 응하는 것을 모두 미리 살펴볼 수 있다.

그렇다면 육동(六同) · 육률(六律)로 군성(軍聲)을 들어, 진(陳)을 펴보지 않고도 길흉을 알게 되고, 전쟁을 치루지 않고도 승부가 결정되는 것이, 어찌 다른 이유가 있겠는가? 오성(五聲)에 근본을 두고 있는 것일 뿐이다. 각성(角聲)은 군대의 동요를 주장하여 병사들 사기가 실추되고, 상성(商聲)은 전투에 이기는 것을 주장하여 군사가 강해지고, 치성(徵聲)은 장수들이 급박해지는 것을 주장하여 군사들이 피로해지고, 우성(羽聲)은 병졸들이 약해지는 것을 주장하여 위광(威光)이 상실되고, 궁성(宮聲)은 군(軍)이 화합하는 것을 주장하여 병사들 마음이 편안해진다.[17] 그것을 귀로 듣고 다시 마음에 새겨들으며 마음에 새겨듣고 고지하면, 길함을 따를 수 있

17　각성(角聲)은~편안해진다 : 『周禮』 春官 / 大師의 鄭玄 注. 「兵書曰 …… 商則戰勝 軍士强者 商屬西方金 金主剛斷 故兵士强也 角則軍擾多變 失士心者 東方木 木主曲直 故軍士擾多變 失士心 宮則軍和 士卒同心者 中央土 土主生長 又載四行 故軍士和而同心 徵則將急數怒 軍士勞者 南方火 火主燥怒 故將急數怒 羽則兵弱 少威明者 北方水 水主柔弱 又主幽闇 故兵弱少威明也【병서(兵書)에 말했다. …… 상성(商聲)은 전쟁에 이겨 군사가 강한 것이다. 상성은 서방의 금(金)기운에 속하니, 금은 강단(剛斷)을 주장하므로 병사들이 강하다. 각성(角聲)은 군대가 어지럽고 변화가 많아 병사들 마음이 산란한 것이다. 동방의 목(木)기운이니, 목은 시비곡직(是非曲直)을 주장하므로 군대가 어지럽고 변화가 많아 병사들 마음이 산란하다. 궁성(宮聲)은 군대가 화합하여 사졸(士卒)이 한마음이 된 것이다. 중앙(中央)의 토(土)기운이니, 토는 생장을 주장하고 또 사행(四行)을 싣고 있으므로 군사들이 화합하여 한마음이다. 치성(徵聲)은 장수가 조급하고 자주 성내어 군사들이 피로한 것이다. 남방의 화(火)기운이니 화는 불똥이 튀는 것을 주장하므로 장수가 조급하고 자주 성낸다. 우성(羽聲)은 병사가 약하여 위광(威光)이 적은 것이다. 북방의 수(水)기운이니, 수는 유약(柔弱)하고 또 어두운 것을 주장하므로 병사가 약하여 위광(威光)이 적다.】」『樂書』 104-1에도 같은 내용이 나온다.

고 흉함을 예방할 수 있어, 앉아서 백승(百勝)과 만전(萬全)의 효과를 거둘 수 있을 것이다. 이것은 주 무왕(周武王)이 상나라가 대적하지 못할 것을 알았고, 사광(師曠)이 초나라가 공을 세우지 못할 것을 알았던 근거이다.[18] 전(傳)에 "적을 바라보면 길흉을 알고 함성소리를 들어보면 승부가 드러난다"[19]라고 하였으니, 이 같음에 불과하다.

역(易)에 사괘(師卦䷆)의 초륙(初六)은 음(陰)인 유(柔)이면서 아래에 있는 효(爻)로써 괘(卦)의 시초에 자리 잡고 있으니, 군대가 처음 출발하는 상(象)이다. 아래 감괘(坎卦☵)의 체(體)를 의거해보면, 상(象)에는 귀가 되어 듣기를 주로 하니[20] 율(律)의 상(象)이다. 마침 이때 길흉이 아직 분명하지 않고 승부가 아직 결정되지 않았는데, '율(律)로써 하면' 곧 '도를 따르면 길할 것이고'[21]가 되고, '율(律)을 잃으면' 곧 '악(惡)을 따르면 흉할 것이다'가 된다. 『춘추좌씨전』에 "일을 집행하는데 윗사람에게만 순종하면 장(臧)이라 하고, 윗사람 명을 거스르면 부(否)라고 한다"[22]라고 하였다.

---

18 사광(師曠)이~근거이다 : 『春秋左氏傳』 襄公 18年(4). 정나라 자공(子孔)이 여러 대부를 제거하려고 진(晉)나라를 배반하고 초나라 군사를 일으키고자 하였는데, 그 일로 초나라 군사가 순문(純門)을 공격하고 어치산(魚齒山) 아래 내를 건너다 심한 비를 만나 초나라 군사가 많이 얼어 죽었다. 이에 대해 사광(師曠)이 한 말이다. 「師曠曰 不害 吾驟歌北風 又歌南風 南風不競 多死聲 楚必無功【사광(師曠)이 말했다. "해로울 것이 없다. 나는 자주 북방의 노래를 부르고 또 남방의 노래를 불렀는데, 남방의 노래는 활기가 없고 죽어 가는 소리가 많으니 초나라 군사는 반드시 공이 없을 것이다."】」

19 『樂書』 46-5에 의하면 사괘(師卦䷆) 초륙(初六)의 전(傳)이라고 하였다. 『史記』 律書 25 / 1239쪽에 같은 말이 나온다.

20 아래~하니 : 사괘(師卦䷆)는 아래 감괘(坎卦☵)의 구이(九二)만이 양효(陽爻)가 되어 여러 음효(陰爻)의 주장이 되면서 아래에 있다. 귀가 되어 듣기를 주관하는 것은 장수의 상(象)이기 때문이다.

21 『書經』 虞書 / 大禹 1. 「禹曰 惠迪吉 從逆凶 惟影響【우(禹)가 말했다. "도(道)를 순히 하면 길하고, 역(逆)을 따르면 흉하니, 이는 그림자와 메아리 같습니다.】」

22 『春秋左氏傳』 宣公 12年(2). 「知莊子曰 此師殆哉!周易有之 在師䷆之臨䷒ー曰 師出以律 否臧 凶 執事順成爲臧 逆爲否 衆散爲弱 川壅爲澤 有律以如己也【지장자(知莊子)가 말했다. "이 군대는 위태롭다. 『주역』에 사괘(師卦䷆)가 임괘(臨卦䷒)로 변하는 내용이 있는데, '군사가 나갈 때 율(律)로써 할 것이니, 그렇지 않으면 선한 일일지라도 흉을 당할 수 있다'라고 하였으니, 일을 집행하는데 윗사람에게만 순종하면 장

‘율(律)로써 하는 것’과 ‘무조건 윗사람에게 순종하지 않는 것’은 해가 없어 길함이 되니, 승리를 잃지 않는 도이기 때문이고, ‘율(律)을 잃는 것’과 ‘무조건 윗사람에게 순종하는 것’은 해가 있어 흉함이 되니, 승리를 잃는 도이기 때문이다.

‘옛날 왕량(王良)이 새를 쫓을 때 수레를 법도에 맞게 모니, 아침 동안 한 마리도 잡지 못했으나 군자가 잘못하였다고 하지 않았고, 법도에 맞지 않게 수레를 모니, 하루아침에 열 마리를 잡았으나 군자가 잘하였다고 하지 않았다.’[23] 새를 쫓는 것도 오히려 이 같은데, 하물며 군사를 동원하는 것이겠는가? 자기 뜻대로 윗사람 명을 거스르고 윗사람에게만 순종하는 것이 흉함이 되는 것이 마땅하다.[24] 노자(老子)는 “분별없는 행위를 하면서 자기 뜻에 맞을 것을 요구하면, 성공하더라도 책임을 다했다고 할 수 없고, 실패하면 자신을 멸망시킬 것이다”[25]라고 하였으니, 이

(臧)이라 하고, 윗사람 명을 거스르면 부(否)라고 하고, 대중이 흩어지는 것을 약(弱)이라 하고, 하천이 막혀 흐르지 못하는 것을 택(澤)이라고 하는 것이니, 율이 있는데도 자기 뜻대로 한다는 것이다.”】

23 『孟子』滕文公下 6-1. 「昔者趙簡子使王良與嬖奚乘 終日而不獲一禽 嬖奚反命曰 天下之賤工也 或以告王良 良曰 請復之 强而後可 一朝而獲十禽 嬖奚反命曰 天下之良工也 簡子曰 我使掌與女乘 謂王良 良不可 曰 吾爲之範我馳驅 終日不獲一 爲之詭遇 一朝而獲十【옛날 조간자가 왕량으로 하여금 총애하는 신하인 해(奚)와 함께 수레를 타고 사냥하게 하였는데, 종일토록 한 마리의 짐승도 잡지 못하고, 해(奚)가 복명하기를 ‘천하에 값어치 없는 말몰이꾼이었습니다’ 하였다. 혹자가 이 말을 왕량에게 전하자, 왕량이 다시 하자고 청하였으나 응하지 않다가 강요한 뒤에야 승낙하였다. 이번에는 하루아침에 열 마리의 짐승을 잡자, 해(奚)가 복명하기를 ‘천하의 훌륭한 말몰이꾼이었습니다’ 하니, 간자는 ‘내 그로 하여금 너와 함께 수레를 타도록 하겠다’ 하고는 왕량에게 이 말을 일렀다. 왕량이 허락하지 않으면서 ‘내 그를 위해서 말 모는 것을 법대로 하였더니, 종일토록 한 마리의 짐승도 잡지 못하였고, 이번에는 부정한 방법으로 짐승을 만나게 하였더니, 하루아침에 열 마리의 짐승을 잡았습니다’라고 하였다.】 이것은 진대(陳代)가 맹자에게 ‘왕척직심(枉尺直尋)’을 권하자 불가함을 말하는 과정에서 한 말이니, 군자는 바로 맹자이다.

24 자기~마땅하다 : 부(否)는 윗사람 명을 거스르는 것이고, 장(臧)은 윗사람에게만 순종하는 것이니, 기율(紀律)이 있는데도 자기 뜻대로 하는 것이다. 흉함이 되는 것이 마땅하다는 의미이다.

25 『文子纘義』(宋 杜道堅 撰) 4卷 符言에도 같은 내용이 보인다.

것을 말한 것일 것이다.

주나라가 군대를 출정시킬 때 태사(大史)는 천시(天時)에 대처할 것을 마음먹고,[26] 태복(太卜)은 거북점 칠 위치를 바르게 하고,[27] 태사(大師)는 육동(六同)과 육률을 맡았으니,[28] 모두 전쟁을 삼가고 백성의 생명을 중하게 여겼기 때문이다. 이런 역(易)이 흥행한 것은 주나라의 성대한 덕이었으니, 그 '군대가 출정할 때 율(律)로써 한 것'을 어찌 믿지 않을 수 있겠는가? 그러나 초륙(初六)으로써 군대가 출정하는 시초를 삼으면,[29] 상륙(上六)은 군대가 돌아오는 때이다.[30] 출정할 때 율(律)로써 하는 것은 사전에 경계하는 지혜를 갖춘 것이고, 돌아올 때 왼손으로 무기를 잡는 것은 화락(和樂)의 인(仁)을 보인 것이니,[31] 근심과 즐거움을 백성들과 함께 하지 않으면 누가 이것을 함께 할 수 있겠는가?

옛날 율(律)을 말하면서 혹 육률이라 하고 혹 육시(六始)라 하였으며, 율과 짝이 되는 것은 혹 여(呂)로써 하고 혹 동(同)[32]으로써 하였는데, 육시(六始)[33]를 육간(六間)[34]으로 짝지은 것은 무엇 때문인가? 천지자연의 기

---

26 태사(大史)는~마음먹고:『周禮』春官 / 大史 0.
27 태복(太卜)은~하고:『周禮』春官 / 大卜 0.
28 태사(大師)는~맡았으니:『周禮』春官 / 大師 0.
29 초륙(初六)으로써~삼으면:『周易』師卦 4. 그 程頤 傳.「初 師之始也【초(初)는 사(師)의 시초이다.】」
30 상륙(上六)은~때이다:『周易』師卦 14. 그 程頤의 傳.「上 師之終也 功之成也【상륙은 사(師)의 끝이고 공(功)이 이루어진 것이다.】」
31 돌아올~것이니:『禮記』樂記 19-23.「車甲 釁而藏之府庫而弗復用 倒載干戈 包之以虎皮 將帥之士 使爲諸侯 名之曰建橐【수레와 갑주(甲冑)를 피 칠하여 부고(府庫)에 넣어 다시 쓰지 않으시며, 방패와 창을 거꾸로 향하게 하여 수레에 싣고 호랑이 가죽으로 포장하시며, 장수의 군대들을 제후로 봉해주었는데, 이를 건고(建橐)라 하였다.】」주 무왕(周武王)이 은나라를 정벌하고 수도인 호경(鎬京)에 돌아와서 다시 무력을 쓰지 않겠다는 의미로 한 것이니, 왼손으로 무기를 잡는 것도 무력을 쓰지 않겠다는 의미이다.
32 동(同): 정(情)이 양(陽)과 같다는 뜻에서 온 것으로 육려(六呂)이다.〈『樂書』100-1〉
33 육시(六始): 양(陽)의 자리가 음(陰)보다 먼저라는 뜻에서 온 것으로 육률(六律)이다.〈『樂書』100-1〉
34 육간(六間): 자리가 양(陽) 사이에 끼어 있다는 뜻에서 온 것으로 육려(六呂)이다.

운을 기술한 것을 율이라 하고,[35] 양(陽)으로 시작하는 것을 시(始)라 한다. 양에 대한 짝은 여(呂)가 되고, 양의 사이에 끼어 있는 것이 간(間)이 되고, 양에 동등한 것이 동(同)이 된다. 여(呂)로 명명(命名)한 것은 체(體)로써 한 것이고, 간(間)으로 명명한 것은 위치로써 한 것이고, 동(同)으로 명명한 것은 정(情)으로써 한 것이다. 양(陽) 여섯과 음(陰) 여섯을 합하여 균등하게 말한 것을 육률이라고 하는데, 이 사괘(師卦䷆)는 다만 율로써만 말하였으나, 어찌 합해서 말한 것이 아니겠는가?

예(豫)

82-3. 豫䷏ 震上坤下.

象曰 : "雷出地奮, 豫, 先王以作樂崇德, 殷薦之上帝, 以配祖考."

예괘(豫卦)는 팔괘의 진괘(震卦☳)가 위에 있고 곤괘(坤卦☷)가 아래에 있다.

상전(象傳)에 말했다. "천둥이 땅에서 솟아나 떨치는 것이 예괘(豫卦)의 상(象)이니, 선왕(先王)이 이를 보고 악을 지어 덕을 높였다. 은(殷)나라는 상제(上帝)에게 제사지낼 때 조고(祖考)를 배향(配享)하였다."[36]

〈『樂書』100-1〉

35 천지자연의~하고: 『천자문(千字文)』에 천지자연의 기운을 「律呂調陽」으로 기술하였다.

36 『周易』 豫卦 3. 그 程頤 傳. 「坤順震發 和順積中而發於聲 樂之象也 先王 觀雷出地而奮 和暢發於聲之象 作聲樂以褒崇功德 其殷盛 至於薦之上帝 推配之以祖考【곤(坤)은 순하고 진(震)은 발하니, 화순(和順)함이 가운데 쌓여 소리로 나타나는 것은 악의 상(象)이다. 선왕(先王)이 우레가 땅에서 나와 분발함에 화창함이 소리로 나타나는 상을 관찰하여, 악을 만들어 공덕을 기리고 높여서 그 성대함이 상제께 이르러, 미루어 조고(祖考)를 배향(配享)함에 이른 것이다.】 위 程頤의 傳과 朱子의 本義는 모두

雷在地中, 一陽之復也, 雷行天上, 四陽之壯也. 豫雷出地, 則非一陽之復, 亦非四陽之壯. 適陽中之時也, 天之中聲, 於是發矣. 總一卦言之, 在象 : "天地以順動, 故[37]日月不過而四時不忒." 在爻 : "初則鳴豫而志窮." "上則渝冥而無咎." 則豫之貴中, 非特乎象也. 然則以雷出地, 爲中聲之發明矣.

蓋電有形而無聲, 雷有聲而無形. 秋陰中也, 雷聲收焉, 蟄蟲應之以坏[38]戶, 春陽中也, 雷聲發焉 蟄蟲應之以啓戶. 啓戶則蟄者奮, '雷出地奮'之象也.

鼓之以雷霆, 記禮者以爲樂之和, 驚之以雷霆, 莊周以爲咸池之感, 則雷出地奮, 豫, 先王作樂之象也. 然作樂崇德, 振古如茲故稱'先王'焉.

至於以之薦上帝配祖考, 因時以行典禮. 惟殷時爲然, 以殷人之祭, 尙聲故也. 明堂位曰 : "瞽宗殷學也." 殷學主以樂敎. 瞽之所宗, 又那祀成湯, 以樂爲主, 則殷人尙聲可知矣. 蓋易之興也, 當殷之末世. 故卦爻有稱 : "帝乙歸妹." 有稱 : "高宗伐鬼方." 有稱 : "東鄰殺牛, 不如西鄰之禴祭." 則易之述殷, 非特薦上帝配祖考而已.

周之盛時, 雷鼓雷鼗以降天神, 以六律六同, 五聲八音六舞大合樂, 以致鬼神示, 非不體雷出地之象, 作樂以薦天神配人鬼也. 然郊祀后稷以配天, 宗祀文王於明堂, 以配上帝, 則異於殷之薦上帝, 一以祖考配也, 豈非禮樂略於殷, 至周然後大備耶?

世德下衰, 樂廢以淫, '鄭衛好濫而趨數, 宋齊燕女而傲僻'類, 皆撼條[39]暢之氣, 滅和平之德. 君子不聽, 祭祀弗用者, 明不足以崇德, 幽不足以薦鬼神故也.

'殷'을 '盛'으로 해석하고 있으나, 저자는 '殷薦之上帝'의 '殷'을 '은나라'로 해석하고 있어, 본문 해석을 저자의 견해를 따랐다.

[37] 대본에 누락된 '故'를 『周易』豫卦 2에 의거하여 보충하였다.

[38] 대본에는 '坏'로 되어 있으나 속자(俗字)이므로 '坏'로 바로잡았다.

[39] 대본에는 '感滌'으로 되어 있으나 문맥이 통하지 않아 '撼條'로 바로잡았다.

천둥이 땅속에 있는 것[40]이 일양(一陽)의 복괘(復卦☷)이고, 천둥이 하늘에서 울리는 것[41]이 사양(四陽)의 대장괘(大壯卦☳)이다. 예괘(豫卦☷)는 천둥이 땅에서 나오는 형상이니, 일양(一陽)의 복괘가 아니고 또한 사양(四陽)의 대장괘도 아니다. 다만 양중(陽中)의 때이니, 하늘의 중성(中聲)이 이것에서 발한다. 한 괘를 총괄하여 말하면, 단전(彖傳)에 "천지가 순함으로 동하기 때문에 일월(日月)이 틀리지 않아 사철이 어그러지지 않는다"[42]라고 하며, 효사(爻辭)에 "초륙(初六)은 기쁨을 소리 내어 나타내 뜻이 궁극한데 이르렀다"[43]라고 하고, "상륙(上六)은 즐거움에 빠져 어두우나 변하면 허물이 없을 것이다"[44]라고 하였다. 곧 예괘에서 중(中)을 귀히 여기는 것은 다만 드러나는 상(象)에서만이 아니다. 그렇다면 천둥이 땅속에서 나온 것으로써 중화(中和) 소리의 시발로 삼은 것이 분명하다.

---

40 천둥이~있는 것 : 땅을 뜻하는 곤괘(坤卦☷) 아래에 천둥을 뜻하는 진괘(震卦☳)가 있는 것이니, 곧 복괘(復卦☷)를 말한다.

41 천둥이~울리는 것 : 하늘을 뜻하는 건괘(乾卦☰) 위에 천둥을 뜻하는 진괘(震卦☳)가 있는 것이니, 곧 대장괘(大壯卦☳)이다.

42 『周易』豫卦 2.「天地以順動 故日月不過而四時不忒 聖人以順動 則刑罰淸而民服 豫之時義大矣哉【천지가 순함으로 동하기 때문에 일월이 틀리지 않아 사시가 어그러지지 않고, 성인이 순함으로 동하기 때문에 형벌이 맑아져서 백성들이 복종하니, 예괘(豫卦)의 때와 의(義)가 훌륭하다.】」

43 『周易』豫卦 5. 그 程頤 傳.「初六 以陰柔居下 四 豫之主也而應之 是不中正之小人 處豫而爲上所寵 其志意滿極 不勝其豫至發於聲音 輕淺如是 必至於凶也【초륙(初六)은 음유(陰柔)로서 아래에 있고, 구사(九四)는 예괘(豫卦)의 주체인데, 초륙(初六)에 응하고 있다. 이는 중정(中正)하지 못한 소인(小人)이 예(豫)에 처하여, 윗사람 총애를 받아서 지의(志意)가 가득차고 지극하여, 그 즐거움을 이기지 못하여 성음(聲音)에 까지 나타나는 것이니, 가볍고 얕음이 이와 같으면, 반드시 흉함에 이른다.】」

44 『周易』豫卦 14. 그 程頤 傳.「上六 陰柔 非有中正之德 以陰居上 不正也而當豫極之時 以君子居斯時 亦當戒懼 況陰柔乎 在豫之終 故爲昏冥已成也 若能有渝變則可以无咎矣 在豫之終 有變之義 冥豫雖已成 能變則善也【상륙(上六)은 음유(陰柔)로 중정(中正)한 덕이 있지 않고, 음효(陰爻)로 상(上)에 거하여 바르지 못한데다가 즐거움이 지극한 때를 당하였다. 군자가 이러한 때 처하더라도, 또한 마땅히 경계하고 두려워해야 하는데, 하물며 음유(陰柔)이겠는가? 예괘(豫卦)의 마지막에 있기 때문에, 혼명(昏冥)이 이미 이루어짐이 되었으나, 만약 변함이 있으면 허물이 없을 것이니, 예괘의 마지막에 있어서 변할 뜻이 있는 것이다. 혼명(昏冥)이 비록 이미 이루어졌으나 능히 변하면 선하다.】」

번개는 형상은 있고 소리가 없으며 천둥은 소리는 있고 형상이 없다. 가을 음중(陰中)에는 천둥소리가 멎으니 땅속에 숨는 벌레가 가을 기운에 응해 흙으로 막고, 봄 양중(陽中)에는 천둥소리가 발하니 땅속에 숨어있던 벌레가 봄기운에 응해 막힌 흙을 밀고 나온다. 막힌 흙을 밀고 나오는 것은 숨어있던 것이 분발하는 것이니, '천둥이 땅 속에서 나와 분발'하는 형상이다.

격렬하게 울리는 천둥소리를 『예기』를 기록한 사람은 악의 화음으로 생각하고,[45] 격렬한 천둥소리에 놀라는 것을 장주(莊周)는 《함지(咸池)》의 감동으로 생각하였다.[46] 곧 '천둥이 땅에서 나와 분발하는 것이 예괘(豫卦 ䷏)의 상(象)이니,' 선왕(先王)이 악을 작곡하는 형상이었다. 그런데 악을 작곡하여 덕을 높이는 것이 먼 옛날부터 이 같았으므로 위 본문에 '선왕(先王)'이라고 일컬은 것이다.

악으로써 상제에게 제사를 올리고 조고(祖考)를 배향(配享)하여 때에 따라 전례(典禮)를 행하게 되었는데, 은나라 시대에 그러했으니 은나라 사람들 제사에서는 소리를 숭상하였기 때문이다. 「명당위(明堂位)」에 "고종(瞽宗)은 은나라의 학교이다"[47]라고 하였으니, 은나라의 학교에서는 주로

---

[45] 격렬한~생각하였고 :『禮記』樂記 19-6. 「地氣上齊 天氣下降 陰陽相摩 天地相蕩 鼓之以雷霆 奮之以風雨 動之以四時 煖之以日月而百化興焉 如此 則樂者天地之和也【땅 기운은 위로 오르고 하늘 기운은 아래로 내려오며, 음양(陰陽)이 서로 마찰하며, 천지(天地)가 서로 움직여 스치며, 고무(鼓舞)시키기를 천둥으로써 하며, 분발(奮發)시키기를 풍우(風雨)로써 하며, 기동(起動)시키기를 사시(四時)로써 하며, 온난(溫暖)하게 하기를 일월(日月)로써 하여 온갖 변화가 일어난다. 이와 같으면 악(樂)은 천지(天地)의 화기(和氣)이다.】」

[46] 격렬한~생각하였다 :『莊子』天運 3. 「黃帝 張咸池之樂於洞庭之野 始吾奏之以人 徵之以天 其卒無尾 其始無首【황제(黃帝)가 동정(洞庭)의 들에서 《함지(咸池)》의 악을 펼칠 때 인간의 마음에 따라 연주하고 하늘을 따라 소리를 울려, 그 끝이 어디인지 알 수 없고 그 처음이 어디인지 알 수 없었다.】」

[47] 『禮記』明堂位 14-20의 陳澔 註. 「樂師 瞽矇之所宗 故謂之瞽宗【악사(樂師) 중에 고몽(瞽矇)이 높이는 바이므로 고종(瞽宗)이라고 한다.】」고몽은 태사(大師)의 명에 따라 각종 악기를 연주하고 구덕(九德)과 육시(六詩)를 관장하던 직책이었는데, 그것에서 따서 학교 이름으로 한 것은 악을 주로 가르친 것을 의미한다.

악으로 가르쳤다. 고(瞽)가 종사(宗祀)하는 것은 또한 《나(那)》[48]로써 성탕(成湯)을 제사지내는 것인데 악을 위주로 하였으니, 은나라 사람들이 소리를 숭상한 것을 알 수 있다. 역(易)이 행해진 것은 은나라의 말기였다. 그러므로 괘효(卦爻)에 "제을(帝乙)이 여동생을 시집보냈다"[49]라고 한 말이 있고, "고종(高宗)이 귀방(鬼方)을 정벌하였다"[50]라고 한 말이 있고, "동쪽 이웃에서 소를 잡아 크게 제사를 지내는 것이 서쪽 이웃의 약제(禴祭)만 못하다"[51]라고 한 말이 있으니, 곧 역(易)에서 은나라에 대한 서술이, 다만 상제(上帝)에게 제사지낼 때 조고(祖考)를 배향(配享)하는 것뿐만이 아니었다.

주나라가 융성할 때 뇌고(雷鼓)와 뇌도(雷鼗)의 악기를 써서 천신(天神)을 강신(降神)하고, '육률·육동(六同)과 오성·팔음·육무(六舞)[52]로써 대합악(大合樂)하여 인귀(人鬼)·천신(天神)·지기(地祇)를 불렀으니,'[53] 천둥이 땅에서 분발하는 형상을 본받아 악을 작곡하여 천신(天神)에게 제사를 올리고 조상신을 배향(配享)하지 않음이 없었다. 그러나 주공(周公)이 교사(郊祀)에서 후직(后稷)을 하늘에 배향(配享)하고 문왕을 명당(明堂)에 종사(宗祀)

---

48   나(那) : 『詩經』 商頌 / 那의 毛詩序. 「那 祀成湯也【《나》는 성탕(成湯)을 제사하는 시이다.】」

49   『周易』 泰卦 12. 그 程頤 傳. 「多士曰 自成湯至于帝乙 罔不明德恤祀 稱帝乙者 未知誰是 以爻義觀之 帝乙 制王姬下嫁之禮法者也『서경』의 다사(多士)에 이르기를 "은 성탕(殷成湯)으로부터 제을(帝乙)에 이르기까지 덕을 밝히고 제사를 공경히 받들지 않은 이가 없었다"라고 하였으니, 제을이라고 칭한 이가 누구인지 알 수 없으나 효(爻)의 뜻으로 살펴보면, 제을(帝乙)은 공주(公主)를 하가(下嫁)시키는 예법을 제정한 자일 것이다.】」

50   『周易』 旣濟卦 8. 고종(高宗)은 은나라 왕인 무정(武丁)의 묘호(廟號)이며, 귀방(鬼方)은 은·주 시대 서북쪽에 있었던 종족의 이름이다.

51   『周易』 旣濟卦 12. 약(禴)은 은(殷)나라 봄제사 이름이다.〈『周易集解』(唐 李鼎祚 撰) 卷12〉

52   육무(六舞) : 『周禮』 春官 / 大司樂 1. 황제(黃帝)의 악인 《운문대권(雲門大卷)》, 요임금의 악인 《대함(大咸)》, 순임금의 악인 《대소(大韶)》, 우임금의 악인 《대하(大夏)》, 탕임금의 악인 《대호(大濩)》, 무왕의 악인 《대무(大武)》이다.

53   『周禮』 春官 / 大司樂 1.

하여 상제(上帝)에 배향(配享)하였으니,[54] 은나라가 상제에게 제사를 지낼 때 동일하게 조고(祖考)를 배향(配享)한 것과는 다르다. 어찌 예악이 은나라에서는 소략(疏略)하였고, 주나라에 이른 다음에야 성대하게 갖추어진 것이 아니겠는가?

세상의 덕이 내려오면서 쇠퇴하여 악의 도가 피폐하고 음란하게 되었으니, '정나라와 위(衛)나라 가락은 방탕하고 빠르며, 송나라와 제나라 가락은 호색적이고 편벽하다'[55]는 따위가 모두 무성하게 자라는 기운을 뒤흔들고 화평한 덕을 멸망시키는 것이다. 이러한 악을 군자가 듣지 않고 제사에 쓰지 않는 것은, 이 세상으로 보면 덕을 숭상하기에 부족하고 저 세상으로 보면 조상신과 천신에게 제사를 올리기에 부족하기 때문이다.

비(比)

82-4. 比䷇ 坎上坤下.

象曰 : "地上有水, 比."

初六, 有孚比之, 無咎, 有孚盈缶, 終來有它吉.

象曰 : "比之初六, 有它[56]吉也."

비괘(比卦)는 팔괘의 감괘(坎卦☵)가 위에 있고 곤괘(坤卦☷)가 아래에

---

54 주공(周公)이~배향(配享)하였으니 : 『孝經』 聖治 9. 주대(周代)의 제도(制度)에 국도(國都)에서 거리가 5십리 이내의 곳을 근교(近郊), 1백리 이내를 원교(遠郊)라 하였는데, 교사(郊祀)는 그 교(郊)에 나아가 동지에는 남교(南郊)에서 하늘을 제사지내고, 하지에는 북교(北郊)에서 땅을 제사지냈다. 후직(后稷)은 주나라 선조 기(棄)의 별명인데, 순임금 때 농사를 맡았었다. 명당(明堂)은 임금이 정사에 대해서 묻고 혹은 나라의 제사를 지내던 집이다.

55 『禮記』 樂記 19-22.

56 대본에는 '他'로 되어 있으나 『周易』에 의거하여 '它'로 바로잡았다.

있다.

상전(象傳)에 말했다. "땅 위에 물이 있는 것이 비괘(比卦)의 형상(象)이다."[57]

초륙(初六)[58]은 성신(誠信)을 가지고 친해야 허물이 없을 것이니, 성신(誠信)을 부(缶)에 가득 가지듯 하면 마침내 다른 데에서 길한 일이 있을 것이다.[59]

상전(象傳)에 말했다. "비괘(比卦)의 초륙(初六)은 밖의 다른 길상(吉祥)이 있을 상이다."[60]

爾雅曰 : "盎謂之缶." 缶之爲器, 內虛以容, 外圓以應, 土音出焉, 八音之主也. 宮爲土聲, 信德出焉, 五聲之君也. 記曰 : "樂者樂也." 雜卦曰 : "比樂也." 樂爲樂之實, 缶爲樂之器. 初六陰柔之質, 缶之象也. 其爲器虛而能實有孚盈, 缶之象也. 誠信之德, 充實於內而人樂之, '君子樂得其道'而來, '小人樂得其欲'而來, 吉孰甚焉? 非有他而何?

周官 : "六鄕之民, 入則爲比, 出則爲師." "比有孚盈缶, 終來有他吉." 與民同吉之意也, "師出以律, 否[61]臧凶." 與民同凶之意也. 非憂樂以天下, 孰能與此?

『이아(爾雅)』에 "동이를 부(缶)라고 한다"[62]라고 하였다. 부(缶)란 악기는

57　『周易』比卦 3. 비괘(比卦☷)는 물을 뜻하는 감괘(坎卦☵)가 위에 있고 땅을 뜻하는 곤괘(坤卦☷)가 아래에 있다.

58　초륙(初六) : 비괘(比卦☷)의 내괘(內卦)인 곤괘(坤卦☷) 아래 첫 음효(陰爻)이다.

59　『周易』比卦 4. 그 程頤 傳. 「初六 比之始也 相比之道 以誠信爲本 中心不信而親人 人誰與之 …… 誠信 充實於內 若物之盈滿於缶中也 缶質素之器 言若缶之盈實其中 外不加文飾 則終能來有他吉也【초륙(初六)은 비괘(比卦☷)의 초기이다. 서로 친하게 하는 도는 성신(誠信)을 근본으로 삼으니, 마음이 성실하지 못하면서 남과 친애하려 하면 그 누가 함께 하겠는가? …… 성신이 안에 충실하여 물건이 항아리에 속에 가득 찬 것과 같은 것이다. 부(缶)는 질박한 그릇이니, 부가 속이 꽉 차 있어서 밖에 문식을 가하지 않은 것과 같이 하면 종말에 와서 다른 길함이 있음을 말한 것이다.】」

60　『周易』比卦 5.

61　대본에는 '比'로 되어 있으나 『周易』에 의거하여 '否'로 바로잡았다.

안은 비어 담을 수 있고 밖은 둥글어 변화에 응할 수 있다. 토음(土音)[63]
이 나오니 팔음의 주장(主將)이다. 궁(宮)은 토성(土聲)으로[64] 신덕(信德)이
나오니 오성의 군주이다.[65] 『예기』에 "악은 즐겁다는 뜻이다"[66]라고 하
고, 『주역』「잡괘전(雜卦傳)」에 "비괘(比卦▤)의 비(比)는 즐겁다는 뜻이
다"[67]라고 하였으니, 즐거움은 악의 실상이고 부(缶)는 악을 연주하는 악
기이다. 비괘(比卦▤)의 초륙(初六)은 음(陰)인 유(柔)의 바탕이니[68] 부(缶)의
형상이다. 그 악기가 비어 있으나 내실이 있어 성신(誠信)하고도 가득 찬
모양이 있으니 부(缶)의 형상이다. 성신(誠信)의 덕이 안에 충실하여 사람
들이 즐거워한다. '군자는 그 도 얻는 것을 즐거워하여'[69] 오고, '소인들
은 그 욕망 얻는 것을 즐거워하여'[70] 오니, 길함이 무엇이 이것보다 심할
것인가? 저것에 있지 않으면 무엇에 있을 것인가?

『주례』에 "육향(六鄕)[71]의 백성들이 들어오면 이웃이 되고 나가면 군사

---

62 『爾雅』釋器 2.

63 토음(土音) : 악기를 만드는 재료에 해당하는 팔음 중 하나이다.

64 궁(宮)은 토성(土聲)으로 : 오성(五聲) 중 궁(宮)은 오행 중 토(土)에 해당한다.

65 신덕(信德)이~군주이다 : 오행 중 토(土)는 오상(五常) 중 신(信)에 해당하고, 신은
   오성(五聲) 중 궁(宮)에 해당하고, 궁은 곧 군(君)이다. 오성(五聲)과 오행(五行)과 오
   상(五常)과 성상(聲象)의 관계는 다음과 같다.

五聲	宮	商	角	徵	羽
五行	土	金	木	火	水
五性	信	義	仁	禮	智
聲象	君	臣	民	事	物

66 『禮記』樂記 19-14.「樂者樂也 君子樂得其道 小人樂得其欲 以道制欲 則樂而不亂 以
   欲忘道 則惑而不樂【악은 '즐겁다'는 뜻이니, 군자는 그 도 얻는 것을 즐거워하고, 소
   인은 그 욕심대로 할 수 있는 것을 즐거워한다. 도로써 욕심을 억제(抑制)하면 즐거
   워하면서 어지럽지 않고, 욕심 때문에 도를 잊으면 미혹(迷惑)하게 되어 즐겁지 않
   게 된다.】」

67 『周易』雜卦傳 0.

68 초륙(初六)은~바탕이니 : 양효(陽爻)를 '강(剛)', 음효(陰爻)를 '유(柔)'라고 하는데, 초
   륙(初六)은 내괘(內卦)의 아래 지위(地位)에 있는 음효(陰爻)이다.

69 『禮記』樂記 19-14.

70 『禮記』樂記 19-14.

71 육향(六鄕) : 주대(周代)의 제도에서 왕국 백리 안에 있는 대사도(大司徒)가 관장하던

가 된다"[72]라고 하고, "비괘(比卦䷇)는 성신(誠信)을 항아리에 가득 가지듯 하면 마침내 다른 데서 길한 일이 있을 것이다"[73]라고 하였으니, 백성과 길한 일을 함께 한다는 뜻이다. "군사가 출정할 때 율(律)로써 할 것이니, 그렇지 않으면 선한 일일지라도 흉을 당할 수 있다"[74]라고 하였으니, 백성과 흉한 일을 함께 한다는 뜻이다. 이는 천하를 대상으로 걱정하고 즐거워하는 사람이 아니면, 누가 할 수 있겠는가?

곳이다. 곧 오가(五家)로 이루어진 비(比), 오비(五比)로 이루어진 여(閭), 사려(四閭)로 이루어진 족(族), 오족(五族)으로 이루어진 당(黨), 오당(五黨)으로 이루어진 주(州), 오주(五州)로 이루어진 향(鄕)이다.

[72] 『周禮』 地官 / 大司徒 13에 자치행정 제도를 설명하면서 「五家爲比」가 나오고, 『周禮』 地官 / 小司徒 3에 군대 조직을 설명하면서 「五旅爲師」가 나오는데, 저자가 이 내용을 적절히 섞어 말한 것이다.

[73] 『周易』 比卦 4.

[74] 『周易』 師卦 4.

권83 주역훈의(周易訓義)

감(坎) · 이(離) · 췌(萃) · 승(升) · 기제(旣濟) · 계사(繫辭)

감(坎)

83-1. 坎☵'坎上坎下.'[1]

六四, 樽酒簋貳, 用缶, 納約自牖, '終无咎.'[2]

象曰 : "'樽酒簋貳' 剛柔際也."

감괘(坎卦☵)는 팔괘의 감괘(坎卦☵)가 상하에 있다.

육사(六四)[3]는 한 준(樽)[4]의 술과 궤(簋)[5] 들의 음식에 부(缶)[6]를 사용하고

---

1   대본에 누락된 '坎上坎下'를 보충하였다.

2   대본에 누락된 '終无咎'를 『周易』에 의거하여 보충하였다.

3   육사(六四) : 감괘(坎卦☵)의 외괘(外卦)인 감괘(坎卦☵)의 아래 첫 음효(陰爻)이다.

4   준(樽) : 단지 비슷한 술그릇이다.

5   궤(簋) : 서직(黍稷)을 담는 제기(祭器)인데, 바깥쪽은 둥글고 안쪽은 네모졌다.

6   부(缶) : 술이나 장 따위를 담는 중배가 부른 뚜껑 달린 토기이다. 진(秦)나라 사람들

맺기를 통한 곳으로부터 하면 끝내 허물이 없을 것이다.[7]

　상전(象傳)에 말했다. "'한 준(樽)의 술과 궤 들의 음식'은 강(剛)과 유(柔)가 교제하기 때문이다."[8]

　酒所以養陽而其器爲樽, 食所以養陰而其器爲簋. 樽則其體外員, 陽類也故其數奇, 簋則其體內方, 陰類也故其數偶. '樽酒簋貳', 禮之至薄者也, '用缶', 樂之至質者也.

　六四以柔正而無[9]應乎陽, 九五以剛正而無應乎陰. 當坎之時, 能免乎險者, 惟剛柔各得其正者, 能之以正而相與以近, 而相得行至薄之禮, 用至質之樂, 其誠有不足以相際乎? 禮曰 : "古之人不必親相與言也[10], 以禮樂相示而已." 此之謂也. 魯頌以'于胥樂兮', 爲君臣有道之頌, 孟子以'徵招角招', 爲君臣相悅之樂, 蓋本諸此.

　然人之相與, 以誠則約, 以僞則費, 納約者致其誠之謂也. 室之有牖, 則幽明通, 剛柔相濟之意也. 蓋相際者禮也, 相接者恩也. 君臣之間, 恩不隆於禮, 故坎言'剛柔際', 父子之間, 禮不隆於恩. 故蒙言'剛柔接.'

　然解之初六, 言'剛柔之際', 與坎異者, 坎之六四九五, 以近相與不必

은 부(缶)를 장구 치듯이 쳐서 노래의 장단을 맞추는 악기로도 썼다.

7　『周易』坎卦 10. 그 程頤 傳. 「夫欲上之篤信 唯當盡其質實而已 …… 言當不尙浮飾 唯以質實 所用一樽之酒 二簋之食 復以瓦缶爲器 質之至也 …… 人臣以忠信善道 結於君心 必自其所明處 乃能入也【윗사람이 자신을 돈독히 신임하기를 바란다면 오직 질실(質實)을 다할 뿐이니, …… 마땅히 부화(浮華)한 꾸밈을 숭상하지 말고 오직 질실로써 해야 함을 말한 것이다. 한 동이의 술과 두 그릇의 밥을 사용하되 다시 질그릇을 그릇으로 삼았다면 질박(質朴)함이 지극한 것이다. …… 인신(人臣)이 충신(忠信)과 선한 방도로 군주의 마음을 결연하려 한다면 반드시 임금이 밝게 아는 곳으로부터 하여야 들어갈 수 있다.】」

8　『周易』坎卦 11. 그 程頤 傳. 「君臣之交 能固而常者 在誠實而已 剛柔 指四與五 謂君臣之交際也【군신의 교제가 견고하고 변함이 없을 수 있는 것은 성실에 달려 있을 뿐이다. 강(剛)과 유(柔)는 육사(六四)와 구오(九五)를 가리키니, 군신간의 교제를 이른다.】」

9　대본에는 '氣'로 되어 있으나 문맥이 통하지 않아 '無'로 바로잡았다.

10　대본에 누락된 '也'를 『禮記』에 의거하여 보충하였다.

有所之. 故言'剛柔際', 解之初六九四, 以遠相與不能無所之. 故言'剛
柔之際.'

　술은 양기(陽氣)를 기르는 것인데 담는 그릇은 준(樽)이고, 음식은 음기
(陰氣)를 기르는 것인데 담는 그릇은 궤(簋)이다. 준(樽)은 그 밖이 둥근 형
체니 양(陽)으로 분류되므로 그 수로는 홀수이고, 궤는 그 안이 네모진
형체니 음(陰)으로 분류되므로 그 수로는 짝수이다.[11] '한 준(樽)의 술과
궤(簋) 둘의 음식'은 지극히 소박한 예절이고, '부(缶)를 사용하는 것'은
지극히 질박한 악이다.

　감괘(坎卦䷜)의 육사(六四)는 유정(柔正)으로 양(陽)에 응함이 없고, 구오
(九五)는 강정(剛正)으로 음(陰)에 응함이 없다.[12] 감괘(坎卦䷜)와 같은 중험
(重險)이 닥친 때[13] 험한 형편을 면할 수 있는 것은, 오직 강(剛)과 유(柔)가
각각 정(正)을 얻는 것이다. 정(正)할 수 있어야만 서로 가까이 사귈 수 있
어, 서로 간에 지극히 소박한 예절을 행하고 지극히 질박한 악을 쓸 수
있을 것이니, 그 성심이 서로 교제하기에 충분하지 않겠는가? 『예기』에
"옛날 사람들은 가까이해서 함께 말하는 것이 필요하지 않았고, 예악으
로써 서로 보여줄 뿐이었다"[14]라고 하였으니, 이것을 말한 것이다. 노송
(魯頌)[15]에 '서로 즐거워하도다'[16]로 군신 간에 도가 있는 송(頌)을 삼았고,

11　준(樽)은~짝수이다: 육사(六四) 효사(爻辭)에 '준(樽)의 술과 궤 둘의 음식에'라고 했
　　으니, 양(陽)인 술은 홀수인 한 동이이고, 음(陰)인 음식은 짝수인 궤 둘을 쓴 것이
　　다.

12　감괘(坎卦䷜)의~없다: 양효(陽爻)를 강(剛), 음효(陰爻)를 유(柔)라고 한다. 양효가
　　양위(陽位)인 초(初)・삼(三)・오(五)에 위치하고, 음효가 음위(陰位)인 이(二)・사
　　(四)・상(上)에 위치하면 '정(正)'이라고 한다. 따라서 감괘(坎卦䷜)에서 육사(六四)는
　　음효, 구오(九五)는 양효이므로 각각 유정(柔正)・강정(剛正)이라고 했고, 감괘(坎卦
　　䷜)의 육사(六四)는 음효인데 초륙(初六)도 음효이고 구오(九五)는 양효인데 구이(九
　　二)도 양효가 되어 정응(正應)이 되지 못하고 있다.

13　감괘(坎卦䷜)와~때: 내괘(內卦)와 외괘(外卦)가 중복된 괘 중 감괘(坎卦䷜)만 거듭
　　한다는 의미인 습(習)을 써서 '습감(習坎)'이라고 하는데, 중험(重險)의 의미를 나타
　　내고 있다.

14　『禮記』仲尼燕居 28-6.

15　노송(魯頌): 『시경』 편명의 하나로 노나라에서 채집된 민간 가요로서, '노풍(魯風)'이

『맹자』에 '《치소(徵招)》와 《각소(角招)》'[17]로 군신이 서로 즐길 수 있는 악(樂)을 삼았으니, 이것에 그 근본을 두고 있다.

그러나 사람이 서로 가까이 사귈 때 성심으로써 하면 요긴(要緊)하고 거짓으로써 하면 쓸데없으니, 납약(納約)[18]은 그 성심을 지극히 한 것을 말한다. 건물의 들창은 어둠과 밝음의 통로니, 양(陽)인 강(剛)과 음(陰)인 유(柔)가 서로 돕는 의미이다. 서로간의 교제는 예절이고 서로간의 접대는 은혜이다. 군신간은 은혜가 예절보다 크지 않으므로 감괘(坎卦䷜)에서는 '강(剛)과 유(柔)가 교제하는 것'[19]을 말하고, 부자간은 예절이 은혜보다 크지 않으므로 몽괘(蒙卦䷃)에서는 '강과 유가 접하는 것'[20]을 말하였다.

그러나 해괘(解卦䷧)의 초륙(初六)에 '강유지제(剛柔之際)'를 말한 것이 감괘(坎卦䷜)와 다른 것은, 감괘의 육사(六四)와 구오(九五)[21]는 가까이 있는 비(比)의 관계로써 반드시 함께 가야할 곳이 있는 것은 아니므로 '강(剛)인 구오(九五)와 유(柔)인 육사(六四)가 교제하는 것'을 말한 것이고, 해괘

라고 칭하지 않은 이유는 노나라가 주공의 후예이므로 격을 높여주었기 때문이다. 「노송」은 「주송」이나 「상송」과 달리 종묘의 악가(樂歌)가 아니라, 노나라 임금을 기리고 당시의 풍속을 노래한 것들로 이루어져 있다.

16 『詩經』 魯頌 / 有駜.

17 『孟子』 梁惠王章 2-4. 맹자가 제 선왕(齊宣王)에게 왕도정치를 할 것을 권유하며, 안자(晏子)가 제 경공(齊景公)에게 설명한 왕도정치에 대한 대화를 인용하였는데, 안자의 말을 듣고 경공(景公)이 기뻐하여 태사(太師)를 불러, '나를 위해 군신이 서로 즐길 수 있는 악을 작곡하라'고 하였다. 그 악이 《치소(徵招)》와 《각소(角招)》'라고 한 것을 말한다.

18 납약(納約): 본문에서 말한 '納約自牖'니, 원래 '상대방이 알기 쉬운 것부터 설명하여 깨닫도록 인도함'이다. 육사(六四)는 대신(大臣)의 자리이고 구오(九五)는 군주의 자리이기 때문에 '군주와 맺기를 그 통한 곳으로부터 한다'는 의미로 보았다.

19 감괘(坎卦䷜)에서 육사(六四)는 음효(陰爻)이므로 유정(柔正), 구오(九五)는 양효(陽爻)이므로 강정(剛正)이다. 육사(六四)와 구오(九五)는 가까이 붙어 있어 서로 응(應)의 관계가 될 수 없다.

20 『周易』 蒙卦 7. 그 朱子 本義. 「指二五之應【구이(九二)와 육오(六五)가 응함을 가리킨 것이다.】 구이(九二)는 양강(陽剛)으로서 내괘(內卦)의 주체가 되어 여러 음을 통치하는 데 집안으로 말하면 자식이고, 육오(六五)는 유순(柔順)으로 군위(君位)에 거하여 아래로 구이(九二)와 응하는데 집안으로 말하면 아버지이다.

21 육사(六四)와 구오(九五): 효(爻)가 서로 이웃하고 있는 비(比)의 관계이다.

의 초륙(初六)과 구사(九四)[22]는 멀리 있는 응(應)의 관계로써 함께 갈 곳이 없을 수 없으므로 ‘강(剛)인 초륙(初六)과 유(柔)인 구사(九四)의 교제’를 말한 것이다.[23]

이(離)

83-2. 離䷝ 離上離下.

九三, 日昃之離, 不鼓缶而歌, 則大耋之嗟, 凶.

象曰 : “‘日昃之離’, 何可久也?”

이괘(離卦䷝)는 팔괘의 이괘(離卦☲)가 상하에 있다.

구삼(九三)[24]은 날이 기울어 걸려있는 것이니, 부(缶)를 두드려 노래하지 않으면 크게 늙어진 것을 슬퍼하게 되어 흉할 것이다.[25]

22 　초륙(初六)과 구사(九四) : 상괘(上卦)와 하괘(下卦)의 양효(陽爻)와 음효(陰爻)가 서로 응(應)하는 관계이다.

23 　감괘의~것이다 : 감괘의 '剛柔際'는 『周易』 坎卦 11에 나오고, 해괘의 '剛柔之際'는 『周易』 解卦 5에 나온다. 괘(卦)는 아래부터 초(初)·일(一)·이(二)·삼(三)·사(四)·오(五)·상(上)이라고 하는데, 양효(陽爻)는 구(九), 음효(陰爻)는 육(六)이라 한다. 육효(六爻) 상호간의 관계에서 상괘(上卦)와 하괘(下卦)의 초(初)와 사(四), 이(二)와 오(五), 삼(三)과 상(上)이 양효(陽爻)와 음효(陰爻)가 서로 달라 응(應)하는 것을 응(應) 또는 정응(正應)이라 하고, 상하에 서로 이웃한 효(爻)를 비(比)라고 한다. 따라서 이곳은 감괘(坎卦䷜)의 육사(六四)와 구오(九五)는 가까이 붙어 있어 서로 비(比)의 관계이고, 해괘(解卦䷧)의 초륙(初六)과 구사(九四)는 멀리 떨어져 있어 서로 정응(正應) 관계인 것을 설명하고 있다.

24 　구삼(九三) : 이괘(離卦䷝)의 내괘(內卦)인 이괘(離卦☲)의 위 양효(陽爻)이다.

25 　『周易』 離卦 8. 그 程頤 傳.「九三 居下體之終 …… 人之始終 時之革易也. …… 始必有終 常道也 …… 人之終盡 達者 則知其常理 樂天而已 遇常皆樂 如鼓缶而歌【구삼(九三)은 하체의 끝에 있으니, …… 사람의 종말이고, 때가 변역(變易)하는 것이다. …… 시작이 있으면 종말이 있는 것이 상도(常道)니, …… 사람이 마칠 적에 이치를 통달한 자는 상도를 알아 천명을 즐거워할 뿐이어서 상도를 만남에 모두 즐거워하니, 마

상전(象傳)에 말했다. "'날이 기울어 걸려있는 것'이 어찌 오래가기를 바라겠는가?"[26]

"徒鼓鐘謂之修, 徒鼓磬謂之蹇, 所以鼓柷謂之止, 所以鼓敔謂之籈." 以至彈琴謂之鼓琴, 鏗瑟謂之鼓瑟, 吹笙謂之鼓簧. 然則擊缶, 謂之'鼓缶', 不亦宜乎?

六二陰也, 缶象也, 九三陽也, 其用動以吐歌象也. 九三以炎上之性, 履過中之位不能反. 炎上之性, 鼓六二之缶以歌樂, 則大耋之嗟, 不期至而自至矣, 其能久而無凶乎! 詩曰 : "今者[27]不樂, 逝者其耋." 此之謂也.

比之初六, 坎之六四, 離之六二[28], 皆陰爻其取缶象一也. 然比取其情, 以樂者樂此故也, 坎取其聲, 以坎其擊缶故也, 離取其象, 以離虛中善應故也.

"종만 치는 것을 수(修)라 하고, 경(磬)만 치는 것을 건(蹇)이라 하며,[29] 축(柷)을 울리는 채를 지(止)라 하고, 어(敔)를 두드리는 채를 진(籈)이라 한다"[30]라고 하였으니, 그것을 근거로 금(琴)을 타는 것을 고금(鼓琴)이라 하고, 슬(瑟)을 뜯는 것을 고슬(鼓瑟)이라 하고, 생(笙)을 부는 것을 고황(鼓簧)이라고 할 수 있겠다. 그렇다면 부(缶)를 두드리는 것을 '고부(鼓缶)'라고도 할 수 있지 않겠는가?

치 부(缶)를 두드리며 노래하는 것과 같다.】」

26 『周易』離卦 9. 그 程頤 傳.「日旣傾昃 明能久乎 明者 知其然也 故求人以繼其事 退處以休其身 安常處順 何足以爲凶也【해가 이미 기울었으니, 밝음이 오래갈 수 있는가? 현명한 자는 이러한 이치를 안다. 그러므로 인물을 구하여 일을 계속하게 하고, 물러나 처하여 그 몸을 쉬어서 떳떳함을 편안히 여기고 순리에 처하니, 어찌 흉함이 되겠는가?】」

27 대본에는 '我'로 되어 있으나 『詩經』에 의거하여 '者'로 바로잡았다.

28 대본에는 '三'으로 되어 있으나 문맥이 통하지 않아 '二'로 바로잡았다.

29 『爾雅』釋樂 7-13.

30 『爾雅』釋樂 7-14.

이괘(離卦☲)의 육이(六二)는 음(陰)이니 부(缶)의 상(象)이고,[31] 구삼(九三)은 양(陽)이니 그 용(用)이 동하여 토해내 노래하는 상(象)이다.[32] 구삼(九三)은 염상(炎上)의 성질로 내괘(內卦)의 중(中)인 육이(六二)의 자리를 밟고 지나가 돌이킬 수 없다. 염상의 성질이나 육이(六二)의 부(缶)를 두드려 노래하면, 크게 늙어진 것을 슬퍼함이 이르기를 기다려도 스스로 이르지 않게 될 것이다. 이렇게 오래할 수 있으면 흉함이 없을 것이다. 『시경』에 "이제 즐기지 않으면 세월이 가서 팔십 노인이 될 것이다"[33]라고 하였으니, 이것을 말한 것이다.

비괘(比卦☷)의 초륙(初六)과 감괘(坎卦☵)의 육사(六四)와 이괘(離卦☲)의 육이(六二)는 모두 음효(陰爻)로 부상(缶象)을 취한 것이 동일하다.[34] 그러나 비괘는 그 정(情)에서 취하였으니 즐거운 사람이 이를 즐기기 때문이고, 감괘는 그 소리에서 취하였으니 둥둥 부(缶)를 치기 때문이고, 이괘는 그 상(象)에서 취하였으니 이괘는 가운데가 비어 응하기를 잘하기 때문이다.

---

[31] 이괘(離卦☲)의~상(象)이고 : 이괘(離卦☲)의 육이(六二)는 음효(陰爻)로 속이 비어 있는 것 같으나, 그 음효(陰爻)가 음(陰)의 자리인 이(二)에 있어 정유(正柔)가 된 것이, 『樂書』82-4에서 설명한 것과 같이 부(缶)가 속이 비어 있으나 내실이 있어 성신(誠信)하고도 가득 찬 모양이 있는 것과 같다는 것이다.

[32] 구삼(九三)은~상(象)이다 : 이괘(離卦☲)의 구삼(九三)은 내괘(內卦)의 끝에 있어 변역(變易)하여 구사(九四)로 이어주는 자리이기 때문이다.

[33] 『詩經』秦風 / 車隣.

[34] 비괘(比卦☷)의~동일하다 : 비괘(比卦☷)의 초륙은 「有孚盈缶【성신(誠信)을 부(缶)에 가득 가지듯 한다】」고 하였고, 감괘(坎卦☵)의 육사(六四)는 「樽酒簋貳 用缶【준(樽)의 술과 궤 둘의 음식에 부(缶)를 사용한다】」고 하였고, 이괘(離卦☲)의 구삼(九三)은 「不鼓缶而歌【부(缶)를 두드려 노래하지 않으면】」이라고 하고 있다. 이괘(離卦☲)의 육이(六二)는 음효(陰爻)이니 부(缶)의 상(象)이고, 구삼(九三)은 양효(陽爻)이니 그 용(用)이 동하여 토해내어 노래하는 상이다.

췌(萃)

83-3. 萃䷬ 兌上坤下.

象曰 : "澤上於地, 萃."

六二, 引吉无咎, 孚乃利用禴.

象曰 : "'引吉無咎' 中未變也."

췌괘(萃卦)는 팔괘의 태괘(兌卦☱)가 위에 있고 곤괘(坤卦☷)가 아래에 있다.

상전(象傳)에 말했다. "연못이 땅 위에 올라 있는 것이 췌괘의 형상이다."[35]

육이(六二)[36]는 끌어당기면 길하여 허물이 없을 것이니, 정성이 있으면 간소한 약제(禴祭)를 지내는 것도 이로울 것이다.[37]

상전(象傳)에 말했다. "육이(六二)에서 말한 '끌어당기면 길하여 허물이 없을 것'은 중정(中正)의 덕이 변하지 않았기 때문이다."[38]

---

35 『周易』 萃卦 3.

36 육이(六二) : 췌괘(萃卦䷬)의 내괘(內卦)인 곤괘(坤卦☷)의 중간 음효(陰爻)이다.

37 『周易』 萃卦 6. 육이(六二)는 음(陰)이나 정중(正中)의 위치에 있고, 구오(九五)가 존귀한 자리에 있어 상응을 해주므로 정성이 중요하지 문식(文飾)이 귀하지 않다는 것이다. 약(禴)은 원래 '봄 제사'의 의미인데, 전(傳)에 '간소하고 박하게 지내는 제사'로 설명하고 있다.

38 『周易』 萃卦 7. 그 程頤 傳. 「二與五 雖正應 然異處有間 乃當萃而未合者也 故能相引而萃 則吉而无咎 以其有中正之德 未遽至改變也 變則不相引矣【육이(六二)는 구오(九五)와 비록 정응(正應)이나 달리 처하여 간격이 있으니, 마땅히 모여야 하나 합하지 않은 자이다. 그러므로 서로 이끌어 모이면 길하여 허물이 없는 것이다. 이는 중정(中正)한 덕이 있어 대번에 고치고 변함에 이르지 않기 때문이니, 변하면 서로 이끌지 않을 것이다.】」

승(升)

83-4. 升䷭ 坤上巽下.
象曰 : "地中生木, 升."
九二 孚乃利用禴, 无[39]咎.
象曰 : "九二之孚, 有喜也."

승괘(升卦)는 팔괘의 곤괘(坤卦☷)가 위에 있고 손괘(巽卦☴)가 아래에 있다.

상전(象傳)에 말했다. "땅 가운데 나무가 자라나는 것이 승괘의 형상이다."[40]

구이(九二)[41]는 정성으로 받들되 간소한 제사인 약제(禴祭)를 지내듯 하는 것이 이로우니, 허물이 없을 것이다.[42]

상전(象傳)에 말했다. "구이(九二)의 정성은 기쁨이 있을 것이다."[43]

---

39 대본에는 '無'로 되어 있으나 『周易』에 의거하여 '无'로 바로잡았다.

40 『周易』升卦 3. 그 程頤 傳. 「坤上巽下 木在地下 爲地中生木 木生地中 長而益高 爲升之象也【곤괘(坤卦☷)가 위에 있고 손괘(巽卦☴)가 아래에 있어 나무가 땅 아래에 있으니, 땅 가운데 나무가 자라나는 것이 된다. 나무가 땅 가운데 생겨 자라서 더욱 높아지는 것이 승(升)의 형상이다.】」

41 구이(九二) : 승괘(升卦䷭)의 내괘(內卦)인 손괘(巽卦☴)의 중간 양효(陽爻)이다.

42 『周易』升卦 6. 그 程頤 傳. 「五雖陰柔 然居尊位 二雖剛陽 事上者也 當內存至誠 不假文飾於外 誠積於中 則自不事外飾 故曰利用禴 謂尙誠敬也【구오(九五)가 비록 음유(陰柔)나 존위(尊位)에 있고 육이(六二)가 비록 강양(剛陽)이나 위를 섬기는 자이다. 마땅히 안에 지성(至誠)을 두어 밖에 문식(文飾)을 빌리지 않아야 하니, 정성이 가운데 쌓이면 스스로 외식(外飾)을 일삼지 않는다. 그러므로 간소한 제사인 약제(禴祭)를 지내듯 하는 것이 이롭다고 말하였으니, 정성과 공경을 숭상하는 것을 말한다.】」

43 『周易』升卦 7. 그 程頤 傳. 「二能以孚誠事上 則不唯爲臣之道无咎而已 可以行剛中之道 澤及天下 是有喜也【육이(六二)가 정성으로 왕을 섬기면 오직 신하된 도리에 허물이 없을 뿐만 아니라, 강중(剛中)의 도를 행하여 은택(恩澤)이 천하에 미칠 수 있으니, 이는 기쁨이 있는 것이다.】」

기제(旣濟)

83-5. 旣濟䷾ 坎上離下.

象曰 : “水在火上, 旣濟.”

九五, 東鄰殺牛, 不如西鄰之禴祭實受其福.

象曰 : “東鄰殺牛, 不如西鄰之時也, 實受其福, 吉大來也.”

기제괘(旣濟卦)는 팔괘의 감괘(坎卦☵)가 위에 있고 이괘(離卦☲)가 아래에 있다.

상전(象傳)에 말했다. “물이 불 위에 있는 것이 기제괘의 형상이다.”[44]

구오(九五)[45]는 동쪽 이웃이 소를 잡아 성대하게 제사지내는 것이 서쪽 이웃이 간소한 약제(禴祭)를 지내도 실로 복을 받는 것만 못하다.[46]

상전(象傳)에 말했다. “동쪽 이웃이 소를 잡아 성대하게 제사지내는 것이 서쪽 이웃의 때 맞는 제사만 못하니, 실로 그 복을 받는 것은 길함이 크게 오는 것이다.”[47]

天地之間, 凡負陰抱陽而生者, 莫不具剛柔之性. 盡柔之性而有孚者,

---

44 『周易』 旣濟 3.

45 구오(九五) : 기제괘(旣濟卦䷾)의 외괘(外卦)인 감괘(坎卦☵)의 중간 양효(陽爻)이다.

46 『周易』 旣濟 12. 그 程頤 傳. 「東隣 陽也 謂五 西隣 陰也 謂二 二五皆有孚誠中正之德 二在濟下 尙有進也 故受福 五處濟極 无所進矣 以至誠中正守之 苟未至於反耳【동쪽 이웃은 양(陽)이니 구오(九五)를 이르고 서쪽 이웃은 음(陰)이니 육이(六二)를 이른다. 육이(六二)와 구오(九五)가 모두 부성(孚誠)과 중정(中正)의 덕이 있으나 육이(六二)는 기제괘(旣濟卦䷾)의 아래에 있어 아직 나아갈 곳이 있으므로 복을 받고, 구오(九五)는 기제괘(旣濟卦)의 극에 처하여 나아갈 곳이 없으니, 지성(至誠)과 중정(中正)으로 지키면 진실로 뒤집힘에 이르지 않을 뿐이다.】

47 『周易』 旣濟 13. 그 程頤 傳. 「五之才德 非不善 不如二之時也 二在下 有進之時 故中正而孚 則其吉大來 所謂受福也【구오(九五)의 재주와 덕이 불선(不善)한 것은 아니나 육이(六二)의 때 맞음만 못한 것이다. 육이(六二)는 아래에 있어 나아감이 있는 때이므로 중정(中正)하고 믿으면 길함이 크게 오니, 이른바 복을 받는다는 것이다.】

萃之六二也, 盡剛之性而有孚者, 升之九二也. 然孚者誠之至, 誠者性
之德, 萃不以孚, 則其聚易散, 升不以孚, 則其升易困, 詎能無咎乎? 且
陽道常饒饒則豐, 陰道常乏乏則約. 六二以陰居陰, 九二以陽居陰. 其
爲物則約而非豐, 其爲禮則不隆於樂, 用禴之象也.

古之人致孝乎鬼神, 以誠不以物, 雖澗溪沼沚之毛, 蘋蘩薀藻之菜,
猶可以薦之, 況事上乎? 然則君臣相與顧, 豈以位之上下爲間哉? 亦在
夫誠而已.

此六二以柔中而順乎上, 九二以剛中而巽乎上, 所以皆盡孚, 乃利用
禴之道也. 時以用禴爲利, 則不用禴能無害乎?

以禮推之, '夏商之時, 春祭曰礿, 夏祭曰禘, 秋祭曰嘗, 冬祭曰烝.'
'天子犆礿, 祫禘, 祫嘗, 祫烝, 諸侯礿則不禘, 禘則不嘗, 嘗則不烝, 烝
則不礿.' 至周則春祠, 夏禴, 秋嘗, 冬烝, 以享先王. 小雅亦曰: "禴祠烝
嘗, 于公先王." 是易興於殷之末世, 周之盛德. 故祭多以禴爲言, 則礿
禴之祭一也. 以飮爲主故稱礿, 以樂爲主故稱禴, 則飮必有樂, 先王之
禮也.

郊特牲曰: "饗禘有樂而食嘗無樂, 飮養陽氣也故有樂, 食養陰氣也
故無聲." 以飮爲主, 則用樂可知矣. 樂以中聲爲本, 而三孔之籥, 先王
所以通中聲也.

凡聲皆陽也. 故萃升旣濟, 皆以中爻言之. 然萃之陽資乎五, 升之陽
資乎二, 無適而非材也.

萃之六二陰也, 必待九五之陽引之, 然後用禴, 升之九二陽也, 不待
六五之陰引之, 然後用焉. 故升之九二, 以用禴爲先, 異乎萃之六二, 序
於引吉之後也.

旣濟九五: "東鄰殺牛, 不如西鄰之禴祭." 則禴祭, 主六二言之, 與萃
六二同意. 然旣濟禴祭則用儉以持盈, 是有大而能謙必豫, 可以用樂之
時也. 成王以鴟鴞, 持盈而有假樂之嘉者以此.

천지간 모든 음양(陰陽)의 기운을 띠고 생겨난 것이 강유(剛柔)의 성질을 갖추고 있지 않은 것이 없다. 유(柔)의 성질을 다하여 성신(誠信)이 있게 된 것은 췌괘(萃卦䷬)의 육이(六二)이고, 강(剛)의 성질을 다하여 성신(誠信)이 있게 된 것은 승괘(升卦䷭)의 구이(九二)이다.[48] 그러나 부(孚)는 성(誠)의 지극함이고 성(誠)은 성(性)의 덕이다. 췌괘가 성신(誠信)으로써 하지 않으면 모인 것이 쉽게 흩어지고, 승괘가 성신으로써 하지 않으면 올라가서는 쉽게 지칠 것이니,[49] 어찌 허물이 없을 수 있겠는가? 또한 양도(陽道)는 항상 넉넉하니 곧 풍성이고, 음도(陰道)는 항상 모자라니 곧 빈궁(貧窮)이다. 췌괘의 육이(六二)는 음효(陰爻)로써 음의 자리에 있고, 승괘의 구이(九二)는 양효(陽爻)로써 음의 자리에 있다. 그 물건은 빈궁해서 풍성하지 않고 그 예는 악보다 융성하지 않으니, 약제(禴祭)를 지내는 상(象)이다.[50]

옛 사람이 조상신에게 효도를 다할 때 정성으로 하였지 풍성한 제물로 하지 않았다. 비록 산골 시내·연못·물가에서 잡는 짐승과 개구리밥·산 쑥·조류(藻類) 나물 같은 변변찮은 것도 오히려 제수로 올릴 수

---

48 유(柔)의~구이(九二)이다 : 췌괘(萃卦䷬)의 육이(六二)는 음유(陰柔)이나 중정(中正)을 얻었고, 구오(九五)와 정응(正應)이 되어 군신(君臣)이 화합하는 모양이니, 이곳에 쓰인 '부(孚)'는 정성이 있으면 문식을 쓰지 않고 오로지 지성(至誠)으로 위와 사귈 수 있다는 뜻으로 쓰였다. 승괘(升卦䷭)의 구이(九二)는 양강(陽剛)이나 아래에 있고 육오(六五)는 음유(陰柔)인데, 위에 있어 강(剛)으로써 유(柔)를 섬기고 양(陽)으로써 음(陰)을 따르는 모양이다. 따라서 이곳에 쓰인 '부(孚)'는 이미 정성이 있어야 비로소 문식(文飾)을 쓰지 않고 오로지 정성으로 위를 감동시킬 수 있다는 의미로 쓰였다.

49 췌괘가~것이니 : 『周易』 萃卦의 程頤 傳. 「姤者 遇也 物相遇而后聚 故受之以萃 萃者 聚也 聚而上者 謂之升 故受之以升【구괘(姤卦䷫)의 구(姤)는 만남의 뜻이니, 물건이 서로 만난 뒤에 모인다. 그러므로 췌괘(萃卦䷬)로 받았으니, 췌(萃)는 모임이다. 췌(萃)는 모임이니, 모여 올라가는 것을 승(升)이라 한다. 그러므로 승괘(升卦䷭)로 받았다.】」

50 췌괘의~상(象)이다 : 췌괘(萃卦䷬)의 육이(六二)와 승괘(升卦䷭)의 구이(九二) 모두 「孚乃利用禴【정성이 있어야 약(禴)제사를 씀이 이로울 것이다】」의 구절이 있는데, 약(禴)은 전(傳)에 다음과 같이 설명하고 있다. 「禴 祭之簡薄者也 菲薄而祭 不尙備物 直以誠意交於神明也【약(禴)은 간략하고 박하게 제사지내는 것이니, 박하게 제사지내 물건을 갖춤을 숭상하지 않고 다만 성의로써 신명과 사귀는 것이다.】」

있었는데, 하물며 윗사람을 섬기는 것이겠는가? 그렇다면 군신이 서로 돌보는 것이 어찌 지위의 상하로써 틈이 생길 수 있겠는가? 또한 성신에 있을 뿐인 것이다.

이 췌괘(萃卦䷬)의 육이(六二)는 유중(柔中)으로써 위 구오(九五)에게 순하고, 승괘(升卦䷭)의 구이(九二)는 강중(剛中)으로써 위 육오(六五)에게 사양하니, 이 때문에 모두 성신에 최선을 다해야만 약제(禴祭)를 지내는 도에 이롭다. 때 맞춰 약제를 지내는 것이 이롭다고 여긴다면, 약제를 지내지 않는 것이 해가 없을 수 있겠는가?

『예기』를 미루어 생각해보면 '하나라와 상나라 시대에 봄 제사는 약(祠)이라 하고, 여름 제사는 체(禘)라 하고, 가을 제사는 상(嘗)이라 하고, 겨울 제사는 증(烝)이라고 하였다.'[51] '천자는 약(祠)은 특제(特祭)[52]로 지내고 체(禘)·상(嘗)·증(烝)은 협제(祫祭)[53]로 지내며, 제후는 약제(祠祭)를 지내면 체제(禘祭)를 지내지 않고, 체제를 지내면 상제(嘗祭)를 지내지 않고, 상제를 지내면 증제(烝祭)를 지내지 않고, 증제를 지내면 약제(祠祭)를 지내지 않았다.'[54] 주나라에 이르러서는 봄에는 사제(祠祭), 여름에는 약제(禴祭), 가을에는 상제(嘗祭), 겨울에는 증제(烝祭)로 선왕들을 제사지냈다. 소아(小雅)에 또한 "약제(禴祭)·사제(祠祭)·증제(烝祭)·상제(嘗祭)를 공(公)과 선왕께 지낸다"[55]라고 하였다. 이것은 은나라 말기에 주나라의 성한 덕이 쉽게 일어났으므로 제사가 많아 약(禴)으로 말한 것이니, 하나라와 상나라의 약제(祠祭)와 주나라의 약제(禴祭)는 동일하다. 마시는 것을 위주로 하였으므로 약제(祠祭)라고 호칭하고 악을 위주로 하였으므로 약제(禴

---

51 『禮記』 王制 5-33.
52 약(祠)은 특제(特祭) : 천자의 봄 제사인 약(祠)은 특제(特祭)를 지내는데, 각각의 묘(廟)에서 지내는 것이다.
53 협제(祫祭) : 체(禘)·상(嘗)·증(烝)은 협(祫)제사를 지내는데, 협제는 군묘(群廟)의 신주를 태조(太祖)의 묘(廟)에 함께 모셔 제사를 지내는 것이다. 시제(時祭)로 지내는 협제와 3년마다 지내는 대협제(大祫祭)가 있다.
54 『禮記』 祭統 25-21.
55 『詩經』 小雅 / 天保.

祭)라고 호칭하였다면,[56] 마실 때 반드시 악이 있었던 것이 선왕(先王)의 예였다.

「교특생(郊特牲)」에 "봄에 행하는 향례(饗禮)[57]와 체제(禘祭)에서는 악이 있고 가을에 행하는 사례(食禮)[58]와 상제(嘗祭)에서는 악이 없으니, 마시는 것은 양기(陽氣)를 기르므로 악이 있고, 밥은 음기(陰氣)를 기르므로 악이 없다"[59]라고 하였으니, 마시는 것을 기준으로 보면 악을 사용한 것을 알 수 있다. 악은 중성(中聲)으로 근본을 삼으니, 세 구멍의 약(籥)은 선왕(先王)이 중성(中聲)에 통하는 악기였다.

'무릇 성(聲)은 모두 양(陽)이다.'[60] 그러므로 췌괘(萃卦䷬)와 승괘(升卦䷭)와 기제괘(旣濟卦䷾)가 모두 중효(中爻)를 가지고 말했다.[61] 그러나 췌괘의 양효(陽爻)는 구오(九五)에게 재질이 되고 승괘의 양효(陽爻)는 구이(九二)에게 재질이 되니, 어디든 재질 아닌 것이 없다.

췌괘(萃卦䷬)의 육이(六二)는 음이니 반드시 구오(九五)의 양이 이끌어 주기를 기대하므로, 약제(禴祭)를 쓸 수 있고, 승괘(升卦䷭)의 구이(九二)는 양이니 육오(六五)의 음이 이끌어 주기를 기대하지 않으므로, 약제(禴祭)를 써야한다.[62] 그러므로 승괘(升卦)의 구이(九二)는 약제(禴祭)를 지내는 것으

---

56 마시는~호칭하였다면 : 약(酌)은 '示+勺'으로 구성되어 있는데, 의미 요소인 '示'는 신에게 희생을 바치는 대(臺)의 상형(象形)으로 조상신을 나타내고, '勺'은 술이나 국을 뜨는 '국자'를 뜻하고 '잔질한다'는 뜻도 있으므로 '마시는 것을 위주로 하였다'라고 하였고, 약(禴)은 '示+龠'으로 구성되어 있는데, '龠'은 악기인 약(籥)과 동자(同字)로 쓰이는 글자이다. 따라서 '악을 위주로 하였다'라고 설명하고 있다.

57 향례(饗禮) : 봄에 나라나 임금을 위해 죽은 사람의 아들들에게 베푸는 향연(饗宴)인데 술을 위주로 한다.

58 사례(食禮) : 가을에 기로(耆老)들에게 베푸는 향연(饗宴)인데 밥을 위주로 한다.

59 『禮記』郊特牲 11-3.

60 『禮記』郊特牲 11-3.

61 췌괘(萃卦䷬)와~말했다 : 내괘(內卦)의 이효(二爻)와 외괘(外卦)의 오효(五爻)가 중효인데, 췌괘(萃卦)의 육이(六二)와 승괘(升卦)의 구이(九二)와 기제괘(旣濟卦)의 구오(九五)가 모두 중효(中爻)이고, 그 중효에 '약(禴)'을 말했다.

62 췌괘(萃卦䷬)의~써야한다 : 췌괘(萃卦䷬)의 육이(六二)는 음유(陰柔)지만 중정(中正)을 얻었고, 위 구오(九五)와 정응(正應)이 되어 있지만 중간에 음효(陰爻)가 있어 반

로써 우선하였으니, 췌괘의 육이(六二)가 '끌어당기면 길(吉)하다'의 뒤에 약제(禴祭)가 있는 것과 다르다.[63]

기제괘(旣濟卦䷾) 구오(九五)에 "동쪽 이웃이 소를 잡아 성대하게 제사지내는 것이 서쪽 이웃이 간소한 약제(禴祭)를 지내는 것만 못하다"[64]라고 하였다. 곧 약제(禴祭)는 육이(六二)를 기준으로 말하였으니,[65] 췌괘(萃卦䷬)의 육이(六二)와 같은 뜻이다. 그러나 기제괘에 약제(禴祭)는 검소로써 가득 참을 유지하니, 이는 큰 것이 있지만 능히 겸손하여 반드시 기쁨이 있어 악을 쓸 수 있는 때이다. 성왕(成王)이 《부예(鳧鷖)》[66]로써 가득 참을 유지하여 경사(慶事)를 즐겼던 것은 이 이유 때문이다.

드시 서로 끌어 당겨야만 정성을 위주로 한 약(禴)제사를 지낼 수 있다. 승괘(升卦䷭)의 구이(九二)는 양강(陽剛)인데 음(陰)의 자리에 있고, 육오(六五)는 음유(陰柔)인데 양(陽)의 자리에 있어 위에 있는 육오(六五)가 아래에 있는 구이(九二)를 끌어 줄 수 없다. 따라서 구이(九二)가 정성을 위주로 하는 약(禴)제사를 지내는 것을 우선으로 해야 한다.

63　승괘(升卦)의~다르다:『周易』萃卦 6의 육이(六二)는「引 吉 无咎 孚乃利用禴」이라고 하여 약(禴)제사가 '인길(引吉)' 뒤에 있고,『周易』升卦 6의 구이(九二)는「孚乃利用禴 无咎」라고 하여 약(禴)제사를 우선하고 있다.

64　『周易』旣濟 12.

65　기제괘(旣濟卦䷾)~말하였으니:『周易』旣濟 12의 程頤 傳.「五中實 孚也 二虛中 誠也 故皆取祭祀爲義 東隣 陽也 謂五 西隣 陰也 謂二【구오(九五)가 가운데가 실함은 믿음이고, 육이(六二)가 가운데가 허함은 정성이다. 그러므로 제사를 취하여 뜻으로 삼은 것이다. 동쪽 이웃은 양(陽)이니 구오(九五)를 이르고, 서쪽 이웃은 음(陰)이니 육이(六二)를 이른다.】」위 설명에 의하면 구오(九五)에서 약(禴)제사가 인용되었지만 주는 육이(六二)에 있는 것을 알 수 있다.

66　부예(鳧鷖):『詩經』大雅 / 鳧鷖의 毛詩序.「鳧鷖 守成也 太平之君子能持盈守成 神祇祖考安樂之也《부예(鳧鷖)》는 수성(守成)을 읊은 시이다. 태평(太平)의 군자가 가득 함을 유지하고 성공을 지키니, 천신과 지기(地祇)와 조고(祖考)가 편안히 여기고 즐거워한 것이다.】」

계사(繫辭)

83-6. 天尊地卑, 乾坤定矣, 卑高以陳, 貴賤位矣, 動靜[67]有常, 剛柔
斷矣, 方以類聚, 物以羣分, 吉凶生矣, 在天成象, 在地成形, 變化見
矣. 是故剛柔相摩, 八卦相盪, 鼓之以雷霆, 潤之以風雨, 日月運行,
一寒一暑, 乾道成男, 坤道成女.[68]

하늘은 높고 땅은 낮으니 건곤(乾坤)이 정해졌고, 낮은 것과 높은 것이
벌려 있으니 귀천(貴賤)이 자리 잡았고, 동(動)함과 고요함이 상도(常道)가
있으니 강하고 부드러움이 결단되었고, 사정(事情)에 따라 끼리끼리 모
아지고 사물은 무리로써 나누어지니 길함과 흉함이 생기고, 하늘에 있
어서는 형상이 이루어지고 땅에 있어서는 형체가 이루어지니 변화가 나
타난다. 그러므로 강하고 부드러움이 서로 마찰하고, 팔괘(八卦)[69]가 서
로 맞부딪치며, 우레로써 고동치고, 바람과 비로 적시고, 해와 달이 운행
하여 한번 추워졌다가 한번 더워졌다가 하는데, 건(乾☰)의 도는 남자를
만들고 곤(坤☷)의 도는 여자를 만든다.[70]

自'天尊地卑', 至'在天成象在地成形', 此禮者天地之別也, 自'剛柔
相摩', 至'乾道成男坤道成女', 此樂者天地之和也. 樂以崇德, 禮以廣
業, 而禮樂由賢者出. 故以賢人德業終焉.

---

[67] 대본에는 '靜動'으로 되어 있으나 『周易』에 의거하여 '動靜'으로 바로잡았다.

[68] 대본에 누락된 '在地成形'부터 '坤道成女'까지를 사고전서 『樂書』를 참고하여 보충하
였다. 이하 『樂書』 83-6~7 끝까지 모두 궐문 된 것을 보충한 것도 같다.

[69] 팔괘(八卦): 팔괘(八卦)는 건(乾☰)·곤(坤☷)·진(震☳)·손(巽☴)·감(坎☵)·이(離
☲)·간(艮☶)·태(兌☱)이다. 이는 각각 천(天)·지(地)·뇌(雷)·풍(風)·수(水)·
화(火)·산(山)·택(澤) 등 우주를 구성하는 기본적인 여덟 가지 요소를 상징하여 길
흉 판단에 의거하는 괘상(卦象)을 이루기도 한다.〈『前漢書』(漢 班固 撰) 卷21上 律歷
志 第1上〉

[70] 『周易』 繫辭上 1.

'하늘은 높고 땅은 낮으니'로부터 '하늘에 있어서는 형상이 이루어지고 땅에 있어서는 형체가 이루어지니'까지는 예이니 천지의 분별이다. '강하고 부드러움이 서로 마찰하고'로부터 '건(乾≡)의 도는 남자를 만들고 곤(坤≡≡)의 도는 여자를 만든다'까지는 악이니 천지의 화기이다. 악으로써 덕을 높이고 예로써 사업을 널리 시행하는데, 예악이 현자(賢者)로부터 나오므로 현인(賢人)의 덕과 사업으로 마쳤다.

83-7. 變而通之以盡利, 鼓之舞之以盡神.

변하여 통하게 하여 이로움을 다하며, 고동(鼓動)하고 춤추게 하여 신묘함을 다하였다.[71]

天下之事, '變而通之以盡利'者, 禮之禮也, 天下之物, '鼓之舞之以盡神'者, 樂之樂也.

천하의 일이 '변하여 통하게 하여 이로움을 다하는 것'은 예 중의 예이고, 천하의 물건이 '고동(鼓動)하고 춤추게 하여 신묘함을 다하는 것'은 악 중의 악이다.

---

71 『周易』繫辭上 12.

효경훈의(孝經訓義)

권84 효경훈의(孝經訓義)

삼재(三才) · 기효행(紀孝行) · 광요도(廣要道)

삼재(三才)

84-1. 曾子曰 : "甚哉, 孝之大也!" 子曰 : "夫孝天之經也, 地之義也, 民之行也, 天地之經而民是則之, 則天之明, 因地之利, 以順天下. 是以其敎不肅而成, 其政不嚴而治. 先王見敎之, 可以化民也. 是故先之以博愛而民莫遺其親, 陳之以德義而民興行, 先之以敬讓而民不爭, 導之以禮樂而民和睦, 示之以好惡而民知禁, 詩云 : '赫赫師尹! 民具爾瞻.'"

증자가 말했다. "대단하다. 효도의 훌륭함이여!" 공자가 말했다. "효도는 하늘의 상경(常經)[1]이며 땅의 의리(義理)[2]이며 백성의 행실이다. 천

---

1 상경(常經) : 영구히 변하지 않는 법도. 효도가 영구불변 유행(流行)하고 있는 천도에 근원하고 있다는 것이다.

지의 상경(常經)을 백성들이 본받으니, 하늘의 밝음을 본받으며 땅의 이로움을 따라 천하 사람들을 순하게 하였다. 이 때문에 그 가르침이 경계(警戒)하지 않아도 이루어지며, 그 정사(政事)가 위엄(威嚴)을 빌지 않아도 다스려졌던 것이다. 선왕(先王)이 가르쳐 백성을 교화할 수 있음을 알았다. 그러므로 박애(博愛)로써 우선하여 백성들이 그 어버이를 유기(遺棄)하지 못하게 하였으며, 덕의(德義)로써 개진하여 백성들이 일어나 행하게 하였으며, 공경하고 겸양으로써 우선하여 백성이 다투지 않게 하였으며, 예악으로써 인도하여 백성들이 화목하게 하였으며, 호오(好惡)로써 보여주어 백성들이 금기(禁忌)를 알게 하였다. 『시경』에 이르기를 '혁혁(赫赫)한 태사(太師) 윤씨(尹氏)여! 백성들이 모두 너를 본다'[3]라고 하였다."[4]

先王因人性而制禮, 緣人情而作樂, 禮雖出於人性, 而天地之序實在焉, 樂雖本於人情, 而天地之和實在焉. 蓋孝之爲道, 其運無乎不在, 仰而視之, 在乎上, '天之經,' 是也, 俯而視之, 在乎下, '地之義,' 是也, 中而視之, 存乎人, '民之行,' 是也.

則天之明以順天下之性, 因地之利以順天下之情. 以性化性, 天下無異性, 以情化情, 天下無殊情. 然則先王之爲禮樂, 豈拂人性逆人情而爲之哉? 是故以之成敎天下之敎, 不肅而自成, 以之治政天下之政, 不嚴而自治, 此孔子言 '導[5]之以禮樂而民和睦', 所以先之以'天地之經而民是則之'也.

今夫禮樂之於天下, 猶陰之於陽也. 陰陽之氣, 贊天地以成歲功, 禮樂之敎, 同民心以成治道. 然民之爲道, 非徒無常産也, 亦無常心焉, 苟

---

2   의리(義理): 마땅한 도리. 효도가 고하(高下)·조습(燥濕)과 같은 땅의 마땅한 도리에 근원하고 있다는 것이다.
3   『詩經』 小雅 / 節南山.
4   『孝經』 三才 7.
5   대본은 '道'로 되어 있으나 『孝經』에 의거하여 '導'로 바로잡았다.

制之以刑政, 則民乖離而無恥, 苟導之以禮樂, 則民和睦而不悖. 故導之以禮, 非特使之知昏定晨省而已, 必使之交相親而爲睦矣, 導之以樂, 非特使之知下氣柔聲而已, 必使之去乖陵而爲和矣.

記曰 : "樂[6]至則無怨, 禮[7]至則不爭. 揖讓[8]而治天下[9]者, 禮樂之謂也." 由此觀之, 先王導民以禮樂, 其效必至於揖讓而天下治, 豈特其民和睦而已哉? 孔子言 '孝之敎 可以化民', 必止於是者, 爲民而言故也.

蓋和則有異而無乖, 猶五味之和也, 睦則有親而無疎, 猶九族之睦也. 一人和睦, 一家化之, 一家和睦, 一國化之, 一國和睦, 天下化之, 所導者寡, 所化者衆. 然則禮樂之於化民 豈曰末之云乎?

然禮樂之道, 廣而充之於內, 則藏而爲愛敬, 記曰 : "禮者殊事合敬者也, 樂者異文同愛者也." 發而揮之於外, 則形而爲好惡, 故記曰 : "禮義立則貴賤等矣, 樂文同則上下和矣, 好惡著則賢不肖別矣." 是以孔子之論禮樂, 必始之'先之以博愛而民莫遺其親, 陳之以德義而民興行, 先之以敬讓[10]而民不爭' 所以明禮樂之本也, 終之'示之以好惡而民知禁', 所以明禮樂之用也.

無本不立, 無用不行, 有本有用, 擧而措之, 天下之民民, 孰有不具瞻者哉? 故記曰 : "樂極和, 禮極順, 內和而外順, 則民瞻其顔色而弗與爭也, 望其容貌而民不生易慢焉. 故德輝動於內, 而民莫不承聽, 理發諸外, 而民莫不承順. 故曰 : '致禮樂之道, 擧而措之, 天下無難矣'." 豈非導之以禮樂, 民具爾瞻之謂乎?

선왕(先王)이 인성(人性)을 따라 예를 제정하고, 인정(人情)을 좇아 악을 작곡하였다. 예가 비록 인성에서 나왔지만 천지의 질서가 실재하고, 악이 비록 인정에 근원하고 있지만 천지의 화기(和氣)가 실재한다. 효란 도

6 　대본에는 '禮'로 되어 있으나 『禮記』에 의거하여 '樂'으로 바로잡았다.
7 　대본에는 '樂'으로 되어 있으나 『禮記』에 의거하여 '禮'로 바로잡았다.
8 　대본에는 '遜'으로 되어 있으나 『禮記』에 의거하여 '讓'으로 바로잡았다.
9 　대본에는 '天下治'로 되어 있으나 『禮記』에 의거하여 '治天下'로 바로잡았다.
10 　대본은 '遜'으로 되어 있으나 『孝經』에 의거하여 '讓'으로 바로잡았다.

는 어느 곳에서든 운용되어 우러러보면 위에 있으니 '하늘의 상경(常經)'
이 그 실례이고, 굽어보면 아래에 있으니 '땅의 의리(義理)'가 그 실례이
고, 그 사이로 보면 사람에게 있으니 '백성의 행의(行誼)'가 그 실례이다.

하늘의 밝음을 본받아 천하 사람의 성(性)을 순하게 하고, 땅의 이로움
을 따라 천하 사람의 정(情)을 순하게 하였다. 성(性)으로써 성(性)을 교화
하니 천하에 차이나는 성(性)이 없게 되고, 정(情)으로써 정(情)을 교화하
니 천하에 별다른 정(情)이 없게 된 것이다. 그렇다면 선왕(先王)이 예악을
만든 것이 어찌 인성(人性)을 거스르고 인정(人情)을 거역해서 만든 것이
겠는가? 그러므로 그로써 천하를 가르치는 교육을 이루니 삼가지 않아
도 자연히 이루어지고, 그로써 천하에 시행하는 정사를 다스리니 엄하게
하지 않아도 자연히 다스려졌던 것이다. 이것이 공자가 '예악으로써 인
도하여 백성들이 화목하게 될 것'을 말할 때 '천지의 상경(常經)을 백성들
이 본받는 것이니'를 우선한 이유이다.

예악의 천하에 대한 관계가 음(陰)의 양(陽)에 대한 관계와 같다. 음양
의 기(氣)가 천지를 도와 세공(歲功)[11]을 이루고, 예악의 교화가 민심을 동
화(同和)시켜 치도(治道)를 이룬다. 그러나 백성들이 살아가는 법이 단지
항산(恒産)이 없는 것만 아니라, 또한 항심(恒心)도 없다.[12] 만일 형벌과 법
령으로써 제재(制裁)하기만 하면 백성들이 괴리(乖離)되어 수치심(羞恥心)이
없어지지만, 만일 예악으로써 인도하면 백성들이 화목하게 되어 패란(悖
亂)하지 않는다.[13] 그러므로 예로써 인도하는 것은 특히 혼정신성(昏定晨

---

11 세공(歲功): 해마다 하여야 할 일.
12 백성들이~없다: 항산(恒産)은 일상에서 먹고 살 수 있는 생업이고, 항심(恒心)은 항
    상 가지고 있는 선한 마음이다. 『孟子』梁惠王上 1-7. 「無恒産而有恒心者 惟士爲能
    若民則無恒産 因無恒心 苟無恒心 放辟邪侈 無不爲已【항산(恒産)이 없으면서도 항심
    (恒心)이 있는 사람은 오직 선비만이 가능하거니와, 일반 백성들은 항산이 없으면
    따라서 항심도 없어지는 것이니, 만일 항심이 없어지면 방벽(放辟)과 사치(邪侈)를
    하지 않음이 없을 것입니다.】」
13 만일~않는다: 『論語』爲政 2-3. 「道之以政 齊之以刑 民免而無恥 道之以德 齊之以禮
    有恥且格【법령으로 인도하고 형벌로 가지런히 하면, 백성들이 형벌은 면할 수 있으

省)[14]의 도리를 알게 할 뿐만 아니라, 반드시 서로 친하게 하여 화목하게 하며, 악으로써 인도하는 것은 특히 하기유성(下氣柔聲)[15]의 도리를 알게 할 뿐만 아니라, 반드시 거슬려 침범하는 행위를 없애 화목하게 한다.

『예기』에 "악이 지극하면 원망이 없고, 예가 지극하면 다투지 않는다. 읍양(揖讓)하여 천하를 다스렸다는 것은 예악으로 한 것을 말한다"[16]라고 하였다. 이런 관점에서 보면, 선왕(先王)이 백성을 예악으로써 인도하여, 그 효과가 반드시 읍양(揖讓)하는 데까지 이르러 천하가 다스려졌던 것이니, 어찌 다만 그 백성만 화목해질 뿐이었겠는가? 공자가 '효(孝)의 교육이 백성을 교화시킬 수 있다'라고 하여, 반드시 여기에서 머무르게 한 것은 백성을 위해서 말하였기 때문이다.

화합하면 다름이 있으면서 어긋남이 없는 것이 오미(五味)[17]가 조화를 이루고 있는 것과 같고, 화목하면 친함은 있고 소원(疏遠)함이 없는 것이 구족(九族)[18]이 화목한 것과 같다. 한 사람이 화목한 마음을 먹으면 한 집안이 교화되고, 한 집안이 화목하면 한 나라가 교화되고, 한 나라가 화목하면 천하가 교화되어 인도하는 사람은 적지만 교화되는 사람은 많게

나 부끄러워함은 없을 것이다. 덕으로 인도하고 예로 가지런히 하면, 백성들이 부끄러워함이 있고 또 선에 이르게 될 것이다.】」

14   혼정신성(昏定晨省) : 혼정신성은 부모님을 모시는 도리이다. 『禮記』 曲禮 1-10, 「凡爲人子之禮 冬溫而夏淸 昏定而晨省【무릇 사람의 자식이 된 예는 겨울에는 따뜻하게 해드리고 여름에는 시원하게 해드리며, 어두워지면 이부자리를 펴드리고 새벽에는 안부를 살피는 것이다.】」

15   하기유성(下氣柔聲) : 하기유성(下氣柔聲)은 부모님께 간할 때의 도리이다. 『禮記』 內則 12-12, 「父母有過 下氣怡色柔聲以諫【부모님이 과실(過失)이 있으시거든, 기운을 내리고 얼굴빛을 회하게 하고 목소리를 부드럽게 하여 간(諫)할 것이니라.】」

16   『禮記』 樂記 19-1. 읍양(揖讓)은 고대 중국에서 군주와 빈객(賓客)의 상견례(相見禮)에 행하던 인사법으로 『周禮』 秋官 / 司儀 1에 보인다. 읍양의 예를 관장하는 사람은 사의(司儀)였다. 이곳에서 말하는 읍양(揖讓)은 현자(賢者)에게 왕위를 선양(禪讓)하는 것으로, 요임금이 순에게 천자의 지위를 양여(讓與)한 것을 뜻한다.

17   오미(五味) : 신(辛)·산(酸)·함(鹹)·고(苦)·감(甘)의 다섯 가지 맛.

18   구족(九族) : 고조(高祖)·증조(曾祖)·조부(祖父)·부모(父母)·자기·아들·손자(孫子)·증손(曾孫)·현손(玄孫).

된다. 그렇다면 예악이 백성을 교화시키는 것에 대하여 어찌 말엽적인 것이라고 할 수 있겠는가?

그러나 예악의 도를 넓혀 안에 확충하면 간직하여 애경(愛敬)이 된다. 그러므로 『예기』에 "예는 사안을 분별하면서 서로 공경하는 것이고, 악은 형식을 달리하면서 서로 사랑하는 것이다"[19]라고 하였다. 밖에서 발휘하면 드러나 호오(好惡)가 된다. 그러므로 『예기』에 "예의 대의(大義)가 서면 귀천(貴賤)이 등급에 맞고, 악의 성문(聲文)이 같으면 상하가 화합하고, 호오(好惡)하는 마음이 드러나면 어진 사람과 불초(不肖)한 사람이 구별된다"[20]라고 하였다. 이 때문에 공자가 예악을 논할 때, 반드시 처음에 '박애(博愛)로 우선하여 백성들이 그 어버이를 유기(遺棄)하지 않게 하고, 덕의(德義)로 개진(開陳)하여 백성들이 일어나 행하게 하였으며, 공경·공손(恭遜)으로 우선하여 백성이 다투지 않게 하였으니' 이는 예악의 근본을 밝힌 것이고, 끝에 '호오(好惡)로써 보여주어 백성들이 금기(禁忌)를 알게 하였으니' 이는 예악의 용(用)을 밝힌 것이다.

근본이 없으면 서지 못하며 용(用)이 없으면 행하지 못한다.[21] 근본이 있고 용(用)이 있으면 예악을 시행할 때 천하의 백성들이 모두 우러러보지 않을 사람이 누가 있겠는가? 그러므로 『예기』에 "악은 화(和)를 다하고 예는 순함을 다하여 마음이 화(和)하고 외모(外貌)가 순하게 되면, 백성들이 그 안색을 쳐다보고 서로 다투지 않을 것이며, 백성들이 그 용모(容貌)를 바라보고 업신여기는 마음을 내지 않을 것이다. 그러므로 덕의 광휘(光輝)가 마음에서 감동(感動)하여 백성들이 받들어 듣지 않음이 없을 것이며, 이치가 외모(外貌)에서 발(發)하여 백성들이 받들어 따르지 않음

---

[19] 『禮記』 樂記 19-2.

[20] 『禮記』 樂記 19-1.

[21] 근본이~못한다: 근본은 위에서 말한 박애(博愛)·덕의(德義)·공경·공손(恭遜)이니 예악의 체(體)이고, 호오(好惡)는 예악의 용(用)으로 위에서 설명하였다. 체(體)는 내적인 실질을 이루어 기준이 되는 것이니 본(本)이고, 용(用)은 그 체(體)가 외적인 형식으로 나타나는 것을 말한다.

이 없을 것이다. 그러므로 '예악의 도를 지극히 하면 천하에 시행하기가 어렵지 않다.'"[22]라고 하였다. 어찌 이는 '예악으로써 인도함에 백성들이 모두 너를 본다'라고 이른 것이 아니겠는가?

기효행(紀孝行)

84-2. 子曰 : "孝子之事親也, 居則致其敬, 養則致其樂."

공자가 말했다. "효자가 어버이를 섬길 때 평소 거처할 때는 그 공경(恭敬)하는 마음을 다하고, 봉양할 때는 그분이 즐겁게 하기를 다해야 한다."[23]

孟子曰 : "仁之實, 事親是也, 義之實, 從兄是也, 禮之實, 節文斯二者是也, 樂之實, 樂斯二者是也." 蓋仁爲事親之實, 禮樂爲事親之文. 然則孝子之事親也, 居則致其敬, 所以爲禮, 養則致其樂, 所以爲樂. '敬其父則子說, 敬其兄則弟說, 所敬者寡而說者衆,' 以禮事親之效也. '瞽瞍底豫而天下化, 瞽瞍底豫而天下之爲父子者定', 以樂事親之效也. 古之孝子, 事親以禮樂如此, 固豈不仁者能之乎? 故曰 : "人而不仁, 如禮何? 人而不仁, 如樂何?"

然言致其敬, 則敬孝也, 則知致其樂者, 愛孝而已. 故'不敬其親而敬他人', 非所以爲禮也, '不愛其親而愛他人', 非所以爲樂也. 由是觀之, "禮云禮云, 玉帛云乎哉? 樂云樂云, 鐘鼓云乎哉?" 其本實在於孝而已矣.

22　『禮記』樂記 19-23.
23　『孝經』紀孝 10.

　맹자는 "인(仁)의 실제는 어버이를 섬기는 것이 그것이고, 의(義)의 실제는 형을 따르는 것이 그것이고, 예의 실제는 이 두 가지를 절도(節度) 짓는 형식이 그것이고, 악의 실제는 이 두 가지를 즐기는 것이 그것이다."[24]라고 하였다. 이는 인(仁)은 어버이를 섬기는 실제가 되고, 예악은 어버이를 섬기는 형식이 된다는 것이다. 그렇다면 효자가 어버이를 섬기면서 평소 거처할 때 공경하는 마음을 다하는 것은 예를 시행하는 것이고, 봉양할 때 즐겁게 하기를 다하는 것은 악을 시행하는 것이다. '그 아버지를 공경하면 자식이 기뻐하고 그 형을 공경하면 아우가 기뻐하여, 공경한 사람들은 적은 수인데 기뻐하는 사람들은 많게 되었다'[25]는 것은 예로 어버이를 섬긴 효험이다. '고수(瞽瞍)[26]가 기뻐하는 데까지 이르러 천하가 교화되고, 고수가 기뻐하는 데까지 이르러 천하의 부자관계에 있는 사람들이 안정이 되었다'[27]는 것은 악으로 어버이를 섬긴 효험이다. 옛날 효자가 어버이를 예악으로 섬긴 것이 이와 같았으니, 진실로 불인(不仁)한 사람이 할 수 있겠는가? 그러므로 "사람이면서 불인하면 어떻게 예를 쓸 수 있겠는가? 사람이면서 불인하면 어떻게 악을 쓸 수 있겠는가?"[28]라고 하였다.

　그러나 공경을 극진히 하는 것이 곧 '경효(敬孝)'라고 한다면, 즐겁게 하기를 다하는 것은 '애효(愛孝)'일 뿐인 것을 알 수 있다. 그러므로 '그 어버이를 공경하지 않고 타인을 공경하는 것'[29]은 예에 맞는 것이 아니

24　『孟子』離婁上 7-27.

25　『孝經』廣要 12.

26　고수(瞽瞍) : 순임금의 아버지 이름이다. 성격이 완악(頑惡)하였다고 한다.

27　『孟子』離婁上 7-28. 순임금이 완악(頑惡)한 아버지 고수(瞽瞍)를 잘 섬겨 고수가 기뻐하는 데까지 이르러 천하 사람들이 본받아 교화되었고, 고수가 기뻐하는 데까지 이르러 천하 사람들이 부모노릇과 관계없이 자식의 도리를 다하게 되어 천하의 부자관계가 안정되었다는 것이다.

28　『論語』八佾 3-3.

29　『孝經』聖治 9.「不敬其親 而敬他人者 謂之悖禮【그 어버이를 공경하지 않고 남을 공경하는 사람을 패례(悖禮)라고 한다.】」

며, '그 어버이를 사랑하지 않고 타인을 사랑하는 것'[30]은 악에 맞는 것이 아니다. 이런 관점에서 보면, 공자가 "예라 예라고 하지만 그것이 옥이나 비단을 이르는 것이겠는가? 악이라 악이라고 하지만 그것이 종이나 북을 말하는 것이겠는가?"[31]라고 하였으니, 그 근본은 실제 효에 있을 뿐인 것이다.

광요도(廣要道)

84-3. 子曰 : "敎民親愛, 莫善於孝, 敎民禮順, 莫善於悌, 移風易俗, 莫善於樂, 安上治民, 莫善於禮."

공자가 말했다. "백성들에게 친하며 사랑하는 것을 가르치는 것은 효(孝)보다 좋은 것이 없고, 백성들에게 예절(禮節)과 공순(恭順)한 것을 가르치는 것은 제(悌 : 공경)보다 좋은 것이 없고, 기풍(氣風)을 옮겨 풍속을 바꾸는 것은 악(樂)보다 좋은 것이 없고, 윗분을 편안하게 하며 백성을 다스리는 것은 예(禮)보다 좋은 것이 없다."[32]

孝悌者人子之高行也, 禮樂者君子之深敎也. 以人子之高行, 寓君子之深敎, 其所因者本而已矣. 因親以敎愛而民莫不親愛, 因嚴以敎敬而民莫不禮順, 言禮順則親愛者樂也, 言親愛則禮順者敬也. 書曰 : "立愛惟親, 立敬惟長, 始于家邦, 終于四海." 記曰 : "立愛自親始, 敎民睦也,

---

30　『孝經』聖治 9. 「不愛其親 而愛他人者 謂之悖德【그 어버이를 사랑하지 않고 남을 사랑하는 사람을 패덕(悖德)이라고 한다.】

31　『論語』陽貨 17-9.

32　『孝經』廣要 12.

立敬自長始, 敎民順也." 古者敎民之道, 未嘗不始於愛敬而成於禮樂.

故孔子言 : "敎民親愛, 莫善於孝, 敎民禮順, 莫善於悌." 繼之以"移風易俗, 莫善於樂, 安上治民, 莫善於禮也." 今夫百里不同之風, 其氣有剛柔, 千里不同之俗, 其習有厚薄. 樂之善民心感人深, 則至剛之風, 可移而爲柔, 至薄之俗, 可易而爲厚, 移風而使之化, 易俗而使之變, 非樂而何? 樂記曰 : "樂行而倫淸, 移風易俗, 天下皆寧." 豈非樂之效耶?

夫有禮則安, 無禮則危, 所謂安上者, 舍禮何以哉? 禮之所興, 民之所治, 禮之所廢, 民之所亂, 所謂治民者, 舍禮何以哉? 記曰 : "君位危則法無常, 法無常則禮無列." 又曰 : "禮者下以治人之情, 終之以天下國家, 可得而正也." 豈非禮之效也?

然則詩止於移風俗, 樂則移風易俗何也? 蓋詩仁言也, 樂仁聲也, '仁言不如仁聲之入人深也[33]', 故其異如此. 然風可得而移, 俗可得而易, 人之風俗也, 修其敎, 不易其俗, 齊其政, 不易其宜, 天之風俗也.

別而言之, 上欲其安, 民欲其治, 通而論之, 民雖在所治, 亦未嘗不在所安也. 故曲禮言 : "毋不敬." 而其效至於安民, 論語言 : "修己以敬." 而其效至於安百姓.

효제(孝悌)는 자식 된 자의 고상한 행위이고, 예악(禮樂)은 군자의 심오한 가르침이다. 자식 된 자의 고상한 행위인 효제로써 군자의 심오한 가르침인 예악에 의탁하니, 그 기인하는 것은 근본일 뿐이다. 친함을 바탕으로 사랑을 가르쳐 백성들이 친애(親愛)하지 않음이 없고, 엄함을 바탕으로 공경을 가르쳐 백성들이 예순(禮順)하지 않음이 없으니, 예순을 말하면 친애는 악이고, 친애를 말하면 예순은 공경이다. 『서경』에 "사랑을 세우되 어버이로부터 하시며 공경을 세우되 어른으로부터 하셔서, 가(家:領地)[34]에서 시작하셔서 천하에 미쳐 마치소서"[35]라고 하고, 『예기』에

33　대본에는 '也深'으로 되어 있으나 『孟子』에 의거하여 '深也'로 바로잡았다.

34　가(家:領地) : 봉건사회에서 제후(諸侯)·경(卿)·대부(大夫)의 '가(家)'는 세금을 받아먹을 수 있는 채지(采地)의 영역이다.

"사랑을 세우되 어버이로부터 시작하는 것은 백성에게 화목을 가르친
것이고, 공경을 세우되 어른으로부터 시작하는 것은 백성에게 순함을 가
르친 것이다"[36]라고 하였으니, 옛날 백성을 가르치는 법은 애경(愛敬)에서
시작하여 예악에서 완성되지 않음이 없었다.

그러므로 공자는 "백성들에게 친하며 사랑하는 것을 가르치는 것은
효(孝)보다 좋은 것이 없고, 백성들에게 예절과 공순(恭順)한 것을 가르치
는 것은 제(悌)보다 좋은 것이 없다"라고 하고, 이어 "기풍(氣風)을 옮겨
풍속을 바꾸는 것은 악(樂)보다 좋은 것이 없고, 윗분을 편안하게 하며
백성을 다스리는 것은 예(禮)보다 좋은 것이 없다"라고 하였다. 백 리 안
이 풍기(風氣)가 다른 것은 그 기풍이 강유(剛柔)가 있기 때문이며, 천 리
안이 풍속이 다른 것은 그 습속이 후박(厚薄)이 있기 때문이다. 악이 민심
을 선하게 하고 사람을 깊이 감동시키면 지극히 사나운 기풍을 옮겨 부
드럽게 할 수 있으며, 지극히 야박한 풍속을 바꾸어 후덕하게 할 수 있
다. 풍기(風氣)를 옮겨 교화하며 풍속을 바꾸어 변하게 하는 것이, 악이
아니면 무엇이 할 수 있겠는가? 「악기」에 "악이 행해짐에 윤기(倫紀)가
맑아지고, 기풍(氣風)을 옮겨 풍속을 바꿀 수 있어 천하가 모두 편안하게
된다"[37]라고 하였으니, 어찌 악의 효과가 아니겠는가?

예가 있으면 편안하고 예가 없으면 위태롭게 되니, 이른바 윗분을 편
안하게 한다는 것은 예를 버려두고 무엇으로써 할 수 있겠는가? 예가 흥
하는 것이 백성이 다스려지는 것이며, 예가 폐해지는 것이 백성이 어지
러워지는 것이니, 이른바 백성을 다스린다는 것은 예를 버려두고 무엇으
로써 할 수 있겠는가? 『예기』에 "임금의 지위가 위태로우면 법이 무상(無
常)하게 되고, 법이 무상하면 예가 반열(班列)이 없게 된다"[38]라고 하고,

---

35 『書經』商書 / 伊訓 2. 이윤이 태갑(太甲)에게 성탕(成湯)의 덕을 진술하면서 한 말이
    다.
36 『禮記』祭義 24-15.
37 『禮記』樂記 19-13.
38 『禮記』禮運 9-16.

또 "예는 아래로는 사람의 정(情)을 다스려 마침내는 천하국가를 바로잡을 수 있다"[39]라고 하였으니, 어찌 예의 효과가 아니겠는가?

그렇다면 시(詩)는 풍(風)과 속(俗)을 옮겨 놓은 것에 그치는데, 악이 '기풍을 옮겨 풍속을 바꾼다'는 것은 무엇인가? 시는 어진 말[仁言]이고 악은 어진 소리[仁聲]니, '어진 말은 어진 소리가 사람 마음에 깊이 파고드는 것만 못하다'[40]라고 하였다. 그러므로 그 다름이 이와 같은 것이다. 그러나 풍(風)은 옮길 수 있고 속(俗)은 바꿀 수 있는 것은 사람의 풍속이고, 그 교화를 고칠 수 있으나 그 풍속을 바꿀 수 없으며 그 정사를 바르게 할 수 있으나 그 마땅함을 바꿀 수 없는 것은 하늘의 풍속이다.

나누어 말하면, 윗사람은 그 백성들이 편하기를 원하고 백성들은 그 윗사람이 잘 다스리기를 원하며, 통합하여 말하면, 백성들은 비록 다스림을 받는 입장에 있지만 일찍이 편안한 곳에 있지 않음이 없는 것이다. 그러므로 「곡례(曲禮)」에 "공경하지 않음이 없다"[41]라고 하였으니, 그 효과가 편안한 백성에게까지 이른 것이고,『논어』에 "경(敬)으로써 몸을 닦는다"[42]라고 하였으니, 그 효과가 백성을 편안하게 한 것에까지 이른 것이다.

---

39 『禮記』禮運 9-2.
40 『孟子』盡心上 13-14.
41 『禮記』曲禮 1-1.
42 『論語』憲問 14-42.

논어훈의(論語訓義)

권85 논어훈의(論語訓義)

팔일(八日)

팔일(八日)

85-1. 孔子謂季氏 : "八佾舞於庭, 是可忍也, 孰不可忍也?"

三家者以雍徹, 子曰 : "'相維辟公, 天子穆穆.' 奚取於三家之堂?"

공자가 계씨(季氏)에 대하여 말했다. "묘정(廟庭)에서 팔일무(八佾舞)를 추게 하니, 이런 짓을 차마 할 수 있다면 무슨 짓을 못하겠는가?"[1]

노나라의 대부 삼가(三家)가 제사 후 『시경』《옹(雍)》장을 연주하며 철상(徹床)하였는데, 공자가 전해 듣고 말했다. "'천자의 제사를 돕는 것은 제후들인데, 천자는 심원(深遠)한 기상으로 있다'[2]라고 한다. 그런데 어떻게 제후나라의 대부밖에 안 되는 삼가(三家)의 묘당(廟堂)에서 연주할

---

1   『論語』 八佾 3-1.
2   『詩經』 周頌 / 雝.

수 있다는 말인가?"[3]

'天下有道, 禮樂自天子出.' 故揚雄曰 : "周之禮樂, 庶事之備也." 天下無道, 禮樂自諸侯出. 故韓宣子曰 : "周之禮樂, 盡在魯矣!" 周德下衰, 禮廢樂壞, '太師摯適齊, 亞飯干適楚, 三飯繚適蔡, 四飯缺適秦, 鼓方叔入於河, 播鼗武入於漢, 少師陽, 擊磬襄, 入於海.' 故諸侯僭天子者有之, 大夫僭諸侯者有之, 陪臣僭大夫者有之, 及其甚也, 陪臣不僭大夫而僭天子. 季氏之八佾, 三家之雍徹, 陪臣之僭天子者也, 其爲不仁不智也, 甚矣.

蓋舞所以行八風, 佾所以[4]節八音, 八音克諧而樂成焉. 故舞必以八人爲佾, 自天子達於士, 降殺以兩. 士二之, 大夫四之, 諸侯六之, 惟天子得以備數而用八焉, 八佾凡六十四人矣.

季氏陪臣也, 不舞六[5]佾而舞八佾, 是僭用天子之數也, 三家不御琴瑟而歌雍徹, 是僭用天子之名也. 傳曰 : "名位不同, 禮亦異數." 禮樂所謹者, 名數而已. 文王世子曰 : "大樂正學舞干戚, 授數." 傳曰 : "惟名與器, 不可以假人, 亦不可以假於人." 古之人, 謹名數如此, 而陪臣之微, 且借竊而用之, 則禮樂所存無幾矣.

八佾季氏所獨故特言季氏, 雍徹三家所同故言三家. 歌貴聲於上, 故於雍徹言堂, 與'歌者在上'同意, 舞動容於下, 故於八佾言庭, 與'公庭萬舞'同意[6]. 故傳[7]曰 : "歌者象德, 在堂上, 舞者象功, 在堂下. 君子上德而下功." 於義或然.

周官 : "樂師凡國之小事, 帥學士而歌徹." "小師下管擊應鼓徹歌." "內宗及以樂徹則佐傳豆籩." "外宗以樂徹則眡豆籩." "膳夫以樂徹于

---

3   『論語』 八佾 3-2.
4   대본에 누락된 '佾所以'를 『禮記集說』(宋 衛湜 撰) 卷94에 의거하여 보충하였다.
5   대본에는 '二'로 되어 있으나 문맥이 통하지 않아 '六'으로 바로잡았다.
6   대본에 누락된 '意'를 사고전서 『樂書』에 의거하여 보충하였다.
7   대본에는 '禮'로 되어 있으나 사고전서 『樂書』에 의거하여 '傳'으로 바로잡았다.

造." 則天子歌徹, 不過乎雍, 非諸侯之振羽也. 雍歌於禘, 又用於徹, 與
鹿鳴燕羣臣, 又用於鄕飮酒同義.

杜預謂：“凡天子諸侯大夫士之舞, 一列遞減二人, 至士四人而止.”
非先王樂舞之意也. 傳曰：“天子八佾, 諸侯四佾, 所以別尊卑也.” 其言
天子八佾則是, 言諸侯四佾則非.

‘천하에 도가 있으면 예악이 천자로부터 나온다.’[8] 그러므로 양웅(揚雄)
이 “주나라의 예악에는 만사(萬事)가 갖추어져 있다”[9]라고 한 것이다. 천
하에 도가 없으면 예악이 제후로부터 나온다. 그러므로 한선자(韓宣子)[10]
가 “주나라의 예악이 모두 노나라에 있구나!”[11]라고 한 것이다. 주나라의
덕이 내려오면서 쇠락(衰落)하여 예가 피폐해지고 악이 무너지니, ‘태사
(太師) 지(摯)는 제나라로 가버리고, 아반(亞飯)을 맡은 간(干)은 초나라로
가버리고, 삼반(三飯)을 맡은 요(繚)는 채나라로 가버리고, 사반(四飯)을 맡
은 결(缺)은 진(秦)나라로 가버리고, 고(鼓)를 맡은 방숙(方叔)은 하내(河內)
로 들어가고, 도(鼗)를 흔드는 무(武)는 한중(漢中)으로 들어가고, 소사(少師)
인 양(陽)과 경(磬)을 치는 양(襄)은 해도(海島)로 들어가 버렸다.’[12] 그러므
로 제후로서 천자에게 참람한 자가 있었고, 대부로서 제후에게 참람한
자가 있었고, 배신(陪臣)[13]으로서 대부에게 참람한 자가 있었다. 심하게는
배신(陪臣)이 대부에게 참람하지 않고 천자에게 참람하였다. 계씨(季氏)가

---

8   『論語』季氏 16-2.
9   『法言』問神 5-21.
10   진(晉)나라 정경(正卿)인 한기(韓起)이다.
11   『春秋左氏傳』昭公 2年(1).
12   『論語』微子 18-9. 이곳에서 말하고 있는 악관들은『논어집주(論語集註)』주자(朱子)
    주(註)에 의하면 노나라 악관들이라고 하였다. 특히 양(襄)은 공자가 찾아가 금(琴)
    을 배운 사람이다.
13   배신(陪臣)：옛날 천자의 신하는 제후이고, 제후의 신하는 대부이고, 대부는 또한 가
    신(家臣)을 두고 있었다. 대부가 천자에 대한 관계나, 대부의 가신(家臣)이 제후에
    대한 관계와 같이 한 단계 건너는 관계의 아랫사람을 배신(陪臣)이라고 한다. 옛날
    제후의 경대부가 천자에 대하여 스스로 ‘배신(陪臣)’이라고 일컬었다. 이곳의 배신
    (陪臣)은 대부의 가신(家臣)이다.

자행한 팔일무(八佾舞)와 삼가(三家)가 자행한 제사 후 『시경』《옹(雍)》장을 연주하며 철상(徹床)한 것이 배신(陪臣)이 천자에게 참람하였던 것이니,14 불인(不仁)하고 지혜롭지 못한 것이 심하였다.

춤은 팔풍(八風)15을 행하는 것이고,16 일무(佾舞)는 팔음으로 반주하는 것이니, 팔음의 악기가 능히 어울려 악이 완성된다. 그러므로 춤은 반드시 여덟 사람으로 춤추는 줄을 세우니, 천자로부터 사(士)에 이르기까지 두 줄씩 줄인다. 사(士)는 두 줄로써 하고, 대부는 네 줄로써 하고, 제후는 여섯 줄로써 하고, 천자만이 수를 갖추어 여덟 줄을 쓸 수 있으니, 팔일(八佾)은 모두 64명이다.17

계씨(季氏)는 배신(陪臣)이어서 육일(六佾)도 출 수 없는데18 팔일을 추었으니, 이것은 천자의 수를 참람하게 쓴 것이다. 삼가(三家)는 금(琴)과 슬

14　배신(陪臣)이~것이니 : 『樂書』153-5. 「大祭祀 告禮成之後 有司 徹室中饋饌 禮之終也 徹必歌雍 樂之終也【대제사(大祭祀)는 예가 완료된 것을 아뢴 뒤에 담당관이 사당(祠堂)에 올렸던 제수(祭需)를 거두어들이니 예(禮)의 마침이고, 철상할 때는 반드시 《옹(雍)》장을 노래하면서 하니 악(樂)의 마침이다.】계씨(季氏)를 비롯한 삼가(三家)는 노나라의 대부(大夫)이므로 천자와의 관계에서 보면 배신(陪臣)에 지나지 않는데, 천자의 예악을 참람하게 쓴 것이다.

15　팔풍(八風) : 여덟 방향에서 불어오는 바람으로 동지(冬至) 후 45일에 부는 조풍(條風)을 비롯해서 그 뒤로 45일마다 부는 명서풍(明庶風)·청명풍(清明風)·경풍(景風)·양풍(凉風)·창합풍(閶闔風)·부주풍(不周風)·광막풍(廣莫風)이다.〈『禮記』 樂記 19-13의 孔穎達 疏〉

16　춤은~것이고 : 『春秋左傳要義』(宋 魏了翁 撰) 卷4 隱公四年至五年 / 八方之風凡二說. 「夫舞 所以節八音 而行八風 …… 八方風氣 寒暑不同 樂能調陰陽 和節氣 八方風氣 由舞而行 故舞 所以行八風也【춤은 팔음(八音)의 악기로 반주하여 팔풍(八風)을 행하여 나타내는 것이다. …… 팔방(八方)의 풍기(風氣)는 한서(寒暑)가 같지 않는데, 악이 음양과 절기를 고르게 할 수 있다. 팔방의 풍기는 춤을 따라 행해진다. 그러므로 춤은 팔풍(八風)을 행하는 것이다.】」

17　춤은~64명이다 : 진양은 춤은 팔음(八音)으로 반주하는 것이므로, 춤추는 열(列)은 8인이어야 한다고 생각했다. 이는 '천자는 8×8인, 제후는 6×8인, 대부는 4×8인, 사(士)는 2×8인으로 이루어진 일무(佾舞)를 쓴다'는 후한(後漢) 복건(服虔)의 설을 따른 것이다.

18　계씨(季氏)는~없는데 : 계씨는 노나라의 대부로서 제후의 신하니, 천자 입장에서 보면 배신(陪臣)이다. 따라서 사일(四佾)을 써야한다.

(瑟)을 반주로 철상할 수 없는데 제사 후《옹(雍)》장을 노래하며 철상(徹床)하였으니, 이것은 천자의 작호(爵號)을 참람하게 쓴 것이다. 전(傳)에 "명칭과 지위가 같지 않으니 예우(禮遇)에도 등급이 달라야 한다"[19]라고 하였으니, 예악에서 삼갈 것은 명칭에 적당한 지위와 예우에 맞는 등급일 뿐이다. 「문왕세자(文王世子)」에 "대악정(大樂正)이 간척(干戚)을 잡고 추는 무무(武舞)를 교육할 때 편(篇)과 장(章)의 수(數)를 준다"[20]라고 하고, 전(傳)에 "귀신을 섬기는 명목(名目)과 종묘에서 쓰는 그릇은 남에게 빌려줄 수 없고, 또한 남에게 빌려올 수 없다"[21]라고 하였다. 옛 사람이 명칭과 예우의 등급을 삼간 것이 이와 같았는데, 미천한 배신(陪臣)으로써 분수에 맞지 않게 썼으니, 예악의 존재가 거의 없었던 것이다.

팔일은 계씨(季氏) 한 가문만 하였으므로 다만 계씨만 말하였고, 제사후 『시경』《옹(雍)》장을 노래하며 철상(徹床)하는 것은 삼가(三家)[22]가 동일하게 하였으므로 삼가(三家)를 말하였다. 노래는 소리를 귀하게 여겨 위에서 부른다. 그러므로 《옹(雍)》장을 노래하며 철상(徹床)하는 것에 대하여 '묘당(廟堂)'을 말하였으니, '노래하는 사람이 당상에 있다'[23]는 것과 같은 뜻이다. 춤은 용의(容儀)를 움직여 아래에서 춘다. 그러므로 팔일(八佾)에 대하여 '묘정(廟廷)'을 말하였으니, '공정(公庭)에서 《만무(萬舞)》를 춘다'[24]는 것과 같은 뜻이다. 그러므로 전(傳)에 "노래는 덕을 표현한 것이니 당상에 있고, 춤은 공(功)을 표현한 것이니 당하에 있다. 군자는 덕을 높게 여기고 공(功)을 낮게 여긴다"[25]라고 하였는데, 의미가 혹 그러하

---

19 『春秋左氏傳』莊公 18年(1).

20 『禮記』文王世子 8-3.

21 『孔子家語』卷9 正論解 第41.『공자가어(孔子家語)』는 공자의 언행과 제자들과의 문답·논의를 기록한 10권 44편으로 이루어진 책이다.

22 삼가(三家) : 춘추시대 노나라의 대부 맹손씨(孟孫氏)·숙손씨(叔孫氏)·계손씨(季孫氏)를 가리킨다.

23 『禮記』郊特牲 11-5.

24 『詩經』邶風 / 簡兮. 만무(萬舞)는 상(商)나라와 주(周)나라 천자의 악으로 방패를 들고 추는 《간무(干舞)》이다. 〈『樂書』81-4〉

다.

『주례』에 "악사(樂師)는 모든 국가의 작은 일에 학사(學士)들을 인솔하고 노래하여 철상(撤床)하게 한다"[26]라고 하고, "소사(小師)는 당하에서 관(管)을 불고 응고(應鼓)를 치며 철상할 때 노래를 부른다"[27]라고 하며, "내종(內宗)은 악으로 철상할 때가 되면 외종(外宗)에게 두(豆)와 변(籩)을 전달한다"[28]라고 하고, "외종(外宗)은 악을 연주하여 철상할 때면 두(豆)와 변(籩)을 점검한다"[29]라고 하며, "선부(膳夫)는 악을 연주하여 음식을 만든 곳으로 철상한다"[30]라고 하였다. 종합하면 천자가 상을 물릴 때 부르는 노래는 《옹(雍)》장에 불과하지, 제후(諸侯)가 상을 물릴 때 하는 《진우(振羽)》[31]장이 아니었다. 《옹(雍)》장은 체(禘)제사[32]에서 부르는 노래인데 또 상을 물릴 때도 썼으니, 《녹명(鹿鳴)》장이 많은 신하에게 잔치를 베풀 때 쓰이고 또 향음주(鄉飮酒)[33]에도 쓰였던 것과 같은 뜻이다.

두예(杜預)[34]는 "천자 · 제후 · 대부 · 사(士)의 일무(佾舞)는 한 열에 두

---

[25] 『白虎通義』(漢 班固 撰) 卷上 德論上 / 禮樂. 주 문왕(周文王)의 덕은 당상에서 금(琴)과 슬(瑟)을 반주로 《청묘(淸廟)》의 시를 노래하고, 무공(武功)을 이룬 주 무왕(周武王)의 《대무(大武)》 춤은 당하에서 춘 것 같은 것이다.

[26] 『周禮』 春官 / 樂師 0.

[27] 『周禮』 春官 / 小師 0.

[28] 『周禮』 春官 / 外宗 0. 외종은 왕과 성이 다른 여인으로 관직을 받은 자이며 왕후를 도와 제사와 상례를 보좌한다. 두(豆)는 나무를 깎아 만든 목제기이고, 변(籩)은 대나무로 짜서 만든 대제기이다.

[29] 『周禮』 春官 / 內宗 0. 내종은 왕과 동성이며 덕이 있는 여인으로 작위(爵位)를 받은 자이다.

[30] 『周禮』 天官 / 膳夫 0. 선부(膳夫)는 왕의 음식담당 책임자이다.

[31] 진우(振羽) : 『禮記』 仲尼燕居 28-6. 「客出以雍 徹以振羽【손님이 나갈 때 《옹(雍)》장을 노래하고, 상을 거둘 때 《진우(振羽)》를 노래한다.】」 그 孔穎達 疏. 「振羽卽振鷺詩 亦樂章名也《진우》는 곧 『시경』 주송(周頌) 《진로(振鷺)》장이니 또한 악장 이름이다.】」

[32] 체(禘)제사 : 제왕(帝王)이 시조(始祖)를 하늘에 배향(配享)하는 대제(大祭).

[33] 향음주(鄉飮酒) : 주대(周代) 향학(鄉學)에서는 3년의 수업을 마치면 그 덕행(德行) · 도예(道藝)를 고찰하여 현자(賢者) · 능자(能者)를 임금에게 추천하였는데, 이 때 향대부(鄉大夫)가 주인이 되어 송별연을 베풀던 일이다. 〈『儒敎大事典』(儒敎事典編纂委員會, 1990) 1701쪽〉

명씩 차례로 감소하여 사(士)가 네 사람에 이르러 그친다"[35]라고 하였는데, 선왕(先王)의 악무(樂舞)의 뜻이 아니다. 전(傳)에 "천자는 팔일(八佾)을 쓰고 제후는 사일(四佾)을 쓰니, 존비(尊卑)를 분별하는 법이다"[36]라고 하였는데, 천자 팔일(八佾)은 맞고, 제후 사일(四佾)은 틀렸다.[37]

85-2. 人而不仁, 如禮何? 人而不仁, 如樂何?

사람이면서 불인(不仁)하면 어떻게 예를 쓸 수 있으며, 사람이면서 불인하면 어떻게 악을 쓸 수 있겠는가?[38]

五常以仁爲首, 六藝以禮樂爲先. 仁者禮樂之質, 禮樂者仁之文. 周官掌禮樂以春官, 明禮樂以仁而立也. 孟子言禮樂後於事親之實, 明禮樂以仁爲質也. 仲尼燕居言 : "序其禮樂." 繼之以"君子知仁."者, 近取諸人, 以明禮樂之本於仁也, 檀弓言 : "樂樂其所自生, 禮不忘其本." 繼之以"狐死正丘首."者, 遠取諸物, 以明禮樂之本於仁也. 然則'人而不仁, 如禮樂何'哉? 此季氏僭用八佾之樂, 旅祭之禮. 孔子謂之 : "是可忍也, 孰不可忍也." 其不仁可知.

通而言之, 禮樂同出於仁, 別而言之, 則'仁近於樂, 義近於禮'矣. 與

---

34 두예(杜預) : 222~284. 진 무제(晉武帝) 때 탁지상서(度支尙書)에 제수되었으며, 지략이 풍부하여 두무고(杜武庫)라고 불리었다. 후에 진남대장군(鎭南大將軍)에 임명되고, 오(吳)나라를 평정한 공로로 당양현후(當陽縣侯)에 봉해졌다. 『春秋左氏經傳集解』·『春秋釋例』 등을 지었다.

35 진양은 춤은 팔음(八音)으로 반주하는 것이므로, 춤추는 열(列)은 8인이어야 한다고 생각했다. 이는 '천자는 8×8인, 제후는 6×8인, 대부는 4×8인, 사(士)는 2×8인으로 이루어진 일무(佾舞)를 쓴다'는 후한(後漢) 복건(服虔)의 설을 따른 것이다. 그에 따라 '천자는 8×8인, 제후는 6×6인, 대부는 4×4인, 사(士)는 2×2인으로 이루어진 일무를 쓴다'라고 하여 열(列)과 일(佾)의 수를 같은 것으로 보는 두예의 설을 비판한 것이다.

36 『白虎通義』(漢 班固 撰) 卷上 德論上 / 禮樂.

37 제후~틀렸다 : 제후는 육일무(六佾舞)이다.

38 『論語』 八佾 3-3.

孔子言‘孝悌仁之本’, 孟子以‘仁之實爲孝 義之實爲悌’, 同意. 蓋仁義
人之道也, 禮樂德之則也. 孟子論仁義, 多合而言之, 至孔子, 必離而言
之, 雖稱立人之道, 亦曰仁與義而已, 孔子論禮樂, 多合而言之, 至孟
子, 必離而言之, 雖稱事親從兄之實, 亦曰禮以節文之, 樂以樂之而已.
聖人之言, 非苟異也, 各有所當云爾.

‘老氏揙提仁義, 絶滅禮樂’, 而莊周和之曰 : “道德不廢, 安取仁義,
性情不離, 安用禮樂.” “而且悅仁邪? 是亂於德也, 悅義邪? 是悖於理
也, 悅禮邪? 是相於技也, 悅樂邪? 是相於淫也.” 豈老莊與孔孟異意哉?
蓋孔孟顯道德以爲仁義, 發性情以爲禮樂, 所以經世, 老莊則反之以復
本而已.

　　오상(五常)[39]의 첫째는 인(仁)이고 육예(六藝)[40]의 첫째는 예악이다. 인은
예악의 본질이고 예악은 인의 표현이다.[41] 『주례』에서는 춘관(春官)[42]에서
예악을 관장하니 인(仁)을 바탕으로 예악을 밝혀 세운 것이다. 『맹자』에
서는 예악을 어버이를 섬기는 실제보다 뒤에 놓고[43] 말하였으니, 예악을
밝힘에 인(仁)으로써 본질을 삼은 것이다. 「중니연거(仲尼燕居)」에 “예악을
차례로 진행하다”라고 하고, 이어 “군자가 인(仁)을 안다”[44]라고 한 것은

39　오상(五常): 인(仁)·의(義)·예(禮)·지(智)·신(信).

40　육예(六藝): 예(禮)·악(樂)·사(射)·어(御)·서(書)·수(數).〈『周禮』地官 / 大司徒 15〉

41　인은~표현이다: 『論語』八佾 3-3. 「子曰 人而不仁 如禮何 人而不仁 如樂何【공자가
　　말했다. “사람이면서 불인(不仁)하면 어떻게 예(禮)를 쓸 수 있으며, 사람이면서 불
　　인(不仁)하면 어떻게 악(樂)을 쓸 수 있겠는가?”】

42　춘관(春官): 주대(周代) 육관(六官)의 하나로 예법(禮法)·제사(祭祀)의 일을 맡았다.
　　대종백(大宗伯)이 그 장(長)이다.

43　『맹자』에서는~놓고: 『孟子』離婁上 7-27. 「仁之實 事親是也 義之實 從兄是也 智之
　　實 知斯二者弗去是也 禮之實 節文斯二者是也 樂之實 樂斯二者 樂則生矣 生則惡可
　　已也 惡可已則不知足之蹈之手之舞之【인(仁)의 실제는 어버이를 섬기는 것이 그것이
　　고, 의(義)의 실제는 형을 따르는 것이 그것이고, 지(智)의 실제는 이 두 가지를 알아
　　버리지 않는 것이 그것이고, 예의 실제는 이 두 가지를 절도(節度) 짓는 형식이 그것
　　이고, 악의 실제는 이 두 가지를 즐기는 것이니, 즐거워하면 인(仁)과 의(義)의 마음
　　이 생기니, 생기면 어떻게 그만둘 수 있겠는가? 그만둘 수 없으면 부지불식간에 손
　　발이 춤추게 된다.】

가까이 사람에게 찾아 예악이 인(仁)에 근본하고 있는 것을 밝힌 것이다. 「단궁(檀弓)」에 "악은 그 시원(始原)을 즐기는 것이고, 예는 그 근본을 잊지 않는 것이다"라고 하고, 이어 "여우가 죽을 때 제가 살던 언덕 쪽으로 머리를 향하고 죽는다"[45]라고 한 것은 멀리 동물에게 찾아 예악이 인(仁)에 근본하고 있는 것을 밝힌 것이다. 그렇다면 '사람이면서 불인(不仁)하면 어떻게 예악을 쓸 수 있겠는가?'라는 것은 계씨(季氏)가 팔일(八佾)의 악과 여제(旅祭)의 예를 분수에 맞지 않게 썼기 때문이다.[46] 공자가 이에 대해 "이런 짓을 차마 할 수 있다면 무슨 짓을 못하겠는가?"[47]라고 하였으니, 그 불인(不仁)을 알 수 있다.

통합하여 말하면 예악이 동일하게 인(仁)에서 나왔고, 나누어 말하면 '인(仁)은 악에 가깝고 의(義)는 예에 가깝다.'[48] 공자가 '효제(孝悌)가 인

---

[44] 『禮記』仲尼燕居 28-6.「兩君相見 揖讓而入門 入門而縣興 揖讓而升堂 升堂而樂闋 下管象武 夏籥序興 陳其薦俎 序其禮樂 備其百官 如此而后君子知仁焉【두 임금이 만나 절하고 사양하여 문에 들어가는데, 문에 들어가면 종과 경(磬)의 악을 연주한다. 절하고 사양하여 당에 오르면 악을 그친다. 당하에서 관(管)으로《상(象)》을 연주하며《대무(大武)》의 춤을 추며, 약(籥)으로《대하(大夏)》를 연주하여 모든 곡을 차례로 연주한다. 그 천조(薦俎)를 진설하고, 그 예악을 차례로 진행하며, 그 백관(百官)을 갖추는데, 이와 같이 한 뒤에야 군자가 인(仁)을 아는 것이다.】」

[45] 『禮記』檀弓上 3-26.「君子曰 樂樂其所自生 禮不忘其本 古之人有言曰 狐死正丘首 仁也【군자가 말했다. "악은 그 나오게 된 유래를 즐기는 것이고, 예는 그 근본을 잊지 않는 것이다. 옛 사람의 말에 '여우가 죽을 때 제가 살던 언덕 쪽으로 머리를 향하고 죽는 것은 인(仁)이다'라고 하였다."】」

[46] 여제(旅祭)의~때문이다: 『論語』八佾 3-6.「季氏旅於泰山 子謂冉有曰 女弗能救與 對曰 不能 子曰 嗚呼 曾謂泰山不如林放乎【계씨가 태산에 여제(旅祭)를 지내려 하자, 공자가 염유에게 말했다. "네가 바로잡을 수 없겠느냐?" 염유가 대답하였다. "할 수 없습니다." 공자가 말했다. "아! 일찍이 태산의 신령이 임방(林放)보다 못하다고 생각하느냐?"】 여제(旅祭)는 제후가 봉내(封內)의 산천에 지내는 제사인데, 제후의 대부에 불과한 계씨가 지냈으니 참람한 짓이었다.

[47] 『論語』八佾 3-1.

[48] 『禮記』樂記 19-6.「天高地下 萬物散殊 而禮制行矣 流而不息 合同而化 而樂興焉 春作夏長 仁也 秋斂冬藏 義也 仁近於樂 義近於禮 樂者敦和 率神而從天 禮者別宜 居鬼而從地【하늘은 높고 땅은 낮으며 만물이 각양각색으로 있어 자연의 예제(禮制)가 행해지고, 유행하여 쉬지 않으며 합쳐 화성(化成)하여 자연의 악이 일어나니, 봄에 농사를 시작하고 여름에 자라는 것은 인(仁)이고, 가을에 거두고 겨울에 저장하는 것

(仁)을 행하는 근본'[49]이라고 말한 것과, 『맹자』가 '인(仁)의 실제를 효로 여기고 의(義)의 실제를 제(悌)로 여긴 것'[50]은 같은 뜻이다. 인의(仁義)는 사람의 도리이고 예악은 덕의 법칙이다. 맹자가 인의를 논함에 통합하여 말한 것이 많은데, 공자는 반드시 분리하여 말하여 비록 사람의 도리를 일컬을지라도 또한 인(仁)과 의(義)일 뿐임을 말했다. 공자가 예악을 논함에 합하여 말한 것이 많은데, 맹자는 반드시 분리하여 말하여 비록 어버이를 섬기고 형을 따르는 실제를 일컬을지라도 또한 예로써 절문(節文)하고 악으로써 즐겁게 할 뿐[51]임을 말했다. 이를 보면 성인의 말씀이 참으로 다르지 않고 각각 당연한 도리가 있을 따름이다.

'노자(老子)는 인의(仁義)를 던져버리고 예악을 없앴는데,'[52] 장주(莊周)는 그에 화답하기를 "도덕을 버리지 않으면 어떻게 인의를 채택할 수 있으며, 타고난 성정(性情)을 떠나지 않으면 어떻게 예악을 쓸 수 있겠는가?"[53]라고 하고, "또한 인(仁)을 좋아하는가? 이는 덕을 어지럽히는 것이다. 의(義)를 좋아하는가? 이는 이치를 거스르는 것이다. 예를 좋아하는가? 이는 기교를 조장하는 것이다. 악을 좋아하는가? 이는 넘침을 조장하는 것이다"[54]라고 하였다. 어떻게 노자·장주와 공자·맹자가 의미가 다른가? 공자·맹자는 도덕을 드러내 인의를 삼고 성정(性情)을 나타내

은 의(義)니, 인(仁)은 악에 가깝고 의(義)는 예에 가깝다.】

49　『論語』學而 1-2.「孝弟也者 其爲仁之本與【효제(孝弟)라는 것은 그 인(仁)을 행하는 근본일 것이다.】

50　『孟子』離婁上 7-27.「仁之實 事親是也 義之實 從兄是也【인(仁)의 실제는 어버이를 섬기는 것이 그것이고, 의(義)의 실제는 형을 따르는 것이 그것이다.】

51　예로써~뿐:『孟子』離婁上 7-27.「禮之實 節文斯二者是也 樂之實 樂斯二者【예의 실제는 이 두 가지를 절도(節度) 짓는 형식이 그것이고, 악의 실제는 이 두 가지를 즐기는 것이다.】

52　『法言』問道 4-6.「老子之言道德 吾有取焉耳 及搥提仁義 絶滅禮學 吾無取焉耳【노자(老子)가 도덕을 말한 것은 내가 취할 것이 있었지만, 인의(仁義)를 던져버리고 예악을 없애는 것에 미쳐서는 내가 취할 것이 없었다.】

53　『莊子』馬蹄 1.

54　『莊子』在宥 1.

예악을 삼았으니 세상을 다스리는 도구가 된 것이고, 노자·장주는 그 반대로 하여 근본을 회복하려했을 뿐이기 때문이다.

85-3. 關雎, 樂而不淫, 哀而不傷.
《관저(關雎)》는 즐거우면서도 정도가 지나치지 않고, 슬프면서도 화(和)를 해치지 않는다.[55]

'推恩而不理 不成仁, 遂理而不敢 不成義, 審節而不和[56] 不成禮[57], 和而不發 不成樂,' 仁義禮樂, 無非德也.

關雎美后妃之德, 亦宜不出於此. 蓋后妃之於賢才, 求之未得, 則思以致其哀, 求之旣得, 則悅以致其樂. '友之以琴瑟, 樂之以鐘鼓', 樂之非不至也, 然且不淫焉, '求之以寤寐, 思之以反側', 哀之非不至也, 然且不傷焉.

樂者樂也, 不淫色禮也, 哀者仁也, 不傷善義也. 樂而節之以禮, 仁而成之以義, 后妃之德也. 衛之夫人無德, 靜女之詩, 以'城隅之禮·彤管之樂'刺之, 則仁義可知, 豈不爲后妃罪人乎?

此與詩序先樂後哀者, 后妃之心, 詩先哀後樂者, 事辭之序, 說詩者, 逆其心 作詩者, 序其事故也. 關雎樂而不淫, 豳則勤而不怨, 吳季札以二南爲勤而不怨, 豳爲樂而不淫, 何也? 蓋關雎樂而不淫, 后妃之德而已, 勤而不怨, 則二南之事也, 豳勤而不怨, 則豳民之事而已, 樂而不淫, 則豳國之風也.

---

⁵⁵ 『論語』 八佾 3-20. 《관저(關雎)》는 『시경』 국풍(國風)의 주남(周南)에 있다. 문왕(文王)의 후비(后妃)인 태사(太姒)의 덕을 노래한 것으로, 3장으로 구성되어 있다. 혼인(婚姻)은 생민지시(生民之始)이며 만복지원(萬福之源)이므로, 후비의 행실이 천지의 이치에 합당함을 노래한 이 시를 『시경』의 서두로 삼았다고 한다.

⁵⁶ 대본에는 '和'로 되어 있고 『荀子』에는 '知'로 되어 있으나, 당(唐)나라 양경(楊倞)의 주(註)에 따라 '和'를 그대로 두었다.

⁵⁷ 대본에는 '理'로 되어 있으나 『荀子』에 의거하여 '禮'로 바로잡았다.

'은혜를 미루어 생각해도 도리가 아니면 인(仁)이 이루어지지 않고, 도리에 맞게 수행하더라도 용감하게 행하지 않으면 의(義)가 이루어지지 않고, 절도(節度)를 밝게 살펴도 화합하지 않으면 예(禮)가 이루어지지 않고, 화하여도 팔음(八音)의 악기에 발하지 않으면 악(樂)이 이루어지지 않으니,'[58] 인·의·예·악이 덕 아님이 없다.

《관저(關雎)》는 후비(后妃)의 덕을 찬미하였으니, 또한 이런 내용에 벗어나지 않는 것이 당연하다. 후비(后妃)가 현재(賢才)를 구하다 얻지 못하니 근심하여 슬픔에 이르고, 구하여 얻게 되니 기뻐하여 즐거움에 이르렀다. 그래서 '금(琴)과 슬(瑟)로써 친히 하고 종과 북으로써 즐겁게 하여'[59] 즐거움이 지극한데까지 이르렀지만, 그런데도 정도가 지나치지는 않았고, '자나 깨나 구하고 전전반측(輾轉反側) 근심하여' 슬픔이 지극한데까지 이르렀지만 그런데도 성정(性情)을 상하지는 않았다.

즐거운 것은 악이고 여색에 빠지지 않는 것은 예이며, 슬퍼하는 것은 인(仁)이고 선(善)을 상하게 하지 않는 것은 의(義)이다. 악은 예로써 절도에 맞게 하고 인은 의로써 이루니, 후비(后妃)의 덕이었다. 위(衛)나라 부인(夫人)이 덕이 없어 《정녀(靜女)》[60]의 시에서 '성 모퉁이의 예와 붉은 대통의 악'[61]으로 풍자하였으니, 인과 의가 어떠하였다는 것을 알 수 있다. 어떻게 후비에 대한 죄인이 되지 않겠는가?

이 대문과 모시서(毛詩序)[62]에서 즐거움을 먼저 하고 슬픔을 뒤에 한

---

58 『荀子』大略 27-14.

59 『詩經』周南 / 關雎.「求之不得 寤寐思服 悠哉悠哉 輾轉反側 …… 窈窕淑女 琴瑟友之 …… 窈窕淑女 鍾鼓樂之【구하여도 얻지 못하여 자나 깨나 그리워하네. 아득하고 아득해라 엎치락뒤치락하네. …… 요조(窈窕)한 숙녀를 금(琴)과 슬(瑟)로 친히 하도다. …… 요조(窈窕)한 숙녀를 종과 북으로 즐겁게 하도다.】」

60 정녀(靜女):『詩經』邶風 / 靜女의 毛詩序.「靜女 刺時也 衛君無道 夫人無德《정녀》는 시대를 풍자한 시니, 위(衛)나라 군주는 무도하고 부인(夫人)은 덕이 없었다.】」

61 『詩經』邶風 / 靜女.「靜女其姝 俟我於城隅 …… 靜女其變 貽我彤管【얌전한 아가씨 예쁘기도 한데, 나를 성 모퉁이에서 기다리네. …… 얌전한 아가씨 아름답기도 한데, 나에게 붉은 대통을 선물하네.】《정녀(靜女)》는 남녀가 야합(野合)하기 위해 만나기로 약속하였으나 오지 않은 것을 읊은 시이다.

것은 후비(后妃)의 마음이고, 시에서 슬픔을 먼저하고 즐거움을 뒤에 한 것은 일에 따른 말의 차례이다.[63] 시를 해설하는 사람은 그 마음을 헤아리고 시를 짓는 사람은 그 일을 차례로 서술하기 때문이다. 《관저(關雎)》는 즐거워하면서도 정도가 지나치지 않고, 「빈풍(豳風)」[64]은 수고로우면서도 원망하지 않았는데, 오나라 계찰(季札)[65]이 「주남(周南)」[66]과 「소남(召南)」[67]을 노래한 것에 대하여 수고로우면서도 원망하지 않았다고 하고, 「빈풍(豳風)」을 노래한 것에 대하여 즐거워하면서도 정도가 지나치지 않았다고 한 것은 무엇 때문인가?[68] 이는 《관저(關雎)》가 즐거워하면서도

<ol>
<li value="62">모시서(毛詩序) : 모시(毛詩)는 한대(漢代) 모시학(毛詩學)의 창시자 모형(毛亨)이 전한 시로 첫 편인 《관저(關雎)》 앞에 대서(大序)가 있고, 각 시마다 소서(小序)가 있다.</li>
<li value="63">이 대문과~차례이다 : 이 대문은 '樂'을 먼저하고 '哀'를 뒤에 하고, 모시서(毛詩序)에서도 「關雎 樂得淑女以配君子 …… 哀窈窕-後略」이라고 써 '樂'을 앞에 '哀'를 뒤에 썼으며, 시에서는 슬픔을 나타내는「寤寐求之 求之不得」을 앞에 쓰고 즐거움을 나타내는 「窈窕淑女 鐘鼓樂之」를 뒤에 쓰고 있다.</li>
<li value="64">빈풍(豳風) : 『시경』 편명의 하나로 모두 7수의 시가 수록되어 있다. 주(周)나라가 빈(豳)의 뒤를 이어 그 영토에서 일어났으므로, 이것은 주공(周公)의 작품이거나 혹은 주공을 위해 지은 시라고 본다.</li>
<li value="65">계찰(季札) : B.C. 575~B.C. 485. 중국 춘추시대 오나라의 현자(賢者)이다. 오나라 합려왕의 막내 아들로 후계자의 물망에 올랐으나 사양하였다. 연릉(延陵)에 봉해져 연릉계자로 불렸다. 노나라에 가던 길에 서(徐)나라를 지나게 되었는데, 서나라 임금이 그의 검(劍)을 부러워하는 기색을 보이자, 지금 노나라로 가는 길이라 줄 수 없지만 돌아갈 적에는 주고 가야겠다고 생각했다. 돌아오는 길에 들렀더니 서나라 임금이 죽고 없었으므로 검을 그 무덤 위에 놓음으로써 약속을 지켰다고 한다.</li>
<li value="66">주남(周南) : 『시경』 편명의 하나이다. 주(周)는 나라 이름이고 남(南)은 주공(周公)과 소공(召公)의 덕화가 남쪽까지 행해졌다는 뜻이다. 모두 11수가 수록되어 있는데, 이 시들은 대체로 은말(殷末)에서 주초(周初)에 걸친 시기의 작품으로 추정한다.</li>
<li value="67">소남(召南) : 『시경』 편명의 하나로 주남(周南) 이남 지역인 한수(漢水) 하류에서 장강(長江) 일대에 이르는 지역에서 채집된 시들로써 모두 14수가 수록되어 있다. 대략 주초(周初)의 작품으로 추정한다.</li>
<li value="68">오나라~때문인가? : 『春秋左氏傳』 襄公 29年(13). 「使工爲之歌周南召南 曰 美哉 始基之矣 猶未也 然勤而不怨矣 …… 爲之歌豳 曰 美哉 蕩乎 樂而不淫 其周公之東乎【악공에게 주남(周南)과 소남(召南)을 노래하게 하자 "아름답다! 처음 터전을 닦을 때 아직 안정되지 못하였으나 수고로우면서도 원망하지 않고 있다"라고 하였다. …… 빈(豳)나라 노래를 하게 하자 "아름답다! 크게 즐거워하면서도 음란(淫亂)하지 않으</li>
</ol>

지나치지 않은 것은 후비(后妃)의 덕일 뿐이고, 수고로우면서도 원망하지 않는 것은 「주남(周南)」과 「소남(召南)」의 일이었으며, 「빈풍(豳風)」이 수고로우면서도 원망하지 않는 것은 빈(豳)나라 백성의 일일 뿐이고, 즐거워하면서도 정도가 지나치지 않는 것은 빈(豳)나라 백성의 풍속이었다는 것이다.

팔일(八佾) · 술이(述而) · 태백(泰伯)

팔일(八佾)

86-1. 子語魯太師樂曰 : 樂其可知也, 始作, 翕如也, 從[1]之, 純如也, 皦如也, 繹如也, 以成.

공자가 노나라[2] 태사(太師)에게 악에 대하여 말하였다. "악의 연주는 알 수 있는 것이니, 시작할 때는 합해지듯 해서, 이어 모든 음이 조화가 이루어져야 하며, 가락과 장단이 분명해야 하며, 연속적으로 이어져 맺는 것이다."[3]

---

1   대본에는 '縱'으로 되어 있으나 『論語』에 의거하여 '從'으로 바로잡았다.
2   노나라 : 노(魯)나라는 주 무왕(周武王)의 아우 주공 단(周公旦)의 아들 백금(伯禽)이 세운 나라로 주나라에게는 가장 가까운 친척 국가이다.
3   『論語』 八佾 3-23.

周衰樂壞, 工師之徒, 或去而不存於朝, 或存而不知乎樂. '大師摯適齊, 少師陽入於海', 去而不存於朝者也. 孔子之所語者, 存而不知乎樂者也.

蓋羽之爲物, 翕則合而斂, 張則散而縱, 樂亦如之. '始作翕如也', 則合之以柷, 非能成之也, 先之而已. '從[4]之純如也', 則五聲單出而不雜, 非迭相陵也, 各歸其分而已. '皦如也', 則淸明象天而不可掩, '繹如也', 則終始象四時而不可窮, 樂之一成其可知者, 不過此爾. 然猶語其粗者而已.

若夫'黃帝張咸池之樂於洞庭之野, 始吾[5]奏之以人, 徵[6]之以天, 其卒無尾, 其始無首', 則始作翕如, 不足道也, 次'奏之以陰陽之和, 燭之以日月之明, 其聲揮綽, 其名高明', 則從[7]之純如皦如, 不足道也, 卒'奏之以無怠之聲, 調之以自然之命, 林樂而無形, 幽昏而無聲. 道可載而與之俱', 則繹如以成, 不足道也.

孔子不語周之太師而語魯者, 以周之禮樂, 盡在魯故也.

주나라가 쇠락하여 악정(樂政)이 무너지니, 악공과 악사(樂師)들이 혹은 떠나가 조정에 있지 않고 혹은 있지만 악을 알지 못하였다. '태사(太師)[8] 지(摯)는 제나라로 가 버리고, 소사(少師)[9]인 양(陽)은 해도(海島)로 들어갔으니'[10] 떠나버려 조정에 있지 않은 사람들이었다. 공자가 말한 것은 악이 있다 해도 악에 대하여 알지 못하는 자들 때문이었다.

깃이란 것이 거두면 합쳐져 모아지고 펼치면 흩어져 너풀거리니 악도 또한 그와 같다. '시작에 합해지듯 한다'는 것은 축(柷)으로써 합하는 것

---

4   대본에는 '縱'으로 되어 있으나 『論語』에 의거하여 '從'으로 바로잡았다.
5   대본에 누락된 '吾'를 『莊子』에 의거하여 보충하였다.
6   대본에는 '徽'로 되어 있으나 『莊子』에 의거하여 '徵'으로 바로잡았다.
7   대본에는 '縱'으로 되어 있으나 『論語』에 의거하여 '從'으로 바로잡았다.
8   태사(太師): 악관(樂官)의 장(長).
9   소사(少師):『周禮』 春官에서는 소사(小師)이다. 소사(小師)는 태사(太師)를 보좌하여 타악기 종류와 관현악기 및 노래를 가르치는 일을 관장하는 직책이다.
10   『論語』 微子 18-9.

이니,[11] 한 악장을 마칠 수 있는 것이 아니고 먼저 시작하는 것일 뿐이다. '이어 모든 음이 조화가 이루어져야 한다'는 것은 오성(五聲)이 한 음씩 나와 섞이지 않는 것이니, 번갈아 침범하지 않고 각각 그 정해진 자리에서 끝내는 것일 뿐이다. '가락과 장단이 분명해야 한다'는 것은 청명한 소리가 하늘을 닮아 가릴 수 없고, '연속적으로 이어진다'는 것은 처음과 끝이 사계절을 닮아 끝이 없는 것 같으니, 악의 한 악장이 마쳐지는 것에서 알 수 있는 것은 이것들에 불과하다. 그렇지만 이것들은 그 대강을 말하였을 뿐이다.

'황제(黃帝)가 동정(洞庭)의 들에서 《함지(咸池)》의 악을 펼칠 때 인간의 마음에 따라 연주하고 하늘을 따라 소리를 울려, 그 끝이 어디인지 알 수 없었고 그 처음이 어디인지 알 수 없었다'[12]라고 하였으니, '시작할 때는 합해지듯 해야 한다'는 것은 말할 필요도 없다. 다음에 '음양(陰陽)의 조화에 따라 연주하고 일월(日月)의 밝음에 따라 악을 밝게 연주하였더니, 그 소리는 널리 울리고 그 《함지(咸池)》의 이름도 높고 밝게 빛났다'[13]는 것에 이르면, '이어서 모든 음이 조화가 이루어져야하며 가락과 장단이 분명해야 한다'는 것은 말할 필요도 없다. 마침에 '나른함을 없애는 소리로 연주하고 자연의 명령에 따라 조절하니, 모두 크게 즐거워하면서도 악의 모습은 보이지 않고, 그윽하고 어두운 가운데 아무 소리가 없었다. 도(道)에 내 몸을 싣고 도와 함께 할 수 있었다'[14]는 것에 이르면, '연속적으로 이어져 맺는 것'은 말할 필요도 없다.

공자가 주나라의 태사(太師)에게 말하지 않고 노나라에서 말한 것은 주나라의 예악이 모두 노나라에 있었기 때문이다.[15]

---

11   시작에~것이니 : 『書經』虞書 / 益稷 2에 「合止柷敔【악을 합주하고 그치기를 축(柷)과 어(敔)로 한다.】」고 하였고, 저자는 '柷'은 '木+兄'으로 되어 있어 마치 형이 앞장서는 도리가 있는 것 같이 시작에 쓰이는 악기로 설명하였다.

12   『莊子』天運 3.

13   『莊子』天運 3.

14   『莊子』天運 3.

86-2. 子謂韶 : 盡美矣, 又盡善也, 謂武 : 盡美矣, 未盡善也.

공자가 순임금의 《소(韶)》에 대해 평하기를 "악이 아주 아름답고 또 내용도 선하다"라고 하고, 주 무왕(周武王)의 《무(武)》에 대해 평하기를 "악은 아주 아름답지만 그 내용은 아주 선하지는 않다"라고 하였다.[16]

天下無異道有異時, 聖人無異心有異迹. 故記以'堯授舜 武王伐紂' 爲禮之適乎時, 春秋以'出則征誅入則揖遜'爲義之合乎一. 然則韶武盡 充實之美, 而武獨未盡可欲之善者, 豈非盡美在心與道, 未盡善在時與 迹歟?

蓋美者善之至, 而於者嘆美之辭. "簫韶九成." 而夔曰 : "於予擊石拊 石, 百獸率舞." 韶之所以盡美也, "武奏大武." 而詩曰 : "於皇武王." 武 之所以盡美也. 王通曰 : "韶之成也, 虞氏之恩, 被動植矣." 韶之所以盡 善也, "武之未盡善, 久矣, 其時乎其時乎!" 武之所以未盡善也.

觀樂記論武王之樂曰 : "備擧其道, 不私其欲." 又曰 : "聲淫及商, 非 武音." 則武王之武, 非不在所可欲也. 其所以未盡善者, 以其對韶言之, 則韶又善於武矣.

천하는 도(道)는 다름이 없으나 시대는 다름이 있고, 성인은 마음은 다름이 없으나 행적은 다름이 있다. 그러므로 『예기』에 '요임금은 순임금에게 선양(禪讓)하고 주 무왕(周武王)[17]은 은주(殷紂)를 정벌한 것'[18]을 예가

---

15 주나라의~때문이다 : 『禮記』祭統 25-23. 「昔者周公旦有勳勞於天下 周公旣沒 成王 康王 追念周公之所以勳勞者而欲尊魯 故賜之以重祭 外祭則郊社是也 內祭則大嘗禘是 也【옛날 주공 단(周公旦)이 천하에 공훈을 세운 노고가 있었다. 주공이 죽으니 성왕 (成王)과 강왕(康王)은 주공이 세운 공훈의 노고를 추념하기 위하여 노(魯)나라를 높이고자 하였다. 그러므로 이중(二重) 제사를 허락하였으니, 외제(外祭)는 교제(郊祭)와 사제(社祭)가 그것이고, 내제(內祭)는 대상제(大嘗祭)와 대체제(大禘祭)가 그것이다.】」

16 『論語』八佾 3-25.

17 주 무왕(周武王) : 재위 B.C. 1134~B.C. 1116. 주왕조의 제2대 임금으로 서주(西周)의 건립자이다. 성은 희(姬), 이름은 발(發)이다. 문왕(文王) 희창(姬昌)의 아들로 군주의 자리를 물려받은 지 얼마 안 되어 8백여 제후를 맹진(孟津)에서 회합하고, 후에

시대에 적합한 것이 있는 것으로 간주하였다. 『춘추』에서는 '나가서는 정벌(征伐)하고 들어와서는 읍양(揖讓)한 것'[19]을 의(義)는 하나의 원칙에 부합한 것이 있는 것으로 간주하였다. 그렇다면 《소(詔)》와 《무(武)》는 충실(充實)의 아름다움[20]은 다하였는데, 《무(武)》만이 오직 하고자할 만한 선에는 미진하였으니, 어찌 '진미(盡美)'는 마음과 도에 있으나 '미진선(未盡善)'은 시대와 행적에 있는 것이 아니겠는가?

아름다움은 선의 지극한 것이고, 오(於)[21]는 아름다움을 감탄하는 말이다. "소(簫)로 연주하여 《소(詔)》의 구장(九章)을 마쳤다"[22]라고 하고, 기(夔)가 "아! 내가 석경(石磬)을 세게도 치고 가볍게도 두드리자 온갖 동물들이 모두 따라 춤추었다"[23]라고 하였으니, 《소(詔)》가 아름다움을 다하였기 때문이다. "《무(武)》는 《대무(大武)》를 연주한 것이다"[24]라고 하고, 시에 "아! 훌륭하신 무왕(武王)이여!"[25]라고 하였으니, 《무(武)》가 아름다움을 다하였기 때문이다. 왕통(王通)[26]이 "《소(詔)》가 이루어진 것은 순임금

문왕의 뜻을 받들어 상(商)나라의 무도한 군주 주왕(紂王)을 토벌하였다.

18 『禮記』 禮器 10-4.

19 주 무왕은 정벌하여 은나라를 이어 주나라를 열었고, 요임금과 순임금은 읍양(揖讓)으로 양위하였다.

20 충실(充實)의 아름다움 : 『孟子』 盡心下 14-25. 「孟子曰 可欲之謂善 有諸己之謂信 充實之謂美 充實而有光輝之謂大 大而化之之謂聖 聖而不可知之之謂神【맹자가 말했다. "하고자할 만한 것을 선인(善人)이라 이르고, 선(善)을 자기 몸에 소유한 것을 신인(信人)이라 이르고, 충실함을 미인(美人)이라 이르고, 충실하여 광휘(光輝)함이 있는 것을 대인(大人)이라 이르고, 대인이면서 저절로 화(化)한 것을 성인(聖人)이라 이르고, 성스러워 알 수 없는 것을 신인(神人)이라 이른다.】」

21 오(於) : 아래에 인용된 '於予擊石拊石'과 '於皇武王'의 '於'로 탄미사(歎美辭)이다.

22 『書經』 虞書 / 益稷 2.

23 『書經』 虞書 / 益稷 2.

24 『詩經』 周頌 / 武의 毛詩序.

25 『詩經』 周頌 / 武.

26 왕통(王通) : 584~617. 자(字)는 중엄(仲淹)이다. 604년 태평십이책(太平十二策)을 상주(上奏)하여 수 문제(隋文帝)의 인정을 받았으나 등용되지 못하였다. 가르치는 일에 전념하여, 설수(薛收)·방교(房喬)·이정(李靖)·위징(魏徵) 등을 배출했다. 『中說』을 지었다.

의 은혜가 동식물에까지 끼쳐졌기 때문이다"[27]라고 하였으니, 소악이 진선(盡善)하였기 때문이다. 또 "《무(武)》가 진선하지 않은 것이 오래되었다. 당시의 상황이여! 당시의 상황이여!"[28]라고 하였으니, 무악이 진선(盡善)하지 못하였기 때문이다.

「악기」에 무왕(武王)의 악에 대하여 논한 것을 보면 "그 도를 빠짐없이 갖추고 그 욕심대로 하지 않았다"[29]라고 하고, 또 "성음(聲音)에서 탐욕(貪欲)의 뜻이 상(商)나라에 미쳤다는 것은 《무(武)》의 성음이 아니다"[30]라고 하였다. 곧 무왕의 《무(武)》는 '하고자할 만한 바'[31]가 있지 않음이 없었던 것이다. 그 진선하지 않은 《무(武)》로 그 《소(韶)》에 대비하여 말하였으니, 《소》가 《무》보다 선하였기 때문이다.

27 『中說』(隋 王通 撰) 卷1 王道篇.

28 『中說』(隋 王通 撰) 卷4 周公篇.

29 『禮記』 樂記 19-16. 「極幽而不隱 獨樂其志 不厭其道 備擧其道 不私其欲 是故情見而義立 樂終而德尊 君子以好善 小人以聽過【악의 도가 유미(幽微)하여 알기 어려워도 사람의 이치보다 은미(隱微)하지는 않으니, 홀로 그 뜻을 즐기고 그 도를 싫어하지 않으며, 그 도를 빠짐없이 갖추고 그 욕심(欲心)대로 하지 않는다. 그러므로 정(情)이 나타남에 의(義)가 성립하고 악이 끝남에 덕이 높아진다. 군자는 그것으로써 선(善)을 좋아하고, 소인은 그것으로써 과실(過失)을 듣는다.】」

30 『禮記』 樂記 19-23. 「聲淫及商 何也 對曰 非武音也 子曰 若非武音則何音也 對曰 有司失其傳也 若非有司失其傳 則武王之志 荒矣 子曰 唯 丘之聞諸萇弘 亦若吾子之言 是也【성음(聲音)에서 탐욕(貪欲)의 뜻이 상(商)나라에 미친다는 것은 어째서인가?' 하고 또 물으시니, 대답하기를 《대무(大武)》의 성음(聲音)이 아닙니다'라고 하였다. 공자가 "만약 《대무》의 성음이 아니라면 무슨 성음인가?" 하니, 대답하기를 "담당관이 잘못 전한 것입니다. 만약 담당관이 잘못 전하지 않았으면 무왕(武王)의 뜻이 황음(荒淫)하고 도리(道理)에 어긋난 것입니다'라고 하였다. 공자가 "그렇다! 내가 장홍(萇弘)에게서 또한 그대가 말한 것 같은 것을 들었는데, 바로 그것이다'라고 하였다.】」

31 『孟子』 盡心下 14-25.

86-3. 子在齊聞韶, 三月不知肉味, 曰 : "不圖爲樂之至於斯也."

공자가 제나라에 있을 때 순임금의 《소(韶)》를 듣고 그 악에 빠져 3개
월을 고기 맛을 모르고 지내다가 "악이 이러한 경지에 이를 수 있다는 것
을 생각도 못하였다"라고 하였다.[32]

老子道德經之卒章曰 : "信言不美, 美言不信, 善者不辯, 辯者不善."
是美善天下之至德也. 故季札見舞韶簫者曰 : "德至矣哉!" 是知堯之大
章, 美善之著者也. 舜繼堯之美善而播之於韶, 非特美而已, 至於盡美,
非特善而已, 至於盡善. 雖甚盛德, 蔑以加於此矣, 豈非書所謂'重華協
于帝'歟?

今夫諸侯失樂, 則大夫用之于家, 天子失樂, 則諸侯用之於國. 故周
衰之末, 韶樂不在周而在齊, 孔子聞之, 至於三月不知肉味, 非嗜其聲
音者也, 樂其難窮之義而已. 故曰 : "不圖爲樂之至於斯也." 非窮神知
化, 孰與此哉?

司馬遷謂 : "聞韶三月學之." 是不知孔子爲樂之意也. 夫月者三日則
成魄, 三月則成時, 則三月者天時之小變也. 顔淵三月不違仁, 卒至於
忘禮樂, 則孔子聞韶, 至於三月不知肉味, 豈足怪哉? 孔子聞韶, 三月不
知肉味, 樂之至也, 樂正子春, 傷足數月不下堂, 憂之至也.

노자(老子) 『도덕경(道德經)』의 끝장에 "진실한 말은 아름답지 않고 아
름다운 말은 진실하지 않으며, 선한 사람은 꾸며서 말하지 않고 꾸며서
말하는 사람은 선하지 않다"[33]라고 하였다. 이것은 미(美)와 선(善)이 천하

---

32 『論語』 述而 7-14.

33 『道德經』 81. 『도덕경(道德經)』은 도가(道家)의 개조(開祖)인 노자(老子)가 찬(撰)한
    것으로 전해지는 책이다. 모두 5천여 자(字)로 상(上)・하(下) 2권 81장으로 이루어

의 지극한 덕이기 때문이다. 그러므로 계찰(季札)이 《소소(韶箾)》[34]로 춤추는 것을 보고 "덕이 지극하구나!"[35]라고 하였다. 이것은 요임금의 《대장(大章)》[36]이 미와 선이 현저한 것임을 알았던 것이다. 순임금이 요임금의 미와 선을 계승하여 《소(韶)》[37]에 시행한 것이니, 다만 아름다울 뿐만이 아니고 진미(盡美)에 이르고, 다만 선할 뿐만이 아니고 진선(盡善)에 이르렀던 것이다. 비록 매우 성대한 덕일지라도 이것보다도 더할 수는 없을 것이니, 어찌 『서경』에 이른바 '중화(重華)가 요임금에게 합한 것'[38]이 아니겠는가?

제후가 악도(樂道)를 잃으면 대부가 자기 영지에서 쓰고, 천자가 악도를 잃으면 제후가 자기나라에서 쓴다. 그러므로 주나라가 쇠락한 말기에 《소(韶)》가 주나라에 있지 않고 제나라에 있게 된 것이다.[39] 공자가 그

져 있다. 도가사상을 함축적으로 담고 있으며, 『노자도덕경(老子道德經)』이라고도 한다.

34 소소(韶箾) : 순임금의 악명(樂名)이다. 『春秋左氏傳』 襄公 29年(13)의 杜預 註. 「箾音簫 舜樂【箾는 소(簫)로 발음하고 순임금의 악이다.】」; 『春秋正義』(唐 孔穎達 撰) 卷第25. 「鄭玄云…… 杜不解箾義, 箾卽簫也. 尙書曰 簫韶九成 鳳皇來儀 此云韶箾 卽彼簫韶是也【정현이 말하기를…… 두예가 소(箾)의 의미를 이해하지 못하였으니, 소(箾)는 곧 '소(簫)'이다. 『서경』에 「簫韶九成 鳳皇來儀」라고 하니, 이곳에서 말한 '韶箾'는 곧 저 『서경』의 '簫韶'가 그것이다.】」

35 『春秋左氏傳』 襄公 29年(13).

36 대장(大章) : 《대장(大章)》은 요임금의 악으로 요임금의 덕이 천하에 밝게 드러났다는 뜻이다.〈『禮記』 樂記 19-9의 孔穎達 疏〉

37 소(韶) : 《소(韶)》는 순임금의 악으로 순임금의 도덕이 요임금에게서 이어받았다는 뜻이다.〈『禮記』 樂記 19-9의 孔穎達 疏〉

38 『書經』 虞書 / 舜典 1. 「曰若稽古帝舜 曰重華協于帝 濬哲文明 溫恭允塞 玄德升聞 乃命以位【옛 순임금을 상고하건대 중화(重華)가 요임금에게 합하니, 깊고 명철하고 문채나고 밝으시며 온화하고 공손하고 성실하고 독실하시어 그윽한 덕이 올라가 알려지니, 요임금이 마침내 직위를 명하였다.】」

39 주나라가~것이다 : 『史略』 春秋戰國. 「陳 嬀姓 虞舜之後胡公滿之所封也 周武王 求而封之 後世 至春秋 有公子完者 出奔而仕於齊 陳 後爲楚惠王 所滅而完之後 遂大於齊 爲田氏【진(陳)나라는 규성(嬀姓)이니 순임금의 후손 호공 만(胡公滿)이 봉해진 곳이다. 주 무왕(周武王)이 찾아내 봉하였는데, 후세 춘추시대에 이르러 진나라의 공자 완(完)이 달아나 제나라에 벼슬하였다. 진나라는 후에 초 혜왕(楚惠王)에게 멸망당하였고, 완(完)의 후손이 마침내 제나라에서 대성하여 전씨(田氏)가 되었다.】」 그

《소(韶)》를 듣고 3개월을 고기 맛을 모르고 지내는 데까지 이르렀으니, 그 악(樂)소리를 즐긴 것이 아니었고 그 난해(難解)한 의의(意義)를 즐긴 것일 뿐이었다. 그러므로 "악이 이러한 경지에 이를 수 있다는 것을 생각도 못하였다"라고 한 것이니, 신의 조화를 알 정도가 아니면 누가 이에 비길 수 있겠는가?

사마천(司馬遷)[40]은 "《소(韶)》를 들으시고 3개월을 배웠다"[41]라고 하였는데, 이는 공자가 악(樂)을 한 의도를 알지 못한 것이다. 달은 보름부터 3일이면 달의 그늘진 윤곽이 생기고[42] 3개월이면 계절을 이루니, 3개월은 천시(天時)의 작은 변화이다. 안연(顏淵)은 3개월 동안 인(仁)을 떠나지 않아 마침내 예악을 잊는 데까지 이르렀으니,[43] 공자가 《소(韶)》를 듣고 3개월을 고기 맛을 모르고 지내는 데 까지 이른 것이 어찌 괴이할 수 있겠는가? 공자가 《소》를 듣고 3개월을 고기 맛을 모르고 지낸 것은 즐거움의 지극함이고, '악정자춘(樂正子春)이 다리를 다치고 수개월 동안 당에서 내려오지 않은 것'[44]은 근심의 지극함이다.

에 따라 《소악(韶樂)》이 제나라에 전해지게 되었다.

40 사마천(司馬遷) : B.C. 145~B.C. 86?. 한 무제 때 아버지의 뒤를 이어 태사령이 되어 『사기(史記)』를 쓰기 시작하였다. 후에 이릉(李陵)을 변호한 일로 하옥되어 궁형(宮刑)에 처해졌다가 출옥 후 중서령(中書令)에 임명되어 『사기』 130권을 완성하였다.

41 『論語全解』(宋 陳祥道 撰) 卷4 述而 第7.

42 달은~생기고 : 음력 17일을 '기생백(旣生魄)'이라고 한다.

43 예악을~이르렀으니 : 『莊子』 大宗師 9. 「顔回曰 回益矣 仲尼曰 何謂也 曰 回忘禮樂矣 曰 可矣 猶未也【안회가 말했다. "저도 발전된 것이 있습니다." 중니(仲尼)가 말했다. "무슨 말이냐?" 안회가 대답하였다. "예악(禮樂)을 잊게 되었습니다." 공자가 말했다. "괜찮기는 하지만 아직 덜되었다."】」

44 『大戴禮記』 卷4 曾子大孝 第52. 「樂正子春 下堂而傷其足 傷瘳 數月不出 猶有憂色 門弟子 問曰 夫子傷足 瘳矣 數月不出 猶有憂色 何也 樂正子春曰 善 如爾之問也 吾聞之曾子 曾子聞諸夫子曰 天之所生 地之所養 人爲大矣 父母全而生之 子全而歸之 可謂孝矣【악정자춘이 당(堂)을 내려오다 다리를 다쳤다. 낫고도 여러 달 출입을 하지 않고 오히려 근심하는 빛이 있으니 제자들이 질문하기를 "선생님께서 다친 다리가 나았는데, 여러 달 출입하지 않고 오히려 근심하는 빛을 띠고 있는 것은 무슨 이유입니까?"라고 물었다. 악정자춘이 대답하였다. "네 질문이 좋구나! 나는 증자께 들었고 증자는 공자께 들으셨는데, 말씀하시기를 '하늘이 내고 땅이 기르는 것 중에

86-4. 子與人歌而善, 必使反之, 而後和之.

공자는 다른 사람과 함께 노래하고 상대방이 잘한다고 여기면 반드시 다시 부르게 한 뒤에 화답을 하였다.[45]

古之得道者, 窮亦樂, 通亦樂, 所樂非窮通也, 樂道而已. 是以孔子 ‘再逐於魯, 削迹於衛, 伐樹[46]於宋, 窮於商周, 圍[47]於陳蔡, 弦歌鼓琴, 未嘗絶音,’ 況與人歌而善乎?

“與人歌而善, 必使反之, 而後和之.” 其樂道之心, 終無已也. 昔孔子 遭阨於匡謂子路曰 : “‘汝歌, 予和汝[48].’ 子路彈琴[49]而歌[50], 孔子和之, 曲終而匡人解甲.” 豈非‘子與人歌而善, 而後和之’之意歟? 曾子之歌商 頌, 曾點之詠舞雩, 原憲之弦蓬戶, 與孔子之歌, 固雖有間, 方之原壤登 木而歌則又裕矣.

옛날 도를 체득한 사람은 궁해도 즐거워하고 출세해도 즐거워하였는 데, 즐거워한 것은 궁한 것과 출세 때문이 아니라 도를 즐거워한 것일 뿐이었다. 이 때문에 ‘공자가 노나라에서 두 번 쫓겨나고, 위(衛)나라에서 추방을 당하였으며, 송나라에서 나무가 잘려 그 밑에 깔려 죽을 뻔하였 으며, 상나라나 주나라에서 곤경에 빠지고, 진(陳)나라와 채나라의 사이 에서는 포위를 당하였을 때 현악기를 타면서 노래하고 금(琴)을 연주하 여 악을 멈추지 않았는데,’[51] 하물며 남들과 함께 노래하다 잘하는 경우

사람이 큰 것이다. 부모님께서 온전히 낳아주셨으니 자식은 온전히 돌아가야 효도 라고 할 수 있다’라고 하였다.”]

45 『論語』述而 7-32.
46 대본에는 ‘木’으로 되어 있으나 『莊子』에 의거하여 ‘樹’로 바로잡았다.
47 대본에는 ‘阨’으로 되어 있으나 『莊子』에 의거하여 ‘圍’로 바로잡았다.
48 대본에 누락된 ‘汝’를 『孔子家語』에 의거하여 보충하였다.
49 대본에는 ‘劍’으로 되어 있으나 『孔子家語』에 의거하여 ‘琴’으로 바로잡았다.
50 대본에 누락된 ‘而歌’를 『孔子家語』에 의거하여 보충하였다.
51 『莊子』讓王 12.「伐樹於宋」은 공자가 송나라에 가서 제자들과 큰 나무 아래에서 예 를 학습하였는데, 송나라의 사마환퇴(司馬桓魋)가 공자를 죽이려고 나무를 베어 공 자가 떠나간 사건을 말하고,「削迹於衛」는 위나라에서 추방된 일을 말하며,「窮於商

이겠는가?

　"다른 사람과 함께 노래하고 잘한다고 여기면 반드시 다시 부르게 한 뒤에 화답을 하였다"라고 하였으니, 도를 즐기는 마음이 끝까지 중단이 없었다. 옛날 공자가 광(匡) 지방에서 위급한 처지를 만나 자로(子路)에게 "'네가 노래하면 내가 화답을 하겠다'라고 하니 자로가 금(琴)을 타며 노래하자 공자가 화답하였다. 곡이 끝나자 광(匡)땅 사람들이 갑옷을 벗었다"[52]라고 하였다. 어찌 '공자는 다른 사람과 함께 노래하고 상대방이 잘한다고 여기면 뒤에 화답을 한' 뜻이 아니겠는가? 증자(曾子)가 상송(商頌)을 노래한 것[53]과 증점(曾點)이 춤추며 우제를 지내는 제단 가에서 노래를 읊조린 것[54]과 원헌(原憲)이 쑥대를 엮어 만든 문에서 악기를 탄 것[55]

周」는 송나라와 주나라에서 채용되지 못하고 궁박(窮迫)하였음을 말하고, 「圍於陳蔡」는 노나라 애공(哀公) 6년 초 소왕(楚昭王)에게 초대를 받아 노나라에서 초나라로 가는 도중 진(陳)·채(蔡) 두 나라 사이에서 양호(陽虎)로 오인되어 포위를 당한 것을 말한다.

52　『孔子家語』卷5 困誓 第22.

53　증자(曾子)가~노래한 것 :『莊子』讓王 9.「曾子居衛 縕袍無表 顔色腫噲 手足胼胝 三日不擧火 十年不製衣 正冠而纓絶 捉衿而肘見 納履而踵決 曳縰而歌商頌 聲滿天地 若出金石 天子不得臣 諸侯不得友【증자가 위(衛)나라에 살 때 외피가 해진 솜옷을 입으며, 안색이 초췌하며, 손발에 더께가 앉으며, 3일 동안 불을 때지 못하고, 10년 동안 옷을 짓지 못하였으며, 관을 바로 쓰려 해도 갓끈이 끊어졌으며, 옷깃을 잡으려 해도 팔꿈치가 드러났으며, 신을 신으려 해도 신 뒤꿈치가 떨어졌으나, 부축하고 다니면서 상송(商頌)을 노래하여 노래 소리가 천지에 가득 차 금석(金石)의 악기로 절주하는 것 같으니, 천자가 신하로 삼지 못하고 제후가 벗으로 할 수 없었다.】」증자(曾子) : B.C. 506~B.C. 436. 이름은 삼(參)이고, 자는 자여(子輿)로 산동성(山東省)에서 출생하였다. 공자(孔子)의 고제(高弟)로 효심이 두텁고 내성궁행(內省躬行)에 힘썼으며, 노(魯)나라 지방에서 제자들의 교육에 주력하였다.

54　증점(曾點)이~읊조린 것 :『論語』先進 11-24. 증점(曾點)은 자는 자석(子晳), 증삼(曾參)의 아버지로 노나라 무성(武城) 출신이다.

55　원헌(原憲)이~탄 것 :『莊子』讓王 8.「原憲居魯 環堵之室 茨以生草 蓬戶不完 桑以爲樞 而甕牖二室 褐以爲塞 上漏下濕 匡坐而弦歌【원헌이 노나라에 살 때 사방이 벽으로 둘러싸인 방에 지붕은 거친 풀로 이었으며, 쑥대로 엮은 큰 문이 완전하지 못한데, 뽕나무로 지도리를 만들었으며, 두 방에 옹기 입 같은 둥근 창을 내고 베로 막아, 위는 새고 아래는 젖었으나, 정좌(正坐)하고 악기를 탔다.】」원헌(原憲) : B.C. 515 ~?. 공자 제자로 자는 자사(子思)·원사(元思)이다. 독서를 즐기고 청빈한 생활을 하였다.

이 공자가 노래를 한 것과 차이가 있으나, 원양(原壤)이 곽목(槨木)에 올라 노래한 것[56]에 비하면 훨씬 낫다.

태백(泰伯)

86-5. 興於詩, 立於禮, 成於樂.

시(詩)를 읽어 선한 마음을 일으키고, 예(禮)를 익혀 몸가짐을 세우며, 악(樂)으로 덕성(德性)을 완성한다.[57]

學道之序, 始於言故興於詩, 中於行故立於禮, 終於德故成於樂. 詩者養蒙之具, 禮者樂者成人之事. 孔子之於小子則曰: "何莫學夫詩." 於成人則曰: "文之以禮樂." 此禮所謂'志之所至, 詩亦至焉, 詩之所至, 禮亦至焉, 禮之所至, 樂亦至焉'者也.

然'興於詩', 非不學禮也, 特不可謂之'立', '立於禮', 非不知樂也, 特不可謂之'成'. 內則言外傳之敎, 先之以'學樂', 學記言大學之敎, 先之以'安弦', 以至夔之敎冑子, 文王之敎世子, 大司樂之敎國子弟, 亦先之以樂, 則樂者敎之終始也.

仲尼燕居曰: "不能詩, 於禮繆, 不能樂, 於禮素." 則禮者又詩樂之[58]

56 　원양(原壤)이~노래한 것: 『禮記』 檀弓下 4-72. 「孔子之故人曰原壤 其母死 夫子助之沐槨 原壤登木 曰 久矣予之不託於音也 歌曰 貍首之班然 執女手之卷然 夫子爲弗聞也者而過之【공자의 옛 친구 중에 원양(原壤)이 있었다. 그의 어머니가 죽어 공자가 그를 도와 곽(槨)을 다듬었는데, 원양이 곽목(槨木)에 올라 "내가 노래 부른지가 오래되었다"라고 하더니, "나무 무늬가 살쾡이 머리 무늬처럼 아롱졌구나! 나뭇결이 여인의 손처럼 곱구나!"라고 노래하였다. 공자가 못들은 척하고 지나갔다.】」

57 　『論語』 泰伯 8-8.

58 　대본에 누락된 '之'를 사고전서 『樂書』에 의거하여 보충하였다.

節文也. 荀卿曰 : "學始乎誦經[59], 終乎讀禮." 是可與立而已, 以爲學止乎此則未也.

　도를 배우는 차례는 말에서 시작하므로 시에서 흥기(興起)하고, 행하는 것이 중간이므로 예에서 서고, 덕에서 마치므로 악에서 완성한다. 시는 어린이를 가르치는 도구이고, 예와 악은 성인(成人)의 일이다. 그러므로 공자가 어린이들에 대하여는 "어찌하여 시를 배우지 않느냐?"[60]라고 하고, 성인(成人)들에 대하여는 "예악으로 세련되게 해야 한다"[61]라고 하였다. 이는 예는 이른바 '뜻이 이르는 곳에 시 또한 이르고, 시가 이르는 곳에 예 또한 이르고, 예가 이르는 곳에 악 또한 이른다'[62]는 것이다.

　그러나 '시에 흥기(興起)하려할 때'에 예를 배우지 않는 것은 아니나 다만 선다고 말할 수 없고, '예에 서려할 때'에 악을 알지 못하는 것은 아니나 다만 완성한다고는 말할 수 없다. 「내칙(內則)」에 밖에 있는 스승의 가르침은 '악을 학습하는 것'[63]을 우선적으로 말하였고, 「학기(學記)」에 대학의 교육은 '현악기를 익혀 편안한 것'[64]을 우선적으로 말하였

59　대본에는 '詩'로 되어 있으나 『荀子』에 의거하여 '經'으로 바로잡았다.

60　『論語』陽貨 17-8. 「子曰 小子何莫學夫詩 詩 可以興 可以觀 可以羣 可以怨 邇之事父 遠之事君 多識於鳥獸草木之名【공자가 말했다. "너희들은 어찌하여 시를 배우지 않느냐? 시는 일으킬 수 있으며, 살필 수 있으며, 무리 지을 수 있으며, 원망할 수 있으며, 가까이는 어버이를 섬길 수 있게 하며, 멀리는 임금을 섬길 수 있게 하고, 새와 짐승과 풀과 나무의 이름을 많이 알게 한다.】」

61　『論語』憲問 14-12. 「子路問成人 子曰 若臧武仲之知 公綽之不欲 卞莊子之勇 冉求之藝 文之以禮樂 亦可以爲成人矣【자로(子路)가 성인(成人)에 대해 여쭈자, 공자가 대답하였다. "만약 장무중(臧武仲)의 지혜와 공작(公綽)의 사욕(私欲)을 부리지 않음과 변장자(卞莊子)의 용맹과 염구(冉求)의 예능(藝能)에 예악으로 세련된 아름다움을 꾸민다면 또한 성인(成人)이 될 수 있을 것이다."】」

62　『禮記』孔子閒居 29-2.

63　『禮記』內則 12-52. 「十年 出就外傅 居宿於外 …… 十有三年 學樂誦詩 舞勺【10세가 되면 집을 나가 밖에 있는 스승에게 배우게 하며, …… 13세가 되면 악을 배우고 시를 암송하며 《작(勺)》을 추게 한다.】」

64　『禮記』學記 18-3. 「大學之敎也 時敎必有正業 退息必有居學 不學操縵 不能安弦【대학의 교육에는 계절에 맞는 일정한 학업이 있으며, 물러나 쉴 때는 반드시 배워야하는 것이 있다. 현악기를 익히지 않으면 현악기에 편할 수 없다.】」

으며, 기(虁)의 맏아들들을 가르치는 것과 문왕의 세자 교육과 대사악(大司樂)의 나라 자제들을 가르침에 이르러 또한 악을 우선적으로 하였으니, 악은 교육의 처음과 끝이었다.

「중니연거(仲尼燕居)」에 "시를 하지 못하면 예에 어긋나고, 악을 하지 못하면 예에 서투르게 된다"[65]라고 하였으니, 곧 예는 또한 시와 악의 절문(節文)이다. 순경(荀卿)은 "학문은 시를 읊는 것에서 시작하고, 예서(禮書)를 읽는 것에서 마쳐진다"[66]라고 하였는데, 이것은 더불어 설 수 있다는 것일 뿐이지, 학문이 이것에서 그친다고 한 것은 아니다.

65　『禮記』仲尼燕居 28-7.
66　『荀子』勸學 1-8.

권87 논어훈의(論語訓義)

태백(泰伯) · 선진(先進)

태백(泰伯)

87-1. 子曰 : "師摯之始, 關雎之亂, 洋洋乎盈耳哉."

공자가 말했다. "노나라 태사(太師) 지(摯)가 처음 연주할 때 《관저(關雎)》의 마지막 장이 지금도 귀에 선하다."[1]

關雎后妃之德也, 所以風天下而正夫婦也, 其王化之本歟! 周康之詩, 頌聲作乎上[2], 關雎作乎下[3], 亦可謂至治矣. 逮德下衰, 關雎嘗亂矣, 師

---

[1] 『論語』 泰伯 8-15.

[2] 대본에는 '下'로 되어 있으나 『詩傳大全』(明 胡廣 等 撰) 卷19 頌4에 의거하여 '上'으로 바로잡았다.

[3] 대본에는 '上'으로 되어 있으나 『詩傳大全』(明 胡廣 等 撰) 卷1 國風1에 의거하여 '下'로 바로잡았다.

摯治而正之, 而弦誦之聲, 蓋洋洋乎盈耳矣.

彼其所治, 豈特弦誦之聲哉? 必也論其義, 正其本, 使後世聞之者, 聽之於耳, 得之於心而已. 師摯之於魯[4], 始乎治, 正關雎之亂, 而卒至於適齊者, 豈得已哉? 世亂而樂淫, 雖有志於治正, 亦無補於時也, 孰若去魯[5]適齊, 以全吾去就之義爲哉? 由是觀之, 太師摯非苟知樂也, 亦善於知時矣. '關雎之亂, 洋洋乎盈耳哉', 聲之盛美也, '萬舞洋洋', 容之盛美也.

《관저(關雎)》는 후비(后妃)의 덕을 나타낸 시이다. 이 때문에 천하를 교화하여 부부 사이를 바로잡을 수 있으니, 그 시가 왕화(王化)의 기본인 것이다. 주공(周公)[6]과 강왕(康王)[7] 때의 시들은 송(頌)은 위에서 지어지고[8] 《관저》는 아래에서 지어졌으니,[9] 곧 이상적인 정치라고 말할 수 있다. 덕이 차츰 쇠락하자 관저가 일찍이 어지럽게 되었는데, 노나라 태사(太師) 지(摯)가 악을 다스리고 바로잡아 현악기를 타면서 노래하던 소리가 아마도 귀에 선하였던 것이다.

---

4   대본에는 '周'로 되어 있으나 『論語集註』 朱子 註에 의거하여 '魯'로 바로잡았다.

5   대본에는 '周'로 되어 있으나 『論語集註』 朱子 註에 의거하여 '魯'로 바로잡았다.

6   주공(周公) : 이름은 단(旦)으로 주왕조를 세운 문왕(文王)의 아들이며 무왕(武王)의 동생이다. 무왕과 무왕의 아들 성왕(成王)을 도와 주왕조의 기초를 확립하였다. 무왕이 죽은 뒤 나이 어린 성왕이 제위에 오르자 섭정(攝政)이 되어 주초(周初)의 대봉건제(大封建制)를 실시하여 주왕실의 수비를 공고히 하였다. 한편, 예악(禮樂)과 법도(法度)를 제정하여 주왕실 특유의 제도문물(制度文物)을 창시하였다. 저서에 『주례(周禮)』가 있다.

7   강왕(康王) : 재위 B.C. 1078∼B.C. 1053. 무왕(武王)의 손자이고 성왕(成王)의 아들로 이름은 희소(姬釗)이다. 제후들에게 문·무왕(文武王)의 업(業)을 계승할 것을 고하는 강고(康誥)를 지었고, 필공(畢公)에게 동교(東郊)의 윤(尹)이 되어 필명(畢命)을 짓도록 하였다.

8   주공(周公)과∼지어지고 : 『詩傳大全』(明 胡廣 等 撰) 卷19 頌4, 「周頌三十一篇 多周公所定 而亦或有康王以後之詩【주송(周頌) 31편은 주공(周公)이 정한 것이 많고, 또한 혹 강왕(康王) 이후의 시도 있다.】」

9   『詩傳大全』(明 胡廣 等 撰) 卷1 國風1, 「宮中之人 於其始至 見其有幽閑貞靜之德 故作是詩【궁중에 있는 사람이 태사(太姒)가 처음 시집올 때 그 유한(幽閑)·정정(貞靜)한 덕이 있음을 보았으므로 이 시를 지었다.】」

그가 다스린 것이 어찌 현악기를 타면서 노래하던 소리뿐이었겠는가?
틀림없이 그 의미를 논하고 그 근본을 바로잡아 후세에 듣는 사람들이
귀로 듣고 마음으로 이해하게 하였을 것이다. 태사(太師) 지(摯)가 노나라
에서 악을 다스리는 초기에 《관저(關雎)》의 마지막 장을 바로잡았는데,[10]
마침내 '제나라로 가버린 것'[11]은, 어찌 그만두어도 괜찮은 처지이기 때
문이었겠는가? 세상이 어지러워지고 악이 음란해지니 비록 다스리고 바
로잡을 마음을 먹고 있었으나, 당시에 보탬이 될 수 없었으니, 어찌 노나
라를 떠나 제나라에 가서 자기 거취(去就)의 의리를 온전히 하는 것에 비
기겠는가? 이런 관점에서 보면, 태사(太師) 지(摯)가 다만 악을 알았던 것
만 아니라 시대를 알기도 잘하였다. '《관저(關雎)》의 마지막 장이 지금도
귀에 선하다'는 것은 악(樂)소리가 아름다웠던 것이고, '《만무(萬舞)》 춤이
양양(洋洋)하다'[12]는 것은 용모가 아름다웠던 것이다.

87-2. 子曰 : "吾自衞反魯, 然後樂正, 雅頌各得其所."
공자가 말했다. "내가 위(衞)나라에서 노나라에 돌아온 뒤에 악이 바
로잡혀 아(雅)와 송(頌)이 각각 자리를 잡게 되었다."[13]

'人不耐無樂, 樂不耐無形, 形而不爲道, 不耐無亂. 先王恥其亂. 故
制雅頌之聲以道之, 使其聲足樂而不流, 使[14]其文足論而不息, 使其[15]
曲直繁瘠廉肉節奏, 足以感動人之善心而已矣[16], 不使放心邪氣得接焉,

---

10 태사(太師)~바로잡았는데 : 『論語』泰伯 8-15. 「子曰 師摯之始 關雎之亂 洋洋乎 盈
    耳哉[공자가 말했다. "태사(太師) 지(摯)가 처음 연주할 때 《관저(關雎)》의 마지막장
    이 지금도 귀에 선하다."】』論語集註』에서 주자(朱子)는 저자의 견해와는 달리 태
    사(太師) 지(摯)를 주나라가 아닌 노나라 악관의 우두머리로 설명하였다.
11 『論語』微子 18-9.
12 『詩經』魯頌 / 閟宮.
13 『論語』子罕 9-15.
14 대본에 누락된 '使'를 『禮記』에 의거하여 보충하였다.
15 대본에 누락된 '使其'를 『禮記』에 의거하여 보충하였다.

是先王立樂之方也.' 故樂一不正, 雅頌惡能不亂而失其所哉?

哀公十一年孔子在衛, 魯人召之而反, 然後樂始得其正, 全其先正, 所謂立樂之方也. 樂旣正, 則雅也頌也, 斯各得其所而區別之矣. 觀雅之南陔白華華黍由庚崇邱由儀, 皆有其義而亡其辭, 至孔子序之於六月, 則列而次之. 正考甫得商頌於周之太師者十二篇, 至孔子列於周魯頌之後者, 五[17]篇而已. 豈非樂正而雅頌, 始各得其所邪?

王通曰 : "吾於禮樂, 正失而已." 亦可謂有志於學孔子矣. 然季札觀樂於魯[18], 豳不居末而次齊, 秦不次唐而次豳, 魏不次齊而次秦, 是國風, 亦不得其所矣. 此特以雅頌 爲言者, 樂之所以正者, 本雅頌之音而已. 傳不云乎? '雅頌之音, 理而民正.'

'사람은 즐거움이 없을 수 없으며, 즐거움은 나타내지 않을 수 없는데, 나타낼 때 도(道)로 하지 않으면 어지럽지 않을 수 없다. 선왕(先王)은 그 어지러움을 부끄럽게 여겼다. 그러므로 아(雅)[19]와 송(頌)[20]의 악을 제정하여 백성을 인도하여, 그 악(樂) 소리는 충분히 즐길 만하면서도 절제를 잃지 않게 하였으며, 그 아(雅)와 송(頌)의 글은 충분히 논할 만하여 멈추지 않게 하였다. 그리고 그 부드러운 소리와 강한 소리, 섞인 소리와 순일한 소리, 높은 소리와 낮은 소리, 제어하는 소리와 시작하는 소리[21]가

---

16 대본에 누락된 '而已矣'를 『禮記』에 의거하여 보충하였다.

17 대본에는 '六'으로 되어 있으나 『詩經』 商頌의 章前註에 의거하여 '五'로 바로잡았다.

18 대본에는 '周'로 되어 있으나 문맥이 통하지 않아 '魯'로 바로잡았다.

19 아(雅) : 아(雅)는 소아(小雅)와 대아(大雅)로 나뉜다. 소아(小雅)는 본래 연향(宴饗)에 쓰이는 노래로서, 통상 풍자성이 있는 슬픔과 원망이 담겨 있다. 대아(大雅)는 회조(會朝)의 악가(樂歌)로서 슬퍼하거나 원망하는 내용은 없고 장중하면서도 공경스런 내용이 주를 이룬다.

20 송(頌) : 선조의 공덕을 기리며 종묘의 제사에서 연주되던 악가(樂歌)로 춤을 동반한다. 『시경』에는 주송(周頌) 31편, 노송(魯頌) 4편, 상송(商頌) 5편이 있다.

21 부드러운~소리 : 『禮記』 樂記 19-24의 方氏 註. 「曲者聲之柔 若絲是也 直者聲之剛 若金是也 繁者聲之雜 若笙是也 瘠者聲之純 若磬是也 廉者聲之淸 若羽是也 肉者聲之濁 若宮是也 節者聲之制 若徵是也 奏者聲之作 若合是也【곡(曲)은 소리가 부드러운 것이니, 실 소리 같은 것이 그것이고, 직(直)은 소리가 강한 것이니, 쇠 소리 같은 것이 그것이다. 번(繁)은 소리가 섞여 나오는 것이니, 생황소리 같은 것이 그것이고,

사람의 선한 마음을 충분하게 감동시키고, 방자한 마음과 요사스런 기운이 범접할 수 없게 하였다. 이것이 선왕(先王)이 악을 세운 방법이었다.'[22] 그러므로 한 번이라도 악이 바로잡히지 않으면, 어찌 아(雅)와 송(頌)이 어지러워져 그 자리를 잃지 않을 수 있겠는가?

애공(哀公) 11년에 공자가 위(衛)나라에 있었는데,[23] 노나라 사람들이 불러 돌아온 뒤에 악이 비로소 바르게 되어 그 선대의 바름을 모두 갖추었으니, 이른바 악을 세운 방법이었다. 악이 바르게 된 후 아(雅)와 송(頌)이 각각 그 자리를 얻어 구별되었다. 소아(小雅)의 《남해(南陔)》[24]·《백화(白華)》·《화서(華黍)》·《유경(由庚)》·《숭구(崇邱)》·《유의(由儀)》를 보니 모두 뜻만 있고 가사(歌辭)는 없어졌는데, 공자에 이르러 《유월(六月)》의 시에서 질서를 잡아 차례로 놓았다.[25] 대부 정고보(正考甫)가 주나라의 태사

척(瘠)은 소리가 순일(純一)한 것이니, 경(磬)소리 같은 것이 그것이다. 염(廉)은 소리가 높은 것이니, 우(羽)소리 같은 것이 그것이고, 유(肉)는 소리가 낮은 것이니, 궁(宮)소리 같은 것이 그것이다. 절(節)은 소리의 제어니, 치(徵)소리 같은 것이 그것이고, 주(奏)는 소리의 시작이니, 합(合)하여 나오는 소리 같은 것이 그것이다.】」

22 『禮記』 樂記 19-24.

23 애공(哀公)~있었는데:『史記』「孔子世家」에 의하면, 염구(冉求)가 노나라 계씨(季氏)의 장수가 되어 제나라와 싸워 전공을 세우자, 강자(康子)가 마침내 공자를 불렀으므로 공자가 노나라에 돌아오니, 노 애공(魯哀公) 11년 정사(丁巳)년 겨울 공자 나이 68세였다.

24 남해(南陔):『詩經』 小雅 / 南陔. 아래 《백화(白華)》·《화서(華黍)》·《유경(由庚)》·《숭구(崇邱)》·《유의(由儀)》 모두 『詩經』 小雅에 있는 시이다.

25 공자가~놓았다:『詩經』 小雅 / 六月의 毛詩序.「六月 宣王北伐也 …… 南陔廢則孝友缺矣 白華廢則廉恥缺矣 華黍廢則蓄積缺矣 由庚廢則陰陽失其道理矣 南有嘉魚廢則賢者不安 下不得其所矣 崇丘廢則萬物不遂矣 南山有臺廢則爲國之基隊矣 由儀廢則萬物失其道理矣 …… 小雅盡廢則四夷交侵 中國微矣【《유월(六月)》은 선왕(宣王)이 북벌한 것을 읊은 시이다. …… 《남해(南陔)》가 폐해지면 효우(孝友)의 행실이 없어질 것이고, 《백화(白華)》가 폐해지면 염치(廉恥)가 없어질 것이고, 《화서(華黍)》가 폐해지면 저축이 없어질 것이고, 《유경(由庚)》이 폐해지면 음양(陰陽)이 그 도리(道理)를 잃을 것이고, 《남유가어(南有嘉魚)》가 폐해지면 현자(賢者)가 불안하고 하민(下民)들이 살 곳을 얻지 못할 것이고, 《숭구(崇邱)》가 폐해지면 만물이 이루어지지 못할 것이고, 《남산유대(南山有臺)》가 폐해지면 나라를 다스리는 기본이 실추될 것이고, 《유의(由儀)》가 폐해지면 만물이 그 도리(道理)를 잃을 것이고, …… 소아(小雅)가 모두 폐해지면 사이(四夷)가 교대로 침범하여 중국(中國)이 미약해질 것이다.】」

(太師)에게 상송(商頌) 12편을 얻었는데,[26] 공자가 주송(周頌)과 노송(魯頌)의 뒤에 놓은 것은 5편일뿐이다.[27] 어찌 악이 바로잡혀 아(雅)와 송(頌)이 비로소 각각 자리를 잡게 된 것이 아니겠는가?

왕통(王通)이 "내가 예악에 대하여 잘못된 것을 바로잡을 뿐이다"[28]라고 하였으니, 또한 공자를 배울 뜻이 있었다고 말할 수 있다. 그러나 계찰(季札)이 노(魯)나라에서 주(周)나라 악을 보고 「빈풍(豳風)」은 끝에 놓지 않고 「제풍(齊風)」 다음에 평하였고, 「진풍(秦風)」은 「당풍(唐風)」 뒤에 놓지 않고 「빈풍(豳風)」 다음에 평하였고, 「위풍(魏風)」은 「제풍(齊風)」 뒤에 놓지 않고 「진풍(秦風)」 다음에 평하였으니,[29] 이것은 국풍(國風)이 또한 그 위치를 잡지 못한 것이다. 이곳에서 다만 아(雅)와 송(頌)으로 말한 것은 바른 악은 본래 아(雅)와 송(頌) 뿐이기 때문이다. 전(傳)에 말하지 않았는가? '아(雅)와 송(頌)이 다스려져 백성이 바르게 되었다'[30]라고.

---

26 대부~얻었는데 : 『詩經集傳』商頌의 朱子 章前註.「七世至戴公時 大夫正考甫得商頌 於周大師 歸以祀其先王 至孔子編時 而又亡其七編【7세(世)인 대공(戴公) 때 이르러 대부 정고보(正考甫)가 상송(商頌) 12편을 주나라 태사에게 얻어 돌아와 그 선왕(先王)에게 제사하였는데, 공자가 시를 엮을 때 이르러 7편이 망실되었다.】」

27 공자가~5편일뿐이다 : 현재 『시경』의 상송(商頌)은 《나(那)》·《열조(烈祖)》·《현조(玄鳥)》·《장발(長發)》·《은무(殷武)》 5편이다.

28 『中說』(隋 王通 撰) 卷6 禮樂篇.

29 계찰(季札)이~다음에 평하였으니 : 계찰이 양공(襄公) 29년에 노(魯)나라를 방문하여 각국의 악을 듣고 평한 순서는 제(齊)·빈(豳)·진(秦)·위(魏)·당(唐)의 순서로 하였는데, 공자가 『시경』을 편집하면서 국풍(國風) 순서를 제(齊)·위(魏)·당(唐)·진(秦)에 이어 그 끝에 빈(豳)을 놓았다.

30 『史記』樂書 24 / 1175~1176쪽.

선진(先進)

87-3. 子曰 : "先進於禮樂, 野人也, 後進於禮樂, 君子也, 如用之則吾從先進."

공자가 말했다. "선배들이 예악(禮樂)에 대해서 야인(野人) 같고, 후배들이 예악에 대해서 군자(君子)답다고 하지만, 만일 쓴다면 나는 선배들을 따르겠다."[31]

時有先後, 禮樂有文質. 先進於禮樂, 旣其實而文不足故曰野人, 後進於禮樂, 旣其文而已故曰君子. 旣其文則非躬行者也. 故欲從先進以救之, 以其矯正以曲然後直, 救時以偏然後正也.

莊周曰 : "擢亂六律, 鑠絶竽瑟, 而天下[32]始人[33]含其聰矣, 滅文章, 散五采, 而天下[34]始人[35]含其明矣." 與先進之野人同意. "以禮爲行, 以樂爲和, 謂之君子." 與後進之君子同意. "孔子, 筮卦得賁, 其色愀然." 與'如用之則吾從先進'同意.

論語之言文質, 有曰'從周', 有曰'從先進', 有曰'彬彬'者, '彬彬'者, 道之中, '從周', '從先進'者, 時之中, 子思所謂'君子而時中'者此也. 洪範三德, 其施於燮彊平康[36], 亦若是已.

때는 선후가 있고 예악은 형식미와 본질이 있다. 선배들이 예악에 대하여 원래 실속은 있었으나 형식미가 부족하였으므로 야인(野人)이라고

---

31   『論語』先進 11-1.
32   대본에는 '天下人'으로 되어 있으나 『莊子』에 의거하여 '天下'로 바로잡았다.
33   대본에 누락된 '人'을 『莊子』에 의거하여 보충하였다.
34   대본에는 '天下人'으로 되어 있으나 『莊子』에 의거하여 '天下'로 바로잡았다.
35   대본에 누락된 '人'을 『莊子』에 의거하여 보충하였다.
36   대본에는 '乎'로 되어 있으나 『論語全解』卷6 先進 第11에 의거하여 '平康'으로 바로
      잡았다.

한 것이고, 후배들이 예악에 대하여 원래 형식미만을 중시할 뿐이었으므로 군자라고 한 것이다. 원래 형식미만을 중시하면 실천하는 사람이 아니므로 선배를 따라 구제하려고한 것이니, 바른 것으로 굽은 것을 바로 잡은 뒤에 곧아지고, 시의(時宜)로 치우친 것을 구제한 뒤에 바르게 되기 때문이다.

장주(莊周)[37]는 "육률(六律)을 흩뜨려 버리고 우(竽)와 슬(瑟)을 부숴야만 천하 사람들이 비로소 밝은 귀를 간직하게 될 것이고, 화려한 무늬를 없애고 오색(五色)을 흩어버려야만 천하 사람들이 비로소 밝은 눈을 간직하게 될 것이다"[38]라고 하였으니, 선배를 야인(野人)이라고 한 것과 같은 뜻이다. "예로 행동하고 악으로 조화를 이룬 것을 군자라고 한다"[39]라고 하였으니, 후배를 군자라고 한 것과 같은 뜻이다. "공자가 시초(蓍草)로 비괘(賁卦☲)를 얻고 수심에 잠겼다"[40]라고 하였으니, '만일 쓴다면 나는 선배들을 따르겠다'라고 한 것과 같은 뜻이다.

『논어』에서 형식미와 본질을 말한 것이 '주나라를 따르겠다'[41]는 말이

37　장주(莊周) : 정확한 생몰연대는 미상이나 맹자(孟子)와 거의 비슷한 시대에 활약한 것으로 전한다. 초 위왕(楚威王)이 그를 재상으로 맞아들이려 하였으나 사양하였다. 저서인 『장자』는 원래 52편이었다고 하는데, 현존하는 것은 진대(晉代)의 곽상(郭象)이 산수(刪修)한 33편(內篇 7, 外篇 15, 雜篇 11)이다.

38　『莊子』 胠篋 1.

39　『莊子』 天下 1.

40　『孔子家語』 卷2 好生 第十. 「孔子 嘗自筮其卦得賁焉 愀然有不平之狀 子張進曰 師聞卜者 得賁卦 吉也 而夫子之色 有不平 何也 孔子對曰 以其离耶 在周易 山下有之陳火 謂之賁 非正色之卦也 夫質也 白 宜正白 黑 宜正黑 今得賁 非吾吉也-後略【공자가 일찍이 시초(蓍草)로 비괘(賁卦☲)를 얻고 수심에 잠겨 불평스런 안색을 띠었다. 자장이 나오며 물었다. "저는 점치는 사람이 비괘(賁卦)를 얻으면 길하다고 들었는데, 선생님은 왜 불평스런 기색을 띠십니까?" 공자가 대답했다. "너는 이 비괘(賁卦)에 이괘(離卦☲)가 있다고 해서 그러느냐?『주역』에 산 아래에 불이 있는 것이 비괘라고 하였으니, 이것은 정색으로 된 괘가 아닌 것이다. 그 본질은 흰빛은 마땅히 정백(正白)이라야 하며 검은 빛은 마땅히 정흑(正黑)이라야 되는 것인데, 이제 비괘(賁卦)를 얻었으니 이것은 나에게 좋은 조짐이 아니다.】」

41　『論語』 八佾 3-14. 「周監於二代 郁郁乎文哉 吾從周【주나라는 하 · 은 2대를 보았으니, 찬란하다. 그 문화(文化)여! 나는 주나라를 따르겠다.】」

있고, '선배를 따르겠다'는 말이 있고, '적당한 배합'[42]이라고 말한 것이 있다. '적당한 배합'은 도(道)의 중용(中庸)이고, '주나라를 따르겠다'는 말과 '선배를 따르겠다'는 말은 때의 중용이니, 자사(子思)가 말한 '군자이면서 때로 맞게 한다'[43]는 것이 이것이다. 「홍범(洪範)」[44]의 삼덕(三德)은 '섭(燮)'과 '강(彊)'과 '평강(平康)'에서 시행되니,[45] 또한 이 같을 뿐이다.

87-4. 子曰 : "由之瑟, 奚爲於丘之門?"

공자가 말했다. "유(由)의 슬(瑟)을 어찌 나의 문정(門庭)에서 연주하는가?"[46]

傳曰 : "子路鼓瑟, 有北鄙之聲[47], 孔子聞之曰 : '信矣, 由之不才也!', 冉有侍孔子曰 : '求! 來, 爾奚不謂由? 夫先王之制音也, 奏中聲, 爲中節. 彼小人則不然, 執末以論本, 務剛以爲基. 故其音湫[48]厲而微末, 以象殺伐之氣, 夫殺[49]者乃亂世之風也.' 冉有以告子路, 子路曰 : '由之罪

42 　『論語』雍也 6-18.「質勝文則野 文勝質則史 文質彬彬 然後君子【실속이 겉모양보다 나으면 촌스럽고, 겉모양이 실속보다 나으면 겉치레만 잘하니, 겉모양과 실속이 적당히 배합된 뒤에야 군자이다.】」

43 　『禮記』中庸 31-1.

44 　홍범(洪範) :『서경』의 한 편으로서 유가(儒家)의 천하적 세계관에 의거한 정치철학 서로, 주 무왕(周武王)이 은(殷)나라를 친 후 은나라의 유신 기자(箕子)에게 도를 물었을 때 기자는 우(禹)가 천제의 계시로 얻은 홍범(洪範)을 주었다. 홍범은 그 내용이 9부분, 즉 오행(五行) · 오사(五事) · 팔정(八政) · 오기(五紀) · 황극(皇極) · 삼덕(三德) · 계의(稽疑) · 서징(庶徵) · 오복육극(五福六極)으로 나누어져 있어 '홍범구주(洪範九疇)'라고도 한다.

45 　「홍범(洪範)」의~시행되니 :『書經』周書 / 洪範 7.「六 三德 一曰正直 二曰剛克 三曰柔克 平康正直 彊弗友剛克 燮友柔克【여섯 번째, 삼덕은 첫째는 정직함이고, 둘째는 강(剛)으로 다스림이고, 셋째는 유(柔)로 다스림이니, 평강은 정직이고, 강(彊)하여 순하지 않은 자는 강(剛)으로 다스리고, 화(和)하여 순한 자는 유(柔)로 다스린다.】」

46 　『論語』先進 11-15.

47 　대본에는 '音'으로 되어 있으나『說苑』에 의거하여 '聲'으로 바로잡았다.

48 　대본에는 '秋'로 되어 있으나『說苑』에 의거하여 '湫'로 바로잡았다.

49 　대본에는 '然'으로 되어 있으나『說苑』에 의거하여 '殺'로 바로잡았다.

也’, 後果不得其死焉.”

由是觀之, 仲由鼓瑟於孔子之門, 有志於勝人, 無志於進道. 故孔子
曰 : “由之[50]瑟, 奚爲於丘之門?” 所以抑之也. 曾點之於孔子, 捨瑟而對
: “異乎三子者之撰.” 是有志於樂道, 無志於從仕. 故孔子曰 : “何傷乎?
亦各言其志.” 所以與之也. 抑由義也, 與點仁也. 然則由之鼓瑟, 孔子
抑之, 及執干而舞, 則不抑之者, 以其因孔子之言, 悟窮亦樂 通亦樂之
意也.

전(傳)에 “자로(子路)[51]가 슬(瑟)을 탈 때 북방 변경의 악(樂)소리가 있으
니, 공자가 듣고 ‘유(由)가 진정으로 재주가 없음이여!’라고 하고, 염유(冉
有)가 옆에서 모시니 ‘구(求)야! 가까이 오너라. 네가 어찌 유(由)에게 말하
지 않느냐? 선왕(先王)이 악을 제정할 때 중성(中聲)을 연주하여 절주에 맞
게 하였다. 저 소인들은 그렇지 않아서 말엽적인 것을 잡은 것으로써 근
본을 논하고 강하기를 힘쓰는 것으로써 기본을 삼는다. 그러므로 그 악
(樂)소리가 싸늘하고 잔학하면서 천박하여 살벌(殺伐)한 기를 본받으니,
살(殺)은 바로 난세(亂世)의 기풍이다’라고 하였다. 염유가 자로에게 알려
주자 자로가 ‘내 잘못이다’라고 하였는데, 뒤에 과연 온당한 죽음을 얻지
못하였다[52]”[53]라고 하였다.

이런 관점에서 보면, 중유(仲由)[54]가 공자의 문정(門庭)에서 슬(瑟)을 연
주할 때 남을 이기려는 마음이 있고 도(道)에 힘쓰려는 뜻이 없었다. 그

---

50 대본에는 ‘是’로 되어 있으나 『論語』 先進 11-15에 의거하여 ‘之’로 바로잡았다.

51 자로(子路) : B.C. 542~B.C. 480. 공문십철(孔門十哲) 중 한 사람이다. 자로(子路)는
    자(字)이고 또는 계로(季路)라고도 하였다. 이름은 중유(仲由)이다. 염유와 함께 정
    사과(政事科)에 뛰어났다. 강직하고 용맹하였으며 과감한 것으로 유명하였고 효성이
    지극하였다.

52 뒤에~못하였다 : 『論語』 先進 11-13. 「若由也 不得其死然【자로(子路)는 온당한 죽음
    을 얻지 못할 것 같다.】」 공자의 예언대로, 자로는 위(衛)나라 공회(孔悝)의 난(難)에
    죽었다.

53 『說苑』(漢 劉向 撰) 卷19 修文.

54 중유(仲由) : 자로(子路)의 이름이다.

러므로 공자가 "유(由)의 슬을 어찌 나의 문정(門庭)에서 연주하는가?"라고 하였으니, 억제하려고 한 것이다. 증점(曾點)[55]이 공자의 물음에 슬을 내려놓고 대답하기를 "저들이 선택한 것과는 다릅니다"[56]라고 하였으니, 이것은 도를 즐기는데 뜻이 있지 벼슬할 마음이 없었던 것이다. 그러므로 공자가 "무엇이 나쁘겠느냐? 또한 각기 자기의 뜻을 말하는 것뿐이다"라고 하였으니, 함께 하려고 한 것이다. 유(由)를 억제한 것은 의로움이고 점(點)을 허여한 것은 인(仁)한 마음이다. 그렇다면 유(由)가 슬(瑟)을 연주할 때는 공자가 억제하였지만, 방패를 잡고 춤을 출 때[57]에는 억제하시지 않은 것은, 공자의 말에 따라 빈궁(貧窮)해도 또한 즐거워하고 영달(榮達)해도 또한 즐거워하는 뜻을 깨달았기 때문일 것이다.

87-5. 子曰 : "求爾何如." 對曰 : "方六七十, 如五六十, 求也爲之, 比及三年, 可使足民, 如其禮樂, 以俟君子."

공자가 말했다. "구(求)야! 너는 어떻게 하겠느냐?" 대답하기를 "사방이 6~7십리 혹은 5~6십리의 작은 나라에 제가 한다면 3년 만에 백성들을 풍족하게 해줄 수 있겠지만, 예악은 군자를 기다리겠습니다"라고 하였다.[58]

"達於禮而不達於樂謂之素, 達於樂而不達於禮謂之偏." "禮樂皆得謂之有德." 君子也者, 其有德之士歟! 文之以禮樂而不爲素, 禮樂明備而不爲偏.

---

55 증점(曾點) : 공자의 제자로 자는 자석(子晳)이다. 증삼(曾參)의 아버지이다.

56 『論語』 先進 11-24. 아래 공자의 말도 같다.

57 방패를~때 : 『莊子』 讓王 12. 「陳蔡之隘 於丘其幸乎 孔子削然反琴而弦歌 子路扢然執干而舞【진(陳)·채(蔡)나라 사이에서 재난은 내게 오히려 다행이었다고 하시고, 공자가 마음 편한 모습으로 금(琴)을 당겨 타며 노래하였다. 자로는 신이 나서 방패를 잡고 춤을 추었다.】」

58 『論語』 先進 11-24.

仲尼燕居曰 : “君子明於禮樂, 擧而錯[59]之而已.” 孔子閒居曰 : “愷悌君子! 必達於禮樂之原.” 是禮樂, 由君子出, 而冉求之藝, 能足民而已, 非全乎君國子民之道也. 故孔子問其志則曰 : “方六七十, 如五六十, 求也爲之, 比及三年, 可使足民, 如其禮樂, 以俟君子.” 彼其自知明自信篤, 終此而已.

孔子之於門弟子所與言禮樂者, 不過顔淵之問爲邦, 是爲邦之道, 無先於禮樂. 而‘求也爲之, 可使足民’而已, 此孔子所以不以語回者告求歟! 莊周亦曰 : “以禮爲行 以樂爲和謂之君子.” 孰謂‘莊周蔽於天而不知人邪!’ 王通曰 : “吾於禮樂, 正失而已, 如其制作, 以俟明哲, 必也崇貴乎!” 是又指在上制作者言之, 與其所謂‘以俟君子’者異矣.

“예에는 통달하면서 악에 통달하지 못한 것을 소(素)라 하고, 악에는 통달하면서 예에는 통달하지 못한 것을 편(偏)이라 한다”[60]라고 하고, “예와 악 모두 얻는 것을 덕이 있다고 한다”[61]라고 하였으니, 군자라는 사람은 덕이 있는 선비인 것이다. 예악으로 외적인 형식을 이루면 소(素)가 되지 않으며, 예악이 확실히 갖추어지면 편(偏)이 되지 않는다.

「중니연거(仲尼燕居)」에 “군자가 예악에 밝으면 그것을 들어 정사(政事)에 시행할 뿐이다”[62]라고 하고, 「공자한거(孔子閑居)」에 “화락한 군자여! 반드시 예악의 근본에 통달해야 한다”[63]라고 하였다. 이는 예악이 군자

---

59 대본에는 ‘措’로 되어 있으나 『禮記』에 의거하여 ‘錯’으로 바로잡았다.

60 『禮記』 仲尼燕居 28-8.

61 『禮記』 樂記 19-1. 「審聲以知音 審音以知樂 審樂以知政 而治道備矣 是故不知聲者 不可與言音 不知音者 不可與言樂 知樂則幾於禮矣 禮樂皆得 謂之有德 德者 得也【소리를 살펴 음(音)을 알고, 음을 살펴 악을 알고, 악을 살펴 정사를 알아, 다스리는 도가 갖추어 진다. 이 때문에 소리를 알지 못하는 사람과는 함께 음을 말할 수 없고, 음을 알지 못하는 사람과는 함께 악을 말할 수 없으니, 악을 알면 예에 거의 가까워질 수 있다. 예악 모두 얻는 것을 덕이 있다고 하는 것이니, 덕은 ‘얻는다’는 뜻이다.】」

62 『禮記』 仲尼燕居 28-9.

63 『禮記』 孔子閒居 29-1. 「子夏曰 敢問詩云 凱弟君子 民之父母 何如斯可謂民之父母矣 孔子曰 夫民之父母乎 必達於禮樂之原 以致五至 而行三無 以橫於天下 四方有敗 必先知之 此之謂民之父母矣【자하(子夏)가 “감히 여쭙겠습니다. 『시경』에 이르기를 ‘화

로부터 나오는데, 염구(冉求)의 기예(技藝)는 백성을 풍족하게 해줄 수 있을 뿐이니, 임금이 나라를 다스릴 때 백성을 자식같이 사랑하는 완전한 도가 아니다. 그러므로 공자가 그의 뜻을 물으니 "사방이 6~7십리 혹은 5~6십리의 작은 나라에 제가 한다면 3년 만에 백성들을 풍족하게 해줄 수 있겠지만, 예악은 군자를 기다리겠습니다"라고 하였으니, 그가 그 자신을 아는 것이 밝고 자신감이 돈독하였지만 결국 이것일 뿐이었다.

　공자가 제자들과 예악에 대하여 함께 말한 것이 안연이 나라를 다스리는 것을 여쭌 것[64]에 불과하였으니, 바로 나라를 다스리는 도가 예악보다 우선할 것이 없다는 것이다. '구(求)가 한다면 백성들을 풍족하게 해줄 수 있겠다'라고 할 뿐이었으니, 이것이 공자가 안회(顏回)[65]에게 말한 것을 가지고 염구(冉求)에게는 가르쳐주지 않은 이유일 것이다. 장주(莊周)가 또한 "예로써 행하고 악으로써 화하게 하는 것을 군자라고 한다"[66]라고 하였는데, 누가 '장주는 천도(天道)에 가려 인도(人道)를 알지 못하였다'[67]라고 말하였나? 왕통(王通)이 "나는 예악에 대하여 잘못된 것을 바로잡을 뿐이고, 만일 그 창작에 대해서는 명철(明哲)한 이를 기다려 반

락한 군자여! 백성의 부모로다'라고 하였는데, 어떻게 해야 백성의 부모라고 이를 수 있습니까?'라고 하니, 공자가 말했다. "백성의 부모는 반드시 예악의 근본에 통달하여 오지(五至)를 이루고, 삼무(三無)를 행하여 널리 천하에 펴서 사방에 재앙의 조짐이 있으면 반드시 그것을 먼저 아는데, 이것을 일러 백성의 부모라고 한다."】

64　안연이~것 :『論語』衛靈公 15-11.

65　안회(顏回) : B.C. 521~B.C. 490. 공자 제자로 자는 자연(子淵)이다. 노나라 출신으로 안무요(顏無繇)의 아들이다. 공문십철(孔門十哲) 중에 덕행으로 꼽혀 공자의 3천 제자 중에 제일의 제자가 되었다. 그는 공자 제자 중에 가장 곤궁하였는데 가장 어질고 학문을 좋아하였으며 공자의 가르침을 가장 성실하게 수행하였다.

66　『莊子』天下 1.

67　『荀子』解蔽 21-5.「墨子蔽於用而不知文 宋子蔽於欲而不知得 愼子蔽於法而不知賢 申子蔽於執而不知知 惠子蔽於辭而不知實 莊子蔽於天而不知人【묵자는 실용에 가려 꾸밈을 알지 못하였고, 송자는 욕심에 가려 얻음을 알지 못하였고, 신자(愼子)는 법에 가려 어진이를 알지 못하였고, 신자(申子)는 권세에 가려 지혜를 알지 못하였고, 혜자는 허사(虛辭)에 가려 실리(實理)를 알지 못하였고, 장주는 천도(天道)에 가려 인도(人道) 알지 못하였다.】」

드시 고귀하게 대접하겠다"[68]라고 하였다. 이는 또 윗자리에 있으면서 창작하는 사람을 가리켜 말한 것으로, 이른바 '군자를 기다리겠다'는 것 과는 다르다.

68   『中說』(隋 王通 撰) 卷6 禮樂篇.

권88 논어훈의(論語訓義)

선진(先進) · 자로(子路) · 헌문(憲問)

선진(先進)

88-1. 子曰 : “點! 爾何如?” 曰 : “莫春者, 春服旣成, 冠者五六人, 童子六七人, 浴乎沂, 風乎舞雩, 詠而歸.” 夫子喟然嘆曰 : “吾與點也.”

공자가 “점(點)아! 너는 어떻게 하겠느냐?”라고 물으니, “늦은 봄에 봄옷이 다 되면 관을 쓴 5~6인과 동자 6~7인과 함께 기수(沂水)에서 목욕하고 춤추며 우제를 지내는 제단 가에서 바람 쐬고 노래를 읊조리며 돌아오겠습니다”라고 대답하였다. 공자가 허! 탄식하고 “나는 너 점(點)의 그런 점에 찬동한다”라고 하였다.[1]

---

1   『論語』先進 11-24.

周官 : "司巫, 若國大旱則帥巫而舞雩." "女巫旱暵則舞雩, 凡邦之大烖, 歌哭而請." 爾雅曰 : "舞號雩也." 由是推之, 舞雩之祭, 非旱暵, 若國大旱, 則不必爲之, 非有常時也. 記曰 : "雩宗[2]祭水旱也." 黨正 : "春秋祭禜." 是雩祭或春或秋, 皆遇旱而爲之, 不必龍見之時也. 此言舞雩於春服旣成之時, 非黨正秋祭之時也.

春秋書大旱二, 書大雩二十, 多譏, 非大旱爲之, 却又著僭用天子之禮而已. 左氏皆謂 : '龍見而雩, 過則書之.' 月令以'大雩帝, 用盛樂', 在仲夏之月, 是不知周之仲夏, 龍見之時, 非常旱之月也.

曾點 : "浴乎沂, 風乎舞雩, 詠而歸." 則其所以舞詠而歸者, 在道而不在雩故孔子與之. '樊遲從遊於舞雩之下而以崇德辨惑'爲問, 雖未能無惑, 而一志於樂道, 亦孔子之所善也. 然擬之子路冉有公西華, 有志於仕, 無志於學則有間矣. 魯之舞雩, 孔子與其徒, 必預之者, 豈非憂民之心, 君子所以與人同故邪?

『주례』에 "사무(司巫)는 나라에 큰 가뭄이 들면 여무(女巫)를 인솔하여 춤추며 우제(雩祭)를 지낸다"[3]라고 하고, "여무(女巫)는 가뭄이 들어 더우면 춤추며 우제를 지내고, 국가에 큰 재앙이 있으면 노래하고 곡(哭)하기를 청한다"[4]라고 하며, 『이아(爾雅)』에 "춤추며 부르짖는 것은 우제이다"[5]라고 하였다. 이를 근거로 미루어 생각하면, 춤추며 지내는 우제(雩祭)는 가뭄이 들어 덥거나 혹은 국가의 큰 가뭄이 들지 않으면 지내지 않았으니 평상시의 일은 아니었다. 『예기』에 "우종(雩宗)은 홍수와 가뭄을 제사 지내는 곳이다"[6]라고 하고, 당정(黨正)에 "춘추로 영(禜)[7]제사를 지낸다"[8]

<hr>

2   대본은 '禜'으로 되어 있으나 『禮記』에 의거하여 '宗'으로 바로잡았다.
3   『周禮』 春官 / 司巫 0. 사무(司巫)는 무당들의 행정을 총괄하는 우두머리이다.
4   『周禮』 春官 / 女巫 0. 여무는 여자 무당이다. 왕후가 조문하는 일에 시종한다.
5   『爾雅』 釋訓 3-85. 『이아(爾雅)』는 주공(周公)이 지은 것으로 전하는 자서(字書)이다. 『시경』과 『서경』 중의 문자를 추려 19편으로 나누고, 자의(字義)를 전국(戰國)·진한대(秦漢代)의 용어로 해설한 것이며 3권으로 되어있다.
6   『禮記』 祭法 23-3.
7   영(禜) : 산천의 신에게 빌어 수재(水災)·한재(旱災)·여역(癘疫)을 떨어 물리치는

라고 하였다. 이는 우제를 혹 봄이나 가을에 지내는데 모두 가뭄을 만나면 하였으니, 반드시 창룡수(蒼龍宿)가 나타난 때[9]는 아니었다. 여기서 말한 봄옷이 다 된 때 춤추며 우제(雩祭)를 지낸다는 것은, 『주례』 당정(黨正)에 나오는 가을 제사를 지내는 때가 아니다.

『춘추』에 대한(大旱)을 기록한 것이 두 번이고 대우(大雩)를 기록한 것이 스무 번인데, 비판한 것이 많았으니 대한(大旱)이라고 해서 기록한 것이 아니라, 도리어 분수에 맞지 않는 천자의 예를 썼다는 것을 드러냈을 뿐이다. 좌구명(左丘明)[10]이 '창룡수(蒼龍宿)가 나타나는 때에 우제를 지내는데 이 시기를 놓치고 지내면 기록한다'[11]라고 하고, 「월령(月令)」에 '하늘에 크게 우제를 지내는데 성대한 악을 쓴다'[12]라고 쓴 것이 중하(仲夏)[13]의 달에 있으니, 이는 주나라 역법(曆法)의 중하(仲夏)가 창룡수(蒼龍宿)가 나타나는 때이지, 항상 가뭄이 드는 달이 아니란 것을 알지 못한 것이다.

증점(曾點)이 "기수(沂水)에서 목욕하고 춤추며 우제를 지내는 제단 가에서 바람 쐬고 노래를 읊조리며 돌아오겠습니다"라고 대답하였으니, 곧 춤추고 노래를 읊조리며 돌아온 것이 도에 있지 우제에 있지 않으므로

제사.

8 　『周禮』 地官 / 黨正 0. 당정은 500가구의 행정과 교육 등을 관장하는 최고책임자이다.

9 　창룡수(蒼龍宿)가~때 : 『春秋左氏傳』 桓公 5年(5)에 「龍見而雩」가 있고, 그 주(註)에 '사월(巳月)에 창룡수(蒼龍宿)가 나타난다'라고 하였으니, 용현(龍見)은 4월이다.

10 　좌구명(左丘明) : 공자와 같은 무렵 노나라 출신으로 태사(太史)를 지냈다. 저서에 『춘추좌씨전(春秋左氏傳)』과 『국어(國語)』가 있다. 『사기(史記)』에 공자가 자신의 이상을 『춘추』에 표현하였으나 그 뜻을 전한 제자들이 각기 자신의 견해에 빠짐으로써 공자의 진의(眞意)를 잃어버릴 것을 두려워하여 『좌씨전(左氏傳)』을 지었다고 하였다.

11 　『春秋左氏傳』 桓公 5年(5). 「秋 大雩 書不時也 凡祀 啓蟄而郊 龍見而雩 …… 過則書 【가을에 크게 기우제를 지냈다고 한 것은 때가 아니었으므로 쓴 것이다. 제사는 벌레가 고치를 열고나올 때 교제사를 지내고, 창룡수가 나타날 때 우제를 지내며 …… 이 시기를 맞추지 않으면 경에 기록한다.】」

12 　『禮記』 月令 6-46.

13 　중하(仲夏) : 음력 5월이다.

공자가 찬동한 것이다. '번지(樊遲)[14]가 공자를 따라 춤추며 우제를 지내는 제단의 아래에서 놀면서 덕을 높이며 의혹을 분변하는 것'[15]으로 질문하자, 비록 미혹하는 마음이 없지는 않았지만 도를 즐기려는 마음이 전일하여 또한 공자가 옳게 여긴 것이다. 그러나 자로(子路)·염유(冉有)·공서화(公西華)[16]가 벼슬에 마음이 있고 학문에 뜻이 없었던 것에 비하면 차이가 있다. 노나라의 춤추며 지내는 우제(雩祭)에 공자가 그 무리들과 함께 반드시 참여한 것은, 어찌 군자로써 백성에 대해 근심하는 마음이 남들과 같았기 때문이 아니겠는가?

자로(子路)

88-2. 名不正則言不順, 言不順則事不成, 事不成則禮樂不興, 禮樂不興則刑罰不中, 刑罰不中則民無所措手足.

명분(名分)이 바르지 않으면 말이 순조롭지 않고, 말이 순조롭지 않으면 일이 이루어지지 않고, 일이 이루어지지 않으면 예악이 일어나지 않고, 예악이 일어나지 않으면 형벌(刑罰)이 맞지 않고, 형벌이 맞지 않으면 손발을 놓을 곳이 없게 된다.[17]

---

14   번지(樊遲) : 공자의 제자로 노나라 사람이다. 자는 자지(子遲) 또는 번지이며 이름은 번수(樊須)이다. 타고난 기질은 노둔하였으나 배우기를 좋아하여 스승과 친구들로부터 반복 추구함을 꺼리지 않았다고 한다.
15   『論語』 顔淵 12-21.
16   공서화(公西華) : 공자의 제자로 노나라 사람이다. 공서적(孔西赤)이라고도 한다. 자는 자화(子華)이다. 그는 대인교제에 민첩하였고 기상은 독실우아(篤實優雅)하고 절도가 있어 공문(孔門) 가운데 탁월한 재능을 가졌다고 전한다.
17   『論語』 子路 13-3.

‘禮以道其志, 樂以和其聲, 政以一其行, 刑以防其姦, 禮樂刑政其極
一也, 所以同民心而出治道也.’ 孔子爲政於衛, 必以正名爲先, ‘名不正
則言不順, 言不順則事不成’, 非所以爲政也, ‘事不成則禮樂不興, 禮樂
不興則刑罰不中’, 非所以爲禮樂也, ‘刑罰不中則民無所措手足’, 非所
以爲刑也. 記曰 : “禮節民心, 樂和民聲, 政以行之, 刑以防之, 禮樂刑政
四達而不悖, 則王道備矣.” 然則衛君待孔子爲政, 孔子以王道爲先務,
捨禮樂刑政, 何以哉?

在易豫之象曰 : “聖人以順動, 則[18]刑罰淸而民服.” 象曰 : “先王以[19]
作樂崇德, 殷薦之上帝, 以配祖考.” 蓋作以崇德者樂也, 薦上帝配祖考
者禮也. 是刑罰淸, 本於禮樂興, 禮樂興, 本於‘豫順以動’, 其言亦相爲
表裏而已. 明堂位言 : “周公制禮作樂, 頒度量, 而天下大服.” 繼之以
“服大刑而天下大服.” 與此同意.

孔子待衛君不以霸道而以王道, 亦周公之用心也, 子路疑之以爲迂,
豈不野哉?

‘예로써 그 뜻을 인도하고, 악으로써 그 소리를 화(和)하게 하고, 정사
로써 그 행실을 일정하게 하고, 형법으로써 그 간사함을 막았으니, 예·
악·형·정이 그 극점(極點)은 하나이다. 이는 민심을 합하고 치도(治道)를
실현하는 것이다.’[20] 공자가 위(衛)나라에서 정사를 한다면 반드시 우선
적으로 명분을 바로잡겠다고 하고, ‘명분이 바르지 않으면 말이 순조롭
지 않고, 말이 순조롭지 않으면 일이 이루어지지 않는다’고 하였는데, 정
사를 시행하는 방법이 아니기 때문이다. ‘일이 이루어지지 않으면 예악
이 일어나지 않고, 예악이 일어나지 않으면 형벌이 맞지 않는다’고 하였
는데, 예악을 시행하는 방법이 아니기 때문이다 ‘형벌이 맞지 않으면 백
성들이 손발을 놓을 곳이 없게 된다’고 하였는데, 형벌을 시행하는 방법

---

18   대본에 누락된 ‘則’을 『周易』에 의거하여 보충하였다.
19   대본에 누락된 ‘以’를 『周易』에 의거하여 보충하였다.
20   『禮記』樂記 19-1.

이 아니기 때문이다.『예기』에 "예로 민심을 절제(節制)하며, 악으로 백성이 서로 말하는 소리를 화(和)하게 하며, 정사(政事)로 예악의 가르침을 시행하며, 법으로 방자함을 방지하여, 예·악·형·정이 사방으로 통하여 어긋나지 않게 되면 왕도(王道)가 구비(具備)되어 진다"[21]라고 하였다. 그렇다면 위(衛)나라 임금이 공자를 대우하여 정사를 하게하면 공자가 왕도정치(王道政治)로 급선무를 삼을 것인데, 예·악·형·정을 놓아두고 무엇을 가지고 하겠는가?

『주역』「예괘(豫卦▦)」의 단사(彖辭)[22]에 "성인은 순함으로 동하기 때문에 형벌이 맑아져 백성들이 복종한다"[23]라고 하고, 상전(象傳)에 "선왕(先王)이 이를 보고 악을 지어 덕을 높였다. 은(殷)나라는 상제(上帝)에게 제사지낼 때 조고(祖考)를 배향(配享)하였다"[24]라고 하였다. 종합하면 창작하여 덕을 높인 것은 악이고, 성대하게 상제에게 올리고 조고로 배향한 것은 예이다. 형벌이 맑다는 것은 예악이 일어난 것에 근본을 두고 있고, 예악이 일어난 것은 '예(豫)는 순하고 동한다'[25]는 것에 근본을 두고 있으니, 그 말이 또한 서로 표리(表裏)가 될 뿐인 것이다.「명당위(明堂位)」에 "주공(周公)이 예를 제정하고 악을 창작하며 도량형의 기준을 반포하니 천하가 널리 따랐다"[26]라고 하고, 이어서 "큰 형벌을 받게 되므로 천하가 널리 따랐다"[27]라고 하였으니, 이것과 같은 뜻이다.

공자가 위(衛)나라 임금이 패도(覇道)[28]를 쓰지 않고 왕도(王道)를 쓰기

---

21   『禮記』樂記 19-1.
22   단사(彖辭): 십익(十翼) 중의 하나로 『주역』 각 괘(卦)의 길(吉)·흉(凶)을 판단하여 말한 것이다. 단전(彖傳)이라고도 한다.
23   『周易』豫卦 2. 이는 예괘(豫卦) 순동(順動)의 도를 말한 것이다.
24   『周易』豫卦 3.
25   『周易』豫卦 2. 그 程頤 序卦傳.「震上坤下 順動之象【예괘는 진괘(震卦☳)가 위에 있고 곤괘(坤卦☷)가 아래에 있어서 순하게 동하는 상(象)이다.】
26   『禮記』明堂位 14-3.
27   『禮記』明堂位 14-6.
28   패도(覇道): 왕(王)·패(覇)에 대한 논설은 중국 전국시대(戰國時代)의 맹자(孟子)에 의해서 주장된 것이며, 고대의 성왕(聖王)의 덕화(德化)에 의한 정치를 왕도(王道)라

를 기다렸으니 또한 주공(周公)이 쓴 마음인데, 자로(子路)가 우활(迂闊)하다고 의심하였다. 어찌 몰상식한 것이 아니겠는가?

헌문(憲問)

88-3. 子路問成人, 子曰 : "若臧武仲之知, 公綽之不欲, 卞莊子之勇, 冉求之藝, 文之以禮樂, 亦可以爲成人矣."

자로가 성인(成人)에 대해 여쭈자, 공자가 대답하였다. "만약 장무중(臧武仲)의 지혜와 공작(公綽)의 사욕(私欲)을 부리지 않음과 변장자(卞莊子)의 용맹과 염구(冉求)의 예(藝)에 예악으로 세련된 아름다움을 꾸민다면 또한 성인(成人)이 될 수 있을 것이다."[29]

天與之性, 君子得之以爲德, 性與之才, 君子達之以爲藝, 言冉求之藝, 則臧武仲之知, 公綽之不欲, 卞莊子之勇, 無非天下之達德也. '據於德'以爲本, '游於藝'以爲末, 則其質具矣. 苟言而履之以爲禮, 行而樂之以爲樂, 則文質彬彬, 然後可以爲成人之君子矣.

孔子謂顏淵曰 : "旣能成人, 又加之以仁義禮樂, 成人之行也." 充四子之實, 進而至於顏回, 然後可以語成人之行. 故其'問爲邦', 告之以三王之禮二帝之樂, 至於冉求則 曰 : "如其禮樂, 以俟君子." 則亦可以爲成人者, 惟顏子可以當之. 莊周謂 '回忘禮樂, 則又進於此', 豈特可以

부르는 데 대하여, 천자(天子)의 힘이 쇠미(衰微)해진 춘추시대 이후부터, 패자와 힘이 있는 제후(諸侯)가 실력주의로 제후와 백성을 통어(統御)하려고 하는 정치를 패도라 불렀다.

[29] 『論語』 憲問 14-12.

而已哉? 易曰 : “易簡之理得而成位乎其中.” 則成位於天地之中者, 賢人之能事, 成人之至也. 亦豈不本於禮樂之簡易乎?

王通曰 : “姚義之辯, 李靖之智, 賈瓊魏徵之正, 薛收之仁, 程元王孝逸之文, 加之以篤固, 申之以禮樂, 可以爲成人矣.” 揚雄曰 : “若張子房之智, 陳平之無悟[30], 絳侯勃之果, 霍將軍之勇, 終之以禮樂, 則[31]可謂社稷之臣矣.” 由是觀之, 王通之論成人, 未爲無失, 揚雄論社稷之臣, 亦未爲俱得也. 孔子以成人之道在禮樂如此, 莊周反謂 : “禮樂偏[32]行, 則天下亂.” 蓋有爲而言也.

하늘로부터 부여받은 성(性)을 군자가 체득하여 덕이 되고, 성(性)으로부터 부여받은 재(才)를 군자가 통달하여 예(藝)가 되니, 염구(冉求)의 예(藝)에 장무중(臧武仲)[33]의 지혜와 공작(公綽)[34]의 사욕(私欲)을 부리지 않음과 변장자(卞莊子)[35]의 용맹이면 천하의 달덕(達德)[36]이 아님이 없음을 말한 것이다. ‘덕성(德性)에 의거(依據)하는 것’[37]으로 근본을 삼고 ‘예(藝)에 노니는 것’으로 말엽을 삼으면 그 본질이 구비된다. 참으로 말하여 실천하는 것으로 예를 삼고 행하여 즐기는 것으로 악을 삼으면 형식과 본질이 겸비되어 아름다울 것이니, 그런 뒤에 성인(成人)의 군자가 될 수 있을 것이다.

공자가 안연(顔淵)에게 “이미 성인(成人)이 되었더라도, 또 인·의·

---

30 대본에는 ‘誤’로 되어 있으나 『法言』에 의거하여 ‘悟’로 바로잡았다.

31 대본에 누락된 ‘則’을 『法言』에 의거하여 보충하였다.

32 대본에는 ‘徧’으로 되어 있으나 『莊子』에 의거하여 ‘偏’으로 바로잡았다.

33 장무중(臧武仲) : 노나라의 대부로 이름은 흘(紇)이다.

34 공작(公綽) : 노나라의 대부이다.

35 변장자(卞莊子) : 노나라 변읍(卞邑)의 대부이다.

36 달덕(達德) : 지(智)·인(仁)·용(勇). 《禮記》中庸 31-13) 그 朱子 註. 「謂之達德者 天下古今所同得之理也【달덕(達德)이라고 이르는 것은 천하와 고금의 시공을 초월하여 함께 얻은 바의 이치이기 때문이다.】」

37 『論語』述而 7-6. 「子曰 志於道 據於德 依於仁 遊於藝【공자가 말했다. “도에 뜻을 세우며, 덕성(德性)에 의거(依據)하며, 인(仁)을 따라 행하며, 육예(六藝)를 즐겨야한다.”】」

예·악을 더하여야 성인(成人)의 행실인 것이다"[38]라고 하였으니, 네 사람의 실상을 확충하고 나아가 안회(顏回)[39]의 경지에 이른 뒤에 성인(成人)의 행실을 함께 말할 수 있다. 그러므로 '안회가 나라를 다스리는 것에 대하여 여쭈자,'[40] 삼왕(三王)의 예와 이제(二帝)의 악을 가지고 말해주고, 염구는 "예악은 군자가 해주기를 기다리겠습니다"[41]라고 하였으니, 또한 성인(成人)이 될 수 있는 사람은 안자(顏子) 정도는 되어야만 감당할 수 있다. 장주(莊周)는 '안회가 예악에 개의하지 않는다면 또한 이 경지에 이를 수 있었을 것이다'[42]라고 하였는데, 어찌 다만 이르기만 할 뿐이었겠는가? 『주역』에 "쉽고 간략한 이치가 얻어짐에 그 가운데 자리를 이룬다"[43]라고 하였다. 곧 천지(天地)의 가운데에서 자리를 이루는 것은 현인(賢人)의 능사(能事)이고 성인(成人)의 지극함인 것이다. 또한 어찌 쉽고 간략한 예악에 근본하지 않겠는가?

왕통(王通)은 "요의(姚義)의 변론과 이정(李靖)[44]의 지혜와 가경(賈瓊)[45]·

---

38   『孔子家語』卷5 顏回 第18.

39   안회(顏回) : 안연(顏淵)의 성명이다.

40   『論語』衛靈公 15-11.「顏淵 問爲邦 子曰 行夏之時 乘殷之輅 服周之冕 樂則韶舞 放鄭聲 遠佞人 鄭聲 淫 佞人 殆【안연이 나라를 다스리는 것을 여쭈자, 공자가 대답하였다. "하나라의 역법(曆法)을 행하며, 은나라의 수레를 타며, 주나라의 면류관(冕旒冠)을 쓰며, 악은 《소무(韶舞)》를 할 것이고, 정나라 악은 내치고 말 잘하는 사람은 멀리할 것이니, 정나라 악은 음란하고 말 잘하는 사람은 위태롭다."】」

41   『論語』先進 11-24.

42   『莊子』大宗師 9.「顏回曰 回益矣 仲尼曰 何謂也 曰 回忘禮樂矣 曰 可矣 猶未也【안회가 말했다. "저도 발전된 것이 있습니다." 중니(仲尼)가 말했다. "무슨 말이냐?" 안회가 대답하였다. "예악을 잊게 되었습니다." 공자가 말했다. "괜찮기는 하지만 아직 덜되었다."】」

43   『周易』繫辭上 1.「易簡而天下之理得矣 天下之理得而成位乎其中矣【쉽고 간략함에 천하의 이치가 얻어지니, 천하의 이치가 얻어짐에 그 가운데에 자리를 이룬다.】」

44   이정(李靖) : 571~649. 초당(初唐)의 명장으로 처음에는 수(隋)나라를 섬겼으나 반수(反隋)의 군사를 일으킨 이세민(李世民)에게 체포되어, 인정을 받고 그의 부장으로서 군웅평정(群雄平定)에 활약하였다. 위국공(衛國公)에 봉해지고 태종의 소릉(昭陵)에 배장(陪葬)되었다. 그의 이름을 붙인 『위공병법(衛公兵法)』,『이위공문대(李衛公問對)』는 당대의 대표적인 병서이다.

45   가경(賈瓊) : 수(隋)나라 사람으로 성품이 총명하고 명민하였다. 왕통(王通)에게 배워

위징(魏徵)[46]의 정직과 설수(薛收)[47]의 인(仁)과 정원(程元)·왕효일(王孝逸)의 문예에 의지가 굳어 변하지 않는 것을 더하고 거기에 예악까지 거듭한다면, 성인(成人)이 될 수 있을 것이다”[48]라고 하고, 양웅(揚雄)은 “만약 장자방(張子房)[49]의 지혜와 진평(陳平)[50]의 거스름이 없음과 강후(絳侯) 주발(周勃)[51]의 과감성과 장군 곽거병(霍去病)[52]의 용맹에 예악으로 끝을 맺으면, 사직(社稷)의 신하라고 말할 수 있을 것이다”[53]라고 하였다. 이런 관점에

『예기(禮記)』를 익혔고, 방교(房喬)·위징(魏徵)과 동등하게 이름났다.

46 위징(魏徵) : 580~643. 당초(唐初)의 공신·학자로 자는 현성(玄成)이고, 시호는 문정공(文貞公)이다. 수(隋)나라 말 이밀(李密)의 군대에 참가하였으나 곧 당 고조(唐高祖)에게 귀순하였고, 이어 태종의 부름을 받아 간의대부(諫議大夫) 등의 요직을 역임한 후 재상(宰相)으로 중용되었다. 특히 굽힐 줄 모르는 직간(直諫)이 유명하며, 주(周)·수·오대(五代) 등의 정사편찬(正史編纂) 사업과 『유례(類禮)』, 『군서치요(群書治要)』 등의 편찬에도 큰 공헌을 하였다.

47 설수(薛收) : 592~624. 당(唐)나라 포주(蒲州)의 분음(汾陰) 사람이다. 자는 백포(伯褒)이고, 설도형(薛道衡)의 아들이다. 아버지 도형(道衡)이 양제(煬帝)에게 죽임을 당하였으므로 수(隋)나라에 출사하지 않았는데, 방현령(房玄齡)이 이세민(李世民)에게 천거하여 진왕부(秦王府) 주부(主簿)에 임명되어 격문(檄文)과 포고문이 대다수 그에게서 작성되었다.

48 『中說』(隋 王通 撰) 卷6 禮樂篇.

49 장자방(張子房) : ?~B.C. 168. 이름은 양(良)이고 자가 자방(子房)이며 시호는 문성공(文成公)으로 한(漢)나라 고조 유방의 공신이다. 한(韓)나라 명문 출신으로, B.C. 218년 박랑사(博浪沙)에서 시황제(始皇帝)를 습격했으나 실패, 하비(下邳)에 은신하고 있을 때 황석공(黃石公)으로부터 『太公兵法書』를 물려받았다고 한다. 소하(蕭何)와 함께 책략에 뛰어나 한나라 창업에 힘썼다. 그 공으로 유후(留侯)에 책봉되었다.

50 진평(陳平) : ?~B.C. 178. 중국 한대의 정치가이다. 처음에는 항우(項羽)를 따랐으나 후에 유방(劉邦)을 섬겨 한(漢)나라 통일에 공을 세우고, 고향의 호유후(戶牖侯)에 임명되었다. 그후 곡역후(曲逆侯)로 승진하였고, 상국(相國) 조참(曹參)이 죽은 후에는 좌승상(左丞相)이 되어, 여씨(呂氏)의 난 때 주발(周勃)과 함께 이를 평정한 후 문제(文帝)를 옹립하였다.

51 주발(周勃) : ?~B.C. 169. 전한(前漢)의 명신으로 시호는 무후공(武侯公)이다. 패현(沛縣)사람으로 고조에 봉사하여 천하평정의 공을 세우고, 강후(絳侯)에 봉해졌다. 후에 여씨일족(呂氏一族)이 난을 일으키자, 진평(陳平)과 함께 여씨를 평정하고, 문제(文帝)를 세워서 한실(漢室)을 안정시켰다.

52 곽거병(霍去病) : B.C. 140~B.C. 117. 중국 전한(前漢) 무제(武帝) 때의 명장이다. 흉노(匈奴) 토벌에 큰 공을 세웠다. 18세 때 시중(侍中)이 되었고, 흉노토벌에 공을 세워 관군후(冠軍侯)로 봉해졌다. 한제국의 영토 확대에 지대한 공을 세워 대사마(大司馬)가 되었으나, 불과 24세로 죽었다.

서 보면, 왕통이 성인(成人)을 설명한 것은 잘못이 없지 않고, 양웅이 사
직(社稷)의 신하를 설명한 것도 완비된 것은 아니다. 공자는 성인(成人)의
도가 예악에 있음을 이와 같이 피력하였는데, 장주(莊周)는 도리어 "예악
이 한쪽만 행해지면 천하가 어지러워질 것이다"[54]라고 하였으니, 아마도
근거가 있어서 한 말일 것이다.

88-4. 子擊磬於衛, 有荷蕢而過孔氏之門者曰 : "有心哉! 擊磬乎!"
旣而曰 : "鄙哉! 硜硜乎! 莫已知也, 斯已而已矣, 深則厲, 淺則揭." 子
曰 : "果哉! 末之難矣."

　　공자가 위(衛)나라에서 경(磬)을 연주하였는데, 삼태기를 지고 공씨(孔
氏)의 문을 지나는 자가 있어 "천하에 마음이 있구나. 경(磬)을 연주함이
여!"라고 하였다. 이윽고 "비루(鄙陋)하다. 고집불통이여! 자신을 알아주
지 않으면 그만둘 따름이니, 깊은 물은 옷 입은 채로 건너고 얕은 물은
바지를 걷어 올리고 건너야 하는 것이다"라고 하였다. 공자가 전해 듣고
"과감(果敢)하구나! 그렇게 하면 어려움이 없겠구나!"라고 하였다.[55]

　　帝之乘時以出入, 其致用在八卦, 其成功在萬物. 八音出於八卦, 則
八音萬物之聲也. 磬出於八音之石, 而於卦主乾, 則磬者乾之音也.

　　聖人之於天下, 未嘗有心, 亦未嘗無心, 荷蕢聞孔子擊磬於衛, 徒知
其有心而不知其無心, 其所知亦淺矣. '壺丘子[56]之於列子, 知其衡[57]氣
機而不知其未始出吾宗', 亦何異? 此荷蕢之譏孔子, 猶釣者之譏王[58]通

53　『法言』淵騫 11-18.
54　『莊子』繕性 1. 「中純實而反乎情 樂也 信行容體而順乎文 禮也 禮樂偏行 則天下亂矣
　　【마음을 순수하고 진실하게 하여 진정으로 되돌아가는 것이 악이다. 용체(容體)를
　　신실하게 행하여 선왕의 문(文)을 따르는 것이 예이다. 따라서 예악이 한쪽만 행해
　　지면 천하가 어지러워질 것이다.】」
55　『論語』憲問 14-39.
56　대본에는 '季咸'으로 되어 있으나 『列子』에 의거하여 '壺丘子'로 바로잡았다.
57　대본에 누락된 '衡'을 『列子』에 의거하여 보충하였다.

也. 蓋‘鼓方叔[59]入于河[60]’, 擊磬襄入于海, 固有之矣.

오제(五帝)가 때를 타 출입할 때 그 활용의 원리는 팔괘(八卦)[61]에 있었고 그 성공은 만물에 있었다. 팔음(八音)은 팔괘에서 나왔으니 팔음은 만물의 소리이다. 경(磬)은 팔음 중 석(石)에서 나왔고 팔괘에서 건괘(乾卦☰)를 주장하니 경(磬)은 건괘(乾卦☰)의 악기이다.

성인이 천하에 대하여 무심하기도 하고 또한 관심이 있기도 하였는데, 삼태기를 진 사람이 공자가 위(衛)나라에서 경(磬)을 치는 소리를 듣고, 단지 세상사에 관심이 있는 것은 알았지만 그 무심(無心)은 알지 못하였으니, 그 식견이 또한 비천하였다. 호구자(壺丘子)가 열자(列子)[62]에게 ‘계함(季咸)이 생기(生機)를 평평하게 유지하는 경지는 알면서, 그것이 내가 받드는 도에서 전혀 벗어나지 않은 상태라는 것을 알지 못하였다’[63]라고 하였으니, 또한 무엇이 다른가? 이것은 삼태기를 진 사람이 공자를 놀린 것이 낚시꾼이 왕통(王通)을 놀린 것과 같다. 북을 치는 방숙(方叔)은 하내(河內)[64]로 들어가고, 경(磬)[65]을 치는 양(襄)은 해도(海島)로 들어간 일이 본

---

58   대본에는 ‘住’로 되어 있으나 문맥이 통하지 않아 ‘王’으로 바로잡았다.

59   대본에는 ‘播鼗武’로 되어 있으나 『論語』에 의거하여 ‘鼓方叔’으로 바로잡았다.

60   대본에는 ‘漢’으로 되어 있으나 『論語』에 의거하여 ‘河’로 바로잡았다.

61   팔괘(八卦) : 팔괘(八卦)는 건(乾☰)·곤(坤☷)·진(震☳)·손(巽☴)·감(坎☵)·이(離☲)·간(艮☶)·태(兌☱)이다. 이는 각각 천(天)·지(地)·뇌(雷)·풍(風)·수(水)·화(火)·산(山)·택(澤) 등 우주를 구성하는 기본적인 여덟 가지 요소를 상징하여 길흉 판단에 의거하는 괘상(卦象)을 이루기도 한다. 〈『前漢書』(漢 班固 撰) 卷21上 律歷志 第1上〉

62   열자(列子) : 전국시대의 사상가 열어구(列禦寇)로 정나라 출신이다. 그의 학문은 황제(黃帝)·노자(老子)에게서 기초하였다. 도가 사상을 논한 8권으로 된 『열자(列子)』가 있다. 혹자는 실존인물인가 의심하기도 한다.

63   『列子』 卷2 黃帝 第2. 대략적인 내용은 다음과 같다. 계함은 귀신같은 무당이었다. 열자가 그를 만나보고 호구자(壺丘子)에게 그 귀신같음을 말하니, 호구자가 열자와 함께 계함을 만나 하루에 한 번씩 계함에게 자기의 다른 관상을 보여주었다. 계함이 그 관상에 대하여 말하자, 호구자가 다시 열자에게 계함의 관상법을 평하며 말한 것이니, 위는 계함의 말이 아닌 호구자의 말이다. 계함(季咸)은 제나라에서 이주해 온 정나라의 전설적인 무당이름이다. 『莊子』 應帝王 5에도 같은 내용이 나온다.

64   하내(河內) : 황하(黃河) 이북 지역이다.

래 있었다.[66]

---

65 경(磬) : 경석(磬石)으로 만든 타악기(打樂器)인 편경(編磬)과 특경(特磬)의 약칭이다.
66 북을~있었다 :『論語』微子 18-9. 위(衛)나라는 대하(大河)와 접하고 있었고, 양(襄)
    은 공자가 찾아가 거문고를 배운 사람이다. 따라서 공자가 위나라에서 경(磬)을 연
    주하였다는 것을 실증하기 위해 예로들은 것이다.

위령공(衛靈公)

89-1. 顔淵問爲邦, 子曰 : "行夏之時, 乘殷之輅, 服周之冕, 樂則韶舞, 放鄭聲, 遠佞人, 鄭聲淫, 佞人殆."

안연이 나라를 다스리는 것을 여쭈자, 공자가 대답하였다. "하나라[1]의 역법(曆法)을 시행하며, 은나라[2]의 수레를 타며, 주나라[3]의 면류관(冕

---

1   하나라: 중국 전설상의 가장 오래 된 왕조이다. 하(夏)와 그에 이어지는 은(殷) · 주
     (周)를 합하여 3대라고 병칭하며 옛 중국에서는 이상적 성대(聖代)로 불려왔다. 『사
     기(史記)』 「하본기(夏本記)」에 의하면 하(夏)왕조의 시조 우(禹)는 황하강의 홍수를
     다스리는 데 헌신적으로 노력하여 그 공으로 순(舜)의 사후, 제후의 추대를 받아 천
     자가 되었다고 한다. 17대의 이규(履癸), 즉 걸(桀)에 이르러 정치가 포악함이 극도
     에 달했으므로 민심을 잃어 은 탕왕(殷湯王)에게 멸망당하였다.
2   은나라: 하나라 다음의 중국 고대 왕조이다. 수도의 이름을 따 상(商)이라고도 한다.
     은왕조의 개조(開祖)인 탕왕(湯王 : 天乙)은 백성의 요망에 따라 하나라 걸왕을 쳐서

疏冠)을 쓰며, 악은 《소무(韶舞)》를 할 것이고, 정나라⁴ 악은 내치고 말 잘하는 사람은 멀리할 것이니, 정나라 악은 음란하고 말 잘하는 사람은 위태롭다."⁵

正有三而‘行夏之時’, 人正也, 輅有五而‘乘殷之輅’, 木輅也, 冕有五⁶而‘服周之冕’, 純冕也, 樂有文武而‘樂則韶舞’, 文舞也.

蓋三王異世, 不相襲禮, 五帝殊時, 不相沿樂. 是夏殷周盡人道而王, 非無樂也而禮莫盛焉, 堯舜同天道而帝, 非無禮也而樂莫盛焉. 然‘三王之禮, 孔子之所憲章, 二帝之樂, 孔子之所祖述.’ 顔淵問爲邦, 必首以是告之者, 以治道非禮樂, 不成故也.

멸하고 은왕조를 창설하였다고 한다. 이 탕왕으로부터 29대의 왕이 잇달아 중국을 통치하였다. 20대 반경(盤庚)이 은(殷)으로 옮겼고, 31대 주왕(紂王 : 帝辛)이 목야(牧野)의 싸움에서 주 무왕(周武王)에게 져서 멸망당하였다.

3 　주나라 : 은나라 다음의 중국 고대 왕조이다. 주왕조의 시조는 후직(后稷 : 棄)이며 13대 째의 고공단보(古公亶父 : 太王) 때 국호를 주(周)라 하고, 태왕의 손자 문왕(文王 : 昌)에 이르러 태공 망(太公望 : 呂尙) 등의 보좌로 서방의 패자(覇者 : 西伯)가 되었다. 그 아들 무왕(武王 : 發)은 제후의 지지를 받아, 당시 민심을 잃고 있던 은의 주왕(紂王)을 이기고 주왕조를 창시하였다. 견융의 침략으로 평왕이 호경(鎬京)에서 낙양(洛陽)으로 수도를 옮기게 되는데, 이전을 서주(西周), 이후를 동주(東周)로 구분한다. 본격적인 봉건제도를 실시하여 춘추시대의 봉건 국가들은 주나라 왕실의 정통성을 인정하였으나, 전국시대에 접어들면서 주나라 왕실의 정통성은 유명무실화 되어, 주나라 왕실이 폐지되고 전국 칠웅의 국가들이 형식상으로도 완전히 독립적인 존재임을 내세우게 되었다.

4 　정나라 : 주나라의 제후국 중 하나이다. 작위는 백작이었으며, 공실의 성씨는 희(姬)성으로 동성 제후국에 속했다. 한나라(韓)에 의해 B.C. 375년에 멸망했다. 『禮記』 樂記 19-1의 註. 「張子曰 鄭衛地濱大河 沙地土薄 故其人氣輕浮 其地平下 故其質柔弱 其地肥饒 不費耕耨 故其人心怠惰 其人情性 如此 其聲音亦然 故聞其樂 使人如此懈慢也【장자(張子)가 말하였다. "정(鄭)나라와 위(衛)나라의 땅은 대하(大河)의 물가에 위치하여 가는 모래가 많고 흙이 적은 땅이므로 그 사람들 기운이 경솔하여 침착성이 적고, 그 땅이 평평하고 낮으므로 그 기질이 유약(柔弱)하며, 그 땅이 걸고 기름져 갈고 파는 힘을 쓰지 않으므로 그 인심(人心)이 게으르니, 그 사람들 성정(性情)이 이와 같기 때문에 그 성음(聲音) 또한 그렇다. 그러므로 그 악(樂)을 듣는 사람으로 하여금 이와 같이 태만(怠慢)하게 하는 것이다."】」

5 　『論語』 衛靈公 15-11.

6 　대본에는 ‘六’으로 되어 있으나 『周禮』에 의거하여 ‘五’로 바로잡았다.

然禮寓於時而有度, 數寓於器而有文, 爲樂之所法者, 韶舞而已. 以
樂之美善, 必待久而後成也. 記曰 : "比音而樂之, 及干戚羽旄, 謂之
樂." 然則不言韶舞, 豈足謂之樂乎? 鄭聲似雅而非雅, 不放之則志易以
淫, 佞人似忠而非忠, 不遠之則行易以殆.

舜之命官, 始於伯夷典禮, 中於夔之典樂, 終於龍之納言, 則'鄭聲淫,
佞人殆', 堯舜其猶病諸, 況顏淵乎? 顏淵雖樂二帝三王之道而有王佐
之才, 苟不知戒此, 如爲邦何哉? 告之'夏時殷輅周冕韶舞', 所以敎之
也, 告之'放鄭聲遠佞人 鄭聲淫佞人殆', 所以戒之也.

역법(曆法)에 정월을 정하는 법이 세 가지[7]가 있으니 '하나라의 역법을
시행하라'는 것은 인정(人正)[8]을 쓰라는 것이고, 수레는 다섯 가지[9]가 있
으니 '은나라 수레를 타라'는 것은 목제 수레를 타라는 것이고, 면류관은
다섯 가지[10]가 있으니 '주나라의 면류관을 쓰라'는 것은 생사(生絲)로 만
든 면류관을 쓰라는 것[11]이고, 악은 문무(文舞)와 무무(武舞)가 있으니[12]

---

7 역법(曆法)에~세 가지 :『論語』衛靈公 15-11의 朱子 註.「夏時謂 以斗柄初昏建寅之
   月 爲歲首也 天開於子 地闢於丑 人生於寅 故斗柄建此三辰之月 皆可以爲歲首 而三
   代迭用之 夏以寅 爲人正 商以丑 爲地正 周以子 爲天正也【하나라의 역법은 북두성
   자루가 날이 처음 어둘 때 인방(寅方)을 가리키는 달로써 정월을 삼는다. 하늘은 자
   회(子會)에서 열렸고, 땅은 축회(丑會)에서 열렸고, 사람은 인회(寅會)에서 생겨났다.
   그러므로 북두성 자루가 이 세 방위를 가리키는 달을 정월로 삼을 수 있어 삼대(三
   代)가 차례로 썼다. 하나라는 인월(寅月)을 사용하였으니 인정(人正)이 되고, 은나라
   에서는 축월(丑月)을 사용하였으니 지정(地正)이 되고, 주나라에서는 자월(子月)을
   사용하였으니 천정(天正)이 된다.】」
8 인정(人正) : 하력(夏曆)의 세수(歲首)로 곧 인원(人元)이라고도 하는데, 인월(寅月)을
   사용하여 인정(人正)이라고 한다.
9 수레는 다섯 가지 : 왕에게는 오로(五路)가 있으니, 옥으로 끝부분을 장식한 옥로(玉
   路), 금으로 꾸민 금로(金路), 상아로 장식한 상로(象路), 가죽으로 동여매고 옻칠한
   혁로(革路), 가죽으로 동여매지 않은 검은 색 목로(木路)이다.〈『周禮』春官 / 巾車 0〉
10 면류관은 다섯 가지 : 선왕을 제사지낼 때는 곤면(袞冕)을 쓰고, 선공을 제사지낼 때
   나 연회를 베풀어 빈객을 접대하거나 활쏘기 할 때는 별면(鷩冕)을 쓰고, 사망(四望)
   이나 산천을 제사 지낼 때는 취면(毳冕)을 쓰고, 사직이나 오사(五祀)를 제사 지낼
   때는 희면(希冕)을 쓰고, 모든 소소한 제사를 지낼 때는 현면(玄冕)을 쓴다.〈『周禮』
   春官 / 司服 0〉
11 생사(生絲)로~것 :『論語』子罕 9-3.「今也純 儉【지금에는 관을 생사(生絲)로 만드니,

'악은 《소무(韶舞)》를 하라'는 것은 문무(文舞)를 추라는 것이다.

삼왕(三王)[13]이 왕조가 틀려 예를 계승하지 못하고, 오제(五帝)[14]가 시대가 달라 악을 따르지 못하였다. 하·은·주나라는 사람도리를 다하여 왕이 되었으므로 악이 없을 수 없었으나 예가 더욱더 성하였고, 요·순은 천도(天道)와 같은 덕을 갖추어 제(帝)가 되었으므로 예가 없을 수 없었으나 악이 더욱더 성하였다.[15] 그러나 가까운 '삼왕(三王)의 예는 공자가 법으로 여겨 본받았고, 먼 요·순의 악은 공자가 조종(祖宗)으로 삼아 전술(傳述)하였다.'[16] 안연(顔淵)이 나라를 다스리는 것을 여쭈자 첫머리에 이것을 가지고 말하였으니, 치도(治道)는 예악이 아니면 이루어지지 않기 때문이다.

그러나 예는 시대에 의탁하는 제도가 있고 수(數)는 기물에 의탁하는 형식이 있으니, 악에서 본보기는 《소무(韶舞)》일 뿐이다. 이는 악의 미(美)와 선(善)은 반드시 오래 시행된 뒤에 이루어기 때문이다. 『예기』에 "음(音)을 배열하여 악기로 연주하고, 간(干)·척(戚)을 잡고 무무(武舞)를 추고 우(羽)·모(旄)를 잡고 문무(文舞)를 추는 것을 악(樂)이라고 한다"[17]라고 하

검소하다.】」

12 악은~있으니:『주례』대사악(大司樂)의 '《운문(雲門)》과 《함지(咸池)》 등 춤을 추는 것'은 큰 문무(文舞)이고, '《대호(大濩)》와 《대무(大武)》 등 춤을 추는 것'은 큰 무무(武舞)이며, 무사(舞師)와 악사(樂師)의 '《우무(羽舞)》 등 춤'은 작은 문무(文舞)이고, '《간무(干舞)》 등 춤'은 작은 무무(武舞)이다.〈『樂書』 77-1〉

13 삼왕(三王): 하나라 우(禹), 은나라 탕(湯), 주나라 무왕(武王).

14 오제(五帝): 황제(黃帝)·전욱(顓頊)·제곡(帝嚳)·요(堯)·순(舜)이다.〈『史記』 五帝本紀〉

15 하·은·주나라는~성하였다: 오제(五帝)는 시대가 달라 악을 답습하지 않았다. 예가 없지 않았지만 천도(天道)를 시행하여 사람들을 다스렸으니 악이 예보다 우세했기 때문이다. 삼왕(三王)은 각기 왕조가 달라 예를 답습하지 않았다. 악이 없지 않았지만 인도(人道)를 시행하여 하늘을 받들었으니 예가 악보다 우세했기 때문이다.〈『樂書』 75-1〉

16 『禮記』 中庸 31-29. 「仲尼祖述堯舜 憲章文武【중니(仲尼)는 요순을 조종(祖宗)으로 삼아 전술(傳述)하고, 문왕·무왕을 법으로 여겨 본받았다.】」

17 『禮記』 樂記 19-1.

였다. 그렇다면 《소무(韶舞)》를 말하지 않고 어찌 악을 말할 수 있겠는가?
정나라 악은 바른 것 같으나 바르지 않으니 내치지 않으면 의지(意志)가
해이해져 음란해지고, 말 잘하는 사람은 충성스러운 것 같으나 충성하지
않으니 멀리하지 않으면 행실이 해이해져 망하게 될 것이다.

순임금이 벼슬을 임명할 때 처음에는 백이(伯夷)에게 예를 담당하는
벼슬을 주고, 다음에 기(夔)에게 악을 담당하는 벼슬을 주고, 마지막으로
용(龍)에게 왕명을 출납하는 벼슬을 주었으니,[18] '정나라 악은 음란하고
말 잘하는 사람은 위태로운 것'을 요순도 병폐로 여겼던 것인데, 하물며
안연이겠는가? 안연이 비록 요·순과 삼왕(三王)의 도를 즐겨 제왕(帝王)
을 보좌하는 재능이 있었으나, 이것을 경계할 줄을 모르면 어떻게 나라
를 다스릴 수 있겠는가? '하나라의 역법(曆法)과 은나라의 수레와 주나라
의 면류관과 《소무(韶舞)》를 말한 것'은 가르친 것이고, '정나라 악은 내
치고 말 잘하는 사람은 멀리할 것이니 정나라 악은 음란하고 말 잘하는
사람은 위태롭다'라고 한 것은 경계한 것이다.

89-2. 師冕見, 及階, 子曰 : "階也!" 及席, 子曰 : "席也!" 皆坐, 子告
之曰 : "某在斯 某在斯." 師冕出, 子張問曰 : "與師言之道與?" 子曰 :
"然. 固相師之道也."

악사 면(冕)이 찾아 뵐 때 계단에 이르자 공자가 "계단이오!" 하고, 자
리에 이르자 공자가 "자리오!" 하고, 모두 다 자리에 앉자 공자가 알려 주
기를 "아무개는 여기 있고, 아무개는 여기 있다"라고 하였다. 악사 면이
나가자 자장(子張)이 여쭈었다. "악사와 말하는 방법입니까?" 공자가 대

---

18   처음에는~주었으니 : 『書經』虞書/舜典 3. 「帝曰 咨四岳 有能典朕三禮 僉曰 伯夷
帝曰 兪 咨伯 汝作秩宗 …… 帝曰 夔 命汝典樂 …… 帝曰 龍 命汝作納言【순임금이
"아! 사악(四岳)아. 나의 삼례(三禮)를 맡을 자가 있느냐?"라고 하니, 모두 "백이(伯
夷)입니다"라고 하였다. 순임금이 "너희들 말이 옳다, 아! 백(伯)아 너를 질종(秩宗)
으로 삼는다"라고 하였다. …… 순임금이 말했다. "기(夔)야! 너를 명하여 악(樂)을 담
당하게 한다." …… 순임금이 말했다. "용(龍)아! 너를 명하여 납언(納言)을 삼는다."】

답하였다. "그렇다! 참으로 악사를 돕는 방법이다."[19]

老者在所養, 喪者在所恤, 貴者[20]在所敬. 古人之於瞽者, 待之如老者喪者, 所以盡仁, 待之如貴者, 所以盡禮. 記曰 : "八十拜君命, 一坐再至, 瞽亦如之." 又曰 : "八十者, 一子不從政, 九十者, 其家不從政." '瞽亦如之', 是待瞽者如老者也. 語曰 : "見齊衰者冕衣裳者與瞽者, 見之, 雖少必作, 過之必趨." 又曰 : "見齊衰者, 雖狎必變, 見冕者與瞽者, 雖褻必以貌." 是待瞽者, 如喪者貴者也.

然則與其所不知者, 其可以不告乎? 故及階則曰 : "階!" 及席則曰 : "席!" 皆坐則曰 : "某在斯 某在斯." 禮曰 : "未有燭而有後至者, 則以在者告道, 瞽亦然." 亦[21]曰 : "樂有相步, 溫之至也." 若夫周官, 以眡瞭相瞽矇語之, 盡相師之道, 如孔子則間矣.

노인은 봉양하는 법이 있고, 초상을 당한 사람은 동정하는 법이 있고, 귀한 사람은 공경하는 법이 있다. 옛 사람이 소경을 노인이나 초상당한 사람같이 대우한 것은 인(仁)을 다한 것이고, 귀한 사람같이 대우한 것은 예를 다한 것이다. 『예기』에 "80세 된 노인이 임금의 명을 받을 때는 한 번 꿇어앉은 채 머리만 두 번 땅에 닿도록 재배(再拜)하고, 소경이 임금의 명을 받을 때도 또한 이와 같이 한다"[22]라고 하고, 또 "80세가 된 사람은 한 사람의 아들에게 국가의 부역이 면제되고, 90세가 된 사람은 그 집의 모든 부역이 면제된다"[23]라고 하였다. '소경이 임금의 명을 받을 때도 또한 이와 같이 한다'는 것은 바로 소경 대우하기를 노인과 같이 한 것이다. 『논어』에 "상복을 입은 사람과 관을 쓰고 의상을 차린 사람과 소경을 보면, 그들이 비록 나이가 적더라도 반드시 일어났고, 그 곁을 지날

<hr>

19 『論語』 衛靈公 15-42.
20 대본에 누락된 '者'를 사고전서 『樂書』에 의거하여 보충하였다.
21 대본에는 '故'로 되어 있으나 문맥이 통하지 않아 '亦'으로 바로잡았다.
22 『禮記』 王制 5-49.
23 『禮記』 王制 5-50.

때는 반드시 종종걸음을 하였다”[24]라고 하고, 또 “상복을 입은 사람을 보면 비록 절친한 사이라도 반드시 낯빛을 변하며, 면류관을 쓴 사람과 소경을 보면 비록 사석(私席)일지라도 반드시 예모(禮貌)로 대하였다”[25]라고 하였다. 이는 소경 대우하기를 초상 당한 사람과 귀한 사람같이 한 것이다.

그렇다면 알지 못하는 사람과 함께할 때 말해주지 않을 수 있겠는가? 그러므로 계단에 다다라서는 “계단이오!”라고 하고, 자리에 다다라서는 “자리오!”라고 하고, 모두 앉으면 “아무개는 이곳에 있고 아무개는 여기에 있다”라고 말해주었던 것이다. 『예기』에 “아직 촛불을 켜기 전 저녁에 뒤늦게 방에 들어오는 사람이 있으면 주인은 그 방에 있는 사람을 알려 주는데, 소경이 방에 들어와도 또한 그렇게 한다”[26]라고 하고, 또 “소경인 악공에게는 길을 인도하는 상보(相步)를 따르게 하니 지극한 친절이다”[27]라고 하며, 『주례』에는 ‘시료(眡瞭)가 고몽(瞽矇)를 돕게 하는 것’[28]으로 말하여 악사를 돕는 방법을 다하였으니, 공자 같은 분은 그러한 예에 참여한 것이다.

계씨(季氏)

89-3. 孔子曰 : “天下有道, 則禮樂征伐, 自天子出, 天下無道, 則禮

---

[24] 『論語』 子罕 9-10.

[25] 『論語』 鄕黨 10-19.

[26] 『禮記』 少儀 17-31.

[27] 『禮記』 禮器 10-25.

[28] 『周禮』 春官 / 眡瞭 0. 「凡樂事相瞽【악사(樂事)에서 고몽(瞽矇)이 연주할 수 있도록 안내하고 보좌한다.】」

樂征伐, 自諸侯出, 自諸侯出, 蓋十世希不失矣, 自大夫出, 五世希不失矣, 陪臣執國命, 三世希不失矣."

공자가 말했다. "천하에 도가 있으면 예악과 정벌이 천자로부터 나오고, 천하에 도가 없으면 예악과 정벌이 제후로부터 나온다. 제후로부터 나오면 대개 10세대 안에 나라를 잃지 않을 자가 드물고, 대부로부터 나오면 5세대 안에 영지를 잃지 않을 자가 드물고, 대부의 가신(家臣)이 제후국의 명령을 잡게 되면 3세대 안에 영지를 잃지 않을 자가 드물다."[29]

禮樂道也, 先王以之柔中國, 征伐法也, 先王以之威四夷. 天下有道, 則上有道揆, 下有法守, '諸侯賜圭瓚, 然後爲鬯, 賜枳釐, 然後爲樂,' 此禮樂所以自天子出也, '諸侯賜弓矢, 然後征, 賜鈇鉞, 然後殺,' 此征伐所以自天子出也. 天下無道, 則上無道揆, 下無法守. 故魯侯國也, 天下資禮樂焉, 此禮樂所以自諸侯出也, 桓[30]文霸國也, 天下資征伐焉, 此征伐所以自諸侯出也. 自諸侯出, 其失不過十世, 自大夫出, 其失不過五世, 陪臣則三世而已, 豈非逆理彌甚, 則其勢彌蹙[31]邪?

揚雄曰 : "禮樂征伐, 自天子所[32]出, 春秋之時, 齊晉實子[33]不膠[34]者卓矣[35]." 不稽孔子褒貶之意故也.

예악은 도(道)니 선왕(先王)이 그로써 중국을 편안하게 하였고, 정벌은 법(法)이니 선왕(先王)이 그로써 주변의 이민족에게 권위를 세웠다. 천하에 도가 있으면 위로는 법도가 있고 아래로는 법에 따른 직무가 있어, '제후는 천자에게 규찬(圭瓚)[36]을 하사받은 뒤에 창주(鬯酒)를 빚었고,'[37]

29 『論語』 季氏 16-2.
30 대본에는 '威'로 되어 있으나 문맥이 통하지 않아 '桓'으로 바로잡았다.
31 대본에는 '甚'으로 되어 있으나 사고전서 『樂書』에 의거하여 '蹙'으로 바로잡았다.
32 대본에 누락된 '所'를 『法言』에 의거하여 보충하였다.
33 대본에는 '于'로 되어 있으나 『法言』에 의거하여 '子'로 바로잡았다.
34 대본에는 '繆'로 되어 있으나 『法言』에 의거하여 '膠'로 바로잡았다.
35 대본에 누락된 '卓矣'를 『法言』에 의거하여 보충하였다.
36 규찬(圭瓚) : 규(圭)로 손잡이를 만들어 창주(鬯酒)를 담는 구기 모양의 술그릇으로

'축(柷)과 도(鼗)를 하사받은 뒤에 악을 시행하였으니,'[38] 이것은 예악이 천자로부터 나왔던 것이다. '제후는 천자에게 활과 화살을 하사받은 뒤에 정벌에 참여하고 부월(鈇鉞)을 하사받은 뒤에 사형을 집행하였으니,'[39] 이것은 정벌이 천자로부터 나왔던 것이다. 천하에 도가 없으면 위로는 법도가 없고 아래로는 법에 따른 직무가 없게 된다. 노나라는 제후국이 있었는데 천하가 예악을 의지하였으니,[40] 이것은 예악이 제후로부터 나왔던 것이고, 환공(桓公)[41]의 제나라와 문공(文公)[42]의 진(晉)나라는 오패(五霸)[43]의 나라였는데 천하가 정벌을 의지하였으니, 이것은 정벌이 제후로부터 나왔던 것이다. 제후로부터 나오면 10세대를 넘지 않아 그 나라를 잃을 것이고, 대부로부터 나오면 5세대를 넘지 않아 그 나라를 잃을 것이고, 그 아래 가신(家臣)으로부터 나오면 3세대 정도에 잃을 뿐이니, 어찌 순리를 거스르는 것이 더욱더 심해지면 그 세력이 더욱더 위축되지 않겠는가?

양웅(揚雄)은 "예악과 정벌은 천자로부터 나오는 것인데, 춘추시대(春秋

종묘제사에 쓴다. 창주(鬯酒)는 옻기장으로 빚은 술로 강신(降神)할 때 썼다.

37 『禮記』 王制 5-25.

38 『禮記』 王制 5-24.

39 『禮記』 王制 5-25. 부월(鈇鉞)은 제왕이 하사하는 정벌과 살상의 권한을 가리킨다.

40 노나라는~의지하였으니 : 『禮記』 明堂位 14-4. 「成王 以周公 爲有勳勞於天下 是以封周公於曲阜 …… 命魯公 世世祀周公以天子之禮樂【성왕(成王)은 주공(周公)이 천하에 큰 공훈이 있다고 해서 주공을 곡부(曲阜)에 봉하였는데, …… 노공(魯公)에게 명하여 대대로 주공을 천자의 예와 악으로 제사지내게 하였다.】」

41 환공(桓公) : 재위 B.C. 685~B.C. 643. 성은 강(姜), 이름은 소백(小白)이며, 희공(僖公)의 아들이다. 즉위 후 포숙아(鮑叔牙)의 진언으로 관중(管仲)을 재상으로 기용한 뒤 관중의 도움으로 제후와 종종 회맹(會盟)하여 신뢰를 얻었으며, 특히 규구(葵丘)의 회맹을 계기로 패자(覇者)의 위상을 확고히 하였다.

42 문공(文公) : 재위 B.C. 635~B.C. 628. 춘추시대 진나라의 군주로 5패(五覇)의 한 사람이다. 주나라 양왕을 복위시키고, 초나라의 세력을 부수었다. 전후 제후들과 동맹을 만들어 제 환공(齊桓公)에 이어서 춘추시대 제2의 패자(覇者)가 되었다. 이름은 중이(重耳)이다.

43 오패(五覇) : 제 환공(齊桓公)·진 문공(晉文公)·진 목공(秦穆公)·송 양공(宋襄公)·초 장공(楚莊公)의 춘추오패(春秋五覇)를 가리킨다.

時代)[44]에 제나라와 진(晉)나라가 실상 끼어들고도 집착하지 않은 것은 탁월한 방침이었다"[45]라고 하였는데, 공자가 비평(批評)하려는 의도[46]를 헤아리지 못하였기 때문에 한 말이다.

양화(陽貨)

89-4. 子之武城, 聞弦歌之聲. 夫子莞爾而笑曰 : "割雞, 焉用牛刀." 子游對曰 : "昔者偃也, 聞諸夫子, 曰 : '君子學道, 則愛人. 小人學道, 則易使也.'" 子曰 : "二三子! 偃之言是也, 前言戱之耳."

공자가 무성(武城)에 가서 현악기로 반주하는 노래를 들었다. 부자(夫子)가 웃으며 말했다. "닭을 잡는데, 어찌 소 잡는 칼을 쓰리오?" 자유(子游)가 대답하기를 "옛날 선생님께 들었는데, '군자(君子)가 도를 배우면 사람을 사랑하고 소인(小人)이 도를 배우면 부리기가 쉽다'고 하셨습니다"라고 하였다. 공자가 다시 "제자들아! 언(偃)의 말이 맞으니, 방금 한 말은 농담이다"[47]라고 하였다.

44　춘추시대(春秋時代) : 춘추시대(春秋時代)는 중국의 역사에서 B.C. 770년에서 B.C. 403년 사이의 시기를 말하며, 주나라의 동천 이후 진나라의 중국 통일까지의 시기를 부르는 춘추전국시대의 전반기에 해당된다. 공자가 지은 『춘추(春秋)』에서 이 이름이 유래했다. 춘추시대와 전국시대와의 경계는 춘추시대에 열국의 강국 진(晉)이 조·위·한의 3국으로 분열되어 동주로부터 정식으로 승인받은 B.C. 403년까지로 잡는 것이 보통이다.

45　『法言』先知 9-8.

46　공자가~의도 : 공자의 의도는 예악과 정벌이 천자로부터 나오는 것이 봉건제도의 일반적인 법칙이므로 감히 제후가 예악을 변경하거나 정벌을 마음대로 해서는 안 되고, 더구나 대부나 배신이 함부로 해서는 안 된다는 것이다.

47　『論語』陽貨 17-3.

‘安上治民, 莫善於禮, 移風易俗, 莫善於樂’, 禮樂所以同民心出治
道. 雖一邑之小, 一國之大, 天下之廣, 安爲之也, 捨禮樂, 何以哉?

子游爲武城宰, 而弦歌之聲, 洋洋乎盈耳. 孔子曰 : “君子學道則愛人,
小人學道則易使也[48].” 禮樂不可廢於一邑也. 顔淵問爲邦, 孔子告之三
王之禮 二帝之樂者, 禮樂不可廢於一國也. 孔子曰 : “先進於禮樂, 野
人也, 如用之則吾從先進[49].” 禮樂不可廢於天下也. 冉求曰 : “如其禮
樂, 以俟君子.” 如治國何哉?

孔子門人學樂者多矣, 或援琴而歌, 或執干而舞, 或詠而歸, 或坐而
弦, 無非樂道以成己者也. 子夏對魏文以德音之樂而曰 : “修身及家, 平
均天下.” 是子夏不特知樂道以成己, 又知推之爲天下國家而已. 其賢
於‘子貢問樂’, 不亦遠乎?

‘윗분을 편안하게 하며 백성을 다스리는 것은 예(禮)보다 좋은 것이 없
고, 기풍(氣風)을 옮겨 풍속을 바꾸는 것은 악(樂)보다 좋은 것이 없다’[50]
라고 하였으니, ‘예악은 민심을 합하고 치도(治道)를 실현하는 것이다.’[51]
비록 작은 읍(邑)과 큰 나라와 광대한 천하라도 편안히 그곳을 다스리려
고 할 때 예악을 버리고 무엇을 가지고 하겠는가?

자유(子游)[52]가 무성(武城)의 읍장이 되어 악기와 노래 소리가 귀에 선
하게 되었다. 공자는 “군자가 도(道)를 배우면 사람들을 사랑하고 소인이
도를 배우면 부리기가 쉽다”[53]라고 하였으니, 예악은 하나의 읍(邑)을 다
스릴 경우에도 폐지할 수 없다. 안연이 나라를 다스리는 것을 여쭈었는
데, 공자가 삼왕(三王)의 예와 이제(二帝)의 악으로 대답하였으니,[54] 예악

<hr>

48 대본에는 ‘者’로 되어 있으나 『論語』에 의거하여 ‘也’로 바로잡았다.

49 대본에는 ‘先進者’로 되어 있으나 『論語』에 의거하여 ‘先進’으로 바로잡았다.

50 『孝經』廣要道章 12.

51 『禮記』樂記 19-1.

52 자유(子游) : B.C. 506~?. 공자제자 언언(言偃)으로 오나라 사람이다. 자유는 자이다.
    공문십철(孔門十哲) 가운데 한 사람으로 자하(子夏)와 함께 문학에 뛰어났다.

53 『論語』陽貨 14-41.

54 안연이~대답하였으니 : 『論語』衛靈公 15-11. 삼왕(三王)의 예(禮)로 든 것은 하

은 한 나라를 다스릴 경우에도 폐지할 수 없다. 공자는 "선배들이 예악에 대해서 야인(野人)같지만 만일 쓴다면 나는 선배들을 따르겠다"[55]라고 하였으니, 예악은 천하를 다스릴 경우에도 폐지할 수 없다. 염구(冉求)[56]는 "그 예악은 군자가 해주기를 기다리겠습니다"[57]라고 하였으니, 어떻게 나라를 다스려야 하겠는가?

공자 제자들 중에 악을 배운 사람들이 많았으니, 어떤 이는 금(琴)을 끌어 당겨 노래하고,[58] 어떤 이는 방패를 잡고 춤을 추며,[59] 어떤 이는 노래를 읊조리며 돌아오고,[60] 어떤 이는 앉아서 현악기를 탔으니,[61] 도를

(夏)나라의 역법(曆法), 은(殷)나라의 수레, 주(周)나라의 면류관(冕旒冠)이며, 이제(二帝)의 악(樂)으로 들은 것은 순임금의 《소무(韶舞)》이다.

55 『論語』先進 11-1.

56 염유(冉有) : B.C. 522~B.C. 489. 이름은 구(求), 자(字)는 염유, 혹은 자유(子有)로 노나라 출신이다. 공문십철(孔門十哲) 가운데 한 사람으로 정사에 밝았다.

57 『論語』先進 11-24. 「子路曾晳冉有公西華 侍坐 子曰 以吾一日長乎爾 毋吾以也 居則曰 不吾知也 如或知爾 則何以哉 …… 求 爾 何如 對曰 方六七十 如五六十 求也 爲之比及三年 可使足民 如其禮樂 以俟君子【자로(子路)·증석(曾晳)·염유(冉有)·공서화(公西華)가 공자(孔子)를 모시고 앉아 있었는데, 공자(孔子)께서 말씀하셨다. "내가 하룻날쯤 너희들보다 어른이라고 하지만 나를 괘념치 말아라. 평소에 '나를 알아주지 않는다'라고 하는데, 만일 혹시라도 너희를 알아준다면 어떻게 하겠느냐?' …… "구(求)야! 너는 어떻게 하겠느냐?' 대답하기를 "땅 한쪽 방위 길이가 6~7십리 혹은 5~6십리의 작은 나라에 제가 한다면 3년 만에 백성들을 풍족하게 해줄 수 있겠지만, 예악(禮樂)은 군자(君子)가 해주기를 기다리겠습니다."】

58 『樂書』155-3에는 안회(顔回)가 금을 당겨 노래하였고, 『樂書』161-4에는 자하(子夏)가 금을 당겨 노래하였고, 『樂書』183-1에는 백아(伯牙)가 금을 당겨 노래하였다.

59 『莊子』讓王 12. 「陳蔡之隘 於丘其幸乎 孔子削然反琴而弦歌 子路扢然執干而舞【진(陳)·채(蔡)나라 사이에서 재난은 내게 오히려 다행이었다고 하시고, 공자가 마음 편한 모습으로 금(琴)을 당겨 타며 노래하였다. 자로는 신이 나서 방패를 잡고 춤을 추었다.】

60 『論語』先進 11-24. 「曰 莫春者 春服旣成 冠者五六人 童子六七人 浴乎沂 風乎舞雩 詠而歸【증석(曾晳)이 말했다. "늦은 봄에 봄옷이 다 되면 관을 쓴 5~6인과 동자(童子) 6~7인과 함께 기수(沂水)에서 목욕하고 무우(舞雩)에서 바람 쐬고 노래를 읊조리며 돌아오겠습니다."】

61 『莊子』讓王 8. 「原憲居魯 環堵之室 茨以生草 蓬戶不完 桑以爲樞 而甕牖二室 褐以爲塞 上漏下濕 匡坐而弦歌【원헌이 노나라에 살 때 사방이 벽으로 둘러싸인 방에 지붕은 거친 풀로 이었으며, 쑥대로 엮은 큰 문이 완전하지 못한데, 뽕나무로 지도리

즐겨 자아(自我)를 이루지 않은 사람이 없었다. 자하(子夏)[62]가 위(魏)나라 문후(文侯)에게 덕음(德音)[63]의 악으로써 대답하고 "수신(修身)이 집에까지 미쳐 천하를 고르게 하는 것이다"[64]라고 하였다. 이는 자하가 다만 도를 즐겨 자아(自我)를 이루는 것을 안 것만이 아니라, 또 그것을 미루어 생각하여 천하와 국가를 다스리는 것도 알았던 것이다. 그의 현명함이 자공(子貢)이 악을 물은 것[65]보다 또한 심원(深遠)하지 않은가?

를 만들었으며, 두 방에 옹기 입 같은 둥근 창을 내고 베로 막아, 위는 새고 아래는 젖었으나, 정좌(正坐)하고 악기를 탔다.】」

62　자하(子夏) : B.C. 507～B.C. 400. 공자의 제자로 위(衛)나라 출신이다. 성은 복(卜)이고 이름은 상(商)이며 자하는 자(字)이다. 공문십철(孔門十哲)의 한 사람으로 문학에 뛰어났다. 그의 문하에서 『춘추곡량전(春秋穀梁傳)』을 지은 곡량적(穀梁赤)과 『춘추공양전(春秋公羊傳)』을 지은 공양고(公羊高) 등 많은 제자가 배출되었다.

63　덕음(德音) : 『禮記』 樂記 19-22. 「天下大定 然後正六律 和五聲 弦歌詩頌 此之謂德音 德音之謂樂 …… 聖人 作爲鞉鼓椌楬壎篪 此六者 德音之音也【천하(天下)가 크게 평정(平定)된 뒤에 육률(六律)을 바르게 하셨으며, 오성(五聲)을 조화롭게 하셨으며, 악기를 타면서 시송(詩頌)을 노래하였던 것입니다. 이것을 덕음(德音)이라 하는데, 덕음을 악이라 하는 것입니다. …… 성인이 도(鞉)・고(鼓)・강(椌)・갈(楬)・훈(壎)・지(篪)의 악기를 만드셨으니, 이 여섯 가지는 덕음의 악기입니다.】」

64　『禮記』 樂記 19-21. 「魏文侯問於子夏曰 …… 君子於是語 於是道古 修身及家 平均天下 此古樂之發也【위 문후(衛文侯)가 자하(子夏)에게 물었다. …… 군자가 이에 악을 말함에는 이에 고악(古樂)의 바른 것을 말하여 수신(修身)이 집에까지 미쳐 천하를 고르게 하는 것이니, 이것은 고악이 발한 것입니다.】」

65　자공(子貢)이～것 : 『禮記』 樂記 19-26. 「子贛 見師乙而問焉曰 賜 聞聲歌各有宜也 如賜者 宜何歌也 師乙曰 …… 寬而靜 柔而正者 宜歌頌 廣大而靜 疏達而信者 宜歌大雅 恭儉而好禮者 宜歌小雅 正直而靜 廉而謙者 宜歌風 肆直而慈愛者 宜歌商 溫良而能斷者 宜歌齊【자공(子贛)이 사을(師乙)을 보고 묻기를 "사(賜)는 성가(聲歌)가 각각 알맞은 것이 있다고 들었는데 사(賜)같은 사람은 어떤 노래가 알맞은가?"라고 하니, 사을이 대답하기를, …… 너그럽고 정숙하며 부드럽고 바른 사람은 송(頌)을 노래하는 것이 알맞고, 넓고 크면서 안존(安存)하며 소탈하고 활달하면서 신실(信實)한 사람은 대아(大雅)를 노래함이 알맞고, 공순하고 검소하면서 예를 좋아하는 사람은 소아(小雅)를 노래함이 알맞고, 정직하면서 안정적이며 청렴하면서 겸손한 사람은 풍(風)을 노래함이 알맞고, 느긋하고 정직하면서 자애(慈愛)하는 사람은 상(商)나라의 악을 노래함이 알맞고, 온순하고 선량하며 능히 결단할 줄 아는 사람은 제나라의 악을 노래함이 알맞습니다.】」

권90 논어훈의(論語訓義)

양화(陽貨) · 미자(微子)

양화(陽貨)

90-1. 子曰 : "禮云禮云, 玉帛云乎哉? 樂云樂云, 鐘鼓云乎哉?"

공자가 말했다. "예라 예라고 하지만 그것이 옥이나 비단을 이르는 것이겠는가? 악이라 악이라고 하지만 그것이 종이나 북을 말하는 것이겠는가?"[1]

禮出於天地之性, 而玉帛特禮之物而已, 樂出於天地之命, 而鐘鼓特樂之器而已. 物 不徒設, 必有難知之義存焉, 器不徒制, 必有寓意之象存焉. 是禮雖不在玉帛, 然非玉帛, 無以致其義, 樂雖不在鐘鼓, 然非鐘

---

1 『論語』陽貨 17-9.

鼓, 無以明其象. 因物以致義, 得義而物可忘, 因器以明象, 得象[2]而器
可忘. 若是者, 非聖人, 其誰邪? 故聖人曰 : "禮云[3]樂云" 揚雄曰 : "玉帛
不分, 鐘鼓不拡[4], 則[5]吾無以見聖人矣."

　예는 천지의 성(性)에서 나오는 것이니 옥이나 비단은 다만 예물(禮物)일 뿐이고, 악은 천지의 명(命)에서 나오는 것이니 종이나 북은 다만 악기일 뿐이다. 예물은 공연히 진열한 것이 아니기 때문에 알기 어려운 의미가 반드시 있고, 악기는 부질없이 만든 것이 아니기 때문에 의도를 띠고 있는 표상(表象)이 반드시 있다. 예가 비록 옥이나 비단에 있지는 않지만 옥이나 비단이 아니면 그 의미에 이를 수 없고, 악이 비록 종과 북에 있지는 않지만 종과 북이 아니면 그 표상을 밝힐 수 없다. 예물(禮物)을 통해서 의미에 이르니 의미를 얻고 나서는 예물에 개의하지 않아도 되고, 악기(樂器)를 통해서 표상을 밝히니 표상을 얻고 나서는 악기를 염두에 두지 않아도 된다. 이 같은 사람은 성인(聖人)이 아니면 누구겠는가? 그러므로 성인은 "예라 하기도 하고 악이라 하기도 한"[6] 것이고, 양웅(揚雄)은 "옥과 비단이 분간되지 않고 종과 북이 울리지 않으면 성인의 뜻을 볼 수 없게 될 것이다"[7]라고 한 것이다.

90-2. 惡鄭聲之亂雅樂也.
　정나라의 악(樂)이 아악(雅樂)을 어지럽히는 것을 미워한다.[8]

2　대본에 누락된 '得象'을 사고전서 『樂書』에 의거하여 보충하였다.
3　대본에 누락된 '云'을 『論語』에 의거하여 보충하였다.
4　대본에는 '考'로 되어 있으나 『法言』에 의거하여 '拡'으로 바로잡았다.
5　대본에 누락된 '則'을 『法言』에 의거하여 보충하였다.
6　『論語』 陽貨 17-9.
7　『法言』 先知 9-7. 예는 예물을 통하여 그 의미에 이르는데, 예의 의미가 옥과 비단에 있지 않은 것으로 생각하여 그것을 염두에 두지 않고, 악은 악기를 통해 표상을 밝힐 수 있는 것인데, 악의 의미가 종과 북에 있지 않은 것으로 생각하여 그것을 염두에 두지 않으면, 결국 성인이 지은 예과 악이라도 그 뜻을 알아 볼 수 없게 된다.
8　『論語』 陽貨 17-16.

中正則雅, 多哇則鄭. 禮樂廢而邪音起, 是鄭聲有時而亂雅也, 故聖
人惡諸. 然則鄭聲之亂雅, 奈何? 傳[9]曰 : "黃鐘以生[10]之, 中正以平之,
確乎鄭衛不能入也." 亦[11]曰 : "鄭衛之音, 使人之心淫." 是衛聲之淫, 不
如鄭聲亂雅之甚. 故舉是以見之.

荀卿曰 : "先王貴禮樂而賤邪音. 其在序官也曰[12] : 審誅賞, 禁淫聲,
使夷俗邪音, 不敢亂雅, 太師之事[13]也." 蓋聖人達而賞罰行, 而邪音亂
雅, 固在所誅, 聖人窮而褒貶作, 而鄭聲亂雅, 特在所惡而已.

중정(中正)의 도를 따르는 것은 아악(雅樂)이고, 음란한 소리가 많은 것
은 정나라 악이다. 예악이 폐지되고 부정(不正)한 악이 일어났으니, 이것
은 정나라 악이 때때로 아악을 어지럽혔기 때문이므로 성인이 미워한
것이다. 그렇다면 정나라 악이 아악을 어지럽힌 것은 무엇 때문인가? 전
(傳)에 "황종(黃鍾)이 낳고 중정(中正)의 도가 고르게 하는데, 정나라와 위
(衛)나라의 악이 들어갈 여지가 전혀 없다"[14]라고 하고, 또 "정나라와 위
(衛)나라의 악을 하면 마음을 음탕하게 한다"[15]라고 하였다. 이는 음란한
위(衛)나라 악이 심하게 아악을 어지럽히는 정나라 악보다 못하므로 이
구절을 예로 들어 보인 것이다.

순경(荀卿)은 "선왕(先王)은 예악을 귀하게 여기고, 부정한 악을 천하게
여겼다. 선왕(先王)이 관직(官職)을 차례대로 나열하여 '벌과 상주는 것을
세밀하게 살피고 음란한 악을 금지시켜, 이민족 풍속과 부정한 악이 감
히 아악을 어지럽히지 못하게 하였으니, 태사(太師)의 임무였다'"[16]라고
하였다. 성인이 높은 지위에 올라 상벌이 시행될 때 부정한 악이 아악(雅

9　대본에는 '亦'으로 되어 있으나 문맥이 통하지 않아 '傳'으로 바로잡았다.
10　대본에는 '本'으로 되어 있으나 『法言』에 의거하여 '生'으로 바로잡았다.
11　대본에는 '傳'으로 되어 있으나 문맥이 통하지 않아 '亦'으로 바로잡았다.
12　대본에 누락된 '曰'을 『荀子』에 의거하여 보충하였다.
13　대본에는 '職'으로 되어 있으나 『荀子』에 의거하여 '事'로 바로잡았다.
14　『法言』 吾子 2-4.
15　『荀子』 樂論 20-6.
16　『荀子』 樂論 20-5.

樂)을 어지럽히는 것은 진실로 벌 받을 대상이 되지만, 성인이 지위를 얻지 못해 칭찬과 폄론이 일어나면[17] 정나라 악이 아악을 어지럽히는 것은 다만 미워할 대상이 될 뿐이다.

90-3. **孺悲欲見孔子, 孔子辭以疾, 將命者出戶, 取瑟而歌, 使之聞之.**

유비(孺悲)가 공자를 뵙고자 하였는데, 공자가 병을 핑계로 사절하고 명을 전하는 사람이 문밖을 나가자, 슬(瑟)을 가져다 노래를 불러 그가 듣게 하였다.[18]

古人之論瑟謂 : "君父有節, 臣子有義, 然後四時和, 萬物生." 蓋君父有節, 臣子有義, 人之道也, 四時和, 萬物生, 天之道也. 所學乎聖人者, 不過樂得天人之道而已.

是瑟者樂道之器, 歌者樂道之聲, 孺悲子欲見孔子, 非有樂道之心也. 孔子辭以疾, 取樂道之器, 示之以樂道之聲, 其意雖教, 實以愧之也. 豈非孟子所謂'不屑之教'歟? 孔子辭孺悲子[19]以疾, 猶孟子辭齊王以疾也, 辭孺悲子以疾而鼓瑟, 猶辭齊王以疾而出弔也. 蓋孔孟一道也. 苟盡師道, 無貴賤無尊卑, 吾所以待之一也.

옛날 사람이 슬(瑟)을 논하여 "임금과 아버지는 절도(節度)가 있고 신하와 아들은 의리가 있게 되니, 그런 뒤에 사철이 순조롭고 만물이 생성된다"[20]라고 하였다. 임금과 아버지는 절도(節度)가 있고 신하와 아들은 의

---

17 성인이~일어나면 : 『孟子』 滕文公下 6-9. 「世衰道微 邪說暴行有作 臣弑其君者有之 子弑其父者有之 孔子懼 作春秋 春秋 天子之事也【융성했던 세대가 쇠락하고 치도(治道)가 쇠미하게 되어 사설(邪說)과 포행(暴行)이 일어나 신하가 임금을 시해하고 자식이 어버이를 죽이는 자가 생겼다. 공자는 이를 저어하여 『춘추』를 지었으니 춘추(春秋)는 천자의 일이었다.】」

18 『論語』 陽貨 17-18.

19 대본에는 '託'으로 되어 있으나 사고전서 『樂書』에 의거하여 '子'로 바로잡았다.

20 『白虎通義』(漢 班固 撰) 卷上 德論上 / 禮樂. 「瑟者 嗇也閑也 所以懲忽宮商角則宜 君

리가 있게 되는 것은 사람의 도이고, 사철이 순조롭고 만물이 생성되는 것은 하늘의 도(道)이다. 성인에게 배우는 것은 하늘과 사람의 도를 얻는 것을 즐거워하는 것에 불과할 뿐인 것이다.

이 슬(瑟)은 도(道)를 즐기는 악기이고 노래는 도를 즐기는 소리인데, 유비자(孺悲子)가 공자를 뵙고자 하면서 도를 즐기는 마음이 있지 않았다. 공자가 질병을 핑계로 사절하고 도를 즐기는 악기를 잡아 도를 즐기는 노래를 보이니, 그 의도가 비록 가르친 것이지만 실상 부끄럽게 한 것이다.[21] 어찌 맹자 이른바 '가르치는 것을 탐탁하게 여기지 않고 가르치지 않는 것이 도리어 그 사람을 위하여 좋은 교훈이 되는 수가 있다'[22]는 것이 아니겠는가? 공자가 질병을 핑계로 유비자(孺悲子)를 사절한 것이 '맹자가 질병을 핑계로 제나라 왕을 사절한 것'과 같고, 질병을 핑계로 유비자(孺悲子)를 사절하고 슬(瑟)을 연주한 것이 '질병을 핑계로 제나라 왕을 사절하고 밖에 조문하러 나간 것과 같다.'[23] 공자와 맹자는 동일한

父有節 臣子有義 然後四時和 四時和然後 萬物生【슬(瑟)은 '아끼다', '막는다'의 뜻이다. 이 때문에 궁(宮)·상(商)·각(角)이 소홀한 경우를 징계하면, 마땅하게 되어 임금과 아버지는 절도(節度)가 있고 신하와 아들은 의리가 있게 되니, 그런 뒤에 사철이 순조롭고 만물이 생성된다.】」

[21] 공자가~것이다:『論語』陽貨 17-18의 註.「孺悲魯人 嘗學士喪禮於孔子 當是時必有以得罪者 故辭以疾 而又使知其非疾 以警教之也【유비(孺悲)는 노나라 사람이다. 일찍이 공자에게 사상례(士喪禮)를 배웠는데, 이 때에 반드시 죄를 지은 것이 있었을 것이다. 그러므로 병이 있다고 거절하시고, 다시 그로 하여금 병 때문이 아님을 알게 하시어 일깨워 주신 것이다.】」

[22] 『孟子』告子下 12-16.「孟子曰 教亦多術矣 予不屑之教誨也者 是亦教誨之而已矣【맹자가 말했다. "가르침이 또한 방법이 많으니, 내가 탐탁하게 여기지 않아 거절함으로써 가르침은 이 또한 그를 가르치는 것일 뿐이다.】」

[23] 『孟子』公孫丑下 4-2.「孟子將朝王 王使人來曰 寡人如就見者也 有寒疾 不可以風 朝將視朝 不識 可使寡人得見乎 對曰 不幸而有疾 不能造朝 明 昔者辭以病 今日弔 或者不可乎【맹자가 왕에게 조회하려고 하였는데, 왕이 사람을 시켜 보내와 "과인이 나아가 뵈려고 하였는데, 감기가 있어서 바람을 쐴 수 없습니다. 아침에 조회를 보려고 하는데, 알지 못하겠습니다. 과인이 뵙게 하실 수 있겠는지요?" 맹자가 대답하였다. "불행히도 병이 있어서 조회에 갈 수 없습니다." 다음 날 밖으로 나가 동곽씨에게 조문하려 하시니, 공손추가 말했다. "어제 병을 핑계로 사양하시고 오늘 조문하는 것이 불가한 듯합니다."】」

도이다. 참으로 스승의 도리를 다하면 귀천(貴賤)도 없고 존비(尊卑)도 없어져 내가 그를 대우하는 것이 동일해진다.

90-4. 宰我問 : “三年之喪, 期已久矣. 君子三年不爲禮, 禮必壞, 三年不爲樂, 樂必崩.”

재아(宰我)가 여쭈었다. “삼년상은 1년을 하더라도 너무 장구합니다. 군자가 3년을 예를 행하지 않으면 예가 반드시 무너지고, 3년을 악을 익히지 않으면 악이 반드시 망가질 것입니다.”[24]

‘三年不目日, 視必盲, 三年不目月, 精必矇’, 況三年不爲禮樂乎? 今夫君子, ‘禮樂 不可以斯須去身’, 其所不爲者, 特親喪而已矣. ‘子生三年, 然後免於父母之懷’, 必報之以三年之喪, 然後恔於其心. 執親之喪, 雖三年不爲禮樂, 何遽至於崩壞乎?

記曰 : “是月禫, 徙月樂.” 聖人[25]之中制也. 魯[26]人朝祥而暮歌, 孔子曰 : “踰月則其善也.” “孟獻子禫, 縣而不樂, 孔子曰 : ‘加於人一等矣.’”

至於“孔子旣祥, 五日彈琴不成聲, 十日而成笙歌.” 是君子之於禮樂, 固將終身焉. 其爲之也, 亦因人情爲之節文而已. 過之則爲獻子, 不及則爲魯人, 要之得聖人中制者, 惟孔子爲然. 宰我乃所願學, 則孔子也, 不圖爲樂於旣祥十日之後, 而欲爲之於纔一[27]年之祥, 孔子得不誅之乎?

‘3년 동안 해를 보지 않으면 자세히 보아도 반드시 밝지 않고, 3년 동안 달을 보지 않으면 세밀히 보아도 반드시 분별하지 못한다’[28]라고 하였는데, 하물며 3년을 예악을 하지 않는 것이겠는가? 군자는 ‘예악은 잠시도 몸에서 떼어 놓을 수 없다’[29]라고 하였으니, 예악을 하지 않아야 할

---

24 『論語』陽貨 17-19.
25 대본에 누락된 ‘人’을 사고전서 『樂書』에 의거하여 보충하였다.
26 대본에는 ‘昔’으로 되어 있으나 『禮記』에 의거하여 ‘魯’로 바로잡았다.
27 대본에는 ‘三’으로 되어 있으나 문맥이 통하지 않아 ‘一’로 바로잡았다.
28 『法言』修身 3-14.

때는 다만 어버이 상기(喪期) 동안일 뿐이다. '자식이 태어나 3년이 지난 뒤에야 부모의 품을 벗어나는 것이니,'[30] 반드시 3년의 상기(喪期)로 갚은 다음에 그 자식의 마음이 가뿐하다. 어버이 상례(喪禮)를 행하는 3년 동안 비록 예악을 하지 않는다고 해서, 어찌 갑자기 붕괴하는 지경에까지 이르겠는가?

『예기』에 "그 달에 담제(禫祭)를 지내고 달을 넘겨 악을 연주한다"[31]라고 하였으니 성인의 합당한 제도이다. 노나라 사람이 아침에 대상(大祥)을 지내고 그날 저녁에 노래를 부르니, 공자가 "한 달만 넘겼더라면 좋았을 것이다"[32]라고 하고, "맹헌자(孟獻子)가 담제(禫祭)에서 악기를 늘어놓기만 하고 연주하지 않으니, 공자가 '맹헌자는 남들보다 한 등급 위에 있구나!'"[33]라고 하였다.

"공자가 대상(大祥)을 지내고 5일 만에 금(琴)을 탔으나 완전한 성음(聲音)을 내지는 않았고, 열흘이 되어 생황을 불고 노래를 하였다"[34]에 관해서는, 군자가 예악에 대하여 본래 평생하려고 한 것이다. 그들이 하는 방법은 또한 인정(人情)에 따라 예의를 정해 법도 있게 행하게 한 것일 뿐

---

29   『禮記』 樂記 19-23.

30   『論語』 陽貨 17-19.

31   『禮記』 檀弓上 3-110. 담제(禫祭)는 3년의 상기(喪期)가 끝난 뒤 상주가 평상으로 되돌아감을 고하는 제례 의식이다. 일반적으로 부모상일 경우 대상(大祥) 후 3개월째, 즉 27개월이 되는 달의 정일(丁日) 또는 해일(亥日)을 택하여 지낸다.

32   『禮記』 檀弓上 3-16. 「魯人有朝祥而莫歌者 子路笑之 夫子曰 由 爾責於人 終無已夫 三年之喪 亦已久矣夫 子路出 夫子曰 又多乎哉 踰月則其善也【노나라 사람이 아침에 대상(大祥)을 지내고 그 날 저녁에 노래를 불렀다. 자로가 그를 비웃으니, 공자가 말했다. "유(由)야! 너는 남을 책망하는 것이 끝내 그칠 때가 없구나! 그가 삼년상을 지켰으니, 그 또한 오랜 세월이 아니냐!" 자로가 밖으로 나가자, 공자가 말했다. "또한 많은 세월이 필요한가? 한 달만 넘겼더라면 좋았을 것이다."】」

33   『禮記』 檀弓上 3-22. 「孟獻子禫 縣而不樂 比御而不入 夫子曰 獻子加於人一等矣【맹헌자가 담제(禫祭)에서 악기를 늘어놓기만 하고 연주하지 않으며, 부인의 침실에 들어갈 수 있는 때가 되었건만 부인의 침실에 들어가지 않으니, 공자가 말했다. "맹헌자는 남들보다 한 등급 위에 있구나!"】」

34   『禮記』 檀弓上 3-23.

이다. 지나치면 헌자(獻子)와 같은 경우가 되고, 미치지 못하면 노나라 사람과 같은 경우가 되니, 요컨대 성인의 합당한 제도를 얻은 것은 공자만이 그러하였다. 재아(宰我)[35]가 배우기를 원한 것은 바로 공자였는데, 공자가 대상(大祥)을 지내고 10일이 지난 뒤에 악을 연주한 것을 헤아리지 않고, 재아는 겨우 1년 상을 치르고 하려고 하였으니, 공자가 재아를 책망하지 않을 수 있었겠는가?

미자(微子)

90-5. 齊人饋女樂, 季桓子受之, 三日不朝, 孔子行.

제나라 사람이 여악(女樂)을 보내오자, 계환자(季桓子)가 받고 거기에 빠져 3일간 조회가 열리지 않으니 공자가 노나라를 떠났다.[36]

考之天文, 翼星近太微, 主俳倡, 命之曰 '天倡.' 則優倡之徒, 雖上應天文, 特'獶[37]雜子女之新樂'而已, 非先王之樂也. 昔夏桀大進倡優, 爲漫爛之戲, 齊侯盛陳優倡, 奏宮中之樂, 君子必欲加法而深誅之者, 爲其傷風害政, 莫茲爲甚故也.

是以'秦穆遺戎而由余去, 齊人饋魯而孔子行,' 豈非詩所謂'庶姜孼孼, 庶士有朅'之意哉? 魏文侯嘗悅於此, 子夏辭而闢之, 其所學固可知矣.

---

35 재아(宰我) : B.C. 522~B.C. 458. 재여(宰予)로 공문십철(孔門十哲) 가운데 언어과(言語科)에 열거되었다. 자는 자아(子我) 또는 재아(宰我)이다. 성격이 솔직하고 언변이 좋으나 실천이 미치지 못하였다고 한다.

36 『論語』微子 18-4.

37 대본에는 '優'로 되어 있으나 『禮記』에 의거하여 '獶'로 바로잡았다.

천문(天文)을 고찰해보면 익성(翼星)[38]은 태미성(太微星)[39]에 가까우니, 배우(俳優)와 창기(倡伎)를 주재하는데, 그것을 명명(命名)하여 천창(天倡)이라고 한다. 배우(俳優)와 창기(倡伎)의 무리가 비록 위로 천문에 대응하지만, 다만 '광대 난쟁이가 남자와 부인들 사이에 섞여 분별(分別)없이 희롱하는 신악(新樂)'[40]을 하는 것일 뿐이지, 선왕(先王)의 악은 아니다. 옛날 하나라 걸왕(桀王)[41]이 배우(俳優)와 창기(倡伎)를 크게 내어 화려한 놀이를 하였고, 제나라 제후가 배우(俳優)와 창기(倡伎)를 성대하게 베풀어 궁중악(宮中樂)을 연주하였다. 군자가 반드시 법의 잣대를 들이대 그것을 깊이 책망하려는 것은, 그것이 풍속을 상하고 정사(政事)를 해치는 것이, 이것보다 더 심한 것이 없기 때문이다.

이 때문에 '진(秦)나라 목공(穆公)이 서융(西戎)에게 여악(女樂)을 보내니 유여(由余)가 떠났고, 제나라 사람이 노나라에 여악을 보내니 공자가 떠났으니,'[42] 어찌 『시경』에 이른바 '여러 강씨(姜氏)들은 치장이 거창도 하

---

38 익성(翼星) : 이십팔수(二十八宿)의 하나이다. 『隋書』(唐 長孫無忌 等 撰) 卷20 志 第十五 / 天文中. 「翼 二十二星 天之樂府 主俳倡戲樂【익성(翼星)은 22별이니 하늘의 악부(樂府)로 배우와 오락을 주재한다.】」

39 태미성(太微星) : 삼원(三垣) 중 하나이다. 삼원은 상원(上垣) 태미(太微) 10성, 중원(中垣) 자미(紫微) 15성, 하원(下垣) 천시(天市) 22성이다.

40 『禮記』樂記 19-22. 「今夫新樂 進俯退俯 姦聲以濫 溺而不止 及優侏儒 獶雜子女 不知父子 樂終不可以語 不可以道古 此新樂之發也【신악(新樂)은 춤출 때 숙이고 구부리며 변화가 많아 행렬(行列)이 어지러우며, 간사한 성음(聲音)이 함부로 넘쳐 빠져들어도 그치지 못하며, 또 광대 난쟁이가 남자와 부인들 사이에 섞여 분별없이 희롱하여 부자의 등급(等級)이 있는 줄을 알지 못해 악이 끝나도 말할 만한 것이 없으며, 옛 도를 말할 수 없으니, 이것은 신악이 발한 것입니다.】」

41 걸왕(桀王) : 하(夏)왕조 최후의 왕으로 성은 사(姒)이고, 이름은 이계(履癸)이다. 제발(帝發)의 아들로, 상(商) 왕조 최후의 왕인 주(紂)와 함께 포악한 임금의 상징으로 거론된다. 걸주(桀紂)라고도 하며, 흔히 이상적 천자로 추앙받는 요순(堯舜)과 대비된다.

42 유여(由余)는 서융(西戎)의 현신(賢臣)이었는데, 진 목공(秦穆公)이 서융(西戎)을 합병하려고 여악(女樂)을 보내었다. 유여가 알고 간(諫)하였는데 듣지 않자 진나라로 들어가 버렸다. 정공(定公) 14년에 공자가 노나라 사구(司寇)가 되어 정승의 일을 섭행(攝行)하니, 제나라 사람이 두려워하여 여악(女樂)을 보내 저지하였다. 〈『前漢書』(漢 班固 撰) 卷22 禮樂志 第2〉

며, 여러 남자들은 건장도 하더니라'⁴³의 뜻이 어찌 아니겠는가? 위 문후(魏文侯)가 일찍이 이것을 즐겼는데, 자하(子夏)가 말하여 물리쳤으니,[44] 그가 배운 바를 참으로 알 수 있다.

90-6. 太師摯適齊, 亞飯干適楚, 三飯繚適蔡, 四飯缺適秦, 鼓方叔入於河, 播鼗武入於漢, 少師陽, 擊磬襄, 入於海.

노나라가 어지러워지자, 태사(太師) 지(摯)는 제나라로 가버리고, 아반(亞飯)을 맡은 간(干)은 초나라로 가버리고, 삼반(三飯)을 맡은 요(繚)는 채나라로 가버리고, 사반(四飯)을 맡은 결(缺)은 진(秦)나라로 가버리고, 고(鼓)를 맡은 방숙(方叔)은 하내(河內)로 들어가고, 도(鼗)를 흔드는 무(武)는 한중(漢中)으로 들어가고, 소사(少師)인 양(陽)과 경(磬)을 치는 양(襄)은 해도(海島)로 들어가 버렸다.[45]

周官 : "太師, 掌六律六同, 以合陰陽之聲, 而敎六詩." "小師[46], 掌敎鼓鼗柷敔塤簫管弦歌[47], 六樂聲音之節與其和." 則掌律同聲音, 以敎六

---

⁴³　『詩經』 衛風 / 碩人.

⁴⁴　위(魏)나라~물리쳤으니 : 『禮記』 樂記 19-21~22. 「魏文侯問於子夏曰 吾端冕而聽古樂 則唯恐臥 聽鄭衛之音 則不知倦 敢問古樂之如彼 何也 新樂之如此 何也 子夏對曰 今夫古樂 進旅退旅 和正以廣 …… 君子於是 語 於是 道古 修身及家 平均天下 此古樂之發也 今夫新樂 …… 樂終 不可以語 不可以道古 此新樂之發也【위 문후(衛文侯)가 자하(子夏)에게 물었다. '내가 검은 예복을 입고 면류관을 쓰고서 고악(古樂)을 들으면 누울 것을 염려하고, 정나라와 위(衛)나라의 음조(音調)를 들으면 싫증이 나지 않습니다. 감히 묻겠는데, 고악이 저와 같은 것은 무슨 까닭이며, 신악(新樂)이 이와 같은 것은 무슨 까닭입니까?' 자하가 대답하기를, "고악은 일제히 나아가고 일제히 물러나며, 화평・정대하여 넓으며, …… 군자가 이에 악을 말함에는 이에 고악(古樂)의 바른 것을 말하여 수신(修身)이 집에까지 미쳐 천하를 고르게 하는 것이니, 이것은 고악이 발한 것입니다. 지금 신악은…… 악이 끝나도 말할 만한 것이 없으며, 옛 도(道)를 말할 수 없으니, 이것은 신악이 발한 것입니다.】」

⁴⁵　『論語』 微子 18-9.

⁴⁶　대본에는 '少'로 되어 있으나 『周禮』 春官 / 小師 0에 의거하여 '小'로 바로잡았다. 『論語』 微子 18-9에서는 '소사(少師)'로 되어 있다. 『周禮』 春官 / 小師 0에 의하면 소사(小師)는 태사(太師)를 보좌하여 북이나 관현악기를 관장하는 직책이다.

詩之類, 太師之職也, 掌六樂聲音之節與其和, 以敎弦歌之類, 少師之
職也. "鼓人, 掌敎⁴⁸六鼓四金之音聲, 以節聲樂, 以和軍旅, 以正田役."
則鼓方叔, 鼓人之職也, "瞽矇, 掌播鼗." "眠瞭, 掌凡樂事擊頌磬·笙
磬." 則播鼗武, 瞽矇之職也, 擊磬襄, 眠瞭之職也. 古者以樂侑食, 凡食
三飯一侑, 大食三侑. 令奏鐘鼓, 則凡飯異樂, 每樂異工. 故干則亞飯之
工也, 缺則四飯之工也.

周衰之末⁴⁹, 禮樂出自諸侯, 而天子與諸侯, 夷當是時也 先王之澤,
浹於人心者猶在, 不得其職則去, 非特賢且貴者, 知去就之義, 雖樂工
之賤, 亦與知焉.

『주례』에 "태사(太師)는 육률과 육동(六同)을 관장하여 음(陰)과 양(陽)의
소리를 합치고 여섯 가지 시의 형식을 가르친다"⁵⁰라고 하고, "소사(小師)
는 고(鼓)·도(鼗)·축(柷)·어(敔)·훈(塤)·소(簫)·관(管)·현(絃)과 노래를
가르치고 육악(六樂)이 내는 성음(聲音)의 절주와 그 화음을 관장한다"⁵¹라
고 하였으니, 곧 육률과 육동(六同)과 성음(聲音)을 관장하여 여섯 가지 시
의 형식을 가르치는 것 같은 종류는 태사(太師)의 직분이고, 육악(六樂)이
내는 성음의 절주와 그 화음을 관장하여 현(絃)과 노래를 가르치는 것 같
은 종류는 소사(小師)의 직분이다. "고인(鼓人)은 육고(六鼓)와 사금(四金)의
성음(聲音)을 가르쳐 성악(聲樂)을 조절하고 군사들을 화락하게 하고 농사
일을 바르게 하는 일을 관장한다"⁵²라고 하였으니, 곧 고(鼓)를 맡은 방숙
(方叔)은 고인의 직분이었고, "고몽(瞽矇)은 도(鼗)를 연주하는 일을 관장한
다"⁵³라고 하고, "시료(眠瞭)는 모든 악사(樂事)를 관장하여 송경(頌磬)과 생

---

47   대본에 누락된 '歌'를 『周禮』에 의거하여 보충하였다.
48   대본에 누락된 '敎'를 『周禮』에 의거하여 보충하였다.
49   대본에는 '下'로 되어 있으나 사고전서 『樂書』에 의거하여 '末'로 바로잡았다.
50   『周禮』春官 / 大師 0.
51   『周禮』春官 / 小師 0.
52   『周禮』地官 / 鼓人 0. 고인은 북을 치고 북치는 법을 가르치는 일을 담당한 관리이
     다. 육고(六鼓)는 뇌고(雷鼓)·영고(靈鼓)·노고(路鼓)·분고(鼖鼓)·진고(晉鼓)·고
     고(鼛鼓)이고, 사금(四金)은 금순(金錞)·금탁(金鐲)·금요(金鐃)·금탁(金鐸)이다.

경(笙磬)을 친다”[54]라고 하였으니, 곧 도(鼗)를 흔드는 무(武)는 고몽의 직분이었고, 경(磬)을 치는 양(襄)은 시료(眡瞭)의 직분이었다. 옛날 악으로 유식(侑食)을 하였으니, 모든 식사에 삼반(三飯)하고 한 번 유식하며, 큰 식사는 세 번 유식하였다. 종과 북을 연주하게 하였으니, 모든 반(飯)에 악을 달리하고 매번 악에 악공을 달리하였다. 따라서 간(干)은 아반(亞飯)에 유식하였던 악공이었고, 결(缺)은 사반(四飯)에 유식하였던 악공이었다.

주나라가 쇠퇴한 말기에는 예악이 제후로부터 나와 천자가 제후와 동등해졌다. 이 당시에 선왕(先王)의 은택이 마음에 젖어든 사람이 그때까지 있었지만, 그 직분을 얻지 못하면 떠나갔으니, 다만 어질고 고귀한 사람만 거취(去就)의 의리를 알았던 것이 아니고, 비록 천한 악공(樂工)이라도 또한 알았던 것이다.

---

53 『周禮』 春官 / 瞽矇 0. 고몽은 소사(小師) 밑의 악사(樂士)로 직접 악기를 다루는 직책이다.

54 『周禮』 春官 / 眡瞭 0. 시료는 악사(樂事)를 담당하고 순찰 돌 때 치는 북을 담당하는 직책이다. 송경(頌磬)과 생경(笙磬)은 정현(鄭玄)의 주(注)에 의하면 경(磬)이 동쪽에 있는 것을 생경(笙磬)이라 하고, 서쪽에 있는 것을 송경(頌磬)이라 한다고 하였다.

맹자훈의(孟子訓義)

양혜왕 상·하(梁惠王上下)

양혜왕 상·하(梁惠王上下)

91-1. 聲音不足聽於耳與?
성음(聲音)이 귀로 듣기에 부족해서입니까?[1]

凡物動而有聲, 聲變而有音. 易曰: "天數五地數五." 則五聲者, 天地

---

[1] 『孟子』梁惠王上 1-7. 「曰 王之所大欲可得聞與 王笑而不言 曰 爲肥甘不足於口與 輕
煖不足於體與 抑爲采色不足視於目與 聲音不足聽於耳與 便嬖不足使令於前與 王之諸
臣皆足以供之 而王豈爲是哉【맹자가 말했다. "왕께서 원대하게 하시고자 하는 것을
들을 수 있겠습니까?" 왕이 웃으면서 말하지 않자, 맹자가 말했다. "살지고 단 음식
이 입에 부족해서입니까? 가볍고 따뜻한 옷이 몸에 부족해서입니까? 아니면 채색(采
色)이 눈으로 보기에 부족해서입니까? 악이 귀로 듣기에 부족해서입니까? 아첨하는
시신(侍臣)들이 앞에서 사령(使令)하는 것이 부족해서입니까? 왕의 여러 신하들이
충분하게 공급하니 왕은 어찌 이 때문이겠습니까?"】」

之道也. 傳曰 "人者統八卦, 諧八音, 舞八佾, 以終天地之功." 則八音
者, 人之道也. '樂通倫理' 而三才之道具矣. 然則發之聲音, 其有不足
以形容之乎?

蓋'肥甘'者食之美而悅於口, '輕煖'者服之美而悅於體, '采色'者視之
美而悅於目, '聲音'者聽之美而悅於耳, '便嬖'者使令之適而悅於意. '爲
肥甘不足於口歟?', 必將芻豢稻粱五味調香, 以養其口, '爲輕暖不足於
體歟?', 必將疏房越席牀第几筵, 以養其體, '爲采色不足於目歟?', 必將
彫琢刻鏤黼黻文章, 以養其目, '爲聲音不足於耳歟?', 必將鳴鼓鐘彈琴
瑟, 以養其耳, '爲便嬖不足使令於前歟?', 必將衆侍妾盛官徒, 以適其意.

凡此王之諸臣, 皆足供之, 固知王之不爲是也. 其所大欲, 特在'辟土
地'以廣之, '朝秦楚'以臣之, '莅中國'以君之, '撫四夷'以服之而已, 豈
難知哉?

물건이 동(動)하여 소리가 나고 소리가 변하여 음이 생긴다. 『주역』에
"천수(天數)가 다섯이고 지수(地數)가 다섯이다"[2]라고 하였으니, 오성(五聲)
은 천지의 도이다. 전(傳)에 "사람은 팔괘(八卦)를 통할하고 팔음(八音)을
고르게 하고 팔일(八佾)을 춤춰 천지의 공(功)을 마무리한다"[3]라고 하였으
니, 팔음은 사람의 도이다. '악은 윤리(倫理)를 통하고'[4] 삼재(三才)[5]의 도

2　　『周易』繫辭上傳 9. 「天一地二天三地四天五地六天七地八天九地十 天數五. 地數五【천
　　　수가 1이고 지수가 2이며, 천수가 3이고 지수가 4이며, 천수가 5이고 지수가 6이며,
　　　천수가 7이고 지수가 8이며, 천수가 9이고 지수가 10이니, 천수가 다섯이고 지수가
　　　다섯이다.】 곧 천수는 1·3·5·7·9의 기수(奇數)이고, 지수는 2·4·6·8·10의
　　　우수(偶數)이다.

3　　『前漢書』(漢 班固 撰) 卷21上 律歷志 第1上. 팔괘(八卦)는 건(乾☰)·곤(坤☷)·진(震
　　　☳)·손(巽☴)·감(坎☵)·이(離☲)·간(艮☶)·태(兌☱)이다. 이는 각각 천(天)·지
　　　(地)·뇌(雷)·풍(風)·수(水)·화(火)·산(山)·택(澤) 등 우주를 구성하는 기본적인
　　　여덟 가지 요소를 상징하여 길흉 판단에 의거하는 괘상(卦象)을 이루기도 한다.

4　　『禮記』樂記 19-1. 「凡音者 生於人心者也 樂者 通倫理者也 是故知聲而不知音者 禽獸
　　　是也 知音而不知樂者 衆庶是也 唯君子 爲能知樂【무릇 음(音)은 사람 마음에서 생기
　　　는 것이고, 악은 윤리(倫理)를 통하고 있는 것이다. 그러므로 소리는 알면서 음을 알
　　　지 못하는 것은 금수(禽獸)가 그것이고, 음은 알면서 악을 알지 못하는 것은 중서(衆
　　　庶)들이 그것이니, 오직 군자(君子)만이 악을 알 수 있다.】

가 갖추어져 있다. 그렇다면 발하는 성음(聲音)으로 그것을 형용하기에 충분하지 못하겠는가?

'비감(肥甘)'이란 좋은 음식으로 입을 즐겁게 하는 것이고, '경난(輕煖)'이란 좋은 의복으로 몸을 즐겁게 하는 것이고, '채색(采色)'이란 좋게 보이는 것으로 눈을 즐겁게 하는 것이고, '성음(聲音)'이란 좋게 들리는 것으로 귀를 즐겁게 하는 것이고, '편폐(便嬖)'란 앞에서 사령(使令)하는 것이 딱 맞아 마음을 즐겁게 하는 것이다. '비감(肥甘)이 입에 부족해서입니까?'[6]라고 하였으니, 반드시 고기·곡물·오미(五味)[7]·향취로 그 입을 봉양(奉養)하였을 것이고, '경난(輕煖)이 몸에 부족해서입니까?'라고 하였으니, 탁 틔어 밝은 방과 부들로 짠 자리와 평상·대자리와 안석·자리로 반드시 그 몸을 봉양하였을 것이고, '채색(采色)이 눈에 부족해서입니까?'라고 하였으니, 반드시 조형·조각·보불(黼黻)[8]·울긋불긋한 문양으로 그 눈을 봉양하였을 것이고, '성음이 귀로 듣기에 부족해서입니까?'라고 하였으니, 반드시 북과 종을 울리고 금(琴)과 슬(瑟)을 타 그 귀를 봉양하였을 것이고, '편폐(便嬖)가 부족해서입니까?'라고 하였으니, 반드시 많은 시녀들과 시종들로 그 마음에 맞게 하였을 것이다.

이 모든 것은 왕의 여러 신하들이 모두 충분하게 공급하였을 것이니, 참으로 왕이 이 때문이 아님을 알 수 있다. 그가 크게 하고 싶은 것은 다만 '국토를 개척하여 넓히고, 진(秦)나라와 초나라의 조회를 받아 신하로 하고, 중국에 임하여 임금이 되고, 사방의 이민족을 어루만져 복종시키는 것뿐이다.'[9] 어찌 알기 어렵겠는가?

---

5   삼재(三才) : 천·지·인이다.
6   『孟子』梁惠王上 1-7.
7   오미(五味) : 다섯 가지 맛. 신(辛)·산(酸)·함(鹹)·고(苦)·감(甘).
8   보불(黼黻) : 고대의 예복에 놓은 수(繡). 보(黼)는 반흑반백(半黑半白)의 빛으로 자루 없는 도끼의 모양을 수(繡)놓은 것이고, 불(黻)은 반흑반청(半黑半青)의 빛으로 '己'자 무늬 두 개를 서로 반대로 하여 수를 놓은 것이다.
9   『孟子』梁惠王上 1-7.

91-2. 莊暴見孟子曰 : “暴見於王, 王語暴以好樂, 暴未有以對也, 曰 : 好樂何如?” 孟子曰 : “王之好樂甚, 則齊國其庶幾乎!” 他日, 見於王曰 : “王嘗語莊子以好樂, 有諸?” 王變乎色曰 : “寡人非能好先王之樂也, 直好世俗之樂耳.” 曰 : “王之好樂甚, 則齊其庶幾乎! 今之樂猶古之樂也.” 曰 : “可得聞與?” 曰 : “獨樂樂, 與人樂樂, 孰樂?” 曰 : “不若與人.” 曰[10] : “與少樂樂, 與衆樂樂, 孰樂?” 曰 : “不若與衆.”

장포(莊暴)가 맹자를 보고 말했다. “제가 왕을 뵈오니 왕께서 저에게 악을 좋아한다고 말씀하셨는데, 제가 대답하지 못하였습니다. 악을 좋아하는 것이 어떻습니까?” 맹자가 대답했다. “왕이 악을 매우 좋아하시면 제나라는 희망이 있겠다.” 다른 날 맹자가 왕을 뵙고 말했다. “왕께서 예전에 장자(莊子)에게 악을 좋아한다고 하셨다는데, 그런 일이 있습니까?” 왕이 안색을 변하며 말했다. “과인이 선왕(先王)의 정악을 좋아한다고 한 것이 아니라, 다만 세속의 악을 좋아한다고 한 것입니다.” 이어 맹자가 말했다. “왕께서 악을 매우 좋아하시면 제나라는 희망이 있겠습니다. 지금의 악이 옛날의 악과 같습니다.” 왕이 다시 물었다. “그 까닭을 들을 수 있겠습니까?” 맹자가 말했다. “혼자 악을 즐기는 것과 남들과 함께 즐기는 것이 어느 쪽이 즐겁습니까?” 왕이 대답하였다. “남들과 함께 즐기는 것만 못합니다.” 맹자가 다시 물었다. “소수의 사람들과 함께 악을 즐기는 것과 여러 사람들과 함께 악을 즐기는 것이 어느 쪽이 즐겁습니까?” 왕이 대답하였다. “여러 사람들과 함께 즐기는 것만 못합니다.”[11]

先王之樂, 其本存於欣喜歡愛之情, 其末見於聲音節奏之文. 探本知末者, 知其情而能作, 卽末窮本者, 識其文而能述. 周衰樂壞, 天下識情文者, 蓋鮮矣. 故知聲而不知音者有之, 知音而不知樂者有之, 亦孰知夫樂與音, 相近而不同邪?

---

10 대본에 누락된 ‘曰’을 『孟子』 梁惠王下 2-1에 의거하여 보충하였다.
11 『孟子』 梁惠王下 2-1.

蓋齊王所問者樂, 所好[12]者音, 不悅先王之樂以樂民, 直悅世俗之樂以樂身而已. 尚何異魏文倦於聽古樂, 晉平樂於聽新聲哉? 此孟子所以有今樂猶古樂之說, 庶乎王知反本也.

今夫鄭之好濫, 宋之燕女, 衛之促數, 齊之敖辟, '四者皆'[13]失節流湎以忘本, 此新樂之發, 世俗之樂也. 黃帝之大咸, 堯之大章, 舜禹之韶夏, 商周之濩武, 其聲足樂而不流, 其文足論而不息, 此古樂之發, 先王之樂也.

古今之樂, 以本同以末異, 徇末以忘本, 則古必異今, 抑末以同本, 則今亦猶古. 古之所謂樂之本, 不過[14]與民同樂而已, 誠能因今樂與民同樂, 是亦古樂之實也.

'觀齊王悅南郭之吹竽, 廩食以數百人,' '喜鄒忌之鼓琴, 卒授之國政,' 彼其好世俗之樂, 徇末忘本. 如此, 又孰知與人與衆, 以反樂之本乎? 此韓子所以有與衆之說, 晏子所以有獨樂之戒也. 孟子以齊王不能同樂於民. 故語之以今樂猶古, 所以引而進之也, 子夏以文侯好音而不知樂. 故對之以今樂異古, 所以抑而攻之也.

선왕(先王)의 악은 그 근본은 기뻐하고 사랑하는 실정(實情)에 있고,[15] 그 말엽은 성음(聲音)과 절주(節奏)의 형식에 나타난다. 근본을 탐구하면서 말엽까지 아는 사람은 그 실정을 알아 창작할 수 있고, 말엽에 나아가면서 근본까지 깊이 연구한 사람은 그 형식을 알아 따를 수 있다.[16] 주나라

---

12 대본에는 '知'로 되어 있으나 사고전서 『樂書』에 의거하여 '好'로 바로잡았다.

13 대본에는 '慢易以'로 되어 있으나 사고전서 『樂書』에 의거하여 '四者皆'로 바로잡았다.

14 대본에는 '可'로 되어 있으나 사고전서 『樂書』에 의거하여 '過'로 바로잡았다.

15 그 근본은~있고: 『禮記』 樂記 19-4. 「欣喜歡愛 樂之官也【기뻐하고 사랑하는 것은 악(樂)이 주관(主官)하는 것이다.】」

16 근본을~있다: 『禮記』 樂記 19-3. 「故鐘鼓管磬 …… 故知禮樂之情者 能作 識禮樂之文者 能述 作者之謂聖 述者之謂明 明聖者 述作之謂也【그러므로 종·북·소관(簫管)·편경 같은 악기들과 …… 그러므로 예악의 실정(實情)을 아는 사람은 창작할 수 있고, 예악의 형식을 이해하는 사람은 전술(傳述)할 수 있다. 창작하는 사람을 성자(聖者)라 하고 전술하는 사람을 명자(明者)라 하는데, 명(明)과 성(聖)이란 것은 전

가 쇠퇴하여 악이 피폐해지니 천하에 내용과 형식을 아는 사람이 적어
졌다. 그러므로 소리는 알면서 음을 알지 못하는 사람이 있고, 음은 알면
서 악을 알지 못하는 사람이 있었으니,[17] 또한 누가 악(樂)과 음(音)이 서
로 근사하지만 동일하지는 않다[18]는 것을 알았겠는가?

　제나라 왕이 물은 것은 악이고 좋아하는 것은 음이니, 기꺼이 선왕(先
王)의 악으로 백성을 즐겁게 하지 못하고, 다만 세속의 악으로 자신만 즐
기기를 좋아하였을 뿐이다. 위 문후(魏文侯)가 고악(古樂)을 들을 때는 권
태롭고,[19] 진 평왕(晉平王)이 신악을 들을 때는 즐거워한 것[20]과 또한 어찌
다르겠는가? 이는 『맹자』가 신악(新樂)이 고악과 같다는 말을 하게 된 까
닭이니, 왕이 근본을 돌이켜야함[21]을 알기를 행여나 바란 것이다.

　정나라의 방탕한 가락, 송나라의 호색(好色)적인 가락, 위나라의 빠른
가락, 제나라의 편벽된 가락, 이 네 가지는 모두 절도를 잃고 방종하여
근본을 망각하였으니, 이것은 신악(新樂)이 발현된 것으로 세속(世俗)의 악
이다.[22] 황제(黃帝)[23]의 《대함(大咸)》, 요임금[24]의 《대장(大章)》, 순임금[25]의

　　술하고 창작하는 사람을 말한다.】

17　소리는~있었으니 : 『禮記』 樂記 19-1. 「知聲而不知音者 禽獸是也 知音而不知樂者 衆
　　庶是也 唯君子爲能知樂【소리는 알면서 음(音)을 알지 못하는 것은 금수(禽獸)가 그
　　것이고, 음은 알면서 악(樂)을 알지 못하는 것은 중서(衆庶)들이 그것이니, 오직 군
　　자만이 악을 알 수 있다.】

18　악(樂)과~않다 : 『禮記』 樂記 19-1. 「聲相應 故生變 變成方謂之音 比音而樂之 及干
　　戚羽旄謂之樂【소리[聲]가 서로 응하여 여러 가지 소리가 생긴다. 여러 가지 소리가
　　아름답게 조화된 것을 음(音)이라 한다. 음을 배열하여 악기로 연주하며 간(干)·척
　　(戚)을 잡고 무무(武舞)를 추고 우(羽)·모(旄)를 잡고 문무(文舞)를 추는 것을 악(樂)
　　이라고 한다.】

19　위나라~권태롭고 : 『禮記』 樂記 19-21.

20　진 평왕(晉平王)이~것 : 『晉書』(唐 太宗文皇帝 御撰) 卷22 志 第12 / 樂上. 「晉平公
　　聽新聲而忘食【진 평공(晉平公)은 신악을 듣고 먹기를 잊었다.】

21　왕이~돌이켜야함 : 『孟子』 梁惠王上 1-7.

22　정나라의~악이다 : 『禮記』 樂記 19-22.

23　황제(黃帝) : 중국 고대 신화전설상의 제왕으로 성은 공손(公孫), 또는 희(姬)라고 하
　　며, 헌원(軒轅) 지방의 언덕에서 태어났으므로 헌원씨(軒轅氏)라고 칭하기도 하고
　　유웅(有熊)에 그의 나라가 있었으므로 유웅씨라고도 칭하였다. 중국 민족에게 문명

《대소(大韶)》, 우임금[26]의 《대하(大夏)》, 상나라 탕(湯)임금의 《대호(大濩)》,
주나라 무왕(武王)의 《대무(大武)》[27]는 그 소리는 충분히 즐거우면서 방종
에 흐르지 않고, 그 형식미는 충분히 논할 만하여 그치지 않으니, 이것은
고악(古樂)이 발현된 것으로 선왕(先王)의 악이다.

고악(古樂)과 신악(新樂)은 근본은 같고 말엽은 다르기 때문에, 말엽을
따라 근본을 망각하면 고악이 반드시 신악과 다르지만, 말엽을 억제하여
근본을 같게 하면 신악도 또한 고악과 같다. 옛날 이른바 악의 근본은
'백성과 함께 즐기는 것[與民同樂]'에 불과할 뿐이니, 참으로 신악이 여민
동락(與民同樂)을 따를 수 있으면, 이 또한 고악의 실정(實情)인 것이다.

'제나라 왕이 남곽(南郭)에 사는 사람의 우(竽) 부는 것을 좋아하여 관
(官)으로부터 양식을 타먹는 사람이 수백 명에 이르게 되었고,'[28] '추기(鄒

을 전해준 개조로 숭앙(崇仰)된다.

24 요임금: 중국 고대의 성군(聖君)으로 삼황오제(三皇五帝)의 한 사람이다. 처음에는
    도(陶) 땅에, 나중에는 당(唐)에 봉해졌으므로 도당씨(陶唐氏)라고 하며, 성은 이기
    (伊祁), 이름은 방훈(放勳)이라고 한다. 오제(五帝) 중 한 사람인 제곡(帝嚳) 고신씨
    (高辛氏)의 아들이다. 요(堯)는 덕으로 백성을 교화시켜 '무위(無爲)의 정치'를 하였
    으며, 덕치주의에 성공한 이상적인 군주로 평가된다.

25 순임금: 중국 고대의 성군(聖君)으로 삼황오제(三皇五帝)의 한 사람이다. 유우씨(有
    虞氏)라고도 하며 우순(虞舜)이라고도 칭한다. 성은 요(姚), 이름은 중화(重華)이다.
    요(堯)로부터 제위를 선양(禪讓)받아 48년 동안 재위하였다. 유가(儒家)의 이상적인
    성군(聖君)으로서 요·순으로 병칭되며, 유덕함과 아울러 선양(禪讓)의 대표자로 표
    현된다.

26 우임금: 중국 고대의 성군(聖君)으로 하(夏)왕조의 시조이다. 성은 사(似), 이름은 문
    명(文命)이다. 아버지 곤(鯀)을 이어 치수의 일을 맡아 황하(黃河)의 범람을 막고 구
    하(九河)와 구주(九州)를 잘 다스려 공을 세웠다. 순(舜)에 의해 사공(司空) 벼슬을
    하다가 백규(百揆)로 승진하여 재상(宰相)이 되어 정사를 맡아보다가 순의 선양(禪
    讓)을 받았다.

27 황제(黃帝)의~《대무(大武)》: 육악(六樂)이다.〈『禮記』樂記 19-9의 孔穎達 疏〉

28 『韓非子』卷9 內儲說上 / 七術 第30 / 倒言七 右經 4.「齊宣王使人吹竽 必三百人 南郭
    處士請爲王吹竽 宣王說之 廩食以數百人 宣王死 湣王立 好——聽之 處士逃【제 선왕
    은 언제나 300명에게 우(竽)를 불게 하였다. 남곽(南郭)에 사는 처사가 왕을 위해 우
    (竽) 불기를 청하니 선왕이 기뻐하였다. 이렇게 하여 관으로부터 양식을 타먹는 사
    람이 수백 명에 이르게 되었다. 선왕(宣王)이 죽고 민왕(湣王)이 즉위하자 한 사람씩
    하는 독주(獨奏)를 좋아하니 처사가 도망하였다.】」

忌)가 금(琴)을 타는 것을 기뻐하여 마침내 국정(國政)을 맡겼으니,'[29] 저들이 세속의 악을 좋아한 것은 말엽을 따라 근본을 망각한 것이다. 이와 같으면 또 누가 남들과 함께하고 대중들과 함께할 줄을 알아 악의 근본을 돌이키겠는가? 이것은 한자(韓子)[30]가 대중들과 함께해야 한다는 말을 한 까닭이고, 안자(晏子)[31]가 혼자 즐김을 경계한 말을 한 까닭이다. 제나라 왕이 백성들과 즐거움을 함께 하지 않았기 때문에, 맹자가 신악(新樂)이 고악(古樂)과 같다고 말하였으니,[32] 이는 고악에 나아가게 이끈 것이다. 자하(子夏)[33]는 위 문후(衛文侯)가 음은 좋아하면서 악을 알지 못하였기 때문에, 신악이 고악과 다르다고 하였으니, 이는 억제하여 비판한 것이다.

91-3. "臣 請爲王言樂. 今王鼓樂於此, 百姓聞王鐘鼓之聲, 管籥之音, 舉疾首蹙頞而相告曰:'吾王之好鼓樂! 夫何使我, 至於此極也, 父子不相見, 兄弟妻子離散' 今王田獵於此, 百姓聞王車馬之音, 見羽旄之美, 舉疾首蹙頞而(相告曰:'吾王之好田獵! 夫何使我至於此極也, 父子不相見, 兄弟妻子離散,' 此無他, 不與民同樂也. 今王鼓樂於此, 百姓聞王鐘鼓之聲, 管籥之音, 舉欣

---

29 『史記』孟子荀卿列傳 74 / 2344쪽. 「齊有三騶子 其前騶忌 以鼓琴干威王 因及國政 封爲成侯 而受相印【제나라에는 세 명의 추자(騶子)가 있었다. 제일 먼저의 추기(騶忌)는 거문고를 타는 것으로써 위왕(威王)에게 벼슬을 구하여, 국정에 참여할 수 있게 되자 봉해져 성후(成侯)가 되고 재상의 인장을 받았다.】」

30 한자(韓子) : B.C. 298~B.C. 234. 한(韓)나라의 왕족으로 태어난 춘추시대 한비(韓非)이다. 순자(荀子)에게 수학하였고, 형명(刑名)과 법술(法術)에 힘써 전국시대 법가사상의 대성자(大成者)가 되었다. 55편으로 되어 있는 『한비자(韓非子)』를 저술하였다.

31 안자(晏子) : ?~B.C. 500. 춘추시대의 정치가로 이름은 영(嬰)이고, 자는 평중(平仲)이다. 제나라의 대부로서 영공(靈公)·장공(莊公)을 섬기고, 경공(景公) 때 재상이 되어 제나라를 부강하게 만들었다. 그의 사적과 간쟁한 말들을 모은 『안자춘추(晏子春秋)』가 전한다.

32 맹자가~말하였으니 : 『孟子』梁惠王下 2-1.

33 자하(子夏) : B.C. 507~B.C. 400. 공자의 제자로 위(衛)나라 출신이다. 성은 복(卜)이고 이름은 상(商)이며 자하는 자(字)이다. 공문십철(孔門十哲)의 한 사람으로 문학에 뛰어났다. 그의 문하에서 『춘추곡량전(春秋穀梁傳)』을 지은 곡량적(穀梁赤)과 『춘추공양전(春秋公羊傳)』을 지은 공양고(公羊高) 등 많은 제자가 배출되었다.

欣然有喜色而相告曰:'吾王庶幾無疾病與? 何以能鼓樂也?', 今王田獵於此, 百姓聞王車馬之音, 見羽旄之美, 擧欣然有喜色而相告曰:'吾王庶幾無疾病與? 何以能田獵也?', 此無他, 與民同樂也. 今王與百姓同樂, 則王矣).[34]"

맹자가 말했다. "신이 왕을 위해서 악을 말씀드리고자 합니다. 이제 왕께서 이곳에서 악을 울리시면, 백성들이 왕의 종(鐘)·고(鼓)와 관(管)·약(籥) 같은 악기 소리를 듣고 골치 아파하고 이마를 찌푸리며, 서로 '우리 왕의 악을 좋아함이여! 어찌해서 자기는 즐기면서 나는 이 지경에 이르게 하여 부자(父子)가 서로 만나보지 못하고, 형제와 처자(妻子)가 이산(離散)이 되게 하는가?'라고 하며, 이제 왕께서 이곳에서 사냥을 하시면, 백성들이 왕의 수레소리를 듣고 아름다운 우모(羽旄)[35]의 깃대를 보고 골치 아파하고 이마를 찌푸리며, [서로 '우리 왕의 사냥을 좋아함이여! 어찌해서 자기는 즐기면서 나는 이 지경에 이르게 하여 부자(父子)가 서로 만나보지 못하고, 형제(兄弟)와 처자(妻子)가 이산(離散)이 되게 하는가?' 하면, 이것은 다름이 아니라 백성들과 함께 즐기지 않기 때문입니다. 이제 왕께서 이곳에서 악을 울리시면, 백성들이 왕의 종(鐘)·고(鼓)와 관(管)·약(籥) 같은 악기 소리를 듣고 모두 기뻐하는 얼굴로 서로 '우리 왕께서 행여 병환이 없으신가? 어떻게 악을 울리는가?' 하며, 이제 왕께서 이곳에서 사냥을 하시면, 백성들이 왕의 수레소리를 듣고 아름다운 우모(羽旄)의 깃대를 보고 모두 기뻐하는 얼굴로 서로 '우리 왕께서 행여 병환이 없으신가? 어떻게 사냥을 하시는가?' 하면, 이것은 다름이 아니라 백성들과 함께 즐기기 때문입니다. 이제 왕께서 백성들과 함께 즐기시면 왕도정치(王道政治)를 시행할 수 있을 것입니다."][36]

闕.
이하는 궐문(闕文) 되었다.

---

34 대본에 궐문(闕文)된 '相告曰' 이하로부터 '則王矣'까지를 『孟子』 梁惠王下 2-1에 의거하여 보충하였다.
35 우모(羽旄): 우(羽)는 꿩의 깃으로 만들고, 모(旄)는 이우(犛牛)의 꼬리로 만드는데, 문무(文舞)의 무구(舞具)이다.
36 『孟子』 梁惠王下 2-1.

권92 맹자훈의(孟子訓義)

양혜왕 하(梁惠王下)

양혜왕 하(梁惠王下)

92-1. 齊宣王見孟子於雪宮, 王曰: "賢者亦有此樂乎?" 孟子對曰: "有, 人不得則非其上矣. 不得而非其上者, 非也, 爲民上而不與民同樂者, 亦非也. 樂民之樂者, 民亦樂其樂, 憂民之憂者, 民亦憂其憂, 樂以天下, 憂以天下, 然而不王者, 未之有也."

제 선왕(齊宣王)이 맹자를 설궁(雪宮)[1]에서 볼 때 왕이 물었다. "현자(賢者)도 또한 이런 즐거움이 있습니까?" 맹자가 대답하였다. "있습니다. 사람들이 이 즐거움을 얻지 못하면 그 윗사람을 그르다고 하게 됩니다. 이 즐거움을 얻지 못했다고 해서 그 윗사람을 그르다고 하는 사람도 잘못

---

1   설궁(雪宮): 제 선왕(齊宣王)의 행궁(行宮) 이름.

이며, 백성들의 윗사람이 되어 백성들과 함께 즐기지 않는 사람도 또한 잘못입니다. 백성들의 즐거움을 즐거워하는 사람은 백성들도 또한 그 사람의 즐거움을 즐거워하고, 백성들의 근심을 근심하는 사람은 백성들도 또한 그 사람의 근심을 근심하는 것이니, 천하를 대상으로 즐거워하며 천하를 대상으로 근심하고도 천하를 통치하지 못한 사람은 있지 않습니다.[2]"

齊宣王之於國, 外有遊畋之囿, 內有雪宮之樂. 遊畋之囿, 則專利而已, 非與民同利也, 雪宮之樂, 則獨樂而已, 非與民同樂也. 故有爲人下者, 不得是樂而非其上, 則爲不知命, 爲人上者, 有是樂而弗與民同, 則爲不知義, 義命所在則是, 義命所去則非. 今王苟知獨樂爲非, 而憂樂與民同, 則在下者, 亦將以君事爲憂樂, 而不非其上矣. 以易求之, 比則樂民之樂, 而下至於順從, 師則憂民之憂, 而民至於從之, 是憂樂施報之効也.

故推樂民之樂, 而樂以天下, 推憂民之憂, 而憂以天下, 則天下雖廣, 風俗同而如一家, 中國雖大, 心德同而如一人, 萬邦孰不嚮之以爲方, 下民孰不往之以爲王哉? 文王樂以天下而庶民子來, 宣王憂以天下而百姓見憂, 如此而已.

周官: "膳夫掌王之膳羞. 侑食及徹於造, 皆以樂, 特天地之栽, 荒札之變, 邦之大故, 然後去樂焉." 古之王者, 無終食之間, 忘憂樂於天下, 況欲王而與天下同憂樂邪? 始有憂樂以民, 卒乎憂樂以天下與! 孔子所謂: "修己以安人." 繼之"修己以安百姓." 同意. 若夫不知務此而欲長處雪宮之樂, 難矣哉!

梁王疑賢者不樂臺沼. 故曰: "賢者亦樂此乎?" 齊王疑賢者無雪宮之樂. 故[3]曰: "賢者亦有此樂乎?"

2 　『孟子』梁惠王下 2-4.
3 　대본에 누락된 '故'를 문맥이 통하지 않아 보충하였다.

제 선왕(齊宣王)이 궁 밖에는 사냥터인 유원(囿苑)[4]이 있었고 궁 안에는 즐기는 설궁(雪宮)이 있었다. 사냥터인 유원(囿苑)은 오로지 사리(私利)만을 꾀할 뿐 백성들과 이익을 함께하지 않고, 즐기는 설궁은 혼자만 즐길 뿐 백성들과 함께 즐기지 않았다. 그러므로 이 즐거움을 얻지 못한 아랫사람이 그 윗사람을 비난하는 것은 명(命)을 모르기 때문이고, 이 즐거움을 누리는 윗사람이 백성과 함께하지 않는 것은 의(義)를 모르기 때문이다. 만일 의와 명이 있다면 옳고 의와 명이 없다면 잘못이다. 지금 왕이 혼자 즐기는 것이 잘못이라는 것을 참으로 알아 근심과 즐거움을 백성들과 함께하면, 아랫사람들도 또한 임금 일로 근심과 즐거움을 삼아 그 윗사람을 비난하지 않을 것이다. 『주역』에서 찾아보면, 비괘(比卦䷇)[5]는 백성들의 즐거움을 즐거워하여 아랫사람이 순종하는 데까지 이른 것이고, 사괘(師卦䷆)[6]는 백성들의 근심을 근심하여 백성들이 따르는 데까지 이른 것이니, 이것은 근심과 즐거움에 따라 베풀고 갚은 성과이다.

그러므로 백성들의 즐거움을 즐겁게 여기는 마음을 미루어 생각하여 천하를 즐거워하는 대상으로 하고, 백성들의 근심을 근심으로 여기는 마음을 미루어 생각하여 천하를 근심하는 대상으로 하면, 천하가 비록 넓지만 풍속이 같아져 한 집안 같아질 것이고, 중국이 비록 크지만 심덕(心德)이 같아져 한 사람 같아질 것이다. 이 같이 하면 만방(萬邦) 중에 어느 나라가 그를 향하지 않을 것이며, 백성들 중에 누가 그에게 가서 백성이 되지 않겠는가? 주 문왕(周文王)이 천하를 대상으로 즐겨 일반 백성들이

---

4 유원(囿苑) : 옛날 임금 애완을 위해 동물을 기르던 동물원 겸 사냥터.

5 비괘(比卦䷇) : 『周易』 比卦의 程頤 序傳. 「衆爻皆陰 獨五以陽剛 居君位 衆所親附 而上亦親下 故爲比也【여러 효(爻)가 모두 음(陰)이고 홀로 구오(九五)가 양강(陽剛)으로 군위(君位)에 거하여 무리가 친애하여 따르며 위 또한 아래를 친애하므로 비괘가 된 것이다.】」

6 사괘(師卦䷆) : 『周易』 師卦의 程頤 序傳. 「師 以一陽 爲衆陰之主而在下 將帥之象也【사괘는 한 양(陽)으로 여러 음(陰)의 주장이 되어 아래에 있으니 장수(將帥)의 상이다.】」；『周易』 師卦 3. 「地中有水 師 君子以容民畜衆【땅 가운데 물이 있는 것이 사(師)니, 군자가 보고서 백성을 용납하고 무리를 모은다.】」

자식들이 부모를 찾아오듯 하였고,[7] 주 선왕(周宣王)이 천하를 대상으로 근심하여 백성들이 근심의 은택을 입었으니,[8] 이 같을 뿐이었다.

『주례』에 "선부(膳夫)는 왕이 먹는 희생 고기와 맛있는 음식을 관장한다. 유식(侑食)[9]할 때와 상을 물릴 때 악을 연주하는데, 다만 하늘과 땅의 재앙과 흉년·돌림병의 변고와 나라에 큰 사건이 있으면 악을 하지 않는다"[10]라고 하였다. 옛날 왕은 잠시 동안에도 천하에 대한 근심과 즐거움을 잊지 않았는데, 하물며 왕도정치를 하고자 하면서 천하 사람들과 함께 근심과 즐거움을 함께하지 않겠는가? 처음에는 백성을 대상으로 근심하고 즐거워하고, 마침내는 천하를 대상으로 근심하고 즐거워한 것이다. 공자 이른바 "수신(修身)하여 남들을 편안하게 한다"[11]라고 하고, 이어 "수신하여 백성들을 편안하게 한다"라고 하였으니 같은 뜻이다. 만

---

7 주 문왕(周文王)이~하였고 : 『詩經』大雅 / 靈臺.「經始靈臺 經之營之 庶民攻之 不日成之 經始勿亟 庶民子來【영대(靈臺) 조성 경영을 시작하여, 경영하고 자리를 정하시니, 서민들이 작업하여, 하루가 못되어 완성되었네. 경영하여 시작하기를 빨리하지 말라 하시나, 서민들이 자식들이 오듯 하네.】」

8 주 선왕(周宣王)이~입었으니 : 『詩經』大雅 / 雲漢의 毛詩序.「雲漢 仍叔 美宣王也 宣王 承厲王之烈 內有撥亂之志 遇災而懼 側身修行 欲銷去之 天下喜於王化復行 百姓見憂 故作是詩也《운한》은 잉숙(仍叔)이 선왕(宣王)을 찬미한 시이다. 선왕이 여왕(厲王)의 포학한 정사를 이어 안으로 난을 평정하려는 뜻을 품었으며, 재앙을 만나 두려워하여 잠시도 몸을 편안히 하지 않고 행실을 닦아 재앙을 사라지게 하려고 하자, 천하 사람들은 왕화(王化)가 다시 행해지고 백성들이 근심의 은택을 입게 된 것을 기뻐하였다. 그러므로 이 시를 지었다.】」

9 유식(侑食) : 아랫사람이 어른을 모시면서 음식을 권하는 것이다. 제례에서 유식(侑食)은 종헌(終獻)이 끝나고 첨작(添酌)한 다음 숟가락을 젯메 가운데에 꽂고 젓가락 끝이 동쪽으로 가도록 음식 접시 중앙에 놓는 일로, 이도 또한 흠향을 권하는 의식이다.

10 『周禮』天官 / 膳夫 0. 선부(膳夫)는 왕의 음식담당 직책이다.

11 『論語』憲問 14-42.「子路問君子 子曰 修己以敬 曰 如斯而已乎 曰 修己以安人 曰 如斯而已乎 曰 修己以安百姓 修己以安百姓 堯舜其猶病諸【자로가 군자에 대하여 물으니, 공자가 "경(敬)으로 몸을 닦는 것이다"라고 하였다. "이와 같을 뿐입니까?"라고 하자, "몸을 닦아서 사람을 편안하게 하는 것이다"라고 대답하였다. 다시 "이와 같을 뿐입니까?"라고 묻자, "몸을 닦아서 백성을 편안하게 하는 것이니, 몸을 닦아서 백성을 편안하게 하는 것은 요순도 오히려 부족하게 여기셨다"라고 하였다.】」

약 이것을 힘써 할 줄 모르면서 설궁(雪宮)에 거처하는 즐거움을 오래 누리려고 하면 하기 어려울 것이다.

양 혜왕(梁惠王)은 아마도 현자(賢者)는 영대(靈臺)와 영소(靈沼)를 즐기지 않을 것으로 생각한 것 같다. 그러므로 "현자도 또한 이러한 것을 즐깁니까?"[12]라고 물은 것이고, 제 선왕(齊宣王)은 아마도 현자는 설궁(雪宮)에서의 즐김이 없을 것으로 생각한 것 같다. 그러므로 "현자도 또한 이 즐거움이 있습니까?"라고 물은 것이다.

92-2. 方命虐民, 飮食若流, 流連荒亡, 爲諸侯憂. 從流下而忘反謂之流, 從流上而忘反謂之連, 從獸無厭謂之荒, 樂酒無厭謂之亡, 先王無流連之樂, 荒亡之行, 惟君所行也.

천자의 명을 어기고 백성에게 포학한 짓까지 하며, 마시고 먹기를 물 흐르듯 끝없이 하며, 유(流)·연(連)·황(荒)·망(亡) 하여 제후의 근심거리가 되고 있습니다. 물을 따라 흘러내려 돌아오기를 잊는 것을 유(流)라 하고, 물의 흐름을 거슬러 올라 돌아오기를 잊는 것을 연(連)이라 하고, 짐승을 쫓아 사냥하기를 싫어하지 않는 것을 황(荒)이라 하고, 술 마시기를 즐겨 싫어하지 않는 것을 망(亡)이라 합니다. 옛날 성왕(聖王)은 유·연의 즐김과 황·망의 행위가 없었으니, 오직 군주의 행할 바입니다.[13]

12　『孟子』梁惠王上 1-2.「孟子見梁惠王 王立於沼上 顧鴻鴈麋鹿 曰 賢者亦樂此乎 孟子對曰 賢者而後樂此 不賢者雖有此 不樂也 …… 文王以民力爲臺爲沼 而民歡樂之 謂其臺曰靈臺 謂其沼曰靈沼 樂其有麋鹿魚鼈 古之人與民偕樂 故能樂也【맹자가 양 혜왕을 만났는데, 왕이 연못가에 있더니, 홍안(鴻雁)과 미록(麋鹿)을 돌아보고 말했다. "현자도 또한 이러한 것을 즐깁니까?" 맹자가 대답하였다. "현자인 뒤에 이것을 즐길 수 있으니, 어질지 못한 자는 비록 이것이 있으나 즐기지 못합니다. …… 문왕이 백성들의 힘으로 대(臺)를 만들고 소(沼)를 만들었으나, 백성들이 그것을 즐거워하여 그 대를 영대(靈臺)라 하고, 그 소를 영소(靈沼)라 하여, 미록(麋鹿)과 고기와 자라를 소유함을 좋아하였으니, 옛사람이 백성들과 함께 즐겼기 때문에 능히 즐길 수 있었던 것입니다."】영대(靈臺)는 주 문왕(周文王)이 건립한 대명(臺名)이고, 영소(靈沼)는 영대 아래에 동물원이 있고 그 동물원에 있는 연못이다.

13　『孟子』梁惠王下 2-4.

凡物圓則行, 方則止, 行則順, 止則逆, 方命則逆而不行之謂也. 今夫
遊豫有事, 補助有政, 先王之命也. 景公逆先王之命而不行, 無補助之
政以恤民, 有師行糧食以虐民. 飮食無節, 至於若流, 流連荒亡, 至於無
度, 斯固不足爲諸侯之度, 適貽彼憂而已.

蓋順流而下以忘反, 則其樂無所要宿故謂之流, 遡流而上以忘反, 則
其樂莫知紀極故謂之連, 此遊于佚者也. 從獸無厭, 則其行妨而不治故
謂之荒, 樂酒無厭, 則其行喪而不存故謂之亡, 此淫于樂者也.

觀景公遊海上, 踰時弗反, 則從流上下, 忘反可知, 其好弋有至誅典
禽之吏, 則從獸無厭可知, 其飮酒有至終夕之樂, 則樂酒無厭可知. 然
則欲觀轉附朝儛, 豈從禽之地歟! 遵海而南, 放于瑯琊, 豈流連之地歟!
孔子有云 : "景公奢於臺榭, 淫於苑囿, 五官[14]之樂, 不解." "喪亂蔑資,
曾莫惠我師." 由是觀之, 晏子諄諄爲景公誦之者, 誠欲憂樂與民同而已.

孟子特以樂酒無厭言之者, 擧甚者故也. 言興發補不足及助不給者,
以景公之行, 適當省耕時故也.

모든 물건이 '둥근 모양이면 순행하고 각진 모양(方)이면 정지하니,'[15]
순행하는 것은 순리이고 정지하는 것은 순조롭지 않다. 방명(方命)은 거
슬려 순행하지 않는 것을 말한다. 봄·가을로 순행하는 직무가 있었고
어려운 백성을 구호(救護)하는 정사가 있었던 것[16]이 선왕(先王)의 명(命)이
었다. 제 경공(齊景公)이 선왕(先王)의 명(命)을 거스르고 행하지 않아, 어려
운 백성을 구호하는 정사로 백성을 구휼(救恤)하지 않고, 군사를 움직여
군량(軍糧)을 억지로 조달하여 백성을 괴롭히는 일이 있었다. 마시고 먹
을 때 절도가 없는 것이 물이 흐르듯 하는 데까지 이르고, 유(流)·연

---

14 대본에는 '晉'으로 되어 있으나 『孔子集語』 卷下 子出衛 第11에 의거하여 '官'으로 바
　　로잡았다.

15 『尙書詳解』(宋 夏僎 撰) 卷1 虞書 / 堯典의 註.

16 봄·가을로~것 : 『孟子』 梁惠王下 2-4. 「春省耕而補不足 秋省斂而助不給【봄에는 나
　　가서 경작하는 상태를 살펴서 부족한 것을 보충해 주며, 가을에는 수확하는 상태를
　　살펴서 부족한 것을 도와줍니다.】」

(連)·황(荒)·망(亡)이 법도가 없는 데까지 이르렀으니, 이는 참으로 제후의 모범이 되지 못하고 다만 저들에게 근심만 끼칠 뿐이었다.

물을 따라 흘러내려가 돌아오기를 잊으면 그 즐거움 때문에 머물기를 기다릴 수 없게 되므로 유(流)라 하고, 흐름을 거슬러 올라가 돌아오기를 잊으면 그 즐거움 때문에 한도를 알지 못하게 되므로 연(連)이라 하니, 이것은 편안한데 빠져 놀아난 것이다. 싫증내지 않고 짐승을 뒤쫓아 다니면 그 행실 때문에 하려는 일이 방해를 받아 다스려지지 않게 되므로 황(荒)이라 하고, 싫증내지 않고 술을 즐기면 그 행실 때문에 본심을 잃어 있지 않게 되므로 망(亡)이라 하니, 이것은 즐거움에만 빠진 것이다.

제 경공(齊景公)이 해상(海上)을 유람하고 때를 넘겨 돌아오지 않았으니, 흐름을 따라 오르고 내려가서 돌아오기를 잊은 것을 알 수 있고, 좋아하는 사냥 때문에 수렵을 담당한 관리를 벌주는 데까지 이르렀으니, 싫증내지 않고 짐승을 뒤쫓은 것을 알 수 있고, 술 마시기 위해 밤새 악을 하는 데까지 이르렀으니, 싫증내지 않고 술을 즐긴 것을 알 수 있다. 그렇다면 전부산(轉附山)[17]과 조무산(朝儛山)을 관광하려고 한 것은 아마도 사냥하는 땅이었을 것이다. 바닷길을 따라 남쪽을 향하여 낭야(琅邪)[18]에 이르려고 한 것은 아마도 유(流)와 연(連)을 하는 땅이었을 것이다. 공자는 "경공(景公)은 누대 같은 건축물에 사치하고 동물원에 빠져 오관(五官)의 즐거움이 끊어지지 않았다"[19]라고 하고, "상란(喪亂)을 당하여 멸망함이 서글픈지라, 일찍이 우리들을 사랑하는 이가 없도다"[20]라고 하였으니, 이런 관점에서 보면, 안자(晏子)가 충성스럽게 경공(景公)을 위하여 아뢴

---

17 전부산(轉附山): 지금의 산동성(山東省) 연대시(煙台市) 지부도상(芝罘島上)에 있는 지부산(之罘山)이다.

18 낭야(琅邪): 지금의 산동성(山東省) 제성현(諸城縣)의 동남쪽 바닷가에 있는 산 이름이다.

19 『孔子集語』(宋 薛據 輯) 卷下 子出衛 第11. 오관(五官)은 시각(視覺)의 눈, 청각(聽覺)의 귀, 미각(味覺)의 입, 후각(嗅覺)의 코, 촉각(觸覺)의 피부이다.

20 『詩經』 大雅 / 板.

것은 참으로 근심과 즐거움을 백성들과 함께 하고자한 것일 뿐이었다.

옛날 제 환공이 동유(東遊)하려고 할 때에 관중에게 문의하니, 관중(管仲)[21]이 대답하기를 "'선왕(先王)의 유람은 봄에 나아가 농사에 힘쓰지 않는 사람을 살펴보는 것을 유(遊)라 하고, 가을에 나아가 소출이 부족한 사람을 돕는 것을 석(夕)이라 하고, 군사가 움직여 백성에게 군량을 조달하는 것을 망(亡)이라 하고, 즐거움을 쫓아 돌이키지 않는 것을 황(荒)이라 하였습니다. 선왕(先王)들은 백성들을 위한 유(遊)와 석(夕)의 일은 베풀고 자신을 위한 황(荒)과 망(亡)의 행위는 없었습니다'라고 하니, 환공(桓公)[22]이 물러나 재배(再拜)하고 명하기를 보배로운 법이라고 하였다"[23]라고 하였다. 이 또한 안자(晏子)가 경공(景公)에게 고한 것과 같은 뜻이다. 『서경』에 "안으로 여색을 탐닉하거나, 밖으로 사냥에 빠지거나, 술을 좋아하여 많이 마시거나 악을 지나치게 즐기거나, 이런 일이 하나라도 있으면 망하지 않을 수 없다"[24]라고 하였다.

맹자가 다만 '싫증내지 않고 술을 즐기는 것'으로 말한 것은 심한 것을 예로 들었기 때문이다. '창고를 열어 부족한 식량을 보조하는 것과 넉넉하지 못한 것을 도와주는 것'을 말한 것은 경공(景公)의 거동이 마침 봄에 농사짓는 것을 살펴볼 때였기 때문이다.

92-3. 景公悅, 大戒於國, 出舍於郊, 於是始興發補不足, 召太師曰:

---

21   관중(管仲) : ?~B.C. 645. 춘추시대 법가사상가·정치가이다. 자(字)는 이오(夷吾), 호는 중보(仲父)이다. 제 환공(齊桓公)을 도와 패자(霸者)가 되게 하였다. 부국강병책을 시행하여 제나라가 크게 강해져 제후들을 규합하고 이적(夷狄)을 몰아내었으며, 주 왕실(周王室)을 높여 그 문물을 보전하였다.

22   환공(桓公) : 재위 B.C. 685~B.C. 643. 성은 강(姜), 이름은 소백(小白)이며, 희공(僖公)의 아들이다. 즉위 후 포숙아(鮑叔牙)의 진언으로 관중(管仲)을 재상으로 기용한 뒤 관중의 도움으로 제후와 종종 회맹(會盟)하여 신뢰를 얻었으며, 특히 규구(葵丘)의 회맹을 계기로 패자(霸者)의 위상을 확고히 하였다.

23   『管子』(唐 房玄齡 注) 卷10 戒 第26.

24   『書經』 夏書 / 五子之歌 3-3.

‘爲我作君臣相悦之樂,’ 蓋徵招角招是也. 其詩曰 : “畜君何尤.” 畜君者, 好君也.

　경공(景公)이 기뻐하여 국중(國中)에 크게 훈계하고, 도읍 근교(近郊)에 나가 머물며, 이에 비로소 창고를 열어 부족한 식량을 보조하고 태사(太師)를 불러, ‘나를 위해 군신이 서로 즐길 수 있는 악을 작곡하라’고 하였으니, 《치소(徵招)》와 《각소(角招)》가 그것입니다. 그 시에 “임금을 말리는 것이 무슨 잘못인가?”라고 하였으니, 임금을 말리는 것은 임금을 좋아하는 것입니다.[25]

景公之於齊, 小有流連之樂, 大有荒亡之行, 一聞晏子之言, 卒知‘冥豫成, 而有渝不可以無咎.’ 故大戒於國, 不敢慢其事, 出舍於郊, 不敢寧其居, 始興委積發倉廩, 以補民之不足. 夫然孰謂不可比先王之觀邪? ‘景公三問政於師曠, 師曠對之必惠民而已, 景公於是發倉廩, 以賦衆貧, 散府財, 以賜孤寡, 倉無陳粟, 府無餘財’, 亦晏子, 所以畜君之意也.

　然則晏子一言而利博如此, 則君臣相悦而志行矣. 此所以召太師, 作徵角招之樂也. 劉向樂書別錄, 有本招之名, 豈原諸此. 蓋徵爲事, 角爲民, 君臣之[26]相悦, 作樂以象成夫! 豈以獨樂爲哉? 凡以行政事恤民窮而已, 則‘始興發’者, 行政事也, ‘補不足’者, 恤民窮也.

　舜作歌, 以勑天命, 其要在康庶事, 制琴以歌南風, 其要在阜民財. 而樂以韶名之, 徵角爲之招, 豈傚此耶! 師曠爲晉平公, 奏清角清徵, 亦是意也.

　晏子畜君, 能使之行政事恤民窮[27]如此, 非健且巽而何? 自迹觀之, 畜君固不能無尤, 自心觀之, 畜君者乃所以好之, 何尤之有? 此小畜之初, 所以言 : “復自道, 何其咎也?” 左丘明以鬻拳兵諫爲愛君, 失是矣.

25　『孟子』 梁惠王下 2-4.

26　대본에 누락된 ‘之’를 사고전서 『樂書』에 의거하여 보충하였다.

27　대본에는 ‘民窮而’로 되어 있으나 사고전서 『樂書』에 의거하여 ‘民窮’으로 바로잡았다.

然景公不知用勢, 晏子不知除患, 卒使田成得志於民, 雖區區導之,
以振窮恤孤, 亦奚補治亂之數哉? 此子夏之所以深咎之也. 且晏子之功,
孟子所不爲, 今稱其言若是何也? 晏子以其君顯其功. 雖不足爲, 而其
言在所可取, 亦聖人所不棄也. 故周任之言, 孔子取之以告求, 陽虎[28]之
言, 孟子取之以對滕, 其可以人廢言乎?

莫非招也, 或作韶, 自播之八音言之, 或作磬, 自文之五聲言之. 言徵
招角招, 則宮商羽之招可知矣, 特言徵角, 豈擧中見上下之意邪! 然齊
有招樂, 非特陳公子完奔齊, 而魯太師摯, 亦適齊故也.

경공(景公)이 제나라를 다스릴 때 작게는 유(流)·연(連)의 오락과 크게
는 황(荒)·망(亡)의 행위가 있었는데, 안자(晏子)의 말을 한번 듣고 '즐거
움에 빠져 어두우므로 이루어졌으나 변함이 있으니 허물이 없을 수 없
다'[29]는 의미를 마침내 알았다. 그러므로 국중(國中)에 크게 훈계하여 감
히 그 일을 함부로 하지 않았으며, 도읍 근교(近郊)에 나가 머물러 감히
그 거처를 편히 하지 않았으며, 비로소 재정을 확충하고 창고를 열어 식
량이 부족한 백성들을 보조하였다. 그렇다면 누가 선왕(先王)의 관람(觀覽)
에 비교할 수 없다고 말하겠는가? '경공(景公)이 사광(師曠)[30]에게 정사에
관하여 세 번 물었는데, 사광이 답변마다 반드시 백성에게 베푸는 것일

---

28 대본에는 '貨'로 되어 있으나 『孟子』 滕文公上 5-3에 의거하여 '虎'로 바로잡았다.

29 『周易』 豫卦 14. 예괘(豫卦☷☳)의 상륙(上六) 효사(爻辭)이다. 그 程頤 傳.「上六 陰柔
非有中正之德 以陰居上 不正也而當豫極之時 以君子居斯時 亦當戒懼 況陰柔乎 乃耽
肆於豫 昏迷不知反者也【상륙(上六)은 음유(陰柔)로 중정(中正)한 덕이 있지 않고, 음
(陰)으로써 상(上)에 거하여 바르지 못한데다가 즐거움이 지극한 때를 당하였으니,
군자가 이러한 때 처하더라도 또한 마땅히 경계하고 두려워하여야 하는데 하물며
음유(陰柔)이겠는가? 마침내 즐거움을 탐하고 방사하여 혼미해져 돌아올 줄 모르는
자이다.】 예괘(豫卦☷☳)의 마지막 상륙(上六)에 그러하므로 만약 변하면 허물이 없
을 것이라고 하였는데, 저자는 아직은 변하기 전으로 생각하여 허물이 없을 수 없다
고 보았다.

30 사광(師曠) : 춘추시대 악가(樂家)이다. 사(師)는 태사(太師), 즉 악관(樂官)의 장이란
뜻이고, 광(曠)은 이름이다. 진 평공(晉平公)의 태사였으며 청력이 비범하였다고 한
다.

뿐이라고 하니, 경공이 이에 식량창고를 열어 많은 가난한 사람들에게 나누어주고 재물창고를 흩어 고아와 홀어미 등에게 하사하여 식량창고에는 묵는 곡식이 없고 재물창고에는 남아도는 재물이 없었다'[31]라고 하였으니, 또한 이는 안자(晏子)가 임금을 말린 이유이다.

　그렇다면 안자(晏子)가 한번 말하여 이로움이 이와 같이 넓게 미쳤으니, 군신(君臣)이 서로 좋아하여 뜻이 행해진 것이다. 이것이 태사(太師)를 불러 《치소(徵招)》와 《각소(角招)》의 악을 작곡하게 한 이유이다. 유향(劉向)[32]의 『악서별록(樂書別錄)』에 본소(本招)[33]의 명칭이 있는데, 아마도 이것에서 근원하고 있는 것 같다. '치(徵)는 사(事)가 되고 각(角)은 백성이 되니,'[34] 군신(君臣)이 서로 좋아하는 것을 악으로 작곡하여 성공을 형상화한 것일 것이다. 어찌 홀로 즐기려 한 것이겠는가? 무릇 정사를 시행하고 가난한 백성들을 구제하는 것일 뿐이면, '비로소 창고를 열었다'는 것은 정사를 시행한 것이고, '부족한 식량을 보조하였다'는 것은 가난한 백성을 구제한 것이다.

---

[31]　『韓非子』卷13 外儲說右上 第34 / 右經.

[32]　유향(劉向) : B.C. 77～B.C. 6. 전한(前漢)의 경학자·목록학자(目錄學者)로 유흠(劉歆)의 아버지이다. 본명은 갱생(更生)이며, 자(字)는 자정(子政)이다. 선제(宣帝) 때 명유(名儒)로 선발되어 석거(石渠)에서 오경(五經)을 강론하였으며 간대부(諫大夫)·종정(宗正) 등의 벼슬을 하였다. 『별록(別錄)』·『신서(新序)』·『설원(說苑)』·『열녀전(列女傳)』 등을 저술하였다.

[33]　본소(本招) : 『羣書考索』(宋 章如愚 撰) 卷48 樂門 / 樂名類.「武帝時河間獻王 好儒 與毛生等 共采周官及諸子言樂事者 以作樂記 …… 故劉向所授二十三篇 著於別錄 今樂記所斷取十一篇 餘有十二篇 其名猶在 二十四篇記無錄也 十二篇之名 案別錄 十一篇下次 奏樂 器樂 作意 始樂 穆說律 季札樂 道樂 義招 本招 頌 竇公是也【무제(武帝) 때 하간헌왕(河間獻王)이 유학을 좋아하여 모생(毛生) 등과 함께 『주례』와 여러 학자들이 악사(樂事)를 말한 것을 채록하여 악기(樂記)를 지었다. …… 그러므로 유향이 받은 23편이 『별록(別錄)』에 나타나 있다. 지금 악기에 일부 수록된 11편과 나머지 12편은 그 편명이 오히려 있는데 24편은 『예기』에 기록이 없다. 12편명은 별록을 상고하고 11편은 차례가 주악(奏樂)·기악(器樂)·작의(作意)·시악(始樂)·목설율(穆說律)·계찰악(季札樂)·도악(道樂)·의소(義招)·본소(本招)·송(頌)·두공(竇公)이 그것이다.】」

[34]　『禮記』樂記 19-1.

순임금이 노래를 만들어 천명을 신칙(申飭)하였으니 그 요점은 여러 일을 편안하게 하는데 있었고, 금(琴)을 제작하여 《남풍(南風)》을 노래하였으니 그 요점은 백성의 재물(財物)을 풍성하게 하는데 있었다.[35] 그리고 악을 《소(韶)》로 명명하였으니 치(徵)와 각(角)으로 창작한 소(招)는 아마도 이것을 본받은 것인지도 모른다.[36] 사광(師曠)이 진 평공(晉平公)을 위하여 《청각(淸角)》과 《청치(淸徵)》를 연주한 것[37]도 또한 이 뜻이다.

안자가 임금을 말릴 때 정사에 시행하고 가난한 백성들을 구제한 것이 이와 같았으니, 굳세고 공손하지 않았으면 어떻게 하였겠는가? 자취로부터 보면 임금을 말리는 것이 참으로 허물이 없을 수가 없고, 마음으

---

35 금(琴)을~있었다:『孔子家語』卷8 辯樂解 第35.「昔者 舜彈五弦之琴 造南風之詩 其詩曰 南風之薰兮 可以解吾民之慍兮 南風之時兮 可以阜吾民之財兮【옛날 순임금이 오현금(五絃琴)을 타면서 《남풍(南風)》의 시를 지었다. 그 시에 "남풍이 솔솔 불어옴이여, 우리 백성의 노여움을 풀어 주도다. 남풍(南風)이 때맞춰 불어옴이여, 우리 백성의 재물(財物)을 풍성하게 할 것이로다"라고 하였다.】」

36 그리고~모른다: 순임금의 악을 『서경』과 『논어』에서는 '韶', 『주례』에서는 '韺'라고 하였는데, 저자는 '韶'는 팔음에 시행하는 것을 가지고 말한 것이고, '韺'는 오성으로 표현하는 것을 가지고 말한 것으로 보았다. 또 『맹자』에서의 '招'는 좋은 정사가 행해짐에 '태사(太師)를 불러[招] 악을 작곡하라'고 한 것에서 온 것으로, 이는 바로 순임금의 후손인 완(完)이 제나라에 오게 되어 순임금의 악인 《소(韶)》가 제나라에 전해지게 되었고, 그것을 본받아 《소(招)》라는 이름의 악이 있게 된 것으로 본 것이다.

37 사광이~연주한 것:『風俗通義』(漢 應劭 撰) 卷6 瑟.「師曠 爲晉平公 奏淸徵之音 有玄鶴二八 從南方來 進於廊門之危 再奏之而成列 三奏之則延頸而鳴 舒翼而舞 …… 反坐而問曰 晉莫悲於淸徵乎 師曠曰 不如淸角 平公曰 淸角 可得聞乎 師曠曰 不可 …… 師曠 不得已而鼓之 一奏之 有雲從西北起 再奏之 暴風亟至 大雨澧沛 裂帷幕 破俎豆 墮廊瓦 凡坐者散走【사광이 진 평공을 위하여 《청치(淸徵)》를 연주하니 현학 16마리가 남쪽에서 날아와 행랑 문에 이르렀고, 두 번째를 연주하니 열을 이루었고, 세 번째를 연주하니 길게 울며 날개를 펴 춤을 추었다. …… 자리에 돌아와 "악이 《청치(淸徵)》보다 더 슬픈 것이 있습니까?"라고 물으니, 사광이 "《청각(淸角)》만한 것이 없습니다"라고 대답하였다. 평공이 "《청각》을 들을 수 있습니까?" 하니, 사광이 "불가합니다"라고 하였다. …… 사광이 부득이해서 연주하니 첫 번째를 연주하니 서북쪽에서 구름이 피어오르고, 두 번째를 연주하니 큰 바람이 비를 몰고 왔고, 세 번째를 연주하니 폭풍이 오고 큰 비가 내려 장막을 찢고 그릇들을 깨뜨렸으며 기왓장을 날렸다. 앉아 있던 모든 사람들이 달아났다.】」이 내용에 의하면 《청각(淸角)》의 의미가 저자가 인용하고자 한 의도와 다름을 알 수 있다.

로부터 보면 임금을 말리는 것은 바로 좋아한 것이니, 무슨 허물이 있었 겠는가? 이것은 소축괘(小畜卦䷈)의 초구(初九)에 "돌아옴이 도(道)로부터 함이니 어찌 허물이 있겠는가?"[38]라고 말한 이유이다. 좌구명(左丘明)은 육권(鬻拳)이 무력으로 간한 것을 가지고 임금을 사랑한 것이라고 하였지 만 방법이 잘못되었다.[39]

그러나 경공(景公)이 권세(權勢)를 쓸 줄 모르고 안자(晏子)가 내환(內患) 제거할 줄을 몰라 마침내 전성(田成)이 민심을 얻게 하였으니,[40] 안자가 비록 경공(景公)을 세세하게 인도하여 가난한 사람들에게 재물을 분배하 고 고아(孤兒)들을 구휼하였을지라도, 또한 어찌 치란(治亂)을 돕는 수였겠

---

38 『周易』小畜 4. 그 程頤 傳.「初九 陽爻而乾體 陽 在上之物 又剛健之才 足以上進 而 復與在上同志 其進復於上乃其道也 故云復自道【초구(初九)는 양효(陽爻)이고 건체(乾 體)이다. 양(陽)은 위에 있는 물건이고 또 강건(剛健)한 재질이니, 위로 나아갈 수 있 고, 또 위에 있는 자와 뜻을 함께 한다. 위로 나아가 돌아옴이 바로 그 도(道)이므로 '돌아옴이 도(道)로부터 함'이라고 한 것이다.】」

39 좌구명(左丘明)은~잘못되었다:『春秋左氏傳』莊公 19年(1).「初 鬻拳强諫楚子 楚子 弗從 臨之以兵 懼而從之 鬻拳曰 吾懼君以兵 罪莫大焉 遂自刖也 楚人以爲大閽 謂之 大伯 使其後掌之 君子曰 鬻拳可謂愛君矣 諫以自納於刑 刑猶不忘納君於善【당초에 육권(鬻拳)이 초자(楚子)에게 강력히 간하였으나 초자(楚子)가 따르지 않았다. 무기 를 들고 위협하니 초자는 겁이 나서 그의 말을 따랐다. 그러자 육권은 "내가 무기를 들고 임금에게 겁을 주었으니 이보다 큰 죄가 없다"라고 하고, 드디어 스스로 두 발 을 잘랐다. 초자는 그를 대혼(大閽)으로 삼아 태백(太伯)이라 명칭하고 그의 후손에 게 대대로 그 관직을 맡게 하였다. 이에 대해 군자(君子)는 "육권은 참으로 임금을 사랑하였다고 할 만하다. 임금에게 간한 것 때문에 스스로 월형(刖刑)을 받았고, 월 형을 받고도 임금을 선(善)에 들도록 인도하기를 잊지 않았으니 말이다"라고 하였 다.】」

40 경공(景公)이~하였으니:『史記』齊太公世家 32 / 1500~1504쪽. 내용은 다음과 같다. 최저(崔杼)의 처와 사통하다 최저의 부하들에 의해 죽은 장공(莊公)을 이어 최저가 경공(景公)을 옹립하였다. 경공은 최저와 경봉(慶封)을 우상(右相)과 좌상(左相)으로 임명하였다. 경공(景公) 원년에 최저 집안 내분을 틈타 경봉이 최저 집안사람들을 죽이자, 최저가 자살하였고, 경봉이 상국(相國)이 되어 대권을 전횡하였다. 이에 경 공 3년에 전(田)·포(鮑)·고(高)·난(欒)씨가 모의하여 경(慶)씨를 타도하였다. 경공 9년에 안영이 진(晉)나라에 사신으로 가서 숙향(叔向)에게 다음과 같이 말했다. "제 나라 정권은 결국 전(田)씨에게 돌아갈 것이다. 전씨는 비록 천하에 큰 덕을 행하지 는 못하였지만, 공공의 권력을 사사로이 행사하며 백성들에게 은혜를 베풀어 백성 들이 그들을 좋아한다."

는가? 이는 자하(子夏)가 깊이 책망한 까닭이다. 또 안자의 공(功)은 맹자가 위하지 않는 것이었는데, 이제 그 말을 일컬음이 이 같은 것은 무엇 때문인가? 안자는 그 임금이 그의 공을 현양(顯揚)하게 하였기 때문이다.[41] 맹자가 비록 충분히 할 만한 것으로 여기지는 않았지만, 그의 말은 얻을 만한 가치가 있었으므로, 또한 성인(聖人)이 버리지 않은 것이다. 그러므로 주임(周任)[42]의 말은 공자가 취하여 염유(冉有)[43]에게 말하였고,[44] 양호(陽虎)의 말은 맹자가 취하여 등 문공(滕文公)에게 대답하였으니,[45] 사람 됨됨이로 말까지 폐해서야 되겠는가?

소(招)가 아님이 없었는데, 혹은 소(韶)라고 쓴 것은 팔음의 악기를 연주하는 것으로부터 말한 것이고, 혹은 소(聲)라고 쓴 것은 오성으로 표현하는 것으로부터 말한 것이다.[46] 《치소(徵招)》와 《각소(角招)》를 말하였으면 궁(宮)·상(商)·우(羽)의 소(招)도 알 수 있으니, 다만 치(徵)와 각(角)을 말한 것은 아마 가운데 위치하는 음을 들어 상하를 나타내려는 뜻일 것이다.[47] 그러나 제나라에 《소악(招樂)》이 있게 된 것은 다만 진(陳)나라 공

41　안자는~때문이다 : 제 경공(齊景公)이 태사(太師)에게 《치소(徵招)》·《각소(角招)》를 작곡하게 한 것을 말한다.

42　주임(周任) : 옛날 어진 사관이다.

43　염유(冉有) : B.C. 522~B.C. 489. 이름은 구(求), 자(字)는 염유, 혹은 자유(子有)로 노나라 출신이다. 공문십철(孔門十哲) 가운데 한 사람으로 정사에 밝았다.

44　『論語』季氏 16-1.「孔子曰 求 周任有言曰 陳力就列 不能者止 危而不持 顚而不扶 則將焉用彼相矣【공자가 말했다. "구(求)야! 주임이 '능력을 펴서 대열에 나아가 능히 할 수 없는 경우에는 그만두라'고 하였으니, 위태로운데도 붙잡지 못하며 넘어지는데도 부축하지 못한다면 장차 저 도와주는 신하를 어디에다 쓰겠느냐?"】

45　『孟子』滕文公上 5-3.「滕文公問爲國 孟子曰 …… 陽虎曰 爲富不仁也 爲仁不富矣【등 문공이 나라 다스림을 묻자, 맹자가 말했다. …… 양호가 '부자 되는 일을 하면 어질지 못하고 어질면 부자가 못된다'라고 하였습니다.】

46　혹은~것이다 : 자형(字形)으로 보면 '韶'는 '音+召'가 되어 '音'의 요소가 왼쪽에 있으므로 팔음으로 시행하는 것으로 보았고, '聲'는 '聲+召'가 되어 '耳'를 뺀 '聲'의 요소가 위에 있으므로 오성으로 표현하는 것으로 본 것이다.

47　치(徵)와~것이다 : 오성(五聲)의 순서는 군(君)을 상징하는 궁(宮), 신(臣)을 상징하는 상(商), 민(民)을 상징하는 각(角), 사(事)를 상징하는 치(徵), 물(物)을 상징하는 우(羽)인데, 《치소(徵招)》와 《각소(角招)》는 세 번째와 네 번째에서 취한 것이다.

자(公子) 완(完)이 제나라에 망명하였기 때문만이 아니라,[48] 노나라의 태사(太師) 지(摯)도 또한 제나라로 갔었기 때문일 것이다.[49]

92-4. 子貢曰 : "見其禮而知其政, 聞其樂而知其德, 由百世之後, 等百世之王, 莫之能違也, 自生民以來, 未有夫子也."

자공(子貢)이 말했다. "그 예를 보면 그 나라의 정사(政事)를 알 수 있고, 그 악을 들으면 그 군주(君主)의 덕을 알 수 있다. 백세(百世) 뒤에 백세 왕들을 등급을 매겨보면 이것을 피할 자가 없으니, 백성들이 있은 이래로 부자(夫子) 같은 분이 계시지 않았다."[50]

禮者政之體, 制於治定之時, 樂者德之華, 作於功成之後. 是治者政之所由成, 功者德之所由致. 昔之聖人有能爲禮樂之道, 無欲爲禮樂之心. 故造事而達者, 推至賾之情 而有所作, 造事而窮者, 因至粗之文而有所述. 孔子'述而不作'者也. 故於禮執之而已, 非有所制也, 於樂正之而已, 非有所作也.

蓋禮自外成, 孔子執之, 而正人以爲政, 樂由中出, 孔子正之, 而成己以爲德. 以迹考之, 孔子言而履之者, 皆禮而莫備於鄕黨, 行而樂之者, 皆樂而莫顯於陳蔡. 以鄕黨之禮, 施於有政, 以陳蔡之樂, 形容其德, 彼

48　진(陳)나라~아니라 : 『史略』春秋戰國. 「陳嬀姓 虞舜之後胡公滿之所封也 周武王 求而封之 後世 至春秋 有公子完者 出奔而仕於齊 陳後爲楚惠王 所滅而完之後 遂大於齊 爲田氏【진(陳)나라는 규성(嬀姓)이니 순임금의 후손 호공 만(胡公滿)이 봉해진 곳이다. 주 무왕(周武王)이 찾아내 봉하였는데, 후세 춘추시대에 이르러 진(陳)나라의 공자 완(完)이 달아나 제나라에 벼슬하였다. 진(陳)나라는 후에 초나라의 혜왕(惠王)에게 멸망당하였고, 완(完)의 후손이 마침내 제나라에서 대성하여 전씨(田氏)가 되었다.】 따라서 저자(著者)는 순임금의 후손인 완(完)이 제나라에 오게 되어 순임금의 악인 《소(韶)》가 전해져 제나라에서 《소악(韶樂)》을 본받아 '《소(招)》'라는 이름의 악이 있게 된 것으로 본 것이다.
49　노나라의~것이다 : 『論語』微子 18-9. 「大師摯 適齊【노나라의 태사 지(摯)는 제나라로 떠나갔다.】」
50　『孟子』公孫丑上 3-2.

見見聞聞者, 惡有不知之邪? 子貢之知孔子, 以此而已. 然孔子之禮樂, 其理一成而不可易, 其情一盡而不可變. 故雖歷百世更百王, 其能違而弗從乎?

蓋孔子, 聖之時 道之管也, 禮樂之統, 歸是矣, 百王之法, 一是矣. 前乎以功業而作者, 不若孔子之至備, 雖堯舜猶可以賢之, 況其下者乎? 後乎以禮樂而治者, 不若孔子之大成, 雖百世之王, 莫之能違, 況求之未遠者乎?

竊稽子貢之知孔子, 對太宰嚭之問, 則譬之泰山而不知所以爲崇, 對趙簡子之問, 則譬之江河而不知所以爲量, 或比宮牆之峻而不可入, 或並日月之明而不可毀, 以言乎深, 足以配海, 以言乎高, 足以配天, 彼其知孔子, 豈特禮樂哉?

然孟子語其所知止是者, 姑道可以法後世者爾. 雖然見禮主於知政, 未始不知德, 揚雄曰 : "人而無禮, 焉以爲德?" 是也, 聞樂主於知德, 未始不知政, 樂記曰 : "審樂以知政" 是也.

예는 정사의 체(禮)니 통치가 안정된 때 제정되고, '악은 덕의 꽃'[51]이니 공(功)이 이루어진 뒤에 작곡된다. 바로 통치는 정사가 이로부터 이루어지고, 공(功)은 덕이 이로부터 성취된다. 옛날 성인은 예악을 만들 수 있는 도는 있었지만, 예악을 만들고자하는 마음은 없었다. 그러므로 일을 벌려 통달한 사람은 지극히 깊은 이치의 실정을 미루어 창작(創作)한 것이 있었고, 일을 벌려 궁색한 사람은 지극히 대략적인 형식을 따라 전술(傳述)한 것이 있었다. '공자는 전술(傳述)하기만 하고 창작하지 않은 분이다.'[52] 그러므로 예에 대하여는 실행하였을 뿐 제정한 것이 있지 않았고, 악에 대하여는 바로잡기만 하였을 뿐 창작한 것이 있지 않았다.[53]

---

51 『禮記』樂記 19-15.

52 『論語』述而 7-1.

53 악에~않았다 :『論語』子罕 第14章. 「子曰 吾自衛反魯 然後樂正 雅頌各得其所【공자가 말했다. "내가 위(衛)나라에서 노나라에 돌아온 뒤에 악이 바로잡혀 아(雅)와 송(頌)이 각각 자리를 잡게 되었다."】

대체로 예는 외양으로부터 이루어지니 공자가 실행하여 사람을 바로 잡는 것으로써 정사를 삼았고, 악은 마음으로부터 나오니[54] 공자가 바로 잡아 자신을 완성하는 것으로써 덕을 삼았다. 자취를 가지고 고찰하면 공자가 말하여 실천한 것은 모두 예인데 「향당(鄕黨)」[55]에 가장 잘 갖추어졌고, 행하여 즐긴 것은 모두 악인데 진(陳)과 채나라 사이에서 곤액(困厄)을 당할 때 가장 잘 드러나 있다.[56] 「향당(鄕黨)」에 기록된 예를 가지고 정사에 시행하고 진(陳)나라와 채나라 사이에서 연주한 악으로 그 덕을 형용하였으니, 저것을 보고 듣는 자마다 어찌 알지 못하겠는가? 자공(子貢)[57]이 공자를 알았던 것은 이것이었을 뿐이다. 그러나 '공자의 예악은 그 사리(事理)가 한번 완성되면 바뀔 수 없고, 그 정(情)이 한번 다하면 변할 수 없다.'[58] 그러므로 비록 수많은 세대가 지나고 수많은 왕이 바뀌어도 그것을 회피하여 따르지 않을 수 있겠는가?

공자는 성인의 시중(時中)[59]이고 도를 맡은 분이니, 예악의 계통이 이분에게서 귀결되고, 수많은 왕들의 법이 이분에게서 하나로 된다. 전세

---

54 악은~나오니 :『禮記』樂記 19-1.

55 향당(鄕黨) :『논어』의 열 번째 편명으로 총 17장으로 이루어져 있다. 주자(朱子)는 공자의 일동일정(一動一靜)을 문인들이 관찰하여 자세히 적은 것이라고 하였다.

56 진(陳)과~있다 :『莊子』山木 5. 「孔子窮於陳蔡之間 七日不火食 左據槁木 右擊槁枝 而歌猋氏之風 有其具而无其數 有其聲而无宮角 木聲與人聲 犁然有當於人之心【공자가 진(陳)나라와 채나라 사이에서 곤경에 빠져 7일 동안 불로 익힌 음식을 먹지 못하고 있었다. 왼손은 마른 나무에 걸쳐 놓고 오른손은 마른 나뭇가지를 두드리며 유염씨의 노래를 불렀다. 그에게 악기는 있지만 절주가 없고 소리는 있지만 음률은 없었는데, 두드리는 나무소리와 그 목소리는 잘 어울려 사람의 마음을 치는 것이 있었다.】」

57 자공(子貢) : B.C. 507~B.C. 420. 춘추시대 위(魏)나라 사람으로 성은 단목(端木), 이름은 사(賜)이며 자공은 자(字)이다. 공문십철(孔門十哲) 가운데 한 사람으로 언어에 뛰어났다.

58 『禮記』樂記 19-18.

59 공자는~시중(時中) :『孟子』萬章下 10-1. 「伯夷 聖之淸者也 伊尹 聖之任者也 柳下惠 聖之和者也 孔子 聖之時者也【백이(伯夷)는 성인(聖人) 중 청정(淸淨)한 분이고, 이윤(伊尹)은 성인 중 자임(自任)한 분이고, 유하혜(柳下惠)는 성인 중 화합한 분이고, 공자(孔子)는 성인 중 때에 맞는 처신을 한 분이다.】」

(前世)에 공업(功業)으로 일어난 사람이 공자가 지극히 구비되었던 것 같
지는 못하였다. 비록 요순도 오히려 공자를 낮게 여길 것인데, 더구나 하
등한 사람이었겠는가? 후세에 예악으로 다스린 사람이 공자가 크게 이
룬 것 같지는 못하였다. 비록 백세(百世)의 왕도 공자를 어길 수 없을 것
인데, 더구나 공자와 멀지 않음을 구하는 사람이겠는가?

자공(子貢)이 공자를 알아보았던 것을 사사로이 상고해보면, 태재비(太
宰嚭)[60]의 물음에 대답한 것은 비유컨대 태산이면서 높은 바를 알지 못하
고, 조간자(趙簡子)[61]의 물음에 대답한 것은 비유컨대 큰 강이면서 가득
찬 수량을 알지 못한 것이다. 혹은 담장의 높이와 견줄 만하여 들어갈
수 없고,[62] 혹은 해와 달의 밝기와 나란하여 훼손할 수 없으며,[63] 깊이를
가지고 말하면 바다와 짝 지을 수 있고, 높이를 가지고 말하면 하늘에
짝 지을 수 있다. 저 사람이 공자를 알았던 것이 어찌 다만 예악(禮樂)만
이었겠는가?

그러나 맹자가 아는 것을 말한 것이 이것에 그친 것은 후세(後世)에 본
보기가 될 수 있는 것을 우선 말한 것일 뿐이다. 비록 그렇다 하더라도

---

[60] 태재비(太宰嚭) : 본명은 백비(伯嚭)로 춘추시대 초나라 백주리(伯州犁)의 손자이다.
초나라가 백주리(伯州犁)를 죽이자, 백비가 오나라로 달아나 대부가 되었다. 뒤에
태재(太宰)가 되었으므로 태재비(太宰嚭)로 일컬어졌다.

[61] 조간자(趙簡子) : 진(晉)나라의 경(卿) 조앙(趙鞅)이다. 다른 이름은 조맹(趙孟)이다.
내란 중 범씨(范氏)·중행씨(中行氏)를 물리쳐 봉지를 확대하고 조(趙)나라를 세우
기 위한 토대를 닦았다.

[62] 담장의~없고 :『論語』子張 19-23. 「叔孫武叔語大夫於朝 曰 子貢賢於仲尼 子服景伯
以告子貢 子貢曰 譬之宮牆 賜之牆也及肩 窺見室家之好 夫子之牆數仞 不得其門而入
不見宗廟之美 百官之富【숙손무숙이 조정에서 대부들에게 "자공이 중니(仲尼)보다
낫다"라고 하였다. 자복경백이 이 말을 자공에게 일러주자, 자공이 말했다. "대궐의
담장에 비유하면 나의 담장은 어깨에 미친다. 그래서 집안의 좋은 것들을 들여다 볼
수 있지만, 부자의 담장은 여러 길의 높이가 된다. 그래서 그 문을 들어가지 못하면
종묘의 아름다움과 백관의 많음을 볼 수 없다."】

[63] 해와~없으며 :『論語』子張 19-24. 「叔孫武叔毁仲尼 子貢曰 無以爲也 仲尼不可毁也
他人之賢者 丘陵也 猶可踰也 仲尼 日月也 無得而踰焉【숙손무숙이 공자를 헐뜯자,
자공이 말했다. "그러지 말아라, 중니(仲尼)는 훼방할 수 없다. 다른 사람의 어진 자
는 구릉과 같아 넘을 수 있지만, 중니는 해와 달 같아 넘을 수 없다."】

예를 보는 것은 정사(政事)를 아는 것에 주로 하니 애초에 덕을 알지 않을 수 없다. 양웅(揚雄)이 "사람이 예가 없으면 어떻게 덕(德) 있는 사람이 되겠는가?"[64]라고 한 것이 그 실례이다. 악을 듣는 것은 덕을 아는 것에 주로 하니 애초에 정사를 알지 않을 수 없다. 「악기」에 "악을 살펴 정사(政事)를 안다"[65]라고 한 것이 그 실례이다.

---

64 『法言』問道 4-4.

65 『禮記』樂記 19-1.「知聲而不知音者 禽獸是也 知音而不知樂者 衆庶是也 唯君子 爲能知樂 是故審聲以知音 審音以知樂 審樂以知政 而治道備矣【소리는 알면서 음(音)을 알지 못하는 것은 금수(禽獸)가 그것이고, 음은 알면서 악(樂)을 알지 못하는 것은 중서(衆庶)들이 그것이니, 오직 군자(君子)만이 악을 알 수 있다. 그러므로 소리를 살펴 음을 알고, 음을 살펴 악을 알고, 악을 살펴 정사(政事)를 알아, 다스리는 도(道)가 갖추어 진다.】」

이루 상(離婁上)

이루 상(離婁上)

93-1. 孟子曰 : "離婁之明, 公輸子之巧, 不以規矩, 不能成方圓, 師曠之聰, 不以六律, 不能正五音, 堯舜之道, 不以仁政, 不能平治天下. 今有仁心仁聞而民不被其澤, 不可法於後世者, 不行先王之道也. 故曰 : '徒善不足以爲政, 徒法不能以自行.' 詩云 : '不愆不忘, 率由舊章.' 遵先王之法而過者, 未之有也."

맹자가 말했다. "이루(離婁)의 밝은 눈과 공수자(公輸子)의 정교한 기술로도 그림쇠와 곱자가 아니면 사각형과 원형(圓形)을 이룰 수 없고, 사광(師曠)의 밝은 귀로도 육률을 쓰지 않으면 오음을 바로잡을 수 없고, 요순의 도로도 인정(仁政)이 아니면 천하를 태평하게 다스릴 수 없다. 이제 군주가 인후(仁厚)한 마음과 인후한 소문이 있으면서 백성들이 그 혜택을 입지 못하여 후세에 법이 될 수 없는 것은 선왕(先王)의 도를 행하지 않기 때문이다. 그러므로 '선한 마음만 가지고는 정사를 할 수 없으며, 법만 가지고는 저절로 행해질 수 없다'라고 한 것이다. 『시경』에 '실수하지 않고 잊어버리지 않아 옛 법을 따르도다'라고 하였으니, 선왕(先王)의 법을 따르고서 잘못되는 자가 있지 않다."[1]

'見乃謂之象, 形乃謂之器,' 聖人明道之象以制器, 卽器之體以寓象. 非智至明, 不足以創之, 非工至巧, 不足以述之. 離婁之明, 能察秋毫於百步之外, 智之至明者也, 公輸子之巧, 能得意於運斤成風之妙, 工之至巧者也. 以至明之智創物, 而以至巧之工述之, 不能廢規矩而成方圓. 是規矩, 非出於方圓而方圓之所自出者[2]也.

述天地自然氣數而以聲通之謂之律, 聲之曲折而成方, 雜比而成文謂之音. 而聖人 推日以配音[3]而以情質, 因辰以配律而以和音, 非聽至聰, 不足以達之. 師曠之聰, 能合乎八風之調, 聽之至聰者也. 以至聰之耳聽樂, 不能廢六律而正五音. 是六律, 非生於五音, 而五音之所自生者也.

蓋方圓之所成, 五音之所正, 必本於天性之聰明, 成於人爲之法度. 然則堯舜雖有亶聰明, 作元后之道, 苟不資法度之粗以爲仁政, 其能平治天下, 使之各當其分而不亂哉? 傳曰 : "巧者能生規矩, 不能廢規矩而正方圓, 聖人能生法, 不能廢法而治亂." 亦是意也.

今夫治萬物者道也, 非仁政不行, 繼道者仁政也, 非道不立. 堯舜不以仁政, 不能平治天下, 則所謂道者乃所以正之也. 堯典所言皆道, 所以正[4]天下, 舜典所言皆政, 所以治之. 正之本也, 治之末也. 堯舜一道,

---

1　　『孟子』離婁上 7-1.
2　　대본에 누락된 '者'를 사고전서 『樂書』에 의거하여 보충하였다.
3　　대본에는 '者'로 되어 있으나 사고전서 『樂書』에 의거하여 '音'으로 바로잡았다.
4　　대본에는 '在'로 되어 있으나 문맥이 통하지 않아 '正'으로 바로잡았다.

史之所言, 如此相爲終始而已.

人君有仁聲仁聞, 猶離婁之有明, 公輸子之有巧, 師曠之有聰也, 有仁政, 猶離婁公輸子之以規矩, 師曠之以六律也. 根諸中, 有不忍之仁心, 形諸外, 有足聽之仁聞, 固宜近有以澤天下, 遠有以法後世. 然且不足致此者, 非他, 不行先王仁政之道云爾.

'有仁心仁聞而不遵先王之法謂之徒善, 有先王之法而無仁心仁聞謂之徒法.' 齊王恩足及禽獸而功不加百姓, 其心非不善也, 而無益於政, 徒善不足以爲政故也. 禹之法, 非亡而夏不世王, 其法非不美也, 而無益於行, 徒法不能以自行故也. 苟主於中者, 有仁心仁聞之善而輔之以先王之法, 正於外者, 有先王之法而主之以仁心仁聞. 然猶其善不足以爲政, 其法不能以自行, 自古迨今, 未之聞也.

離婁之明, 公輸子之巧, 師曠之聰, 聖人之法, 不可廢於天下如此, 莊周反謂: "膠離[5]朱之目, 天下人始含其明, 攡公倕之指, 天下人始有其巧, 塞瞽曠之耳, 天下人始含其聰, 殫殘天下之聖法, 而民始可與論議." 蓋非一曲之論, 將以復道之本故也.

'나타나는 것을 상(象)이라 하고 형체를 기(器)라고 한다.'[6] 성인은 도의 상(象)에 밝아 기(器)를 제작하고 기(器)의 체(體)에 나아가 상(象)을 의탁한다. 지극히 지혜로운 사람이 아니면 창작(創作)할 수 없고 지극히 정교한 장인(匠人)이 아니면 계승할 수 없다. 이루(離婁)의 밝은 눈은 백보 밖에서 가는 털을 볼 수 있으니 지감(智鑑)이 지극히 밝은 사람이고, 공수자(公輸子)의 정교한 기술은 바람소리 나게 휘두르는 묘한 도끼질에서 뜻을 이룰 수 있으니 기술이 지극히 정교한 사람이다. 지극히 밝은 지감(智鑑)이 있는 사람이 물건을 창작하고 지극히 정교한 기술자가 계승하지만 그림쇠와 곱자를 쓰지 않고는 원형과 사각형을 이룰 수 없다. 이 그림쇠와 곱자는 원형과 사각형에서 나온 것이 아니고 원형과 사각형이 나오게

---

5   대본에는 '難'으로 되어 있으나 『莊子』에 의거하여 '離'로 바로잡았다.
6   『周易』繫辭上 11. 상(象)은 눈으로 볼 수는 있으나 형체가 없는 것이다.

된 유래이다.

 천지자연의 기수(氣數)를 쫓아 소리로 관통하는 것을 율(律)이라 하고, 소리의 높낮이가 방(方 : 곡조)을 이루고 소리를 꾸미고 배열하는 것이 음계의 형식을 이룬 것을 음(音)이라고 한다. 성인이 해의 운행을 미루어 생각하여 음(音)으로 짝지어 본질을 조리가 있게 하였으며,[7] 별의 도수를 따라 율로 짝지어 음을 조화롭게 하였으니,[8] 청각이 지극히 밝지 않으면 충분히 통달할 수 없다. 귀 밝은 사광(師曠)은 팔음을 팔풍(八風)의 조화(調和)에 배합(配合)[9]할 수 있었으니 지극히 밝은 청각이 있었던 사람이다. 지극히 밝은 귀지만 악을 들을 때 육률(六律)을 폐지하고는 오성(五聲)을 바로잡을 수 없다. 이 육률은 오성에서 나온 것이 아니고, 오성이 나오게 된 유래이다.

 사각형·원형이 그려지는 것과 오성(五聲)이 바르게 나오는 것은 반드시 천성적인 총명에 뿌리를 두고 사람이 만든 법도에서 이루어진다. 그러면 요순이 비록 총명하여 제왕(帝王)의 도를 지었으나, 만일 대략의 법도를 이용하여 어진 정사를 펴 천하를 태평하게 다스리지 못했으면, 각각 제왕들이 그 분수를 당연하게 여겨 어지럽지 않았겠는가? 전(傳)에 "정교한 기술자는 그림쇠와 곱자를 만들 수 있으나 그림쇠와 곱자를 폐지하고 원형과 사각형을 바르게 그릴 수 없고, 성인은 법을 만들 수 있

---

7 해의~하였으며 : 우주간에 쉬지 않고 운행하는 오행(五行)에 오음(五音)을 음계의 원리로 삼은 것을 말한다. 궁(宮)과 토(土), 상(商)과 금(金), 각(角)과 목(木), 치(徵)와 화(火), 우(羽)와 수(水)가 서로 짝을 이룬다.
8 별의~하였으니 : 『太玄經』(漢 揚雄 撰) 卷8 玄數 第11. 「聲生於日 律生於辰【오성은 일진(日辰)에서 생기고, 12율은 12신(辰)에서 생긴다.】」 12신(辰)에 12율(律)을 짝지은 것을 말한다.

月	1	2	3	4	5	6	7	8	9	10	11	12
十二辰	寅	卯	辰	巳	午	未	申	酉	戌	亥	子	丑
十二律	太簇	夾鍾	姑洗	仲呂	蕤賓	林鍾	夷則	南呂	無射	應鍾	黃鍾	大呂

9 팔음을~배합(配合) : 팔음(八音)과 팔풍(八風)의 관계는 다음과 같다.

八音	石	金	絲	竹	木	革	匏	土
八風	不周風	閶闔風	景風	明庶風	清明風	廣莫風	條風	涼風

으나 법을 폐지하고 어지러움을 다스릴 수 없다"[10]라고 하였으니, 또한 이 뜻이다.

만물을 다스리는 것은 도니 어진 정사가 아니면 행해지지 않고, 도를 이어가는 것은 어진 정사니 도가 아니면 성립하지 못한다. 요순이 어진 정사로 하지 않았으면 천하를 태평스럽게 다스릴 수 없었을 것이니, 이른바 도는 바로 바르게 하는 방법이다. 「요전(堯典)」[11]에서 말한 것은 모두 도니 천하를 바르게 한 것이고, 「순전(舜典)」[12]에서 말한 것은 모두 정사니 다스린 것이다. 바르게 하는 것은 근본이고 다스리는 것은 말엽이다. 요순은 같은 도인데 사관(史官)이 말한 것이 이같이 서로 시종(始終)이 되었을 뿐이다.

임금이 백성을 사랑하는 악과 소문이 있는 것이 이루(離婁)의 밝은 눈, 공수자(公輸子)의 정교한 기술, 사광(師曠)의 밝은 귀가 있는 것과 같으며, 백성을 사랑하는 정사가 있는 것이 이루와 공수자가 그림쇠와 곱자를 가지고 하는 것과 사광이 육률을 가지고 하는 것과 같다. 마음에 근본을 두고 차마 못하는 어진 마음이 있고, 밖에 드러내어 듣기에 충분한 백성을 사랑하는 소문이 있으면, 가까이는 천하에 은택을 끼치고 멀리는 후세에 모범이 되는 것이 본디 마땅하다. 그런데도 이에 이를 수 없는 것은 다름 아니라, 선왕(先王)이 백성을 사랑하던 정사의 도를 행하지 않는 것일 뿐이다.

'백성을 사랑하는 마음과 소문이 있는데 선왕(先王)의 법을 따르지 않는 것을 도선(徒善)이라 하고, 선왕(先王)의 법이 있는데 백성을 사랑하는

---

10   『管子』卷6 法法 第16.
11   요전(堯典) : 『서경(書經)』「우서(虞書)」 편명의 하나이다. 이 편은 순임금의 사관(史官)이 요임금의 사적을 적은 것으로, 요전은 곧 요임금이 정한 영원한 규범이라는 뜻이다. 내용은 주로 요임금에 대한 칭송, 민생에 힘쓴 요임금의 성덕(聖德)의 열거, 인재의 등용과 시험, 순임금의 등용과 시험, 왕위의 선양(禪讓) 등으로 이루어졌다.
12   순전(舜典) : 『서경(書經)』「우서(虞書)」 편명의 하나이다. 내용은 주로 순임금에 대한 칭송, 순임금의 치적(治蹟), 제위(帝位)의 계승과 천하의 순수(巡狩), 형법의 제정, 백관(百官)의 임명, 관직의 정비, 순임금의 죽음 등으로 구성되어 있다.

마음과 소문이 없는 것을 도법(徒法)이라고 한다.'[13] 제나라 왕이 은혜가 금수에게까지 미치면서 은공(恩功)이 백성에게 끼쳐지지 않았던 것[14]은, 그 마음이 선하지 않았던 것이 아니라, 정사에 유익하게 하지 않았던 것이니, 도선(徒善)은 정사를 하는데 충분하지 않기 때문이다. 우임금의 법이 없어지지 않았는데도 하나라가 대대로 왕 노릇을 할 수 없었던 것은, 그 법이 아름답지 않았던 것이 아니라, 행함에 유익하게 하지 않았던 것이니, 도법(徒法)은 스스로 행해질 수 없기 때문이다. 참으로 마음에 주장이 있는 사람은 백성을 사랑하는 선한 마음과 소문을 가지고 선왕(先王)의 법으로써 보좌하며, 밖에서 바르게 하는 사람은 선왕(先王)의 법을 가지고 백성을 사랑하는 마음과 소문으로써 주장한다. 그렇지만 그 선한 마음이 정사를 하기에 충분하지 않으며 그 법이 스스로 행해질 수 없다는 것을, 옛날부터 지금까지 듣지 못하였다.

이루의 밝은 눈과 공수자의 정교한 기술과 사광의 밝은 귀와 성인의 법이 천하에 폐지될 수 없는 것이 이와 같은데, 장주(莊周)는 도리어 "이주(離朱)[15]의 눈을 갖풀로 붙여버려야 천하 사람들이 비로소 밝은 눈을 간직하게 될 것이며, 공수(公倕)[16]의 손가락을 꺾어버려야 천하 사람들이 비로소 정교한 기술을 간직하게 될 것이며, 사광(師曠)의 귀를 막아버려야 천하 사람들이 비로소 밝은 귀를 간직하게 될 것이며, 천하의 성법(聖

---

13 『孟子』離婁上 7-1. 주자(朱子)는 주(註)에서 도선(徒善)은 선심(善心)만 있고 선정(善政)이 없는 것이고, 도법(徒法)은 선정(善政)만 있고 선심(善心)이 없는 것이라고 설명하였다.

14 제나라~것 :『孟子』梁惠王上 1-7. 곡속장(穀觫章)에 나오는 내용이다. 희생에 쓰일 소가 두려워하면서 끌려가는 것을 보고 제 선왕이 불쌍하게 여겼는데, 맹자가 이 마음을 미루어 백성에게 시행하면 왕도정치를 행할 수 있다고 하면서 한 말이다. 「今恩足以及禽獸, 而功不至於百姓者, 獨何與?【이제 은혜가 짐승에게까지 미칠 정도면서 공업(功業)이 백성들에게 이르지 않는 것은 무엇 때문입니까?】」

15 이주(離朱) :『맹자』의 이루(離婁)와 같은 사람으로 황제(黃帝) 때의 사람이었다. 백보의 밖에서 터럭 끝을 보았다고 한다.

16 공수(公倕) : 전설상의 인물로『書經』虞書 / 舜典 3에 의하면 순임금이 공공(共工)에 임명하였다.

法)을 없애버려야 백성들이 비로소 논의 할 수 있게 될 것이다"[17]라고 하였다. 아마도 이는 한 부분에 대한 논의가 아니라, 도의 근본을 회복하려 하였기 때문일 것이다.

93-2. 聖人旣竭目力焉, 繼之以規矩準繩, 以爲方員平直, 不可勝用也, 旣竭耳力焉, 繼之以六律正五音, 不可勝用也, 旣竭心思焉, 繼之以不忍人之政, 而仁覆天下矣.

성인이 이미 시력(視力)을 다하고 이어 그림쇠와 곱자, 수준기와 먹줄을 쓰니, 사각형과 원형(圓形), 평평한 것과 곧은 것을 만들 때 이루 다 쓸 수 없으며, 이미 귀의 능력을 다하고 이어 육률을 쓰니, 오음을 바로잡을 때 이루 다 쓸 수 없으며, 이미 심력(心力)과 사고(思考)를 다하고 이어 사람을 차마 해치지 못할 정사(政事)를 쓰니, 인정(仁政)이 천하에 덮어졌다.[18]

'衡運生規, 規圓生矩, 矩方生繩, 繩直生準,' 所謂規矩者, 正方圓之器也, 準繩者正平直之器也. 離婁之明, 止於目之所視, 而聖人竭目力焉, 則能內視無形, 而極乎離婁之所不能見, 師曠之聰, 止於耳之所能聽, 而聖人竭耳力焉, 則能反聽於無聲, 而極乎師曠之所不能聞. 明雖足以極離婁之所不能視, 非繼之以規矩準繩, 不足以正方圓平直之器, 聰雖足以極師曠之所不能聞, 非繼之以六律, 不足以正宮商角徵羽之音.

昔舜欲作十二章之服以行典禮, 必命禹以明之, 察音律之變以在治忽, 必命禹以聽之, 以禹爲能竭耳目之力故也. 作服必觀古人之象, 審音必本於六律, 豈繼之規矩準繩六律之意邪!

彼其於器械聲音之小者, 猶若是, 況宰制天下乎? 一海內雖竭心思, 以盡精微之妙, 如之何不繼以不忍人之仁政哉? 先王有不忍人之仁心,

---

17 『莊子』胠篋 1.
18 『孟子』離婁上 7-1.

斯有不忍人之仁政. 以不忍人之仁心, 行不忍人之仁政, 其兼愛足以仁民 其博愛足以愛物, 凡在天地之間, 體性抱情者, 吾之仁均有以周覆之, 所謂'仁覆天下', 如此而已. 周官 : "天子執冒四寸[19], 以朝諸侯." 圭以銳爲用, 象天有生物之仁, 則其命之以冒者, 豈亦'仁覆天下'之意歟! 然於耳目言力, 於心言思者, 蓋人以心爲君, 無爲以運其思於內, 以耳目爲官, 有爲以竭其力於外故也.

'저울대가 도는 모양이 그림쇠를 낳았고, 그림쇠가 둥글게 그리는 모양이 곱자를 낳았고, 곱자가 모지게 그리는 모양이 먹줄을 낳았고, 먹줄이 곧게 그리는 모양이 수준기를 낳았으니,'[20] 이른바 그림쇠와 곱자는 사각형과 원형을 바르게 그리는 기구이고, 수준기와 먹줄은 수평과 직선을 바르게 그리는 기구이다. 이루(離婁)의 밝은 눈은 겨우 눈이 보는 것에서 그쳤으나, 성인이 시력을 다하면 안으로 무형적(無形的)인 것도 볼 수 있어 이루가 볼 수 없는 것에까지 다다르며, 사광의 밝은 귀는 겨우 귀가 듣는 것에서 그쳤으나, 성인이 듣는 능력을 다하면 도리어 무성적(無聲的)인 것도 들을 수 있어 사광이 들을 수 없는 것에까지 다다른다. 성인의 밝은 눈이 비록 이루가 볼 수 없는 것에까지 다다를 수 있으나, 그림쇠와 곱자와 수준기와 먹줄로 계속하지 않으면 모지고 둥글고 수평을 이루고 곧게 그리는 기구를 바로 잡을 수 없고, 성인의 밝은 귀가 비록 사광이 들을 수 없는 것에까지 다다를 수 있으나, 육률로 계속하지 않으면 궁·상·각·치·우의 음을 바로잡을 수 없다.

옛날 순임금이 열두 문양의 복장[21]을 만들어 의식(儀式)을 행하고자 하면 반드시 우(禹)에게 명하여 밝혔고, 음률의 변화를 살펴 다스려졌는지

---

19 대본에는 '圭'로 되어 있으나 『周禮』에 의거하여 '四寸'으로 바로잡았다.

20 『尙書詳解』(宋 夏僎 撰) 卷9 五子之歌의 註.

21 열두~복장 : 천자 예복에 쓰는 日·月·星辰·山·龍·華蟲·宗彝·藻·火·粉米·黼·黻의 12가지의 문양. 초충(華蟲)은 꿩, 종이(宗彝)는 종묘의 주기(酒器)로 호랑이와 원숭이를 제기(祭器)에 그린 것, 조(藻)는 수초, 분미(粉米)는 백미, 보(黼)는 도끼, 불(黻)은 己자가 서로 등지고 있는 문양이다.

소홀했는지를 살피고자 하면 반드시 우(禹)에게 명하여 듣게 하였으니,[22] 우(禹)가 귀와 눈의 능력을 발휘할 수 있었기 때문이다. 복장을 지을 때 반드시 옛 사람들이 취했던 상(象)을 관찰하였고, 음을 살필 때 반드시 육률에 근본을 두고 있었으니, 어쩌면 그림쇠와 곱자와 수준기와 먹줄과 육률로 이어받는 뜻일 것이다.

　저 작은 기구와 성음(聲音)에도 오히려 이와 같았는데, 하물며 천하를 통할(統轄)하는 것이겠는가? 나라 안이 비록 마음을 다하여 저 작은 기구와 성음(聲音)에도 정미(精微)의 묘를 다하지만, 어떻게 사람을 차마 해치지 못하는 인정(仁政)을 계속하지 않겠는가? 선왕(先王)은 사람을 차마 해치지 못하는 어진 마음[23]을 가지고서 사람을 차마 해치지 못하는 어진 정사를 두었다. 사람을 차마 해치지 못하는 어진 마음으로 사람을 차마 해치지 못하는 어진 정사를 행하면, 그 겸애(兼愛)[24]가 백성을 사랑하기에 충분하고 그 박애(博愛)가 물건을 아끼는데 충분하여, 모든 천지간에 성(性)을 본체로 하고 정(情)을 가진 것이 나의 인(仁)에 균등하게 두루 덮여짐이 있을 것이니, 이른바 '인(仁)이 천하에 덮어졌다'는 것은 이 같을 뿐이다. 『주례』에 "천자는 4촌의 옥홀(玉笏)을 잡고 제후의 조회를 받는다"[25]라고 하였다. 홀은 날카로운 것으로 용(用)을 삼으니,[26] 하늘을 본받

22　옛날~하였으니 : 『書經』虞書 / 益稷 1.

23　사람을~마음 : 『孟子』公孫丑上 3-6. 「以不忍人之心 行不忍人之政 治天下 可運之掌上【사람을 차마 해치지 못하는 마음으로 사람을 차마 해치지 못하는 정사를 행한다면, 천하를 다스림은 손바닥 위에 놓고 움직일 수 있을 것이다.】」

24　겸애(兼愛) : 『孟子』滕文公下 6-9의 朱子 註. 「愛無差等【사랑이 차등이 없는 것이다.】」; 『孟子』盡心上 13-26의 朱子 註. 「兼愛 無所不愛也【겸애는 사랑하지 않는 바가 없는 것이다.】」

25　『周禮』冬官 / 玉人 1.

26　홀은~삼으니 : 『周官新義』(宋 王安石 撰) 春官 2. 「夫璧以圓爲體 而冕以方爲體者 以方爲體 則以圓爲用 以圓爲體 則以銳爲用【벽(璧)은 원이 체(體)이고 면류관은 방형이 체(體)이다. 방형이 체(體)이면 원이 용(用)이고 원이 체(體)이면 날카로운 것이 용(用)이다.】」 홀은 천자가 제후를 봉(封)할 때 주는 것으로, 제후가 조회(朝會)・회동(會同)할 때 손에 갖는 것으로 위가 둥글고 아래가 모진 길쭉한 옥이다.

아 만물을 낳는 인(仁)이 있으면, 옥홀을 가지고 명하는 것은 아마도 ‘인(仁)이 천하에 덮어졌다’의 뜻일 것이다. 그러나 귀와 눈에는 ‘이력(耳力)·목력(目力)’을 말하고 마음에는 ‘심사(心思)’를 말한 것은, 아마 사람은 마음으로 임금을 삼아 행위 없이 안에서 생각하고, 귀와 눈으로 관리(官吏)를 삼아 행위를 할 때 밖에서 힘을 다하기 때문일 것이다.

93-3. 有孺子歌曰 : “滄浪之水淸兮, 可以濯我纓, 滄浪之水濁兮, 可以濯我足.” 孔子曰 : “小子! 聽之! 淸斯濯纓, 濁斯濯足矣, 自取之也.”
어떤 어린이가 노래 부르기를 “창랑(滄浪)의 물이 맑거든 나의 갓끈을 빨 것이고, 창랑의 물이 흐리거든 나의 발을 씻을 것이다”라고 하였는데, 공자가 “소자들아! 저 노래를 들어보아라! 물이 맑으면 갓끈을 빨고, 흐리면 발을 씻는다고 하니, 이는 물이 자초(自招)한 것이다”라고 하였다.[27]

水之爲物, 其出有源, 其行有委, 得其地則淸, 非其地則濁. 淸者爲陽人之所尊也, 以之濯首飾之纓. 豈仁則榮人所尊戴之意邪! 濁者爲陰, 人之所賤也, 以之濯下體之足. 豈不仁則辱人所卑賤之意邪! 由是觀之, 水之性未嘗不潔, 而或淸或濁, 非性之罪也, 異其所處, 以取之而已, 人之性未嘗不善, 而或仁或不仁, 亦非性之罪也, 異其所爲, 以取之而已.
孟子有稱‘夏諺’者, 有稱‘人有恒言’者, 有稱‘孺子歌’者, 蓋性命之理, 人所同然, 言或在道, 孟子取之.
물이란 것은 솟아 나오는 근원이 있고 흘러가는 곳이 있어, 그 땅이 알맞으면 맑고 그 땅이 알맞지 않으면 탁하다. 맑은 것은 양(陽)이 되어[28] 사람들이 존귀하게 여기니 그 때문에 머리를 장식하는 갓끈을 빤다. 어

---

27   『孟子』離婁上 7-8.
28   맑은~되어 : 『周禮訂義』(宋 王與之 撰) 卷80. 「凡木叩而擊之 聲之淸者爲陽 聲之濁者爲陰【나무를 두드려 소리가 맑은 것은 양(陽)이 되고 소리가 탁한 것은 음(陰)이 된다.】」

쩌면 인(仁)하면 영화로우니 사람들이 높게 여기는 뜻일 것이다. 탁한 것
은 음(陰)이 되어 사람들이 비천하게 여기니 그 때문에 하체(下體)의 발을
씻는다. 어쩌면 불인(不仁)하면 욕되니 사람들이 비천하게 여기는 뜻일
것이다. 이런 관점에서 보면, 물의 본성(本性)은 과연 깨끗하니 혹 맑고
혹 탁한 것은 본성의 죄가 아니라, 그 처한 곳이 달라 선택되는 것일 뿐
이다. 사람의 본성은 과연 선하니 혹은 인(仁)하고 혹은 불인(不仁)한 것은
또한 본성의 죄가 아니라, 그 하는 것이 달라 선택되는 것일 뿐이다.

　　맹자가 '하언(夏諺)'[29]을 일컬은 것이 있으며, '인유항언(人有恒言)'[30]을
일컬은 것이 있으며, '어린아이 노래'[31]를 일컬은 것이 있다. 아마 성명
(性命)의 이치는 사람들이 같은데, 말이 혹 도가 있어 맹자가 선택한 것일
것이다.

29　『孟子』梁惠王下 2-4. 「夏諺曰 吾王不遊 吾何以休 吾王不豫 吾何以助【하나라 속담에
　　"우리 임금님이 유람하지 않으면 우리들이 어떻게 쉬며, 우리 임금님이 즐기지 않으
　　면 우리들이 어떻게 도움을 받겠는가?"라고 하였다.】」
30　『孟子』離婁上 7-5. 「人有恒言 皆曰 天下國家【사람들이 항상 "천하·나라·가(家)"라
　　고 한다.】」
31　『孟子』離婁上 7-8. 위 대문에 보인다.

권94 맹자훈의(孟子訓義)

이루 하(離婁下) · 만장 상(萬章上) · 만장 하(萬章下)

이루 하(離婁下)[1]

94-1. 孟子曰 : “仁之實, 事親是也, 義之實, 從兄是也, 智之實, 知斯二者弗去是也, 禮之實, 節文斯二者是也, 樂之實, 樂斯二者是也.”

맹자가 말했다. “인(仁)의 실제는 어버이를 섬기는 것이 그것이고, 의(義)의 실제는 형을 따르는 것이 그것이고, 지(智)의 실제는 이 두 가지를 알아 버리지 않는 것이 그것이고, 예의 실제는 이 두 가지를 절도(節度) 짓는 형식이 그것이고, 악의 실체는 이 두 가지를 즐기는 것이 그것이다.”[2]

1 　아래에 나오는 본문 둘은 『孟子』 離婁上이 출전이다.
2 　『孟子』 離婁上 7-27.

‘道德不廢3, 安取仁義, 性情不離, 安用禮樂?’ 仁義出於道德而爲禮樂之體, 禮樂出於性情而爲仁義之用. 仁者愛也, 其本在孝而其實見於事親, 則凡移之於事君者, 皆仁之華也, 義者宜也, 其本在悌而其實見於從兄, 則凡移之於從長者, 皆義之華也, 智之實, 在於知仁義而其華見於前識, 禮之實, 在於節文仁義而其華見於威儀, 樂之實, 在於樂仁義而其華見於節奏.

‘孩提之童, 無不知愛其親, 及其長也, 無不知敬其兄,’ 豈非智之實在於知仁義歟? 合父子之親, 明長幼之序, 則禮制行矣, 豈非禮之實在於節文仁義歟? ‘父母俱存, 兄弟無故, 君子樂之, 雖王天下不與存焉,’ 豈非樂之實在於樂仁義歟? 樂以樂天爲至, 仁義則人道也. 故於樂特言樂斯二者而已.

今夫華者實之所自出, 華無實則文勝質, 實無華則質勝文. 自堯舜至於周, 其文質未嘗不彬彬也, 周道衰, 天下以文滅質. 述墨氏兼愛之道, 如夷之而不知有仁之實, 述楊氏爲我之道, 如告子而不知有義之實, 其流至於仲子離母之不仁, 避兄之不義.

故孟子反仁義之華而歸之實, 猶物生之運, 春則榮華而去本, 秋則落其華而實之者也. 孟子言仁義之實以救當世逐末之弊, 與老子言道德終於見素抱樸同意.

‘도덕(道德)을 버리지 않으면 어떻게 인의(仁義)를 채택할 수 있으며, 성정(性情)을 떠나지 않으면 어떻게 예악을 쓸 수 있겠는가?’4 인의는 도덕에서 나와 예악의 체(體)가 되고, 예악은 성정에서 나와 인의의 용(用)이 된다. 인(仁)은 사랑이니 그 근본은 효(孝)에 있다. 그 실상은 어버이를 섬기는 것에 나타나는데, 임금을 섬길 때 그 마음을 옮기는 사람은 모두 인(仁)의 꽃이다. 의(義)는 마땅함이니 그 근본은 공손에 있다. 그 실상은 형을 따르는 것에 나타나는데, 어른을 따를 때 그 마음을 옮기는 사람은

---

3 대본에는 ‘散’으로 되어 있으나 『莊子』에 의거하여 ‘廢’로 바로잡았다.
4 『莊子』馬蹄 1.

모두 의(義)의 꽃이다. 지(智)의 실상은 인의를 아는데 있는데 그 꽃은 앞 두 가지를 아는데 나타난다. 예의 실상은 인의를 도수에 맞게 절제하는 데 있는데 그 꽃은 위의(威儀)에 나타난다. 악의 실상은 인의를 즐기는데 있는데 그 꽃은 절주(節奏)에 나타난다.

'두세 살 정도의 어린아이가 어버이를 사랑할 줄 알며, 자라나 형을 공경할 줄 아니,'[5] 어찌 지(智)의 실상이 인의를 아는 것에 있는 것이 아니겠는가? '부자사이의 친애를 합당하게 하고 장유(長幼)사이의 질서를 밝히면 예제(禮制)가 행해지니,'[6] 어찌 예의 실상이 인의를 도수에 맞게 절제하는데 있는 것이 아니겠는가? '부모님 모두 생존해 계시고 형제들이 무고(無故)한 것을 군자가 즐거워하니, 비록 천하를 통치하는 것이 함께 있지 않지만,'[7] 어찌 악의 실상이 인의를 즐기는데 있는 것이 아니겠는가? 즐거움은 낙천(樂天)이 지극한데, 인(仁)과 의(義)는 인도(人道)이다. 그러므로 악에 대하여는 다만 이 두 가지를 즐거워하는 것일 뿐이라고 말했다.

꽃은 열매가 나오는 유래니, 꽃은 피는데 열매가 없으면 형식미가 본질보다 낫고, 열매는 맺었는데 꽃이 없으면 본질이 형식미보다 나은 것이다. 요순으로부터 주나라에 이르기까지 그 형식미와 본질이 조화를 이루어 과연 찬란하지 않음이 없다가,[8] 주나라의 도가 쇠락하여 천하가 형식미로써 본질을 멸하였다. 묵자(墨子)[9] 겸애(兼愛)의 도를 기술하면 예컨대 이지(夷之)는 인(仁)의 실상을 알지 못하였고,[10] 양주(楊朱)[11] 위아(爲我)

---

5 『孟子』盡心上 13-15.

6 『禮記』樂記 19-1.

7 『孟子』盡心上 13-20.

8 그 형식미와~없다가 : 『論語』雍也 6-18. 「子曰 質勝文則野 文勝質則史 文質彬彬 然後君子【공자가 말했다. "본질이 형식미를 능가하면 촌스럽고, 형식미가 본질을 능가하면 겉치레만 잘하는 것이니, 형식미와 본질이 적당한 뒤에야 군자이다.】」

9 묵자(墨子) : B.C. 490~B.C. 403. 전국시대 제자백가 중 묵가학파의 창시자이다. 성은 묵(墨)이고 이름은 적(翟)으로 송나라 사람이다. 공리주의(功利主義)와 겸애설(兼愛說)을 제창하였다.

의 도를 기술하면 예컨대 고자(告子)는 의(義)의 실상이 있는 줄을 알지 못하였으니,[12] 그 유폐(流弊)가 중자(仲子)가 어머니를 떠나는 불인(不仁)과 형을 피하는 불의(不義)에 이르렀다.[13]

그러므로 맹자가 인(仁)과 의(義)의 꽃을 돌이켜 열매로 돌린 것이, 식물이 생겨나 변할 때 봄에는 꽃피어 뿌리를 떠나고 가을에는 그 꽃이 떨어져 열매 맺는 것과 같다고 여겼다. 맹자가 인의의 열매를 말하여 당세에 말엽을 따르는 폐단을 막은 것이, 노자(老子)가 도덕을 말하여 '소박함을 드러내고 순박함을 껴안은 것'[14]에서 마친 것과 같은 뜻이다.

94-2. 樂則生矣, 生則惡可已也[15], 惡可已則不知足之蹈之手之舞之也.

10　이지(夷之)는~못하였고 :『孟子』滕文公上 5-5. 「墨者夷之 因徐辟而求見孟子. …… 吾聞夷子墨者 墨之治喪也 以薄爲其道也 夷子思以易天下 豈以爲非是而不貴也 然而 夷子葬其親厚 則是以所賤事親也【묵씨(墨氏)를 따르는 이지(夷之)가 서벽(徐辟)을 통하여 맹자 뵙기를 요구하자, …… 내 들으니, 이자(夷子)는 묵자(墨子) 추종자라 하는데, 묵자의 상(喪)을 치름은 박장(薄葬)을 그 도로 삼는다. 이자(夷子)는 이 도로써 온 천하의 풍속을 바꿀 것을 생각하니, 어찌 그 도가 옳지 않다고 여겨서 귀하게 여기지 않겠는가. 그런데도 이자(夷子)는 그 어버이를 장례하기를 후하게 하였으니, 이는 천하게 여기는 것으로써 어버이를 섬긴 것이다.】」

11　양주(楊朱) : 자는 자거(子居)이고 양자(楊子)라고도 칭한다. 춘추시대 말기의 사상가로 위아설(爲我說)의 개창자이다. 위(衛)나라 출신으로 염세적 인생관에 기초하여 자연에 절대방임할 것을 주장하였다.

12　고자(告子)는~못하였으니 :『孟子』告子上 11-4. 「告子曰 食色性也 仁內也 非外也 義外也 非內也【고자가 말했다. "식색이 성(性)이니 인(仁)은 내면에 있고 외면에 있는 것이 아니며, 의(義)는 외면에 있고 내면에 있는 것이 아니다."】」

13　중자(仲子)가~이르렀다 :『孟子』滕文公下 6-10. 「曰 仲子 齊之世家也 兄戴 蓋祿萬鍾 以兄之祿爲不義之祿而不食也 以兄之室爲不義之室而不居也 辟兄離母 處於於陵【맹자가 말했다. "중자(仲子)는 제나라의 세가(世家)이다. 형 대(戴)가 합(蓋) 땅에서 받는 녹(祿)이 만종(萬鍾)이었는데, 형의 녹을 불의한 녹이라 하여 먹지 않았으며, 형의 집을 불의한 집이라 하여 거처하지 않고, 형을 피하고 어머니를 떠나 오릉(於陵)에 거처하였다.】」

14　『老子道德經』(魏 王弼 注) 還淳 第19.

15　대본에 누락된 '也'를『孟子』에 의거하여 보충하였다.

즐거워하면 인(仁)과 의(義)의 마음이 생기니 생기면 어떻게 말 수 있겠
는가? 말 수 없으면 부지불식간에 발을 구르고 손을 흔들어 춤추게 된다.[16]

人之性流通則生, 厭塞則熄. 樂出於性, 樂其所自生者也. 樂記曰:
"致樂以治心, 則易直子諒之心, 油然生矣, 易直子諒之心, 生則樂, 樂
則安, 安則久, 久則天, 天則神." 樂之生也, 如此, 其可已乎? 故由事親
之實, 至於仁眇天下, 由從兄之實, 至於義眇天下, 由智之實, 其大至於
觀遠近, 由禮之實, 其節至於同天地, 樂之生不已, 而極於日新之盛, 則
天機自動, 所造皆適, 足不知所蹈[17], 手不知所舞, 而有盡性術之變, 豈
非'眞人之息以踵'而天機發於此歟?

孟子言樂及於是, 亦歸根反本之意也. 詩序言: "手之舞之足之蹈之."
與孟子不同者, 蓋詩序言情動於中而形於外, 則始而有終. 故先手舞後
足蹈, 孟子言'樂之生惡可已', 則終而有始. 故先足蹈後手舞.

사람의 성(性)은 흘러 통하면 나오고 꽉 막히면 사라진다. 악(樂)은 성
(性)에서 나오니 그 나오게 된 유래를 즐기는 것이다. 「악기」에 "악을 지
극히 하여 마음을 다스리면 화이(和易)하고 정직(正直)하며 자애(慈愛)롭고
성신(誠信)한 마음이 유연(油然)히 생기고, 화이하고 정직하며 자애롭고 성
신한 마음이 생기면 즐겁고, 즐거우면 편안하고, 편안하면 오래하게 되
고, 오래하게 되면 천연스럽게 되고, 천연스럽게 되면 귀신과 같게 된
다"[18]라고 하였다. 악이 나오는 것이 이와 같으니 그만둘 수 있겠는가?
그러므로 어버이를 섬기는 실상으로부터 '인(仁)이 천하에 빠짐없이 미
침'[19]에 이르고, 형을 따르는 실상으로부터 의(義)가 천하에 빠짐없이 미

---

16   『孟子』離婁上 7-27.

17   대본에는 '造'로 되어 있으나 사고전서 『樂書』에 의거하여 '蹈'로 바로잡았다.

18   『禮記』樂記 19-23.

19   『荀子』王制 9-9. 「仁眇天下 故天下莫不親也 義眇天下 故天下莫不貴也【인(仁)이 천
하에 빠짐없이 미침에 이르므로 천하가 친하지 않은 사람이 없다. 의(義)가 천하에
빠짐없이 미침에 이르므로 천하가 귀하지 않음이 없다.】」

침에 이르고, 지(智)의 실상으로부터 그 큰 지혜가 원근(遠近)을 관찰함에 이르고, 예의 실상으로부터 그 절문(節文)이 천지와 같음에 이르고,[20] 악이 끊임없이 나와 일신(日新)의 융성한 경우에 다다르면, 천연의 동인(動因)이 스스로 기동하여 하는 일마다 모두 알맞게 되어 나도 모르게 손발로 춤을 춰 성정(性情)의 모든 변화가 있을 것이다. 어찌 '진인(眞人)의 호흡이 발뒤꿈치까지 미쳐'[21] 천연의 동인(動因)이 이것에서 발하는 것이 아니겠는가?

맹자가 악이 이에 미침을 말한 것도 또한 근본에 돌아가는 뜻이다. 모시서(毛詩序)에 "손을 흔들어 춤추고 발을 굴러 춤춘다"[22]라고 한 것이 맹자의 말과 다른 것은, 아마 모시서(毛詩序)는 정(情)이 마음에서 동하여 밖에 드러난 것을 말하였으니, 곧 비롯함으로부터 마침을 유추한 것이다. 그러므로 손을 흔들어 춤추는 것을 먼저하고 발을 굴러 춤추는 것을 뒤에 한 것이다. 맹자는 '즐거움이 생기니 말 수 없다'라고 말하였으니, 곧 마침으로부터 시작을 유추한 것이다. 그러므로 발을 굴러 춤추는 것을 먼저하고 손을 흔들어 춤추는 것을 뒤에 한 것이다.

---

20 예의~이르고:『禮記』樂記 19-2.「大禮 與天地同節【대례(大禮)는 천지와 더불어 절문(節文)을 함께한다.】」

21 『莊子』大宗師 1.「古之眞人 其寢不夢 其覺無憂 其食不甘 其息深深 眞人之息以踵 衆人之息以喉【옛날 진인(眞人)은 잠을 자도 꿈꾸지 않고 깨어 있어도 근심이 없으며, 식사를 해도 맛있는 것을 찾지 않고, 숨을 쉴 때는 깊고 고요하였다. 진인은 발꿈치로 숨 쉬고 범인(凡人)은 목구멍으로 숨 쉰다.】」

22 『詩經』周南 / 關雎의 毛詩序.「詩者志之所之也 在心爲志 發言爲詩 情動於中而形於言 言之不足 故嗟歎之 嗟歎之不足 故永歌之 永歌之不足 不知手之舞之足之蹈之也【시는 생각이 지향하는 것을 나타낸 것이니, 마음에 있을 때 지(志)가 되고, 말로 표현한 것이 시가 된다. 정(情)이 마음에서 동하여 말에 나타나니, 말로 하는 표현이 부족하므로 감탄성(感歎聲)을 내고, 감탄성으로도 부족하므로 길게 노래하고, 길게 노래하는 것으로도 부족하므로 부지불식간에 손을 흔들고 발을 굴러 춤을 추는 것이다.】」

만장 상(萬章上)

94-3. 謳歌者, 不謳歌益而謳歌啓曰 : "吾君之子也."

　덕을 구가(謳歌)하는 자들이 익(益)을 구가(謳歌)하지 않고, 계(啓)를 구가(謳歌)하기를 "우리 임금의 아들이다"라고 하였다.[23]

　徒歌爲謳, 永言爲歌. 是謳則未免乎有意[24], 歌則適於心之甚可. 謳歌者, 不謳歌堯之子而謳歌舜者, '天與賢則與賢'故也, 謳歌者, 不謳歌益而謳歌啓者, '天與子則與子'故也. 由是觀之, 帝王所爲, 固未嘗有所容心, 一於順天而已. 故堯舜與賢而天受之, 先天而天不違也, 禹與子而天亦受之, 後天而奉天時也. 禮運 : "以不獨子其子, 爲道行而大同, 以各子其子, 爲道隱而小康." 豈知孟子所謂均出'天與'之意乎!

　然舜以聖繼帝而其迹晦, 人得而親之, 莫得而譽之. 故其言止於朝覲獄訟謳歌者, 歸之而已, 啓以賢繼王而其迹顯, 人非特得而親[25]之, 抑且譽之矣. 朝覲獄訟謳歌者, 歸之親之也, 曰 : "吾君之子." 譽之也. 禮言 : "必先其令聞." 止於三代之王, 亦是意歟!

　然朝覲獄訟者歸之, 非惟舜啓爲然, 文王之時, "萬邦之方" 朝覲者歸之也, "虞芮質厥成." 獄訟者歸之也, "下民之王" 謳歌者歸之也. 彼其有天下之實如此, 卒不有天下者, 時而已矣.

　단지 노래만하는 것이 구(謳)이고 말을 길게 읊는 것이 가(歌)이다. 구(謳)는 의도가 있는 것을 면할 수 없지만, 가(歌)는 마음에 들어 매우 옳게 여기는 것이다. 구가(謳歌)하는 사람들이 요임금의 아들을 구가하지 않고 순(舜)을 구가한 것은 '하늘이 어진 이에게 줄 만하니 어진 이에게 주었

---

[23]　『孟子』 萬章上 9-6.

[24]　대본에는 '謳'로 되어 있으나 사고전서 『樂書』에 의거하여 '意'로 바로잡았다.

[25]　대본에는 '視'로 되어 있으나 사고전서 『樂書』에 의거하여 '親'으로 바로잡았다.

기 때문이다.'[26] 구가(謳歌)하는 사람들이 익(益)을 구가하지 않고 계(啓)를 구가한 것은 '하늘이 아들에게 줄 만하니 아들에게 주었기 때문이다.' 이런 관점에서 보면, 제왕이 할 일은 본래 마음에 용납되는 바가 아니어도 천리(天理)에 순응하는 것일 뿐이다. 그러므로 요순이 어진 이에게 주자 하늘이 받아들였으니, 하늘을 앞세웠기 때문에 하늘이 어기지 않은 것이고, 우임금이 아들에게 주자 하늘이 또한 받아들였으니, 하늘을 뒷전에 두었지만 천시(天時)를 받들었기 때문이다. 「예운(禮運)」에 "오직 자기의 자식만을 자식으로 여기지 않음으로써 도가 행해졌으니 대동(大同)이라 하고, 각자 자기의 자식만을 자식으로 여김으로써 도가 자취를 감췄으니 소강(小康)이라 한다"[27]라고 하였으니, 아마 맹자 이른바 '하늘이 주었다'[28]를 두루 나타낸 뜻을 알 것이다.

그러나 순(舜)은 성인으로써 제위(帝位)를 이어받았지만, 그 행적이 드러나지 않아 사람들이 친할 수는 있었으나 기릴 수는 없었다. 그러므로 그 말이 조회(朝會)와 송사(訟事)와 구가(謳歌)한 사람들에 그쳤으니 귀복(歸

---

26 『孟子』萬章上 9-6. 「萬章問曰 人有言 至於禹而德衰 不傳於賢 而傳於子 有諸 孟子曰 否 不然也 天與賢 則與賢 天與子 則與子【만장이 여쭈었다. "사람들이 '우왕(禹王)에 이르러 덕이 쇠하여, 현자에게 자리를 물려주지 않고 자식에게 물려주었다'라고 하니, 그런 일이 있습니까?" 맹자가 대답하였다. "아니다. 그렇지 않다. 하늘이 어진 이에게 줄 만하니 어진 이에게 주고, 하늘이 아들에게 줄 만하니 아들에게 준 것이다."】

27 『禮記』禮運 9-1. 「人不獨親其親 不獨子其子 …… 男有分 女有歸 …… 是故謀閉而不興 盜竊亂賊而不作 故外戶而不閉 是謂大同 …… 以著其義 以考其信 著有過 刑仁 講讓 示民有常 如有不由此者 在執者去 衆以爲殃 是謂小康【사람들은 오직 자기의 어버이만을 어버이로 여기지 않았고, 홀로 자기의 자식만을 자식으로 여기지 않았다. …… 남자에게는 직분을 주고 여자에게는 돌아가 의지할 남편을 갖게 하였다. …… 이 때문에 간사한 꾀가 막혀서 일어나지 않았고, 도둑들이 세상을 어지럽히는 일이 일어나지 않았다. 그러므로 바깥문을 열어 둔 채 닫지 않았으니, 이것을 대동(大同)이라고 한다. …… 이 여섯 명의 군왕들은 예(禮)를 삼가지 않은 이가 없었다. 예의로써 의(義)를 드러냈으며, 신(信)을 이루어 백성을 모았으며, 허물을 밝혔으며, 인애(仁愛)와 겸양의 도를 강설하여 백성들에게 떳떳함이 있는 것을 보여주었다. …… 이런 세상을 소강(小康)이라고 한다.】

28 『孟子』萬章上의 7곳에 '天與'가 있다.

伏)하였을 뿐이다. 계(啓)는 어진 이로써 왕위를 이었지만, 그 행적이 현저하여 사람들이 다만 친한 것만이 아니라 동시에 그를 기렸다. 조회와 송사와 구가한 사람들은 귀복하고 친히 한 것이고, "우리 임금의 아들이다"라고 한 것은 기린 것이다. 『예기』에 "반드시 그 아름다운 명성이 먼저 들렸다"[29]라고 말한 것이 삼대(三代)의 왕에서 그쳤으니, 또한 이 의미일 것이다.

그러나 '조회와 송사하는 사람들'[30]이 귀복한 것은 오직 순(舜)과 계(啓)에게만 그런 것이 아니라, 주 문왕(周文王) 때 "만방(萬邦)이 향해오는 바"[31]라고 하였으니 조회 오는 사람들이 귀복한 것이고, "우(虞)나라와 예(芮)나라가 분쟁을 질정(質正)하러 오다"[32]라고 하였으니 송사를 한 사람들이 귀복한 것이고, "하민(下民)의 왕"[33]이라고 하였으니 구가(謳歌)한

---

29 『禮記』孔子閒居 29-6.「三代之王也 必先其令聞 詩云 明明天子 令聞不已 三代之德也【삼대(三代)의 왕은 반드시 그 아름다운 명성이 먼저 들렸다. 시에 이르기를 "밝으신 천자께서는 아름다운 명성이 그치지 않았다"라고 하였으니, 삼대의 덕이다.】」

30 『孟子』萬章上 9-6.「朝覲訟獄者不之益而之啓 曰 吾君之子也【조회와 송사하는 사람들이 익(益)에게 가지 않고 계(啓)에게 가서 '우리 임금의 아들이다'라고 하였다.】」

31 『詩經』大雅 / 皇矣.

32 『詩經』大雅 / 綿. 그 내용이 『小學』稽古 33에 나오는데 다음과 같다.「虞芮之君 相與爭田 久而不平 乃相謂曰 西伯仁人也 盍往質焉 乃相與朝周 入其境 則耕者讓畔 行者讓路 入其邑 男女異路 斑白者不提挈 入其朝 士讓爲大夫 大夫讓爲卿 二國之君感而相謂曰 我等小人 不可以履君子之庭 乃相讓 以其所爭田 爲閒田而退【우(虞)나라와 예(芮)나라의 임금이 토지를 다투어 오랫동안 평화롭지 못하였다. 이에 서로 "서백(西伯)은 어진 사람이니, 그를 찾아가 어찌 바로잡지 않겠는가?"라고 하고, 이에 함께 주나라로 조회를 갔다. 그 국경에 들어서니, 밭가는 사람들이 밭의 경계를 양보하고, 길가는 사람들은 길을 양보하였으며, 그 도읍에 들어서니, 남녀가 길을 달리하고, 머리가 반백(斑白)이 된 이들이 짐을 들고 다니지 않았으며, 그 조정에 들어서니, 사(士)는 대부가 되기를 사양하고, 대부는 경(卿)이 되기를 사양하였다. 두 나라의 임금이 감동하여 "우리들은 소인이다. 군자의 조정을 밟을 수 없다"라고 하고, 이에 서로 사양하여, 다투던 토지를 한전(閒田)으로 삼고 물러났다.】」

33 『詩經』大雅 / 皇矣.「依其在京 …… 度其鮮原 居岐之陽 在渭之將 萬邦之方 下民之王【문왕(文王)께서 편안히 서울에 계시거늘 …… 그 좋은 언덕을 헤아려, 기산(岐山)의 남쪽에 거처하여, 위수(渭水)의 곁에 계시니, 만방이 향해 오는 바이며, 하민(下民)의 왕이시도다.】」

사람들이 귀복한 것이다. 저 계(啓)가 천하의 임금이 된 실상이 이와 같았으니, 마침내 익(益)이 천하의 임금이 될 수 없었던 것은 시운(時運)이었을 뿐이다.[34]

만장 하(萬章下)

94-4. 集大成也者, 金聲而玉振之也. 金聲也者, 始條理也, 玉振之也者, 終條理也.

집대성(集大成)이라는 것은 악을 연주할 때 금(金)의 악기로 시작하여 옥의 악기로 거두는 것이다. 금의 악기로 시작한다는 것은 악을 시작할 때 조리(條理)를 잡는 것이고, 옥의 악기로 거둔다는 것은 악을 마칠 때 조리를 잡는 것이다.[35]

乾之爲卦, 聖人之分也. 其位則直西北之維而於物爲金玉. 金者陰精之純而生乎西, 其材從革, 其聲始隆而終殺. 聖人鏗之以爲鐘, 以譬道之用也, 玉者陽精之純而生乎北, 其材不變, 其聲淸越以長而無隆殺. 聖人戞之以爲磬, 以譬道之體也.

---

34 저 계(啓)가~뿐이다:『孟子』萬章上 9-6.「丹朱之不肖 舜之子亦不肖 舜之相堯 禹之相舜也 歷年多 施澤於民久 啓賢 能敬承繼禹之道 益之相禹也 歷年少 施澤於民未久 舜禹益相去久遠 其子之賢不肖 皆天也 非人之所能爲也【단주(丹朱)가 불초하고 순(舜)의 아들 또한 불초하였으며, 순이 요(堯)를 도움과 우(禹)가 순을 도운 것은 지난 햇수가 많아서 백성들에게 은택을 베푼 지가 오래되었고, 계(啓)가 어질어 능히 우의 도를 공경히 승계하였으며, 익(益)이 우를 도운 것은 지난 햇수가 적어 백성들에게 은택을 베푼 것이 오래지 못하였으니, 순·우·익의 거리가 멀고 오램과 그 아들의 어질고 불초함이 다 천운(天運)이니, 인력으로 할 수 있는 것이 아니다.】」

35 『孟子』萬章下 10-1.

古之作樂, 鏗金以始之, 戞玉以終之. 聖人始[36]則出道之用以趨時, 而有金聲之象, 終則反道之體以立本, 而有玉振之象. 在易鼎之六五, 資剛以趨變而其象爲金鉉, 上九, 剛實[37]以不變而其象爲玉鉉. 金鉉象聖人之趨時, 玉鉉象聖人之立本, 亦金聲而玉振之之意也. 易曰 : “成言乎艮.” 又曰 : “終萬物始萬物, 莫盛乎艮.” 則始而不終, 不足以爲成, 終而不始, 亦不足以爲成.

集大成也者, 金以成德, 孔子集道之全以大成也[38], 孟子論四聖人之聲而玉振之者, 終始具[39]故也. 蓋金聲則或洪或纖, 所以條理於其始, 利用之道也, 玉振則終始如一, 所以條理於其終, 成德之道也.

伯夷伊尹柳下惠之行, 足於成德, 不足於利用. 故能淸者不能任, 能任者不能和, 孔子之行, 非特足於成德, 又足於利用. 故或淸或任或和, 適時而已. 是金聲者孔子之事, 玉振之者伯夷伊尹柳下惠之事也.

以金聲爲始條理, 則終未必不然, 以玉振之爲終條理, 則始未必然. 是善終者, 未必善始, 而善始者, 未必不善終. 斯三聖所以善終不善始, 而孔子所以集大成而終始之也. 然‘大成若缺.’ 豈非能不自大 故能成其大邪? 自制行之殊, 觀之三聖, 未嘗不與孔子異, 自易地而處, 觀之孔子, 未嘗不與三聖同, ‘道歲也, 聖人時也,’ 以異而同而已.

건괘(乾卦☰)란 것은 성인의 분야이다.[40] 그 자리가 사유(四維)[41] 중 서북

36　대본에 누락된 ‘始’를 사고전서 『樂書』에 의거하여 보충하였다.
37　대본에는 ‘寶’로 되어 있으나 사고전서 『樂書』에 의거하여 ‘實’로 바로잡았다.
38　대본에는 ‘邪’로 되어 있으나 문맥이 통하지 않아 ‘也’로 바로잡았다.
39　대본에는 ‘其’로 되어 있으나 사고전서 『樂書』에 의거하여 ‘具’로 바로잡았다.
40　『文公易說』(宋 朱鑑 撰) 卷3 上經 / 坤. 「程子曰 乾聖人之分也 可欲之善屬焉 坤賢人之分也 有諸己之信屬焉【정자가 말했다. “건괘(乾卦☰)는 성인의 분야니 남들이 원할 만한 선이 속하고, 곤괘(坤卦☷)는 현인(賢人)의 분야니 선을 자신에게 진실하게 간직한 신(信)이 속한다.”】」
41　사유(四維) : 『淮南鴻烈解』(漢 高誘 注) 卷3 天文訓. 「東北 爲報德之維 東南 爲常羊之維 西南 爲背陽之維 西北 爲號通之維【동북방이 보덕지유(報德之維)가 되고, 동남방이 상양지유(常羊之維)가 되고, 서남방이 배양지유(背陽之維)가 되고, 서북방이 호통지유(號通之維)가 된다.】」 동북방은 간괘(艮卦☶)이고, 동남방은 손괘(巽卦☴)이

(西北)쪽에 상당하고 물질로는 금(金)과 옥이 된다. 금은 순수한 음(陰)의 정수(精髓)여서 서쪽에서 생기니, 그 재질이 변혁(變革)하는 것을 따라 그 소리가 처음에는 풍성하다가 끝에는 감쇄한다. 성인이 쟁그렁 울려보고 종을 만들었으니 도의 용(用)에 비유한다. 옥은 순수한 양(陽)의 정수(精髓)[42]여서 북쪽에서 생기니, 그 재질이 변하지 않아 그 소리가 맑고 높게 울려 처음에 풍성하고 끝에 감쇄함이 없다. 성인이 땡그렁 쳐보고 경(磬)을 만들었으니 도의 체(體)에 비유한다.

옛날 악을 연주할 때 금(金)의 악기를 쟁그렁! 하고 울려 시작하고 옥의 악기를 땡그렁! 하고 쳐서 마친다. 성인이 처음에는 도의 용(用)을 나타내 형편을 따르니 금(金) 악기 소리의 상이 있고, 마침에는 도의 체(體)에 돌아가 근본을 확립하니 옥이 울리는 상이 있다. 『주역』에 정괘(鼎卦 ䷱)의 육오(六五)는 강실(剛實)을 밑천으로 변화를 지향하니 그 상이 금(金)으로 만든 솥 귀고리가 되고,[43] 상구(上九)는 강실(剛實)로 변하지 않으니 그 상이 옥으로 만든 솥 귀고리가 된다.[44] 금(金)으로 만든 솥 귀고리는 성인이 형편을 따른 것을 본받고, 옥으로 만든 솥 귀고리는 성인이 근본을 확립한 것을 본받은 것도, 또한 금(金)의 악기로 악을 시작하여 옥으로 만든 악기로 악을 거두는 뜻이다. 『주역』에 "간괘(艮卦 ☶)에서 이룬다"[45]라고 하였고, 또 "만물을 마치고 만물을 시작하는 것은 간괘(艮卦 ☶)보다 성한 것이 없다"[46]라고 하였다. 곧 시작만하고 마치지 않으면 충분

고, 서남방은 곤괘(坤卦 ☷)이고, 서북방은 건괘(乾卦 ☰)이다.

42 옥은~정수(精髓) : 『禮記集說』(宋 衛湜 撰) 卷79.

43 육오(六五)는~되고 : 정괘(鼎卦 ䷱)의 육오(六五)는 음유(陰柔)이고 구이(九二)는 강실(剛實)인 양강(陽剛)인데, 군주(君主)의 자리에 있는 육오(六五)가 제용(濟用)의 재주가 있는 신하 자리의 구이(九二)의 도움을 받아야 바름을 얻어 그 도가 형통할 수 있게 된다. 『周易』鼎卦 12. 「六五 鼎黃耳金鉉 利貞【육오(六五)는 솥이 누런 귀에 금(金)으로 만든 솥 쇠고리니 정고(貞固)함이 이롭다.】

44 상구(上九)는~된다 : 구(九)가 비록 강양(剛陽)이나 음위(陰位)에 거하여 유(柔)를 밟고 있는 모양인데, 솥에서 위에 있는 것은 솥의 귀고리 상(象)이고 강하면서도 따뜻한 것은 옥이다. 따라서 옥으로 만든 솥 귀고리라고 한 것이다.

45 『周易』說卦傳 5.

히 이룰 수 없고, 마쳤는데 시작이 없었던 것도 또한 충분히 이룰 수 없다.

집대성(集大成)이라는 것은 금(金) 소리로 덕을 이루니 공자는 도의 전체를 모아 크게 이루었고, 맹자는 네 성인을 소리로 논하면서 옥을 쳐서 마친다고 하였으니 악은 시종이 갖추어져 있기 때문이다. 대체로 금(金) 소리는 혹은 크고 혹은 섬세하여 그 악을 시작할 때 조리를 잡는 도구니 이용(利用)의 도이고, 옥 소리로 악을 거두는 것은 시종이 같아 그 악을 마칠 때 조리를 잡는 도구니 성덕(成德)의 도이다.

백이(伯夷)[47]·이윤(伊尹)[48]·유하혜(柳下惠)[49]의 행위는 성덕(成德)에는 충분하였지만 이용(利用)에는 부족하였다. 그러므로 청(淸)을 잘한 사람이 임(任)을 잘하지는 못하였고, 임(任)을 잘한 사람이 화(和)를 잘하지는 못하였지만, 공자의 행위는 다만 성덕(成德)에 충분하였을 뿐만 아니라, 또 이용(利用)에도 충분하였다. 그러므로 혹은 청(淸)하기도 혹은 임(任)하기도 혹은 화(和)하기도 하여 시의(時宜)에 알맞았을 뿐이다. 바로 금(金)의 악기 소리는 공자의 일이고, 옥으로 만든 악기로 악을 거두는 것은 백이(伯夷)·이윤(伊尹)·유하혜(柳下惠)의 일이다.

---

46 『周易』 說卦傳 6.

47 백이(伯夷): 상(商)왕조의 현자(賢者)로 고죽군(孤竹君)의 아들이다. 백이의 이름은 윤(允)이다. 고죽군이 임종(臨終)에 숙제에게 계위(繼位)를 명하였는데, 고죽군이 죽은 후 숙제는 형 백이에게 양보하였다. 이에 백이는 아버지의 명령을 따라야 한다면서 사양하고 도망하였으며, 숙제도 계위하지 않고 도망하였다.

48 이윤(伊尹): 중국 은대(殷代) 초기 탕(湯)임금의 현명한 재상(宰相)이다. 이름은 지(摯)이고 윤(尹)은 자, 관명인 아형(阿衡)이 호가 되었다. 신야(莘野)에서 농사를 짓다가 탕왕의 부름을 세 번 받고 나아가 탕왕을 도와 중국을 평정하였다. 탕임금이 죽은 뒤 왕위에 오른 외병(外丙)·중임(中壬)·태갑(太甲)을 섬겼다. 탕임금의 손자인 태갑이 무도하여 탕임금의 법을 어지럽히자 동(桐)으로 추방하고 스스로 천자의 일을 섭행하였다. 3년 후에 태갑이 개과수덕(改過修德)하자 왕위에 복위시키고 보좌에 힘썼다.

49 유하혜(柳下惠): 춘추시대의 현자이다. 성은 전(展), 이름은 금(禽) 또는 획(獲), 자(字)는 계(季)이다. 노나라 유하(柳下)에서 살았으므로 이것이 호가 되었으며, 문인들이 '혜(惠)'라는 사시(私諡)를 올렸으므로 '유하혜'라고 불리었다.

금(金)의 소리로 악을 시작할 때 조리를 잡으면 마칠 때도 반드시 그렇게 해야 하지만, 옥 소리가 악을 거두는 것으로써 마칠 때 조리를 잡으면 시작할 때 반드시 그렇게 해야 하는 것은 아니다. 이는 잘 마치는 사람이 반드시 처음을 잘하는 것은 아니지만, 처음을 잘하는 사람은 반드시 마치기를 잘한다는 것이다. 이 세 성인은 마침은 잘하였지만 시작은 잘하지 못하였고, 공자는 집대성(集大成)하여 시종을 잘하였다. 그러나 '대성(大成)은 마치 모자라는 것 같다'[50]라고 하였으니, 어찌 스스로 크게 여기지 않기 때문에 큰 것을 이룰 수 있는 것이 아니겠는가? 서로 다른 덕행(德行)으로 세 성인을 관찰하면 공자와 과연 다르지만, 처지를 바꾸어 공자를 관찰하면 과연 세 성인과 같다. '도는 장구한 세월이고 성인은 한 때이니,'[51] 이로써 다르기도 하고 같기도 한 것일 뿐이다.

94-5. 始條理者, 智之事也, 終條理者, 聖之事也. 智譬則巧也, 聖譬則力也, 由射於百步之外也, 其至爾力也, 其中非爾力也.

악을 시작할 때 조리를 잡는 것은 지(智)의 일이고, 악을 마칠 때 조리를 잡는 것은 성(聖)의 일이다. 지(智)를 비유하면 정교함이고, 성(聖)을 비유하면 힘이니, 백보의 밖에서 활을 쏘는 것과 같다. 과녁이 있는 곳에 도달하는 것은 너의 힘이지만 과녁에 적중하는 것은 너의 힘이 아니다.[52]

條則有數而不可紊, 理則有分而不可易. 聖人之於道, 條理於其始, 則利用而不惑, 智之事也, 以譬則巧也, 條理於其終, 則篤於成德而不變, 聖之事也, 以譬則力也. 力出於人而有極, 則發而有所至, 由射至於

---

50   『老子道德經』下篇 45章.
51   『莊子翼附錄』(明 焦竑 撰) 雜說. 「道 海也 聖人 百川也 道 歲也 聖人 時也【도는 바다이고 성인은 백 갈래의 하천이다. 도는 장구한 세월이고 성인은 한 때이다.】」
52   『孟子』萬章下 10-1.

百步之外也, 巧出於天而不窮, 則至而有所中, 猶射中於百步之外也.

夷惠伊尹之於道, 能至不能中, 孔子則能至且中矣. 蓋能至者, 射之善, 而能至能中者, 備其善者也, 能淸[53]能任能和者, 聖之善, 而能時者, 備其善者也.

射始於古, 至羿逢蒙, 然後善于中, 淸任和, 行於三聖, 至孔子, 然後善於時, 豈非三聖立道之體? 道始于金聲而玉振之, 取諸存乎樂者明之, 終於巧力之射, 取諸存乎禮者明之. 蓋禮樂法而不說, 惟法也 衆人共由之, 惟不說也 天下之至賾存焉.

조(條)는 정해진 수가 있어 어지럽힐 수 없고, 이(理)는 분수가 있어 바꿀 수 없다. 성인이 도에 대하여 처음에 조리를 잡으면 이용(利用)에 미혹하지 않을 것이니, 이는 지(智)의 일로써 비유하면 정교한 기술이다. 마칠 때 조리를 잡으면 성덕(成德)에 돈독하여 변하지 않을 것이니, 이는 성인의 일로써 비유하면 힘이다. 힘은 사람에게 나와 한계가 있으니 발사하여 도달하는 것이 백보의 밖에서 활을 쏘아 이르는 것과 같다. 정교한 기술은 하늘에서 나와 끝이 없으니 도달해 적중하는 것이 백보의 밖에서 활을 쏘아 맞추는 것과 같다.

백이(伯夷)·유하혜(柳下惠)·이윤(伊尹)이 도에 대하여 도달하기는 했어도 적중하지는 못하였지만, 공자는 도달하기도 하고 적중하기도 하였다. 도달할 수 있는 것은 활쏘기의 선(善)이니 도달하기도 하고 적중하기도 하는 것은 그 선(善)을 갖추고 있는 것이다. 청(淸)과 임(任)과 화(和)를 잘하는 분[54]은 성인의 선(善)이니 시(時)를 잘하는 것은 그 선(善)을 갖추고 있는 분이다.

활쏘기는 옛날 시작되어 예(羿)와 봉몽(逢蒙)[55]에 이른 뒤에 잘 맞췄고,

---

53 대본에는 '時'로 되어 있으나 문맥이 통하지 않아 '淸'으로 바로잡았다.

54 청(淸)과~분: 청(淸)은 백이(伯夷), 임(任)은 이윤(伊尹), 화(和)는 유하혜(柳下惠)를 지칭한다.

55 예(羿)와 방몽(逢蒙): 『孟子』離婁下 8-24. 「逢蒙學射於羿 盡羿之道 思天下惟羿爲愈 己 於是殺羿[방몽이 활쏘기를 예(羿)에게 배워, 예의 기술을 다 배우고 '천하에 오직

청(淸)·임(任)·화(和)는 백이(伯夷)·이윤(伊尹)·유하혜(柳下惠) 세 성인에게 행해져 공자에 이른 다음에 시중(時中)[56]을 잘하였다. 어찌 세 성인의 도의 체(體)를 확립한 것이 아니겠는가? 도가 금(金)의 악기에서 시작하여 옥으로 만든 악기로 거두었으니 악에 있는 것에서 채택하여 밝힌 것이고, 정교함과 힘의 활쏘기에서 마쳤으니 예에 있는 것에서 채택하여 밝힌 것이다. 대체로 예악은 법이면서 말하지 않았으니, 법은 많은 사람들이 그 속에서 살지만 말하지 않는 것은 천하의 지극한 이치가 있기 때문이다.

예만이 자기보다 낫다'라고 생각하여 예를 죽였다.]」

[56] 시중(時中):『孟子』萬章下 10-1.「孟子曰 伯夷 聖之淸者也 伊尹 聖之任者也 柳下惠 聖之和者也 孔子 聖之時者也【맹자(孟子)께서 말씀하셨다. "백이(伯夷)는 성인(聖人) 중 청정(淸淨)한 분이고, 이윤(伊尹)은 성인 중 자임(自任)한 분이고, 유하혜(柳下惠)는 성인 중 화합한 분이고, 공자(孔子)는 성인 중 때에 맞는 처신을 한 분이다.]」

권95 맹자훈의(孟子訓義)

고자(告子) · 진심 상(盡心上) · 진심 하(盡心下)

고자(告子)

95-1. 至於聲, 天下期於師曠, 是天下之耳相似也.

소리에 대해서는 천하가 사광(師曠)에게 기대하니, 이것은 천하의 귀가 비슷하기 때문이다.[1]

天五與地十, 合而生土於中, 其聲爲宮, 地四與天九, 合而生金於右, 其聲爲商, 天三與地八, 合而生木於左, 其聲爲角, 地二與天七, 合而生火於上, 其聲爲徵, 天一與地六, 合而生水於下, 其聲爲羽.

天數五奇, 地數五偶, 奇偶相資而五聲成焉. 蓋五聲之變, 不可勝窮

也, 而師曠能精之. 故天下之語樂者, 其聲必期於師曠, 是天下之耳相似也. 然耳之於聲, 天下有同聽焉, 必期於師曠者, 豈以其聰聽出乎其類故邪!

천수(天數) 5와 지수(地數) 10이 모여 중앙에서 토(土)가 생기니 그 오성은 궁(宮)이 되고, 지수 4와 천수 9가 모여 오른쪽인 서쪽에서 금(金)이 생기니 그 오성은 상(商)이 되고, 천수 3과 지수 8이 모여 왼쪽인 동쪽에서 목(木)이 생기니 그 오성은 각(角)이 되고, 지수 2와 천수 7이 모여 위인 남쪽에서 화(火)가 생기니 그 오성은 치(徵)가 되고, 천수 1과 지수 6이 모여 아래인 북쪽에서 수(水)가 생기니 그 오성은 우(羽)가 된다.[2]

천수 다섯은 홀수이고 지수 다섯은 짝수니,[3] 홀수와 짝수가 서로 바탕이 되어 오성이 이루어진다. 오성의 변화는 무궁한데 사광(師曠)이 정통(精通)하였다. 그러므로 천하에 악을 말하는 사람은 그 성음(聲音)을 반드시 사광에게 기대하니, 이는 천하의 귀가 서로 비슷하기 때문이다. 그러나 천하의 귀가 소리를 듣는 것은 매일반이지만 반드시 사광에게 기대하는 것은, 아마도 그가 귀 밝게 듣는 것이 출중하였기 때문일 것이다.

95-2. 昔者王豹處於淇, 而河西善謳, 緜駒處於高唐, 而齊右善歌,

---

2   천수(天數)~된다:『書經』周書 / 洪範 2. 하도(河圖)의 수(數)는 1에서 10까지 있는데, 이중 1에서 5까지는 생수(生數), 6에서 10까지는 성수(成數)라고 한다. 하늘이 1로 수(水)를 내면 땅이 6으로 완성하고, 땅이 2로 화(火)를 내면 하늘이 7로 완성한다. 위 내용을 정리하면 다음과 같다.

五音	宮	商	角	徵	羽
五行	土	金	木	火	水
方位	中	右(西)	左(東)	上(南)	下(北)
天地數	5, 10	4, 9	3, 8	2, 7	1, 6

3   『周易』繫辭上 9.「天一 地二 天三 地四 天五 地六 天七 地八 天九 地十 天數五 地數五 五位相得而各有合 天數二十有五 地數三十 凡天地之數五十有五【천수(天數)가 1이고 지수(地數)가 2이며, 천수가 3이고 지수가 4이며, 천수가 5이고 지수가 6이며, 천수가 7이고 지수가 8이며, 천수가 9이고 지수가 10이니, 천수가 다섯이고 지수가 다섯이다. 다섯의 자리가 서로 맞으며 각기 합함이 있으니, 천수가 25이고 지수가 30이다.】」

華周杞梁之妻善哭其夫而變國俗, 有諸內, 必形諸外, 爲其事而無其
功者, 髡未嘗覩之也, 是故無賢者也, 有則髡必識之.[4]

옛날 왕표(王豹)가 기수(淇水) 가에 머물러 살자 하서(河西) 지방이 노래
[謳]를 잘하였으며, 면구(綿駒)가 고당읍(高唐邑)에 머물러 살자 제나라 동
쪽 지방이 노래[歌]를 잘하였고, 화주(華周)와 기량(杞梁)의 아내가 그 남편
죽음에 곡을 잘하자 나라의 풍속이 변하였다고 하니, 속 알맹이가 있으
면 반드시 밖에 드러나는 것입니다. 그 일을 하고 그 공효가 없는 것을
제가 일찍이 보지 못했습니다. 이로 인해 현자(賢者)가 없다는 것이니, 있
다면 제가 반드시 알았을 것입니다.[5]

外以內爲本, 功以事爲始. 故有諸內, 未嘗不形諸外, 猶之 '苟有車,
必見其軾, 苟有衣, 必見其敝也.' 有其事者, 未嘗不有[6]其功, 猶之 '苟或
言之, 必聞其聲, 苟或行之, 必見其成也.'

今夫善謳如王豹處於淇水, 而河西以謳相高, 善歌如綿駒處於高唐,
而齊右以歌相軋, 其樂心感之然也, 與韓娥爲曼聲長歌而雍門善歌同
意. 齊莊公伐莒, 大夫華還[7]杞殖, 勇於死敵而三軍披靡, 卒沒於戎事焉.
其妻聞而哭之, 城隅爲之傾[8], 國俗爲之變, 其哀心感之然也, 與韓娥爲
曼聲哀哭而雍門善哭同意. 凡此皆誠之形於內而物應於外, 爲其事而
有其功者也.

若夫賢者之於國, 異於是, 其君用之, 則言聽計從, 道洽政治, 天下雖
廣, 可使風俗同而如一家, 中國雖大, 可使心德同而如一人. 其攄諸內
而形外, 爲其事而有功, 豈特變國俗而已哉?

淳于髡徒知魯用公儀休子柳子思之賢, 而不知繆公不師用, 其道疑之

---

4   대본에는 '識之矣'로 되어 있으나 『孟子』에 의거하여 '識之'로 바로잡았다.

5   『孟子』 告子下 12-6.

6   대본에는 '無'로 되어 있으나 문맥이 통하지 않아 '有'로 바로잡았다.

7   대본에는 '旋'으로 되어 있으나 『春秋左氏傳』에 의거하여 '還'으로 바로잡았다.

8   대본에는 '地'로 되어 있으나 사고전서 『樂書』에 의거하여 '傾'으로 바로잡았다.

以爲不賢, 以明孟子名實未加於上下而去, 亦如此而已. 豈智者之言邪?

　밖은 안이 근본이고 공로(功勞)는 일이 시발이다. 그러므로 안에 두고 있으면 결국 밖에 드러나는 것이니, '만약 수레가 있으면 반드시 수레 앞턱 가로나무를 볼 수 있고, 만약 옷이 있으면 반드시 그것을 입어 떨어지는 것을 볼 수 있는 것'[9]과 같다. 일이 있는 사람은 결국 공로가 있게 되니, '혹 말하면 반드시 그 소리를 듣고 혹 행하면 반드시 그 성사를 보게 되는 것'과 같다.

　노래[謳]를 잘한 것은 예컨대 왕표(王豹)가 기수(淇水) 가에 머물러 살자 하서(河西) 지방이 노래 소리가 높았고, 노래[歌]를 잘한 것은 예컨대 면구(綿駒)가 고당(高唐)에 머물러 살자 제나라 동쪽 지방이 노래 소리가 시끄러웠으니, 그 즐거운 마음이 감동하여 그런 것이다. 이는 한아(韓娥)가 느릿한 소리로 긴 노래를 부르자 옹문(雍門) 안 사람들이 노래를 잘하였다는 것과 같은 뜻이다.[10] 제 장공(齊莊公)이 거(莒)나라를 칠 때 대부 화선(華還)과 기식(杞殖)이 죽기를 각오하고 용감하게 싸우다가 삼군이 궤멸하여 마침내 몰사하였다.[11] 그 아내가 전해 듣고 곡하자 성 모퉁이 사람들이

9　『禮記』 緇衣 33-22. 아래도 같다.

10　한아(韓娥)가~뜻이다 : 『列子』 卷5 湯問 第5. 「昔 韓娥 東之齊 匱糧 過雍門 鬻歌假食 旣去 而餘音繞梁欄 三日不絶【옛날 한아가 동쪽 제나라에 가다가 양식이 떨어지니, 제나라 옹문(雍門)을 지나 노래를 팔아 양식을 구하였다. 떠나간 뒤에 여음이 처마에 맴돌아 3일간 끊이지 않았다.】」

11　제나라~몰사하였다 : 『春秋左氏傳』 襄公 23年(7). 「杞殖 華還載甲夜入且于之隧 宿於莒郊 明日 先遇莒子於蒲侯氏 莒子重賂之 使無死 曰 請有盟 華周對曰 貪貨棄命 亦君所惡也 昏而受命 日未中而棄之 何以事君 莒子親鼓之 從而伐之 獲杞梁【기식과 화선이 수레에 갑사(甲士)를 싣고 밤에 차우(且于)의 소로로 들어가 거(莒)나라의 교외에 노숙하였다. 이튿날 기식과 화선이 선발대로 가다가 포후씨(蒲侯氏)에서 거자(莒子)를 만나니, 거자는 이들에게 많은 재물을 주고 전투하지 말게 하며 "결맹하기를 청하노라!"라고 하자, 화주가 대답하기를 "재물을 탐하여 임금의 명을 버리는 것은 거군(莒君)께서도 싫어하실 것입니다. 어제 저녁에 명을 받고 아직 정오도 되기 전에 그 명을 버린다면 어찌 임금을 섬길 수 있겠습니까?"라고 하였다. 거자가 친히 북을 치며 제군을 추격하여 기량을 죽였다.】」 주(註)에 화주(華周)는 화선(華還)이고, 기량(杞梁)은 기식(杞殖)이라고 하였다.

귀 기울여 들어 나라 풍속이 변하였으니, 그 슬픈 마음이 감동하여 그런 것이다. 이는 한아(韓娥)가 느릿한 소리로 슬피 곡하자 옹문(雍門)[12] 안 사람들이 곡을 잘하였다는 것과 같은 뜻이다. 이것은 모두 진심이 안에서 형성되어 외물이 밖에서 응한 것이니, 그 일을 하여 그 공이 있게 된 것이다.

현자(賢者)가 나라에 대해서 하는 것은 이것과는 다르다. 그 임금이 기용하면 말을 받아들이고 계교를 좇아 도가 정치에 두루 미칠 것이다. 천하가 비록 넓으나 풍속이 같아져 한 집안과 같게 할 수 있고, 중국이 비록 크나 심덕(心德)이 같아져 한 사람과 같게 할 수 있다. 그 퍼뜨림이 안에 가지고 있으면 밖에 나타나 그 일을 하고서 공효가 있을 것이니, 어찌 다만 나라의 풍속을 변하게 하는 것일 뿐이겠는가?

순우곤(淳于髡)은 다만 노나라가 어진 공의휴(公儀休)[13]·자류(子柳)[14]·자사(子思)[15]를 쓴 것은 알았으나, 목공(繆公)이 스승으로 섬겨 등용하지 않은 것은 그 도를 의심하여 어질지 않다고 여긴 것임을 알지 못하였는데, 맹자는 명분과 실리가 상하에 미치지 못하여 떠나간 것도 또한 이와 같은 것일 뿐임을 밝힌 것이다.[16] 순우곤의 말이 어찌 지혜로운 이의 말

12 　옹문(雍門) : 춘추시대 제(齊)나라 성문 이름.

13 　공의휴(公儀休) : 『맹자(孟子)』 「고자 하(告子下)」에 나오는 공의자(公儀子)로 노 목공(魯繆公) 때 재상(宰相)이다.

14 　자류(子柳) : 『맹자(孟子)』 「고자 하(告子下)」에 나오는 설류(泄柳)로 노 목공(魯繆公) 때 사람이다.

15 　자사(子思) : B.C. 483~B.C. 402. 자사는 자(字)이고 성명은 공급(孔伋)으로 공자의 손자이다. 노나라 출신으로 장년시절에 위(衛)나라에서 벼슬하다가 후에 노나라로 돌아갔으며 목공(繆公)으로부터 빈사(賓師)의 예(禮)를 받았다. 그는 증삼(曾參)에게서 수학하였으며, 그의 문인이 맹자(孟子)에게 학문을 전수함으로써 사맹학파(思孟學派)를 형성하였다.

16 　순우곤(淳于髡)은~것이다 : 위 본문은 다음과 같은 대화 다음에 순우곤이 맹자의 답변에 반박하기 위해 하는 말이다. 『孟子』 告子下 12-6. 「曰 魯繆公之時 公儀子爲政 子柳 子思爲臣 魯之削也滋甚 若是乎賢者之無益於國也 曰 虞不用百里奚而亡 秦穆公 用之而霸 不用賢則亡 削何可得與【순우곤이 말했다. "노나라 목공 때 공의자(公儀子)가 정사를 하였고, 자류(子柳)와 자사(子思)가 신하가 되었는데, 노나라의 침삭(侵削)됨이 더욱 심하였으니, 이와 같이 현자가 나라에 유익함이 없습니까." 맹자가 대답하였다. "우(虞)나라는 백리해(百里奚)를 쓰지 않아 망하였고, 진 목공(秦穆公)은

이겠는가?

진심 상(盡心上)

95-3. 孟子曰 : "仁言不如仁聲之入人深也. 善政不如善敎之得民也."

맹자가 말했다. "어진 말은 어진 소리가 사람들 마음속 깊이 들어가는 것만 못하다. 선정(善政)은 선교(善敎)가 민심을 얻는 것만 못하다."[17]

仁以善爲主, 善以仁爲用. 均是仁也, 有言聲之殊, 均是善也, 有政敎之異. 蓋號令之辭, 無非仁言也, 絃歌之音, 無非仁聲也. 仁言則諭之以心而於感人爲外, 仁聲則達之以實而於感人爲內, 此'仁言不如仁聲之入人深也.' 政之所發而可欲者, 無非善政也, 敎之所敷而可欲者, 無非善敎也. 善政以正之而於敎爲粗, 善敎以化之而於政爲妙, 此善政不如善敎之得民也.

詩仁言也 於風俗則移之而未至於易[18], 樂仁聲也, 於風俗非特移之, 又至於易之也. 豈非'仁言不如仁聲入人深'之意歟? 善政則以善服人, 未[19]有能服人, 善敎則以善養人, 有至於服天下, 豈非善政不如善敎得民之意歟?

言之仁者猶若此, 況不仁者乎? 敎之善者猶若此, 況不善者乎? 然仁言仁聲之所施, 有及於貴賤. 故言人, 善政善敎之所施, 止於賤者而已.

그를 등용하여 패자가 되었으니, 현인을 쓰지 않으면 나라가 망한다. 침삭됨을 어찌 얻을 수 있겠는가?'】

17　『孟子』盡心上 13-14.
18　대본에는 '言'으로 되어 있으나 사고전서『樂書』에 의거하여 '易'으로 바로잡았다.
19　대본에는 '不'로 되어 있으나 사고전서『樂書』에 의거하여 '未'로 바로잡았다.

故言民, 與孔子言 : "節用而愛人." 又言 : "使民以時." 同意.

　인(仁)은 선(善)이 주(主)이고 선은 인이 용(用)이다. 모두 인이나 말과 소리의 다름이 있고, 모두 선이나 정사(政事)와 교화(教化)의 차이가 있다. 대체로 세상에 널리 펴는 명령은 어진 말이 아님이 없고, 현악기 반주로 노래하는 것은 어진 소리가 아님이 없다. 어진 말은 마음으로 깨우쳐 밖에서 사람을 감동시키고, 어진 소리는 실제 일에서 환히 알아 안에서 사람을 감동시키니, 이는 '어진 말은 어진 소리가 사람들 마음속 깊이 들어가는 것만 못한 것이다'는 것이다. 정사가 발하여 사람들이 하고자 할 만한 것은 선정(善政) 아님이 없고, 교화가 퍼져 사람들이 하고자 할 만한 것은 선교(善教) 아님이 없다. 선정으로써 백성을 바르게 하는 것이 교화보다는 거칠고 선교로써 교화하는 것이 정사보다는 오묘하니, 이는 '선정은 선교(善教)가 민심을 얻는 것만 못하다'는 것이다.

　시는 어진 말이니 그것을 풍속에 옮겨 풍속을 바꾸게 할 수 없지만, 악은 어진 소리니 그것을 풍속에 옮길 뿐 아니라 또 풍속을 바꿀 수 있으니, 어찌 '어진 말은 어진 소리가 사람들 마음속 깊이 들어가는 것만 못한' 뜻이 아니겠는가? 선정(善政)은 선(善)으로 사람을 복종시키려 하지만 능히 사람을 복종시키지 못하고, 선교(善教)는 선으로 사람을 교양(教養)하여 천하를 복종시키는 데까지 이르니, 어찌 '선정은 선교(善教)가 민심을 얻는 것만 못한' 뜻이 아니겠는가?

　말이 인(仁)한 사람도 오히려 이와 같은데 하물며 불인(不仁)한 사람이겠는가? 교화가 선한 사람도 오히려 이와 같은데 하물며 불선(不善)한 사람이겠는가? 그러나 어진 말과 어진 소리의 시행은 신분의 귀천(貴賤)을 망라한다. 그러므로 사람을 말하였고, 선정(善政)과 선교(善教)의 시행은 신분이 낮은 사람에게 그칠 뿐이다. 그러므로 백성을 말하였으니, 공자가 "아껴 쓰고 사람을 사랑하라"라고 말한 것과 또 "백성을 농한기에 부리라"[20]라고 한 말과 같은 뜻이다.

진심 하(盡心下)

95-4. 高子曰 : "禹之聲, 尚文王之聲." 孟子曰 : "何以言之." 曰 : "以
追蠡." 曰 : "是奚足哉? 城門之軌, 兩馬之力與?"

고자(高子)가 말했다. "우임금의 악이 문왕(文王)의 악보다 나은 것 같
습니다." 맹자가 묻기를 "무엇을 가지고 말하는가?" 하니, 고자(高子)가
대답하기를 "종을 맨 끈이 좀 먹은 것 때문입니다"라고 하였다. 맹자가
설명하였다. "이것이 어찌 충분하다고 할 수 있겠느냐? 성문(城門)의 수
레 자국이 두 말의 힘으로 생긴 것이겠느냐?"[21]

舜樂謂之九磬, 禹樂謂之九夏之樂. 其奏必以鐘鼓, 蓋鐘鼓者, 樂之
器而樂非器也, 鏗鏘者, 樂之聲而樂非聲也. 樂雖非器, 未始離乎器, 雖
非聲, 未始離乎聲.

高子以禹有追蠡已弊之鐘, 謂禹好聲樂, 爲勝於文王. 是不知追蠡久
而弊, 節奏久而絶, 非謂禹之聲, 尙文王之聲也. 今夫城門之軌, 至於弊
者, 非兩馬之力所能致, 鐘之追蠡, 至於絶者, 非一世之用所能致. 高子
以追蠡, 論禹之聲, 是猶以城門之軌, 責兩馬之力. 其爲不智甚矣. 由是
觀之, 高子非特固於爲詩, 亦固於爲樂矣.

순임금 악을 《구소(九磬)》[22]라 하고 우임금 악을 《구하악(九夏樂)》[23]이

---

20 『論語』學而 1-5. 「子曰 道千乘之國 敬事而信 節用而愛人 使民以時【공자가 말했다.
"천승의 나라를 다스리되 일을 공경하고 믿게 하며, 아껴 쓰고 사람을 사랑하며, 백
성을 농한기에 부려야 한다."】」

21 『孟子』盡心下 14-22.

22 구소(九磬) : 순(舜)임금의 악곡 이름. 《소소(簫韶)》는 아홉 곡으로 이루어졌기 때문
에 붙여진 이름이다.

23 구하악(九夏樂) : 『周禮』春官 / 鍾師 0. 「以鍾鼓 奏九夏 王夏 肆夏 昭夏 納夏 章夏 齊
夏 族夏 祴夏 驁夏【종과 북으로써 《구하(九夏)》를 연주하니, 《왕하(王夏)》·《사하
(肆夏)》·《소하(昭夏)》·《납하(納夏)》·《장하(章夏)》·《제하(齊夏)》·《족하(族夏)》·

라 한다. 그 연주는 반드시 종과 북으로 한다. 종과 북은 악기지만 악이 악기만을 지칭하는 것은 아니다. 쟁그렁! 하고 울리는 소리는 악의 소리지만 악이 소리만을 지칭하는 것은 아니다. 악이 비록 악기만을 지칭하는 것은 아니지만 애초에 악기와 유리(遊離)되는 것은 아니고, 비록 소리만을 지칭하는 것은 아니지만 애초에 소리와 유리되는 것은 아니다.

고자(高子)는 우임금 종을 매다는 끈이 이미 해졌기 때문에 우임금이 주 문왕(周文王)보다 악을 더 좋아하였다고 생각하였다. 이는 종을 매다는 끈이 오래되어 해진 것을 알지 못하고 오래 연주하여 끊어진 것으로 여겼으니, 우임금의 악이 문왕의 악보다 낫다고 말할 것이 아니다. 성문(城門)에 닳은 수레 자국이 두 말의 힘으로 될 수 있는 것이 아니고, 종을 매다는 끈이 끊어질 지경에 이른 것은 한 세대가 써서 될 수 있는 것이 아니다. 고자가 종을 매다는 끈을 가지고 우임금의 악을 논하였으니, 이는 성문(城門)의 수레 자국을 가지고 두 말의 힘 때문이라고 따져 밝히는 것과 같다. 지혜롭지 못함이 심하다. 이런 관점에서 보면, 고자는 다만 시를 해석하는 데 견문이 좁은 것만 아니라, 악에 대한 견해도 좁았다.

95-5. 孔子曰 : "惡似而非者, 惡莠, 恐其亂苗也, 惡佞, 恐其亂義也, 惡利口, 恐其亂信也, 惡鄭聲, 恐其亂樂也, 惡紫, 恐其亂朱也, 惡鄉原, 恐其亂德也."

공자가 말했다. "비슷하면서 아닌 것을 미워하니, 가라지를 미워하는 것은 그것이 벼 싹과 혼란을 일으키는 것이 염려스러워서이고, 말재주로 하는 말을 미워하는 것은 그것이 의(義)를 혼란시키는 것이 염려스러워서이고, 말이 많은 것을 미워하는 것은 그것이 진실을 혼란시키는 것이 염려스러워서이고, 정나라의 악을 미워하는 것은 그것이 정악(正樂)을 혼란시키는 것이 염려스러워서이고, 자주색을 미워하는 것은 그것이

《개하(祴夏)》·《오하(驁夏)》이다.]」

붉은 색과 혼란을 일으키는 것이 염려스러워서이고, 향원(鄕原)[24]을 미워하는 것은 그것이 덕과 혼동되는 것이 염려스러워서이다."[25]

莠非苗也, 類於苗而亂苗, 侫非義也, 假於義而亂義, 利口非信也, 託於信而亂信, 鄭聲非正樂也 雜於樂而亂樂, 紫非朱也, 間於朱而亂朱, 鄕原非德也, 似於德而亂德. 凡此皆似是而非, 孔子之所惡也.

莠之亂苗, 其實爲易辨. 故侫與[26]利口似之, 鄭聲與紫, 則亂雅聲正色爲難辨. 故鄕原似之. 揚雄曰 : "太山之與蟻垤, 江河之與行潦, 非難也, 大聖之與[27]大侫, 難也." 亦此意歟!

孔子曰 : "惡紫之奪朱也, 惡鄭聲之亂雅樂也[28], 惡利口之覆邦家者." 其序與孟子不同何也? 論語以紫之爲害, 不及鄭聲, 鄭聲之爲害, 不及利口. 故舜命九官, 先之以夔之典樂, 繼之以龍之納言, 孔子語顔淵, 先之以'放鄭聲', 繼之以'遠侫人', 其意亦猶是也. 孟子以亂義不及亂信, 亂信不及亂德. 其所主三者而已, 而苗莠朱紫聲樂, 特觸類而取譬者也, 其異如此.

가라지는 벼 싹이 아닌데 벼 싹과 비슷하여 벼 싹을 어지럽히고, 말재주로 하는 말은 의롭지 않은데 거짓으로 의(義)를 핑계대어 의를 어지럽히고, 말이 많은 것은 신실하지 않은데 신(信)을 핑계대어 신을 어지럽히고, 정나라의 악은 정악(正樂)이 아닌데 악을 뒤섞어 악을 어지럽히고, 자주색은 붉은 색이 아닌데 붉은 색의 간색(間色)이 되어 붉은 색을 어지럽히고, 향원(鄕原)은 덕 있는 사람이 아닌데 덕과 흡사하여 덕을 어지럽

24 　향원(鄕原) : 겉으로는 군자와 같으나 행실은 소인인 거짓 군자를 가리킨다. 원인(原人)이라고도 한다. 『論語』陽貨 17-11. 「子曰 鄕原 德之賊者也【공자가 말했다. "향원은 덕의 적이다."】」
25 　『孟子』盡心下 14-37.
26 　대본에는 '於'로 되어 있으나 사고전서 『樂書』에 의거하여 '與'로 바로잡았다.
27 　대본에는 '於'로 되어 있으나 『法言』에 의거하여 '與'로 바로잡았다.
28 　대본에 누락된 '也'를 『論語』에 의거하여 보충하였다.

힌다. 이 모든 것은 비슷한 것 같으나 다르므로 공자가 미워한 것이다.

가라지가 벼 싹을 어지럽히는 것은 그 실상을 분별하기 쉬우므로 말재주로 하는 말과 말이 많은 것이 그것과 유사하고, 정나라의 악과 자주색이 정악과 정색을 어지럽히는 것은 분별하기 어려우므로 향원(鄕原)이 그것과 유사하다. 양웅(揚雄)은 "태산을 개미 둑과 비교하는 것과 강물을 길바닥 물과 비교하는 것이 어려운 것이 아니라, 성인을 큰 말재주꾼과 비교하는 것이 어렵다"[29]라고 하였는데, 또한 이 뜻일 것이다.

공자는 "자주색이 붉은 색을 압도하는 것을 미워하며, 정나라의 악이 아악(雅樂)을 어지럽히는 것을 미워하며, 말 잘하는 입이 국가를 전복시키는 것을 미워한다"[30]라고 하였는데, 그 차례가 맹자와 다른 것은 무엇 때문인가? 『논어』에서는 자주색이 끼치는 해가 정나라 악에 미치지 못하고, 정나라 악이 끼치는 해가 말이 많은 것에 미치지 못한다고 여기기 때문이었다. 그러므로 순임금이 아홉 관리에게 명할 때 먼저 '기(夔)에게 악을 맡기고, 이어 용(龍)에게 왕명을 출납하게 명하였으며,'[31] 공자가 안연에게 말할 때 먼저 '정나라 악은 내치라'[32] 하고, 이어 '말 잘하는 사람은 멀리하라'고 말하였으니, 그 뜻이 또한 이 같다. 『맹자』에서는 의(義)를 어지럽히는 것이 신(信)을 어지럽히는 것에 미치지 못하고, 신(信)을 어지럽히는 것이 덕을 어지럽히는 것에 미치지 못한다고 여겼기 때문이다. 그 주장하는 것은 세 가지 뿐이었는데, 벼 싹과 가라지, 붉은색과 자주색, 정나라 악과 정악은 다만 유사한 것을 붙여 비유를 취한 것이니, 그 다름이 이와 같았다.

---

29   『法言』問神 5-26.
30   『論語』陽貨 17-16.
31   『書經』虞書 / 舜典 3.
32   『論語』衛靈公 15-11. 아래도 같다.